在中国大地上

搭火车旅行记

[美]保罗·索鲁 著
陈媛媛 译

九州出版社
JIUZHOUPRESS

图书在版编目（CIP）数据

在中国大地上：搭火车旅行记 /(美) 保罗·索鲁著；陈媛媛译. -- 北京：九州出版社，2020.9（2022.7重印）
 ISBN 978-7-5108-9279-0
Ⅰ.①在… Ⅱ.①保… ②陈… Ⅲ.①游记—作品集—美国—现代 Ⅳ.①I712.65

中国版本图书馆CIP数据核字(2020)第124112号

RIDING THE IRON ROOSTER
Copyright © 1988, Cape Cod Scriveners Co.
All rights reserved

著作权合同登记号　图字：01-2020-4186

在中国大地上：搭火车旅行记

作　　者	［美］保罗·索鲁 著　陈媛媛 译
责任编辑	周　昕
封面设计	刘孟宗
出版发行	九州出版社
地　　址	北京市西城区阜外大街甲35号（100037）
发行电话	（010）68992190/3/5/6
网　　址	www.jiuzhoupress.com
电子信箱	jiuzhou@jiuzhoupress.com
印　　刷	天津中印联印务有限公司
开　　本	880毫米×1230毫米　　32开
印　　张	15.25
字　　数	417千字
版　　次	2020年10月第1版
印　　次	2022年7月第6次印刷
书　　号	ISBN 978-7-5108-9279-0
定　　价	68.00元

★ 版权所有　侵权必究 ★

献给安妮

"想让烤鸭飞进嘴里,农夫肯定要张大嘴站在山坡上等很久很久。"

——中国谚语

"世界上的思想运动造成了革命,而思想运动的起源,却是山坡上农民心里的梦幻和憧憬。"[①]

——詹姆斯·乔伊斯《尤利西斯》

---

① 金隄译:《尤利西斯》,北京:人民文学出版社,1994,第280页。

目　录

第一章　开往蒙古的列车 / 1

第二章　开往大同的内蒙古快线：24 次列车 / 64

第三章　开往北京的 90 次夜车 / 76

第四章　上海快线 / 106

第五章　开往广州的快车 / 145

第六章　开往呼和浩特和兰州的 324 次列车 / 167

第七章　铁公鸡 / 189

第八章　开往西安的 104 次列车 / 218

第九章　成都快线 / 233

第十章　驻足峨眉山：开往昆明的 209 次列车 / 250

第十一章　开往桂林的 80 次快车 / 267

第十二章　乘慢车去长沙和韶山："红太阳升起的地方" / 285

第十三章　北京快线：16 次列车 / 299

第十四章　开往哈尔滨的国际快线：17 次列车 / 311

第十五章　开往朗乡的慢车：295 次列车　/　325

第十六章　开往大连的火车：92 次列车　/　345

第十七章　开往烟台的"天湖号"游轮　/　365

第十八章　开往青岛的慢车：508 次列车　/　378

第十九章　开往上海的山东快线：234 次列车　/　389

第二十章　开往厦门的夜车：375 次列车　/　398

第二十一章　开往青海西宁的慢车：275 次列车　/　417

第二十二章　开往西藏的列车　/　437

译后记　/　479

说　明

我初到中国时，1美元可兑换约3元人民币，但后来在旅途中涨到了4元。本书在换算英镑价格时，使用的汇率大约是1.6美元兑1英镑。

第一章 开往蒙古的列车

中国大得令人称奇,几乎自成一个世界。那里的人曾经把自己的帝国称作"天下"或者"四海"。如今,人们去那里的理由各式各样:买东西、度一周假,或者仅仅是因为机票价格还不错。我之所以决定去,是因为有一年的空闲时间。听说有的中国人以为"老外好骗",我偏要来挑战一下。于我而言,第一个目标就是完全通过陆路到达。然后,我想在那片土地上停留一段时间,走遍全国。

我选择了铁路。当时我正好在伦敦,而铁路是从伦敦去北京的最佳方式。我读过不少有关中国的现代游记,但几乎每一篇都会谈到因为时差问题而乐趣大减,那种既疲惫又失眠的感觉实在难受。到过中国的人,不论是认真的旅行者、匆匆一瞥的观光客,还是四处搜寻廉价商品的淘货者,都不约而同地表示"在那里太累了"。在这个国家,你身边的每个人都像打了鸡血,这更让你疯狂地想坐下来歇歇。中国人不就是这样吗?他们永远在四处奔忙。即使中华文明历经了延绵五千年之久,他们也还是那样。中国历史告诉我们的经验之一,就是她的人民总是不知疲倦、步履不停。

1980 年冬天我曾去过中国。当时那里看起来黯淡萧条,所有人都穿着宽松的蓝套装,到处都是红色条幅,上面写满没有说服力的标语。

如果你问："在这样的冰雪天里，这些人怎么能只穿着布拖鞋？"那么会有人告诉你，现在这样已经很幸运了，过去他们连鞋都没得穿。煤烟和灰尘把环境弄得阴沉沉的，路边几乎看不到树木。我本想去那看鸟的，结果只看到了乌鸦和麻雀，还有脏兮兮的鸽子，就像长翅膀的老鼠在天上飞来飞去。

那时，中国人会伸手指向远处，穿过绵绵细雨，泥泞道路尽头的工厂正噗噗地冒着浓烟；有人在弯腰拉着装满生铁的木车。他们会告诉你："这里过去全是妓女、坏蛋和赌鬼，霓虹闪烁，歌舞升平。"在他们看来，你该为这些罪恶和轻浮的远去而高兴，并为那些工厂着迷；但我只是叹了口气。年轻的妇女不是在磨坊里耗费青春，就是在木织机上磨蚀纤指，要么就在精工刺绣上损耗视力。而且，他们待客的饭食不对我胃口。

从中国回来的美国人会说："那里有针灸！没有苍蝇！不用给小费！他们会把你用过的刮胡刀片还给你！那里的人工作非常拼命！他们还吃猫肉！可真快活！"美国人还对毛主席表示赞许。

但据我兄弟吉恩说，那都是过去了，他告诉我如果现在不去中国，那就太傻了。中国已经完全变了样，并且每天都在发生变化。他知道自己在说什么：作为一名律师——众多新兴职业中的一种，从1972年算起，他已经去过中国109次了。这次我打算春天过去，从各种意义上讲，"春天"也都意味着新的开始。我不断告诉自己，我将要看见新的人，新的风景，呼吸到新鲜的空气，并享受默默无闻的乐趣。这次旅行可以有两种方式：一种是效仿英国诗人菲利普·拉金①所说的，"如果可以当天来回，我并不介意去中国看看"；另一种就是全身心地投入其中。

我的想法是从伦敦上车坐到巴黎，此后一直朝德国和波兰方向走，也许会在莫斯科停下，取道西伯利亚大铁路，在伊尔库茨克②下

---

① 菲利普·拉金（Philip Larkin, 1922—1985），英国诗人。
② 伊尔库茨克（Irkutsk），俄罗斯伊尔库茨克州首府，东西伯利亚最重要的城市之一。

车，换蒙古纵贯铁路，在乌兰巴托①度过五一。关键是，我要搭开往蒙古的列车去中国，这趟车将缓慢穿越亚洲宽阔的前额，然后继续南下，抵达它的双目之一——北京。

* * *

我想那样去蒙古应该比较轻松，并且会给我一种成就感。路上我可以看看书，做做笔记，按时用餐，不时望望窗外的风景。我想象自己在某个卧铺隔间里读着《埃尔默·甘特利》②，一边听火车汽笛声在大草原上回荡，一边想：很快我就会在那儿了。这时我会拉拉毛毯盖住身体，只把脑袋露在外面。然后有一天我拉开窗帘，看见一头牦牛立在浩瀚的黄沙中，我会知道那就是戈壁滩。大约一天以后，窗外又变成绿色，人们头戴斗笠，双膝深陷在稻田里。总之就是这类景象，然后我会走下火车，深入中国大地。

事情并没有这样简单，也从来不会如此简单，因此我有必要写本书来解释。我很幸运，一开始就想错了；旅行者的叙述，实质上都是关于"被误解"的故事。我设想从伦敦出发，通过八趟火车到达中国边境，并认为这是最简单的方式——但结果表明，这是一趟离奇且充满意外的旅程。有时候这似乎才像是真正的旅行，途中满是光怪陆离的发现和乐事。但更多时候，我就像在伦敦脚下一滑，跌下了一段长长的楼梯，这楼梯没有尽头，仿佛是出自哪个超现实主义画家之手。我就这么落下去，嘭——嘭——嘭——，穿过转弯的平台，又继续往下落，嘭——嘭——嘭——，直到绕过半个地球。

我并非一个人上路，而这可能正是原因所在。我在伦敦报了个旅

---

① 乌兰巴托（Ulaanbaatar），蒙古国首都，位于蒙古高原中部。
② 《埃尔默·甘特利》（*Elmer Gantry*），又译《孽海痴魂》，美国首位诺贝尔文学奖得主辛克莱·刘易斯（Sinclair Lewis，1885—1951）于1926年创作的小说。

行团，老老少少大概二十来人。我心想：可别让他们注意到我，只要悄悄地钻进这群人里，随他们一起出发，我就可以看雨雪敲打车窗，安静地微笑，小声地说话。我跟团旅行的经验不多，连最简单的事情都不知道，比如英国人报团是为了省钱，卡思卡特夫妇这样的老夫妻会告诉你："去年我们坐火车去印度，旅途太愉快了，在伊朗的时候，我们还在车厢后面泡了好几杯茶呢。"我不知道英国年轻人跟团去布拉茨克水库①这样的地方，是为了喝廉价的伏特加喝到大醉，也不知道东欧的杂语喧哗，都要归功于从伯明翰过去的护士们。

美国人参加旅行团则是为了认识别的人，他们会给我看在别处旅行时拍的照片。

"戴草帽的是沃特米尔斯夫妇，他们来自圣地亚哥，超级可爱，现在还会给我们寄圣诞贺卡呢。我们是在加拉帕戈斯群岛②旅行时认识的，现在他们都当爷爷奶奶啦。那个就是他们的儿子里奇，在半导体行业非常有名。"

美国人还有一个目的就是购物，似乎买东西就是他们旅行的全部意义。老实说，这点我以前真不知道。它就像任何其他事情一样，是个不错的理由，起码比去苏联喝个酩酊大醉好多了。旅行团里还有澳大利亚人，但不管你在世界上哪个角落见到他们，总觉得他们是在回家的路上。

关于旅行团还有一件我不知道的事，就是人们全无隐私。几乎从第一次照面开始，大家就在不停地交换名字和个人信息，如果你不记得他们的名字，他们还会一直提醒你。团友中大部分都是夫妻，比如卡思卡特夫妇、斯库恩斯夫妇、西里尔和布格·温克尔、韦斯特贝特尔夫妇、维特里克夫妇以及格尼夫妇；也有单身的，这些人看起来都

---

① 布拉茨克水库（Bratsk Hydroelectric Dam），俄罗斯安加拉河上一座建于20世纪五六十年代的水库，是当时世界最大的人工湖。
② 加拉帕戈斯群岛（Galapagos），太平洋东部岛群，隶属厄瓜多尔。

有点落寞、茫然又过于心急，比如威尔玛·佩里克、莫里斯·李斯特和他的朋友基克——这个加利福尼亚老人叫自己"瞎子鲍勃"、笑眯眯操着伦敦腔的阿什利·雷尔夫，还有一个人，大家只知道他叫莫托尔。威尔基小姐不苟言笑地站在那里，她来自爱丁堡的莫宁赛德[①]。诺尔斯先生是我们的领队。大家叫他克里斯，叫我保罗。他们更喜欢直呼别人的名字，从没有人问过我姓什么。

在伦敦的时候阿什利·雷尔夫就迫不及待地想要到香港，他眨了眨眼睛小声说："中国有个城市叫香港，我听说那里有地方可以用乳胶给你下面那玩意儿做仿真模型，一个大概要五英镑。"

莫里斯·李斯特来自亚利桑那州，和他一起旅行的是他的老战友，这个战友嗓门大得很，他坚持让我们叫他基克。基克打过仗，他的颅骨中植入过一块金属片。莫里斯和基克的夹克和鞋子都非常相配，并且戴着同款软帽。这两个美国老兵快七十了，虽然他们脾气都不太好，但对所有事情的看法都似乎一致。

基克说："我以前从没来过欧洲，是不是很惊讶？我在海军陆战队服役了二十年，但从没见过欧洲是什么样子。但是我去过中国，四十六岁时，我到过青岛。"

他的牙齿歪歪斜斜，笑起来凶巴巴的。我问他去欧洲最想做什么。

"去看《蒙娜丽莎》，"他说，"还有，尝尝那里的啤酒。"

"我听说中国干净得一尘不染。"里克·韦斯特贝特尔说道。

威尔基小姐反驳说："我怎么听说很脏。"

为了讨她高兴，里克说道："但伦敦挺干净。"

"谁说的，伦敦简直一片狼藉。"威尔基小姐答道，并提醒他，她是从爱丁堡来的。

"我们觉得伦敦蛮干净的。"里克边说边握起妻子的手。他妻子名叫米利耶，今年六十三岁，脚上穿着一双跑步鞋。他们是那种典型的

[①] 莫宁赛德（Morningside），爱丁堡的富人区之一。

老夫妻，总是手牵着手，但你永远都搞不清这到底是在炫耀幸福，还是在携手挑衅这个世界。

"对你们来说当然干净，"威尔基小姐回答，"美国人的标准可比我们低。"

贝拉·斯库恩斯用她那澳大利亚西部口音哀怨地问道："你打算去哪里，威尔基小姐？"

"香港。"那老妇人说。

然后每个人都会想：还要忍受她一万英里（一万六千千米），整整六周时间，我的天哪！

至少我是这么想的。

* * *

斯库恩斯夫妇来自澳大利亚另一端的珀斯①。贝拉总是以他们平常到卡尔古利②的距离来估量旅程的长短。从伦敦到巴黎，相当于往返一次卡尔古利。到柏林的旅程，够他们"先去一趟卡尔古利，然后返回，接着再去一次"。去莫斯科的话，要走相当于七倍到卡尔古利的路程。有一次我听见她自个儿在那儿嘀咕，计算着西伯利亚的伊尔库茨克有多远，然后我听见她算完的时候又说了句："然后再回到卡尔古利。"

我们四月份从维多利亚火车站出发的时候是周六，天下着雨，贝拉对她的丈夫杰克说："这比去卡尔古利要近。"她说的是到福克斯顿③的距离。

我们那天在格罗夫纳酒店吃的早餐。美国人坐在一起；澳大利亚

---

① 珀斯（Perth），澳大利亚第四大城市，位于澳洲大陆西岸。
② 卡尔古利（Kalgoorlie），位于珀斯以东，西澳大利亚州第五大城市。
③ 福克斯顿（Folkestone），英格兰港口城市。

人坐另一桌；英国人坐了两桌；三位老先生则单独在一旁安静地吃东西；一张单桌旁坐着一对夫妻，他们带着徒步装备，有双肩背包、斜挎包和相机。我边吃边想：有没有搞错？有位老先生一直盯着我看。他直勾勾打量我的方式让我很不自在，但后来我注意到他的眼镜片特别厚，也许他并没有在看我，只是想努力透过眼镜看清四周，就像雨天人们望向窗外一样。

上车后我坐他旁边。他说："这次旅行对我来说可是件大事。我的眼科医生告诉我，我就快要看不见了，如果有什么事情想在瞎掉之前做的，就该趁今年去做。所以我要去中国看看，小伙子，我要不要一直睁着眼睛呢。我估摸着，嘿，这是最后的机会了，我会好好享受的。"

后来他告诉我他的绰号叫作"瞎子鲍勃"，他家在加利福尼亚的巴斯托。当我在车上环顾四周，才意识到我是和一大群人一起上路的，但我却不认识他们中的任何一个。接下来我所有能说的，也只有他们脸上的表情而已。但我们往往可以从别人脸上读到很多故事，他们的当然也一样。这样的情景让我觉得可以看穿一切。

他们透过车窗望向外面的房屋，而那些房屋也还以同样的目光。火车旅行比较尴尬的一点是，沿途的房屋似乎都是背朝旅行者，你看见的都是后门、排水管道、厨房和晾晒的衣物，但这些比门廊和草坪更有看点。伦敦郊区之所以让人沮丧，并不是因为看上去脏乱不堪，而是它们永远都一成不变。欣慰的是能看到屋子里面，看人们怎么生活：男人在重新装修浴室，女人在喂猫，女孩儿在楼上梳头，男孩儿摆弄着他的收音机，正在读《每日快报》的老太太鼻子都快要贴到纸面了。我们乘火车从旁经过，却不给他们美好的祝福，这实在不厚道。他们完全不知道自己正处于别人的观察之中。这就是铁路所带来的一个矛盾：旅客可以看见屋子里的人，但那些人却丝毫看不到车上的旅客。

穿越英吉利海峡的时候，我们的车开上了轮渡。莫里斯和基克从诺曼底登陆那天说起，追忆起了整场战役，以及美军怎样伤亡惨重。

四周的海水看起来是铅灰色的，它们不停地向轮渡袭来。东北方吹来的风寒冷刺骨。上岸时，吹过码头的风尤其大，我们步履艰难地走向海关，将护照送去查验。我们的行李也被查了一遍。

在布洛涅①，团里的人都在相互逗趣，他们喊着："啊，上车啦！都上车啦！"然后，我发现身旁坐着个肥硕的英国女人，她一根头发也没有，戴着露指手套，说她正打算移民新西兰。这个女人名叫威尔玛·佩里克，大约三十二岁。她说她刚失去工作，看上去非常沮丧。我正打算用文字表达一下对她那颗秃脑袋的同情，这时她凑过头来问："你在写什么？"

火车从巴黎开出时，那个名叫莫托尔的男人说："你们也许在奇怪，我刚才在调车场的那些小路上干什么。"

没人好奇他在干什么，根本就没人看见他。那么，莫托尔在和谁说话？

"我在捡石头，"他说，"我去每个国家都会捡石头。跟你们说，这在很多地方是犯法的，比如南极。我从南极带了些石头回去，他们要抓到的话会送我去坐牢的。我在世界各地都捡过石头，加拿大啊，俄亥俄啊，伦敦啊。每一块都跟高尔夫球那么大。我已经有好几百块啦。我觉得自己有点像地质学家。"

《埃尔默·甘特利》里面有一段是这么写的：

> 壁炉上的大石块之间散布一些小鹅卵石，有粉色、褐色，也有大地色，都是主教从世界各地捡来的。带你参观房间时，他会不停地告诉你，这块来自约旦的海岸，那块曾是中国长城的一小部分……

---

① 布洛涅（Boulogne），法国北部城市。

那天早晨穿越英吉利海峡而来的凛冽东风，在皮卡第①留下了一层薄雪。四月的雪！它轻轻地覆盖在山坡上，就像长长的、被扯破的床单，泥土从下面穿透而出，形成黑色的条纹。这让平日乏善可陈的风景变得引人入胜，就像恶劣天气里的新泽西一样，房屋和栅栏的轮廓清晰可见，村庄因此显得更加立体，如果不是这样，它们应该很难给人留下印象。每个地方都变成了一幅小小的黑白肖像，定格在时空中。

我觉得这样的铁道线路需要有点变化。似乎这些山丘和村庄被太多过往的行人看过，以至于被那些目光磨去了光彩。中国吸引我的一个地方在于，它已经对外封闭了如此之久，即便是最普通的塔看上去也是新鲜的，而在遥远的新疆，旅行者还可以和马可·波罗有一样的感受，因为已经很久没有外国人去过那里。但在这个人们频繁造访的法国北部，新鲜感已经慢慢被观光客和火车乘客的目光消磨殆尽：繁忙路线附近的大多数风景，都是千篇一律的简单样子，大概不久的将来再也不会有那么多人去看它们了。

旅行团里的人还在相互熟悉。他们也会问我问题：我从哪里来？是做什么的？结婚了吗？有没有孩子？为什么要来旅行？我膝盖上是本什么书？打算在巴黎做些什么？是不是第一次去中国？

我叫保罗，没有工作，我闪烁其词，而且波德莱尔②那句诗怎么说来着？——"真正的旅人只是这些人，他们为走而走"，"他们并不管为什么，总是说'走！'"③此刻我身处亚眠④市郊，这非常适合用来表达我的心情。

对于那些问题，我想跟上次见到的一个男人学学怎么回答，那次

---

① 皮卡第（Picardy），原法国北部的一个大区，2014年法国大区重划，决定自2016年1月1日起将其与北-加来（Nord-Pas-de-Calais）大区合并。
② 波德莱尔（Baudelaire，1821—1867），法国象征派诗人。
③ 郭宏安译：《恶之花》，北京：北京燕山出版社，2005，第226页。
④ 亚眠（Amiens），法国北部城市。

在伦敦的晚宴上,他被一个好打听的女人问得七荤八素。

"求求你别问了,"他小声说,"我没什么有趣的事可以告诉你。我把自己的生活弄得一塌糊涂,太糟糕了。"

但我没有那样说,因为这是个悲伤的故事。六个月后那个男人自杀了,重复他的话好像不大吉利,而且也是对逝者的不敬。

那位名叫"瞎子鲍勃"的忧郁的老先生,笨拙地掀开旅行包的翻盖,他眼神太差,鼻子都贴到了搭扣上,然后慢慢掏出两卷厕纸。

大家问他带那个干嘛,因为这在欧洲显然派不上用场。

"准备带去中国用。"他回答。

我决定不告诉他,其实李约瑟[①]教授已经向我们证明厕纸是中国人发明的。早在十四世纪时,他们就在为皇家制造带香味的厕纸(大概七八厘米见方),而其他人如厕时,手边的任何纸张都可以拿来用。但那时候有些中国人已经懂得何为何不为。早在六世纪时,一位叫颜之推[②]的学者就写过:

其故纸有五经词义,及贤达姓名,不敢秽用也。

阿什利·雷尔夫说道:"他竟然要把厕所用的卷纸带到中国去!"卡思卡特先生说:"我觉得中国人听说过厕纸吧。""他们当然听说过,很多人都听说过。但那里有没有呢,这倒是个问题。我打赌西伯利亚快车上肯定没有,那么你们觉得去蒙古的车上会有多少,嗯?"

现在没人再取笑他了。想到整个穿越亚洲的旅途可能都没有厕纸用,每个人都开始若有所思。鲍勃讲完话以后,整节车厢都弥漫着一股反省的味道。

[①] 李约瑟(Joseph Needham,1900—1995),英国生物化学家、科学技术史专家,著有《中国科学技术史》(*Science and Civilization in China*)。

[②] 颜之推(531—约595),中国南北朝时期文学家,著有《颜氏家训》。

抵达巴黎后,我们被一辆巴士接到了酒店。酒店位于第十四区,离某地铁终点站不远,它所处的区域和芝加哥或南波士顿的郊区并没什么两样。那里主要是战后建造的公寓楼,墙面本是亮堂的浅色,现在却变得灰乎乎的。这样的公寓太多了,而且楼与楼靠得太近,大家不禁问道:"这是巴黎吗?这是法国吗?埃菲尔铁塔呢?"巴黎市中心就像是被精心保护着的伟大作品,但这样的郊区却简陋而令人生厌。圣雅克地铁站附近那些冷冰冰的道路和高悬的窗户,似乎都是专为鼓励别人自杀而修建的。

有人告诉我("这真有趣!")萨缪尔·贝克特[1]曾经就住在这里的某栋公寓,并且在这生活过好几年。他那些怀疑我们的存在意义、道尽人生疾苦的故事和剧作,都是在这里完成的。我心想:怪不得!他们说他早上经常来我们住的这个圣雅克酒店喝咖啡。这个酒店挺新的,里面很干净,就像美国机场外边那些僻静的旅馆一样,人们住进来是因为没有其他地方可以选择。贝克特来这真是为了消遣?我穿街走巷,我潜伏在咖啡店,我祈祷着他的出现;然而,我什么也没看见。尽管如此,我仍然是有收获的。当人们从书里看到"萨缪尔·贝克特在巴黎经历过一段流亡岁月",他们并不知道他所住的是位于32号大楼五层的一间狭小公寓,那是一栋很高的灰色建筑,里面的住户每天边看电视边等待着"戈多"。从那里要坐17站地铁才能到巴黎市中心,到左岸,还有那些博物馆。

我们去了国立网球场现代美术馆[2],那里专门展出印象派画家的作品。我跟在人群后面慢慢地走,边听边欣赏那些画作。

在一间挂满西斯莱[3]作品的展厅里,理查德·卡思卡特说:"没有

---

[1] 萨缪尔·贝克特(Samuel Beckett,1906—1989),法国作家,代表作有《等待戈多》(*Waiting for Godot*)等。
[2] 国立网球场现代美术馆(Jeu de Paume),巴黎的一所现代美术馆,位于卢浮宫附近的杜伊勒丽花园(Jardin des Tuileries)内。
[3] 西斯莱(Alfred Sisley,1839—1899),法国印象画派创始人之一。

一幅是我喜欢的。"

我们经过了莫奈的《鲁昂大教堂》系列,他在画中将蓝色、紫色和玫瑰色调和在一起。

"我并不介意在家里放几幅这样的画。"维特里克夫人说道,格尼夫人也表示赞同,说要不是可能被抓起来,他们还想把这些画运回塔斯马尼亚!

在卢梭[①]画的《马背上的战争》前,里克·韦斯特贝特尔说道:"嘿,我喜欢这些。这些很好看,更像美国画家的作品。"

在梵高展厅,一个摇摇晃晃跟在父母身后的小朋友问:"他为什么会发疯?"

一小群人挤在一起看莫奈的《威尼斯大运河》。布格·温克尔边看边说:"那是大运河,那是圣马可教堂,叹息桥在那里,沿着运河往下就是。看,那个旅馆我们住过呢,不过那时候它肯定还不是旅馆。那条路我们走过,那是我们吃意大利面的餐馆,那是我买明信片的地方。"

天下雨了,后来下起了雪,这场雪让所有的行人和车辆都安静下来。某天一大早,我们就出发去柏林了。

* * *

那天清晨的巴黎潮湿而阴暗,马路清洁工和送奶工人在路灯下做着和往常一样的工作,当黎明刚刚点亮屋檐和烟囱管上方的天空,我们缓缓驶出了巴黎东站。我以为离开圣雅克街道后就再也见不到郊区的景象了,没想到却越来越多,并且更加阴沉可怕。团里的人们用脸贴着车窗,一个个都是震惊和幻灭的模样。这不是浪子们享乐的巴黎,甚至连克利夫兰[②]都不如。美国人全都注视着窗外。我们难以适应眼

---

① 亨利·卢梭(Henri Rousseau,1844—1910),法国后印象派画家,作品带有质朴、天真而富于幻想的情调。
② 克利夫兰(Cleveland),美国俄亥俄州城市,位列该国最贫穷的大城市之首。

前的情景。美国人开发郊区的方式过于急促和廉价，导致它们难以经久不衰。我们料想到了那里的房屋会不断地倾斜和坍塌，然后被拆掉重建；而我们建设郊区的目的，也并不是要让它们永远屹立不倒，郊区的房屋寿命不会很长，因为它们本身就是临时性的。但在法国的郊区，一座座别墅、一排排房屋和一幢幢公寓都坚固得很，而且它们实在太难看了。最可怕的一点在于，看样子它们好像要永远都不会倒掉。伦敦市郊的情况也一样：那么古老的房子，怎么可以看上去那么丑？

"那里曾经是战场，"我们跨越边境进入比利时的时候，莫里斯这样告诉我们。从穿越英吉利海峡时起，他就一直在讲战争的故事，"我有些兄弟就是在那牺牲的。"

他一直傻笑着望向窗外，那里尽是光秃秃的树木——那些年轻的白杨树就像是立起来的铁轨岔道和马鞭一样，还有灰乎乎的积雪和被河水染得漆黑的浮沫。

我还在读辛克莱·刘易斯，在书上的留白处胡乱做些笔记。

"在做笔记？"维特里克夫人问道。

我说不是。

"那么是写日记？"

我说也不是。

我讨厌被人观察。旅行的一大乐趣就在于你可以让自己默默无闻。我并没有意识到在旅行团里每个人都很显眼，而一直沉默的那个人就成了大家的威胁。我决定用那种看上去像档案卡的明信片来做笔记，那上面有大片的空白。

那个光头姑娘威尔玛对我说："我很多年没见过别人用这种明信片了。"

我告诉她，我要把这些卡片寄回家，说完我就后悔了，因为这样她接下来就可以打听我家在哪里。

"我教点书。"我告诉威尔玛。

根据我目前的判断，这个团里应该没有喜欢读书的人，不会有人在午饭后硬拉着我滔滔不绝地谈美国小说，或者被我细致入微的观察吓坏。我喜欢说自己是老师。我喜欢他们用那种方式一边打量我一边想：可怜的家伙，他好像话不是很多，那么还是让他自个儿待着吧。

要压抑住自己的好奇心，做个安静又谦逊的人，对我来说相当困难。这些人似乎都不是读书人，这很好，因为这样他们就不认识我了。但并不是说因此就可以什么都和他们说，即使是一丁点儿信息也不行。我告诉了威尔玛我刚好住在伦敦，然后不一会儿理查德·卡思卡特就走过来跟我说话："我听说你住在伦敦……"

在那慕尔①，巴德·维特里克跟我说比利时比美国难看多了，我表示同意，说这里的确不忍直视，他说："你说得对，保罗！"

等等，我什么时候告诉过你我的名字？

午饭时，餐车上只有威尔玛旁边的座位是空着的。好像一开始大家都在躲着她，但自从我坐她旁边后，大家也都开始躲着我。她告诉我，她以前在伦敦的某个地方卖玩具，后来被解雇了。她还抱怨说新西兰人对于她移民这件事小题大做，但她还是要去那儿，也许永远都不走了。她说她喜欢挑战。

我们的车刚刚在列日②停下，我用笔把这个记下来。我觉得以后要多查一些与这座城市有关的资料，然后就可以这样写：

> 我们路过列日，这里的蕾丝和香肠都很有名，它是乔治·西默农③的出生地……

威尔玛说："你怎么老是在写东西。"

"没有，没有啊。"我回答得有点急，此时我心想：别再看我了！

---

① 那慕尔（Namur），比利时中南部城市。
② 列日（Liege），比利时东部城市。
③ 乔治·西默农（Georges Simenon，1903—1989），比利时法语作家，以侦探小说闻名于世。

午饭后我打了会儿盹,然后被莫里斯的声音吵醒,他喊着:"嘿,基克,亚琛到了!"然后这两个男人就站在了过道上,将别人的路挡住。

车上的德国人明显被这两个大嗓门的美国人给惹恼了,他们一定很想把这两人丢出去。德国人好像不大能听懂莫里斯那种带鼻音的大声独白,他说他在二战期间曾参加过那场历时三周的亚琛战役[①]。这老泼猴儿竟然还是个解放者!现在他回到这里,被所有能听见他声音的人嫌弃,看来是罪有应得。

在科隆我注意到团里来了四个新人。他们是法国人,三女一男,一直待在一起。除了彼此交谈外,几乎整个旅途他们都没有和别人说话。他们老是争吵,但没人知道原因。大约一个月后,我在蒙古南部看见其中一个法国女人独自站在火车站的月台上。那时我们刚吃过一顿冰冷的土豆和肥羊肉,简直令人作呕。

我微笑着,用友善的语气问她:"这顿饭太难吃了是不是?"

"旅行的时候我根本不在乎吃什么,"这个女人答道,"当然,在巴黎的时候我对吃的要求很高,要最好的才行。"

那就是她对我说过的所有的话。

即便此刻在德国,我也可以看出那四个法国人都不是外向型性格。但这也没什么不好。我也一直都沉默寡言,不被各种问题骚扰的感觉很不错。漫长的一天快要结束了。我们路过伍珀塔尔[②],这是座在山坡上堆起来的城市,到处是陡峭丑陋的住宅。接下来是翁纳,那里有许多矿渣堆。再走远一点就到了哈姆和居特斯洛,那就像是德国人成功地把整个印第安纳州缩小后放在这里的。雨水把比勒费尔德弄得阴沉沉的,我祈祷着夜幕降临,让它用简单的黑色把这样的景象全都掩盖。经济的繁荣使德国变得面目全非,整个国家被工业文明荼毒

[①] 亚琛(Aachen)战役:1944年10月2日至21日期间美军与德军在亚琛交战,最终德军落败,但双方均伤亡惨重。
[②] 伍珀塔尔(Wuppertal),德国北莱茵-威斯特法伦州城市,下文翁纳(Unna)、哈姆(Hamm)和居特斯洛(Gütersloh)均为该州的县城。

得萎靡不振。在明斯特行政区灰褐色的天空下，坐落着杜普·莱恩（Droop & Rein）和恩德勒·科姆普夫（Endler & Kumpf）这样的工厂，那都是些令人绝望的名字。德国的这个地区完全没有树木，真是绝无仅有的凄凉。德国人是支持种树的，但有一半树木已经被酸雨毁掉，剩下的一半则遭到砍伐；它们已经被各式工厂的烟囱所取代。

那天早些时候，团里的人都像医院的病人一样在聊天。这趟旅行让他们既害怕又疲惫。他们不时打打盹，醒着的时候就问彼此问题。你睡得好吗？饭菜怎么样？晚餐是几点？他们已经开始互通肠道消化和排便情况了。他们相互汇报着自己的感受，是疲劳还是饥饿。

我密切留意着有意思的变化——开始尖叫的女人，胡子刮到一半就停下的男人，或者正在穿运动服的什么人。

我们在黑尔姆斯特①跨越边界到了东德②。火车在两排用带刺铁丝网做成的栅栏间穿行，车道和高速公路的宽度差不多。每隔几百码就有一个瞭望塔，可以望见那里明亮的灯光，还有士兵站岗放哨的身影。

过了边界，有一片战后才长起来的树林，树木还都很纤细，放眼望去林子里全是积雪和泥土，这便是此处的春光。在这看到的城市似乎远比西德那些要沉闷，但乡村却明显更加原始，树也更多，农场簇集在一起，道路上照明条件很糟。这里见不到很多人，好不容易看到一个，那样子确实很像农民。

我们在黑暗中抵达动物园火车站。（有人善意提醒道："请看管好自己的包袋，这里到处是瘾君子。"）窗外灯火闪烁，车水马龙，团里的一些人因此觉得柏林是一座浪漫而生机勃勃的城市——他们将这里视为此行中最后一块文明之地。再往前走就是波兰，然后是苏联，最后是蒙古。柏林城里不仅充斥着欢乐和情欲，那里还有很多的书店和

---

① 黑尔姆斯特（Helmstedt），德国西北部县城。
② 德意志民主共和国（1949—1990），通称东德，1990年10月30日正式并入德意志联邦共和国（西德），实现统一。作者旅行时，东西德尚处于分裂状态。

胖子。看上去它比美国富裕。

然而柏林对我来说就像个怪物,我不觉得它有什么有趣的。它是个奇怪的样本,是大都市精神分裂的特例,以至于它的狂妄和伪善都那么引人入胜。但它也是蠢货的天堂,很难想象有人在这里待过一段时间后仍然神智健全。这是座古老的城市,它本身已经存在了700年;但在纳粹的统治下它分崩瓦解,由城市变成一种象征,然后演化成一个概念,经过"二战"后的反思,最终沦为谬论。现在柏林仍然是个很糟糕的概念,并且越来越糟。任何理智的人都会把它当作愚昧、任性和顽固不化的永恒例证。如果它不是那么可悲的,那起码是可笑的,因为纳撒尼尔·韦斯特[1]说过,没有什么比真正的荒谬更让人悲伤。

赫尔穆特·弗里林豪斯是杜塞尔多夫[2]人,他自己也是来柏林旅游的。他问我:"你想去柏林最有意思的地方看看吗?"

我表示想去。

他带我去了"西百",一家巨型百货商场,全名是西部百货公司(Kaufhaus des Westens),但人们通常只叫它的缩写。他想让我看的是美食楼层,尤其是那些售卖精美昂贵食物的小摊和店铺。

"这可是新东西,"赫尔穆特说,"美食文化,人们简直对它着了魔。看见了吗?200种奶酪、40种咖啡、28种规格的香肠,这里既有素食,也有给养生狂人准备的健康食品,还有一家店专门卖鱼籽。"

那些美食精品店出售的都是虚有其表的食物,还有难以消化的稀奇玩意儿,所有商品都漂亮地陈列着,它们的包装炫彩夺目。甜点和果汁各色各样,光面包就有多达90种,盒装茶叶占据了一整面墙,意面的形状也应有尽有。乍看之下,那根本就不像吃的东西,而是像摆放得如同昂贵服装一般的专卖商品。如果有种东西可以称之为"设计师食品",那说的就是这个。我看见了状如阳物的顶级大芦笋,每根上

---

[1] 纳撒尼尔·韦斯特(Nathanael West,1903—1940),美国作家、编剧。
[2] 杜塞尔多夫(Düsseldorf),德国北莱茵-威斯特法伦州首府。

面都有标签,每磅价格约合 12.5 英镑。

在肉类专区,我对那种惊悚的氛围产生了兴趣。肉摊一个连着一个,全都摆满了大小块头的肉,那些光泽红润的鲜肉,都是被一刀刀小心翼翼地割下来的:有大腿肉、肩胛肉和后臀肉,也有蹄子和肘子,舌头被整齐地摆在架子上,心脏一律被放进盒子里,他们给胸脯肉扣上纸帽子,给猪头戴上褶皱的荷叶领。大部分肉类都是经过了这样的装饰,有点像戏剧中的扮相,这样一来屠宰或杀戮永远都会是你最后才想到的事。

来这里饱眼福的人要比真正掏腰包的人多,这是最匪夷所思的事情——人们盯着某样食品,明明垂涎欲滴,却还要继续往前走(我听见有人说:"沃尔夫冈,快看那些鱼脸肉!"),食品被用来诱惑和挑逗顾客,搞得他们目不转睛、饥渴难耐,这一切对我来说就像最具现代性的情色描写,那些肉类尤其如此。

"有意思吗?"赫尔穆特问,"看到这些,你就了解柏林了。"

我们正打算从"西百"离开的时候,看到了一份德国报纸的号外,上面说美国飞机轰炸了利比亚。此前柏林有一家舞厅被炸,据说是利比亚恐怖分子干的,美国此举是为了报复。消息传得很快,德国年轻人已经开始聚集在欧洲中心附近准备游行抗议了,大概有三十辆警车停在选帝侯大街[①]旁边。警察们正从车上卸下运来的铁栅栏,将它们堆放在路边。

赫尔穆特对我说:"直到最近我们才发现,我们与美国人有多么不同。"

他言语间有些苦涩,于是我决定不去提醒他德国过去那些恐怖无比的行径。

"我认为我们轰炸利比亚,是因为自从人质危机[②]以后,我们就一

[①] 选帝侯大街(Kurfurstendamm),柏林最著名的大街之一,有"柏林的香榭丽舍"之称。

[②] 指的是 1979 年伊朗暴发伊斯兰革命后,激进分子占领美国驻伊朗大使馆,劫持美国外交官和平民作为人质而导致的一次危机。

直强烈渴望轰炸中东的某个地方,"我说,"最近几年中,没有任何一个国家像伊朗那样羞辱我们,我们到现在都还没有平复心情。我觉得一般的美国人可能分不清伊朗和利比亚,那里的人都被看作是无足轻重的、危险的狂热分子,所以我们为什么要浪费时间去区分他们呢?"

"美国人也是那样看我们的吧。"赫尔穆特说。

"也不完全是。"我心想,如果他跟我提"二战"的话,我就说是你们先发动战争的。但是他没有。他说他觉得柏林非常奇怪而且守旧,这里大部分都是老年人,失业率也很高。他表示他迫不及待地想要回到杜塞尔多夫。

那天剩下的时间我用来采购食品,买了薄荷茶、雪利酒、巧克力和抗生素。第二天我们就到华沙了,这些东西在那可能买不到。游行在傍晚时分开始,约八千名年轻人高喊着反美口号,朝着选帝侯大街后面的美国文化中心,也就是"美国之家"行进。有流言说他们要放火烧掉那里。但大量手持防暴盾牌和催泪瓦斯的警察集结在那栋楼前,铁栅栏将他们和游行的人群隔开。暴动者乱扔石头,砸破美产汽车的窗户,还跟在身后追赶任何看上去像美国人的游客。

我错过了这场暴动,当时我正在位于俾斯麦大街①的德意志歌剧院里看《唐·乔望尼》②。此前我回到旅馆,但听到旅行团里的人正在为利比亚轰炸事件争辩时就立马离开了,我听见基克说:"那些混蛋的阿拉伯人是自作自受。"要一直听他们说这些吗?我问自己。似乎去听听莫扎特更好点。

我一个人去了剧院,然后发现旁边的座位没有人,这可把我高兴坏了,因为这样就可以独占整个扶手,靠在上面好好地欣赏这部优秀歌剧。但幕间休息之后,那个位置来了个年轻女孩,而且好几次在唐·乔望尼夸夸其谈或者唐纳·安娜唱歌的时候,她都在黑暗中盯着

---

① 俾斯麦大街(Bismarckstrasse),得名于首相俾斯麦的一条主干道。
② 《唐·乔望尼》(*Don Giovanni*),著名意大利歌剧。

我的脸看。

"我见过你吗?"演出结束时她问我。

我说没有吧。

"我觉得见过。是在哪里呢?"

我察觉到了些什么,但没有说话。直到那之前我还在得意扬扬,因为团里的人丝毫没有发现我是个作家,而且还写了好几本关于火车旅行的书。我觉得他们如果知道真相,要么会变得拘谨,要么就会拉着我胡搅蛮缠。(肯定有人会跑来跟我讲:"老兄,我来给你讲个故事。")我对团里的一些人说我从事出版工作,对另一些人说我是个老师。我几乎从不参与他们的谈话,就在旁边听着,笑着,然后做做记录。当基克蛮横无理的时候,我眨了眨眼睛溜走了。我会赶在午饭结束之前,在大家还没有开始谈论自己时,就起身离开。我就是那个总是在人群中悄悄走开的人,一个大家连他姓什么都不知道的人。我就是那个一直拿着书看,让你们不想去打扰的人。我就是那个沉默、笨拙、无趣,穿着老旧的防水风衣,站在月台上胡乱吹着口哨的人。我对你们说的一切都表示赞同。你们几乎不认识我——实际上,只有在火车上看到我的时候,你们才想起来,原来我也跟你们一起在旅行,而即使这个时候,我也仍然很不起眼,看起来神经兮兮的,只是无害地在那里涂涂写写。

"我在电视上见过你,"那女孩说,"没有吗?"

"也许见过吧。"我说,然后告诉了她我的名字。

"太不可思议了,"她说,"我姐姐肯定不会相信的,你所有的书她都读过。"

这个女孩名叫蕾切尔·蒂克勒,我告诉她我正在去蒙古的路上,然后会去中国,是的,我打算就此写点新东西,我告诉她刚从伦敦过来,说完这些我觉得很解脱。"那你在美国的生活是什么样的?"哦,是的,我每年有一半时间都在卡纳维拉尔角度过,那是个奇妙的地方。美国的生活和现在的旅行完全不同,这一路上我都在埋头做笔记。我什么都和她讲,请她喝茶,跟她聊到深夜,终于可以一吐为快。这样做没有任何风险。蕾切尔·蒂克勒和旅行团里的人不一样,她是个完美的陌生人。

告诉她这些对我来说有很多好处,因为我一直在旅行团中保持神秘,搞得像隐形人一样。我其实不想当一个穿着老旧防水风衣的、笨拙且无趣的人,对每一次谈话都避而远之,这没什么意思。一直保持沉默让我胸口闷痛。我渴望和他们讲关于中东的事情,如果他们给我一点点机会谈旅行的话题,我都会像《老水手行》①中的那个老水手一样攥住他们的手腕,激动地给他们讲我的故事。

蕾切尔独自来柏林,是为了研究与石棉危害有关的法律诉讼,这个领域的案件现在越来越多。她是一名来自纽约的律师,正在参加一个保险公司的会议,要阅读各种文件,并对资料进行评估。把一切都告诉她后,我带着更加坚定的决心上床入睡了。从某种意义上说,我俩就像一对偷欢的情人,或者说一夜情更为准确。那是一次柔情蜜意的相遇,我渴望诉说,而她善于倾听。第二天早晨五点,我又加入了旅行团,就像回到了许多远房亲戚身边。

* * *

我们搭火车到了柏林东站,在那里换乘去华沙的列车,现在我们正徐徐地驶向波兰边境。警察、海关官员、士兵——我根本分不清楚这些人——他们上车来检查我们的护照,要求查看我们的现金,然后在单据上签字。他们的工作真令人费解,而他们脚上穿的旧鞋子看样子也挺可怕。

从火车上看,波兰一片衰败的景象:生机全无的田野,老旧残破

---

① 《老水手行》(*Ancient Mariner*),英国诗人柯勒律治(Samuel Taylor Coleridge,1772—1834)的一首音乐叙事诗。

的公寓,坑坑洼洼的道路,以及满是灰尘的大型工厂。表面看来,这个国家已步入迟暮之年,一副老态龙钟的样子,但它却拥有我见过的最和善有礼的人民,他们由内而外都散发着温文尔雅的气质,也许这就是历史上波兰不断被践踏和占领的原因吧。

我的列车隔间里,还住着一同出游的祖孙三人:母亲、女儿和外孙。他们从卡托维兹①来,那个女儿有着白净的皮肤、水汪汪的大眼睛和迷人的秀发,仿佛一直在提醒我,波兰的年轻姑娘都美丽得无与伦比。

"别去蒙古啦,"埃娃说,"来卡托维兹吧,我带你去看些好玩的东西。"

她母亲翻着白眼说道:"她疯了,别理她。"

小男孩瓦特耶克一脸严肃,不声不响地坐着。有个波兰男人给他一个苹果,他收下了,但没有吃。那是另一回事了。在我看来,波兰人对彼此都非常谦恭友善;德国人在这方面就略逊一筹;而苏联人则完全不是这样。

埃娃说:"我们在芝加哥和新泽西都有亲戚,在洛杉矶也有。要不是他们,我们可能早就饿死了。他们寄钱给我们用,我想去他们那,去美国。或者去巴黎也行,我可以学法语。"

埃娃今年二十八岁,已经离婚两年了。她在一家银行的外汇部门工作。我告诉她我想在华沙贸易银行的账户里取点钱。她给了我非常详细的指导,包括银行的地址和电话。她跟我说这很容易。

当这一家人拿出午餐食用的时候,他们给了我一些三明治和水果,于是我打开几瓶阿蒙提拉多雪利酒跟大家一起喝。

"蒙古那么远。"埃娃说道。她接下来的话好像是说给瓦特耶克听的,她说:"他要一路坐火车去蒙古!""他们曾经来过我们这里,你知道吧——那些蒙古人。"

1241年的莱格尼察战役,发生地点现在离我们大约80英里。我

---

① 卡托维兹(Katowice),波兰南部城市。

们刚在兹邦申[①]停下。当时蒙古人完败德国与波兰人的盟军。

"什么人都到这里来,"埃娃说道,"这就是为什么波兰现在一片混乱。"

车窗外,月台上有两个肥胖的白人工人正在给一个铁制长椅涂刷棕色油漆。由于刷得太多,油漆一直凝结成流往下滴,而且在涂刷椅子腿部时他们把油漆弄到了月台上。有几个波兰人不满地看着,但并没有说什么。那些人头上戴着宽边帽,手里拎着塑料公文包。大多数波兰人看上去都体重超重。他们不停地谈论着食物和粮食短缺问题,但这也没什么奇怪的。食物是胖子之间永恒的话题。他们身上穿的是旧衣服,呼吸中带着面包的酸腐味,住所的墙面坑坑洼洼。

埃娃带着母亲和孩子在波兹南[②]下车,赶着去换乘开往卡托维兹的列车,但他们留了地址给我。

"到了蒙古给我们寄张明信片吧……"

我们的火车在科宁[③]延误了。这倒为我提供了便利,因为写字的时候胳膊可以不用摇摇晃晃了。我写道:

> 阴沉沉的四月,波兰,仿佛春天永远都不会到来——树木光秃秃的,枯萎的草地像破布一样,风寒冷地吹着,地面凹凸不平,公寓楼中满是湿答答的衣服,耕作过的田野里没有任何东西发芽,有个男人拉着一匹瘦骨嶙峋的马在犁地,一帮人一起铲着灰,小溪和水沟里都是泥水,地里插着绑了塑料袋的木棍,用来吓唬鸟雀;如此单调乏味……但这就是四月的景象,此时的波兰看上去如此荒凉,连鸭子都无精打采,感觉就像要被淹死了,而鸡群则狂躁不安。再过一个月左右,一切就会不同了:春天将要

---

① 兹邦申(Zbąszyń),波兰西部城镇。
② 波兹南(Poznań),波兰中西部城市。
③ 科宁(Konin),波兰中部城市,下文索哈契夫(Sochaczew)和茨曼(Syzmann)均为波兰中部小镇。

来临,整个国家将开满鲜花。尽管如此,要是当个波兰人,这命运也还是够悲惨的。

* * *

火车重新开动了,对我来说这里真正有趣的建筑只有教堂,至少它们还有点曲线。其他的房子都四四方方,屋顶都是平的。

索哈契夫周围的风景让我们眼前一亮,这里的树林一片连着一片,房子更加美观,道路两旁栽满了桦树;但艰难的生活仍在继续,人们四处劳作,干着粗重的活儿,铲东西,凿岩石,砍伐树木。所有的工作看上去都非常艰辛,在波兰你可以瞥见一丝过去的影子。

这里天主教的氛围非常浓厚,教堂里有丰富的活动,很多人脖子上都挂着念珠,火车启动之前人们都要虔诚地为自己祈祷;不仅如此,无处不在的雕像也说明了这一点。茨曼火车站前的广场上有一尊高40英尺(12米)的圣母玛利亚雕像,它的基座有8英尺(2.4米)高。我在意大利、西班牙,甚至在将自己的女王称作"受福童贞圣母"的爱尔兰也从没见到过这个。菜豆田里矗立着更多这样的雕像,而再往远处看,每一个在田间劳作的身影背后,总能见到一个圣母玛利亚。

那些雕像是用来供人祷告的,也许它们还可以吓唬鸟雀,但我认为它们之所以无处不在,还有另一种原因。那些都是经典的法蒂玛圣母像,玛利亚曾于1917年7月在葡萄牙的法蒂玛[①]显灵,向三个孩童透露说如果他们努力祷告,那么俄罗斯将会抛弃无神论,转而皈依天主教,这件事情每个天主教徒很早就知道了,但苏联的政治委员们并不知情。"现在我们为苏联的皈依而祈祷。"整个五十年代,美国所有的神父主持弥撒时都会这样说。

这才是那些雕像对大多数天主教徒——也许是对所有波兰人而言

---

① 法蒂玛(Fátima),位于葡萄牙中部,天主教著名朝圣地。

的意义所在,"上帝之母"被赋予了最浓厚的政治色彩。

我读完了《埃尔默·甘特利》并给它打了五星,现在开始读巴尔扎克的《高老头》。书中引用了一句波兰俗语"把五头牛套上车",意思是做事情应当未雨绸缪以保万无一失。但在波兰读到这句话好像很奇怪,因为这里根本没有牛,而车子也都是摇摇晃晃要散架的样子。火车慢悠悠地开了一整天,才穿越波兰西部,大约走了300英里(480千米),从东德边境到华沙。一路上见不到任何机械化的耕作方式,连台拖拉机都没有。相反,当看见那个农夫无力地鞭挞他的马,而那可怜的牲口拖着一把老犁头艰难地前行,我真切地感受到了他的绝望。

* * *

"看上去也不是很糟糕。"艾伦·维特里克说道,这是她第一次睁开眼看华沙。那时候已临近傍晚,金色的阳光洒在耶路撒冷大道那些狭窄建筑的外墙上,整个街区看起来像极了哈洛德[①]百货公司。

"让我离开这儿吧。"米利耶·韦斯特贝特尔小声对里克说。里克安慰她道:"别着急,亲爱的。明天我们就回到火车上去啦。"

然后我悄悄地离开所有人,深入华沙城区。接连有两个男人问我要不要换钱,他们给的汇率是官方的五倍,这事就发生在酒店外面。我穿过街道,正出神地望着一副又大又笨重的紫木棋子,这时又有个人走近我,问同样的问题。我沿着马萨科斯卡大街往前走,那人一直跟在我身后,问我要不要换钱,不停地告诉我汇率是多少。

"你不怕警察抓你么?"我问他。

"警察也找人换钱。"他回答。

商店里卖的东西看上去都很劣质:衣服、收音机、锅碗瓢盆。就连吃的也勾不起人任何食欲,生鲜食品都蔫儿巴巴的,上面全是灰,

[①] 哈洛德(Harrods),伦敦一家著名的奢侈百货公司。

罐头食品的包装坑坑洼洼，标签也褪了色。在每家店都有人拽着我的胳膊，低声问同样的问题："要换钱吗？"贫穷让人们看起来卑躬屈膝、受尽蹂躏，就像人们经常因为穷困而变得厚颜无耻、胆大妄为、掠夺成性，成为危险分子。我觉得这些明目张胆的违法者非常让人担忧，但当我对另一个人提起此事时，他说："别担心，这里奉行的是双重道德标准。每个人都是这样。"

华沙的破败之象也道尽了这座城市的面部表情：受尽折磨、垂头丧气、孤独到有点绝望，有时痛苦不堪，有时愤世嫉俗。让人惊讶的是，身处如此水深火热之中的人们居然还可以保持这样的尊严，还可以这样谦恭有礼。这也是好事，因为谦恭可以弥补他们在另一方面的不足——饥饿让他们变得因无时无刻不想谈论食物而招人嫌恶；贫穷让他们看上去贪得无厌；物资匮乏使他们显得物欲横流；而经济政策则将他们变成宗教狂热分子。

我住的酒店里有个叫"论坛"的酒吧，里面人头攒动、乌烟瘴气的，于是我出门去四处转转，顺路走进了哈瓦那夜总会，看那里的人跳吉特巴舞①。看得津津有味时，一个低沉的声音在我耳边响起："要换钱吗？一美金换七兹罗提②。"

"我要那些兹罗提干什么？"我说着便转身离开。

此时一个身着黑裙的丰满女孩正冲着我笑。她的橙色妆容被汗水弄得黏糊糊的，睫毛膏都结成了颗粒状。

"你可以买波兰伏特加，还可以买些古玩。波兰的琥珀很有名，你也可以买点。或者买邮票啊。你是住在酒店里吗？"

"是的。"

"我可以去你房间，陪你快活快活，50美金。"

"这里的琥珀怎么样？"

---

① 吉特巴舞（jitterbug），又名水兵舞，起源于美国西部的一种牛仔舞。
② 兹罗提（Zloty），波兰货币单位。

"Bursztyn（琥珀），"她说完解释道那是句波兰语，"很可爱，它们来自海底。"

"问题是我有很多兹罗提，但没多少美金。"

"我更想要美金，"她说，"我们需要美金。在波兰，没有美金什么事也办不成。"

"你从哪儿弄美金呢？"

"就从你这儿。"她回答。

"今晚不行。"

我从那里出来，看着阴暗的商店橱窗，宽阔的马路上空荡荡的，我吃了一惊，随后又回到了论坛酒吧。

第二天我面临的挑战是，首先要去华沙贸易银行取一些波兰兹罗提，那是我的版税所得，但我并不能将它们带出波兰；然后我要在火车离开前把它们花光。银行早晨九点半开门，火车将在两小时后出发。我估摸着大概有一个半小时可以用来买东西。要是在纽约的话这并不难，但这是在华沙。

我除了自己的银行账号外，什么信息也不知道。银行设在一栋很现代的建筑里，那是一座用钢铁和玻璃建造的高塔，塔尖直耸入云霄。天下着雨，对我来说这趟差事好像有点可笑。但如果我把自己的波兰币都留在这里，一点都不取出来，应该更愚蠢吧。我发过誓，绝不会把这些钱留给莱赫·瓦文萨，这个团结工会[①]领袖曾经公然吹嘘说他这辈子从没读过一本书。我靠写书得来的版税，给谁也不给他。

我走进银行，看见整个一楼就是一间开放式办公室，成百上千的员工不是在电脑键盘、计算器或打字机上敲敲打打，就是拿着一叠叠破旧的钱币推来推去。光是这庞大的工作阵势，就让我觉得取钱无望。

[①] 团结工会，波兰的工会联盟，是华沙条约签约国中第一个非共产党控制的工会组织。

我对大理石柜台后面的女人说,我有个外籍账户,想取点钱。

"请写下您的账号。"

于是我在一张纸条上写下账号。

"请出示护照。"

我把护照递过去。

那女人没有离开柜台,马上伸出胳膊从大理石板下掏出一个旧雪茄盒模样的小木盒。她瞥了一眼我的账号,从盒中又抽出一张纸条。

"要取多少?"

"账户里有多少?"

"有 26 万兹罗提。"

"取 10 万吧。"

按官方的汇率,那就是 600 美金,或者 375 英镑左右。

那女人在纸条上签下自己姓名的首字母后,递给办事员,办事员把我叫过去当场点清,这个过程不超过五分钟。

我的口袋现在鼓鼓的,塞满了波兰币。

"你可以买下半辆汽车了,"当我告诉出租车司机格雷戈里我的问题时,他这样对我说,"或者买十万公斤火腿。"

格雷戈里的英语带着纯熟的新泽西南部口音,他在大洋城①的一家货运公司干过两年,但后来他回到了华沙。他解释道:"华沙的确破败不堪,但这里是我的家。我的爸爸出生在这里,我的爷爷出生在这里,所以……所以……"他耸耸肩:"你喜欢这首歌吗?"

汽车音响里清脆地传出一首欢快的小曲。我说喜欢,旋律很优美。

"我唱给你听吧。"

我心想:可别。但我什么也没说。

哭泣吧,小姑娘,哭泣吧!

---

① 大洋城(Ocean City),美国马里兰州的一个城镇,濒临大西洋。

勇敢地哭泣吧！

哭泣吧，小姑娘，哭泣吧！

"好听吧？"

"很好听，"我说，"也许我可以买个古董。"

"那些商店十一点半才开门，"他说，"你会赶不上火车的。"

"琥珀呢，bursztyn，怎么样？"

"非常好，那我们去老城区。"

但珠宝店也要到十点半才开门，我们只好在华沙老城里边逛逛等，城里随处可见鹅卵石铺就的街道、各种中世纪的建筑，还有堡垒的城墙，路上格雷戈里告诉我他没有加入团结工会。"我不需要什么党派。我的妻子就是我的信仰。我的孩子，我的家庭，就是我的信仰。"

一个男人过来跟我搭讪，问我有没有兴趣买一张特别珍贵的德占时期的邮票。他拿给我看一张印了希特勒头像的邮票，上面的邮戳来自克拉科夫①，还有一张画着圣徒或天使的波兰邮票，套印了许多纳粹十字标记。

"你有多少邮票？"

他从夹克底下取出一本集邮册，大概有 20 页。他飞快地翻了一遍：这些是希特勒，这些是天使，这些是套印的，这些是有趣的邮戳。差不多 400 张。

"我给你一万兹罗提，都卖给我。"

他二话没说就把集邮册递给我，然后拿钱走了。

我们路过一家肉店。我说："我可以买点香肠。"

"你需要一张这个。"格雷戈里给我看了看他的肉票本，每月限购 2.5 公斤肉。那是他五月份的肉票本，有几页已经撕掉了。今天才 4 月

---

① 克拉科夫（Kraków），波兰旧都，为该国第二大城市。

16 日，但他早把四月份的用光了。"波兰没有很多肉供应。我们必须把那些肉卖到国外，用来换美金。我在大洋城见到的波兰火腿可比在波兰本土见到的多。"

"为什么不做个素食者呢？"

"不行，这可不行。"他边说边向我展示着他那尖利的牙齿，"而且你知道的，波兰人讨厌除牛肉和猪肉以外的一切肉类。他们不吃羊肉，也不吃鸡肉。"

我说波兰肯定也有一些素食者。

他说他唯一认识的素食者是个老太太，医生不让她吃肉。在我看来这就是波兰人的保守性格，他们坚守着自己的饮食习惯，宁愿花一上午时间在肉店门口排队（华沙到处是这样的队伍），也不愿意变换口味去吃乳蛋饼或者炖蔬菜。我突然觉得，拒绝在饮食上做出改变的人，不仅顽固不化而且自讨苦吃，也许还非常迷信。

珠宝店开门后，我进去买了些琥珀，后来又在回酒店的路上买了半打波兰香槟，还有一些黄色鱼子酱、腌蘑菇和沙丁鱼。我向格雷戈里付了车费，为了感谢他的帮助，又给了他一点小费。最后我还是剩下两万兹罗提，不知道该用来买什么。

此时，我想起了火车上认识的埃娃和瓦特耶克。"到了蒙古给我们寄张明信片吧。"埃娃曾经这样对我说过，还给留下了地址。于是我把剩下的钱装进一个信封，在里面塞了张写着"给瓦特耶克"的便条，然后就寄给了他们。

那天的华沙下着雨，阴雨的笼罩让整座城市更加显得破败。我们出发去莫斯科的时候，大雨正冲刷着车厢。

因为有一箱子波兰食品，所以我决定在到达布列斯特-立陶夫斯克[①]之前，组织大家到我住的隔间小聚一会儿。我邀请了阿什利、莫

[①] 布列斯特-立陶夫斯克（Brest Litovsk），即今天的布列斯特，白俄罗斯邻近波兰边境的一座城市。

托尔、克里斯,还有团里其他几个不那么多事的人。

在到达苏联边境之前,我们喝掉了大部分香槟。阿什利醉醺醺地贴着我的脸说:"我跟莫托尔打过赌,说你肯定是美国国务院的。"

"那么你输了。"我说。

到了边境,有海关人员上车来搜查。一名妇女在检查我的隔间时,有瓶香槟的软木塞蹦出来了,但她连眼睛都没有眨一下。她在搜寻枪支、书籍、现金和珠宝。"没有枪。"我对她说,然后向她展示了我的全部家当。

与此同时,所有车厢的轮子都被换掉了,他们卸下原来的车轮轴承,把适用于宽轨的装了上去。

"我们有两个人被带走了!"莫里斯·李斯特叫喊着向领队抱怨道,"那些苏联人刚带他们离开。"莫里斯吓得快要喘不上气来,但其实他一直都在期盼这一幕的出现。

"我都不敢抬头。"基克说道。他们把巴德·维特里克带去问话,他一直拿着本《经济学人》在众目睽睽之下招摇。那也有罪吗?里克·韦斯特贝特尔则不停地用他在马里兰买的橡胶清洁刷擦着他隔间的窗户。他该是个间谍吧,不然还有什么擦窗户的理由呢?

就在我们启程去莫斯科之前,维特里克和韦斯特贝特尔被送了回来,晚饭时他们给大家讲了被关押和审讯的事情。

我喝光最后一瓶波兰香槟,又读了点《高老头》,然后就睡着了。夜里我们先后经过了明斯克①和斯摩棱斯克②。醒来后我发现铁道旁的田野都被积雪覆盖,壕沟里的水也已经结冰。这里的民居都是木头盖的小屋和平房,崎岖不平的道路上有车轮碾压过的痕迹,溅起的泥水洒在了两旁的冰面上。

"我小时候俄亥俄州也是这个样子的,"里克·韦斯特贝特尔说道,"那是三十年代的事了。"

---

① 明斯克(Minsk),白俄罗斯首都。
② 斯摩棱斯克(Smolensk),俄罗斯斯摩棱斯克州首府。

* * *

"我不和你们一起观光。"到莫斯科后我告诉领队。我决定在城里走走,因为接下来好几天我们都要待在穿越西伯利亚的快车上,没有机会步行。不管怎么说,莫斯科能参观的景点也十分有限:因为整修的缘故,克里姆林博物馆不对外开放,许多教堂也关掉了,我同行的游客们将别无选择,只能坐上巴士在城里绕一大圈。我到苏联国际旅行社的酒店买了票,准备去看莫斯科大剧院的《胡桃夹子》和斯坦尼斯拉夫斯基剧院[①]的一个现代芭蕾舞剧。当我对售票员说票似乎很好买,他回答说:"因为你有美金。"

我走去了瓦西里升天教堂[②],接着去了1968年我曾住过的大都会酒店——它现在已经成为了某种纪念象征,然后进去古姆国立百货商店[③]转了转,看看那里的商品。

我正盯着一些看起来非常劣质的闹钟,这时发现有两个姑娘走过来,对我形成了左右夹击之势。

"这些钟漂亮吧?你喜欢闹钟吗?"

我说:"闹钟总是搅了别人的好梦,所以我讨厌它们。"

"真有趣。"我右手边的姑娘说。她皮肤暗黑,二十出头的样子,"你要换卢布吗?"

令我惊讶的是她俩一个用婴儿车推着个小男孩,另一个则拎着一包东西,好像是要洗的旧衣服。她们都长得挺好看,但显然疲于应付家务,要带孩子出来透气,又要洗衣服。我邀她们去看芭蕾舞剧,反正我买了两张票。但她们拒绝了,说要回去给丈夫准备晚饭,而且还有家务要做,要不要换点钱?当时的官方汇率是七十二美分兑一卢布,

---

① 全称斯坦尼斯拉夫斯基与聂米洛维奇-丹钦科音乐剧院(Stanislavsky and Nemi-rovich-Danchenko Moscow Music Theatre)。
② 瓦西里升天教堂(St. Basil's Cathedral),莫斯科最著名的一座教堂,位于克里姆林宫旁。
③ 古姆国立百货商店(GUM),位于莫斯科红场东侧,世界闻名的百货商店。

而她们提供的价格是这个的十倍。

"我要那么多卢布做什么呢?"

"有很多事情可以做啊。"

黑皮肤姑娘名叫奥莉加,金发碧眼的那位叫娜塔莎,她自称是个芭蕾舞演员。奥莉加会讲意大利语;而娜塔莎只会说俄语,她有舞蹈演员的修长身材,皮肤白皙,长着一双斯拉夫人的丹凤眼,眼珠是明亮的瓷蓝,还有一张生动的苏联式嘴唇。

我说我只是在四处走走,因为需要运动。

"我们和你一起吧!"

这就是为什么大概十分钟后,我出去的时候,两边胳膊各挽着一位苏联女郎,手里还帮娜塔莎拎着要洗的衣服,奥莉加则推着婴儿车里的小鲍里斯,大家一起沿着卡尔·马克思大道往前走。奥莉加一直在用意大利语同我交谈,娜塔莎则在一旁边听边笑。

"你好像自己逛得很开心嘛,保罗!"

说话的是团里的几个人,他们正朝着巴士走去。我很高兴被撞见,他们会怎么想我呢?

我们进咖啡店喝了杯热巧克力,她们说希望还能见面:"有空我们可以聊聊天!"但对于具体的时间她们又举棋不定,大概是因为想着要如何瞒过丈夫吧,不过最后我们还是商定了下次通话的时间。

当晚我去了马戏团,这让我再次认识到自己有多讨厌这东西。每个人都会告诉你:"罗马尼亚的杂技演员很棒!保加利亚人很会变戏法!要是没见过苏联人走钢丝,你这辈子就白活了!而一个中国演员可以用嘴叼着筷子,稳稳当当地撑起一整套陶器!"为什么要这样?为什么到处都是飞人,每个人不是像雪貂那样翻筋斗,就是在板凳上做些不可思议的事?

在莫斯科马戏团,狗熊会踱步或跳舞——那些毛茸茸的大块头,一边流着哈喇子,一边踮着脚尖旋转;小狗能够单腿站立;浑身发亮的海豹可以用脚蹼戏球。所有的动物看人时都怯生生的,它们用后肢走路的样子又拘谨又呆板，时不时向驯兽员投去哀求的目光，好像走错舞步就会被踢打或电击一样。

一切都让我感到非常难受，对我来说这毫无乐趣，甚至是丧心病狂的。在我看来这是乡下人最粗鄙的娱乐方式，可这样想是不是又太拿它当回事了？无论在购物集市还是贸易广场，穷人都是用这种把戏取悦别人，好让人掏出几个铜子儿来扔给他们。这样一种开放环境中的消遣方式，让我想到了仆役、奴隶和吉普赛人：人像狗一样纵身跳跃，狗像人一样踏着正步。事实上观众之所以对女演员兴趣盎然，完全是因为她们衣着暴露——在一个满是严肃代表的道学社会，这可是惊世骇俗的事。

很难想象有哪个教育普及的公正社会乐于培养马戏演员，或者哪个有怜悯之心的人会去训练狗熊跳舞。在一些繁荣国家，马戏团也许比较活跃，但那些所谓的艺术家们都来自别处。玲玲兄弟从小在威斯康星州的农场长大，他们曾经穷困潦倒，靠玩杂耍和翻筋斗才脱了贫。鲁道夫·玲玲那时可以用下巴顶起一把犁头。如今，玲玲马戏团[①]里的大多数明星都来自东欧或中国。

最简单的解释就是多数人都喜欢盛大的演出，因为里面满是各种音乐、筋斗表演、嘈杂声、情色、爱国主义和廉价的刺激。他们爱看黑猩猩骑车，玲玲马戏团有一场演的是二十五个黑人骑在独轮车上打篮球，这也是较受欢迎的表演之一。然而，还有另外一面。"将人变成动物的愿望是奴隶制度发展最强大的动力，"埃利亚斯·卡内蒂[②]在《群众与权力》的"转变"一章中写道，"对这种愿望的能量及其对立面——将动物转变成人——的能量都是不会估计过高的。至于后者，

[①] 玲玲马戏团，全名"玲玲兄弟与巴纳姆贝理马戏团"（Ringling Brothers and Barnum and Bailey Circus），世界三大马戏团之一，建于1886年的美国马戏团，演员从世界各地挑选和邀请。因动物保护组织的持续抗议，于2017年举行谢幕演出。

[②] 埃利亚斯·卡内蒂（Elias Canetti，1905—1994），保加利亚作家、评论家和社会学家，1981年诺贝尔文学奖得主。

伟大的精神产物，如灵魂转生的学说和达尔文主义，它们的存在，不过也有流行的娱乐，如驯兽表演，皆归功于它。"[1] 莫斯科马戏团正是如此。没有什么比一名苏联驯狮员更能体现苏维埃思想了，而透过大棕熊笨拙的吉格舞步或龙虾四对舞步背后的训练过程，我们已经可以充分地了解苏联的政治制度了。

我心里还想，自己怎么这么蠢，居然一个人在莫斯科看马戏。我想不出来，为什么我没有去做些有趣得多的事情，比如去东桑威奇[2]的海岸航行。然后我才记起来，这是在去蒙古和中国的路上。

回到乌克兰酒店后，我收到一个消息："奥莉加明天中午十二点会给我打电话。"第二天正午时分，她又打过来说两点会再打来。到了两点钟，她约我三点半见面。这些电话弄得好像我们的见面非常必要并且在所难免似的。我在酒店门外的台阶上等着她们，却突然发现根本不知道为什么要见面。

娜塔莎走来我身旁，却并没有和我打招呼。她身着旧衣，拎着个购物篮。然后她冲我使了个眼色，我就跟着她上了出租车，看见奥莉加正坐在里面抽烟。我进去以后，奥莉加招呼了一声司机，车子就开动了。他们时不时地争论着方向是不是走对了，或者有没有走最近的路。

就这样，二十分钟后，我们到了高楼林立的莫斯科市郊，我问："我们要去哪儿？"

"离这不远。"

大街上有人在清扫落叶，也有人在捡拾垃圾。我从来没见过这么多街道清洁工，于是问她俩今天发生了什么事。

奥莉加告诉我，每年的这个日子人们都会无偿打扫城市。这一天叫作"星期六义务劳动日"，免费劳动是为了纪念列宁，再过两天就是

---

[1] 冯文光、刘敏、张毅译：《群众与权力》，北京：中央编译出版社，2003，第270页。
[2] 东桑威奇（East Sandwich），美国马萨诸塞州小城。

他的生日。

"你不觉得你应该拿把铁锹去那帮忙吗,奥莉加?"

"我太忙了。"她回答说,而她的笑容则在告诉我:休想!

"我们是要去谁家吗?"

奥莉加又给司机指了好几次方向。他右转进入一条小巷,突然又转向驶上一条泥土路,一边开车一边抱怨。在那条糟糕的路上,住宅区一个连着一个。他不停地行驶在这些小道上,四周都是光秃秃的高层公寓楼,最后他把车停下来,满腔怒火地喋喋不休。

"剩下的路我们可以走过去,"奥莉加对我说,"你可以付钱给他了。"

司机一把抓过我手中的卢布就离开了。我们朝一栋十六层楼的建筑走去,路上有孩童在玩闹,他们的父母正在本着义务劳动的精神虔诚地打扫街道。

丝毫没有人注意到我。我只是个穿雨衣的路人,跟在两个妇女身后,沿着泥泞的道路行走。经过的墙上都是潦草的涂写,房屋的窗户破破烂烂,我们穿过一扇被砸毁的门,进入一个门厅,有三辆婴儿车停在那里,地面上有些瓷砖已经缺失。这就像是伦敦南部或者布朗克斯①的某个住宅区。楼里的电梯已遭人破坏,但仍然在运行,它用漆过的木头做成,有人在上面刻下了种种字母缩写,我们乘搭它到了顶层。

"不好意思,"奥莉加对我说,"我朋友的电话一直打不通,我必须先和她通话。"

到目前为止,我还在想象在这个地方会遭到威胁或抢劫。说不定门打开以后,出现的是三个高大的莫斯科人,他们会把我抓住,掏空我的口袋,然后蒙住我的双眼,把我扔在莫斯科的某个角落。她们不会真的要绑架我吧。我问自己是否担忧,然后自问自答:还真有点儿。

---

① 布朗克斯(Bronx),纽约的五个行政区之一。

看到开门的女子满脸惊讶,样子邋里邋遢的,我悬着的心才稍稍安定下来。她的头发乱糟糟地盘在一起,穿了件浴袍。时间已经是下午很晚了,她才刚刚睡醒。她跟奥莉加窃窃私语了一会儿,然后让我们进屋。

这个女子名叫塔季扬娜,我们的打扰使她怏怏不快,因为此前她一直在床上看电视。我对她们说想借用洗手间,这样可以顺便快速打量一下屋子。这套公寓很大,有四间卧房和一个中央大厅,厅里面还摆放着书架。所有的窗帘都是合上的。空气中混杂着蔬菜和发胶的味道,还有床褥味、体味和脚丫子味交织在一起——晚起者家里都是这种气味,谁也不会搞错。

"要喝茶吗?"我答应了,于是我们在狭小的厨房里坐下来。塔季扬娜趁烧水沏茶的工夫梳好了头发,还化完了妆。

桌上有一些杂志:两本旧的《服饰与美容》,上个月的《尚流》和《时尚芭莎》。看见它们被放在那里,我深深地确信,那种杂志永远都会让我心生厌恶。

"这些都是我的意大利朋友带来的。"塔季扬娜说道。

"她有很多外国朋友,"奥莉加说道,"这就是我带你来见她的原因,因为你是我们的外国朋友。你要换卢布吗?"

我说不用,我没有东西要买。

"我们可以找些东西让你买,"奥莉加表示,"你可以给我们美金。"

"你们要给我找什么?"

"你喜欢娜塔莎,她也喜欢你。要不你跟她睡一觉吧?"

我站起来走到窗边。屋里的三个女人都盯着我看,我把目光投向娜塔莎,她故作矜持地对着我微笑,眼睛眨呀眨的。身旁是她的购物篮,里面有一盒清洁剂、一把用报纸包装的新鲜菠菜、几瓶罐头、一包塑料衣夹,还有一盒尿不湿。

"在这里?"我问,"就现在?"

她们全都对着我笑。窗外,人们忙着打扫街道,扒拢地上的落叶，铲起成堆的垃圾——为了庆祝列宁生日，在这件小事上，他们都慷慨地展示出了作为公民的自豪感。

"跟娜塔莎睡一觉要多少钱？"

"170美金。"

"这么具体的数字，"我说，"你们是怎么定价的？"

"那是小白桦商店①里一台录音机的价钱。"

"我要考虑考虑。"

"你现在就得做决定，"奥莉加坚定地说，"你有信用卡吗？"

"你们这还可以刷信用卡？"

"不能，但是小白桦商店可以。"

"那真的是一大笔钱呢，奥莉加。"

"啊哈！"塔季扬娜嘲笑道，"我的男人们给我买收音机、录音机、录音带，还有衣服，算起来要好几千美金呢。就一百多美金你还磨磨唧唧的。"

"听我说，我没有夸夸其谈，相信我。但如果我喜欢一个人，我不会为了和她上床而给她买东西。在美国，我们做爱是为了得到快乐。"

奥莉加说："如果我们没有美金，就不能去小白桦买收音机。商店六点钟就关门。有什么问题吗？"

"我不喜欢操之过急。"

"讲了这么久！本来你们俩现在都搞完啦！"

我讨厌这样的局面，强烈地希望能摆脱她们的喋喋不休。厨房里很热，茶很苦，那些在十六层楼之下扒落叶的人也让我感到沮丧。

我说："那我们为什么不先去小白桦？"

塔季扬娜换好衣服，我们叫了辆出租车。开车去那里大概二十分钟，我们到的时候可能就快六点了。但对我来说，这个办法既能挽回面子又能省钱。回想起刚才在公寓里的自己，我真是感到深恶痛绝。

---

① 小白桦商店是前苏联政府设立的特供商店，只可使用外汇。

进商店之前,三个女人又开始吵吵嚷嚷。奥莉加责备说都怪我,没有在适当的时候跟娜塔莎行乐。塔季扬娜一会儿就要去学校接女儿,娜塔莎着急回家,明天她要同丈夫和孩子去黑海,而此刻她还指望着要买个录音机;奥莉加自己得赶回去做晚饭。"Vremya(时间),"娜塔莎用俄语叨念着,"Vremya."快点啊,快点。

我从没见过那么昂贵的小电器,收音机和磁带机的价格高得离谱,一个索尼随身听要 300 美金。

"娜塔莎想要个这种的。"

奥莉加指着一个 200 美金的卡带机说。

"这价格太荒唐了。"

"这是好货,日本产的。"

我望着娜塔莎,思考着这些人怎么可以如此彻底地摆脱市场规律的控制。

"抓紧时间。"娜塔莎催促道。

"这些很漂亮。"我开始试戴各种皮帽,"你为什么不要这个呢?"

奥莉加对我说:"你现在必须买点东西,然后我们就去把事儿办了。"

我又开始想象:我们付好钱,用小白桦的购物袋拎着卡带机,朝塔季扬娜家奔去,上楼后我在她身上胡乱摸索,娜塔莎气喘吁吁地喊着"快点啊,快点",草草了事之后我就离开。

我说道:"塔季扬娜,你女儿还在学校等你呢。奥莉加,你老公晚上还要准时开饭哦。娜塔莎,你非常漂亮,但是如果还不回去收拾行李的话,就赶不上和老公去黑海啦。"

"你在做什么?"

"我还有约。"我说着便离开了,此时小白桦商店也打烊了。

我去了苏联大剧院,注意到寄存处、小卖部和吧台的苏联女人通通都直勾勾地盯着我看。这既不是勾引,也不是爱情,仅仅是因为发现了一个可能携带坚挺货币的男人而表现出来的好奇。女人们通常不这样看别人。那是一种毫不含糊的、恋恋不舍的凝视,眼神中总带着一丝笑意,仿佛在说:也许我们可以一起做些什么。

来到莫斯科后,我们的旅行团就死气沉沉的。大家都变得非常安静和机警,实际上他们好像在害怕什么,我完全没想到会这样。是因为士兵和警察凶巴巴的眼神吗?还是因为进入酒店大堂之前,要经过一遍遍的安检,并且还要出示房卡?或者是因为那些空荡荡的大楼和宽阔的街道?阿什利说在莫斯科他觉得自己很渺小。

基克眨眨眼,告诉我在莫斯科的这三天他连酒店都没有出。他说怕被人抓走,然后就杳无音信了。

"他们为什么要抓你?"

"我是美国海军陆战队的士兵,"他回答,"在苏联,他们会因为这种理由杀掉你的。我说,我们快离开这儿吧。"

* * *

一个阴沉沉的下午,天下着雨,我们从西伯利亚铁路的终点雅罗斯拉夫尔站[①]出发了。团里的人又紧张又啰嗦,他们为再次出发感到高兴,却又为接下来的旅程担忧。有的人从来没有在火车上过夜的经历。到达伊尔库茨克前需要在火车上度过四个夜晚,他们有自己的独立空间——美国人住一个隔间,英国人住一个,澳大利亚人住另一个,那四个不知名的法国人也独自待在一起。自从第一眼看见他们分给我的隔间,我就知道接下来的旅途将美妙无比:那里只有我一个人。我有在波兰买的食物,有在莫斯科买的巧克力和香槟,还有书和短波收音机和我做伴。我期待着未来四天的狂欢。

这种感受在苏联是非同寻常的,因为这里的个人总是被视而不见——他们几乎从来不会注意到还有单独上路的旅行者。如果你独自走进某家苏联餐馆,那么要过很久很久才会有人过来招待;但要是

---

① 雅罗斯拉夫尔站(Yaroslavl)是莫斯科的一个铁路总站,位于共青团广场。

三十五个芬兰醉汉唱着"Suomi! Suomi！（芬兰！芬兰！）"一起进去，服务员立马就会体贴备至地伺候他们吃饭，不用一个小时他们就能回到游览车上。苏联人更喜欢款待一大群人用餐。他们像赶牲口似的把这些人集中在一起，向他们发号施令，清点人数，最后送他们离开。个人往往被视为又危险又惹人厌烦的存在。既然欺负一整群游客要容易得多，为什么要为一个落单的人煞费苦心呢？他们对于独行者既蔑视又害怕。如果有人好不容易冲破了这种官僚氛围的重重阻碍，他会发现自己的花销要比跟团旅行贵上一倍。苏联社会并不认同"个人"的概念。我的办法很简单：跟旅行团走，然后选择适当的时机离开他们。

我要是独自旅行，绝对不会有一个专属于我的隔间。但我们的旅行团整整包下了两节车厢，而一节半就足够容纳所有人了，因此有些幸运儿就可以自己住。

这就是为什么在第一天，车轮滚滚驶向基洛夫①的途中，我过得非常开心——阅读，饮酒，收听英国广播公司的新闻，记录与奥莉加和娜塔莎之间的那段奇葩故事。这对我来说就像一种放松疗法：无所事事地待着，欣赏怡人的风景，还有人叫你起床吃饭。由于我们是集体行动，所以能够比别人更优先地享受服务。

搭乘西伯利亚快车的经历既单调乏味，又有种苦行僧般的凄美：火车整个白天都在疾行，发出巨大的声响，窗外只有桦树林和起伏的山丘，到了夜里外面一片漆黑，漆黑过后看见的是更多桦树林和更多起伏的山丘；接下来整个白天又都是这个样子，到最后你会觉得窗外那些根本不是风景，而更像墙纸——那种极其简单的一张连着一张的墙纸，让人宁愿去观察拼接处的痕迹，也不愿去欣赏它本身的设计。

一座座小山丘被白雪覆盖着，山与山之间嵌着一片片桦树林，自

---

① 基洛夫（Kirov），俄罗斯西部城市，基洛夫州首府。

然界中再没有比这更古朴的风景了。乌鸦和它们的小窝让这幅黑白画作更显质朴：那些胖乎乎的黑鸟，要么安静地栖在枝头，要么就在苍白的天空下凌乱地扑腾着翅膀。

我们经过彼尔姆①，在1100英里（1770千米）处跨越东西界标，然后驶向斯维尔德洛夫斯克州②。一路上民居越来越小，外观也不停地变化，从城市里的钢筋水泥大厦，到郊区的砖瓦平房，再到木板搭建的住宅，越往前走房子越简陋，直到出现用半圆木做成的屋舍，再偏远一点，就只有一根根整木堆砌起来的小屋，墙体的缝隙用草皮堵住。只要走上50或100英里（80或160千米），你就能了解苏联建筑的全部历史。

吃午饭时我和瞎子鲍勃、威尔玛和莫托尔坐在一起。莫托尔给我们展示了他的最新收藏，其中有一颗柏林暴动者扔出来的石头，有一块来自华沙的大石块，还有一颗在苏联捡的鹅卵石。他正盘算着利用在鄂木斯克③停留的12分钟，去地上搜罗点有意思的东西上车。

"这些房子太可怕了。"威尔玛说道。她戴了一顶羊毛毡帽，遮住光秃秃的脑袋。

莫托尔连胡子都没刮，到处找着威士忌。在这样的旅途中，我要是看见有男人开始不刮胡子，就老觉得有什么倒霉事要发生。

我注意到，这里的房子好像很多都没有上漆，有的话通常也只是些装饰而已。在更穷一些的村庄，他们根本就不刷漆。日晒雨淋让那些小木屋和棚户的颜色越变越深，车窗外那一大片矮胖的小黑屋就是例证。

威尔玛说："我想读点关于它的东西。"

瞎子鲍勃问："保罗·索鲁写过一本关于西伯利亚快车的书，你看过吗？"

---

① 彼尔姆（Perm），俄罗斯西部城市，彼尔姆边疆区首府。
② 斯维尔德洛夫斯克州（Sverdlovsk），位于俄罗斯西南部。
③ 鄂木斯克（Omsk），位于俄罗斯西伯利亚西南部。

"没有,"威尔玛回答,然后她问我,"你看过吗?"

我把脸贴着窗户,说道:"看那些桦树!从来都没有见过一棵粗壮的,是不是很神奇?它们全都是高高瘦瘦的,你们说是为什么……"

"我看过,"桌对面的莫托尔说道,"格尼夫妇有一本他的书,不过我不知道是哪本。我见到马尔科姆在隔间里看。"

我提醒自己要避开格尼夫妇,但尽管如此,我坐在这里仍然觉得自己像个伪君子。但我要怎么做呢?我讨厌别人关注我。我花了钱买票,所以有权利保护自己的隐私。我没欺骗任何人,仅仅是吝于说出真相而已。如果我选择坦白,将会惹来许多麻烦,不光是有人不停地过来跟你聊写书的事情,告诉你"应该去买一台文字处理机",而且我还担心成为他们的免费向导。就因为我以前坐过这趟车,所以就应该知道窗外那个热水瓶形状的东西是不是某座教堂的尖顶,那条河叫什么名字,以及在伊尔库茨克能否买到胶卷。

要保守秘密其实很简单。我自己单独住一个隔间,这里有充足的空间和大量的食物,葡萄、饼干、巧克力和茶叶,这一切都让西伯利亚快车上的生活更像是奢侈的疗养。我的小收音机在车内还能正常工作,这使我感到惊讶。白天有时我可以收到英国广播公司的新闻,有时也能收到澳大利亚广播和美国之音。我听到了"流行金曲二十首",关于中国举办莎士比亚戏剧节的报道,以及利比亚爆炸事件的后续情况。卧铺车厢末尾有个俄式茶壶,里面有热水可以供我泡茶。我把每天的时间分成三部分,给自己安排阅读和写作任务。

那天晚上,一轮满月照耀着万里无云的夜空,地上的积雪已经融化,桦树林里汪洋一片。午夜时分,空中的圆月和水中的倒影相映成辉,整个地面明亮得如同一面镜子。桦树的叶子早已落尽,光秃秃的枝干在月色中轻摇,一副弱不禁风的模样。

西伯利亚快车上的生活每天都一个样,但这也是它让人放心的一面。就其本身而言,这样的日子并不有趣,这就是为什么作为一名乘客时我感到很开心,可是真要想记录点什么时就会非常恼火。这趟列车只能成为写作的背景,而不能把它当作描述的对象。同我了解的其他列车相比,它更像一艘远洋邮轮,带领我们四平八稳地行进,路边都是千篇一律的风景。十三年前我曾坐过这趟车,如今它有了许多变化,而且大部分都是进步的。我假想,这背后应该与戈尔巴乔夫倡导以经济有效的方式改造苏联社会有关。他曾经公开批评苏联工人做事心不在焉:现在卧铺车厢里再也见不到头发花白的老列车员,取而代之的是两个年轻人,他们待在一个小隔间里,轮流出来工作。戈尔巴乔夫还谴责说这个国家的人普遍酗酒,如今的变化从西伯利亚快车上也能看出来,因为车上再也没有人饮酒狂欢。虽然偶尔还能见到几个醉鬼,但他们没人敢走进餐车,车上再无酒水售卖。车厢更干净了,列车员态度非常和蔼,车上的乘客也都比从前更加体面。尽管如此,在逗留时间稍长一些的车站,我要是下车去月台上走走,还是会有苏联人硬拉着我问:"你的鞋子卖不卖?牛仔裤卖不卖?T恤卖不卖?"对我而言,如果一个国家的人跑过来,连你身上的内衣都要买,那么这个国家肯定是在根源上出了问题,当然这也许只是我个人天马行空的想法。

我每天都把手表调快一小时,因为伊尔库茨克的时间比莫斯科快五小时。这样每天损失一小时并没有给我造成时差困扰。第三天睡醒时我朝窗外望去,看见南边有一个巨大的湖,那就是钱尼湖[1]。很快我们就在巴拉宾斯克[2]停下,这个地方非常寒冷,气温在零度以下。列车员泽尼亚眯缝着眼睛看了看天空,他把自己抱得紧紧的,用俄语嘟囔着:"Sneg(要下雪了)。"莫托尔提醒我注意,巴拉宾斯克草原上有些桦树粗壮得像啤酒桶一样,比我见过的任何桦树都茂密。这些树都比较老,躯干上的树皮已经变黑而且裂开了。

我们来到了鄂毕河[3]边的新西伯利亚市。奇怪的是,这座西伯利

---

[1] 钱尼湖(Lake Chany),俄罗斯最大的湖泊之一,位于新西伯利亚州,是水位随季节和年份改变的淡水湖。
[2] 巴拉宾斯克(Barabinsk),俄罗斯新西伯利亚州中西部的一座城市。
[3] 鄂毕河(Ob River),世界著名长河,位于西伯利亚西部。

亚城市竟然如此之大，但想想芝加哥的情况也就无须大惊小怪了。它和芝加哥一样，都是因铁路修建而发展起来的城市。更奇怪的是这里有许多海鸥，在距海洋 1000 多英里（1600 多千米）的河面上，居然有无数黑头鸥和红嘴鸥在浮冰之间俯冲穿梭。鄂毕河绵延 3461 英里（5570 千米），是世界第四长河，比长江还要长。①

有一次，马尔科姆·格尼深有同感地和大家讲保罗·索鲁笔下的经历，那个号称无所不知的旅行者，在很多年前就搭乘过这趟列车。桌上的每个人都饶有兴致地听着，明显流露出感同身受的神情。看来似乎只剩我一个人还没表态附和他的夸夸其谈了，因此我找了个借口起身走开。

但我真想表明自己的身份，告诉他们这趟列车比 1973 年时好多了。它现在更有序、更干净，似乎也更包容了。我记得那时上车才几天，餐车里就没有了像样的食物，我们只能吃些鸡蛋、清汤寡水和不新鲜的面包；列车在弯弯绕绕的长铁轨上颠簸，钢碗里的清汤就跟着晃荡，那场景我至今还记忆犹新。

我刚要入睡，天上的云越积越厚，正飘向空中那轮耀眼的明月。天变冷了。在广袤的西伯利亚森林里，在一片片雪地和尖耸的树木之间，想必有狼和野狗出没。再往下想，我仿佛看见它们的皮囊挂在架子上。用狼皮做帽子，在我看来是十恶不赦的事。月亮最终完全被云层遮住，黑暗湮没了眼前的一切。第二天早晨醒来时，我们已经到了泰舍特②，窗外风雪大作。

这是一场突如其来的春雪，下得很大，积雪很深。到处是白茫茫的，地上只露出几条泥泞的小溪，溪里并没有水流，就像一丝丝巧克力冰激凌曲折地嵌在白雪之中。下雪的地方总是寂静得有些诡异，此刻在西伯利亚则更是如此——确切地说应该是东西伯利亚，乌克车站

---

① 编者注：作者此说法有误，鄂毕河实为俄罗斯第四长河，比长江短。
② 泰舍特（Taishet），俄罗斯伊尔库茨克州城市。

指示牌上就是这么写的,那是个很小的车站,建筑全都是用木头搭建而成。雪没日没夜地下着,有时道路两旁积雪太深,当列车在风雪中穿行,我们只觉得被白色包围。天空是白色的,大地是白色的,没有别的,除了隐约有些树木的痕迹,只有一片苍白。

用里克·韦斯特贝特尔的话说,木制建筑很容易让人想到1920年代美国中西部的小镇:房屋都是一层结构,上面有陡峭的斜屋顶;郊外都有几家脏兮兮的工厂,排出的烟和天上的云一样呈灰褐色,而且四周都是辽阔的草原——我们眼前的这个,像极了爱德华·里尔①笔下的广宝莲大平原。从济马小镇往前走了几小时,经过的都是些偏僻的新兴城镇,看起来都跟《大街》②里的戈弗草原镇差不多。此时我刚好在读《大街》,面对着书里书外如此相似的情景,我惊奇不已。

到了下午,大雪有所减弱,随后在我们靠近安加尔斯克③时,大风将积雪从地面卷起,好像暴风雪一般,但那时雪已经停了。被风横扫过的地面,泥土干干的,呈浅棕色,这样的冻土硬得用脚尖也踢不破。直到看见一只猎鹰停栖在光秃秃的枝头,我才意识到这里并没有多少生命的迹象,铁灰色的天空下,只有寸草不生的土地和随风而舞的白雪。列车继续前行,我期待着能见到更多生命。我想我后来看见了喜鹊和乌鸦,但那也许只是光影造成的错觉。

西伯利亚快车行驶了四天半时间,我们已经穿越广袤的平原,就快到达伊尔库茨克了。令人惊讶的并不是这趟旅程耗时如此之长,而是对于每个选择继续搭车前往海参崴的人来说,还有四天在等着他们,并且接下来的旅途和此前的并不会有什么两样,如同要穿越海洋一般。

---

① 爱德华·里尔(Edward Lear, 1812—1888),英国诗人、画家,广宝莲大平原(the great Gromboolian Plain)是其作品中常出现的虚构地名。
② 《大街》(*Main Street*),辛克莱·刘易斯的小说,作品以虚构的美国中西部小镇"戈弗草原镇(Gopher Prairie)"为背景,对现实社会加以嘲讽。
③ 安加尔斯克(Angarsk),俄罗斯伊尔库茨克州城市。

当时已经是晚上九点，我们并没有在市内停留，而是直接被送上一辆巴士，行驶几十英里后来到了位于贝加尔湖畔的酒店。维特里克夫妇叫它"白考尔"湖，他们直接用了女星白考尔[①]的名字。

* * *

湖水已经结冰，由于挤压的关系，大量冰块堆积在了岸边。贝加尔湖是世界上最深的湖泊，它藏有全球五分之一的淡水，苏联人认为湖中不仅有水怪，而且有肥硕的海豹和数不清的各种鱼类。他们号称湖里的冰有 6 英尺（1.8 米）厚，完全可以从上面走路去对岸——这个湖的长度可有 400 英里（640 千米）。或者也可以坐雪橇穿过湖面去巴布什金[②]，这在冬天确实能节省不少时间。贝加尔湖有的是新奇事物。那些都是自然奇观！巴沙亚里什卡那边有毛皮动物养殖场，他们饲养白鼬、猞猁和水貂，用它们的皮毛做帽子。他们还诱捕黑貂，因为这些小东西在笼子里不会交配，但养殖场附近却有很多野生的，一张皮可以卖一千美元。他们还炫耀说湖底下有珊瑚。就在岸边的利斯特维扬卡，坐落着一个教堂。教堂里有个神父——货真价实的神父。

他们倒是从不吹嘘自己的酒店。莫斯科的酒店很宽敞，但却落满了灰尘，床垫是用稻草做的，地板已经变形，地毯破破烂烂，毛毯上满是烟头烧出来的破洞，漏水的管道和发裂的马桶水箱让浴室里发出阵阵恶臭。"这里的厕所太惨烈了。"理查德·卡思卡特说道。我基本同意他的看法。我们在贝加尔湖住的酒店是用大理石建的，像陵墓一样，但是很干净。不过，我换了三间房才终于找到一间有热水的，但又发现没有马桶座圈，而且所有的房间都没挂窗帘。这里有老太太负

[①] 白考尔（Lauren Bacall，1924—2014），美国演员、模特和作家。
[②] 巴布什金（Babushkin），贝加尔湖南岸城市。

责除尘和拖地，但除此之外，酒店没有任何维护工作，不仅给排水这样的大问题没人管，细节之处也是问题不断：抽屉的把手消失得无影无踪；窗户的插销也不翼而飞——尽管他们的窗户在任何情况下都是紧闭的；门锁卡住了；灯不是不亮，就是缠满了裸露的电线。东西坏了的话，要么用胶带随便粘粘，要么就用绳子胡乱绑绑。尽管每个旅行者都应料想到要忍受旅途中的种种不适，但苏联生活的许多方面对我来说不仅仅是不适，而是彻彻底底的危险所在。

旅行团里的人们来到这里后都不大高兴：天气冻得人瑟瑟发抖，酒店狼藉不堪，食物糟糕透顶，而且，为什么西伯利亚人都不会笑的？

度蜜月的人也来这个酒店，他们有的会住下来，有的只站在门口拍拍照，有的则在这里狂欢痛饮。我入住的第二天夜里，隔壁住进来一对新婚夫妇，他们一直用卡带机播放苏联摇滚，直到凌晨两点，我跑去敲门叫他们把音乐关掉。过来开门的是新郎，他喝得醉醺醺的，口水不停地往外淌，个头比我高了一英尺（30厘米），但当他看见我是个外国人，就决定不对我动粗。他身后的房间里，一名年轻女子正怂恿他给我点颜色看看。为了报复我，他们把声音开得更大了，大约过了十分钟才关掉。

当地新婚夫妇有个习惯，他们会开车前往贝加尔湖流入安加拉河的出口处——那里放眼望去全是绒鸭和浮冰，把车泊在岸边，然后开一瓶香槟举杯对饮，此时司机会为他们拍照留念。新娘经常穿一身租来的白色蕾丝长裙，新郎则身着深色套装，腰间还系着一条红色宽丝带。有一次我朝这个方向走，路上见到了四对这样的夫妻，他们举杯庆祝，摆好姿势拍照。湖岸上到处都是香槟酒瓶。

我觉得这样的情景让人感到非常压抑。是因为仪式感太强烈吗？还是因为苏联的离婚率实在太高，以至于这里与结婚有关的一切都让人觉得是在装腔作势？或许没有什么别的原因，只是天太冷了：贝加尔湖冷冰冰的，整个湖面就像是一片南极的冰雪平原。唉，这毕竟是西伯利亚的冬天。

*　*　*

  有好些人都热衷于解释为什么伊尔库茨克会成为西伯利亚最重要的城市，它是教育中心，是亚洲的交通枢纽；但我认为里克·韦斯特贝特尔说的八九不离十："当我还是个孩子的时候，大急流城①也曾和这里一样。看看，那些户外的茅厕。二十年代以后我们就再也没见到过这个了。"我告诉他我在看辛克莱·刘易斯的书，这些西伯利亚城市就像是我们所熟悉的泽尼斯②和戈佛草原镇，除了带门廊的小木屋、主干道、老旧的汽车和手推车，还有门庭开阔的百货商场也都很像。那些百货商场，让人恍惚觉得应该叫它们邦顿百货公司③。如果说有什么不同，那就是西伯利亚的阶级制度更为严格，这里如果也有乔治·F. 巴比特④，那么他应该是名政客，而不是地产商人。

  有个叫"雷达"的爱沙尼亚摇滚乐队正在伊尔库茨克演出，刺骨的寒风从河面吹来，我房间的马桶座圈是从一块扁平残破的胶合板上切割下来的。我很好奇，这个国家的人到底是怎么把火箭送上火星的？

  年轻的男人和满脸狡黠的女人潜伏在散步道周围，对他们能找到的每一个外国人纠缠不休。

  "想不想卖……"他们什么都想买，蓝色牛仔裤、T恤、跑鞋、球鞋、手表、毛衣、汗衫、打火机，统统来者不拒。他们用卢布付账，不然的话恐怕我就得去跟安奴什卡⑤待上一小时了。我有收音机吗？有没有钢笔呢？

---

① 大急流城（Grand Rapids），又译格兰德拉匹兹，美国密歇根州的第二大城市。
② 泽尼斯（Zenith），《埃尔默·甘特利》中虚构的城市。
③ 邦顿百货公司（The Bon-Ton Store），美国最大的区域型百货公司之一。
④ 乔治·F. 巴比特（George F. Babbitt），辛克莱·刘易斯小说《巴比特》（*Babbitt*）中的主人公。
⑤ 安奴什卡（Annushka），前苏联作家布尔加科夫（Bulgakov, 1891—1940）的小说《大师与玛格丽特》中的人物，因在百货公司使用美钞而被逮捕。

那天夜里，我打开我的小短波收音机，听到了英国广播公司国际频道的新闻。还是平常那位女主播的声音，但新闻内容让我隐约感到不祥：

> 瑞典官员称他们在大气环境中检测到了较高的放射性水平，此前有报道称芬兰、丹麦和挪威也检测出远高于平常数值的放射性浓度，他们认为这些报道与此事存在关联。起初，有人认为这些放射性物质泄漏于斯德哥尔摩北部乌普萨拉附近的一家瑞典工厂。但瑞典不同地区的官员都表示，他们认为核泄漏来自东部，也就是说来自苏联的一家核电站。整个斯堪的纳维亚半岛已经刮了好几天东风。一则报道称，芬兰的放射性水平已高达正常值的六倍，挪威的放射性水平则比正常值多了一半。

这是表明位于基辅附近的切尔诺贝利核电站发生事故[①]的第一条迹象。核泄漏发生在两天前，那时我还在苏联境内——在贝加尔湖畔埋怨苏联人从没想过要去修理漏水的管道。

* * *

第二天早晨，我们离开伊尔库茨克，向蒙古出发。团里的人抱怨说火车晚点了三个小时，但这似乎并不算太糟，毕竟它从差不多4000英里（6400千米）之外的莫斯科开过来。这是一趟从莫斯科直达蒙古的列车，它沿着西伯利亚大铁路出发，到乌兰乌德[②]后转向南行驶，

[①] 1986年4月26日，乌克兰基辅市以北，切尔诺贝利核电站的4号反应堆发生爆炸，释放出的辐射线剂量是广岛原子弹的400倍以上，污染了欧洲的大部分地区，是目前世界上最严重的核电站事故。事故导致32人当场死亡（一说为56人），上万人由于放射性物质而患上致命疾病。

[②] 乌兰乌德（Ulan-Ude），俄罗斯布里亚特共和国首府，是东西伯利亚第三大城市。

改称"蒙古快车"。列车要经过贝加尔湖南部的山区布里亚特,这是西伯利亚最崎岖却也是风景最美的地方,游牧的布里亚特人就聚居在这里。火车绕湖而行,经过在斯柳江卡①冰钓的渔人,沿着湖岸一路向前,去往巴布什金和更远的地方。在布里亚特西南方向,有一条名叫哈马尔达坂的大型山脉,和落基山脉一样,那里终年积雪,雄伟的山峰层峦叠嶂,海拔高度在 15000 到 16000 英尺(4.5 到 4.8 千米)之间。这些高山形成了一道天然屏障,需要绕开它们,通过平坦的色楞格②河谷,才能到达蒙古境内。

上次来这里时我什么也没看到。当时我要去西边,而往西的列车要到深夜才绕过贝加尔湖。因此,在阳光下熠熠生辉的雪山对我而言也是全新的风景。卧铺车厢像是被蹂躏过的样子,到处落满了灰。车内一侧用西里尔字母写着"蒙古快车",旁边还有个蒙古国徽,图案上一个头戴皮帽的人正策马飞驰。我们在中途停靠时,看见许多身着蓝色运动套装、五官扁平的蒙古人跳下车,随后立即在月台上奔跑起来。这是一支获奖的蒙古摔跤队,他们在莫斯科参加完一系列比赛之后凯旋。其中一名摔跤手告诉我,国徽上骑马的人是苏赫巴托③,他是这个国家的解放者。"苏赫巴托"的意思就是"苏赫大英雄"。

苏联火车的所有车厢都装了喇叭,有时放音乐,有时放新闻或时评。但那背后总有杂音嗡嗡作响,而苏联人似乎并没有注意到。这个装置比较实用,它可以告诉我们下一站是哪里,还有多久可以到。过去,因为开关被拆除,导致扩音器声音无法调节,它们就一天到晚嗡嗡地响个不停。现在苏联火车已有改善,所有的喇叭重新装上了开关。然而,蒙古火车里的喇叭依然找不到开关,所以旅客要时刻忍受广播里喋喋不休的蒙语。

---

① 斯柳江卡(Slyudyanka),俄罗斯伊尔库茨克州南部城市。
② 色楞格(Selenga),一条发源于蒙古境内的河流,流经蒙古和俄罗斯中东部。
③ 苏赫巴托(Sukhe Bator,1893—1923),蒙古人民革命党创始人之一,蒙古争取独立过程中的领袖人物。

"他们就不能采取点措施么？"威尔基小姐祈求地问道。

"我想用斧头砍掉它。"基克说。

他们去找列车员控诉，但那个表情凶悍的女人只是挥挥手叫他们走开，一副别来烦我的样子。

"可能她也没有开关，"我说，"这样想想，你们还算走运。因为如果关掉它，我们可能再也打不开了。"

此时广播中传来一个鸭子似的声音。

"我们快疯啦。"韦斯特贝特尔夫妇说道。

由于向他们演示了如何才能关掉声音，我在团友中变得大受欢迎。我在开关拆除后留下的金属头上缠了一根橡皮筋，它提供的摩擦力足以让我旋动按钮把声音关掉。这个办法的妙处在于我还可以拿走皮筋，好让它一直保持安静。

我们越过色楞格河，看到的还是一望无际的原野，仿佛永远也走不完。山涧流水从森林中蜿蜒而出，大如汽车的冰块漂浮在河面上。褐色的土地上布满了灰尘，虽然很冷，但枝头已经微微长出嫩芽。苏联城市乌兰乌德就建在这个辽阔平坦的河谷上，之后它向四周扩张开来，现在随处可见低矮的小木屋和高耸的电线杆，调车场里停满了装载木材的货车。这个地区的人口主要是伐木工人和捕猎者，但我并没有见到任何一个这样的人上火车。实际上，我看到火车上搭载了许多年轻的苏联士兵。

我们告别西伯利亚大铁路向南开去，列车爬上了光秃秃的褐色山丘，可以望见下方褐色的山谷中，河流被充满泥沙的冰块阻断，岸边的城市狰狞地倾吐着滚滚浓烟。从乌兰乌德往南才几英里，土地就变得寸草不生，如同沙漠一般。在到达中国之前，戈壁滩上几乎都将是这样一成不变的风景：那里没有树，只有大型灌木，草地被风沙侵蚀得坑洼不平，偶尔有几处聚落，但环境也不怎么样。在一处空旷的地方，只有一个头戴棕色皮帽、身穿棉夹克的男人，边抽烟边看着火车经过。他一动不动，身旁也没有人，像个路标一样。他究竟是怎么去到那里的？

　　沙堆一样的大山丘上覆盖着尘土和发黄的枯草，一棵树也见不到。黑山羊在几间孤立的小屋附近吃草，马匹被拴了起来。当地的人并没有露面。在我看来，世人对这些聚落应该所知甚少，因为那里既不允许外国人进入，也从未留下任何文字记载，就那样一直沉默不语。这里的人们过着最简单质朴的生活，他们在地上凿洞取水，用堆在小屋旁的木柴生火取暖。这个荒无人烟的地带仍然属于苏联，但我们却以为已经进入蒙古。大一点的聚落外面会有墓地，每一座坟墓都用长方形的栅栏围起来了，他们在提防些什么呢？也许是为了防止狼群进去挖尸体吧。

　　午夜时分，我们到达蒙古边境，但出境和入境都花了好几个小时来搞定各种手续。蒙古人和苏联人一样粗暴无礼。他们搜查行李，拆开床铺，连卧铺车厢的地板都掀起来看了一遍。

　　"有没有英文书？或者英文杂志？"

　　我把所有家当都拿出来，但他们并不感兴趣。

　　也许因为习惯了外来者不通他们的语言，蒙古人执行工作时都不大说话，也很少做手势，只是偶尔低语，但此时他们讲的是俄语。

　　这也是为什么第二天一大早，当凶悍的列车员冲我咆哮时，我吓得魂都差点飞出去。入睡前我给隔间上了锁，可是她有一把万能钥匙。她象征性地敲了两下门，然后立马将它推开，走的时候还"嗷——嗷——嗷"地叫着。我明白了，她是在用蒙语说"起床了"，因为她想收拾寝具。但我们凌晨两点才睡觉，入境手续折腾完已经是那么晚了。现在才早上七点，我们要九点半才到乌兰巴托（蒙语中是"红色英雄"的意思），于是我翻了个身，继续睡觉。

　　但这名蒙古列车员做出了一个惊人之举，那是老练的成年人在孩子们的聚会中才会耍的伎俩。她又进来我的隔间，温柔地朝我吼了两声，同时双手抓紧我的铺盖边缘。然后，她用敏捷的动作（又"嗷"了一声）抽出了我的床具，床单和毛毯都没有了，只剩下瑟瑟发抖的我，看着她迈着两条罗圈腿风风火火地离开。蒙古人无论男女，都长着一张男孩般的脸。

我们沿着长直的铁轨行驶在广袤的草原上，穿行于山丘和缓坡之间。一些荫蔽的地方还留有新月状的残雪。偶尔能见到几个骑马的人，他们裹得严严实实的，在空旷的原野中逆风前行。四周没有道路，也没有铁轨，有的只是被大家称作蒙古包的圆顶帐篷（蒙古人自己管它们叫作"格儿"[①]）。放眼望去，湛蓝的天空下，一片淡淡的黄，这样的风景着实与众不同。它的特别之处在于这里并不是沙漠，而是你能想象得到的最辽阔的牧场：时不时地可以看见一群马，时不时又能看见一匹骆驼，或者人，或者帐篷。这里是有人居住的，但地广人稀得厉害，让人印象深刻。

历史上蒙古人不仅骑马远征阿富汗，入侵波兰，还曾洗劫莫斯科、华沙和维也纳。他们使用马镫，并把它们带到欧洲（这使马上比武成为可能，也许骑士时代[②]正是因此而开启）。蒙古人年复一年地在马背上征战，无论什么季节都是如此。当苏联人离开战场回去过冬，蒙古人却还在风雪中策马奔驰，为军队招募新兵。为了在冬季突袭对手，他们想出了一个巧妙的计策：等到河水结冰以后再骑马过河。这样他们就可以到达任何地方，然后杀敌人一个措手不及。这些人的性格坚忍不拔，到1280年时他们已经征服了半个世界。

但他们并非无所畏惧，看看那些开阔的空地，就差不多可以想象到他们害怕什么了。他们对雷电充满恐惧。在这里太容易被闪电击中了！雷暴出现的时候，他们会躲进自己的帐篷，用一层又一层的黑毛毡把自己盖住。他们觉得陌生人不吉利，所以会赶他们出去。他们绝不吃被闪电击毙的动物，连靠近它都不行。他们对一切可能导致闪电

[①] 蒙语为"ger"。
[②] 骑士时代（Age of Chivalry），始于公元800年前后，持续至中世纪的1500年左右，期间骑士文化精神对整个欧洲影响深远。

的事物都避而远之，甚至不敢在风暴的间隙出门。除了征战掠夺外，他们的生活还有一个目标，那就是让闪电平息。

我正注视着这片原野中的低矮山丘，远方的乌兰巴托城逐渐映入眼帘，我看见一条马路，还有灰扑扑的巴士和卡车。第一眼见到这个城市时，我觉得它就像个军营，这印象后来一直如影随形地跟着我。每栋公寓楼都像一处营房，每个停车场都像一个军用车辆调度中心，城里的每一条街道看上去都好像是为行军设计的。大部分车辆其实都是苏联的军用车。建筑四周都有围墙，特别重要的地方还布满了带刺的铁丝网。刻薄的人肯定会说这城市好像一座监狱，但如果这样的话，蒙古人就成了非常愉快活泼的囚犯，这群人朝气蓬勃、营养充足并且衣着体面。他们有着红色的脸颊，戴着连指手套，蹬着长筒靴。在这个暗沉沉的国度，人们都偏爱鲜艳的色彩，经常可以看见老人头戴红帽，身穿紫袍，蓝裤子扎进彩色的靴子里。但如此着装则让苏联人更加显眼，即便他们不是军人。我说这个城市像军营，但显然不是蒙古军营而是苏联军营，相比我在中亚地区见到的任何其他军营，它并没有什么不同。从伊尔库茨克开始，我们一路经过的都是这种大而乏味的地方，到处都是营房、雷达站、无法翻越的围墙、炮台、弹药堆，还有像坟包一样的土堆，那一定是导弹发射井吧。

酒店空荡荡的，有一股肥羊肉的味道。乌兰巴托闻起来就是那样，空气中都是羊膻味儿。在这里，只要有菜单，上面就一定会有羊肉。人们每顿都离不开羊肉：羊肉配土豆——带着脆骨的羊肉和冰冷的土豆。蒙古人总有办法把食物做得无法下咽或令人作呕，他们喜欢吃冷东西，有时还配些黑胡萝卜，或者用一片山羊耳朵来装饰一番，好好的饭菜弄得如同残羹冷炙一般。我认为有必要去逛逛食品店，看看那里究竟在卖些什么。于是我看到了黑色的腊肠、皱巴巴的土豆和大头菜、黑胡萝卜，一盘盘碎卷心菜，一盆盆黄山羊耳朵，一块块腐臭的羊肉，还有一大堆鸡爪。最能勾起我食欲的，竟然是一大箱没有包装的洗衣皂。

商店里有卖越南的"铱星"牌钢笔、朝鲜的泰迪熊和其他玩具，还有苏联的收音机。有台苏联电视机大得像个衣柜，屏幕有18英寸（45厘米），售价是4400图格里克（按官方汇率计算，相当于1500美元或900英镑左右，这几乎是一个蒙古人一整年的收入）。他们的鞋都是自己做的，那些漂亮的马鞍也是。他们还会做手枪皮套。他们卖狼皮，卖貂皮大衣，也卖整张的白鼬皮、松鼠皮、黑貂皮和兔皮。他们的羔羊皮外套卖得很便宜。我买了件羊皮背心来御寒，只要十美元，皮上还印着"蒙古制造"。

"你是猎人吗？"街上有个蒙古人这么问我。

这问题似乎有点奇怪，但实际上大多数在蒙古长住的外国人（而不是过客）都是猎人。他们会坐小飞机去这个国家西部的阿尔泰山脉①打猎，在那里伏击狗熊，把狼的脑袋砸开花，将英俊的雄鹿送上死亡之途。

我跟他聊了聊这里的食物——那些山羊耳朵和羊肉。他说他最喜欢吃的是糖果。后来我发现乌兰巴托到处是糖果店，但并没有什么花哨的糖果，而是一些高温熬制而成硬糖，人们喜欢把它们放进嘴里吮吸，兴许是因为空气太干燥的缘故吧。

可以说乌兰巴托根本不下雨，整个蒙古一年的降雨量也只有几英寸。天空永远是蓝色的，地面上则是又干又硬，尘土飞扬。这些人穿着长靴和马裤，一副沙漠中的装扮，看上去不像是住在这个所谓"军营"里的。蒙古有半数人口住在乌兰巴托，但几乎不能把他们视作城市人群，因为城中百分之三十五的人仍然住在帐篷里。

团里的人已经感到了旅途劳顿，他们变得疲惫不堪、暴躁易怒，看谁都不顺眼。他们没有大声抱怨，而是小声咕哝着心中的不快。美国人无法理解为什么可以买的东西那么少；澳大利亚人讨厌这里的食

---

① 阿尔泰山脉（Altay Mountains），位于中国新疆维吾尔自治区北部和蒙古西部，西北延伸至俄罗斯境内。

物，格尼夫妇说那"简直是牢饭"；那几个法国人彼此争吵着；英国人则说"千万不能抱怨"；但威尔基小姐还是表示，"我觉得我要得精神病了"。

我只是默默地听着。

英国广播公司（BBC）的新闻听起来就像奥森·威尔斯[①]的广播剧《世界大战》。自从报道芬兰和丹麦检测到高放射性之后，关于德国和瑞士放射性的报道也多了起来。一天之后，有消息称基辅附近的一个核反应堆着火了。这场灾难发生在周五。周六的时候情况还不明朗。到了周日，报道一片混乱，到处是危言耸听的消息。后来我听到了一则消息汇总，内容来自多家英国的《星期日报》[②]，但那已经是周一了。他们称已经有4000人丧生，人们正在大规模撤离基辅，总伤亡人数已经过万，而且火势失去了控制。后来几天这些猜测陆续得到纠正，但显然可怕的事情还是发生了。

这段时间，一直有游客从伊尔库茨克过来。我问苏联人他们对切尔诺贝利事故了解多少。他们当时都表示什么也不知道，并且说我听到的只是不实的宣传，但一周之后西方的每个人都听说了这场灾难，一个刚到蒙古的苏联人说，苏联电视台的报道称基辅的一座核电站正在被拆除。

我很沮丧，因为所有的蒙古人都对切尔诺贝利一无所知，而且他们还建有同样类型的核电站。这种家长模式执行得如此彻底，他们被当作小孩子，什么事都蒙在鼓里。而且，他们的观念相当过时，大街上那个30英尺（9米）高的约瑟夫·斯大林铜像足以说明这点。

我和大家一起去了蒙古国家博物馆，见到的恐龙化石和我以往看过的都不一样，它们有喙、犄角和爪子，显然是巨兽的骨架，这从一

---

① 奥森·威尔斯（Orson Welles，1915—1985），美国电影导演、编剧和演员。
② 星期日报（Sunday newspapers），英国特有的报纸种类，只在星期日出版，常见的有《观察家报》《星期日电讯报》《星期日泰晤士报》等。

块 8 英尺（2.4 米）长的骨头就可以看出来——那只是盆骨而已。

在一间摆满弦乐器的房间，蒙古导游说："我们叫它莫林胡尔[①]。"它的名字源自一个很古老的故事：从前有个男人，他有一匹骏马，他非常喜爱它，骑着它走遍了整个蒙古。他对这匹马的爱，甚至超过了他的家人！他对它很好，就像对爱人或亲人一样。但最后这匹马死了。马的主人非常非常难过，于是他将死去的马肢解后取出骨头，刻成类似小提琴的形状。他把马尾做成琴弦，还用马骨和鬃毛做了一把琴弓。他一边演奏这把琴，一边思念着他的马儿，就这样度过了余生。所以"莫林胡尔"在蒙语中的意思就是"马头琴"。

* * *

整个蒙古笼罩在一种显而易见的孤独感当中。全国有半数人口居住在乌兰巴托，这比较易于管理，但同时也意味着农村几乎是空的，那里只有荒地、狼群、狗熊、恐龙骸骨，以及四处游荡的牧人。在乌兰巴托以外，百分之九十的人都住在帐篷里，他们的土地是如此贫瘠，像极了新墨西哥州和亚利桑那州的地貌，因此东欧国家常来蒙古拍摄牛仔片。南斯拉夫人最近在这里完成了《阿帕契》的拍摄，这是一部颇具意味的牛仔片，讲的是剥削的事情。

五一节这天，乌兰巴托的所有人都出来游行——不是旁观，而是真的加入游行队伍。每个人都要参加游行，这是蒙古的风俗。旁观者只有游客，包括一些芬兰人，还有我们：基克、巴德、莫里斯、威尔基、莫托尔、阿什利、格尼夫妇以及所有其他人。我站在瞎子鲍勃身后。

"拿旗子的是些什么人？"

他们就是前几天下火车的那群膀粗腰圆的摔跤手，不过这次胸前

[①] 莫林胡尔，蒙语为"morin huur"。

挂着奖牌。他们的姿势和走路的方式都有点像猿猴。真是悲哀,这个世界留给瞎子鲍勃最后的印象,居然是脏兮兮的波兰雪地、寂静凄凉的苏联荒野、满是狼藉的西伯利亚酒店,还有眼前这群蒙古摔跤手。他走出人行道想近距离看看,结果被绊了一下摔倒了。

"我没事儿!"他边喊边揉着膝盖,"不关别人的事!是我自己该死!"

行进的队伍中一排有三十人,每两秒就有一排人从我面前经过。游行持续了一小时十五分钟,也就是说总共有67500个蒙古人参加游行。他们举着旗子和横幅,在经过一个酷似列宁墓的陵墓时,他们会把这些东西拿低一些,那是1920年代蒙古人民的领袖——红色英雄苏赫巴托的长眠之处。

队伍中根本没有士兵,没有人穿制服,也没有人拿武器——蒙古人要是有军队的话,苏联人得多头疼啊。他们的横幅上尽是马克思、恩格斯、列宁、苏赫巴托和戈尔巴乔夫的面孔,有的大横幅上是蒙古人民革命党领袖、人民大会主席巴特睦合的肖像(这是听别人说的)。

一个人透过喇叭高呼:"蒙古人民革命党万岁!"

游行的人们欢呼起来,一起跟着他喊口号。

孩子带着皮帽从我面前经过,一边敲着鼓一边歌唱:

> 愿天空阳光常在,
> 愿天空蔚蓝永恒;
> 愿母亲万寿无疆,
> 愿和平地久天长。

一幅巨型横幅经过我面前,上面画的是1921年列宁同苏赫巴托会面的场景。苏赫有着硕大的头颅和瘦削的脸庞,身穿长裙样式的传统礼袍,而列宁头上则戴着和列车长一样的帽子。横幅的标题是"难忘的会面"。

还有一张画像是蒙古宇航员古尔拉格查①，他在1981年搭乘苏联火箭进入太空，对蒙古地形进行了详细研究。

有一条横幅上写着"维护和平，支持华沙条约"；另一条上写着"我们拥护蒙古人民革命党"。

"那条横幅写的是什么？"

于是导游把上面的内容翻译给我们听："向资本主义国家的工人表示祝贺。"

"那就是我们呀。"里克·韦斯特贝特尔说道。

游行就这样结束了。

第二天我们去了蒙古唯一还允许参拜的寺院②，当听到角楼里的喇嘛吹着海螺，召唤同伴诵经祈祷时，我陷入了对这个国家的沉思。蒙古曾经有两千座寺院，里面都是佛教格鲁派③教徒，现在只剩下这些残破的木房，隐匿在一栋栋公寓楼之后。蒙古军队曾经征服过全世界，如今这里却没有一兵一卒。这些人曾经生活在平原和高山之上，如今在这死气沉沉的城市，他们却只能蜗居在狭小的两房公寓里。从各种意义上说，这个民族都已经臣服于他人，在这个地球上最大但也最空旷的城市之一，他们肩并肩地生活着。他们过着离群索居的日子，几乎完全与世隔绝。但他们并没有因此愤怒，反而在很多方面保持着纯真。蒙古人性格中有非常可爱的地方。

也许这就是蒙古最大的特点：他们在苏联的启蒙下开展革命，将宗教、传统经济、军队和社会秩序等一切旧事物破坏并扫除干净，国家因此变得面目全非，没有苏联的帮助就无法运作。蒙古人退化到了婴儿阶段，所有的旧习俗和旧体制都荡然无存。苏联人抓住了这样的

---

① 古尔拉格查（Gurragchaa），蒙古首位进入太空的人。
② 指甘丹寺（Gandan Monastery），它是蒙古最大的藏传佛教寺院。1930年起，革命者开展灭佛运动，蒙古的佛教体系几近摧毁。1945—1990年期间，只有这一座寺院可以做法事。
③ 格鲁派（Gelug Sect），也叫称为黄教（Yellow Sect），藏传佛教四大教派之一。

空档，带来了苏联的建筑和城市结构，他们在此修建苏联铁路和公路，创办苏联学校，用苏联意识形态取代了原本的佛教。他们废除传统蒙古字母，改而推行俄文的西里尔字母。他们令蒙古人欣然接受了堡垒、驻军和苏联导弹装备。在蒙古几乎找不到一个纯粹的城镇，大大小小的住区都变成了军事基地，驻守的苏联士兵不停地骂骂咧咧，抱怨自己太倒霉被派来了这种地方。

苏联的所有这些威权、干预、建议和经济援助都产生了深远影响：它将蒙古人变成了孩子。难以想象还有哪个民族会比他们更依赖别人，更孤独无助。他们对苏联的依赖近乎疯狂，因为他们没有其他人可以仰仗。他们在这世界上没有朋友，也没有亲人。这个国家最可怕的特征之一，就是苏联对他们施加的影响永远无法消弭，而正是苏联使他们沦为孤儿，然后收养他们，但又不让他们长大。

我们搭车从乌兰巴托去蒙古边境，火车上挂载了一节中国的卧铺车厢，车刚离站不久，站在铁轨旁的一个蒙古人就激动地用石头砸破了车窗。那些爱把"国家财产神圣不可侵犯"挂在嘴边的中国人叫停了火车，吵吵嚷嚷地要求立即赔偿。除非蒙古人发誓他们会拿来一块新窗户，否则他们就停在那不走了。蒙古人最后只好答应。

我下车去看被打破的窗户时，莫托尔已经在外面了，但他并没有在观察那扇车窗。

"我想找到那块石头来收藏。"他说。

他找到了一块石头，但有个警察叫他放回地上。

随后我们离开死气沉沉的蒙古中心，开始往南行进。列车爬上了城外那些褐色山丘，沿着一系列迂回曲折的弯道前行，然后我们驶入草原地带。微风吹拂，阳光照耀，草地的纹理不时变换着，时而微微泛白，时而金光闪闪，整片土地仿佛一张精心修剪过的羊皮。这个表面看来贫瘠的戈壁滩，实际上住满了生物，我见到了灰鹤、成群的野骆驼、飞雕、猎鹰、秃鹫，还有一种类似地鼠、体型修长的棕色动物，那可能是土拨鼠，但是这里没有牦牛。每当我望向窗外，都能看见点什么，不是个野生动物，就是个蒙古人——他迎着风，在一望无际的草原上策马飞奔。

天朗气清，风和日丽。最近每天都是阳光明媚的，而戈壁滩上的每次日落都蔚为壮观——阳光渐渐柔和起来，在一片红晕中缓缓落下，最后沉入地面；而这里的每个夜晚却也是寒冷刺骨的。

那天晚上，列车给我们安排了中国菜做晚餐。

"明天我们就到中国了。"威尔基小姐说。

"到那之后，恐怕我要跟你们说再见了。"她补充道。

"鬼知道你是谁，"阿什利说道，"那几个法国佬叫你'神秘先生'。"

"说得不错。"

我在餐车里环顾四周，每一桌的人都很安静。经过三周平稳的旅行，团里的氛围有所改变，多了一丝烦躁，少了一点喧闹。人们现在都清楚地知道自己要避开谁，聊天时哪些话题不受欢迎，以及谁比较神经质，谁比较安全可靠。但他们大致还是和自己的同胞待在一起：法国人一伙，美国人一伙，澳大利亚人一伙，英国人一伙。也有人被大家遗忘：威尔玛因为秃顶被人歧视，瞎子鲍勃因为视力差被人嫌弃，莫托尔因为痴迷石头被人排挤，威尔基小姐则因为毒舌被人孤立，不过他们四个倒也结成了一伙。

我听了会儿短波收音机，了解到之前关于切尔诺贝利的很多耸人听闻的报道并不属实。但情况确实非常糟糕，危险尚未解除，大火至今都还没有扑灭。

因为天冷，我睡得断断续续，刚刚进入梦乡就有人过来敲门，是蒙古列车员来找我要铺盖。我还在犹豫，结果她故技重施，一把抽走了我床上的所有东西，又只留我在那里。

此时，我们就在扎门乌德①的蒙古边防站外。这里有最为典型的

---

① 扎门乌德（Dzamïn Üüde），蒙古南部与中国交界处的一座城镇，是中蒙铁路自中国进入蒙古后的第一站。

边境风光：砾石荒漠、尘土飞扬、寸草不生，小城孤寂的身影，一看就知道地处边陲。火车站有点像德国小城的市政厅，但却是用石膏建成的。我们在这里不需要办任何过境手续。我边看鸟边等待，四个小时过去了，太阳已经爬上头顶。旅行中总是有这么多等待和延误。沙漠中出现了个蓝色的小东西，是一个中国火车头。它咔嚓咔嚓地沿着铁路驶过来，同我们的列车完成对接后，拉着我们越过边界。在耀眼的阳光下，我们从蒙古进入了中国。

第二章　开往大同的内蒙古快线：24次列车

每次听见有人用中文说"铁路"这个词，我都以为是在说我，因为它的发音特别像一个中国人在尝试用法语念我的名字"Theroux"——什么"泰鲁"或"特鲁"之类。只要听到这个词，我就会回头。心想，他们在议论我什么呢？

中国人把这种在铁路上行驶的交通工具称作"火车"，我们坐火车越过中蒙边境来到了二连站①。我计划把整个内蒙古走一遍。元上都②就位于内蒙古境内，但忽必烈那"堂皇的安乐殿堂"③早已不在，只剩下几亩断壁残垣。内蒙古是一片无垠的草原，这里如此安静，连火车进站都能引来当地人的注视。

二连距离外蒙的边境小城扎门乌德只有几英里，但风貌却截然不同。沙漠是那样的金光闪闪，扎门乌德却只是其中的残破一隅，人迹极其罕至，即使一头骆驼从旁经过，人们也会目不转睛地看上半天。

---

① 二连站，位于内蒙古自治区锡林郭勒盟二连浩特市。二连浩特是中国对蒙古开放的最大公路、铁路口岸。
② 元上都（Xanadu），中国历史上元朝（公元1271—1368）的一个都城，位于锡林郭勒盟正蓝旗草原，北京（元大都）正北180千米处。
③ 出自柯勒律治诗歌《忽必烈汗》（Xanadu-Kubla Khan）。

但二连是一个非常整洁的小城，有很多砖砌建筑和花坛，道路两旁排列着新栽的树苗。邮局和电报局都开门营业，制衣厂也不停地运转，酒店让我们觉得宾至如归。这里算不上美观大方，却也井然有序。好几个工人正用绿漆刷着一个铁栅栏。

"看呀，里克。他们在微笑。他们在挥手！"

"嘿，你好！"

"很久没见过别人笑了。苏联人从来就没笑过。我要把这个拍下来。"

车上的旅客完全被那些笑容征服了。但他们真的是在笑吗？我怎么觉得这伙蒙古族油漆工只是被太阳晒得睁不开眼而已呢，但也有可能他们是在笑话我们，中国人叫老外"大鼻子"，而我们的形象正符合这样的描述。

此时正值五月，天气非常炎热，整个小城在热气中微微泛光。车站和旅馆都还保留着冬青树、金银丝和小灯泡串这样的圣诞装饰。我们的火车被开进车库更换车轮，但实际上换的不仅仅是车轮，整个底盘都被卸下来换掉，这是典型的中国式操作：他们把车身抬高，用钢缆把底盘拉走，最后只剩这 90 吨重的铸铁悬在空中来回摇晃。

火车进站是件大事。这里一天只有两趟火车，但车上通常都会有外国人，他们要么带了些现金过来消费，要么就有些坚挺的货币需要兑换。这些乘客有的正要离开中国，有的才刚刚到达，无论如何，他们总有点焦虑不安。中国人会抓住一切机会向他们兜售食物和纪念品。在中国，没有餐馆的地方是不完整的，中国人去外地，如果没吃过当地的食物，就不算到过那个地方。所以我们在二连的旅馆有一间很大的餐厅，给乘客们提供了一顿包含八道菜的大餐，大家吃得美滋滋的，心里的石头落了地：中国比他们想象中干净整洁，如果接下来的旅途不比现在糟的话，他们最后可能会爱上中国。

巴德·维特里克说道："哇哦，太棒了。他们真友好，真热情……"

他的意思是，中国人知道怎样徘徊在四周给客人倒茶。他们知道怎样表现得彬彬有礼，但这并没有使他们的目光远离我们的大鼻子和不停拍打着地面的大脚。我们将这种好奇——或者也许是恐惧——误以为是喜爱，将每一种怪异的表情都理解为中国式的微笑。

三个中国人从旁经过，韦斯特贝特尔夫妇朝他们挥挥手，那几个人也模仿他们的动作，冲着他们摆动了几下手指。

"他们也在朝我们挥手致意呢！"

我说不清到底哪种情况更糟——是听这些右翼游客谩骂苏联人，还是听他们滔滔不绝地称赞中国人呢？根本没人关心政治制度，他们在意的只是当地人会不会对他们报以微笑。中国人明白怎样用简单的方式与游客周旋，但明显这有点笨拙，就像一群孩子在和另一群孩子交朋友。

我下车在附近转悠了三个半钟头，等着换好车轮的火车开回来。

一架飞机越过头顶，在晴朗的天空中向西飞去。头等舱乘客一边品着手中的库克①香槟，一边研究着菜单：山鸡鹅肝冻、烟熏三文鱼慕斯配鲜鱿鱼沙拉、烟熏鸭肉丝苦苣沙拉，接着是比目鱼大虾配苹果、烤小羊排或者蟹腿明虾炖蔬菜，然后有人问："今天的鹌鹑胸脯肉怎么样？"

天空之下的内蒙古，一位老人正端着碗米饭蹲在地上，把鼻子埋到碗中，用筷子将饭粒扒进嘴里。

飞机上的乘客要是向下望，只能看见一大片浅棕色的土地，长草的地方颜色则稍微发黄。这里几乎空无一物，但我当时并不知道这片空荡的旷野竟是中国最罕见的风景。

我们重新上路，即将穿越这些平原，那是个漫长而炎热的下午，能瞥见的只有几个人或几只动物。我看到几只正在吃草的骆驼、成群的马匹、三三两两的雀鹰。沿途的车站都用蒙古语命名，比如查干特格②和郭尔本敖包③，这些车站的建筑较为简朴，但全都粉刷一新，有着瓦

---

① 库克（Krug），世界顶级香槟品牌之一，产地在法国东北部。
② 查干特格（Qagan Teg），集二铁路上的一座五等车站。
③ 郭尔本敖包（Gurban Obo），集二铁路上的一座四等车站。

片铺就的屋顶和陡峭的屋檐。火车进站时,中国游客都在事先排好的位置上有序地等待,但当车停下来,他们便一哄而上,你争我夺地朝车门涌去。他们的衣着与我记忆中的已经有所不同:穿蓝色套装的人少了,衣服颜色更加丰富,太阳帽、墨镜和鲜艳的运动衫都流行了起来,有的妇女还穿上了短裙。一切对我来说都是新的,并且我还想看到更多,我为自己重游中国的决定而感到高兴。黄昏时分,我们看到了远处的山丘,那是内蒙古自治区和山西省的边界地带。

两省交界处有一道长城关隘作为标志。我们沿着长城哐当哐当地行驶了一段时间,然后在黑暗中穿越关隘继续向前。此处的长城残破歪斜,几乎是用褐色砖块和碎石堆起来的,看上去和泥墙一个样。就这样,我们来到了这座被灰褐色笼罩的大城市——大同。

中国导游对我们说:"我们本打算安排你们住大同宾馆,但那里最近不是很干净,现在只有中国人才去住。"

我们被带到了当地的机车厂,这是一座典型的中国式工厂,设施齐全,本身就像一座城市。它以前是一个人民公社,里面有学校、医院和商店,四面都建有围墙。这里还有一家旅馆,叫作大同机车厂招待所,我们就住在那里。

历经数周之后,我们终于进入中国内地,这个城市看上去有些破旧,虽然繁忙但却井然有序,这里有拥挤的人群,有耀眼的灯光,还有刺鼻的煤烟味。一个看上去如此衰败的地方,竟然处处洋溢着热情与活力,这反差让人好奇。大同阴沉昏暗、尘土飞扬,来到这里就像走进了一部黑白老电影。中国人的衣着在某种程度上也营造了同样的效果,女人穿着长衣摆的外套、白色衬衣和舒适的鞋子,男人则穿着细条纹套装,而且大部分人都戴了帽子。中国制造的汽车就像警匪片里的黑色大轿车。槽铁制成的路灯杆立得很高,但灯光却不怎么明亮。天际线上布满了工厂的烟囱,完全看不见长城的踪影。烟雾缭绕的空气,闪烁不定的灯光,更加烘托出老电影的氛围。然而,这就是大同。

我读着书入眠,第二天很晚才醒来。其他的游客都离开了,从现在开始我得孤身一人。我走下楼，早餐已经结束供应，男女服务员们正在清理餐桌——有十来个人在收盘子。有一个人正在吃桌上剩下的食物，对着一些没动过的面包和煮鸡蛋狼吞虎咽。看见我朝四周张望时，他停止了咀嚼，于是我只好装作很忙的样子，然后他又吃了起来，一边收拾杯盘一边把自己塞得饱饱的。他清理的动作非常迅速。

早上我出去走了走，本打算去看著名的九龙壁，但一路上弯弯绕绕，然后我发现自己上当并且迷路了。手里的城市地图印得很简单，让我误以为目的地不是太远。但这却更让我高兴，因为我见到了许多被擦得若隐若现的标语，那上面原本写着："毛泽东思想万岁！"街上到处是这样的标语，有大有小，而且数量很多，难以彻底清除。但从破坏方式来看，人们对这些"文化大革命"残留标语的憎恶之心显露无疑，因为中国人从不会故意破坏任何东西。（共产党提出的"五爱"道德标准中，就有一条是"爱护公共财物"。）

路边有人在劳动——打铁、锯木头、晒豆子、洗衣服、涮抹布、择菠菜。还有人在修汽车——这是中国马路上最常见的景象，人们给轮胎打气，摆弄发动机，或者焊接车轴，他们把车身抬高，修车工躺在底下，两条腿从里面伸出来。

大同的黄烟里既有沙尘，也有雾水和工业废气。这是座烧煤的城市，中国最大的露天矿山之一就位于城外。清晨时烟雾很浓，闻起来有硫磺的气味，让城里的建筑看上去既古老又充满魔幻色彩，路上的人就如同幽灵一般。但那些楼房其实并不旧，这里的人也都丰衣足食，而且和蔼可亲。

这是我此次所到的第一个中国城市，与离开西柏林之后见到的所有城市相比，它最大的不同就是商店里的食品和货物都很充足，市场里的水果和蔬菜堆得高高的。我一直在回想华沙、莫斯科、伊尔库茨克和乌兰巴托那些空荡荡的货架和变形的罐头，裹着黑色披肩的女人拎着网兜，乞求着店家卖给她们一堆皱巴巴的土豆或6英寸干瘪的香肠。在莫斯科的街上，我经常看见三十多个人挤在一起排长队，仅仅是为了从小贩那里买一些西红柿，因为这些西红柿刚从高加索运过来，尽管已经熟透而且有些软烂，但在当地也很难买到。见识过这些之后，我觉得，中国似乎是一片丰饶的沃土。

* * *

痰盂、夜壶、脚踏缝纫机、汤婆子、羊角锤、"羽毛"笔（笔头是钢制的，通过蘸取墨水进行书写）、木制牛轭、铁犁头、旧式自行车和蒸汽机这些老物件，别处早已寻不到踪影，但中国人却还在使用。

他们还在制造老爷钟，那是一种通过链条传动的落地式机械钟，钟摆会发出嘀嗒嘀嗒的声音！它们还会"当——当——当——"地报时呢！是不是很有趣？我觉得非常有趣，因为中国人在晚唐时期就发明了世界上第一台机械钟。像许多其他的中国发明一样，它渐渐被人们遗忘。中国人全然忘记了钟的原理，后来又从欧洲重新引进了这个东西。最早锻造铸铁的是中国人，此后不久他们就发明了铁犁头。而最早炼钢（"大铁"）的也是中国冶金者。中国人在公元前四世纪就发明了十字弓，直到1895年还在使用。他们首先注意到了所有的雪花都是六边形。他们发明了雨伞、地动仪、磷光涂料、纺车、游标卡尺、瓷器、走马灯（又叫幻境）和臭气弹（有一种配方需要用到15磅人粪，再加上砒霜、狼毒草和斑蝥混合而成）。他们早在公元一世纪就发明了链泵，并且至今还在使用。他们做出了世界上第一个风筝，这比欧洲早了两千年。他们还创造了活字印刷术，并于公元868年设计了第一本印刷书籍——佛教的《金刚经》。他们在十一世纪就有了印刷机，有充分证据可以说明古腾堡[①]的印刷技术来自葡萄牙人，而葡萄牙人则是从中国人那里学到的。他们建造了世界上第一座吊桥和第一座多孔联拱桥（此桥建于公元610年，至今仍在使用）。此外，中国人

[①] 古腾堡（Gutenberg，1400—1468），德国活版印刷发明人。

还发明了纸牌、钓鱼绕线轮和威士忌①。

　　1192 年，有个中国人用降落伞从广州某处的尖塔上飞跃而下，但中国人使用降落伞的经历可以一直追溯到公元前二世纪。北齐文宣帝高洋（550—559 年在位）曾经试验过"载人风筝"，可以说是悬挂式滑翔机的一种早期形式，他们叫犯人抓住竹子制成的风筝架，把他们从高塔上推下去，其中有个人坠落之前在空中飞行了两英里。中国船员是世界上最早使用方向舵的人；西方人直到 1100 年左右才开始效仿中国，在此之前他们一直依靠舵桨航行。连小学生都知道纸币、烟花和漆器是中国人发明的。中国人还是世界上最早使用墙纸的人（法国传教士在十五世纪将这一理念从中国带到欧洲）。中国人疯狂地痴迷纸张。在吐鲁番的一次考古挖掘中，出土了公元五世纪的一顶纸帽、一条纸腰带和一双纸鞋。至于厕纸，我之前就已经提过了。他们还用纸做窗帘和盔甲——纸张的褶皱使得利剑难以穿透。欧洲直到十二世纪才开始造纸，那时候距中国人发明造纸术已有约 1500 年了。中国人还发明了第一辆独轮手推车，其中一些最好的设计西方国家至今还没有用过。他们发明的还远不止这些。如果李约瑟教授的《中国科学技术史》完稿的话，内容将有二十五卷之多。

　　早在公元 600 年，中国人就提出了第一个关于蒸汽机的设计。然而，大同机车厂却是全世界最后一家还在制造蒸汽火车头的工厂。中国产的车头又黑又大，开起来呼哧呼哧的，这还不止，关键是工厂里完全没有自动化操作。大至锅炉小至黄铜汽笛，都是手工锤制而成。以前，中国的蒸汽火车头经常需要从国外进口——先是英国，后来是德国、日本和苏联。1950 年代后期，在苏联的帮助下，中国人在大同建立起这个工厂，并于 1959 年出厂了第一个国产火车头。现在这里有 9000 名工人，一个月可以生产三四个火车头，尽管基本还停留在十九世纪的水平，但也做了些许改良。就像痰盂、缝纫机、搓衣板、牛轭

---

① 指用粮食酿制、蒸馏的烈性酒。

和犁头一样,这些蒸汽机的生产都是为了长久地使用。它们是当时中国火车的主要动力来源,尽管官方有计划在 2000 年前逐步淘汰蒸汽火车头,但大同机车厂到时仍将继续经营。全世界痴迷蒸汽火车的国家都在使用中国机车,在一些国家,比如泰国和巴基斯坦,大部分火车头都是大同制造的。尽管如此,它们一点中国特色也没有。1948 年我在马萨诸塞州的梅德福①看到的也是这样呼哧呼哧的火车头,那时有火车来那里转轨,我就站在铁路旁看着,心想我要是在车上该多好。

大同机车厂就像一个巨大的铁匠铺,就是美国 1920 年代那种嘈杂喧闹、脏乱不堪、处处危险的工厂。正因为里面没有任何自动化设备,所以它是不易摧毁的。就算今天有颗炸弹砸下来,明天大家依然可以回去工作。说到底它就是一群棚屋,只不过占了一平方英里(2.6 平方千米)的土地。工人们蹲在燃烧室内,低头摆弄着焊枪。他们在锅炉里爬进爬出,用锤子敲打螺钉,用手拉拽车轴,用滑轮操纵头顶上方的巨大车轮。要花费很大力气在厂房里观察,才能看明白那是一条作业流水线,而不是一个乱糟糟的什么地方。在这里走路也得小心翼翼,因为地面上随时可能出现大裂口、各种利器和炙热的金属。极少有工人戴安全帽或者穿长靴,大部分时候他们都戴布帽、穿拖鞋——数以千计身体单薄却动作敏捷的工人,伴随着《铁砧合唱》②的旋律,在一块块冒着烟的铁料中来回穿梭。

这些工人每个月的基本工资是 100 元(大约 25 英镑),但为了提高生产力,还有一些奖金和激励计划。正在带我四处参观的谭先生说:"工人级别越高,赚得越多。"

"我还以为每个人的工资都一样呢。"

"不再是那样了。基本工资可能差不多,但中国经济改革的内容之一就是奖金制度。你的职务级别、工作种类,还有生活所在地和物

---

① 梅德福(Medford),美国马萨诸塞州米德塞克斯郡的一个小城。
② 威尔第作曲的歌剧《游吟诗人》(Il Trovatore)第二幕中的合唱。

价水平,都决定了奖金的多少。"

这种浮动工资制多少有些奇怪,但这就是中国经济现在的运作方式。我问谭先生这种工资结构改革有没有成功。

他对我非常坦诚,耸耸肩说:"大同在很多方面都很落后,比如工资待遇。这个地方太偏僻,很多东西都需要改善。中国其他地方要富裕得多,尤其是南方。"

我们谈话时,几架驴车载着沉重的铁制配件穿过工厂,那些驴子嗅着熔炉中发出的热气,可怜兮兮的,却又是一副逆来顺受的样子。

谭先生又给我讲了一些数据。即便是在最好的情况下,统计数据也容易产生误导,更像是一些陈词滥调——100万这个,200万那个的——归根结底都是毫无意义并且不能信以为真的。

"我们有86栋公寓。"他告诉我。可是那又怎样?那些公寓楼又暗又脏,年久失修,煤料就堆在厨房门边,墙壁已经开裂,墙面还能看到被涂掉的标语,而且每间房都要放两张床。在中国,不放床的房间简直难得一见。

"这里的医院有130间病房。"他说。但那个医院四处漏风,也不是很干净,还吵吵嚷嚷的,实在不怎么样。

大同机车厂会客厅里还挂着毛主席的画像。有全国性的统计数据表明,1976年毛泽东逝世时全国悬挂的毛主席像达7000万幅之多,但如今中国已经很少见到毛主席像了。

工厂条幅上的标语没什么政治色彩,很多都是关于生产安全的,还有一些是号召大家团结工作的,其中有一条上面写着"全力以赴,实现三大目标"。我问谭先生那些目标是什么,他告诉我指的是"按时生产,不浪费劳动""保持良好的工作态度"以及"提高生产力"。

在我看来,既然这里是个机械工厂,那么任何器械应该都能制造出来。这些生产锅炉和铁管的技术,同样也可以用于生产军用坦克和大炮。

"没错,"谭先生说,"但我们在大同已经有一家坦克工厂了。"

我不知道他这样向我泄露军事机密是出于有心还是无意,但不管怎样我喜欢他这么做;后来我又问了他一些问题。

谭先生三十岁左右,但看起来比较显老。中国人在二十五岁之前看上去都挺年轻,但从那之后就开始变得憔悴。到了六十来岁,他们又会恢复淡定从容的样子,然后越来越高贵优雅,虽然年龄在增长,却看不出衰老的痕迹。谭先生经历过"文化大革命",还曾经是大同的一名红卫兵。

"但我只是个小跟班,不是头头。"

"我了解。"

"我很高兴,它总算过去了。毛主席一走,'文革'就结束了,但之后我们迷茫了好几年。"

我们聊起了富人和穷人,富人住着高档酒店,而穷人还生活在窑洞里(山西和甘肃到处都是住窑洞的人)。谭先生说中国的贫富差距很大,但光有钱未必就能得到别人的尊敬。

"这些有钱的中国人,我们叫作'二手倒爷',"他指的是掮客、小贩和旧货商,"他们不读书,不逛博物馆,也不去庙里祭拜,只是有点儿钱而已。"

我教了谭先生"philistine"[①]这个词。

我去了大同城外的云冈石窟,过去常常有外国旅行者在那些漂亮的壁画周围画圈做标记,然后叫当地工人从墙上凿下来打包带走。此外,这里的佛头买卖曾经也很猖獗。尽管如此,还是剩下了很多佛像,在大一点的石窟内,有些佛像可以达到三层楼那么高。但来中国旅游,有些事情是可以料想到的,即便是最好的东西——比如这些佛龛——也在一直被翻新和粉刷,直到丧失所有的艺术价值。早前的旅行者通过偷盗和掠夺开始破坏石窟,但他们并没能成功将云冈石窟中的雕像

---

① Philistine,意思是"俗气的人",指在文化、知识和艺术等方面缺乏审美或追求的人。

破坏殆尽，唯一的原因就是它们实在是太多了。因此，有的雕像幸存下来，但后来多少都失去了原有的风貌。

悬空寺的情况也是一样。这个"悬在半空中的寺庙"颇为奇特，它的历史可以追溯到北魏年间。整座寺庙倚靠大同以南40英里（64千米）的恒山上某个峡谷一侧垂直而建，阶梯和楼台都非常陡峭险峻。中国人成群结队地涌向这里。当地也鼓励游客过来参观。但它同样也曾遭到过破坏，并且也经历过重修，在修葺的过程中失去了大部分神采。如今它看起来俗艳粗糙，修补的痕迹显而易见。

旅行中比较令人不解的一件事就是去景点参观。对于来中国的旅行者而言，这是他们所能做的最无益的事情之一，简直就是浪费精力，很多时候连娱乐消遣都算不上。它带来的疲惫感完全不亚于朝圣仪式，却不会给人半点精神上的慰藉。

悬空寺之行我们还参观了"令家沟"，这对我来说反倒有趣得多。那是个干燥的大峡谷，令家人中大部分都住在窑洞里。他们选择带有岩架的陡壁，把某些部分凿空，然后在里面挖出通道和窗户。峡谷底部有几间小土屋，但其余都是一层层的窑洞，以及在微红的岩石上凿出的粗陋门窗。这看上去真是既怪异又原始，但我四处走了走，发现人们也过着寻常的生活，他们种菜打鱼、洗衣做饭、晾晒被褥，当地有几家商店，还有一所学校和一家砖厂。生活在群山间这道神奇的缝隙中，他们一定为如此静谧的空间和清新的空气而感到庆幸。

更加不可思议的是，据中国人自己统计，如今仍有3500万人口生活在窑洞之中。政府没有任何将这些人口迁居至公寓的计划，反倒出台了一项方案来为他们改善窑洞条件。1986年5月19日的《中国日报》介绍了任振英设计的"改良窑洞"，他是一位十分有远见的建筑师，在设计中他扩大了洞内的面积，添加了更大的门窗，并且增设了通风机。他还展示了一个窑洞样板，共有42个房间，还有一些三居室套间。报纸上引用他的话说："窑洞冬暖夏凉，可以节约能源和土地，用于发展农业。"

我觉得这就是一种横向思维。为什么一定要重新安置那些住在洞里的人呢？符合逻辑的办法就是改善他们窑洞的条件，这样做非常具有中国特色。

它和蒸汽火车头的例子有点像：人们年复一年地生产这种崭新的老古董，但它的设计并不坏，只是看上去有点过时而已。对于一个产煤的国家来说，这非常经济有效。

如果这是一趟穿越时光的旅行，我会觉得十分安心：我的旅馆房间里有痰盂和夜壶；扶手椅用罩子套着，上面还放了块汗巾；上过油漆的桌子盖着绣花桌布，桌上摆着水壶、台历和一瓶塑料花；抽屉里有一小瓶墨水和一个笔架，笔架上有支羽毛钢笔。没有一样东西可以称作是现代的，但大部分东西都经久耐用。

对大部分西方人来说，这是有些滑稽甚至可笑的，但它并不是一个笑话——在一个人们还在用两千年前设计的渔网去河里捕鱼的社会，它绝不是一个笑话。中国所经受的磨难，比地球上其他任何一个国家都要多。然而，她挺了过来，甚至繁荣了起来。我开始想象，如果计算机集体爆炸，卫星全部被烧毁，所有的喷气式客机都从空中坠落，我们最终从高科技的梦中醒来，很久很久以后，中国人应该还在开着那些呼哧呼哧的火车继续前进，他们应当仍在古老的梯田上耕作，心满意足地生活在窑洞里，用羽毛笔蘸着瓶里的墨水，书写着自己的历史。

第三章　开往北京的90次夜车

中国的列车员总是穿着不合身的制服，帽子歪歪斜斜，脚趾还伸出凉鞋一大截，但这都无关紧要，重点是他们当中大部分人向我们展示的，官僚式的暴躁和冷漠。他们和中国普通老百姓相比真是天壤之别，老百姓不穿制服，遇事相当灵活，也许还愿意和你做点交易。这样的人存在于"自由市场"（对新兴集市的称呼）里，而不在中国铁路上。

半夜守在大同车站门口的那个女人声色俱厉，像极了刻耳柏洛斯①。往兰州方向的火车还有三分钟才出发，但她就已经砰地关上了入口大门，并且还上了挂锁，留下一堆士兵和许多其他迟到的人，紧靠在栅栏边，眼睁睁看火车开走。更加无礼的是，她把检票口上方的灯也关掉了，让我们所有人陷在一片黑暗当中。开往北京方向的列车如果没有进站，她是绝不会放我进去的。接着没过多久，她又砰地关上门，在我上车的时候，留下更多迟到者在一旁望车兴叹。这不仅仅是冷漠无情，官僚体制往往带有许多虐待狂的意味。

临近午夜时分，我在卧铺车厢中找到自己的铺位，也没去管身边

---

① 刻耳柏洛斯（Cerberus），希腊神话中有三个头的地狱看门犬。

都有谁（好像有个女人？），就直接入睡了。第二天清晨五点半，中国官僚又卷土重来，她猛地敲开门，把灯打开，找我们要毛毯和床单。我转过身去，试图回到刚才的梦里——当时我正在微风中穿越刘易斯湾①。这个列车员和面点师傅一样戴白帽子，系白围裙，她用手指戳了戳我的屁股，吼我起床。

"这趟车要七点一刻才到！"

"起来，我要收拾床铺！"

"我要睡觉！"

我对铺的一位青年男子告诉我："他们叫你从床上下来，因为要叠被子。"

"那么着急做什么？我们大概还要两小时才到。我想睡觉。"

列车员抓起了毛毯，我知道她也想用蒙古列车员那样的伎俩，一把就将铺盖从我的身边抽离。

我并不精通中文，仅仅会一些日常用语，于是我对那个年轻人说："帮我个忙吧，把我说的话翻译给她听。如果他们这样急于把活儿干好，就叫他们先去打扫厕所。厕所太恶心了，昨晚我都不敢用。地面不干净，窗户也是脏的，暖瓶里也没有热水。收拾床铺就那么重要吗？"

他摇摇头，不想翻译。他知道，而我其实也清楚，如果早点把铺盖叠好，那么一到北京站，他们就可以直接回家了，就算用额外的时间来叠被单也拿不到加班费。嗖的一声，她把我的铺盖抽走了，只留下穿蓝色睡衣的我在黎明前的黑暗中瑟瑟发抖。

"我不能跟他们说这个，"年轻人说道，"他们不会听的。"

他的意思是，这会让他们难堪的，毕竟他们只是在做分内的工作而已。这个年轻人姓彭，正在读《哈克贝利·费恩历险记》②，想借此

---

① 刘易斯湾（Lewis Bay），南极洲的一个海湾。
② 《哈克贝利·费恩历险记》是美国著名作家马克·吐温（Mark Twain, 1835—1910）的小说。

来提高英语。对待看书的人，我总是很温和的，但我跟他说那本书对他的英语不会有什么帮助。他二十七岁，是大同本地人，已经结婚了。他的妻子是一名秘书，他说她是个单纯的女孩儿，正是这一点吸引了他。他说他们现在还没有孩子："政策只允许生一个，所以我们想再等等。"

  北京的天空渐渐亮了起来。我立刻清楚地看到，这个曾经向四处胡乱扩张、带着乡土气的首都，正在变成一座高楼林立的城市。街上到处是又高又大的起重机，这种重型机械有二十层楼那么高，形状就像倒过来写的"L"字。我数了一下，在到达北京站之前，总共见到了六十架。人们在用它们建造新的公寓、塔台、酒店和写字楼。我见到了立交桥和新的隧道，大部分道路看起来都是新修的，有些街道上还比较拥堵。整个城市比以前更大、更吵，而且也更加明亮和繁荣，这让我感到惊讶，因为我曾目睹过它单薄的岁月。当然，同时我也想起了苏联的阴郁、蒙古的贫乏和波兰的戾气，那些自我否定又贪得无厌的人民，那些粮食短缺的窘况，还有那些破破烂烂的汽车。北京正经历着转变，仿佛只是有人简简单单地发出了一项"建设城市"的命令。在某种程度上，的确是发生了这样的事情。这种全新的氛围，如此繁荣的景象，出现还不到五年时间。在中国漫长的历史中，这不过是眨眼的一瞬，但毫无疑问，这座城市正在崛起。

  这就是我的第一印象——一切都是新的：新的出租车，新的建筑，干净的街道，鲜亮的衣衫，各式各样的广告牌。它不像一个供人居住的城市，反倒像是为游客和商人这样的来访者服务的。在建的有九家酒店，还有更多餐馆和百货商场，但没有剧院和公园。有的新学校专教外语，也提供旅游方面的课程。较大的新学校中，有一所专门培训出租车司机。有的影院又重新开放，但没有配备新的乐队。北京已不再是那座封建皇城，它开始变成一处旅游胜地。在这样一片旧貌换新颜的景象中，最令人忐忑的，便是随处可见的外国银行家和会计师。

有人说任何热衷于盖新楼的国家，也同样热衷于将旧房子推倒，这也许是真的。过去一千多年，北京城四周一直围绕着精美的高墙，城楼上有雄伟的圆柱和城门，看起来像城堡一样。1963年，为了腾出地方来盖一些难看的公寓楼，人们把城墙推倒了。然而，并没有人因为它的拆除感到悲哀。以前北京居民区的房子大都是四合院，就是那种带围墙的传统中式复合建筑，大门呈圆月形，门后是屏风，院内的屋舍错落有致。可如今这些院落大部分也都不见了，一栋栋高楼拔地而起。小旅馆和民宿正在或已经消失，取而代之的是一批巨型酒店，北京现在有三十多家价格昂贵的酒店，假日酒店和喜来登长城饭店不过其中两家。整个城中只有紫禁城没有发生任何变化，因为连中国人自己也知道，如果他们把这个也拆掉，那么谁都没有来北京的理由了。最近在天安门广场西南角，离毛泽东纪念堂不远的地方，新开了一家肯德基餐厅，这实在是有悖于中国人对此地的崇敬之情。

中国的历史层层交叠，现在总要抹掉过去的某些东西，这点在路边已经显露无疑。大字标语不是被刷上了丰田汽车广告，就是变成了牙刷和手表广告牌。新的汽车、电脑海报或商标名称之下，总能看见残留的标语："一切反动派都是纸老虎！""凡是敌人反对的，我们就要拥护！"这样的标语太多太显眼，人们除了重刷之外别无他法，但往往刷过之后，那些大字仍然若隐若现。现在北京的商业广告牌和海报如此之多，也许正要归因于那些标语——并不是广告牌本身有什么价值，而是它们可以遮住那一个个6英尺（1.8米）见方的汉字。

我问小彭，为什么要涂掉那些字。

"政治色彩太浓了。"

"那样很糟糕吗？"

"不太务实。"

有一首十九世纪的中国打油诗是这样写的：

> 当年口中洋鬼子，今日必称洋先生；
> 旧妇别时泪满襟，新人进门笑开颜；
> 世事人心皆无常，只道风水轮流转。

由于事先已有所安排，并且只有指定的酒店才能接待外国人，我住进了燕翔饭店，房费是每晚160元。小彭去了他说的中国旅馆，那地方没有正式名称，但有门牌号码，一晚上只要三块钱。这不是什么新鲜事。无论是餐馆或商店，还是博物馆门票和展览入场券，或者公交车、出租车、飞机和火车，他们奉行的都是双重标准，对于中国人和老外是分开定价的。一般来说，外国人总要比中国人多付三四倍的钱。但海外华人则属于另外一类，一个自出生起就生活在波士顿的华裔美国人，就算不会说普通话，也不会被当作是外国人。商务人员和官方访客又是另一类，可以享受某些特权。

阶级分类如此复杂，很难让人不觉得，迟早还会引发矛盾。小彭说，"也许会吧"，因为100元每月的人均工资还是太低了，奖金又不稳定，新中国正面临着它成立之后的第一次通货膨胀。

"但我希望它不要发生，"小彭说道，"我觉得革命的破坏力太大了。"

"可是如果当初中国不革命，你现在的生活会很不一样。"

"也许会更好，也许会更糟。"他说。

我问他："但是，你难道不认为自己经历了一段有趣的历史吗？"

"只是一点点吧。中国的历史太长了，'文化大革命'几乎不算什么。"

诺拉·沃恩[①]在小说《寄庐》中曾经写道：

> 我问这是什么战争，春歌的丈夫答道："这不是战争，只是一段过渡期而已。如果足够了解中国历史，你就会明白的。在我们

[①] 诺拉·沃恩（Nora Waln，1895—1964），美国女作家，她根据自己二十世纪二三十年代在中国的生活经历写成了小说《寄庐》(*The House of Exile*)。

四千六百年的历史中,每逢改朝换代,都会有一段动荡不安的时期,短则六十年,长则一百年。"

小彭没有当过红卫兵,他今年二十六岁,也就是说"文化大革命"时他才十来岁。但他曾经拒绝参加红卫兵,这让他在当时不太受欢迎。

"为了表示对毛主席的敬爱,我得参加游行活动,但我的心根本不在那里。大家觉得戴红卫兵袖章是很光荣的事,如果能当上红卫兵团的领导,那就最好了。"

"你们学校的领导是谁?"

"一个叫卫东的男孩,他自己改的名字,因为有'保卫毛泽东'的意思。他是个很重要的人物,知道所有的口号,还要我们也一起喊。那段时间真的很奇怪,整个国家都处于一种革命的状态。"

"卫东后来怎么样了?"

"我偶尔还能见到他。他完全变了,现在是一名教师,有几个孩子,就是个普通劳动者。那是最糟糕的事情,太艰难了。他没什么钱,得不到别人尊重。他不能再像从前那样演讲了,也没有口号可以喊。没有人因为过去的事情责怪他,但现在也不会有什么人去理他。"

"你不觉得'文化大革命'取得了什么成就吗?"

"完全没有,而且失去了很多东西。我们浪费了很多时间。我们真的很信任周总理,所以发生在1976年清明节的那件事是真的。有成千上万的人去悼念他,都是自发的。但我们不知道该干些什么。天安门广场上全是人,每个人都感到很迷茫。"

"你们到什么时候才不再感到迷茫?"

"直到邓小平上台,打开了中国的大门。"小彭说。

"中国历史上有那么多短暂的过渡期,这也许只是其中一段。"

"我希望时间长一些。"小彭说道。

*　*　*

无论在美国还是中国,包柏漪[1]都要比她的驻华大使丈夫出名得多,她的小说《春月》是美国的畅销书,中国正在把它改编成电影。她的丈夫叫"温斯顿·洛德",一听就是个贵族名字,而且更像某类女性小说中的人物,但不大可能出现在包柏漪的小说里。有人称赞说,她的小说精准地刻画了处于中国历史时代变迁之中的家庭,这一点不假。故事发生的背景,正是包女士所亲历的时代。她在中国出生,在美国成长并接受教育,最近又以大使夫人的身份回到中国,这些经历似乎都很好地呼应了小说中的内容。

我提前不到一天才告知她来讯,但她竟然为我安排了一个十六人的午餐会。见到她时,我才知道根本无须为此惊讶。在我看来,她从未对谁说过不。

她身材苗条,有着典型中国美人的端庄相貌,皮肤如丝绒般光滑洁白,举手投足间都透着优雅,用时尚杂志的话来说,简直是倾国倾城。她的神情既机敏又怡然,仿佛事事都称心如意,又或许她自己并无所求,却常常有人慷慨相助。漆黑的头发被她盘成一个紧紧的发髻,用簪子固定在脑后。她身穿时髦的白色夹克和短裙,里面用条纹衬衫打底,脚蹬一双细高跟鞋;脸颊两侧别着一对大大的白色珊瑚耳环,看起来像是由法贝热[2]设计的耳机。她是那样急于让我感到轻松,但我却立刻紧张起来。

北京的五月潮湿闷热,但洛德夫人的精力却异常旺盛。她就是这样的一个人。她的热情中体现出某种自信,不管说中文还是英文都是如此。她个性活泼,笑声清脆爽朗,为了引我注意或强调重点,她经常会用手戳戳我的胳膊,敲敲我的膝盖,或者拍拍我的肩膀,中国人

---

[1] 包柏漪(Bette Bao Lord, 1938—),美籍华裔作家,其丈夫温斯顿·洛德(Winston Lord)曾在1985—1989年任美国驻华大使。
[2] 法贝热(Fabergé, 1846—1920),俄罗斯著名金匠、珠宝设计师,以制作精巧的复活节彩蛋而闻名,十月革命后流亡海外。

可没有这样的习惯。如果别人这样做，肯定会遭人厌烦，但洛德夫人反倒让人变得兴高采烈。我喜欢这位光彩照人的女士戳我的胳膊。

谈话间，她讲到制订计划非常重要，拍拍我说："这就像挑选合适的对象一样……"

我觉得这很奇怪，因为我从来不认为婚姻是刻意的选择。它是另一码事：两个人相爱了，就在一起了，不用管未来是好是坏。但她似乎特别理性，在这一点上她显然非常中国，我猜她肯定一辈子都在思考如何做出正确的选择。

她跟我说，她觉得自己很幸运。我心想肯定有很多女人讨厌她，因为大多数人都想变成她那样——魅力非凡、成就颇高，被众人当作皇后来追捧。她说她已经四十七岁了。可是她看起来只有三十五岁上下，而且——因为有些中国人的脸不会随时间变老，这个样子也许可以保持很长一段时间。

我们聊到了出版的事。她在事业上很顺利，已经出了两本书，而且都取得了巨大成功。她来北京才六个月，本打算写一部新的小说。然而，由于要打理使馆内务、安排菜单、管理用人、接待客人和照料家人，她变得有点像维多利亚时期的主妇。她说，为了让自己有条不紊，她在坚持写日记——或许就是为了出版而写。

"我发现自己坐在邓小平旁边，或者有人正介绍我认识某位来访的国家元首，于是我想：'必须把这个记下来！'你说，这些是不是很重要？"

"是挺重要的，但大家读日记，是为了发现一些琐事和八卦。我的建议是，把什么都记下来，不要修改也不要增删，尽量自然一点。"

"你就是那样做的吗？"她边说边翘起二郎腿，然后蜷起身子将膝盖抱在胸前，一副怀疑的样子。

"只有在旅行的时候我才写日记。"我答道。我并没有告诉她，其实我觉得日记对于小说写作来说是致命的，它会让你试图记住所有的事情。

"因为旅行实在太有趣了吗?"

"不,因为旅行文学也可以说是一种非主流的自传形式。"

此时,一位女士没敲门就进来了,她说客人都到齐了。

"他们都是党员!"洛德夫人神秘兮兮地说。她得意扬扬的,那么有谁不是党员呢?这个国家有十亿人口,但中国共产党党员只有4400万,仅占4.4%。

来客都是作家和学者,其中大多数人都出过国,几乎每个人都能说一口流利的英语。面对西式菜单(先是汤,然后是大虾和炖肉)或刀叉时,他们个个都表现得落落大方。

我问身旁的女士对一些事情的看法。

"I'd like to keep an open mind.(我愿意保持一个开放的心态。)"她用英文回答。她的口音非同寻常,那不仅仅是流利的英语,而且是上流社会讲的英语,语调很像一个受过良好教育的女校长。她的声音让人想起切尔滕纳姆女子学院[①]的院长,而她本人的样子也很像英国人赞不绝口的那种"女学者"。因此,当听说她在北京大学教书,并且主要讲亨利·詹姆斯[②]时,我并没有感到惊讶。

她说她感到很愤怒,因为詹姆斯作品的中文译本都太糟糕了。

"当卡斯帕·戈德伍德对伊莎贝尔[③]说'等着吧!'他们居然翻译成了'等一会儿',就好像他马上就会回来一样,你明白吧。这真的让人很难受,但又有什么办法呢?"

我问她政府会不会干涉她的教学——毕竟直到最近外国小说还一直被认为是资产阶级毒瘤("糖衣炮弹")。

---

① 切尔滕纳姆女子学院(Cheltenham Ladies College),英国著名女子中学,在全球享有极高声誉。
② 亨利·詹姆斯(Henry James,1843—1916),英裔美国作家,以细腻的心理描写著称,被认为是心理分析小说的开创者之一,代表作有《一个美国人》《贵妇画像》《鸽翼》《使节》《金碗》等。
③ 亨利·詹姆斯小说《贵妇画像》(The Portrait of A Lady)中的男女主人公。

"政府不怎么管我们，我们可以自主安排工作，和'文革'时期很不一样了，"她一边说着，优雅地剥掉蝴蝶虾的尾巴，"那时校园里有很多喇叭，一直响个不停。"

"你讨厌那样吗？"

"刚开始的时候是的，后来我觉得那简直太无聊了。那是'文革'中最糟糕的事情，无聊至极。你每天早上都会被吵醒，广播里超级大声地放着'千万不要忘记阶级斗争'。你刷牙的时候，牙刷上印着'千万不要忘记阶级斗争'；就连洗脸盆里也写着'千万不要忘记阶级斗争'。到处都可以看见那样的标语，而且大部分人都很讨厌它们——真的很侮辱人。我已经被烦透了。"

她低声用英文和我说着这些，语气中疲态尽显。不过接着她的声音又大了起来。

"但大家也都无能为力。"

萧乾[①]在旁边安静地听着，这位老先生已经年逾古稀，1939到1945年期间他曾在英国留学。那时候由于"二战"的关系，他没法返航回国。但他说，正是因为在英国度过了一段战争岁月，他才看到了英国最好的一面。他脖子上系着一条类似校友领带的东西，于是我向他求证。他说没错，那是剑桥大学国王学院的领带，他当时就在那里念英文。

我对他说："我觉得中国人好像没有打领带的习惯。"然后我又跟他讲了我曾经遇到的一个法国人的故事。1960年代的所有暴力和动乱，有没有改变他的思维方式呢？我这样问他。"有的，"他回答，"我从那以后再也不打领带了。"

萧先生说："现在人们开始打领带了。出国的话，肯定还是需要领带的。"

[①] 萧乾（1910—1999），著名文学家、翻译家，译作有《尤利西斯》等。1939年，萧乾在伦敦大学任东方学院讲师，后来进入剑桥大学攻读硕士学位。1943年，他放弃学业，领取了随军记者证，成为《大公报》的驻外记者，是第二次世界大战期间欧洲战场上唯一的中国记者。

他告诉我，他最近去了趟新加坡。

"我在那教过书。"我说。

"新加坡是个经济奇迹，"他笑着说，然后补充道，"也是片文化沙漠。他们除了钱，什么也没有。他们的寺庙在我们看来跟玩具一样。这个国家无足轻重，甚至好像都不是真实存在的。他们的总理李光耀虽然是东方人，却总是以西方人自诩。但他也并非一无是处，比如他在政治上就非常推崇儒家的家庭观念。在新加坡，如果你家里有老人，是可以减税的。这就有儒家思想在里面，挺好的。"

"我的学生受到了新加坡政府的欺负，"我说道，"如果他们学习英文或者政治学，那么他们就拿不到奖学金。政府只资助念经济或商科的学生，认为这些才是赚钱的专业。新加坡国立大学的学生中有一些告密者。说来也奇怪，要是有谁表示支持中华人民共和国，也会被揭发。"

"现在新加坡人很希望和我们做生意，"萧先生说道，"但他们的政府太严厉了，总是监视和监听，搞得人民很害怕。"

我问："可是中国跟它比，差别很大吗？"

"即使在最糟糕的时候，"他回答，"即使在'文革'期间，我们都没有这些东西——你们管这些能监听你声音的机器叫什么？"

"窃听器？"

"没错，我们没有窃听器。但是在新加坡，任何人开口前都会在桌子下面摸一摸，看看有没有窃听器在监听。"

他没有喝酒，但其他人在喝，一杯杯红酒下肚，他们的脸开始变红，并且有点上气不接下气。萧先生旁边的一位年轻男士问我来中国打算做什么。

"就是坐火车，四处看看。"我告诉他。

"你是要写报告吗？"

"根本不是。"我回答，然后告诉他我的座右铭：像狗一样咧嘴傻笑，然后漫无目的地四处游荡。

他说那也正是他喜欢干的事情。实际上，他有点效仿斯特兹·特克尔①的做法，一直在走访国内的许多地方，用录音带记下人们的回忆。他将采访文稿整理成书，不久即将出版，书名叫作《北京人》。他问我有没有什么关于中国铁路的问题想问他——他自称是这方面的专家。他的名字叫作桑晔②。

我和他说，我特别期待北京到乌鲁木齐的火车，那可是中国境内最长的火车路线，途中要穿越大山和沙漠，总共需要四天半时间。

"他们叫那趟车'铁公鸡'。"他说道。

他解释说"铁公鸡"是吝啬的代名词，因为"吝啬的人一毛不拔，就像铁公鸡一样"。它还可以用来指毫无用处的东西，中国有句谚语说"铁公鸡，瓷仙鹤，玻璃耗子，琉璃猫"，和西方人口中的"白象"③是一个意思。此外，这个词还玩了点文字游戏，取的是"铁路""工程"和"机车"的首字谐音。

说到"吝啬"，这趟车的确名副其实，因为直到最近，这条故障频发的铁道线路仍在由新疆地方政府管理。事实上，新疆幅员辽阔，是维吾尔族的聚居地。然而，自治区铁路局地处偏远，既不愿放弃对铁路的管理权，也不能好好维护它。虽然比起"铁公鸡"这个词本身，我更想了解这背后的故事，但这样的叫法确实让我比以往任何时候都渴望上车去看一看。

用完午餐，洛德夫人请我对大家说点什么。正式的中国宴会都要有一些简短的发言穿插其间：开始时，主人要致欢迎词，然后客人要表示感谢；接着，席间大家开始相互说些冠冕的客套话和祝酒词，到最后宴会往往戛然而止。没有人逗留徘徊，没有人坐在你身边瞎吹胡侃。我参加过的所有中国宴会都是在悄无声息中结束的。

---

① 斯特兹·特克尔（Studs Terkel，1912—2008），美国口述史权威人士、作家、广播人，曾获普利策奖。
② 桑晔，旅澳历史学者。1984年，桑晔与张辛欣合作创作口述实录文学《北京人——一百个普通中国人的自叙》，1985年初同时在五个文学期刊推出，外文译本多达八种。
③ "白象"（white elephant）在英语里指价格昂贵但没有实用价值、华而不实的东西。

我说了一小会儿，向大家表示感谢，然后坐下。然而，洛德夫人却不停地给我制造话题。我之前不是来过中国吗？我难道不该讲讲这次和上次相比有什么不同吗？

于是我又起身，向大家坦言即使是在六年前，人们也很不愿意谈"文化大革命"。在当时，这样做比举止不端还要恶劣：它会招来横祸，让你成为众矢之的，它是政治行为，没人敢做。就算有人真的谈起，也都是用很委婉的说法，就像英国人提到第二次世界大战时都称它"最近发生的不快"。然而，如今人们可以大方地谈那疯狂的十年，他们不再简单地称之为"文化大革命"，而是经常在前面加上一个"所谓的"来修饰，或者直接管它叫"十年浩劫"。人们能够用批判的态度谈论这件事情，肯定是件好事吧？

"你就只注意到了那么多吗？"洛德夫人问道，她鼓励我继续说下去。

我说游客和商人似乎构成了一个新的阶级，对于比他们贫穷得多的中国人来说，这些特权阶级和资产阶级可能会让他们感到沮丧。

"我们从来不会认真对待外国人，"桌子末端的一位客人说道，"现在最流行的一句话就是'老外好骗'。"

"我觉得这句话很危险。"我说道。

洛德夫人问："为什么'危险'？"

"因为事实并不是这样。"

洛德夫人说道："中国人并不知道酒店里都发生了什么事情，他们不会进去。"

"我们进不去，"那位女学者说道，"可是也没有人真的过来拦你。前几个月我去了一个大酒店，那里面有保龄球场，还有迪斯科舞厅和书店。但我没有外汇兑换券，所以什么也买不了。"

有人说道："我觉得这种不让中国人进旅游酒店的规定很快就会改掉的。"

洛德夫人说："有朋友告诉了我特权的事情，这当然有问题。我的中国朋友都有些悲观，但我是乐观的。我觉得一切都会继续得到改善，而我也想提供些帮助。我觉得自己应该为这个国家做点什么，我拥有的太多了。"

我告诉他们："诡异的是，我也受到了'文化大革命'的影响。这场动乱发生在 1960 年代，当时我正在非洲，而中国正试图在非洲产生影响。我看过《毛主席语录》和《北京周报》，感觉自己也像个革命者。"

"我以前有本《毛主席语录》，"一位男士说道，"我把它收起来了，现在不知道在哪里，我想可能是丢了。你不是真的读过吧？"

为了证明自己，我开始背诵"红宝书"中的句子："革命不是请客吃饭。""调查问题就像十月怀胎，解决问题就像一朝分娩。调查问题就是解决问题。"在中国旅行时，我经常会想起第二句话。

大家一阵长吁短叹。

"他让我们回到了三十年前。"有人说。

"如果你到北大校园里去，可以看到一尊毛主席塑像，"一位学者告诉我，"但现在这样的塑像已经不多了。那尊塑像底座上原来写着'毛泽东思想万岁'，但现在只剩下一个名字了。"

我并没有立场告诉他们，他们同党中央的思想已经脱节了。中共中央委员会在最近（1986 年 9 月）召开的会议上通过了一项决议，重申了"四项基本原则"：必须坚持社会主义道路；必须坚持人民民主专政；必须坚持中国共产党的领导；必须坚持马克思列宁主义、毛泽东思想。

来参加午宴的这些人，都属于中国存在已久的士绅阶层。他们比较特殊，时常受到猜疑和排挤。尽管举足轻重，但没有君王同他们相处时能真正感到自在。实际上在"文革"期间，毛泽东曾设法挫了挫他们的锐气，他把他们送到农村去，以此来改造他们。"如果你自以为很聪明的话，那么就可以开始动手往手推车里铲猪粪了"，到了晚上，那些被下放的知识分子还要学习马列著作。

"对这间房里的大多数人来说，他们都宁愿自己的孩子做个清贫的学者，而不是有钱的商人，"洛德夫人告诉我，"事实就是这样。"

我想对她说，在一个拥有九亿农民的国家，选择做商人还是知识分子绝不是多数人所面临的问题，但我知道这样很无礼。显然，洛德夫人请来的这十六位根正苗红的知识分子，并不能代表广大中国人民，他们西化程度很高，喜欢喝咖啡——这可是在中国最难见到的饮品之一，而且餐后还能留下来再聊一会儿。

董乐山[①]教授最近翻译完成了奥威尔[②]的《一九八四》，事实上他就是在1984年翻译的，看起来真是一段完美因缘。他还把库尔特·冯内古特[③]和索尔·贝娄[④]的作品译成了中文，但我想跟他谈谈奥威尔。

他说："我觉得那是本非常阴郁的小说。"

"你会觉得它很熟悉吗？"

"你说的是才过去不久的中国吧，"他眨了眨眼说道。

"那为什么没有越来越多的人写它呢？"

"我们还在试图理解它，这是个非常痛苦的主题。"

有一类专门写"文革"的作品，叫作"伤痕文学"，因此"痛苦"这个词用得恰如其分。中国有位非常受欢迎的作家叫冯骥才[⑤]，他写的几乎都是"文革"的事。

"人们读《一九八四》的时候也许会想起这件事。"我说。

董教授谨慎地侧过头来说："但是大部分人读不到它，这本书是限制阅读的——是内参⋯⋯"

"限制阅读"指的是将它归入某种类别的书籍，仅供值得信赖的

[①] 董乐山（1924—1999），著名翻译家、作家，美国文化研究学者。
[②] 奥威尔（George Orwell，1903—1950），英国小说家、散文家、评论家，代表作有《动物庄园》《一九八四》等。
[③] 库尔特·冯内古特（Kurt Vonnegut，1922—2007），美国作家，黑色幽默代表人物之一。
[④] 索尔·贝娄（Saul Bellow，1915—2005），美国作家，1976年诺贝尔文学奖、普利策奖获得者。
[⑤] 冯骥才（1942— ），"伤痕文学"代表作家，代表作品有纪实文学《一百个人的十年》、小说《三寸金莲》《炮打双灯》等。

读者使用。普通百姓是不能阅读内参的，他们还有一个词叫作"内部"，用来指那些不能跟外国人提起——或者至少不希望在他们面前谈的东西。但我几乎感受不到中国人的戒心；他们什么都谈，而且往往直言不讳。

董教授还在谈《一九八四》，以及为什么只有知识分子才可以读它。"这种书要经过特别许可才能读，我觉得是有必要的。"

他说书店和图书馆都有一个"内参"室，这种内容大胆且颇具煽动性的材料就放在里面，需要有经过核准的"通行证"才能进去阅读。但他说实际上大部分人都可以读到这些书，因为一旦有人把它买走，大家就可以相互借阅。其实，限制此类书籍流通的正是中国知识分子本身。这些顽固不化的学究们并不习惯于借书给那些凡夫俗子，认为后者读过以后可能形成错误的观点。

有趣的是，尽管听到了这么多解释，但八个月之后，在中国南部的港口城市厦门，我走进一家公共图书馆，找到了一本董教授翻译的《一九八四》。我问图书管理员，这本书是否可以自由借阅，她回答说："当然可以。它好在哪里呢？"

董教授说，真正奇怪和危险的书是那些情色经典，比如《金瓶梅》那样的书，书名的意思是"插在金瓶里的梅花"，本身就有点性暗示的意味。这本书写于明代，也就是十四世纪，早在一百多年前西方人就可以读到它的译本了。艾支顿[①]于二十世纪三十年代完成的翻译被认为是最好的版本之一。这本书讲述的是一个荒淫的年轻商人的生活，以及他各种各样的风流艳事。

"你真的觉得那本书有害吗？"

"对我来说并没有。"董教授用一种孤高的口吻答道，"对于普通读者来说它非常有害。你知道的，中文并不是那么直白，经常会有很

---

① 艾支顿（Clement Egerton，1852—1922），英国翻译家，其英译本《金瓶梅》（*The Golden Lotus*）于1939年首次出版。

多暗示。《金瓶梅》就是这样。它里面根本不明说正在发生什么事情，所有的东西都要靠你自己去想象。我觉得确实应该限制阅读。"

我问董教授现在都忙些什么，他说自己最近编了一本英文短语手册，收录的都是一般中国人在英文字典中找不到的短语，比如"沃特·密提主义"[①]和"阿尔奇·邦克心态"[②]。

他问我在做些什么，我说刚完成了一本小说，写的是不久的将来。

"没有人写中国未来的事情，我们几乎从不畅想未来。我们有一些科幻小说，但没有关于未来的作品。"

"难道没有人想过，就像奥威尔那样，通过写未来的事来表达对当下的看法？"

他告诉我："我们有个说法叫作'借古讽今'。这是中国人的思维方式。曾经北京有个市长，写了个剧本来讲明朝一个名不见经传的人物[③]，人们当时非常震惊。'你在讽刺毛主席！'他们说。然后那个市长很快就被撤职了，从此消失不见。"

"那他真的讽刺了吗？"

"当然了！"[④]

客人差不多走了一半，留下来的那些人想谈谈宗教。我说这不是我最喜欢的话题，但我可以试着回答他们的问题。美国人信教吗？

---

① 沃特·密提主义（Walter Mittyism），指英雄式的幻想症，典出美国作家詹姆斯·特纳（James Thurber，1884—1961）短篇小说《白日梦想家》(*The Secret Life of Walter Mitty*)的主人公沃特·密提（Walter Mitty）。

② 阿尔奇·邦克心态（Archie Bunker mentality），指面对社会压力时执拗、自以为是的心态，典出 1971 年美国情景喜剧《全家福》(*All in the Family*)中的人物阿尔奇·邦克（Archie Bunker）。

③ 编者注：此处应指吴晗（1909—1969）所著新编历史剧《海瑞罢官》。吴晗是中国著名历史学家，曾任北京市副市长，在"文化大革命"期间因此剧被批斗，在狱中自杀身亡。海瑞作为明朝著名清官，并非"名不见经传"，可能是本书作者不了解中国历史之误。

④ 编者注：1959 年，毛主席提出要学习海瑞"刚直不阿，直言敢谏"的精神。吴晗响应号召写了《海瑞罢官》，后被姚文元污蔑为"毒草"。

为什么斯坦贝克[1]和福克纳[2]的作品中总是带着点宗教的意味,但是现在的作品里却都不见了呢?他们熟知许多英美作家,但是一听到他们提起英文书名,我就知道他们可能读的是译本而不是原著,比如他们把狄更斯的《双城记》和《艰难时世》分别说成"A Story about Two Places"和"Difficult Years"[3],把霍桑的《红字》说成"The Red Letter"[4],把斯坦贝克的《愤怒的葡萄》说成"Angry Grapes"[5],等等。我推荐他们读辛克莱·刘易斯,我才在火车上读过他的书。然后我询问了他们自己的写作情况。

"我们厌倦了政治,"一位青年作家说道,"我们的作家向来都只写政治。人们认为中国作家很痴迷这个主题,但现在情况变了。我们想写点其他的东西,可是需要找到受众。"

我表示,他们要想找到受众,并不会有什么困难,因为政治和政客的主题都太乏味了:"如果你们写点其他的东西,会有很多读者的。"

"但是我们得让第一读者满意。"另一个人边说边竖起一根手指。

他们认为审查制度针对的是下层社会而不是知识分子,这在我看来多少有些虚伪,但我并没有质疑他们的逻辑,因为怕吓坏他们。我说,亨利·米勒[6]的书直到1960年代才在英国和美国解禁;《查泰莱夫

---

[1] 斯坦贝克(John Steinbeck,1902—1968),美国小说家,代表作《愤怒的葡萄》(1939)以美国大萧条时期为背景,反映的社会问题引起强烈反响,于1940年获普利策小说奖。

[2] 福克纳(William Faulkner,1897—1962),美国文学史上最具影响力作家之一,意识流文学代表人物,1949年获诺贝尔文学奖。代表作为《喧哗与骚动》《我弥留之际》《押沙龙!押沙龙!》等。

[3] 《双城记》和《艰难时世》原著英文名分别为"*A Tale of Two Cities*"和"*Hard Times*"。

[4] 《红字》原著英文名为"*The Scarlet Letter*"。

[5] 《愤怒的葡萄》原著英文名为"*The Grapes of Wrath*"。

[6] 亨利·米勒(Henry Miller,1891—1980),美国"垮掉派"作家,代表作为自传性三部曲:《北回归线》《黑色的春天》《南回归线》。1961年经过一场诉讼,《北回归线》才得以在美国出版。

人的情人》一书的官司纠纷也就是 1960 年的事情。西方的开明也不过如此。

"我们在进步,"一位学者说道,"我们刚出版了一系列凯恩斯经济学①的书。"我说可能约翰·梅纳德·凯恩斯对于他们,就像大卫·赫伯特·劳伦斯②对于我们一样,然后我试着想象了一下供方经济学理论③怎样被禁止,怎样被视为黑暗和恐怖学说。

* * *

"几年前,要是看到外国游客,我们肯定会说'美国人真老'。"在北京的时候有个人这样告诉我。他说得没错:那时候只有老人家才去中国,因为又贵又费时间,如果想去的话,等到退休以后有钱有闲了会好一些。可是现在,大家都跑到中国来。他们当中有大款,也有穷游客;有来混吃混喝的,也有骑行者和旅人;有考古学家,也有想学中国功夫的人。到了北京他们都要去参观长城、故宫、颐和园、天坛和友谊商店。这些地方我上次来的时候已经去过了,那时我觉得它们很有意思,当然也很大。然而我这次来中国,是为了发现一些平常不大引人注目的东西。

我决定去王府井大街上那家大型外文书店,看看能否买到董教授编的英文短语手册。我没有找到那本书,但营业员给了我一本《英文新词难词词典》。我翻到"B"打头的部分,发现里面收录了"balled"

---

① 凯恩斯经济学(Keynesian economics),英国经济学家约翰·梅纳德·凯恩斯(John Maynard Keynes, 1883—1946)的经济理论,主张国家采用扩张性的经济政策,通过增加总需求促进经济增长。
② 大卫·赫伯特·劳伦斯(David Herbert Lawrence, 1885—1930),20 世纪英国最具争议性的作家之一,代表作《查泰莱夫人的情人》,因书中直白的性爱描写而遭禁,英美等国直到 60 年代初才解除禁令。
③ 供方经济学理论产生于 20 世纪 70 年代末,即西方国家经济普遍出现"滞胀"的时期,它的理论核心是减税理论。

（捏成球形）、"ballup"（滚成球；钻孔堵塞）、"ballsy"（大胆的；勇敢的）、"ballahoo（sic）"（一种快速航行的纵帆船）和"banged"（重击；发出巨响）这样的词，又翻到"shit"（大便）这个词条，看见有个例句是"I feel shitty in my body"（我觉得好讨厌），这个说法在美国口语中才出现不久。其实书里面的大部分词都是"methyloxalate"（草酸甲酯）和"sulphur dioxide"（二氧化硫）这样的化合物名称及其中文对译。

有个上了年纪的中国男人正捧着一本仔细阅读。

"这本书对我来说没有很大用处，"他说，"因为我经常翻译的是音乐理论，但这里面大都是科学词汇。有很多估计你也不认识吧。"

"有些看着比较眼熟。"我回应道。

他叫章枚[1]，是个音乐家，擅长包括钢琴在内的多种乐器，同时他也作曲和指挥，不久前他成为了一名音乐教师。他说他还会唱歌，唱的是男中音。他演奏中国古典音乐，也会唱舒伯特[2]、威尔第[3]和汉德尔[4]的作品，他说舒伯特的音乐"很悲伤"，而他"个人最喜欢"的是汉德尔。他也喜欢史蒂芬·福斯特[5]，说他是在中国最受欢迎的作曲家之一。

"听《美丽梦中人》的时候，我总有想哭的冲动。"我说。

"我更喜欢汉德尔。"章老说道。他身材矮小单薄，驼背得很厉害。

---

[1] 章枚（1912—1995），原名苏寿彭，作曲家，曾任中国音协上海分会主席、音乐出版社副总编辑、中国艺术研究院编译室主任、外国文艺研究所顾问等。

[2] 舒伯特（Franz Schubert，1797—1828），奥地利作曲家，早期浪漫主义音乐的代表人民，同时也被认为是古典主义音乐最后一位巨匠。

[3] 威尔第（Giuseppe Verdi，1813—1901），意大利歌剧作曲家，代表作有《茶花女》《阿依达》《弄臣》《奥塞罗》等。

[4] 汉德尔（George Frideric Handel，1685—1759），德裔古典作曲家，后来入籍英国，以创作巴罗克风格的歌剧、清唱剧、赞美诗和管风琴协奏曲而闻名。

[5] 史蒂芬·福斯特（Stephen Collins Foster，1826—1864），美国民谣作曲家。下文提及的《美丽梦中人》是他代表作之一。

可是当我说要去散散步，他提出要跟我一起。他已经七十五岁了，虽然看上去比实际年龄还老，但走起路来却灵活矫健。他说他刚从北京站把儿子送走，他儿子要坐火车去巴黎学习声乐，并且中途不打算停留。我说："路上要花九天时间。"但是章老说："他是卧铺，可以睡觉，真幸运。"

我问他政府是否反对西方音乐。他说不反对，现在和那时候不同了。后来我发现中国就此类事情出台过一些官方指令，比如1977年3月7日就颁布了一项法令，不再禁止演奏贝多芬的音乐。

章老从未正式学习过音乐，他说："我是自学成才的。抗日的时候我参加了新四军，领导一个四十人的合唱团。我们的任务就是鼓舞士气，那时我也写歌和谱曲。"

我请他举个例子。

"有次在江苏黄桥镇，我们打赢了一场重要战役，为了表示纪念，我写了《黄桥烧饼歌》。"

他解释说，那是根据当地人赶制烧饼的故事创作的一首爱国歌曲。士兵上战场前，大家用烧饼来给他们送行；得胜归来后，又烤制了更多烧饼来迎接他们凯旋。

我问："你没有写歌来控诉那些穷凶极恶的日本人吗？"

"噢，有的，"章老答道，"我们在歌里给他们取了各种名字，鬼子、强盗、淫贼，因为他们到处奸淫掳掠。如果你提到'淫贼'这个词，大部分人马上就会反应过来你说的是日本人，直到现在还是这样。"

"他们是恶魔吗？"

他笑了笑。"我们叫他们鬼子，他们太残暴了。不，这还不够准确，简直十恶不赦。"

我喜欢这位老人。我问他饿不饿，他说饿了，但他的肠胃很不好。尽管如此，我们还是去餐馆里点了一大堆吃的。这顿饭总共花了33元，但其实我们吃得很少。他用人民币结了账，然后我给了他等额的外汇兑换券，这东西就像硬通货一样。

他说选择这个地方是因为它是家粤菜馆,而他自己是广东人。我们吃饭的时候,他无意中听见四个广东人在说他们的账单——他们吃掉了35元。

"一顿饭吃掉那么多钱,他们肯定是做生意的。"他说道。然后他上前去问那几个人是不是商人,但那些人告诉他,他们就在附近的一个政府机构工作。

"时代在改变。"他说。作为一名退伍军人,他可以领取各种各样的退休金和补贴,每月总共可以拿到271元。他说他觉得自己过得很不错。

日本人曾侵占中国的土地,同他们进行过旷日持久的战争,给这个国家带来了深重的苦难,但如今来观光的日本游客竟如此之多,我问章老对这件事怎么看。"我们把什么都忘了,最好都忘掉。不管怎样,毛主席说过,大部分老外都是好人,只有少数几个是坏蛋。"

"我很好奇,如果毛主席看到北京现在的情况,他会说些什么。"

章老答道:"他应该很感兴趣,当然也会感到惊讶。"

"他可能并不喜欢这样。"

"他必须喜欢呀,事实会告诉他的,他不能否定事实。"

他说的话和大部分人告诉我的一样:1957年之后,垂暮之年的毛泽东变得不一样了,很容易受林彪和"四人帮"的误导。

我问他是否对中国发生的这些变化表示乐观。

"是的,"他说,"现在情况好多了。我们应该有更多的钱花,但如果我们勒紧裤腰带,我想过不了几年就会看到一些成果的。"

"难道你不认为,如果邓小平去世了,中国可能出现不好的变化吗?"

"不会的,他已经选好了接班人。"

"那么,你觉得什么问题都没有吗?"

"人口过多是个问题,交通也是个问题——我们已经有很多汽车了。我们必须对此加以管控。但我们在很多领域都做得不错,比如农业。"他说,他喜欢中国正在发生的变化。中国历史很长,但有着明确的阶段划分。当前时代只是其中一个极其微小的片段，也许要经过很多年，我们才能对其加以评判。这让我想起曾经有人问毛泽东怎么看待法国大革命，他回答说："现在还言之过早。"

我们沿王府井大街走着，章老给我讲了一些他在战时的故事。1946年4月，陈毅首长同一位美国将军举行高级会晤，他那时担任过陈毅的翻译，但他已想不起美国将军的名字。刘少奇也出席了那次会议。

"那位美国将军送给陈毅首长一盒骆驼牌香烟，给了刘少奇一些巧克力，拿给我一箱军粮。"

"'这里是山东，'陈毅首长当时说，'我们有很多果树。你们可以鼓励美国人来这里开一家罐头加工厂，我同意这么做。'然而他们并没有接受邀请。"

"然后我把他们都惊呆了，我上前去同那位美国将军握了手。美方的翻译根本不敢同陈毅首长握手。后来这些来自联总（联合国善后救济总署）的美国人对我说：'同志，你可是相当进步啊。'"

"'所有人都是平等的。'我说。"

他是个善良的人，临别前他对我说："刚才那家餐馆的菜不是很好，但我喜欢和你交谈。你要是再来北京，就到我家来，我给你准备些真正的中国美食。"

从火车里往外看，北京是很让人印象深刻的：它是一座正在崛起的城市，起重机随处可见，工人在建筑的梁架上穿梭，打桩机敲得地面怦然作响，仿佛在喊："中国！中国！"

可是当我离得近一点，在它们周围走了走，却发现这些新公寓楼看上去非常不稳固。有的房子就像放大版的儿童积木，有的则像某种用一间间三居室套房模块拼起来的巨型建筑模型。他们采用这种预制的方法，原因是显而易见的。如果一砖一瓦地从平地上砌起一栋建筑，它的窗户会摇晃，门框会不够方正，墙体也会凹凸不平，所有的一切都像是手工做出来的，友善一点的建筑师管这叫作"民居风格"。

"没人知道它们能撑多久，"一个在北京的美国人告诉我，"最后可能会像香港的那些建筑一样，那些用唾液和锯屑造的楼房，一年左右就倒塌了。"

"你为什么会这样想？"我问。

"因为那些楼大部分都是香港人过来盖的。"

当然，有些楼房已经开始发裂了。它们不仅外观不协调，墙体开裂，污迹斑斑，而且已经开始倒塌，可是它们完工不过七年之久。

我走进一栋高楼四处观望，在九楼与一位郑先生聊了起来。他说此时此刻这里一切都很好，但他言语间有些迟疑，我知道他还有话要说。

"一直都很好吗？"我问。

"夏天不大好，"他回答，"北京的水表安得太低了，所以水压很不好，供水只能到五楼。但我们这栋楼有十五层高，五楼以上的人只能用桶提水。"

干旱和水资源短缺严重困扰着北京，他告诉我说，过去六年的降雨量远远低于历史平均水平，估计今年情况也不会太好。（结果，雨水没怎么落下来，楼房却不停地往上冲。）

郑先生说道："拿洗澡来说吧，就跟英国1930年代的情况差不多。这些房子里都没有热水，要是想洗澡，得自己用水壶烧水，然后倒到马口铁澡盆里去。虽然很不方便，但我也没什么好抱怨的，因为大家都是这样过的。"

可是游客可不这样，新兴的富人阶级也不这样，比如出租车司机和某些商人。1980年时北京只有三家出租车公司。但现在有230家，出租车总数达到了14000辆。它们全都由政府或官方机构掌控，但出租车司机却能够游刃有余，因为乘车的基本都是老外，他们用外汇兑换券付账。

自由市场允许所有人经商并保留所得收益。这是邓小平的改革举措之一，但也是工人经常忿忿不平的原因所在，正因为如此，他们才会要求更高的奖金，并且对通货膨胀怨声载道。在自由市场中，街头商贩很容易就能赚到普通工人五倍的工资。我随便调查了一下北京各类市场中的小贩和商人,发现他们每个月可以挣 500 元到 700 元,足够买"三大件"的了。

一个女商贩告诉我:"过去,人们想要的是自行车、收音机和煤气灶;现在,'三大件'指的是电冰箱、录音机和彩电。"

有些市场是由退休工人经营的,不过他们只是想在白天找个不错的去处而已。"我一直对旧珠子和茶壶很感兴趣"是他们常说的一类话,感觉他们就像在跳蚤市场上卖东西一样,想必任何来自科德角①的人都不会对这种心理感到陌生。他们喜欢谈论自己收集的那点儿奇特的破烂,由于可以领到退休金,他们并不真的以此为生。有的生意人会在同一个地方经营好几年,专门兜售花鸟鱼虫,但他们显然不是此类。在中国大部分城市,花鸟市场都位于特定的地点,也许几百年来都没有变化过。

我觉得拿跳蚤市场来打比方真是恰如其分,事实上很多人正是这样称呼它的。在一个小摊上我看见了一杆鸦片烟枪,长度大概有 18 英寸(45 厘米),枪头是银制的,烟嘴是玉做的。

"这是个真正的老物件儿。40 块钱,绝对物有所值,买了吧。"

"20 块。"我说。

"跟你说,如果你不是跟这个中国人一起来,我会在纸上写'120',然后告诉你'爱买不买'。"

"好吧,25。"

他假装没听见我说话,接着讲道:"这杆烟枪最有意思的地方就是烟嘴。想不想看看它有多厉害?"说完他就拿起烟枪敲了敲桌面,"过去的人骑马的时候,就把这个挂在身边。要是遇到贼,或者遇到别人攻击,就用这个来敲对方的头。就这样,把它当棍子用——嘣!嘣!"

"30 块。"

---

① 科德角(Cape Cod),又称鳕鱼角,是美国麻萨诸塞州南部巴恩斯特布尔(Barnstable)县的钩状半岛。

"这枪头可是纯银的,都有一百年了。我一辈子都在收集烟枪。从前我在鞋厂工作,现在退休啦!这烟枪也不是非卖不可,但看在您是外国朋友,我愿意给您行个方便。"

"我最多给你 30 块。"

"同志,这可是古董,可以收藏的。这烟枪啊,还可以当武器用呢,买了吧。"

"好吧,35 块。"

"成交,它是您的啦。要包起来吗?"他边说边取出一张废旧的《人民日报》,包在烟枪外面卷了卷,"这报纸可是一举两得,现在拿来包东西,回去以后还可以看。"

我本来是要去澡堂的,因为顺路才去那个自由市场逛了逛。因为之前听郑先生说他们洗澡多有不便,于是我四处打听,得知北京到处是公共澡堂——大约有三十家,都由政府补贴。这是中国最便宜的东西之一:每人只收六毛钱,而且还提供一块肥皂、一条浴巾和一个床位;他们允许你在那待上一整天,你可以到雾气腾腾的浴池里去洗个澡,然后休息休息。

我找到的这家名叫"兴华园",从早晨八点半一直开到晚上八点。很多来这的人都是刚到北京,在漫长的旅途劳顿后,他们希望自己在亲朋好友面前看起来整洁一些,当然,他们也不希望因为洗澡之事给对方增添麻烦。

床位是一个个的小隔间,裹着浴巾的男人们有的在休息,有的则四处晃荡,跟人说着话。这很像被人们当作社交场所的古罗马浴场,这些刚出浴的中国人,一个个被热气熏得红彤彤的,慢悠悠地摇晃着自己的身体,相互大声却友好地聊着天。这里也提供单人间,但比普通价格贵一倍。

我想象着古罗马和维多利亚时期的浴场会是什么样子(隔壁有一家女子澡堂),它对于旅行者和家里无法洗澡的居民来说多有用啊,它多像个俱乐部,多让人愉快啊。

* * *

几天以后，我正沿街走路，一个年轻的中国女孩凑过来跟我说哈喽。她紧随我的步伐走了大概30码（27米）后，忽然挽起了我的胳膊，然后我们就那样继续往前走，跟老夫老妻似的。

一直是她在带路，对于接下来将要发生什么，我根本毫无头绪。

刚开始的时候她一把抓住我，而且抓得特别紧，让我以为她可能是个瘸子，但她的步伐却相当矫健。"我们要去哪儿？"我问。她神秘地笑了笑，继续带我往前走。经过友谊商店时，她引我进去，走到门口后，她便开始搂着我。我们先看了看椅子，她说："这些看上去很舒服。"然后又看了看餐具，她又说："难道他们就没有便宜点的东西卖吗？"直到此时，她还一直搂着我不放，有点新婚燕尔如胶似漆的感觉。这事情看起来真是让人愉快。要是遇到熟人，我都不知道该怎么说，但这并没有什么关系。

我问："请问您贵姓？"

"姓马，"她答道，然后咯咯地笑了起来。汉语中"马"的同音字特别多，人们甚至为此创作了一首十九个字的绕口令。

接着我们又一起看了看茶叶。他们不卖薄荷茶——实际上，连听都没听过。"我从来没尝过那种茶。"马小姐说。

也许我应该叫她马太太吧，因为片刻之后她就放开了我，跑上前去跟一个年轻的中国男子拥抱。他见到她时一点都不惊讶，我猜他们早就约好了见面。但她遇到问题在于，作为一名普通同志，她觉得自己走进这家商店时会遭到阻拦，除非有个外国人同行。

让我不解的是，她刚才对我表现出来的感情看起来十分自然。瞬间我就被抛之脑后了，她连头都没有回一下。我刚才正要去见一位姓陈的中国教师。见面后我对他说了刚才发生的事，他说道："那些保安有时候对我们极其严苛。"

尽管如此，这也困扰不到那些绞尽脑汁想要换钱的人。他们时常潜伏在游客的住所附近，纠缠着老外把手里的硬通货兑换成当地货币，而他们提供的汇率要比官方规定的高出百分之二十。他们总是悄悄地走上前去，用不标准的英文问道："Shansh marnie?（换钱吗？）"

我对陈老师讲，我不明白为什么"文化大革命"搞了这么多年，却一点也没有提高人们的社会和政治意识。几年以前人们谨记的还是"为人民服务"，现在怎么变成了"换不换钱"？

陈老师说，正是"文革"让人们开始了一场混战，那是一场政治动乱。

他说："所谓的'文化大革命'很好地教导我们，永远不要盲从。"

我问他，关于"文化大革命"的记忆，是否让他感到屈辱。

"说得没错——屈辱。那么多红卫兵跑到农村去，在那里结婚，他们不愿再当知识分子，当上了农民。现在他们回不来了，但他们想回来。回来的话，会很丢脸的。"

"你当过红卫兵吗？"

"当过的，"他脱口而出，"一周在学校上三天课，然后跟农民学习三天，放假就读《毛主席语录》。我们收割水稻，还在田里插秧。幸运的是我当时年纪比较小，并没有很严肃地对待这件事。我就当玩游戏一样，但它并非儿戏。"

"过去，"他说，"知识分子和学者没什么好名声。没人真的想上学，只有稳当地当上了干部才有发展。人们要么选择当工人，要么就做农民。"

"现在的人想要做什么呢？"

"现在，政治意识不再是别人评判我们的依据了，人们开始对教育狂热起来。这是这个国家最大的改变。"

"但这些当过红卫兵的人，还有因为'文革'而流离失所的人——他们肯定没有学上吧。"

"不是的，"陈老师说，"有一大批人都在上夜校。"

* * *

当时我正想离开北京去上海，然后随心所欲地坐火车到中国各地转一转。然而，由于受到陈老师的启发，走之前我临时决定去夜校当一段时间老师，这样做仅仅是为了看看他的话是不是属实。我教课的地方叫作北京孙中山业余学校，位于北京市中心一所高中内，校园面积很大，在夜色中显得阴沉沉的。我负责讲英语课，这是学校里最受欢迎的科目。但是对这里的三千多名学生来说，他们还要学习业务方法、打字、会计和计算机科学等科目。听说有一个计算机老师是美国来的，但我并没有见到他。

教学楼里头阴森森的，当我看到昏暗的灯光下，有那么多学生在刻苦学习，顿时觉得有点头晕眼花，透不过气来。教室的照明条件很差，粉笔画在黑板上吱吱作响，摇晃的课桌不时发出咯吱咯吱的声音，破破烂烂的课本上沾满了油污，字典的很多内页已经快要脱落。这里年纪最小的学生只有八岁，最大的有七十四岁。他们所有人白天都要工作，有的人拿固定工资，有的人则在自由市场里摆个临时摊位，卖录音带、玩具，或者从广东贩运过来的服装。广东的服装造价很低，在成本的基础上有百分之三十的利润空间，但即使如此，它们的价格还是很便宜。

我用的教材叫作《现代美国英语》。

"能上我的课你们简直太幸运了。我不仅是个现代美国人，而且还说英语。"我这样说道。他们觉得这样的说法有趣极了。

我是来给包小姐代课的，她是这里的常任教师。最近她母亲的高血压犯了，正在北京首都医院接受治疗，医院附近就是烤鸭店（因此也有人叫它"病鸭店"）。

我们花了三天时间来学习一篇关于医疗的课文。

"美国的医疗费用真是高得吓人。"课文里这样写。

"不好意思，"林小姐问道，"'glaucoma'是什么意思？"（glaucoma：青光眼。）

"不好意思，"赵先生问道，"'Blue Cross'是什么？"（Blue Cross：蓝十字。）

"不好意思，"李先生又问道，"几个礼拜之前，你们的总统下令轰炸利比亚。你赞同他的做法吗？"

我告诉他，我个人是不赞同的，并且解释了原因。然后我问他们，为什么他们对政府所做的一切都表示认同。他们说其实并不是这样，然后紧张地笑了笑，却没有继续解释。

每天，学生们都在黄昏集合，睡意沉沉地在闷热且布满灰尘的教室里待上两小时，然后在一片黑暗中摸索回家的路。

教完规定的课程后，我向他们发表了一番临别感言。

"有人总跟你们说上夜校是好事情，"我说道，"但他们自己却在完成了一天的工作之后就回家，吃饭，打盹儿，听收音机。你们这些学生正在做的，是世界上最难的事情——明明疲惫不堪，却还坚持在晚上学习。疲劳的状态下是很难记住东西的。别人都在休息。又上夜校，又工作，就像做两份工一样。"

这些话引起了他们的共鸣，他们点点头，鼓励我继续往下说。

"你们可能会感到气馁，觉得自己来夜校学习太辛苦了，"我说，"但请相信我，其实每个人都很辛苦。做这件事情是需要勇气的。我为你们感到骄傲，你们也应该为自己感到骄傲。你们如果不是坚强的人，就不会来这里。我祝你们一切顺利。"

他们轻轻地鼓掌，但由于我们待得太晚，看门人着急锁门，就过来把他们赶走了。也许在我的字里行间，这些夜校生的形象显得有些模糊，他们如同幽灵一般，迫切地期待着有一天能现形于光明之中，然而又没有任何恶行或罪过可以使他们暴露于众人的视野之下。除了肯定他们的价值，鼓励他们尽一切所能在中国的茫茫人海中寻出一条出路，我还能做些什么呢？对于一个作家而言，要把老实本分的人写得妙趣横生，总是困难的事。

第四章　上海快线

然而，虽然真的很难把老实本分的人写得妙趣横生，但却很容易把鄙俗不堪的人写得令人难忘，有时甚至可以相当精彩。我指的不仅仅是那些具体的人物——比如上海快线上的这个大屁股男人和他的对象，还有北京火车站附近所有拉客的人，他们总是对游客死缠烂打，不是叫你住旅馆，就是拉你上出租车，或者要你去饭店吃饭。中国已经放松了对商业广告的禁令，但这对他们来说还不够。他们根本不满足于张贴广告牌或告示。他们喜欢跟人私下接触，有人硬拉着中国本地游客喋喋不休，有人抓着刚从偏远的甘肃过来的乡下人纠缠个没完，有人冲着扩音器大喊大叫，有人拿着横幅在自己面前挥舞，就连火车自己的广播里都在放着刺耳的广告歌曲和台词。为了更完善地研究中国人的种种习惯，我选了《金瓶梅》这本艳情小说来读，我在北京时，总听见有人低声窃语地谈论它。这本书自明代起就一直被查禁，然而这几乎就是最高级别的推荐了。从开头的几页来看，这是木非常残忍的小说，而且其中充斥着生动的性描写。它简直是我在上海快线上的完美读物——也许它要陪伴我整个中国之旅也说不定，因为它足足有两千页那么厚。

这个小胖子和他那皮包骨的老婆就睡在我上铺。他把整个空间都占满了，他老婆跟一片木刨花似的蜷在他身旁。她又瘦又单薄，皮肤跟刚刨出来的木头一个颜色。他们俩絮絮叨叨，不停地亲嘴。这男的是新加坡人，女的是香港人；男的看起来挺聪明，属于新兴的程序员一族，这种人没什么幽默感，一旦将自己与机器连通，就开始变得像个主机——他那个大屁股，看上去还真像是半边控制台。那女的身体一直在抖，还咯咯地笑。她笨兮兮的，什么都不懂，也不会做饭，虽然在受英国殖民统治的地方长大，却连英文都不会说，普通话也不会——但这有什么关系呢，反正那胖子愿意为她付账，还买些小玩意儿送给她。那男的姓丁，总是把他那张堆满横肉的脸凑到她面前去。

第四个人——就在我对面，隔着折叠桌和热水壶——是个老太太，大约七十来岁，她的全部行李只有一个小塑料购物袋、一篮苹果和一个装着半瓶湿茶叶的罐头瓶。她拧开瓶盖，拿起水壶往里加满热水，然后用嘴吹了吹，小口地喝起来。

我的上铺，那名华裔男子一直对着他老婆低语，而他老婆也在不停地窃笑。

这样的情景让我想起，我曾打算写一个惊悚故事，讲一个可怕的老太婆，眼神特别不好，她有个放荡的女儿经常跟男友在椅子上鬼混，她压在男友膝上的画面，就好像一只甜瓜杵在尖刀上。而在他们鬼混的时候，老太婆总是坐在房间另一端不停地诅咒，而且一直以为自己制造的气氛很恐怖。

事实上，看到上铺的小丁以后，更让我想起了正在读的《金瓶梅》。别人告诉我书里有很多含沙射影的地方和微妙的描写，可是我怎么不觉得？在我读过的小说中，这是性描写最露骨的之一。

"吃糖吗？"上铺的胖子问我，说着就给了我一些中国巧克力。

已经临近午夜，他却还在大口灌牛奶，并且不停挑逗他那个骨瘦如柴的老婆。都那么晚了还如此活跃，我真是惊讶不已，不禁开始猜想他们是不是出来度蜜月的。

为了表示友好，我接过来几颗糖，但我对面的老太太没要。她看起来哭丧个脸,却并没有不高兴。有些中国人眼睛浮肿,双唇忧伤地紧闭,整张脸看起来悲痛欲绝。有时候我看到一个这样的人,就会想象他刚才一直在痛哭。但其实不是的,他的脸本来就长那样,也许是广东人吧。那个老太太就是这个样子。她躺下来睡觉,此刻已经睡着了,面色苍白,动也不动,好像死了或者快要死了一样。

年轻女子擦着天花板跨到了自己的床铺上,她那个小胖老公也跟了过去,结果她又大笑着跳回我上铺。不会这样折腾一晚上吧?他们的衣服都很紧身,中国人也都已经开始这样穿了,过去三十五年中他们都被迫穿松垮的套装,这样做也许是一种反抗吧。

"你可以不关灯,"他说,"我们没事的。"

但那时我已捧着书昏昏欲睡了。我又看完了一章,被那些粗暴的内容弄得瞠目结舌,于是我关掉了隔间里的灯。

只听见砰的一声,那男的又把自己砸进了他老婆的床铺。

* * *

黎明时分我们离开山东,那里正是我手上这本艳情小说的故事发生地。

离开山东以后,我们穿越大运河来到了徐州市(以前叫铜山),在月台上我看见一个老太太拖着厚厚的小脚痛苦地走路,那双畸形的脚曾经被当作性感的象征。

在清晨昏黄的光线中,我们到达了徐州站。自打一个月前离开伦敦,我还是第一次见到真正的绿色景观——田间的水稻快要成熟了,路边的小树枝繁叶茂,高大的白杨迎风招展。这里地处中国东部平原,以前聚集着许多人民公社,现在到处是小农场,放眼望去全是种满了包菜的菜地,近一点的地方还能看见一头头大黑猪,用它们的蹄子稳稳地立在地上。我看见水洼和溪流,农民用拖拉机或牛犊在田间耕作,有人用扁担挑着两篮重物;白鸭在水中嬉游,肥鹅拍打着翅膀，穿蓝色衣袍的小女孩骑在水牛背上；吃过早餐的庄稼人倚着筑堤小憩，就像弗拉芒绘画①中那些喝醉的农民一样。还有一头怀孕的黑母猪，由于躯体太沉重，它只能缓缓地挪动，肚子摩擦着农场灰扑扑的地面。

有些稻谷已经成熟，有人正在收割。如今中国不仅实现了自给自足，而且有史以来粮食出口量第一次超过了进口量（他们一般出口大米，进口小麦），他们为此感到骄傲是理所应当的。这样的转变体现在日常生活中，就是过去几年，庄稼人开始穿上鲜亮的衣服，他们也因此在耕田和收割时变得非常显眼。然而，你还是会时不时地把田里那些一动不动的东西当作稻草人，结果却发现是某位同志正倚坐在铁锹上，或者正伸出双臂练习武术或太极。

几小时后火车驶进了蚌埠，这是一座位于安徽省中部的铁路枢纽城市。列车需要在此停留一小会儿，因为有电影正在蚌埠火车站取景，拍的是一对青年男女跟我们车上的某位乘客告别，看起来可能是位恼人的亲戚。有一大群人聚在旁边围观，摄制组人员和铁路警察挣扎着想把那帮人转移到镜头之外。没有任何暴力行为发生，每个人都兴致勃勃地观看着电影拍摄，连警察也是如此。没人推推搡搡，也没人忿忿不平。这样和谐的气氛给我留下了深刻印象。不过我确信，除非他们有个厉害的剪辑师，否则最后画面中除了两名正在跟人告别的演员外，肯定还会出现两千名在一旁目不转睛围观的中国人。

所有的镜头都只拍了一次。当上海快线驶出蚌埠站时，拍摄也结束了。

我们又见到了绿色的田野。我可以肯定，这次来同上次相比（六

---

① 弗拉芒（Flemish，又译作弗兰德斯），在历史上泛指古代尼德兰南部地区，大致包括今比利时、卢森堡、法国和荷兰的部分地区。弗拉芒画派出现于15世纪早期至17世纪，题材多为宗教故事或当地农民生活场景，代表画家有扬·范·艾克（Jan Van Eyck）、杰罗姆·博世（Jérôme Bosch）、彼得·勃鲁盖尔（Pieter Bruegel）和彼得·保罗·鲁本斯（Peter Paul Rubens）等。

年前我曾经沿长江顺流而下),最大的不同就是上次来时正值隆冬,到处都黯淡无光。那时候在我看来,中国的风景中似乎只有雨水、浓烟和尘雾;泥泞的道路上,是一栋栋快要倒塌的房屋;人们总是将双手插进衣袖取暖;墙上到处都是毛主席肖像。每当我问人问题,他们不是千篇一律地回答"也许吧",就是反问我"你是这样想的吗"。

六年过去了,现在是春天,一切都太不一样了。因为中国的农业非常密集,所以此时全国到处都是春光灿烂的。人们在地里耕种、锄草和收割的情景,没法让人不感到乐观。整个国家比以前更加青翠葱郁,显然也更加欢快和充满希望。这并不是幻觉,而是一个全新的甲子。如果说人们看上去有些焦躁,也许是因为他们清楚地知道,在中国一个甲子意味着六十年之久。潘翎①有一本写中国近况的书,开头便介绍了"甲子"在中国的含义,接着她才开始讲述具体事件:"中国共产党于1921年在上海的一次秘密会议上成立,1981年6月,他们走完了第一个甲子,开始进入新的周期。"同样是在1981年6月,邓小平被推举为头号领导人(除中央军委主席外,他并无其他实际头衔),他打开了中国的大门,于是西方人蜂拥而入。现在虽然只过去了几年,成果却是显而易见的。没有什么能比经过西化的事物更加引人注目了。

十一点刚过,乘客们纷纷涌向车厢过道,挤占在车窗前。我问发生了什么事,他们说我们就要跨越长江了。长江的英文是"Yangtze River",音译回来应该是"扬子江",但这个词现在几乎没人使用,中国人并不这么称呼它,他们管它叫"长江",长长的江。跨越长江是件大事,因为它被视为中国的赤道,是南北方的分界线。在中国,南方

---

① 潘翎(Lynn Pan, 1945—),华裔女作家、海外华人研究专家。出生在上海,童年时随家人移居海外,先后就读于伦敦大学和剑桥大学,曾居住在马来西亚、英国、日内瓦、赫尔辛基、香港和新加坡等地,现居上海。代表作有《炎黄子孙:海外华人的故事》(*Sons of the Yellow Emperor: the Story of the Overseas Chinese*)、《海外华人百科全书》(*The Encyclopedia of the Chinese Overseas*)等。

人和北方人是不同的。中国人说：北方人骄傲、霸道、爱吵架，他们性格很冷漠，热衷于政治，爱吃面食；而长江对岸的南方人则友好而健谈，时常沾沾自喜，他们皮肤黝黑、邋里邋遢，很有生意头脑，物质至上，喜欢吃米饭。

我们到了南京，这一段长江的江面很宽，水流缓慢，看上去呈棕褐色。横跨在江上的大桥是有名的地标，因为修到一半时苏联人撤走了，他们认为中国人不可能自己完成修建。然而中国人真的做到了，如今在中国现代工程的壮举中，真正令人赏心悦目的极少，但这座大桥却始终是其中之一。雄伟的桥身之下，可以看见在江上航行的船只，从舢板到独木舟，再到帆船和汽轮，大大小小，各式各样，应有尽有，从中几乎可以看出中国船舶发展的全部历史。那些汽轮是"东方红"舰队的，他们从重庆出发，要去上海，全程要航行1500英里（2400千米）。

我继续读着《金瓶梅》，书里面杂糅的风格、细致的描写和污秽的内容都让我惊叹不已。五百年过去了，中国仍将它视为禁书，实在是太可惜了。说真的，如果能允许中国人读这本书，我觉得，他们对自己的了解肯定会深刻得多。我不认为这种东西能够摧毁他们的道德，相反，在带来真实刺激感的同时，它还能揭露事实，给人以启发。

在中国，这本书就如同幽灵一般，所有人都听说过，却没人亲眼见过。我觉得即便它公开出版，人们的看法也不会被颠覆，因为禁令早已使它臭名昭著。在西方，只有当《查泰莱夫人的情人》出版时，人们才认识到那本书原来是多么荒唐和不值一读。无论如何，比起《闪闪的红星》或者《红军不怕远征难》之类的书，还是《金瓶梅》更适合在火车上读。

我们到了丹阳城外，但四周没什么人，有辆拖拉机沿着陡斜的道路直冲而下，撞上了我们的火车。我们来了个急刹车，车厢里一阵骚动，有人开始议论，"这是哪儿？""到站了吗？""不，出事了，我觉得死人了"。因为怕火车随时开走,没人敢下去看个究竟。一名铁路官员把无绳电话插进轨道旁的插座内,向我们详细描述刚才发生的事情。我们都仔细听着。

"他说拖拉机撞坏了,我们应该叫警察来,但没人受伤。他说是那些农民的过错,可是在没有搞清楚责任之前,我们不能走。"

撞毁的拖拉机就在铁轨旁边,离我们的车不远。来了一群人,都是现场调查员,忿忿不平地望着车窗内这些比他们富裕的旅行者。接着出现了一队带着对讲机和笔记本的铁路工作人员,他们在一起讨论了很久。在中国,每当有事故发生,人们都要去弄清楚问题的关键所在:到底该谁负责?或者说,谁该为错误买单?这场事故中有个男人受伤了,但在讨论了20分钟以后,他们觉得不能因为这点小事就让火车滞留,这可是中国速度最快的长途火车,除了补充燃料之外它是不停站的,从北京一直开到上海。农民应该为事故负责,是他们让拖拉机撞上火车的。至于那名伤者,完全是他自己的责任。我们又重新上路了。

胖子小丁追着他的瘦子老婆上了她的床铺,拿裤脚在她面前甩来甩去。她用牙齿夹住他的脚踝,一口咬了下去,他嚎叫起来。他们玩得正起劲。对面的老太太发出一阵阵轻微短促的鼾声,他儿子走进来望着她,并没有把她叫醒,只是听到鼾声时笑了笑。

为了让小丁不再胡闹,我问他来中国都干些什么。

"每半年我就会来一次,"他说,"我是做生意的。"

他是一名机械工程师,在多伦多上过学。对于自己从加拿大回来的决定,他一直相当后悔。他认为这就是自我牺牲:"李光耀把新加坡经济给毁了,现在失业率达到了百分之八。我本来可以留在加拿大,赚很多钱的。"

我说,中国正在迅速崛起,而新加坡这样繁荣的小岛却开始衰落,海外华人又开始回到中国了,真有意思。

"这地方不行。"小丁说着,猛地把拇指伸出了窗外。我很快明白了他的所指。"中国人，"他说道，"花了太多钱买那些他们无法使用的高科技设备。他们有两万八千台电脑，然而却没几个人会用，真正在运作的只有十分之一。他们买东西只是为了占有，给他们长脸面，然后东西就放在那落灰。"

"你的意思是，他们有一种原始的自尊感，这导致了不理性消费，"我说道，"但我却认为，中国人非常节俭——他们投资和消费得都不够。他们经常有点自欺欺人、得过且过，觉得任劳任怨是种美德。"

"当然，他们很勤劳，尤其是农民，"小丁说道，"他们能养活自己，这是好事。"

"那么问题在哪里呢？"他扫视四周，见老太太睡着了，就悄悄地说，"是他们观念有问题。"

他拍了拍自己的脑袋，说道："他们太落后了。他们就是农民，跟我们不一样。"

"'我们'是谁？"我问。

小丁笑了笑。他说的是我和他吗？他并没有回答。

不一会儿，老太太的儿子过来把她叫醒。我们快到上海了。

* * *

上海是一座历史悠久的临江城市，远远望去是灰褐色的，看起来就像纽约的布鲁克林。川流不息的人群，时尚的街头生活，让本就习惯热闹的中国人爱上这里。中国成功的时尚设计师大都在上海工作，如果你鹦鹉学舌似的发出"Yifu Sheng Luolang"这样的声音，上海人立刻会明白你说的就是"伊夫·圣罗兰"（Yves Saint-Laurent）这个品牌。我来到这里时，正好遇上法国杂志《世界时装之苑》（*Elle*）的一名编辑在街头巷尾徘徊，她打算以"时尚革命"为题写一篇关于中国的文章，正在寻找素材。后来我还见到了与她同行的中国男人，他告诉我，这位法国女士对上海女人的着装品味印象非常深刻。她拦住她们，给她们拍照，问她们从哪里买衣服。大部分人都说是在街边自由市场买的，或者是按照在西方杂志上看到的图样自己在家缝制的。即使在"文革"时期，妇女们去工厂上班时，也会在松垮的蓝色工装里面穿上鲜艳的毛衣和花边衬衣。通常她们开工前会在洗手间里聚聚，相互比较藏在里面的毛衣。

作为国际化大都市，上海比中国任何其他城市见识过的外国人都要多——既包括侵略者也包括友好的访客，这座城市可以包容多种语言。这里曾经是政治上最为教条的地方（"反对资本主义"和"政治工作是一切经济工作的生命线"这样的革命口号曾经大行其道），也是资产阶级色彩最为浓厚的地方。每当中国要发生变革，它首先会出现在上海；每当中国面临冲突，上海也是呼声最高和最为激烈的地方。这里极具生命力，即便像我这样讨厌城市的人，也能够发现上海精神并且欣赏这里的氛围。它不像广州般世俗，却也不那么精致，而且在最炎热的月份，拥挤、嘈杂和臭烘烘的环境也会叫人喘不过气来。

对我来说印象最深的就是它的嘈杂，偌大的城市整夜都不得消停，汽车喇叭声、警报声、垃圾车的轰隆声、人们的叫喊声以及垂死的喘息声此起彼伏，与纽约的背景音如出一辙。北京正在向上发展，不久后那里将会高楼林立；而上海则是建在泥地上的城市，它不断地向周边扩张，已经蔓延至浙江的湿地。他们把钢桩压进这种松软的泥土中来加固地基，这里整天都能见到打桩机在工作，我的窗外就有一台——于是我的生活节奏便被一种粗暴蛮横的噪音所主宰。中——国！中——国！我呼吸、走路和吃饭的方式都受到了影响：双脚随着它的节拍收放，勺子也随着它的节拍起落。中——国！中——国！我还按照这样的节奏吐字说话，写字时会有规律地停顿，就连刷牙时都发现牙刷在跟着打桩声摆动：砰的一声过后，还会传来半声回响，中——国！这台机器每天早上七点就开工了，直到晚上八点还在敲敲打打。这在上海是无法避免的事情，因为几乎每个街区都有机器在工作,到处都是铁砧敲击地面的锵锵声:中——国!

为了避开拥挤的交通和人群,我钻进了街边的小巷子。然后我意识到,对于这座城市充耳的噪音、无处不在的打桩机以及它亢奋的精神,如果抱怨太多就会显得不大厚道,因为第一次来上海时我觉得这里死气沉沉的,没有一点儿朝气。可是,为什么他们永远都不知道该在什么时候停下来呢?就连街边小巷也是人头攒动,到处是临时摊位、自家房屋改造的门面,还有建在贫民窟里的集市,原本供人行走的道路上,也挤满了修鞋的、修自行车的和做木工活儿的。

我朝外滩方向走去——这是上海的一条临江步行道,沿途见到一堵围墙后有座尖顶建筑,于是我找到入口走了进去。这里是圣若瑟教堂,我看见一个身着破旧短衫和拖鞋的男人,如此不讲究的装束让我起初以为他只是个门卫,谁知竟然是这里的牧师,一位天主教神父。他既虔诚又警觉,说起话来温和而不失机敏,中国的基督教徒大体都是这个样子,虽然要遵守的戒律很多,却不会用心记住多少。这座教堂曾经被毁坏,墙上涂满了各种标语口号,后来它变成了放机器的仓库,而院子则成为停车场。

"圣事。"神父指着闪烁的烛光说道,然后他露出了满意的微笑:神圣的主,就在会幕之中。

我问他这样布置是何用意,今天有什么仪式吗?

不,他答道,然后领我去了教堂后头,那里摆放着一具贴有白色纸质十字架的棺材。他说,明天将会有一场葬礼。

"我觉得你很忙——来教堂的人非常多。"

"噢,是的,上海有五所教堂,周日基本都挤满了。"

他邀请我去参加弥撒,出于礼貌我答应了。但我知道我不会去的。作为一个异教徒,我没有理由去那。有的西方人在自己国家从不去教堂,到了中国却喜欢往教堂跑,以此来表明自己与众不同,实在让人气愤。所以我在中国不进教堂,但有时如果看见草地上有只鸟,我会跪下来,惊奇地望着它在那里抽搐。

几天之后，有次散步时我来到了人民公园。那天是周日，我决定去看看在北京听说的事情是真是假。据说在北京的北海公园和上海的人民公园，会专门有一块地方留给想要说英语的人。这事看来不假。他们管那地方叫英语角，占地有半英亩，树下有很多中国人在用英语交谈。最初是几个还说着革命前时代英语的老人（他们上过教会学校），每逢周日就聚在公园里相互交谈，为的是不让自己的英语退步。后来他们发现自己引起了别人的注意，一些想学英语的中国年轻人会过来很尊敬地向他们请教。1979年时这还是一个比较随意的活动，一般只有一小时，但到了1986年就变成了每周日的固定活动，而且要持续一整天。中国人在这些事情上很容易形成惯例。并没有人颁布法令说要成立这个英语角，它自然而然就发生了，并且发展得非常正式。要知道，英语可不是新中国的官方语言。

人民公园里大概有两百个中国人，他们站立的姿势和说英语的声音让我觉得他们好像一群鹅。有的人是来练口语的，有的人是来交友的，但我发现其中许多人其实是来寻求建议的，这些人不是想找英语方面的工作，就是想申请说英语的大学。在上海，讲英语的人已经构成了一种亚文化群体，这在中国的城市中是绝无仅有的。

我在这里认识了二十四岁的勒罗伊（Leroy），他就是在人民公园学的英语，已经坚持来这里五年了。

"我第一次来这里是1981年，当时有个男的问我'What's your name?'（你叫什么名字？）我答不上来，那时候完全不会说英语。我感到非常挫败，于是决定学英语。后来我买了一些书，每周日都会过来。"他英语说得很好，但我还是有个问题：他的英文名是怎么来的？他叫勒罗伊多久了？

其实这很好解释。英语刚进步没多久，这个名叫李仁的年轻人就开始叫自己勒罗伊。他告诉我，在毛泽东时代，英文名是资产阶级的表现，但随着英语的普及，现在它又重新流行起来。他们选名字的理由显而易见：一个名叫甄丽的女孩可能会选珍妮（Jenny），朱兰和朱利安（Julian）的发音相近，而一个姓陈的人可能会叫约翰（John）。勒罗伊有个朋友名叫李兵，他选了宾利（Bingley）做自己的英文名，这听上去像是英国国会中某个托利党①成员的名字。有个复旦大学的学生把自己的名字改成了兰博（Rambo）②，接下来几个月我遇到了好几个塞尔达（Zelda），还有一个林戈（Ringo）。我不禁得出结论，这些中国年轻人正通过这样的方式远离自己的文化。在几年前，要是你戴着滑稽的帽子和墨镜招摇过市，跟人说自己叫比尔（Bill），别人会以为你正在接受惩罚。然而，在英语角却经常能见到这样的人。

勒罗伊是大学生，在一家纺织厂当工程师，每个月赚 80 元钱，但他的目标却是去新开张的喜来登酒店当培训生——做什么都行，这家酒店位于上海市郊的华亭镇。上海有 31 家大型酒店，但华亭喜来登被认为是最佳之选。

"你被录用的机会大吗？"

"我已经得到一个职位了，总共有 400 人申请，他们从中选了 20 个。但你知道的，在中国辞职并没有那么简单，我们必须获得批准才可以离职或者调动岗位。我在喜来登每个月能赚 250 元，但领导不会放我走的。"

"那太糟糕了。难道你就不能为此做点什么吗？"

"唉，他说他儿媳妇需要一份工作。他知道我的父亲是个工头，如果我父亲能帮她找到工作，那么领导就会放我走了。要是不行，我就只能待下去。"

他今天来英语角就是为了这个问题，想听听朋友们的意见。所以这里不但是英语角，还有点儿"麻烦角"的意味。

他同所有自学成才的人一样有着专注的精力，并且还在不断学

---

① 托利党（Tory）是活跃于 17 世纪至 19 世纪的英国政党，是保守党的前身，现今保守党有时仍被称作托利党。

② 兰博（Rambo）是史泰龙电影《第一滴血》（*First Blood*）中的主角，该片曾在 1980 年代风靡一时。

习。他说他对非洲很感兴趣。

我很好奇他有多了解非洲的最新情况，于是问他上沃尔特[①]的新名字叫什么。

"布基纳法索。"他回答。

"它的首都是哪里？"

"瓦加杜古。"

"太棒了！"

他说自己落下了很多东西，需要迎头赶上，因为在"文革"期间花费了太多时间做那些无意义的事。我请他具体讲讲。

"多数时候学校是停课的，但有时也开一些课。我们会去学校批斗这个，批斗那个。我们批孔子，批老子，还批老师。如果老师不好，我们就说他们是资产阶级，让他们写悔过书。干完这些我们就回家了。那就是在浪费时间，但我并没把这当一回事。"我试图想象一间教室里如何挤满戴红帽子的小野兽，以及那些乳臭未干的小孩怎样恐吓他们的老师。当然，汉语中"批斗"这个词，可以委婉地表达很多意思。有位来自复旦大学英文系的女士，由于被红卫兵批斗过，现在需要依靠拐杖才能走路——她当时提倡阅读莎士比亚的作品，但那却被认为是资产阶级、封建主义的东西，于是他们便对她拳打脚踢。然而时代已经变了，在1986年春天举办的上海莎士比亚戏剧节上，她刚作为指导老师和学生一起排演了《无事生非》。

对中国人来说，学英语的好处就是可以找到新的渠道，来接触到许多官方禁止的出版物。很多书籍中文版虽然被禁止，但英文版却可以获取。勒罗伊说他读过《一九八四》和《动物农场》。我表示很惊讶，因为董教授告诉我，奥威尔的书是"内参"，仅供内部传阅。但勒罗伊并不知道这个，他甚至都不知道这些书被翻译成了中文，因为这

[①] 上沃尔特（Upper Volta），一个位于非洲撒哈拉沙漠南缘的内陆国家，1984年时改名为布基纳法索（Burkina Faso），首都是瓦加杜古（Ouagadougou）。

些译本是禁止流通的。

他对《金瓶梅》这本经典的艳情小说也有所了解，但他并不知道学者是可以读到这本书的，或者说实际上这本书已经传阅开了。在他看来，这本书是口头文学传统的一部分，里面有许多在人们低声窃语中流传的淫秽故事。

我问他，上海哪些变化给他留下的印象最深。他回答说，着装方式的改变是最显著的，但人们的观念也变了很多——不论是对自身的思考，还是对未来的预期。他说我应该去自由市场看看，尤其是现在有些工作能让人们在家就赚到钱，比如裁缝、修锅和补脸盆什么的。此外，还有人在家开课，教人学习英语、音乐或者服装制作。你花20元钱就能跟一位老裁缝学做衣服，每周上两次课，总共要学两个月左右。要在以前，可是一点学裁缝的理由都找不到，因为大家都穿一样的衣服——就是工厂生产的那种蓝色棉布套装。

"但最大的不同是我们现在都有工作了。以前你要是没有工作，就得待在家里。政府什么也不给你，你只能找父母要钱。现在每个人都能找点事情做，有很多工作可以做。"

在祝福他能够顺利去喜来登上班后，我继续往前走，想看看他刚才说的在家工作的事是不是真的。大部分人的确都在忙忙碌碌地做些什么，或者说是在赚外快——缝衣服、补锅、修鞋、修伞、卖自制的衣服。在1980年代以前，这种自由职业是闻所未闻的。与此同时，自由市场也非常活跃，沿街有各种小商贩兜售蔬菜、鸡蛋、宠物食品、时钟、旧手表、旧眼镜以及他们捕到的各种小鸟。

此时上海正在演一部血腥的复仇电影，片名叫作《无腿先生》。宣传海报上，轮椅上的男主角无腿先生正用步枪朝着仇人的脑袋射去。中国人都在四处乱转地抢票，他们说票很难买。在中国，所有的电影都很受欢迎，其中最受欢迎的是动作片——《第一滴血》最近上映时，中国所有的影院几乎场场爆满。

有个戴红袖章的老头正在人行道上责骂某个人，我走近一打听，才发现原来这人是"反吐痰小队"的成员,当时反吐痰运动正开展得如火如荼。我很支持这样的运动,但中国人吐痰却远不及他们清嗓子那样让人难受:他们猛咳一下,500码之外都能听见,跟雨季时下水道排水的声音如出一辙,而吐痰只是这种行为所带来的煞风景的结果而已。

公园英语角的后方充满了节日的俱乐部氛围,我在那里认识了秦医生,他说自己是一名精神病医生。

我对他说,在我印象里中国是没有精神病医生的——当然也没有大学设立心理学系。这里有精神病医院吗?"五年前批准设立了精神科的学位,我就是那个开始学的,"秦医生说道,"在那以前没有精神疾病专科。如果有相关症状的病人被送过来,一般会用针灸治疗。"

"你们能用针灸治疗抑郁症和精神分裂症吗?"

"不能,而且有很多这样的例子。我在上海医学中心实习,总是遇到这样的情况。但现在我们有一套非常好的医疗体系,中国现在也有了很多知名的精神病学家。他们都是老先生,从德国和美国留学回来的。"

"你们一般怎么治疗病人呢?"

"我们用药呀,给他们吃药,还跟他们交谈。发生暴力的情况不多,但我们有很多抑郁症患者。我们百分之七十的病人是精神分裂症患者。那些工厂里的医生会把病人转送过来,给我们治疗。"

我问他有没有遇到过妄想症患者。

"不是很多,这在中国不常见,我在诊所只听说过三个这样的病例。"

"美国的幻想症患者老觉得自己是乔治·华盛顿,而其他地方的患者则总是自称希特勒或者拿破仑。要是中国人得了这种病,会说自己是哪个伟人呢?"

"皇帝、毛主席,或者玉皇大帝。"

在我同秦医生说话的时候,一位先生走过来问我:"你说德语吗?"

"Ja wohl[①]。"我答道,为了让他高兴,我还跟他胡扯了一会儿。他德语讲得很好,他说自己1930年代曾在德国驻上海领事馆当过信差,德语就是那时候学的。

此时有一小群人把我们围住了。"说英语!"有个人要求道,而另一个很困惑的中国人则问道:"你们在说什么语啊——是法语吗?"没过多久,那里就聚集了二十来人听这位老先生说德语。

"如果你们想留在这,就必须说英语。"有个一本正经的中国男人说道,还抓着老先生不放手。

为了息事宁人,我开始用英语问这位先生叫什么名字。他说他姓曾,让我猜猜他的年纪。我说:"大概七十岁吧。"

"我是1906年出生的,"曾先生说道,"我记得我老爹讲,当时'皇上还在位'。他还给我讲那个老太婆的故事,就是她在背后控制皇上,"——他说的是慈禧太后——"那真是个老妖婆呀。"

"曾先生,您怎么看起来这么年轻?"

"很简单的呀。我老爹告诉我'不要抽鸦片',所以我从来没抽过。那时候每个人都抽的呀,然后他们就病恹恹的。但我却很壮实,心肺特别好。"他用胸腔吸了口气,然后呼了出来,"还有一个蛮不错的理由,如果我抽鸦片,我老爹会把我的腰打断的。"

我说道:"您老几乎经历了整个二十世纪,那您觉得什么时候最好?"

"刚解放的时候。那时候老好的啦,每个人都蛮开心的,世界终于和平了。"

"就是这个原因吗,仅仅是因为和平?"

"不光是这个。我有两个女儿,解放前大家都觉得女孩子没用,人人都想要儿子。但是解放以后我就不用担心了,两个女儿也不用再因为这个难为情了。我给你讲讲我太太吧。"

"讲吧。"我回答道。曾先生说起话来像个老顽童,身旁的这群中

---

① 德语,意为"是的,当然"。

国听众个个都探身向前，想听听他究竟在讲些什么。

"在我一岁左右，父母就给我定了娃娃亲，是同村的一个小姑娘。二十三岁时，我终于跟她结婚了。对于一个男人来说，她是世界上最好的太太，最会做好吃的了。她会做面条，会做鱼丸，最会做的是饺子。我现在还记得那些饺子的味道，真香呀。"他舔了舔嘴唇，围观的中国人都大笑起来。他注意到自己已经成为人们目光的焦点，但并没有失去镇定："她是我最好的朋友！你要不要看看她的照片？"

我表示想看看，然后曾先生就把手伸进他随身的塑料袋里摸来摸去——那里面有一瓶中国米酒和一堆饼干、一把梳子、一些药丸、一根发黑的香蕉和一份脏兮兮的报纸。他找照片的时候，那群围观者都把头伸了过来。

当曾先生掏出照片，人群中传来一阵猛烈的倒吸气声和嫌恶的嘘叹声。他挥舞着手中的照片，上面是一具躺在棺材里的女尸，苍白的小脑袋从缎袍的花边领口上露出来。此外还有一些枯萎的花朵、一个香炉，以及一张印有死者枯槁面容的遗像。

"她是个好妻子。"曾先生骄傲地说，然后他对着照片笑笑。当他四处展示照片时，那些中国人扮着鬼脸纷纷离开了。

关于生男生女是否一样的问题，我在上海遇到的其他人也有所争论，而且很明显中国是一个由男性主导的社会。中国实行独生子女政策，超生的人会受到处罚，在这种情况下，人们还是倾向于要男孩。你总能听见有人窃窃私语，说有许多刚出生的女婴就像没人要的小猫那样被丢弃。更有可能的是，人们在婴儿出生前就查出了性别，从而导致堕胎率上升——我没能成功获得关于堕胎的统计数据，但这些数字是相当庞大的。任何一个妇女随时随地都可以堕胎，这被视作一种对于国家的责任。我敢打赌，被打掉的胎儿中，女性数量肯定多于男性。我把这样的看法告诉了一些在上海遇到的中国人，他们也承认非常有可能。

* * *

桑晔是《北京人》的合著者之一，在北京的时候他就跟我说，到了上海一定要去郊外的闵行工业区看看，那里离市区大概有十五英里。

"作为一个旅行者，你会有新发现的，"他说道，"在闵行，乡下来的农民已经变成了工厂的工人。他们过去住棚屋，现在都住高层公寓了。问题是他们的习惯还没变，不习惯用抽水马桶，还在房间里养鸡养鸭。"

他的描述让我想起了多帕奇①居民楼里的景象：厕所臭气熏天，楼道里满是牲畜，干草叉立在墙边，一群猪慢悠悠地上上下下。

"他们还保留着乡下人的一些其他习惯，"他说道，"每到晚饭的时候，住在村子里的人都喜欢到处转转，看看亲戚们都吃些什么。在公寓楼里这样做就很不方便。人们进电梯以后要一层一层地停下去拜访他们的亲戚，为此电梯工每天都觉得很困扰。"

最后他说："闵行虽然乱糟糟的，但是很有意思，还没有游客去过那。"

就算只为了这一个理由，我也要去看看：我仿佛已经看到了那些猪群和鸡群，还有难以描述的厕所。于是我找了一天去闵行，但见到的一栋栋楼房却让我感到失望。那里没有一栋六层以上的楼房，而中国有法律规定，只有六层以上的楼房才必须安装电梯，这样的规定简直没有道理。闵行就是一个没什么特色的大型乡镇，大概有三万人居住，有一家发电厂、一些工厂和商店，还有一个小型市场。可是去哪里找那些猪和鸭子呢？

我徘徊在楼房后那些普通的道路上，什么特别的也没看见。有人骑车，也有人走路；有上下班的工人，也有进出学校的学生；有买东西的人，也有在楼梯上气喘吁吁的老人；当然肯定还有人在想：这个老外在看什么呢？

---

① 多帕奇（Dogpatch），美国旧金山一个衰败的老工业区，1970年代开始被逐渐改造成为现代社区。

我遇到的一个男人说，这里正在建一家合营玩具厂，主要生产"火柴盒汽车"。可是，我觉得这并不是很有趣。他说还要建一家化妆品工厂，百事可乐也在考虑来这里开一家瓶装工厂，我试着控制自己不要打哈欠。

我说："听说这里的公寓有点与众不同。"

他似乎不大明白我的话，但他说，如果我想看的话，可以去他家看看。

中国人历来都是如此好客。旅途中我很早就发现，他们总是那么友好，没有半点戒心。偏远地方的人则更是如此：他们渴望与人交谈，为自己的家人感到骄傲，好奇我如何看待中国发生的变化，并且非常坦诚直率。他们甚至完全不知道我是谁。

"请进。"他对我说道。

这是个两居室，屋里弥漫着蔬菜的气味。除了卧室，还有一个大客厅、一个洗手间和一间厨房。五个大人带着两个孩子住在这里。这些人都来自我前不久坐火车刚经过的无锡，到1959年闵行建区时才迁过来。

他们就在当地工作——两男三女都有自己的工作。每个房间都放着两张床、几个五斗柜、几张椅子、一张桌子和一台电视。房间很整洁，窗台上还摆着一些盆栽，但是一本书也没有。

见到我评论电视，他们就把它打开了，此时在放一部牛仔电影——格里高利·派克[①]和奥丽维亚·德哈维兰[②]主演的，有中文配音。我们看了一会儿电影，他们给我泡了茶，然后我们聊了聊闵行。

"有人跟我说现在闵行还有人养鸡养鸭。"

"没有了，我们现在不养鸡，也不养鸭。"

其中一位女士对我说："那你们在美国还骑马呢。"

[①] 格里高利·派克（Gregory Peck，1916—2003），美国著名演员，曾于1962年获奥斯卡最佳男主角奖。

[②] 奥丽维亚·德哈维兰（Olivia De Havilland，1916—2020），英国著名演员，曾于1946年和1949年两度获得奥斯卡最佳女主角奖。

"只是骑着玩儿的。"我答道。他们不是很相信我。他们觉得美国到处都是牛仔,而我则暗自以为他们在闵行还养猪养鸭。

"所以你不会'马上走'咯。"

他们在跟我玩笑,中文里的"马上",是"快点"或者"着急"的意思。

"我现在得马上走了。"我答道。

就这样,我离开了闵行。这个地方有些无趣,但却相当体面——是桑晔错了。可是,为什么人们会觉得肮脏不堪比整洁有序更有意思呢?

* * *

有天我在上海认识了一个姓王的人,他很时髦,看上去挺年轻的。后来我才知道我们是同一年出生的——都属蛇(但小王用的词是"小龙",这是中国人对蛇的别称)。他非常友好,肚子里装满了故事,所以我老去找他,通常是一起在锦江饭店吃午饭。他有着敏感的灵魂,但又有讽刺挖苦的本事。他说他去过美国,觉得没有比走在旧金山的街道上更开心的事了——他暗示自己很渴望移民美国,但并没有对此喋喋不休,也没有向我请求帮助。即便是在上海这样的地方,他的穿着打扮也是与众不同的:淡黄色法式夹克配浅蓝休闲裤,手上有一块金表,脖子上绕着一圈链子,还戴着一副昂贵的太阳镜。

"我喜欢鲜艳的衣服。"他说道。

"'文革'的时候你能这么穿吗?"

他笑了笑,说:"当时真是一团糟!"

"你有没有被批斗?"

"我被抓起来了,我就是那个时候开始抽烟的。我发现,抽烟能为你争取思考的时间。他们把我关进一个房间。可是只要我点着一根烟,一口接一口地抽,我就有时间想想应该怎么回应他们。"

"后来你怎么说的?"

"说了不正确的话！然后他们叫我写文章，自我批评！"

"讲讲那些文章吧。"

"他们给我定好了题目。比如《我为什么喜欢查尔斯·狄更斯》《我为什么喜欢莎士比亚》。"

"我觉得，他们是想让你写为什么不喜欢他们。"

"他们才不相信，"他说道，"他们把我划成了反动派。所以，我得写我为什么喜欢他们。这太可怕了，每天从单位回来，晚上还要写六页纸，然后他们还要说，'你写的是狗屁，再去写六页'。"

"你那时候做什么工作？"

"给文宣队拉小提琴，拉来拉去都是一样的，什么《东方红》《毛泽东思想万岁》，还有《大海航行靠舵手》，都是这种，而且下雨了还要拉。我说：'不能拉，小提琴会散架的。'他们不知道小提琴是用胶粘成的。于是我就在雨中拉啊拉，然后它就散架了。但是他们又给了我一架，'除四害'的时候命令我去树底下拉，为的是赶走停在树上的麻雀。"

除了麻雀，其他"三害"指的是蚊子、苍蝇和老鼠。

"真荒唐。"我说道。

"我们还在淮海路上刷油漆，这更荒唐。"小王说道。

"你们是怎么刷一条街的？"我问道——淮海路是上海的主干道之一。

"出于对毛主席的尊敬，我们都刷成了红色，"小王说道，"是不是很荒唐？"

"最后刷了多少？"

"三英里半，"他回答道，此时他想起一些别的事情，笑了起来，"可是，还有更荒唐的事。去单位上班的时候，我们经常要给大门口的毛主席肖像请安。我们手里拿着红宝书，大声念着'毛主席万岁'，向他敬礼。回到家也要做同样的事情。人们还会做一些东西来表达对毛主席的敬意，比如织个毛主席徽章，或者绣个五角星，他们把这些东西放在单位的特别纪念室里——那个房间也被漆成了红色。那都是为毛主席做的。如果他们想证明自己非常忠诚，还会佩戴毛主席像章，连别针都要别进肉里。"

"红卫兵们一定忘不了这个吧。"我说道。

"不光是红卫兵——虽然每个人都谴责红卫兵，但每个人又都是他们中间的一分子。这就是为什么人们现在这么尴尬，因为他们意识到，为了崇拜毛主席，自己也做过像所有其他人一样荒唐的事。我知道有个银行家被派去抓苍蝇，他必须把苍蝇打死，然后把那些小尸体装在一个火柴盒里。每天下午都有人过来数那些死苍蝇，他们会说：'才117只，还不够好，明天必须有125只。'然后第二天他们的要求又会提高，你明白吧？政府那时候说，要打仗了。'敌人就要来了——要做好准备。'"

"哪个敌人？"

"帝国主义——苏联、印度、美国，是谁都没关系，他们要来打我们，"小王说着转了转他的眼珠，"所以为了备战，我们不得不造砖头。每人每月要造90块砖，可是我父母年纪大了，我得帮他们做。我从单位回来以后，要先写《我为什么喜欢西方音乐》这样的文章，然后再造砖头，每个月得交出270块砖，而且他们还不停地问我的洞挖得怎样了。"

"你的洞？"

"就是关于'深挖洞'的指示，也是为了备战。如果发生战争，每个人都该有一个防空洞用来避难。所以红卫兵时不时就来敲门，问我们：'洞挖在哪里了？'"他说上海到处是防空洞（"为了即将到来的战争"），当然它们从来没有派上过用场。我叫他找一个带我去看看。在南京西路1157号，我们找到了这个位于地下的拱顶室，它就像一个废弃的地铁站，现在变成了一家冰激凌茶座。最吸引我的一点在于，这里显然已经成为当地青年男女约会的好地方。放眼望去全是一对对的中国小年轻，一方单手托着另一方的后脑勺在深情地拥吻。讽刺的是，这个由狂热偏执的红卫兵于 1960 年代修建的地方，如今不仅成为了这些孩子约会和亲热的场所，还得了个"同昌咖啡馆"的名字，由政府所有和经营。

有一天，我跟小王说起路过苏联时的经历，提到那边生活资料如何匮乏，导致他们经常对外国人纠缠不休，要买他们的牛仔裤、T 恤、运动鞋等。

"在中国从来不会这样。"我说道。

"是呀，"小王说，"但这让我想起一件事。大概三年前，我在上海一家饭店里遇到个苏联芭蕾舞演员。我去看过他的演出，跳得太棒了！这个舞蹈演员很帅，我认出他了，他对我笑了笑。然后他指了指我的运动鞋，又指了指他自己。他想要那双鞋，我知道他是这个意思。那双鞋很贵，耐克牌的，花了我五十元呢。但我不是那么在乎钱的，后来我们就站在一起比了比脚的大小，正好合适。我一句俄语都不会说，但我能看出来他真的想要那双鞋。"

"你卖给他了吗？"

"我送给他了，"小王说，因为这件事情的琐碎，他皱起了眉头，"我很同情他，他只是想要一双鞋而已。在自己的国家连这样的鞋都买不到，我感到很悲哀。我脱下鞋给了他，然后自己赤脚走去了办公室！他真的很高兴！我心想：回到苏联之后，他肯定会经常想起这件事。他会说：'有次我去中国，遇到一个中国人，我想要他的鞋子，然后他就送给我了！'"

过了一会儿，他说："在中国，你想要什么都能买到。食物、衣服、鞋子、自行车、摩托车、电视机、收音机、古董……"

"还可以看时装表演。"

"电视上几乎每个礼拜都会放时装表演，"小王说道，"上海就是以这个著称的。"

我问他老人们怎样看待这些发展——就在几年前，这个国家还在批判外国的腐朽堕落，人人都还穿着松垮的蓝套装，可如今高级时尚已经可以在这里展示。

"老人们喜欢中国现在的生活,"小王说道,"他们真的为此感到很兴奋。几乎没人不喜欢,以前让他们觉得太压抑了。"

几天以后,我正好有个机会来看看他说的是否属实。我收到邀请,要去一位刚退休的政府官员家里做客——中国人一般用来自法语的"干部"一词称呼这些官员。这人名叫宁柏洛(音译),今年已经六十七岁了。他没有接受过正规教育,是从新四军队伍中的一名普通士兵成长起来的。1940年到1949年期间,他在队伍中负责组织政治活动以及为军队筹集粮食和资金,先是参加了抗日战争,后来又参加了解放战争。他记忆中最遥远的事情之一,就是有次在上海,因为深夜错过了横渡黄浦江的小轮,被一个日本兵用棍棒毒打,说他那么晚了还待在外面。之后不久他便加入了抗日组织,后来又从了军。

"这些经历难道不会让你痛恨日本人吗?"

"不会,"他回答,"我们恨的只是他们的头头。"

中国人的谴责永远只针对高层领导:下属总是无辜的。"文革"之后,他们正是凭借这样的方式克服了深重的罪恶感。这一阵跨越十年的恐怖之风,曾经波及中国的每一个城市与乡镇,而它的始作俑者则是被称为"四人帮"的四个恶魔。对于任何恐怖行为,没有哪个红卫兵被要求以个人名义负责——没人审判他们,而除了一些无关痛痒的叫嚷之外,我也从未听过任何人揭露他们的丑行。

宁同志(我认为应该这样叫他)瘦骨嶙峋,有着一张酷似鲍嘉[①]的脸,两颊刻着长长的皱纹,他说话时舌头会不时地抵住牙齿,吐字模模糊糊的,这点也和鲍嘉一样。很容易看出来他是个强硬派,就是那种既严厉又刻板的官员,他了解1930年代的穷困,也知道这个国家此前经历了怎样的阶段才有了现在的繁荣。而且,他还在穿蓝色套装。

---

① 亨弗莱·鲍嘉(Humphrey Bogart, 1899—1957),美国著名演员,曾于1952年获奥斯卡最佳男主角奖。

他简直是跟我谈论发展问题的最佳人选。

尽管他本人有一副苦行僧的外表,但按中国的标准来看,他的公寓却非常大——有四间宽敞的卧室、一间厨房和一个客厅。按照中国的惯例,每个房间都放了床。宁同志和他的太太、未出嫁的女儿、儿子、儿媳以及两个孙子都住在这里。

他太太端给我一碗炒米做的小糖块:"你会喜欢的,这可是蒙古美食。"

那东西不仅粘牙,咬起来还嘎吱作响,跟美国卖的即食脆麦片一个味道。这种麦片包装盒背面的广告一般都这么写:"好吃又好玩的甜点,孩子吃完还想要!!!"

我一边剔着粘在牙上的残渣,一边跟他说,要是他参加过新四军,他肯定听过或唱过《黄桥烧饼歌》。

"我太太会唱这首歌。"宁同志说。

我告诉他们,我在北京见过这首歌的曲作者章枚,还跟他一起讨论了爱国歌曲,歌曲中日本人都被称作鬼子、淫贼、强盗和恶魔,等等。

"我个人对日本人一点也不反感,"宁同志说,"我也不反对他们来中国做生意。但是日本社会带有军国主义色彩,这是我们要非常小心的。除此之外,中国人和日本人有很多共同之处。"

我跟他说自己六年前来过中国,那时候很不一样,没什么贫富差距,好像大家都一样穷。我问他:"有些人现在越来越富裕,甚至有一小部分人特别有钱,你会不会为此感到不安?"

"你听说过瓜子大王[①]吗?"

小王给我讲过瓜子大王的故事。有个农民过去一贫如洗,他知道中国人喜欢嗑西瓜子,于是就开始做些小买卖,后来生意越做越大。

---

① 编者注:指"傻子瓜子"创始人年广久(1937—),安徽省怀远县人,号称"中国第一商贩"。

他雇了人，买了地，赚了好几百万；再后来他被指责剥削工人，政府向他征很重的税，最近他放弃了所有财产，又回去过农民的生活了。这个故事被当作道德寓言写成了剧本，并且在政府的支持下搬上了舞台，戏的名字叫《傻瓜的长征》。

"他就是个傻瓜，"宁同志说，"但富裕是没有问题的呀，我们的目标就是带领大家富起来。"

"那么腐败的情况呢，有没有行贿受贿？"我问。中国有个词叫"走后门"，指的就是幕后交易。

"当然有，当人们过分在乎钱的时候就危险了，"他说着伸出一根瘦削的手指，"人应当控制钱，而不是受钱摆布。"

我们谈论了腐败问题。正好有个现成的例子可以说：有个中国商人因为受贿和贪污公款，被上海的一个法院定了罪。他的女共犯被判了长期徒刑，但他却被执行了死刑。

"他在香港有关系。"宁同志说道，仿佛这件不光彩的事可以解释一切。

"你觉不觉得因为偷窃就判死刑，有点过重了？"

听了我的话，宁同志大笑起来。他的牙很黄，手指甲也是，而且很久没修剪过。"如果金额超过一定数量，情节就严重了。不管是谁，贪这么多都是要判死刑的。"

"所以你觉得不应该废除死刑？"

"中国自古以来就是这样，"宁同志回答，"杀人要偿命，就是这么简单的道理。他犯的罪跟杀人一样重。"

如此跳跃的逻辑，正是中国人的思维特点。现在劳动改造这样的惩罚方式已经不像从前那么流行了，我特别想知道宁同志对死刑怎么看。

我说："我个人认为应该废除死刑。"

"为什么？"他问。

"因为这很野蛮，而且起不到作用。"

"几个礼拜以前恐怖分子在柏林炸舞厅的事情,你们会怎么处理?"

"如果你是想问会不会判死刑,那么是不会的,"我回答,"不管怎样,难道你们不区分政治暴力和刑事暴力吗?我们来设想一下,这些人,管他们是谁,假如是巴勒斯坦人。那就是一支解放军,不是吗?"

"我们会认为他们在柏林搞恐怖主义活动,"宁同志说道,"那是犯罪,但武装斗争,"他用了这个用来专指人民战争的词,"是另外一回事,是合法的。"

我们回到钱的话题,宁同志表示,在这个进步的新经济中,赚钱效应非常明显,不大可能出现经济困难的问题。政府管理劳动力,保护工人,向富人征税,在总体上对所有商业行为实施监管。他说物价上涨的问题要严重得多,有时候"通货膨胀率(inflation)"达到了两位数——他居然用了个英文术语。然而,大家的工资也在不断上涨。他太太在老家无锡认识一位搞制图工作的女士,每个月可以赚 300 元。这算很高的工资了,但其中大部分来自奖金,因为她非常高产。

"所以,宁同志,你是个乐观主义者。"

"当然!"

"你难道一点危险的趋势都看不到吗?"

"是有一些,但我们正在想办法应对。政府已经提出了'精神文明建设'的计划。看看那些标语和宣传画,苏州河附近有一张大字报……"

改革开放以后,各项限制都放松了,于是开始出现各种违反社会公德的行为,"精神文明建设"计划正是针对这一现象提出的。它于 1985 年开始,"五讲四美"活动是其中的重要内容——中国人的口号一说就是一大串。

"五讲"的内容都与日常行为有关,包括讲礼貌、讲文明、讲道德、讲秩序和讲卫生,目的是纠正一些已经滋生的陋习。对于"五讲"无法纠正的陋习,可能需要靠宣传"四美"来改善,具体指的是心灵美、语言美、行为美和环境美。

向我介绍"精神文明建设"计划的人是宁同志。我挺喜欢他的，对他印象很深。他了解国际动态，对陌生人也很友好。他之所以对我如此宽容，显然是出自一种姑妄听之的心态——内心深处他是拥护毛泽东思想的——但他没有贪婪或嫉妒之心，一点都不爱慕虚荣。他也没有盛气凌人，虽然同我有争论，但我却因此而敬重他。

然而，后来我听见宁太太跟他吵得很厉害，之前她一直在听我们说话。

她对他说："如果对现在的政策有什么批评或疑问，我们自己说说就行了，不要跟老外提这个。"

* * *

在中国，一直有个难题。如果有什么地方风景特别好看，人们就会蜂拥而至，然后美景就被人群毁了。如果哪趟火车开得特别快，比如北京到上海的快车，每个人都想去坐，于是车上就很难有座位。中国的餐馆也一样，好馆子总是挤满了人；旅馆也是如此，提前预定简直是无法想象的事情。最糟糕的是，如果你总相信自己还有一线希望，有时别人还会嘲笑你：中国人会采取极其粗鲁的方式把你挤开——他们的手肘可是相当锋利。

这样的难题在上海也无法避免。比方说，大家都知道上海有许多人行道，很适合漫步观光，对行人来说这是件美事。所以人人都跑出来散步，然后街上就挤得水泄不通。

然而，如果你能像中国人一样努力地往前挤，还是有可能靠两条腿走遍上海的。人类生来害怕肢体接触，但中国人早把这种恐惧克服了。人群虽然会减缓你前行的脚步，但我觉得怎样都好过挤上海的公交车。

我听从宁同志的建议走去了苏州河，看到了"精神文明建设"的大字报（旁边就是关于"四美"的宣传内容）。然后我又走远了点，去了码头，那个地方乱糟糟、滑溜溜的，所有人都忙个不停，有很多货栈和储藏室，中国人管这些叫仓库；此外还有一些小型室内工厂，里面有铁匠、锁匠、装配工和绕绳工在劳动。接着我来到了上海海员俱乐部，这是一栋庄严的建筑：柚木地板、装饰台灯、凹槽飞檐，还有一个可供使用的台球厅。这栋古老而雄伟的大楼，虽然墙面已经被烟灰熏黑，却仍然散发着忧郁而隽永的魅力。

大楼内部陈列着一些纪念品和船员的日常用具，比如手套、麻绳、太阳镜和拖鞋等，墙上还贴着政治标语以及关于中国士兵在越南作战的宣传材料，我把这些说明文字都记了下来。一张照片上，五名战士正斜视着几丛灌木，照片下方写着"'英勇的六连'将士在老山保卫战中取得胜利"。

我喝了点啤酒，然后继续往前走，边走边想：就是那些人让我们在越南问题上难堪的吧？

我继续走着，穿过外滩的一座金属大桥[①]，它就位于曾经的百老汇大厦跟前，横跨通向黄浦公园的那段苏州河。外滩至今还矗立着许多1920年代的老建筑，在我的想象中，世界上某些城市要想兴旺发达，就只能大规模地模仿过去的风格——或者说只能迎合人们对它的预期（就好像一个人长得高，就必须去打篮球一样），上海就是这样的城市。

公园门口牌子上记载了它的一段历史：

> 这座公园曾经由公共租界的警察看守，当时不允许中国人进入。令人感到痛上加辱的是，帝国主义者于1885年在公园门口挂了一块告示牌，上面写着"华人与狗不得入内"。这激起了全国人民的愤怒和反感，最后终于迫使帝国主义者撤走了牌子。

[①] 指位于上海外滩苏州河汇入黄浦江口附近的外白渡桥，它是中国第一座全钢结构铆接的桥梁，也是当今中国唯一留存的不等高桁架结构式桥。

还有一处介绍可以说明公园的受欢迎程度：

> 每年入园总人次超过 500 万，节假日的游客密度可达 3 人每平方米。

这样利用人流量来做宣传，在中国能起到很好的效果：西方人在拥挤的地方会感到压抑，但中国人却是哪里人多就去哪儿，只有最值得去的景点才会吸引几百万人。

然而，这可吸引不到我。我继续往前走，在离外滩较远的一栋建筑里歇了歇脚。楼内很凉爽，墙上嵌有彩色玻璃窗——玻璃上的人物很像伯恩-琼斯①作品中的少女，她们旁边分别注有"真理""智慧"和"谨慎"的字样，这让它看上去不像是一所教堂，而像是一家银行或者会计公司。门厅上方是一个圆形拱顶，下面立着几根黑玛瑙石柱，地板是黑色大理石铺成的。

我沿着那条街走了很长一段路才来到上海市外办，此前我已同宣传处主任王厚康先生和他的助理钟小姐约好在此见面。

"这所房子很漂亮。"我在庭院中说道。

"这里以前是一个资本家的住所。"

后来他告诉我他们已经与 20 个国家合资开办了 164 家企业。我表示很惊讶，但并没有多问，因为我聪明的大脑已经猜到其中大部分肯定都还处在讨论阶段；如果我问王先生有多少企业已经开花结果的话，肯定会让他尴尬的——已经投入运营的合资企业其实很少。

由于一整天都在人群中钻来钻去，我问道："你觉得中国人以后会有私家车吗？"

"极少数人会有的，但不是为了图享受，而是为了做生意。我们想要

---

① 伯恩-琼斯（Edward Burne-Jones，1833—1898），英国画家、图书插画家、彩色玻璃和马赛克设计师。

做的，是生产汽车，然后卖到国外去。出口市场才是我们的兴趣所在。"

我问他，自从邓小平的改革开放以来，有哪些变化让他感到震惊。"杂志更加丰富多彩了——更开放、更生动好看了，可以这样说。还有就是文字作品。"

"关于政治的吗？"

"不是，是两性方面。以前人们从来不写关于性的东西，但现在他们会写。"

钟小姐说道："有时候这让人很尴尬。"

"人们现在敢于用故事来表达自我了，"王先生说，"以前他们不会这样。现在人们还能参与自由讨论，不会因为说了某些话就被贴上'右派''反革命'或'资本家'的标签。"

"所以再也没有人叫别人'纸老虎'啦？"

"'纸老虎'还是有的，它更像是一个哲学概念。"王先生答道。

之后我们又聊到了钱的话题。他说："现在完全不一样了。拿我来说，1954年的时候每个月赚92块钱，1979年以前就没涨过工资。"

"但是那些年你工资没变，物价却上涨了？"

他笑了，可是我的话并没有什么好笑的。中国人的笑有很多种，而他的笑是在告诉我：你问得太多了。

还是聊聊服装吧，这个话题不会引起争议。

王先生说："解放后人们很喜欢穿朴素的衣服。他们把蓝军装和蓝帽子当作革命的象征，穿上身就觉得自己像革命者。那种衣服既结实又便宜，给人很朴素的感觉，让大家看起来都是平等的。"

"为什么他们现在不穿了呢？"

"不久以后，有些人开始想穿更鲜艳的衣服。可是他们又害怕，因为那时候流行一种说法，如果穿鲜艳的衣服，就会被划入资产阶级。"他又笑了，这一次他仿佛是在说：这说法，连我自己都不信。他接着说道："他们还记得那些带着剪刀出门的红卫兵，要是你的袖口太宽或太窄，他们就给你剪掉。要是你头发留得太长，他们就给你剪短。

"你觉得这样的事还会再发生吗?"

然后我眼前就浮现出一堆红卫兵,他们手里拿着长剪子,脸上露出狰狞的笑容,沿着南京路一路往前,边走边寻觅哪里有肥大的衣袖或者飘逸的长发。他们挥起长剪子,开始不停地剪,剪,剪!我意识到,一个狂热的青少年,手里要是握着一把剪子,简直比端着步枪的士兵还可怕。

王先生说:"我觉得肯定不会了。"

"你好像很确定。"我说道。

"是的,因为'十年动乱'"——他用了现在这个比较委婉的说法——"走得太极端了,它的规模是如此之大,影响是如此恶劣。如果只是件小事,那么还有可能卷土重来。可是它影响到了每一个人,我们全都记得。我可以跟你说,没人希望它再来一次。"

* * *

在一个人能说出的所有话之中,"我不知道"恐怕是最聪明的一句,但在中国谁也不会经常这样说,老外尤其如此。然而,这事在上海有个例外,那便是美国总领事斯坦·布鲁克斯[①]。这个人目光沉着冷静,不习惯做预测,也不喜欢泛泛而谈。他的家乡在怀俄明州,从1970年代起就断断续续地来中国工作,当时巨人毛泽东仍然威震四方,还在左右着所有决定,因此布鲁克斯的同事们大都变得唯唯诺诺的。

"我叫他们'凡是党',"布鲁克斯先生说道,这个词来源于中国人常挂在嘴边的"凡是"二字,"他们认为凡是毛主席说过的话都是正确的。一些政治局委员已经为加入'凡是党'付出了代价。"

我告诉他,中国的变化让我感到惊讶——不仅是服装和交通这些表面上的变化,还有更实质性的,比如他们怎样谈论政治、金钱和未

[①] 斯坦·布鲁克斯(Thomas Stan Brooks),1983至1987年期间任美国驻上海总领事。

来,以及采取什么样的方式旅行。五年前他们才有了旅行的自由,而现在哪里都能见到他们——实际上,很多人希望去国外旅游,然后再也不回来。

"有些人的签证会让我们觉得很难办,"布鲁克斯先生说,"他们去美国学习,后来在那边找到工作就留了下来。"

"你肯定已经猜到了中国会有所变化,"我说,"但你想过会是现在这个样子吗?"

"从来没想过,"他回答说,"我不知道。看得出来一个新的阶段已经开启,我们从没想过会这样。"

"难到没有政治学家做过这样的设想或预判吗?"

"我认识的人里面是没有的。如果他们算得上政治学家的话,显然他们没有预见现在的情况。每个人都为现在感到惊讶。"

他还认为,既然没人料到现在的状况,那么也不可能知道接下来会发生什么,这样的看法也非常合乎情理。

"我们现在见到的中国正处于一段不稳定的时期,"他说,"没人可以拍着胸脯说出以后会发生什么。我们只能密切关注,祝他们一切都顺利。"

然而,我在领事馆跟大家共进晚餐的时候——餐桌上共有十二人——中国学生留美不归的问题又冒了出来。

"不好意思。"一位瘦削的老先生边说边清了清嗓子。这人是潘教授,以前在上海复旦大学历史系工作。

听到他这样说,大家立刻安静下来。随后他突然放低了声音,每个人的耳朵都竖了起来。"我的几个孩子都见过我被红卫兵羞辱,"他用一种温和而理性的口气说道,"他们选择留在明尼苏达州,你能怪他们吗?"

然后他就变成了桌上唯一在吃的人,我们全都目瞪口呆地看着他。他叉起了几根芥兰,全然不觉自己已经成为大家关注的焦点,还一直和左边那位女士说个不停。

"我在监狱里关了六年,从 1966 年到 1972 年,"说完他笑了笑,"但我跟朋友们讲,实际上没有六年那么久,只有三年——因为每天晚上天黑以后我就睡着了,我梦见自己的童年,梦见我的朋友们,梦见夏天,梦见家人,梦见鸟语花香,梦见我读过的书,还有以前所有快乐的事。只有醒来的时候,我才会回到监狱。我就是这样坚持过来的。"

他低下头吃自己叉子上的食物,大家又是一阵沉默。

潘教授曾就读于剑桥大学王后学院,1930 到 1939 年期间在英国居住。他的口吻中带着一点腼腆,但这却更加彰显出他的睿智,每当他要说什么惊人之语,总会先轻声笑一下。他看起来大概七十五岁,我感觉虽然监狱生活使他苍老,却也在某种程度上让他变得更加坚强。应该说,在中国看到以前的政治犯时,我经常会有这种感觉。他们经历过孤独困苦甚至辱骂虐待,但似乎从未因此而变得脆弱。相反,他们变得更加坚强,他们对关押者表示不屑,他们不仅信念坚定,而且对此直言不讳。

潘教授在这方面是个典型,但他给人的印象却不会因此而减弱。他轻声笑了笑,说:"美国人没理由惧怕中国人,一点理由都没有。在这世上,中国人只对两样东西感兴趣——权力和金钱。美国是最有权也是最有钱的国家,所以中国人永远都需要跟美国搞好关系。"

他言辞中显然带着深深的嘲讽,那是一种凄凉的绝望。接着,他又咯咯地笑了起来,他把毛泽东称作"老人家",还重复了一些布鲁克斯先生对我讲过的话。

"我们在监狱里必须读《毛主席语录》,"潘教授说,他露出了亲切的笑容,"有时候他们还让我们背诵,你要是说错一个字,卫兵们就会很生气,你就得从头来过。除了这个,我们什么也没干。我们整天坐在石头地面上,像牲口一样。我渴望上床睡觉,在梦里回到过去。"

有人问:"教授,您犯了什么错?"

"我吗?噢,我错在不该听收音机,听美国和英国的广播。"

晚饭过后我送他回家,他住得不是很远,这真是个愉快的夏夜。

"你刚才讲的那些屈辱的往事……"

我不是很清楚该如何开启对话，但他知道我在问什么。他说："1966年9月的一天夜里，我家来了40个红卫兵。40个人，男的女的都有，他们进屋——是冲进来的，对我进行审判，可以这么说。他们开了场'批斗会'来批斗我——你知道批斗吧？所有人都在我家不走，一待就是40天，他们无时无刻不在训斥我，质问我，最后给我定的罪名是'资产阶级反革命'。那是犯法的，然后我就进了监狱。"

"后来是怎么判的呢——我的意思是，判了多久？"

"多久都可以。我根本不知道什么时候能出来，这是最糟糕的。"

"40个红卫兵，太吓人了。他们还在你家待了六周多！他们当中有你认识的人吗？"

"有啊，其中一些是我的学生，"他又那样子笑了笑，继续说道，"进门之前还在那的，但是他们进去以后却不见了。"

* * *

在街头行走时我常路过上海杂技场，那是一栋离市中心不远的圆顶建筑。我感到很好奇，于是进去看了场表演。而在表演过后，我想了解的东西更多了，因为我不仅看到了翻筋斗、小丑表演和柔术，还看到有人用嘴叼着一根筷子稳稳地撑起了一整套十二件的餐具。

刘茂友先生在上海文化局负责管理杂技演员。他起初是上海图书馆的一名助理，但当时，借书对任何人来说几乎都是不可能的事，图书馆即便在情况最好的时候也没几个人。图书管理员能做的，也仅仅是看管书架而已。因此他抓住一次调岗的机会进入文化局，并于1980年陪同上海杂技团首次访问美国。

"我们把杂技当作一种剧场表演，因为它也有艺术和戏剧的成分，"刘先生说，"它包括三种：杂耍、魔术和马戏。"

我问他，杂技在中国是怎么兴起的。

"解放以前，所有演杂技的人都是以家庭为单位活动的。他们走街串巷，靠卖艺为生，街头或者任何空旷的地方都可以成为他们的表演场所。但我们想把他们集中起来，为他们提供适当的培训。当然，中国几千年前就有杂耍艺人了。到了唐朝，杂技的发展达到巅峰，艺人可以自由表演。"看到刘先生说得如此激动，我接着问他对唐朝怎么看。

"那是中国最好的时期，"他说道，"所有的艺术在唐朝都得到了蓬勃发展。"

关于上海文化局的事，我知道这么多已经够了，但他还在说个不停。

"解放以前，他们演杂技只是单纯地做动作，没把它当艺术，"他说道，"可是除了调动身体之外，他们还得用心去表演。这就是我们开办培训中心的原因。我们不希望演员脑子里空空的，所以晨练后他们还要学习数学、历史、语言和文学等。"

他说 1986 年招人时有三千人报名，他们从中挑选了三十个。那些人都很年轻，最小的十岁，最大的也不过十四岁。刘先生说文化局看重的不是技巧，而是潜力。

"我们还有马戏表演，"他说，"而且还有个动物训练学校。"

这引起了我的极大兴趣，因为我憎恶与动物表演有关的一切。我从没见过哪个驯狮者是不该被狮子攻击的。要是看到一条小杂种狗穿着裙子，戴着花边帽，纵身飞跃铁圈，我会咬牙切齿，恨不得折磨它的人（就是那个浑身金光闪闪的家伙）得狂犬病。

"刘先生，给我讲讲你们的动物训练吧。"

"解放前我们只训练猴子，现在猫也可以表演了……"

"家猫吗？小猫咪？"

"是的，它们可以耍把戏。"

我遇到的有些中国人认为，猫猫狗狗之类的动物是感觉不到疼痛的。它们生来就应当为人所用——受训，做苦力，被杀掉和吃掉。

"猪和鸡也可以。"刘先生补充道。

"小鸡也会表演?"

"不是小鸡,是大公鸡。"

"大公鸡会做什么?"

"它们会单腿站立——也可以说是单手站立。还有一些别的动作也挺有趣的。"

天知道他们用了什么方法让呆头呆脑的大公鸡来干这些滑稽的事,但我有一种感觉,那些鸡肯定被绑起来不停地受到摧残,直到掌握动作要领。

"那么猪呢?"我问。

"猪并不是经常参加表演,但它们能立起来,用两条腿走路……"

他的话让我意识到一直以来是什么在困扰着自己。他口中的一切都让我想起《动物农场》,而一想到这实际上是一本寓言小说,我只会觉得刘先生描绘的画面更加可恶。书里写到的农场即将遭到压迫的情景仿佛生动地出现在我面前。一个意想不到的场面造成了大家的恐慌和混乱:一头猪正站着用两条后腿走路。奥威尔继续写道:

> 不错,是一头猪,那是尖嗓。他走得很笨拙,好像还不怎么习惯用这样的姿势支撑自己笨重的身躯。但是他已经学会了完全保持身体平衡……过了一会儿,从农场住宅的房门里走出来一长队猪,个个都用后腿走路……[①]

我还沉浸在思考之中,此时刘先生继续道:"我们还有狮子和老虎,还有中国唯一一只会表演的熊猫。"

他说团里的动物和演员们经常参加巡回演出,有时甚至要远赴美国,很多演员都在美国工作过。1985年,他们与美方达成合作协议,同意派遣中国杂技演员加入玲玲马戏团,一次性服务一到两年。第一

[①] 傅惟慈译:《动物农场》,北京:北京十月文艺出版社,2004,第108页。

年他们派了 15 人过去，而 1986 年以外派形式在美国工作的中国杂技演员则有 20 人。

我问刘先生，当时财务上是怎么安排的。

"我不是很清楚，"他说，"但是玲玲兄弟会给我们钱，然后我们给演员发工资。"

"玲玲兄弟给你们多少钱？"

"每人每周 200 到 600 美元不等，具体要看演出情况。"

"那你们发给演员多少呢？"

"大概 100 元。"

只有 20 英镑左右。

我想知道，人们这种甘愿被当作出口商品的心态能维持多久。对于一些人来说这不会太久：就在我与刘先生谈话的那一周，他们的一个舞狮演员在纽约消失了，过了好几个月也没人找到他。

* * *

在上海的最后一天，我试着搞清楚自己到底为什么讨厌大城市。不仅仅是因为噪音、灰尘和不停的奔走——我实在受不了路上拥挤的交通和气急败坏的人群，以及人们被推来搡去的感觉——也因为有太多人来来往往，在这些地方工作甚至死去，而就在他们故去的地方，如今又会有另一些人在生活，想到这里，我不禁毛骨悚然。虽然在我的印象中荒野总是同无知联系在一起，但置身于这样的城市，我却无法不觉得自己身边有鬼魂出没。

在中国的城市，我的这种感觉非常强烈。我不停地想，这个地方也许发生过什么可怕的事吧，然后就吓得肩膀直哆嗦。中国官方禁止讨论鬼神这样荒唐的事，所以中国人拒绝谈论这个话题，也许正是因为如此，我的恐惧之感才愈发强烈。同样地，中国允许人民信教，但前提是不得公开谈论它。然而，中国共产党员不能信仰宗教，这是党的一项基本原则。

我在复旦大学听说了一些可怕的故事。乍看之下，那里根本不像学习的地方。从外望去，只觉得它像一座中国工厂：同样是低矮的树篱和锋利的栅栏，同样是黄色的围墙和有人看守的大门，同样是落满灰尘、尚未完工的建筑一栋连着一栋，还有工房一般的教师宿舍以及附近的小平房——裁缝店、洗衣房、菜摊、肉铺、面馆和自行车修理行。它有着典型中国工厂区的随意外观，似乎是谁一时心血来潮的产物，既没有明确的布局规划，也没有充足的经费，建设时则能省一毛是一毛。

然而这个印象是有一点误导性的，因为树篱和围墙之内其实绿树成荫，一切都井然有序，甚至可以说是小憩或沉思的好地方。

复旦大学校长谢希德是一位杰出的女性，但是她性格有些腼腆，1949年从史密斯学院毕业后，她又在麻省理工获得了博士学位。"文化大革命"期间，她的聪明才智、教育背景以及在物理学领域的原创研究非但没能帮到她，反倒成为使得她被人诟病的历史污点。她离开上海，到一家工厂去劳动，白天组装收音机，晚上学习毛泽东思想。不仅如此，他们还将毛泽东思想谱成歌曲，要谢博士唱。难怪如今在她寓所的墙上，挂着一幅引人注目的书法，上面的"劲松"二字仿佛某种理想主义者的格言，勉励人们像松树一样，即使面对狂风也要屹立不倒（"劲"字充分地展现了激烈对抗的场面）。这幅字出自国务院前副总理、中国科学院副院长方毅之笔，此人以思想特立独行而著称。

尽管上海挤得快要爆炸了，但它却是一个真正的城市。虽然我觉得这里闹鬼，但这却只能让它更具城市气息。港口的船舶、骄傲的市民、海上的空气、林立的高校，这些都让我想起波士顿。我原本打算在此留待几日，但有一天我碰到了维特里克夫妇和韦斯特贝特尔夫妇。他们前一天才到上海，隔日就要离开。

"我们要去广州啦，"里克说，"跟我们一起走怎么样？要坐36小时的火车，沿途的风景肯定美到不行，听说广州特别棒。"

我心想这是搞什么鬼，但还是答应了他们。

第五章　开往广州的快车

在中国上下火车就好比消防演习，前后左右都是气喘吁吁的人在你推我搡。但对所有人来说，旅途本身却可以说是一段慵懒惬意的时光——它就像一个全由中年人参加的睡衣派对，留下的满满都是回忆。我觉得，中国人别无选择地过着最沉闷的生活，他们干着最无聊的工作，千篇一律地重复着从摇篮到坟墓地的单调过程，而正因为如此，没有比坐火车更让这些人开心的事了。他们喜欢拥挤的车厢，喜欢听人喋喋不休地说话，还喜欢抽烟，喜欢啧啧地喝茶，喜欢打扑克牌，喜欢穿拖鞋走来走去——我也很喜欢这样。一路上我们睡了又醒，醒了又睡，窗外的世界在我们的哈欠中擦身而过。

广州是我们旅行团到达香港前的最后一站，我很高兴在车上又见到了一些熟悉的面孔。

"你看了《中国日报》上的这篇报道吗？"阿什利·雷尔夫问，他递给我一张报纸。

报道的标题是《奇迹手术接回工人断臂》，讲一个服装厂工人几乎全身都被卷进了缝纫机器，导致轧断了一条胳膊。光是读到这里，我的身体就感到一阵因为对阉割情结的焦虑而引起的剧痛，但事情还没完。那个可怜的家伙被火速送往医院，他的胳膊被缝了回去，那真是一场具有里程碑意义的手术,"现在他正接受治疗,学习如何重新使用手臂"。文章还提到一些工人的手指或脚趾轧断后被重新缝合的例子,他们的手术总是很成功。

我心想,这个社会如此擅长修修补补,真是了不得。一个人不会仅仅因为断掉一条胳膊就断送职业生涯,你可以找到办法帮他接上,再送他回去工作。中国人的发明时代早在一千年前就结束了,现在他们的改装和修补技巧正日臻完美。然而这种修补并非不留痕迹,被打上的补丁往往非常明显——这个社会到处都是补丁。他们补内裤、缝袜子、修鞋子。再仔细一想,他们用油漆抹掉墙上的毛主席语录,又写上新的标语,也可以说是一种补丁。毛泽东曾多次提到浪费的害处:"财政的支出,应该根据节省的方针……贪污和浪费是极大的犯罪……反对铺张浪费。"在《毛主席语录》中,有一节的标题就叫作"勤俭建国"。

同毛泽东时代相比,邓小平时代一个最大的不同,就在于毛泽东时代那种对于修补的狂热已经开始消退,因贫穷而感到自豪的思想如今被认为过于陈腐,邓小平的拥护者们喜欢崭新的事物。现在新衣服这么便宜,所有人都没必要在补衣服上浪费时间。

最新奇的人体修复案例不久以前出现在沈阳。《中国日报》也报道了此事,但新闻标题《移植腿挽救女孩手臂》着实令人费解。

> 十一岁的孟欣在一次火车事故中失去了左臂和左腿。
>
> 为了救她,六名外科医生将她的一部分断腿改造成了前臂,与她的手掌相接合。十八个小时的手术过后,孟欣完成了前臂移植,手臂上的皮肤恢复正常,而接上的手指也恢复了触觉。
>
> 她现在能握拳了,左臂也可以摆动了。

我看报纸时,阿什利一直盯着我。我把报纸还给他,对他说:"我看过了,很了不起,不是吗?"

"我说，神秘先生，"他眨巴着眼睛冲我说道，"你是中央情报局的吧？其实你是个特务，但却自称是记者，因为这是很好的伪装。你左闻闻，右嗅嗅，想方设法让别人对你掏心掏肺，然后你就把自己关起来，躲在房间写报告。"他大笑起来，"这没关系，我根本不在乎！放心，我不会告诉别人的。"然后，他望着窗外继续说道："天哪，我真是烦透了这个国家，我已经等不及想回去了。中餐，每天吃的都是中餐。还有，我受够了这些人！"

"你说的是中国人？"

"不是，中国人挺好的，就是个子太小了，"他说道，"我说的是团里的这些人。"

他们都挤在过道里，看着中国在窗外飞驰而过。外面的风景不太好看，工业区在上海郊外延绵了快 100 英里（160 千米），直到火车驶进杭州才消失。马可·波罗曾经提到过杭州，这件事一直让杭州引以为豪。这座城市是旅游者的天堂——湖泊、寺庙、酒店、餐馆、面摊、快照亭，应有尽有。马可·波罗盛赞它是"世界上最美丽的城市"，把这句话当作广告印在旅游手册上，能起到不小的宣传作用，但即便如此，这地方对我来说也没什么惊艳之处。我一直想知道为什么马可·波罗这样一个无所不谈并且据称走遍了世界的人，在他的游记里从来不提长城，也不提中国人喝茶这件事。

阿什利说团里那些人要把他弄疯了，他把我拉回了现实。那个最讨人厌的男人跟秃头女人威尔玛成了情侣；法国人住的隔间内爆发了一场战争，其中一个人不仅对另一个人采取了法律行动，还加入了维特里克夫妇和韦斯特贝特尔夫妇的美国小分队。瞎子鲍勃因为走路时像脱线先生[①]一样跟跟跄跄，已经摔得鼻青脸肿。里克·韦斯特贝特尔正打算给里根总统写封信，向他控诉中国人口是心非。那对澳大

---

① 脱线先生（Mr. Magoo），由美国联合制片公司（UPA）于 1949 年创作的著名动画形象。

利亚夫妇正感到焦躁不安。当然，想到列车正向广州驶去，他们还是松了口气，因为中国南部离澳大利亚要近一点。贝拉·斯库恩斯又在自言自语，说那个距离最多相当于往返四次卡尔古利。卡思卡特一家已经不受欢迎了，因为有一天很热，他们想喝啤酒又不肯付钱，理由是："我们已经交过团费了，啤酒应该免费。"他们就为了一块钱（15便士）而小题大做，坐在那里热得浑身冒汗。莫托尔又收集到不少新石头，他那个麻布袋快要拎不动了。基克讥讽地说："路上怎么没有坟墓？我们今天可是一座坟都没看到！"

"真想把那狗日的埋到坟里去。"阿什利说道。

所有人都是又疲惫又暴躁。我想对他们说，你们需要好好睡一晚上。就像参加学校郊游一样，我们出来得太久了。威尔基小姐在日记中写下"第37天"。

"我们走了一万英里（一万六千千米），"她说，"一万英里啊。相信我，这不是一次野餐。"

这里地处浙江省境内，呈现在我们眼前的是那个古老而永恒的中国——没有时装表演，没人投机倒把，没人追着你问"换钱吗"，也没有人谈论芯片和改革。

窗外大部分是稻田，一排排嫩绿的秧苗直挺挺地立在黑色泥地里。这地方很空旷，几乎没什么树，地势高低起伏，山丘轮廓分明，远处是青绿色的群山。地里种着茶树、水稻和各种绿油油的蔬菜，田间的水沟散发出阵阵臭气，不时还能看到点缀其间的瓦房、布满脚印的土路，还有头戴斗笠耕作的农民，他们每个人都穿着差不多款式的宽松衣裤。

浙江的山总是覆盖着各种各样的纹路，比如眼前这座括苍山[①]：白色的岩石和绿色的植被大致呈带状交错，山体上的缝隙就好像动物的抓痕，山脊则呈现出凹凸不平的锯齿状。山上没有能遮阴的树，树阴

---

① 括苍山位于浙江省台州市。

对于农业国家来说是不必要的奢侈品，它不利于作物的生长。阳光直射而下，用最为简单的方式滋养着大地，将原本荒芜贫瘠的地方变得丰饶多产。树木和棚屋这样常见的事物在这里是那样地不合比例，显得人都渺小了许多。

从播种到培育再到收割，他们所做的每件事都与粮食有关。那个看起来像是坐在田间的女人，其实是在锄草；孩子们也不是在玩耍，而是在给农作物浇水；再看那个肩膀浸没在溪流中的男人，他并不是在游泳，而是在专心摆弄渔网。这里的土地只有一个用途，就是生产粮食，粮食从来都不会离开中国人的视线。由于看来看去都是整齐的园地，我的眼睛感到十分疲劳，这让我期待看到一些更加原始的风景。到目前为止，我在中国似乎还没看见过什么野地。经过农民改造的郊外，已经失去了原有的秩序。他们已经找到了一种方法，可以吞噬所有的郊野。

他们总是能在饥饿的驱使下想出新的点子。火车在金华停留了一会儿，我看见一辆用来运猪的三层厢式货车。在中国，动物似乎总是被关在只够它们容身的空间里。天气很闷热，火车驶过时，我听见那些猪在架子上呜咽。

窗外远望是一片群山，近处的地势则像荷兰那样平坦，稻田方方正正的，只有狭长的沟壑穿插其间。这样的风景不会随年代改变，地里的人永远是那样装扮，也无法通过观察农具来判断年代。我见到一台打稻机，其实就是用一块草草拼就的木板接在棍子上做成的，老得跟世界上第一台似的。还有他们用的水牛轭、木犁、钉耙和渔网，都是很古老的设计。日落时我们已经行驶了400英里（643千米），但俯身的农民或他们耕种的田地却从来没离开过视线。每一寸土地上都种了东西，但好在是春天，所以即便是眼前这些卷心菜也是好看的。

我开始同一名姓赵的中国男子聊天，他刚去上海看过女朋友，现在正要返回湖南长沙。

"我带她出去下馆子啦，叫了好几个菜，希望给她留下好印象。

什么鸡啊，鸭啊，鱼啊，都点啦。花了二十块钱呢！"

这么多钱大概是四英镑左右，我忖度良久：那又怎样呢？他脸上的苦恼，我并不明白。

小赵接着说："那可是我一个礼拜的工资啊！这下我没饭吃了，那晚我失眠了。"他攥紧了拳头敲打着自己："二十块呢！当时我心里在骂娘，感觉糟透了。"

"她一定很感动吧。"我说道。

"是的，"他答道，"她是个简单的女孩子，农村姑娘，很淳朴的！"

我们进入了丘陵地带，眼前的风景才有所改变太阳就下山了。我住的隔间里有一对来自澳门的夫妇——男的叫曼纽尔，是葡萄牙人，女的叫维罗妮卡，是中国人。维罗妮卡瘦得皮包骨，一张小男生的脸，一头小男生的短发。她在上铺噘着嘴生了会儿闷气，然后我们大家都睡着了。但我从来都没有真正习惯在一堆陌生人当中睡觉，所以半夜的时候又醒来读《金瓶梅》，并且再次发现书中满是恋足癖和束缚游戏。我抬头瞥了一眼，发现维罗妮卡正从上铺往下盯着我看。

* * *

黎明时分，天空一片粉红，火车在株洲站停靠，小赵下车了，他要去换一趟车转往长沙。

我跟他告别。他告诉我，长沙城外有一条铁路会经过韶山，毛泽东就出生在那里的一个小村庄，对此我很是感激。

"以前所有人都会去拜访那个村子，"他说道，"但现在没人去了。"

我心想，有机会的话我一定要去看看。

小赵很详细地跟我说了路线。列车现在转而向南行进。在远处群山的陪伴下，我们穿过一片片水稻梯田来到衡阳，轨道在此一分为二，一条去广西，一条去广东——这两个地方曾经并称为"两广"。

从离开上海到现在，窗外的风景已经变了很多，不仅仅是地貌

（现在我们四周都是陡峭的山丘），土地耕作方式也不一样了（眼前尽是摇摇欲坠、郁郁葱葱的梯田）。这里的人头上都顶着像轮胎一样的大帽子，住的是带门廊的砖房，一栋房子大概可以容纳六家人。有的房屋看起来宏伟雄壮，门廊顶部有立柱支撑，屋檐的排水处有龙形雕刻。

每一寸可以利用的土地上都种满了东西。梯田边缘长着各种豆子，山坡上都是卷心菜，路边也全是菠菜和别的绿叶菜。大地已经被翻整松动过，到处都是人工开垦的痕迹，那些爬满褶皱的山坡上更是如此。丘陵地貌为垂直农耕提供了可能，就像在平台和架子上种植一样，可以节省空间。这里的树又高又瘦，因此它们能占据的空间少之又少。

"到衡阳了吗？"曼纽尔问。

我说是的。

"在公元前213年提出过'焚书'建议的秦国丞相李斯，就是在这个地方被腰斩的，"[①]他笑得胡子都立了起来，"有意思的是，他的身子被截成了两半。"

他早就离开葡萄牙了，原本打算在澳门住两年左右，但最后待了五年还没走。他还在犹豫，到1999年中国恢复对澳门行使主权以后，自己还应不应该继续待在那里。他说，在中国内地的见闻令他印象深刻——这是他第一次来内地。然后，他又笑了。

"可能五年之后这一切都会被颠覆的。"

"你对此持乐观态度吗？"

"你知道有个说法吗？乐观的人说的是——什么语言？"

"汉语。"维罗妮卡回答。

"才不是呢。乐观的人说俄语，悲观的人才说汉语。"然后他皱起了眉头，"不对，我觉得是乐观的人说汉语，悲观的人说俄语。不过这好像也不大对。"

[①] 编者注：据《史记·李斯列传》记载，李斯的行刑之地为咸阳。

我们开始争论。我说："'对仆人说英语，对情人说法语，对马说德语'，你听人这样说过吗？"

"还有对洗衣工说汉语。"曼纽尔补充道。

"还有对厨师说葡语。"维罗妮卡继续说。

为了打发一整天的时间，我们尝试设计了一条世界上最长的火车旅行路线。这条线路从葡萄牙出发，大致行程如下：布拉甘萨—里斯本—巴塞罗那—巴黎—莫斯科—伊尔库茨克—北京—上海—香港。

此刻我们来到了郴州，这是一座山谷中的工业城市，四周环绕着陡峭的灰绿色山峰。中午的时候我们经过了位于湖南和广东交界处的坪石镇。山上的悬崖峭壁远望很像庙宇，垂直而下的石柱上有凹槽和雕刻的痕迹。但实际上它们并未经人之手，只是岩石上天然形成的纹路而已。这里的岩石大如山丘，有的上面还矗立着宝塔。

"'塔'的英文是'Pagoda'，来自葡萄牙语，"[1]曼纽尔说道，"我们有'pagode'这个词，是噪音的意思。我猜他们是觉得这样的建筑总是发出噪音吧。"

他还说，"普通话"的英文"Mandarin"也是从葡萄牙语来的——来自"mandar"（负责）这个词[2]；而日语的"arrigato"（谢谢）则来自葡语的"obrigado"（感恩）。

我走到餐车，在一个中国人身边坐下，因为这样就听不到基克发牢骚了（此时此刻他肯定在说："我回到家第一件事就是要吃一大块牛排……"）。列车正穿越一片低矮的丛林，但即便在这样的地势中，那些纤瘦的树木下方仍然种满了水稻和玉米。我心想，中国没有古树吧——至少我一棵也没见过。

---

[1] 编者注：Pagoda 的词源是波斯语 butkada，即 but（偶像）和 kada（住所）的复合词。

[2] 编者注：英语中的 Mandarin 一词原指中国官僚，来自葡萄牙语中的 mandarim（早期拼写为 mandarin），词源学家认为这是东南亚的葡萄牙殖民者借用自马来语的 menteri（朝臣、部长），而马来语 menteri 一词来源于古印度梵语的 mantrin（部长）。

车上的伙食不怎么样，但为了给吃饭找点乐子，我想出了一个做法：我决定每天选出一道菜作为当日最佳。在这之前，我稀里糊涂地吃了太多天。这是一趟广东的列车，饭菜总是湿答答黏乎乎的——蘑菇、鸡肉、酸酸甜甜的鱼，还有油腻腻的蔬菜。今天的最佳菜品，我选了鳗鱼。

吃饭时，我回想起六年前和一个中国年轻人一起用餐的场景——那人既浮夸又自大，父亲是一名很有地位的官员，他也就是所谓的高干子弟。

我同他谈论政治，他总是反驳我，还说："我是普罗列塔利亚[①]中的一员，但你不是，你是布尔乔亚[②]。"

我对同桌吃饭的朱先生讲起了这件事。

"'普罗列塔利亚'是什么意思？"他问。

我向他解释了一番。他摇了摇头，说："不不，我属于更高级一点的阶层，我是白领。"

我们谈起了外国人，因为餐车里全是外国游客。朱先生说我们跟中国人不一样，所有的老外都很容易激动。他还说我们嗓门很大，而且很好骗。

中国人常说"老外好骗"，我们还就此进行了讨论。他觉得这个说法没错，可我坚持认为这是他们扬扬自得和自欺欺人的心态在作祟。这句话简直没有半点正确之处，但我目前还没碰到一个打心底里就不信这事的中国人。我告诉他，大多数老外对于中国人的这种态度是接受的，因此又进一步加深了中国人的误解。"请想想中国的自大和那种人类的凝滞的自满"[③]，梭罗在《瓦尔登湖》的结束语中是这么写的。

稍晚一些我们来到了英德市，布满褶皱的群山下，可以望见一片

[①] 普罗列塔利亚为"Proletariat"一词的音译，意为无产阶级。
[②] 布尔乔亚为"Bourgeois"一词的音译，意为资产阶级。
[③] 徐迟译:《瓦尔登湖》，沈阳：沈阳出版社，1999，第321页。

片荷塘和郁郁葱葱的竹林。也许你会误以为这就是最原始的风光,然而并不是:竹笋是拿来吃的,竹子用来编制篮筐和建造房屋,而且那些荷花也并非野生——人们种植它们,是为了获取根茎。用这些根茎可以做出我心中的又一道最佳菜品:蜜汁藕片。

在我们的行进途中,旁边有一条铁轨整天都在施工,这是一条全新的重载铁路,一直通到香港,是为了迎接1997年而专门修建的。

我坐在窗边,透过淅淅沥沥的小雨向外望去。一个男孩正骑着水牛回家,火车的声音吓得地上的猪四处逃窜,三三两两地躲到了香蕉树下。这里真是草木兴盛,铁轨旁的杂草穗子抽得老高,不停地摩擦着前进的列车。一丛丛深绿色的竹子出现在眼前,妇女们忙着劈柴,男人们则正在房屋的木头框架上涂泥造墙。蓝桉树的皮正在剥落,橘色黏土形成的悬崖下方,有一群水牛在活动。广东是个很潮湿的省份,它的一大特点就是看上去永远不知疲惫:这里土地丰饶,一切井然有序,到处生机勃勃,我见到的每样东西都有明确的用处,每个人都有清晰的目标,我感到眼睛很累——因为就连一丝的随意或者偶然也见不到。火车在到达广州的前几分钟停下了,一只大蜻蜓盘旋在车窗附近。在广东的苍翠草木间,一只中国蜻蜓在那里闪着微光,多美好的画面。

车厢里很热,有三十多度,而且湿度很大。我讨厌火车到站,因为这意味着我不能再穿睡衣了。广州的雨下得很厉害,骑车的人披着塑料雨衣在瓢泼大雨中穿行。这里的交通状况和商业氛围完全出乎我的意料——有卖收音机和电视的商店,有用广播收听香港摇滚乐的出租车司机,还有各式各样奢华的大酒店,比如白天鹅宾馆,中国人经常跑去看它大堂里的瀑布,再比如拥有1147间客房的花园酒店,它是中国最大的酒店,还比如中国大酒店(它的口号是"服务当代商务精英"),广告上写着"我们的牛排远近驰名……肉质鲜嫩多汁,来自以玉米喂养的上等肉牛,从美国和新西兰空运而来……美味就是我们的招牌"——为了取悦老外,中国人这样做也太过火了,因为其实他们所有人都觉得一顿饭如果只吃一大块经过简单烹饪的肉,不仅显得野蛮粗鄙，而且毫无滋味，只有游牧民族才会这么吃。

我遇到的人对广州都谈论得不多。他们喜欢聊香港，讨论它在中国政府治下将会发生怎样的剧变。然而，我并不这么认为，我觉得不会发生什么改变，倒是广州如今正紧跟香港的步伐，在大多数方面它跟香港已经没什么两样。

广州的中国人似乎已经充分认识到，按照香港的方式来赚钱捞金才是最重要的事。同时，他们也会对政府一本正经的宣传加以嘲讽。有一条标语叫作"向前看"，被写在了广州大大小小的宣传栏上。可是，"前"和"钱"这两个汉字虽然写法大相径庭，却有着相同的发音。所以在广州，这条标语还暗含着一切向钱看的意思！

* * *

到了广州，有些中国人问我想看什么。我说："人民公社怎么样？"结果他们听了以后，笑得差点没背过气去。中国人笑，很少是因为看到了什么有趣的东西——它通常代表着别的意思，比如"哈哈，我们有大麻烦啦""哈哈，你不该那样说的"，或者"哈哈，我这辈子从没感到这样痛苦过"——但这些广东人是发自内心地在笑。来广东参观人民公社的想法实在荒谬至极，因为这里根本没有公社！邓小平早就正式宣布人民公社的尝试失败了，难道我不知道吗？现在大家都自力更生，难道我不知道吗？

我说："我六年前来过广州，还去参观了城外一个大型人民公社。大家都说那是个模范公社，搞得很成功。那里有工厂，有稻田，有果树，在发展罐头工业。我还进到一位女士家里，看到她家有收音机、电视和冰箱呢……"

"整个公社里就只有她有这些东西！都是唬人的，就是要给你留下好印象！"

"我只想知道那里现在什么样了。"我说。

"解散了，现在都是个体户。"

个体户的意思就是：每户家庭自力更生，或者全家一起做生意。

"这样有效果吗？"

"有啊，比以前好多啦。"

"所以如果我再去那，问人们过得怎么样，他们会回答'太棒了'。"

"没错。"

我问："那我怎么知道他们这次是不是为了给我留下好印象而胡说呢？可能也是唬人的呢。"

"不不不，"这个中国人答道，"现在人们都会跟你讲真心话。他们再也没什么好怕的了。"

"但是他们曾经对我信誓旦旦地讲，我见到的那个模范公社搞得很好呢。"

"那你当时希望听到他们说什么？"

这是个好问题。他们为什么要在一个老外面前贬低自己呢？尤其是，这样做还会让自己很没面子。

"那个公社规模很大，"我的中国朋友说道，"以至于如果要见委员会主任，得搭火车去才行。"

"这是夸张的说法吧？"

"是的，开个玩笑。"

因为一些无趣的理由，我没能重访当年那个人民公社的所在地，因此也就无法与 1980 年来时的见闻作比较了。我记得最清楚的就是当时去那位女士家参观，她有一台落满灰尘的大电视（上面还盖着一块红方巾——如今用布做的电视机罩在中国仍然很流行），我就听她高谈阔论，说这里简直是工人的天堂，后来我还跑出去，看孩子们在绿色的溪流旁边给白色的鸭子喂食。但我发誓，只要一有机会，我肯定会回去看看，而且会仔细观察它的变化。

这些年广州的变化很明显。首先要说的就是现在城里到处都是游客。其中有些人年纪已经很大了，看起来老态龙钟的。他们表示很期待去长城看一看。

"长城有轮椅通道吗?"他们相互打听着,"会有坡道吗?有残疾人停车位吗?有没有残疾人专用入口?"

我感到很惊讶,如此体弱的人竟然会远离家乡出来冒险。但是他们每个人都自信满满,对一切充满了好奇,我真佩服这样的勇气。

还值得一提的是,广州已经同世界上其他一些地方一样,拥有了许多高级酒店。酒店里应有尽有,宾客们甚至无须迈出大门:大楼装有空调,在楼内的不同地方可以看到各种各样的商店和活动,绚丽多彩的衣服和地毯,以及五花八门的餐厅,而其他设施也都一应俱全。这就是中国现在真实的生活,酒店已经成为一大旅游景点,毫不逊色于任何寺庙或博物馆。

人们来广州的原因有很多,但我听过最有趣的是七个骨瘦如柴的小年轻,他们专程从香港过来打保龄球。

我并没有嘲笑他们。对我来说,保龄球就像炮弹一样,可以不经思考地将它们扔进漆得锃亮的轨道,然后看它们把那些瓶子砸得东倒西歪,好像也挺有趣的。那天下午非常炎热,广州真是座喧嚣的大城。

我徘徊在保龄球道旁边,但没有打球。在这里我遇到一个叫巴顿的美国人,他是搞石油的,一直负责监督石油钻井工作。是外海油井吗?他并没有告诉我。他为人相当谨慎,实际上这样的作风很像中国人,弄得跟怀疑我在从事什么工业间谍活动似的。

巴顿来广州四年了,之前他在波斯湾工作,他讨厌那个地方。然而,他也讨厌中国——虽然其他油井实现了一些盈利,但他的勘探井却迟迟没有带来回报。况且现时油价简直低得不值一提,他的成本必然会越来越高。他给我讲了一些我从不知道的事:中国其实是个产油大国,机动车辆太少导致他们石油过剩(发电厂和大部分火车都依靠燃烧本国煤炭来供能),他们还向美国出口原油和汽油。(汽油和烟花是中国对美国输出得最多的商品。)

尽管如此,石油开采计划的不断缩减,意味着巴顿需要在现有的生活模式下削减开支。他的妻子和孩子们都住在香港,以前全家每个月要相聚两次,现在改成每月一次了。巴顿说,这虽然很困难,但却是必要的。

"我要供两个孩子上大学,我需要这份工作,我需要钱——所有的鬼佬都需要钱。"

大多数生活在这里的老外都以"鬼佬"自称。这个词出自中国南部方言,代表了一种香港式的自嘲,意思是"洋鬼子"。

"我收到了一份新加坡的工作邀请,"他说,"也是和石油相关的。或许我该接受它,可是那地方制度太严了。我受不了李光耀,他们可以追随他,但无论如何我都要跟着邓小平走。"

巴顿笑了。他的笑声圆润浑厚,仿佛一个喉咙里有痰的老烟鬼。

"知道我们叫李光耀什么吗?有点良心的希特勒。啊哈哈!"

作为一个同样认为"哈利·李"①有问题的人,我觉得他的描述既恰当又好笑。当然,他郑重其事的样子也把我吓了一跳。

其实我也可以跟巴顿讲讲我经历过的"中国采油故事"。那是1968年,中国驻乌干达大使馆请了一群红卫兵来坎帕拉②演出。他们当中有演杂技的、拉手风琴的、玩杂耍的,每个人都戴着红袖章;但将晚会推向高潮的是一出讲述采油故事的红色芭蕾舞剧,故事发生在中国东北部黑龙江省的大庆市,那是中国最寒冷和荒凉的地方之一。

乌干达夜晚的热浪滚滚,他们却在舞蹈中模仿着冻伤和体温过低的样子,钻开一层层冰面和岩石。最后他们精疲力竭地倒地,所有人几乎都要放弃了——因为找不到石油。

红卫兵们一直在对着他们慷慨陈词(他们舞动着,跳跃着,挥舞着双拳),到最后他们差不多要放弃开采时,一名红卫兵掏出红宝书,开始念毛主席语录。他从"自力更生,艰苦奋斗"这章中选了一些来读。

---

① 哈利·李(Harry Lee)是李光耀早年使用的英文名。
② 坎帕拉(Kampala),乌干达首都。

他露出又大又方的牙齿，高喊道："什么叫工作？工作就是斗争！那些地方有困难，有问题，需要我们去解决。我们是为着解决困难去工作，去斗争的。越是困难的地方越是要去，这才是好同志！"

这鼓舞了扮成起重工和钻井工的舞者们（他们手上戴着厚绷带似的露指手套，脚上还裹着破布）。毛泽东思想激起了他们的斗志，随着合唱声"伟大的舵手……最红的太阳升起在东方"的响起，钻井工们又重新开始工作，最后终于发现了石油，而且是一口巨大的喷油井。整个舞台的灯光和背景与剧情配合得很巧妙，舞台上方的毛主席肖像在红卫兵们的欢呼声中熠熠生辉。石油！毛泽东思想万岁！祖国繁荣！为人民服务！排除万难！

如今这一切都过去了，现在这里的石油工人通常都是满脸疲惫的美国人，他们背井离乡，拿着丰厚的薪水，要努力供孩子念完大学。

会展中心是交易中国商品的大型市场，广州一直以此为豪。在这里我遇到一位牢骚满腹的香港人，他姓谭，那几天正在广州走亲戚。他爱自己的亲人，也非常忠诚尽责，但他不喜欢中国人民对待毛主席的态度。我原以为他是个谦逊低调的人，但他言谈间却全是指责和漫骂。

"'文革'让中国停滞了近三十年，"他说，"这也是如今我们商品水平低下的原因。"

我表示，有一些商品在我看来做得很不错，比如自行车、扳手和地毯。而且，尽管他们制造的电器看起来又丑又危险，但是珠绣包、螺丝刀、罐头食品和织物都是物美价廉。

"光做这些东西是不够的，"谭先生说，"他们自以为了解世界，但他们一无所知！"

由于带着些广东口音，他的话听起来更是多了几分讽刺意味：他们一无所机！

"现在，每个人都跟从前不一样了。"我说。

"表面上是不同了，但本质还是一样的。你知道为什么吗？因为他们根本没变。"

这是中国人民口中的"香港同胞"所特有的怀疑态度。这样的态度在广州表现得最为强烈,因为在所有的汉语词汇中,"广州"给人的感觉和"香港"最为近似。焦虑是容易传染的,广州的大部分人都在怀疑——并且是有理由地怀疑——接下来会发生什么?

我寻摸着从什么人身上可以找到答案,然后我遇到了一位美国银行家,对于这个问题他显然最有发言权。虽然他才到达广州一个半小时,但他以前就来过这里。这个人名叫亚瑟·弗列格尔,说什么话都像在推销商品一样,听起来很有说服力——至少他把自己给说服了——以至于让人感到有些不真诚。但他是如此地热血沸腾,我只好硬着头皮听下去。

"别去想那些酒店,别去想那些友谊商店和礼品店,也别去想那些餐馆和保龄球馆——所有和旅游相关的东西都不要去想,"弗列格尔说道,"它们有自己的发展逻辑,这样可以赚点小钱,但赚不了大钱。"

"但是中国人正在尝试吸引更多游客。"我说。

"别提这个了,这只是其中一个细节。他们想要的是外国投资,所以你看——看看其他方面,比如石油、工业,还有合资企业。想不想知道一个有意思的数字?我在香港的银行要跟大概 200 家合资企业打交道,你猜得到其中目前正在运作的有多少个吗?——我指的是,那些真正投入运营的。"

我表示猜不到。

他竖起两根手指,说:"只有两个,这是全部了,而且这两家谁也没赚到钱。"

"可是大家都在谈论合资企业。"

"他们只是在装腔作势而已。大部分企业都把高层人员撤走了。他们在中国的高管工资很高,但是又一直不赚钱。所以他们就把高薪的美国佬叫回去,换成某个叫左伊·陈(Joe Chen)或是什么的香港人——你知道的,一般都是中年人,穿棕色西装,手上拎个塑料公文包。他们一喊'加油，左伊！'，那些人就开始往前冲，直到碰到一堵墙，跟跟跄跄地回来。他们又喊一声'加油，左伊！'，那些人又会继续往墙上冲。但这有什么关系？每年只要给他们发两三万美金就够了。现在都是这样的家伙在干，年薪六位数的高管已经没有了。"

为了打压一下这位弗列格尔先生的气焰，我表示中国人似乎对于经商特别自信。

"我不是在说他们——我讲的是投资者的信心好像正在消退。这就是为什么未来三四年至关重要了。很多公司都已经撤离，他们既不是慈善家也不是空想家。他们想赚钱，如果赚不到钱，他们就走。中国市场正处于大规模扩张阶段，但目前为止还没有得到很多回报——因此没有理由让人寄予厚望或者吸引大规模投资。泡沫是会破裂的，而且一旦破裂，这里就会变成地狱。五年之内我们就会知道这样的事会不会发生。"

我觉得这人说的话挺有趣的，因为他完全没有政治意识——他既务实又冷静，一心想着怎样用最快的方法来挣钱。这让我开始想象，中国或许有很多这样的人。

有些中国人已经开始盗墓了。中国南部有许多大墓豪冢，因此文物走私也成为当地最猖獗也是被判罚得最多的罪行之一。他们挖出各种盔甲、兵器、罐子、铜器、银器和饰品，再运到香港。从1984到1986的短短两年时间内，中国警方就破获了一百多起走私案件，追回文物两万多件，其中不仅有家族财产，还有从湖南的汉代和唐代陵墓中盗取的各种物品。在某些案件中，还存在近似于中世纪的那种破坏行为——带有虎纹的汉代弦琴和长笛被盗墓贼们肆意践踏，因为他们认为这些图案"不吉利"。整个衡阳县有六十多座陵墓被养猪者破坏，陵墓的砖块被他们用来砌猪舍。然而，大多数文物最终还是沦为了走私品。

这些价值连城的走私品通常都被藏在船舱或者运送大白菜的卡车内，很快就送往香港。它们的最终流向十有八九是香港，因为这些东西从来不会在中国内地买卖。

不论价值高低或年代远近，古董在中国内地几乎都是不允许交易的。买卖年代超过150年的古董就算违法——也就是说，最多只能买到晚清年间出产的劣质仿品。然而，在香港却可以买到唐代的青瓷、明代的碗，甚至古代的陶器和新石器时代的物件，并且香港古董市场目前的繁荣状况前所未有，因为走私活动极其猖獗。

"中国人现在知道古董的贵重了，"一位古董商告诉我，"他们过去把东西卖给国家，现在再也不卖了，因为国家出的价钱太低。他们的态度变了，人人都在参与买卖，人人都在挖宝贝。他们想再找到一座西安城，再挖出一批兵马俑——但这次他们要偷偷带去香港——你会在荷里活道和猫街①的古董店里见到它们的。最不可思议的东西我都见过了——在V&A博物馆②你都见不到的，我没有开玩笑。他们又凿又挖，偷遍了大大小小的坟墓。从来没有哪个时期是这样的。"

* * *

要想形容中国不是什么样子，其实非常容易。如今在这里已经看不到狂热的工人和农民成群结队地高喊口号，也感受不到浓厚的政治氛围。这个国家建设得不是特别好，实际上有些楼房的粗劣程度是我从未见过的。它的城市并不光鲜，甚至很多农村看上去都是支离破碎、皮开肉绽的。这里没有井然的秩序，充满了吵闹与喧哗。它已经摆脱了过去的样子——在广州尤其如此。这一点显而易见。

然而，要讲清楚中国到底是什么样子，却是件很困难的事，但倘

---

① 荷里活道（Hollywood Road）和猫街（Cat Street）都是香港售卖古董的集中地。
② V&A博物馆，全称是维多利亚和阿尔伯特博物馆（Victoria and Albert Museum），位于英国伦敦，以美术品和工艺品收藏著称。

若能理解它的纷繁复杂,那么也许就会有点希望。可是当时的情形却令我发狂,因为我只能坐在那看广州的雨下个不停,完全不知道这一切有什么意义。后来我碰到了一大堆装腔作势的人——可能在广州这种人比别的地方更多,因为这里有更多外国游客——于是我想:我还是闭上嘴,把这些记下来吧,我会继续穿越中国的,我要跟随火车走遍这个国家的角角落落,我要去它的最高点和最低点,去它最炎热和最寒冷、最干燥和最潮湿、最空旷和最拥挤的地方。这是我唯一的办法,在那之后我就会有清晰的思路了。

离开广州的前几天,我遇见一位女士,她说自己来过广州很多次。她当时也要走,不过去的是另一个地方。这位女士名叫丽莎·帕卡德,在香港生活。这十几年来她一直在陆陆续续地造访内地,如今已经厌倦了。她四十五岁左右,看上去挺有开拓精神,由于在文化和商业方面都有广泛的兴趣,所以一直很忙碌。而且,她看起来拥有不错的人际关系。

她说现在同以前不一样了,我表示赞同,问她是否记得这些变化具体是从哪一年开始的。

"哪一年?"她笑道,"我都记得具体是哪个礼拜。邓小平当时发表了一篇讲话,每个人都积极响应了。中国人最擅长解读讲话,他们知道他讲的东西很重要。那是1984年的某个礼拜,从那之后,一切都变了。"

她语气酸溜溜的,于是我回应道:"可是后来他们确实取得了很大进步。"

"我并不这么认为,"她答道,"我讨厌这些变化。现在他们想要的都是些小玩意儿,比如彩电、相机、手表、录音机、冰箱和摩托车。他们贪得无厌,内心开始变得非常扭曲,彼此间不再有信任,他们会说谎了。以前你用过的刮胡刀片,他们都会还给你,你还记得他们那时怎么说的吗?'噢,我们不需要这些,我们自己有刀片。'多么诚实,多么耿直,多么中国!"

我说那其实是红宝书中毛主席的指示而已。毛泽东提出军人要服从三大纪律（对党务工作者也是同样要求），分别是："一切行动听指挥""不拿群众一针一线""一切缴获要归公"。此外，他还提出了许多别的要求，比如"说话和气""借东西要还""不打人骂人"和"不调戏妇女"。

丽莎接着说道："他们的理由是，他们必须把握时机来获得他们想要的东西。这样的自由体制才建立了几年时间。然而，他们也知道中国历史上不乏发生剧变的时期。没有人预见过现在的时代，同样也不会有人知道它将在什么时候结束。所以他们就这样疯狂。他们仿佛觉得明天一切都会结束，所以伸出两只手拼命地抓。我问他们为什么要这样，他们的回答是：'机不可失，时不再来。'

"在毛泽东时代，人们起码还有某种信仰——那是一种理想主义和共同奋斗的精神。'共同奋斗'是他们经常使用的说法，体现着某种团结一致的思想，而如今这种思想已经销声匿迹。他们不再友善，不再礼貌。我觉得他们已经迷失，他们的结局会很可怕。"

丽莎·帕卡德的话非但没让我垂头丧气，反倒让我更加迫不及待地想回到旅行之中。不管怎样，我烦透了这场雨。听说内蒙古从来不下雨，而遥远的甘肃开满了藏红花。于是我计划了一条很长的火车旅行路线，打算穿越中国最西部的几个省份——由于这个计划过于宏大，我不得不向铁路局求助。他们并不相信我，但同时又表示如果我去北京的话，会跟我一起讨论这个问题的。他们说，我需要得到许可。

同行的团友们就要永远离开中国了，他们当中有的人已经走了，比如维特里克夫妇和韦斯特贝特尔夫妇，他们带走了许多纪念品（漆器、地毯、筷子、铜器、扇子），卡思卡特夫妇也已经回到了滨海贝克斯希尔[①]。

基克和莫里斯还没有离开白天鹅宾馆的酒吧。基克说："我要是跟

[①] 滨海贝克斯希尔（Bexhill on Sea），位于英格兰东萨塞克斯郡的一个海滨城市。

家里的那些家伙讲，我遇到过一个秃头女人，他们肯定不信。"

他咯咯地轻笑着，那笑声总是在提醒我，他的脑袋里有一块金属片。然后，他眯缝着眼睛朝我看过来。

"我可是个水兵啊，"他说，"我们见什么都激动。"他在广州还遇到个年轻的日本女人——那时她宾馆的房门敞开着，他恰好经过，于是就开始跟她胡扯。基克已经六十七岁了，但回忆起这场艳遇的时候，他的神情却温柔了许多——那只是昨天的事，就发生在宾馆四楼。

"真的很棒，"他说道，"我们只相处了六小时，但她给我的爱，比我在十五年婚姻里获得的还要多。"

莫托尔在一旁看着，他已经喝得烂醉如泥。一路上他都没有交到朋友，现在还是孤身一人。他问我接下来打算做什么。我告诉他：我要北上，去进一步了解中国。

"那边会有更多坟墓，"他说，"还有更多筷子，更多宝塔。你到底想干什么？"

"试着了解这个国家。"我说道。

"你要坐火车去吗？得坐好几个世纪吧！"

"这样我会很有成就感。"

莫托尔大笑起来。我觉得他不是很聪明，但其实我也没跟他说过很多话。我只记得他因为出去找石头而消失了多少次，我还曾经对他收集的那一袋东西大为惊叹。他最宝贝的是一块来自长城的砖头，一直在想到广州火车站的时候能不能顺利把它偷运出关。

这些游客中，每个人都以这样或那样的方式让我感到惊讶。我认识到，如果不是和他们坐火车同行了一万英里，我永远也不会真正了解其中任何一人。在伦敦时我曾暗地里对他们品头论足，但与第一印象相比，他们所有人都有更好的方面，也有更糟的方面。现在我已经对他们无可指责了，因为他们都证明了自己不过是普通人而已。莫托尔一向独来独往，只对石头情有独钟，然而这次他也让我大吃了一惊。我以为他目不识丁，所以一直没拿他或者他那袋石头当回事。

他问我：“你知道《远行》吗？”

我表示听不懂他在说什么，问他是不是指一些中国观光团，经常带人去热门景点的那种？

"是威廉·华兹华斯[①]的诗，"他答道，"我在学校的时候读过。"

"噢，是那个《远行》啊。"

莫托尔扶了扶眼镜，开始朗诵道：

> 脚步沉沉，前路艰难，
> 酷暑沙尘，风咆雨哮相伴，
> 漂泊的商人肩负重担，脊背弯弯，
> 远行的旅人哟，笑得真灿烂……

天啊，我心想，我竟然自始至终都对这位老兄不屑一顾！

然而，说起旅行者总能自得其乐，我当天就决定离开广州。晚上我躺在床上一直想，为什么中国会给人留下这样的刻板印象，人们很难摆脱关于它的想象，因而也难以看清真相。我们常常以为去了阿拉斯加就能找到圆顶冰屋，去了大溪地就可以看人穿草裙，去了非洲就有阔嘴厚唇的乌班吉人[②]，中国的情形与这些不完全相同，但有点类似。西方人个个都喜欢道听途说，这导致他们对中国的想象虚假而不真实，所以不足为信。同样，也不能认为中国到处都弥漫着贫穷的气息。在这个面纱被不断揭开的国度，走在它最稀松平常的街头，总有场景能把我吓得魂飞魄散。尽管如此，这里却有许多美丽的昆虫，我对它们的喜爱与日俱增。

[①] 威廉·华兹华斯（William Wordsworth，1770—1850），英国浪漫主义诗人，曾获得"桂冠诗人"称号。

[②] 编者注：19世纪末20世纪初，一些佩戴唇盘的非洲妇女被带到欧美，在马戏团和杂耍表演中展出，她们被称为"乌班吉人"。但事实上这个名字是从地图上随机选择的，乌班吉河（Ubangi River）是非洲中部刚果河的支流。

第六章　开往呼和浩特和兰州的 324 次列车

最近一个月对于中国西部的铁路来说特别多灾多难，时不时会有牦牛冲进铁轨拦住火车的去路，沙尘暴也经常发生。就在出发前，我从《中国日报》上得知，刚刚发生了二十年来最严重的一场沙尘暴，有 330 英里（530 千米）的轨道被沙土掩埋。报道用准确的数字描述了当时的惨状：十二级大风肆虐了整整 48 小时，"风沙大得让人睁不开眼睛"，十万吨尘土倾泻在铁轨上，致使 47 趟列车延误，整条线路瘫痪了九天，期间疏散的铁路乘客达一万名。风暴中有人受伤，甚至有人失去生命。甘肃和新疆大片区域与外界的联络被阻隔。

然而，全世界都没把它当回事，大部分中国人也没将它放在心上（充其量不过是报纸上一则小小的新闻标题而已），灾后救济工作开展得十分迅速，从这些方面来看，这是一场典型的中国式灾难和救援。在出现死亡和各种破坏后，铁铲被发放到众人手中，于是列车被挖了出来，铁轨露了出来，防沙屏障立了起来——这次用了围栏来代替草丛。整个社会在技术方面也是一团糟（用"电讯"这个词来概括玩具般的电话、摩斯密码和各种杂乱的记号并不合适），但中国人一旦有可能摆脱困境，他们往往会获得举世瞩目的成就。"文化大革命"期间举国上下都在挖挖凿凿——就像小王告诉我的一样——为了防备战争,每个人都给自己准备了一个洞穴。现在想来,在某种程度上,长城也可以说是他们挖出来的杰作。此外,毛泽东以前经常引用"愚公移山"的故事,这则古老的寓言所传达的精神常常被挖掘者们奉为圭臬——它的重点在于,那位老人一点都不愚蠢,中国人是可以挖平大山的(即便对于"封建主义大山"和"资本主义大山"也是如此。)

道路清理畅通之后,我就朝内蒙古的呼和浩特出发了。此行我并非孤身一人,他们派了一个又矮又壮的男人跟着我。这人的脸长得像海狮,在中国并不常见。他不擅长说英语,俄语倒是很流利,对我来说那简直是谜一样的语言。他姓方,就叫他方先生吧。我俩同行是我与铁路局讨论的结果,尽管那些讨论实质上更像是"斗争会"。

他们派了一整个代表团的人来到我的酒店,客客气气地要我推迟行程,同时他们又满嘴好话,用"著名作家""重要人物"和"外国友人"这样称呼来对我进行道德绑架,让我备受煎熬。的确,我太重要了,太尊贵了,所以不可能让我孤身前往西部,他们必须给我安排一个随从。

我对他们说,我经常独自旅行,并且乐在其中。其实我还想告诉他们,如果我真的需要一位旅行伙伴的话,我肯定不会找钟先生这样的傻大个,他笑起来阴森森的,吃东西还很大声,可是话到嘴边又咽了回去。

当时钟先生、方先生、陈先生和我在酒店的餐厅小坐,钟先生先是朝自己的茶水呼了一呼,然后吸了一口进去,在两颊间来回咕噜了一阵,最后终于吞了下去。他吃面的样子更吵更不雅:先把嘴巴缩成一个小圆洞,再吸进去一团卷起来的湿漉漉的面条,同时还发出像狗那样的低吠声。一听见他的喘息声我就想揍他。

到目前为止,方先生还没怎么说过话;陈先生会时不时插两句嘴,为我们提供帮助。

"为什么要有人跟着我,完全没有道理。"

钟先生又"咻咻"地啜了一口他的茶,大声咀嚼了一会儿,然后回答道:"为了给您提供正确的信息。"

"我觉得我可以自己找到正确的信息,"我说,"我有旅行经验,你知道的。"

"可您没有在中国旅行过。"

"实际上就是在中国,六年前我曾沿着 Yangtze River(扬子江)顺流而下。"

"是 Chang Jiang(长江),"他说道,他在给我提供"正确"的信息,好像我不知道中国人管这条江叫什么似的。他像所有的书呆子一样,不仅内心顽固不化,还喜欢找碴。

"我还去过 Peking(北京)和 Canton(广州)。"

"是 Beijing 和 Guangzhou。"他一边大声咬着面条一边说。

"钟先生,我说的都是英文名称。在英文里,我们不会用希腊语管希腊叫 Hellas,不会用意大利语管罗马叫 Roma,也不会用法语管巴黎叫 Paree,所以我不知道你这样做是为什么……"

"我必须跟着您。"他说。

没门儿,我心想。

"我们今晚就出发。"他说道。

我死了还差不多,我暗自咕哝着。

"我会帮助您的。"他又说。

"相信我,你们能提供帮助真是太好了,"我说,"但我不需要帮助。"

他的脸又大又苍白。他笑着对我说:"我可以帮您拎包。"

于是我问他:"你上过大学吗?"

"上过,交通大学,学的是工程学。"

"所以你应该去做别的工作,而不是拎包。"

"我英语很好,可以给您当翻译。"

"我想提高汉语水平。"

"这个我也可以帮您,"他说,"而且您还可以再教我一点英文,给我讲讲文学,讲讲您的国家。"

"我们好像扯远了。"我说道。

"必须有人好好照顾您。"

"我不想要人照顾,"我说,"我就想坐坐火车,望望窗外。"

"哎呀,不行的,"他说道,"我们必须做到最好,我们的责任就是照顾您。我们还可以陪您聊天呢。"

方先生为什么一言不发呢?

"我可能也不想聊天,"我说,"我就想坐着看看书,或者看看窗外。"

钟先生低头把脸埋向他的茶杯,张开他那煞白的双唇,又对着它呼了一口。讨论一开始——事实上是在大家刚刚相互介绍完的时候——我就已经不怎么喜欢他了,因为他开玩笑时老让我感觉是在训人。当我回去取一些落在房间的文件时,他一个劲地冲我喊:"别走丢啦!别回不来啦!"

"你们提出要照顾我,真的太客气了,但我一个人可以搞定,"我说,"我可能不想同任何人说话,也不想要你们提供任何友好的帮助。"

接着他们三人用汉语进行了一场快速对话,其中大部分时间都是方先生在说。他那海狮般的脸、悲伤的双眼和下弯的嘴角,深深地把我迷住了。他说话的样子坚定而威严,沉默倾听时看上去又非常睿智。

方先生讲话时,肥胖粗鲁的钟先生继续大口唛着面条啜着茶。实际上,吃面时发出声响就是他的一种回应形式。我觉得他是被骄纵宠溺坏了,从他喋喋不休的样子来看,我猜想他曾经是一名红卫兵。

他淡定地说:"方先生说他跟您一同去。"

"为什么?"

"因为他不会讲英语。"

"我也不想围着他转。"我一边说一边想象方先生会怎样严密地监视我。

"他只会安静地坐着。"钟先生说道。

"但不能跟我在一个隔间,"我说道,"因为我想接触新的人。"

"他可以住别的隔间。"钟先生说。

"如果他不跟我说话,不在我眼前晃来晃去,也不跟我住同一个隔间的话,"我说,"那我不知道他到底为什么要跟着我。"

"为了保证您过得舒服,也为了表示我们的热情。您是我们的客人,哈哈!"钟先生笑起来跟吼一样,充满了无情和指责的意味。

我说:"方先生是你们部门的领导,他肯定很忙的。他有自己专属的办公桌椅,有一大堆工作要做。他得要写报告。他还有家庭,对吧?有老婆吧?有孩子吗?"

"他跟妻子有个女儿。"

"是吧。所以说,他不跟着我是不是方便多了?我可以雇当地的导游,反正很便宜。"

"也许是的,但这是中国人的待客之道。"

陈先生越来越着急了,他用眼神向我示意:够了,别再说了,就这么定了。

这就是为什么我会和这个沉默寡言的小个子男人一起坐火车去呼和浩特。有意思的是,这恰恰可能是我在中国最恼人的一段经历,如果他们不用这样的方式纠缠我,派这个保姆一样的官员来处处妨碍我的话,本来我可以感到很愉快的。

车里就剩下我们两个了,滚滚的车轮驶过河北境内,眼前是一望无际的稻田,我用汉语问方先生会不会说英语。

"说得不好,"他用汉语回答,就是在那个时候他透露自己俄语说得很流利。他以前在北京的一所技校教过俄语语言文学。

"叶甫盖尼·奥涅金,"他说道,"普希金、契诃夫、果戈里、陀思妥耶夫斯基。"

"屠格涅夫、托尔斯泰。"我接着说道。他点了点头,补充道:"布尔加科夫、马雅可夫斯基。"

我们互相报这些名字的时候,就像在进行一场谈话,只不过内容太过简短。由于我小题大做地表示不愿意闲坐着跟人聊英语,他们就派来一个说俄语的人跟我叫板。

我很庆幸来的不是钟先生。我原本不想有任何官员同行，但至少方先生比较温文尔雅。他提出要帮我拎包，然后又说要帮我把它放到行李架上去。我表示可以自己来。他自己的包很小，因为中国人也没什么东西，他们总是轻装出行。方先生的包里除了一本大书，也没有很多别的东西了。

"是普希金的书吗？"我问。他笑了笑，把书拿出来给我看。原来是一本英汉词典，我尝试用它查询了几个比较淫秽的词，但一个也没有找到。我用拇指翻动书页，看见一个词，词下面有定义，还有一句斜体印刷的例句：Because of the calumnies of the enemy, Lu Xun was compelled to fight harder.（正是由于敌人的中伤，鲁迅才不得不更加有力地进行了回击。）

到呼和浩特要十二小时，但这是一趟开往兰州的长途列车，所以我们半夜就出发了。路上我们遇到两个欢快的广东人，他们打算去大同换乘太原线。他们说要去平朔的一个露天煤矿，那是中国规模最大的煤矿之一。

我在地图上找了找这个地方。

"找不到平朔呀。"

"地图上还没有。"

这是我在中国遇到的又一个难解之谜——他们建设城市的速度竟然超过了地图的印刷速度，而修铁路的速度也快到根本来不及在地图上用黑线标注。

"整个山西省就是一个大煤层。"其中一位先生说道。他是专门搞重型设备的，他说那个煤矿现在有两千人在挖，很快就可以产煤了。

"平朔是个什么样的地方？"

"可怕的地方，"另一位先生笑着说，"那里地势平缓，经常刮风，一棵树都没有，到处是灰，跟沙漠一样。"

他们随身的行李超级多，但他们解释说大部分是食物，因为平朔根本没什么吃的。那地方除了煤，什么也没有。

第二天清晨，他们跟跟跄跄地拖着自己的口粮下了火车，之后不久我们就到了内蒙古境内——窗外是空荡荡灰蒙蒙的一片，低矮的树木看起来有些发育不良，方正的民居是用光滑的泥土建成的，山羊和土狗在地上活动，人们在犁沟里开地砍草，时不时能见到骑马的人。中国有很多地方令人望而却步，内蒙古就是其中之一，它被称作"大草原"，人们总是祈祷着自己不要被送来这里劳动。

过弯道时，我看到了火车引擎——一个硕大的黑色火车头，一边发出响亮刺耳的声音，一边吐着浓烟和蒸汽，就像个带轮子的胖水壶。内蒙古平原上的空气是如此寂静，以至于在稍直一点的路段，从引擎上冒出来的烟会经过我的窗前，弄得我满脸煤灰，要知道，我和车头上的烟囱可是隔着十八节车厢。

炎热的午后被一片金黄色笼罩，地面远端的群山上布满了褶皱，但山上寸草不生，呈现出一片蓝绿色，稍近一点的几处山丘上也只是覆盖了一些青苔。这里一棵树都没有，到处都是犁过的地，但什么都没长出来。村子里家家户户的房屋外面都围着一圈土墙。不用说就应该知道这是蒙古族人的聚居点，因为可能再没有哪个地方比这里更具蒙古特色了。

此时，我发现方先生正沮丧地望着窗外，我有点为他感到难过，于是主动询问了一些他教俄语时候的事。

"我喜欢那份工作，"他说，"但红卫兵时期除外。"

"那时候发生了什么？"

"1966年到1972年期间根本没有课给我上，我一直待在家里看书。"

"为什么呢？你被批斗了吗？"

"批斗"是一个专门用语，指的是四五十个人同时对着你大呼小叫，甚至拳脚相向。

"是的，他们说我是一名修正主义者。"他用悲哀的语调说道，"也许他们是对的，因为我不懂马列主义理论。"然后他转向我，继续补充道:"其实他们也不懂。"

"后来呢,你感到痛苦吗?"

"没有,我什么也没说。他们太年轻了,什么都不知道。整个那段时期就是一场灾难。"

回忆激起了他愤怒的情绪,于是我走开了。可好奇心又把我拉了回来,因为我不明白,只靠看书的话,他是怎样在家里度过那么多年的。我问他:"你是说,你只是坐在家里,一直翻书?"

他摇摇头,说:"我还得搬运石头。"

那是被迫劳动,他解释道。整个技校都被迁去了一个叫孟津的地方,很远,在河南省洛阳市的北部。他们在那里建了一座跨越黄河的大桥。

"大部分铁路都是当时下乡的知青修的,"他解释说,"这就是为什么花了那么长时间才修好,关于这些我们又知道多少呢?"

他说自己很讨厌中国现在的情形。他继续说,50 年代时日本和中国还差不多,可是到了 60 年代,日本发展了,中国却落后了:"看看现在差距有多大!"

我并不认同他的分析,但并没有反驳他,而是问道:"你希望中国跟日本一样吗?"

"坦白地讲,不希望。"

我们依然坐在车窗前。远处的群山渐渐退出视野,房屋越来越多地出现在眼前,一堆连着一堆,样子也更难看——这在中国是一个非常明确的信号,我们离城市不远了。大北河有一条支流经过此地,但河水早已流尽,只剩一条干涸的河床。除此之外还有一些高大呆板的树木,都是内蒙古本地品种,由于与环境完全不相称,要发挥什么功能的话又太过单薄,所以让人老觉得它们像假的一样,不该出现在这里。不论如何,我在中国见到的大部分树木都只是纯粹的象征符号而已。我看见了远处的水塔和烟囱,离它们不远有一团灰色的云,云团之下就是呼和浩特,内蒙古自治区的首府。

这里其实算不上一座城市——它就是内蒙古大草原上一个从天而降的屯驻地,里面的每一栋建筑看起来都像工厂。苏联人负责了这里的规划和大部分建设工作,但即便是酒店、旅馆和百货商场这些较新的建筑,看上去也十分可怕。我很怀疑是不是蒙古族人自己把这里搞成这样的,毕竟他们是住帐篷的游牧民族,能对城市规划了解多少呢?然而,事实却不是这样,居住在此地的不都是蒙古族人。呼和浩特到处都是穿短袖的汉族人,闷闷不乐地骑着自行车穿行在大街小巷。

"您想看些什么呢?"方先生问。

"我想看看蒙古族人。"我回答。

"时间来不及。"他解释说,蒙古族人都住在崎岖多岩的草原地带,他们称之为"大青山"。在呼和浩特市内你见不到有人骑马、摔跤或者射箭,也见不到成群的牦牛。他们都生活在野外,作为所谓的少数民族,如今他们有这样的权利。

我拒绝了去伊金霍洛[①]参观的提议,中国人最近又把那里的成吉思汗(1162—1227)陵修缮了一番,为的是增强蒙古族人的民族自豪感。他的陵是用混凝土砌成的,就像一个粉刷过的圆顶帐篷,周围什么也没有。

"我想看看当地人怎么生活。"我说。

方先生带我去了五塔寺[②],那里只有一堆被损毁的佛像。但那地方地势很高,足以俯瞰老城区的房屋,弯弯绕绕的街道,还有清真寺的尖塔。

"我们去那里吧。"我指着一个地方说道。

然而,方先生连哄带骗地把我弄进汽车后,我们却开出了城区,朝王昭君墓的方向驶去了。昭君墓位于一个150英尺(45米)高的人

---

① 伊金霍洛旗,内蒙古自治区下辖旗,位于内蒙古西南部。
② 五塔寺位于呼和浩特市旧城东南部,原名金刚座舍利宝塔,因塔座上有五座方形舍利塔,故名为五塔寺。

造山体上，一路上方先生都在不停地跟我说，这座假山匠心独运，一定要好好欣赏——他们挖起来多么不容易啊！

"我想到有人的地方去。"我说。

他先带我去了佛塔，然后是喇嘛庙，最后是清真寺。

"这里有多少穆斯林人口？"我问一位头戴无沿边帽的先生。

"几千人吧。"

"他们当中有人去过麦加①吗？"

"有一个，"他答道，"去年政府派去的。"

清真寺装修得颇具中国特色，有弧形的瓦片屋顶和朱红的房檐。在主楼正中大门上方的高处，有一张漆上去的钟面——钟面很大，使得整个礼堂看上去就像一座火车站。但那全都是画上去的，就连时间也是。它的时间永远停留在 12 点 45 分，没人知道为什么。

第二天一早，我悄悄溜到楼下，连早餐都没吃，准备从酒店的前门偷偷跑出去，但还没走到门口，就看见方先生急匆匆地朝我走来，一边走还一边出声，那声音简直就跟在嘲笑我似的。现在我已经能区分中国人各种不同的笑了。他们的笑大概有二十种，但没有一种是用来表达哪怕是一丝丝的幽默感的。有的笑是为了缓解紧张，有的是出于尊重，还有很多其实是在发出警告。对于中国人来说，不停地大笑是一种焦虑的表现，而轻快地偷笑则意味着有些东西出了很严重的差错。方先生早上的笑声就像海豹在尖叫，仿佛在说："站住，别走！"于是，我只好停下脚步。

"保罗先生，您要去哪里？"

"出去走走。"

方先生和他的呼和浩特助手商量了一会儿后，算是正式批准了我的行程。他们驱车 100 多码（90 多米）来到人民公园，然后把我放了出来。这个公园不大，四周都是高墙。公园里有个已经干涸的人工

---

① 麦加，沙特阿拉伯城市，伊斯兰教第一大圣城。

湖,并且四处都落满了灰。我就在这里面逛着。即便是现在这样早的时间,也可以看到一对对中国情侣在拥吻。在中国,除了公园,他们也找不到别的地方干这事了。我告诉自己,就不该对内蒙古的城市有太多期待。

出来时,我看见方先生和助手在出口处的十字转门旁边等我。

"逛得开心吗?"

"非常开心。"我答道。

"那现在您想做些什么呢?"

"我想回去洗洗,"我说,"我要刮胡子。"

方先生惊愕地笑了笑,他叫我等一下。他又去找那个呼和浩特助手商量了,而我就站在那,双眉紧锁地注视着这座城市。现在头顶没有云,天空是蓝色的,大地是褐色的,空气中有灰尘的味道,这是内蒙古最平常的样子。

他朝我挥挥手,示意我上车。我们穿过城区来到一个我起先认为是工厂的地方,后来才发现是一家旅馆。整个旅馆里弥漫着剥落油漆和腐烂地毯的气味。他们陪我走进一间房,房里有理发椅和洗脸池。此时一个年轻小伙走了过来,边走边抽动着手里的毛巾。

方先生对我说:"他还小,没什么经验,但他会努力做好的。"

小伙子笑了笑,然后掏出一把杀气腾腾的剃刀,那东西原来一直藏在他的毛巾底下。

"我可以自己来。"我说,然后真的用其中一个洗脸池自己搞定了。方先生又笑了,他的笑容中既透露出一种小心翼翼的赞赏,又带有某种被压抑的焦虑。我看得出来,他正在担忧我接下来会要求干点什么。这天剩下的时间,我一直在尝试摆脱他和他的助手,最后在一个市场里,我成功做到了。那时候已经是下午很晚,我们所有人(方先生、他的助手和司机)都在一堆蔬菜前看得津津有味,当我发现他们正流连忘返于一堆乱七八糟的紫甘蓝时,就抓住机会开溜了。

我找到了卖鸟的地方,而且时刻都有冲动想把每一只鸟买下来,再把它们放走。中国过去有一个鼓励这种做法的节日，叫"放生节"。中国人都是鸟痴，他们用高昂的价格购买最珍稀的鸟类，把它们养在丁点儿大的漂亮笼子里，或者干脆吃掉。确切地说，这根本不是爱鸟。他们渴望占有鸟类，但并不会珍惜爱护它们。在呼和浩特的鸟市，有人直接把家雀塞进小塑料袋里买卖，而有的买主只用汗津津的手捏着便把它们带走了。我说这样对待小鸟有点残忍，但他们却向我展示，他们早就贴心地在塑料袋上戳了许多小洞。

市场上售卖的有朱雀和老鹰，最常见的则是一种长得像鸽的鸟，脖子上有一圈白毛，翅膀是淡褐色的。可是它一开口，我就知道这不是鸽了。有个卖家把它的名字写给了我，后来我才发现是蒙古百灵。这鸟的歌声如音乐般动听，它本应飞翔在广袤的草原之上，如今却失去自由，被关进了小小的竹笼，多么悲惨的命运。但还有更惨的：法餐中有一道很变态的菜，要把百灵鸟剁成肉酱，涂在烤面包上吃。

方先生后来找到了我，还介绍了几位官员给我认识，他们都是从北京派来的。除了穆斯林外，我在呼和浩特遇到的每一个人都是从北京来的。这又是一件不受欢迎的差事，不过没人抱怨。我觉得挺奇怪的，在内蒙古待了两天半，竟然连一个蒙古族人都没碰到。我问这是怎么回事，但所有人的解释都一样，他们总是含糊地挥挥手，低声告诉我"在那边"，意思是那些人住在已经枯黄的空旷的草原上的某个地方。

我们就要离开呼和浩特了，候车时我提醒方先生之前达成的协议，两个人不要住在同一个隔间，他说没问题。此时我们身后一阵骚动，只见十五个男人拖沓着脚步陪同一位高官穿过月台，他们在为他送行。那是个满脸严肃的瘦削男人，头戴蓝帽，身穿松垮的蓝色套装。单看那不成型的衣着就知道他是个强硬派——保守派们（在中国经常被称为"左派"）至今仍没有改变他们在毛泽东时代的朴素打扮，他的脸上显露出异乎寻常的恐惧，好像在担心有人嘲笑他那随风飞扬的裤腿似的。

下属们纷纷虚情假意地向他表达着热切的关心，这样的方式一般只会换来对方的轻蔑或怜悯——这位官员就丝毫不为所动。在所有的阿谀奉承面前，他连眼睛都不眨一下，当那些人唯唯诺诺地跟他说再见时，他早已背过身去。

我找到自己的隔间，发现这人已经坐在那泡茶了。我看出来，"左派"人士泡茶方式都差不多。真正的强硬派都会随身带一个胖乎乎的旧罐头瓶，同样的茶叶反反复复地泡，几乎从来不换，最后浸胀的茶叶堆积起来，占了半个瓶子。我在中国铁路免费提供的茶杯里放了一小撮绿茶——这人知道茶杯是免费的吗？——然后从开水瓶里倒了些热水，当然水也是免费的。

"嘿，"我说，"您好！"

他点了点头，一言不发。

"您是去银川还是兰州？"

他凝视着我。

"我要去兰州，"我用英语告诉他，"天啊，你是个友好的家伙，但是请忽略我吧——我只打算窝起来看书。"

我读的是盖群英①的《戈壁沙漠》，书中讲述了作者1920年代在中国旅行的经历，那时她就靠着一架马车，在突厥斯坦②的沙漠里颠簸穿行。

列车缓缓向西开动时，太阳已经变成了红色，逐渐消融在蒙古平原的尘土间。那个穿着松垮蓝套装的男人第二天一早就不见了，我猜他是在内蒙古的包头市下了车。我们沿着黄河的河道行进，起初在内蒙古境内都是大弯道，后来进入刚经历过沙尘暴的宁夏，路就变得直了一些。这地方常年风吹日晒，人口稀少。

蒙古那些植被稀疏的草原和杂草丛生的山峦已经离我们远去，如

---

① 盖群英（Mildred Cable，1878—1952），英国女传教士，20世纪初曾在中国山西、甘肃和新疆传教。

② 突厥斯坦（Turkestan），中世纪阿拉伯地理学著作中出现的名词，大致涵盖了现今的俄罗斯、蒙古、中亚各国及中国新疆。

今环绕着我们的是一片爱尔兰风格的大山，山上散布着成群的绵羊和山羊。所有的山坡表面都坑坑洼洼的，岩石裸露在外，其间镶嵌着山沟、峡谷，以及人工开辟的闸门水道和采石场。这里仿佛在远古的某个时候发生过一场洪水，大水冲走了所有的生命和土地表层的泥土，只留下一片悲壮的荒凉。

平原又回到视线，平整得就像台球桌的桌面。铁轨笔直地伸向远方，蒸汽火车头拉着车身往前行进，它的身后卷起滚滚浓烟。当我意识到这些黑烟在我的脸上和群英女士的书上越积越多，我便关上了车窗。眼前的风景中充满了笔直的线条，我笃定当地人正是受到了这一点的影响，才在建造房屋时使用了许多直角元素，比如平坦的屋顶和方正笔挺的墙壁。如此空旷悠远的环境似乎总让人感到些许忧郁，而且这里每一寸可耕种的土地都已经被翻动过。然而，在这些炎热的田地里我一个人也没看见。太阳在湛蓝的高空上缓缓移动，地面是无穷无尽的浅褐色，一切都显得无精打采。沿途城镇极少，遇见的时候你会眼前一亮，但最终每一个都会让你大失所望，因为你只能见到方方正正的工厂，还有方方正正的房屋。

蒸汽火车头呼哧呼哧地喘着粗气，冒出的烟汇成一条黑色的长龙，伴随着极具辨识度的车轮声和车身摇晃的声音，它带领着我们继续向前穿越宁夏。有一次我从高耸的铁轨上向外张望，看见了一个满是平房和庭院的小镇，像是在拙劣地模仿美国的哪个郊区似的；实际上，它跟我的家乡梅德福很像，只不过这里的房子都是用泥土做的。

餐车内，微风穿过生锈的窗格，发出一阵模糊的低吟。午饭时间到了，我们所有人都把鼻子凑向了饭碗。今天吃的是油腻腻的菠菜、细得像蠕虫一样的猪肉丝，还有几颗不知道叫什么的肉丁。

和我同桌的这位先生姓陆，他要去兰州。陆先生二十多岁，上过大学。也许是因为我们正好在餐车里，他开始跟我讲现在人们的行为有多么贪婪和自私。

"他们说：'别人都这么干，为什么我不可以？'"

我说:"也许是因为限制放开了,人们有了更多自由。"我还告诉他,书上说暴政一旦有所放松,人们就会更加肆意妄为——有时候突如其来的自由会带来混乱,但并不是因此就要反对自由。

"我不知道,"陆先生说,"我们以前从没见过这种事。即使在形势不好的时候,中国人也会表现得非常有责任感,这样才不会让家人蒙羞,但现在每个人都自私自利的。"

我表示,总体上我觉得中国人特别礼貌,而且乐于助人。

"这取决于他们的年龄,"陆先生说,"'文革'刚开始时只有十岁到十五岁左右的那些人最坏。他们被夺去了一切,根本就没有童年,没有接受教育和培训的机会,不能和家人在一起,一点幸福感都没有。现在他们已经三四十岁了,他们感到很愤怒,面对谁都是满腔怒火。他们感到自己被欺骗了。我在兰州认识一个女的,她就跟我说:'如果市政府不给我分房的话,我就自己找一套强行住进去,我是不会让步的。'我告诉她这么做是违法的,但她表示'我不在乎'。这并不是中国人处理问题的方式,但她已经三十五岁了,在'文革'期间失去了一切。我们生活在一个非常奇怪的时代。"

"这趟车上的人并没有那么奇怪啊。"我说。

他笑着对我说:"不久之前我在这趟车上遇到一个状况。当时硬座车厢有个男人躺在了一排座位上,也就是说他一个人占了三个人的位置,其他乘客都很气愤。但这人就是不起来,最后他们把乘警找来了,乘警叫他坐起来。

"他不肯,乘警又对他说了遍'起来'。

"'你能把我怎么样?'那人问。

"确实,如果这人不配合的话,乘警也不能拿他怎样。但这种事很不寻常,以前在中国非常难得一见。这人的年纪就在三十左右,于是我明白了,他属于所谓'失落的一代'。有意思的是他真的没有起身,后来乘警也走了。我终究是失败了。此前我还尝试过讲道理,跟那人说'你只买了一张票,但是却占了三个座位'之类的话。

"'我无所谓,'那男人回应道,'那又怎样呢?'这是他们那个年龄的群体普遍持有的态度。"

"你觉得这事很严重吗?"

"是的,我被吓到了。"陆先生回答。

他问我要去哪儿,我说打算去新疆,他做了个鬼脸,露出痛苦的微笑。他说自己一点都不想去沙漠,吐鲁番和乌鲁木齐这样的城市对他来说毫无吸引力。

"如果有钱有时间的话,我会去杭州或者苏州。"他说出了中国人的普遍想法,他们总喜欢跟几百万游客挤在同一个地方。"去广州也行。"他补充道——又是一个跟迪士尼乐园一样拥挤的地方。

然而,当我问起"你要上哪儿"时,我遇到的中国人里面,没有一个人给出的地方是位于长城以外的。

车上有二十多个从北京来的中国大学生,要去兰州参加游泳比赛。他们睡的是硬卧,而且看起来很享受在宿舍般的车厢里一起打滚嬉闹的感觉。他们在技校的住宿环境和这差不多,八个人一间房,到处都挂着晾晒的衣物,人就睡在挨着墙的高低铺上。

列车从宁夏驶入甘肃时,我同他们交谈起来。这些人中有的比较害羞,有的却像小猫一样欢快,还有的则因为我那些好事的问题而向我投来愤怒的目光。我问了他们中的大部分人相不相信有来生,所有人都坚定地说不信。

"但大多数美国人都相信。"有个人说道,而其余人也对他的说法表示附和。

我之所以会问这个,是因为一开始我们在讨论做梦。他们讲述了一些自己做过的梦——关于愧疚,关于被害,关于裸体,关于被人追赶。

"人人都会做那样的梦,"我说道,"我梦见过被一个像巨型土豆一样的怪兽追赶,而且现在我还会梦到自己突然想起来要参加一个重要考试,却没有做准备。"

我们全程都用英语交谈,他们英语说得都很好。实际上,其中有个男孩已经很洋气了（中国式的洋气），他烫了卷发，这在大学生中并不常见。那年夏天，烫发在中国大城市中成为一股潮流，只要有点钱，无论男女都想试一试。出租车司机都留起了列勃拉斯[①]的发型，把头发烫得卷曲蓬松，有的还稍稍染了色。尽管如此，它也没有流行到可以让人视而不见的地步。在上海的凤凰美容美发沙龙和北京的金花烫染店外边，经常能看见有人困惑地把脸贴在橱窗上，观察时髦的小伙子烫头发。

这个烫了头发的学生说他根本不做梦，大概他觉得对于他这样一个时尚的弄潮儿来说，做梦这件事显得太老土了吧。

不论如何，我结束了这个话题，并且离开了他们的车厢。但过了一会儿，当我正望着窗外满是碎石的风景出神，他们当中的一位女生走了过来，跟我说她做过一个让她很担忧的梦。

"我是说，有三个梦，都跟我的爸爸和弟弟有关。"她的脸长得很精致，眼神中透露出焦虑，语气腼腆而坚决。显然，她不想当着所有其他同学的面跟我说这个："第一个梦，爸爸用棍子打死了弟弟。第二个梦，爸爸把弟弟吊死了。第三个梦，爸爸用枪把弟弟打死了。这是什么意思呢？"

"你爸爸是不是很暴力？"

"非常暴力。"她答道。

"那你妈妈呢？"

"我妈妈六个月前去世了。"

"你什么时候开始做这些梦的？"

"自从她去世以后。"

"你生活在北京吗？"

"不是，我在北京上学，但我家是农村的，离武汉不远。我们家

[①] 列勃拉斯（Liberace，1919—1987），活跃于20世纪五六十年代的美国钢琴家、歌手和演员。

房子很大，有九间房，在很偏僻的地方。那个地方也很奇怪，四周都是竹林。你听过竹林发出的声音吗？"

我点点头，风摩擦着竹竿沙沙作响，是世上最令人毛骨悚然的声音之一。

"那是一栋老房子，"她接着说道，"我妈妈就是在里面过世的，爸爸和弟弟现在还住着。我爸爸不仅爱动粗，他过得也很不快乐。我很害怕，你觉得我的梦会成真吗？"

我告诉她，也许她是因为自己来到北京学习而心存愧疚。她的妈妈曾经可以限制她的爸爸，而现在她想要保护自己的弟弟。

"我上次见到弟弟，他很不友好。是春节的时候，见到他我很高兴，但他却不愿意跟我一起散步。"

这些事听来都让人沮丧，我想尝试说点别的，但还没开始说，她又开口了。

"我觉得有可怕的事要发生，"她说道，"爸爸会杀死弟弟的。"

实际上我也有同感，但我没有说出来。我叫她别担心，但是可以早点回家看看弟弟，尝试获取他的信任。

她说："这个梦告诉我，我必须去武汉工作，这样离家近。"

甘肃的这片地带，全是被轰炸过的景象。但地上的坑坑洞洞和像是被炸开的山谷，其实都是风吹雨淋的结果，大部分其中是风蚀造成的，因为这里是半荒漠地区。黄河水里充满了泥沙，已经快流不动了。山体表面都是面包的颜色，仿佛一碰就碎。

在跟那些学生交谈的时候，我看到方先生一直在盯着我。我知道他是被派来约束我的，我在等待一个时机来摆脱他。但我又有点为他难过，因为无论要写什么报告，他都得说清楚我的一举一动，还有我在车上跟人低声讨论的那些话题，但这个可怜的家伙只会说俄语。他那张海狮般的脸使得他看上去总是很低落。

我找到了他们的一位老师，她姓史，年纪和我差不多。1967年时她还是个学生，主动要求从北京下放到安徽的茶园去参加劳动。她放弃了所有学习深造的念头,采了六年茶叶。

"我觉得就跟美国的'和平队'[①]一样。"她说。

"不一样,"我说,"'和平队'的人既天真又没效率,也没有任何压力要求我们加入。但在中国,知青下乡却是在毛泽东主义指导下的一场声势浩大的运动。"

"我是主动要求下放的,"史教授说道,这话在某种程度上避开了我刚才关于压力的观点,"我希望像农民一样生活。"

"你成功了吗?"我问。1960年代我曾去过非洲,当时我有个模糊的想法,想入乡随俗,和当地人一样住土屋,为此我从"和平队"提供的房子搬去一个非洲小镇,住进了一个有两间房的土屋。然而,这并没有起到什么效果。我的非洲学生们觉得我住土屋有失体面,邻居们也都很怕我。他们肯定觉得,住土屋的老外不是疯子就是间谍。

史教授说:"刚开始挺好的,我们比赛看谁采的茶叶最多。难的不是采摘也不是弯腰,而是你要一直背着很重的包,里面全是茶叶。"

茶园没有电灯,但有条溪流,于是这些城里来的年轻人决定建个水坝,再放个发电机进去。这确实很像"和平队"的某个援助项目——当时外面来的人认为当地农民需要的是一些舒适的家居条件,尤其是果汁。

"我们很辛苦地修了一年,最后水坝建成时,我们特地挑了一个晚上来通电开灯。我记得很清楚,来电的那一刻,我都站起来哭了,我太高兴了,其他人也都喜极而泣。

"工作队的老电工对我们说:'你们这些北京来的男孩和女孩都很坚强的,现在为什么哭了?不过就是简简单单的水坝,简简单单的电力,还有几个发光的灯泡而已。'

"他错了,我们全是自己干的,用我们的双手完成的。就像采茶

[①] 和平队(Peace Corps),由美国政府运行的志愿者机构,旨在为其他国家的居民提供技术援助,并促进美国与这些国家间的文化交流。

一样，这就是我们为什么会哭。"

我被她的故事感动了，但她拿红卫兵跟"和平队"类比的做法却让我有点恼火。不过，我还是发现二者之间是有关联的，并且它们出现在同一时代。

她变得沉默了，此前她跟我讲的都是美好的回忆。然后，她又说道："后来就不一样了。1974年我成为了一名教师，红卫兵会来检查，告诉我们应该教什么东西。他们威逼我们就范，态度很强硬。我当时试图教英语，但他们不喜欢，说那是资产阶级的东西，毫无用处。就是那个时候，我改变了对'文化大革命'的看法。"

她是一名英语教师，但她说自己能读懂毛泽东的作品，因为她曾经读过珀西·比希·雪莱[①]。

我不解地问："你说什么？"

"毛泽东是政治革命家，"她说，"但他也是一名浪漫的诗人，问题就在这。"

在她看来，这位老人是一位穿着宽松长裤的梦想家，他不仅能用鹅毛笔唰唰地在纸上写诗，还能领导满脸阳光的青少年到田里去收割大米和稻谷。这位浪漫的老人，也许同所有的浪漫主义者都没什么两样。不过，他倒完全不像年轻的理想主义者雪莱，与威廉·华兹华斯这个采水蛭的老头也没有多少相似之处。

回忆最近的历史是一件痛苦的事。她也想去美国留学，改变改变生活节奏。

现在已经临近傍晚，窗外湿漉漉灰蒙蒙的。山上的土很松，有许多洞穴，每一片山坡看起来都像史前人类的聚居地。这并不是错觉，甘肃省境内到处都是穴居的人，经常可以看见他们手足并用地攀爬岩脊，进入他们在山坡上挖出的窑洞。

[①] 珀西·比希·雪莱（Percy Bysshe Shelley，1792—1822），英国浪漫主义诗人、小说家、哲学家。

有个年轻人和我一起盯着他们看。我起初以为他是游泳队的一名学生,但他说不是。他从事橡胶行业,是造轮胎的。兰州是中国橡胶制造业的一个中心。

我说,"真有意思",但他似乎对我的话相当怀疑。他对我笑笑,像是在发出挑衅,认为我根本不可能发现与轮胎或橡胶有关的任何乐趣。

"你们生产 contraceptives(避孕套)吗?"我问。

他让我解释这个词是什么意思。这需要借助手势和一些微妙的描述,但最终他还是听懂了。

"我不生产这些,"他说道,"但在中国我们有这些东西,为的是控制生育。独生子女政策,你知道吗?"

我觉得一个房间住五个人已经是一种控制生育的形式了,但我并没有说出来。在这个既没有任何隐私也没有什么树木的国家,能怀孕生孩子就已经是个奇迹了。

但这个话题让他想起——就叫他小常吧——他在北京的一次经历。

小常说:"当时我正走在大街上,突然有个男人拦住我问,'要不要姑娘?'

"我说不要。

"'很漂亮的,五块钱。'

"'不感兴趣。'我说。

"他跟我说,'我可以在公园帮你找个很暗很私密的角落',让你单独跟她在一起。'

"我说我不想要姑娘,但我的朋友要不要呢?你知道的,当时我正在接待一群美国来的橡胶商,其中有个人甚至问过我是不是有姑娘可以找。这是禁止的,但姑娘确实是有的。

"'那不可能,我们不要美国人。'

"我问,'为什么不要?'

"'他们太粗鲁了,我这是个中国姑娘,很娇弱的。'

"我叫他再考虑考虑。"

小常咯咯地笑了，也许他是在怀疑自己是不是有点过火了——毕竟，我告诉了他我是美国人。他能给我讲这样的故事，也已经很不容易了。他用一种否定的方式把事情讲出来，掩盖了真实的自我，其实他道貌岸然中又带着几分轻慢。

皮条客叫他别走开，他要回去找姑娘商量商量。

"他回来以后对我说，'她愿意跟美国人睡，但要 20 块钱'。"——他指的是现金。

然后，小常陷入了忧虑。我会不会把他也当作皮条客呢？毕竟，他好像一直在跟这个肮脏的男人讨价还价——拉皮条可是死罪：子弹从后脑勺穿过去，一枪毙命。

于是他很愤怒地说到："我们必须在中国消灭这种人！"

火车已经缓慢地驶入了山谷深处，前面就是兰州了，远远可以望见黄河两岸烟雾缭绕，蒸汽袅袅。

第七章　铁公鸡

兰州位于黄河河谷，地形狭长，夹在两山之间，市郊有成百上千座砖厂和冒烟的窑炉，整座城放眼望去都是砖色，与灰色的黏土地貌连成一片。初夏的午后，地上潮湿而泥泞。这座城市自古以来就是中国的门户之一，在由这个古老帝国去往外部世界之前，它是最后一处可以更换马匹和购买粮食的地方。过了兰州，下一个大型人类聚居地是新疆，再往前走就是欧洲了。这里看起来仍然像座边城，外观和所有中国城市都差不多——到处是补丁，破破烂烂，几乎没有树，但却有许多高耸的工厂烟囱和电线杆。新疆产的大部分原油都是在这里提炼的，而且有传言说中国人在兰州制造原子弹。在这个满眼泥土色的偏僻地方，就算有原子弹突然爆炸，谁又会知道呢？

有一些看起来像烟囱的建筑物其实是清真寺的尖顶。周围山上寸草不生，岩石裸露在外。这座城市萧瑟冷清，却也因此显得干净整洁。河水很浅，稍大一点的船就无法承载，因此只有舢板通行，水是橙褐色的，像可可一样。岸上有人撒网拉网，捞上来的都是小鱼，他们就用手一把一把地抓出来装好。还有一些人在处理山羊皮——先用水浸透，再铺在岩石上，然后在上面跳上跳下。岸边的岩石和石子都很光滑，有的还很平整，就是海边常见的那种。这条河曾是某片内海的一部分，内海奔流涌向太平洋，造就了长江三峡，泥沙随水流倾泻而下，形成了整个华东地区。

在兰州待了几天后，我发现这里有个片区和北京一样，也有着迷宫般的街巷——清凉的小院、长着野草的瓦片屋顶、雕花装饰的门廊，有小孩蹲在地上玩耍，有大人清扫街道，就像老街区里常出现的那样。五泉山的庙里有个住持，他见到我时满脸恐惧，回答问题也结结巴巴的，还求我赶紧离开。庙里的佛塔虽然古老，却早已废弃，塔底现在是个射击场，孩子们用气枪对着破旧的枪靶狠狠射个不停。山坡上的景象同样破败，除了几座漆过的凉亭，还有个马戏团在表演——死亡摩托车特技演员沿着铁笼的直壁加速而上，声音刺耳得很，但围观的中国人却哈欠连天，拒绝喝彩。

城里其他地方看上去都跟"前天"才建起来似的，也就是1950年代中国在苏联指导下修建西部铁路的时候。这座城市没有一点繁荣气息，但商店里却摆满了商品，市场上也堆满了蔬菜。作为铁路枢纽，来自中国四面八方的火车都要经过此地。在兰州可以吃到东海和南海的鱼、广东的水果、北方的肉类，还有从甘肃以西的新疆运来的杏干、葡萄干、梅干和坚果。这里也有电视和冰箱，中国人梦寐以求的两样家电。

我从《中国文学》（1986年秋季号）杂志上读到过一则发生在兰州的故事，题目叫作《高原的风》，作者是著名短篇小说家、中国文化部部长王蒙。这篇作品的写法有点笨拙，却很有启发性，讲的是在新中国消费意识兴起的背景下一个家庭的生活。教师老赵改变了他在六七十年代的简朴生活作风，不仅买了新房，还添置了彩电冰箱。他觉得自己的生活堪称完美。

> 倒是他的儿子，仍然一百一十个不满意。希望买录像机，希望安装一个会奏电子乐段的门铃，买摩托车和橡皮船。干脆买空调设备，澳大利亚出品……

在我看来，这似乎是我能想象的最奇怪的购物清单之一，但它恰如其分地反映了当前中国人对物质的渴望。可我一直在想：要橡皮船干什么？

与此同时，方先生依然在慢悠悠地跟着我，我闲逛时他也闲逛，我磨磨蹭蹭时他就站在附近，一脸无用而悲痛的表情。然而有一天，他竟然很敏捷地蹿到了我身边。当时我正路过一个公厕，看到外面人行道上放着许多大塑料桶，散发出阵阵恶臭。我问桶里装的是什么，但似乎没人知道，这个时候方先生突然现身在我背后，他本不认识几个英文单词，此时嘴里却蹦出了一个。

"Urine（尿）。"他说道。

共有63个5加仑的圆桶按行排列着，等人来收集清理。收集小便也是中国人生活的一个特点，但几乎没人注意，我对此也感到不解。方先生迫切地想帮我搞清楚这样做的目的，样子可怜兮兮的。其实他自己也不是很明白，但我们试图借助他的字典来解开这一谜团。

公厕内的小便池上方，有一条告示是这么写的：为保证尿液质量，请勿投放杂物——禁止吐痰及乱扔废纸和烟头。另一条告示上说：尿液将用于医学用途。

方先生和我搭讪了一个刚上完茅房出来的男人，问他这些是干什么用的。

"他们收集尿液来制药，"他回答，"我自己是不吃的，但这是非常好的药。"

这种药可以治什么病？

"我不知道。"他说。

我问他这些尿可不可以用来当肥料。

"噢，是的，"他说，"那也是一个用途。"

这些黏腻的圆桶中共装了315加仑人尿，就摆在人行道边，我们说话时，路人就在它们发出的阵阵恶臭中穿行。

我心想，要是给方先生找点事干，那么他就会觉得自己还有点用处吧。他看起来一直很低落。我叫他去搞清楚收集这些尿液到底是为了做什么。他走开了一阵，回来时拿了一张破纸，上面只有一个单词："enzyme（酶）"。他说这是一位医生写的，但我对这个答案并不满意。

后来我发现尿可用于治疗内分泌疾病，并且可以从中提取荷尔蒙晶体。中国人使用小便制作复杂药物的历史已经有一千年了，在中国古代，这些药物可以用来处理包括阳痿、性腺功能减退和痛经在内的许多状况。荷尔蒙晶体也可以用来改善雌雄同体的情况。从尿液中还可以分离出类固醇和脑垂体激素。还让我感到新鲜的是，现在的生育药物是从绝经后的意大利修女的尿液中提取出来的。

麻烦的是，我向方先生的求助让他认为我对他的态度有所缓和，于是他迫不及待地想替我做更多工作。我还要他干点什么呢？他想知道。我再也想不出有什么事可以让他做，直到那天我去兰州站买去吐鲁番和乌鲁木齐的车票，看见一堆吵吵嚷嚷的人，还有那些傲慢无礼的售票员，一个男人告诉我他在车站待了一整天（当时已经是下午四点了），但还是没有买到票。于是，我就问方先生他能不能帮我买票。他答道："乐意为您效劳！"他向我投来一个紧张的微笑——这让我注意到他终于如释重负——然后就去干活儿了。晚些时候在他那题为"保罗·索鲁"的机密备忘录中，方先生也许会用他的羽毛笔匆匆写下：此人对小便很感兴趣。

离开兰州时已经临近午夜，这是一天中搭乘长途列车的最佳时刻。你上车，交出车票，然后去睡觉。几分钟之内你会在熟睡中跟随列车稳步前行了。醒来时，你会发现自己已经走了 500 英里（800 千米）。

这趟车就是北京那位先生口中的"铁公鸡"，这个称呼就好像在说这是一条"吝啬鬼快线"，因为列车是由一帮吝啬鬼运营的。但那仅仅是偏见而已，表现出了一种讽刺挖苦的意味。就大多数方面而言，这趟车同我在中国坐过其他任何一趟都不相上下。吝啬鬼并非不常见——艰苦朴素和修修补补本来就是中国人生活中最普遍的特点之一。奢侈，甚至是简单的舒适，都会被谴责为腐败堕落，不便、朴实和得过且过反倒为人所称赞。只是近来——最近几年——才有人大胆承认想要追求物质享受和缤纷的色彩。然而，我并不认为这有什么过分之处。这个社会向来崇尚简朴，但简朴的人却可能最容易变得纵情享乐。

因此，从哲学上讲，这名字并不合适。但从其他各方面来说，它又确实是一只"铁公鸡"。它发出的声音又粗又响，早晨的时候会鸣叫，蒸汽从乌黑的锅炉中冒出时就像在扑腾翅膀，整个车身会随铁轨一同摇晃。这个呼呼啦啦的大家伙，伴随着铃铛和汽笛的声响，聒噪而自负地向西驶去，奔向新疆的沙漠。

我睡得跟块木头似的。车上不是特别拥挤，方先生住在了别的隔间。我原以为车厢里会很闷热，但实际上却冷得叫人发抖。我需要盖上中国铁路提供的毛毯。

我在清晨六点醒来，周围一片黑暗。中国各地使用的都是北京时间。在兰州时，晚上九点天还亮着。我读着盖群英写戈壁沙漠的书，随即意识到自己正在经过一个曾被中国人称为"鬼门关"的地点，因为从那往后就只有呼啸的大风和一片荒漠，他们对此感到极为恐惧。（"有人说急流就在泥沙间穿行，说沙丘之中藏着一个深不见底的湖泊，说沙堆里会发出雷鸣般的声响，还说他们曾清楚地看见沙漠里有水，但最终发现只是幻象。"）我读了一小时书，七点时天还是暗的，太阳还躲在遥远的群山背后。列车到达一个叫作沙沟台的小站，这里仅有的活物是一个赶骡人和他的骡子——这牲口背上驮满了水袋，在平交道口后面等列车开过。

窗外是黑暗的山地，山上既没有树也没有草，形状层叠起伏，就像厚厚的棉被。太阳尚未升起，山体都处在背光区域，因而看上去都是黑色的。在兰州附近时我曾想，那些山峰就像水饺似的，一样的光滑，一样的褶皱，一样的折痕。我很喜欢这铺满大水饺的野外。然而，在这样一片半荒漠地带，山峦远在天边，脑海中想要浮现出什么画面并不容易。稍近一点的山上全是拱门形的洞穴入口——这是甘肃穴居者们的住处。这个省份岩石遍布，景观奇特，地形又长又窄，我知道火车明天都开不出去。就如同它的南部邻省青海一样。短短四十年前，途经这条路线的旅行者——就在甘肃的这个位置附近——还可以看到一块大石碑，上面刻着"天下第一屏障"，它指的是戈壁滩。

到了武威市，风景立刻全变了。"铁公鸡"驶进了凉爽的深山，几英里之外的群山湿漉漉的，再往远是一片褐色的山脊，更高更远处，在遥远的地平线上方，是寂静而延绵的雪山。山峰被冰雪覆盖，在蓝天的映衬下宛如剑刃一般。此处也有荒地，成片地散布在远方的雪峰和我们正穿行的绿谷之间。

南边的这些山都属于大通山脉[①]，其中有几座山峰海拔达到了两万英尺（6千米）。这条山脉跨越了甘肃和曾是流放之地的青海，位于青藏高原的边缘地带。

有人提醒过我说这趟西部列车之旅会比较沉闷无聊，但事实并非如此。我开始明白，中国最美的地方是空旷的野外，其中有的土壤还很肥沃，比如眼前这些山谷。这是位于"丝绸之路"北部沿线上的一连串绿洲，其空旷程度在中国极为少见，为此我感到非常吃惊。然而凡是有园林和树木的地方，几乎都是郁郁葱葱的。大群的绵羊低头在比山坡还荒芜的地面上闻闻嗅嗅，勉强地啃着小撮小撮的青草。除此之外，还能看见骡子、乌鸦，以及泥墙筑成的小镇。我在一个地方还见到了骆驼，大大小小共有六只，它们平静地望着火车在面前开过。骡子们则对火车无动于衷，它们相互尖叫、撕咬、踩压着，一边将背上的水管拖向目的地，一边张嘴发出响亮的叫声，牙齿全都露了出来。

车上人挺多，但并不拥挤。餐车几乎一直是空的，这大概是因为大部分乘客都是维吾尔族——他们基本都是穆斯林，而中式菜谱里用的差不多全是猪肉。其他的菜里就算没有猪肉，也可能不符合伊斯兰教的清真标准，这类似于犹太教的洁食——也就是说宰杀牲口时需要

[①] 大通山脉是祁连山脉东段支脉，位于青海湖与大通河之间。

诵经。由于生意惨淡，厨师常有空跟人闲聊，他问我想吃什么。来点鸡肉和大虾怎样？猪肉丝呢？肉丸要不要？不然肉末豆腐吧？还是香姜鱼？花菜炒虾米？炒黄瓜可以吗？

中国人喜欢给食物取一些堂皇的名字，每道菜都有自己的身份和传承，这是他们生活的诸多特点之一。但倘若实际吃起来，那些菜却又几乎难以区分——不但味道差不多，就连颜色和口感也没什么两样。

下午三点左右，列车正穿越一片绿意盎然的平原，这片平原位于低矮的祁连山和贺兰山之间。在某些地方，我可以望见几段残破的长城。平坦的地面都被密集的植物填满了，有的地方还种上了又高又瘦的白杨，看起来相当多余。中国人不愿种遮阴的树，他们喜欢这种瘦骨嶙峋的标志性树木，它们可以同时发挥栅栏的功能。中国从来都没有"森林"的概念，森林只存在于东北省份黑龙江的北部地区，而且我听说即便是剩下的那一小片树林，如今也正在被砍伐，用于制造筷子、牙签和乒乓球拍。

大部分其他国家的特色景观都是小树林、牧场，甚至沙漠，所以你会立马想到加拿大的枫树、英国的橡树、苏联的桦树以及非洲的沙漠和丛林。但提起中国你不会想到任何一种风光，中国风景中最常见也最显著的特征就是画面中往往有一个人——有时经常是许多人。每当我望着某处风景时，总会发现那里有个人也在反瞪着我。

即便在这个偏僻荒芜之地，也是有人居住的。围墙圈出一个又一个村落，村子里大多数房屋也都建有围墙——就是那种表面涂满了泥巴的砖墙。这种包围式的布局在位于"丝绸之路"远端的阿富汗和伊朗也很常见，也许它就是一种文化烙印，源自当地人对掠夺者和游牧部落的深刻记忆，他们是整个中亚的噩梦。

天气已经变得非常炎热，现在有华氏90度（摄氏32度）以上了。我看见18只绵羊挤在一棵孱弱的山楂树下，只有一小片阴影可以躲避阳光。为了让自己凉快些，孩子们在一条水沟里踢着水花。农民们正在耕地，他们头戴灯罩似的帽子，一次只往地里栽下一棵小苗，看起来这个过程更接近于刺绣而不是插秧，好像要在犁沟间绣出什么纹样。尽管火车两侧是绵亘的山脉和黑色的山峰，但前路就如同消失了一般，仿佛我们正朝海洋驶去——大地已经下沉，地表就像海边一样光滑而多石。这是全天中最热的时候，但即便如此，地面上也全是人。几小时过后，我在一片无垠的石漠中见到一个男人，他身穿褪色的蓝套装，在石子路上磕磕绊绊地骑行。

铁轨附近有一些沙丘，沙丘的斜坡大而平缓，顶部闪闪发亮；但远处仍可以看见白雪皑皑的山峰。我从没想到过这个星球上还有如此奇异的景象。

晚上八点左右，当火车经过嘉峪关时，我正在空荡荡的餐车里吃饭。此时窗外的风景深深地印在了我的脑海：戈壁滩的夏日黄昏，一座中国城镇在沙漠中闪着金光，而矗立在那里的足有十层楼高的建筑，就是长城的最后一道关口——嘉峪关的瞭望台，它看上去就像一座由层层塔檐堆起的城堡。列车在长城尽头放缓了速度，一堆破碎的泥砖和残损的炮台映入眼帘，常年的风吹不但造就了它们古朴的姿态，也将砖石表面舔吮得光滑锃亮。在逐渐熹微的天色中，这座古长城遗迹影影绰绰如幽灵一般，而嘉峪关则显得仿佛是中国境内最后一座城镇。长城断断续续向西延伸，但由于规模太小而且破坏严重，如今它最多只能代表当时的某种想法或倡议——这也是一项伟大计划存在过的痕迹。同样让我感到兴奋的是，我看到了大门上的朱漆和黄色的瓦顶，并且幻想着列车正在穿越它驶向未知的世界。阳光斜照着灰色的山丘、广阔的沙漠和碧绿的丛林，大部分风景都像笼罩着一层雾霾，夕阳西下，我感到天黑时自己即将从世界的边缘坠落。

在返回自己隔间的途中，我经过了硬座车厢，里面的维吾尔族人在排座之间的空地上铺了垫子，他们双膝跪地，面朝着西南边麦加城的方向祷告；内地人要么在刷牙，要么在咕嘟咕嘟地喝茶，要么就在晾晒洗好的衣物。震耳欲聋的阿拉伯音乐从一台手提录音机中爆发出来。有些人在睡觉，很多人在唉声叹气，少数几个人一边吐痰一边费力地清嗓子，发出"咳咳"的声音。还有人在打扑克，而且陷入了激烈的争吵。不远处有一名年轻女子在默默地给孩子喂奶。地面上到处是唾沫、橘子皮、花生壳和茶叶渣。又有一些人走进了车厢，他们刚从盥洗室出来，还在漱着口。

有人一把抓住了我的胳膊，当时光线很暗，但还是能看清他的样子，这人长了个大鼻子，一头卷发，身穿棕色西装和喇叭裤，那一年在新疆沙漠的绿洲上，非常时兴这样的装扮。

"Shansh marnie?"我又听到了那句不标准的英文。

这句话简直成了维吾尔族人的口头禅，意思是：换钱吗？

维吾尔族是中国官方认定的少数民族，新疆则是以他们为主体的自治区。这片土地在1200年前多是游牧民族，维吾尔族就是他们遥远的后代。他们中有很多人长得像意大利农民，难怪马可·波罗会觉得他们友好而风趣。十三世纪时，他们被蒙古的游牧部落击败，被迫到蒙古汗国的军中服役。他们皈依了伊斯兰教，信奉真主安拉，文化里都是驴车和善舞的姑娘。他们吃的是羊肉和面饼，生活与巴扎[①]密不可分。他们看惯了异域的旅行者来来往往，此刻自己却也踏上了旅途。

他们经常潜伏在北京和上海的友谊商店外面，或是小心谨慎地等候在旅游酒店门外，看起来就像来自某个地中海国家的交换生。他们老穿一身深色西服，脖子上系根领带，脚踩一双厚底鞋。他们还戴手表和墨镜。他们极少说出流利的中文，但这情有可原，因为能说维吾尔语的内地人也非常罕见。然而，这个民族的历史却教会了他们用50种语言算数，毕竟在大巴扎内，人们都是通过数字交流。除此之外，他们还会说两个英文单词呢。

"Shansh marnie?"

"怎么换？"

"一美金换四块钱。"

[①] 巴扎（bazaar），源于波斯语，意为市集、交易市场。

按照官方的汇率只能换到三块。

"六块。"我讨价还价道。这不仅仅是为了多换点钱，也因为在这样一个诚实守信、没有小费、不讲人情、反对腐败的经济体中，能遇到黑市实在是一件新奇的事。这名维吾尔族人和我的行为都是在犯罪，但却让人有一种偷鸡摸狗的快感。

"六块不行。"

"五块。"

"五块也不行，就四块。"这人也长着浓密的睫毛和宽大的下巴。

他问我想换多少美金，然后掏出一个便携式计算器，说超过一定金额可以给我优惠。列车正隆隆作响地朝安西驶去。我失去了讨价还价的兴致，也完全没兴趣按黑市价格换钱。我百思不得其解的是为什么他要顽固地坚持一美金换四块钱而不做任何让步。对他来说，这样的交换价格简直具有魔力。但这个维吾尔族人绝不傻，两个月之后，中国政府精确地将美元对人民币汇率调低到了这一数字。

那天夜里火车跨越了星星峡，这地方一直被视作新疆与内地的边界。

* * *

"位于安西和哈密之间的沙漠是一片无垠的旷野，旅人对它的第一印象，便是那清一色洒满黑色鹅卵石的地面所带来的凄凉与死寂。"盖群英这样写道。她的书提醒了我，如果不去敦煌参观石窟，去看看那些佛像、壁画和神龛的话，那么我将会错过这个地区一颗耀眼的明珠——它是一座沙漠中的圣城。但我打算去一个更好的地方，火车一到达吐鲁番，我就要去寻访高昌故城（哈喇和卓）[①]。

日暮的光辉洒在崎岖不平的地面，呈现出一种怪异的氛围，我就

[①] 高昌城为古代西域的交通枢纽，新疆当时的政治、经济和文化中心之一，于十三世纪末毁于战火。其遗址位于现今新疆吐鲁番东南的哈喇和卓。

这样睡着了。醒来时，火车带着我慢悠悠地驶入了一片满是砂石的平坦区域。更远处是大而隆起的沙丘，与周围的风景格格不入，就像是从别处漂移或是被吹过来的一样。从列车上看，这些沙丘如同线条粗犷的大型动物，在沙漠中一团一团地缓缓行进，谁遇到它们都会感到窒息。

不久眼前便出现了一片绿色——我们到达了一个沙漠绿洲。过去，只有一条道路将各个绿洲相连接——但这个"过去"指的仅仅是 30 年前。再往前追溯，就只有一条大致的路线，它是"丝绸之路"的组成部分。然而，称它们"沙漠绿洲"，并不意味着那里只有几棵树和一潭死水。这些都是大型城镇，地下灌溉渠为它们提供了充足的水源，到处都生长着葡萄和甜瓜。当天晚些时候，列车在哈密停下。哈密瓜因其香甜而驰名全国，而哈密曾经也并非无足轻重之地，但如今这里却只是五六十年代水果种植公社的遗存。这个地方有着众所周知的辉煌过去，直到二十世纪初还有自己的领主①，历史上曾先后被蒙古人、回纥人、西藏人和准噶尔人占领。自东汉时期的公元 73 年起，它屡次为中国内地人所收复，从 1698 年开始，这座城市就一直归中国管辖。这些历史的痕迹已经荡然无存。现在哈密最出名的东西是铁矿。

远处的山峰顺着铁路的方向绵延向前，积雪成块地覆盖在山脊上，就像平整的方形马鞍座毯。然而，此时此地列车内和沙漠上都非常炎热——车里已经有华氏 100 多度（摄氏 37 度以上）了，外面更热。太阳炙烤着砂石，地面偶有几处沟壑，最老最深的那些通常较为隐蔽，有时会发现一棵死梧桐躺在里面。一丛丛骆驼刺散布各处，除了灰色的针状地衣外，它们是唯一可辨别的野草。我们正驶向一片灰蒙蒙的山丘，山丘背后高耸着一片蓝绿色山脉，更高更远处则可以看见更多的山，那些山在冰雪的覆盖下显得分外明亮——山上那些长条

---

① 中国清代自康熙三十六年（1697 年）开始册封哈密地方维吾尔族的封建领主为"哈密回王"，该爵位共世袭九代，至民国十九年（1930 年）废止。

状的东西也许就是冰川。

这就是我对"神山"博格达峰的第一印象。山上崎岖多岩，海拔很高，只有积雪能为此地带来些许生气。山下除了沙漠什么也没有，在午后阳光的照射下，这片"无垠的旷野"耀眼得无法凝视。降雨与这个地方毫无干系，而大多数山体看上去只不过像一个经过破坏的巨型断层块——它们只是岩石的堆砌，没有任何生命的迹象。这个死气沉沉的地方就是亚洲的中心。

"铁公鸡"的速度大约为每小时 30 英里（48 千米），它就这样行驶了两天半，列车缓缓地行进，窗外的风景也变得越来越陌生。这是件好事情。火车哪怕是再开快一点点，我都将无法领会这些风景的变化：起初是稻田，后来是小山丘，再后来变成了光秃秃的大山。如果坐飞机从兰州过来，风景的突变会让你感到震惊；要是直接从北京飞来的话，你将会感到非常无所适从。从任何其他地方坐飞机来此地，都将像是一场太空旅行——星际穿越会带给你某种精神上的错乱。

我穿着睡衣在一帮沉睡的维吾尔族人当中走来走去，偶尔会喝杯啤酒。一品脱啤酒大概要花十便士。

因为采用的还是北京时间，所以这里全天最热的时候是下午四点半，而直到临近半夜，光线依然亮到可以供人阅读。

在这样一个由白雪和黄沙点亮的奇妙世界，满是岩石的山体被映照得红彤彤的，朝我们的列车迎面冲来。远处是一片绿色盆地，它位于海平面以下 500 英尺（150 米），是中国的海拔最低点，也是这个国家最炎热的地方之一。这里就是吐鲁番，又一个沙漠绿洲。它的四周空空如也，方圆百里内都只有黑色碎石，车站与市区相隔二十英里（30 千米）。我在这下了车。

* * *

大约 400 年前，吐鲁番（"地球表面最炎热的地方之一"）曾是一个极受欢迎的绿洲。更早些时候,这座沙漠小城曾经被一波又一波的游牧者相继占领,包括西藏人、回纥人、蒙古人以及中国内地人。"丝绸之路"的出现让它成为当时举足轻重的绿洲和大巴扎,但从那以后——从大约十六世纪开始——它便每况愈下。军阀和满族人最终完全抛弃了这块土地,后来新的掠夺者出现了,他们伪装成积极进取的考古学家,于是那些历经两千多年文明所留下的为数不多的壁画和雕像,就这样被抢走并运往东京、柏林和马萨诸塞州的剑桥等地。

对我而言,这样一个地方是不容错过的。车站处于这片萧条地带的边缘,眼前所见只有一些立在石漠中的电线杆,以及规模巨大的被称作"火焰山"的紫红色山脉。直到我几乎登上山顶,吐鲁番城区的样子才显现出来,但即便从这个角度看,它也不大像远东的城镇,反倒更具中东特色,仿佛是从《圣经》里直接搬出来的:毛驴、葡萄架和清真寺随处可见;棕皮肤灰眼睛的当地人看起来跟黎巴嫩人差不多;男人常戴着无边便帽,女人总裹着头巾。

这沙漠的样子可怕得叫人难以置信——砾石遍地,阴郁深沉,一丁点绿色都没有。而且,好像一旦走在那些石头上,脚就会被割破。有的地方看起来跟一大片煤灰似的,其间还掺杂着煤渣和焦石。另一些地方则满是灰尘,圆形的土堆星罗棋布。我发现的这些土堆属于一种叫"坎儿井"的灌溉系统,这种系统是由地下运河和钻井构成的网络,早在约两千年前的西汉时期就已成功投入使用。在这片环绕吐鲁番的沙漠中,有些地方和海底一模一样,因为某次潮退后,一片海床永远地裸露在了外面。大家都把这沙漠称作"戈壁",意思是没有水的地方。吐鲁番人从来不知降雨为何物。

这个浅浅的绿色峡谷位于沙漠之中,所有的水都来自地下,这里见不到中国式的高楼大厦,大部分都是四四方方的小屋。多数街道上空都有葡萄藤架覆盖,既阴凉又美观。这座小城是中国葡萄的首要产地——吐鲁番甚至还有一家葡萄酒厂——并且这里还生长着三十来种甜瓜。因为地处世上最荒芜的沙漠之一，这座城市面临诸多困扰，但丰富的物产却给了它许多慰藉。吐鲁番与它四周的一切截然相反，这里有水，有绿荫，有鲜果。

方先生依旧跟在我身后，他同我保持着距离，时不时冒出一两句晦气的话。

对于在中国旅行的人来说，一句顶晦气的话莫过于："这是家新的旅馆。"这句话有时让我心惊胆战，因为它意味着我将要面对脱落的墙纸、毛糙的座椅、裸露的电线、打不开的电灯、满是毛发的地毯、硬邦邦的床和糟糕的浴室。浴室里可能没有水，瓷砖经常松动，水槽里总有黏糊糊的东西，洗澡时没有浴帘，抽水马桶也是坏的，要自己扭动浮球阀才能冲水。房间的柜子都是仿木材料做的，柜门经常因为卡住而打不开，门把手很松，窗帘很薄，挂衣架变了形，电话坏了没法用，收音机也是。通常屋里还有一台彩电和一把塑料花。这样的旅馆闻起来有一股鱼胶的味道，给人破落不堪的感觉，但它们竟然还贵得吓人。无论何时，在中国我都更倾向于住旧旅馆，虽然表面上不光鲜，但起码什么东西都能用。

可是方先生说吐鲁番的旧旅馆都满员了，他还是给我找了家新开的，这家店到现在连名字都没有。旅馆尚未完工，没什么人住。它味道大得很，一闻便知是刚拌好的水泥。庭院里满地碎石，碎石间有一方喷泉，但里面只有热滚滚的灰尘和一只尸体已经僵硬的小老鼠。我立在那里，被热浪冲击得有点眩晕，此时传来了一声毛驴的尖叫。

由于采用的是北京时间，他们早上九点半才吃早饭，吃午饭要到下午两点，而晚饭时间则要等到夜里九点。在麻省的桑威奇这样的地方习惯了规律作息的人，来到中国新疆会感到相当不便。清晨六点我就会醒来，又热又饿，可是到晚上就会没胃口。但这里的用餐时间早已约定俗成，没法轻易更改，而且当地人大都晚睡晚起。我想说服他们在清晨凉快的时候就给自己的身体通上电，但所有的努力都失败了。

"我们会错过早饭的。"方先生说道。

"有关系吗?"

"我们非吃早饭不可。"

我心想:吃早饭对你有什么好处?然而,他这样说并不仅仅是出于对用餐时间的神圣态度。食物是付过钱的,所以得吃掉。最重要的是,吃东西时是中国人感到最自在的时候。在他们眼里,一顿饭经常是一次慰藉,一场欢庆。

可我从来都不想吃这里的早餐——面条、稀饭、肉馅饺子,说不定还有蘑菇和温牛奶。他们有时也会为我这样的老外提供橘子汽水或百事可乐来搭配早餐面条。

我在吐鲁番买了点白葡萄做的本地葡萄干——这是中国最好的,还买了一些杏脯。我坐在自己房间里,一边吃着这些,一边喝着龙井绿茶,同时写点东西。等到方先生和司机都用稀饭把自己灌饱后,我们出门了,沿着尘土飞扬的街道往前开去。

这地方经常热得像个火炉。但早晨时阴阴的天气倒让人觉得挺舒服,云层压得低低的,气温只有华氏九十多度(摄氏三十多度)。我喜欢这座小城,它是迄今我见过的最不像中国的一个地方,也是最小最美的地方之一。这里极少有机动车辆,很安静,地势很平坦,没有任何高低起伏。

城里基本是维吾尔族人,也有少数内地人。除此之外,还有乌兹别克族人、哈萨克族人、塔吉克族人,他们都穿长靴,长着和蒙古人一样的罗圈腿。这些人皮质粗厚,有的像斯拉夫人,有的像吉普赛人,而大多数则像是在半道迷了路,只是来这个绿洲歇歇脚再继续前行。我去了吐鲁番的巴扎,里面的妇女有一半看起来像占卜师,剩下的一半则具有地中海农妇的外表——与中国内地的任何妇女都截然不同。这些棕发灰眼的妇女身着天鹅绒长裙,颇具吉普赛风格——其中有的还非常丰满——浑身散发着一种与东方之美迥然相异的魅力。要是有人跟你说她们是意大利人或者亚美尼亚人,你也不会感到惊讶,因为在巴勒莫①和埃里温②你会看到同样的脸。

她们也在四处张望。有的妇女会走过来,把手伸进自己的天鹅绒裙子,从双峰之间取出一卷卷钞票,向我问道:"Shansh marnie?"

她们把这些纸币塞到我手里——上面还留着她们胸脯深处的余温——汇率是四比一。她们镶了金牙,有的看起来很像狐狸,当我表示拒绝时,她们对我发出了嘘声。

吐鲁番的那个市场很不错,就是你期待的中亚巴扎的样子。他们卖刺绣鞍囊、手枪皮套、自制大折刀,还有各色篮子和皮带。肉食区只卖羊肉——这是穆斯林的地盘,不能有猪出现。也有摊位在卖烤羊肉串。农产品中有很多都是吐鲁番久负盛名的新鲜水果,比如西瓜、哈密瓜和蜜橘;同时也可以找到二十来种干果。我买了葡萄干、杏脯、巴旦木和核桃——让我惊讶的是,水果干和坚果以前都是为商队准备的食物。

在吐鲁番的市场还能看到有人在表演翻筋斗和吞火,也有人站在翻转的手推车上玩卡片魔术。这些都是中世纪市场才有的东西——灰尘和帐篷,商品和娱乐表演,还有聚在一起的形形色色的人,比如头戴无边便帽的男人,裹着头巾的女人,以及不停尖叫的乱发脏脚的孩童。

* * *

除了古城遗迹,再没有什么能够让你从更好的角度去看待人类过去的成就了。"这里曾经是个伟大的都城。"人们会边说边指向那些坍塌的墙壁、破败的街道和堆积的尘土。于是,你就站在那个死气沉沉的地方,在一片静寂之中遥想早已葬身于沙丘之下并为世人所遗忘的

---

① 巴勒莫(Palermo),意大利西西里岛首府。
② 埃里温(Yerevan),亚美尼亚共和国首都。

"王中之王"奥兹曼迪亚斯[1]。对于一个美国人而言,想到这种地方便会兴奋莫名,因为我们的国家没有类似的地方——只有一些鬼镇[2]和相当不起眼的小城,但完全没有曾经蜚声世界的大都市没落后留下的不朽躯身。我们没有任何一个城市曾经遭到过摧毁,或许美国人的乐观精神正是源自这样的事实。没落的城市总会给人厌烦和消沉的情绪,但它同样也可能让你从此对房地产漠然视之,这可是一种健康的态度。

高昌的损毁程度和失修程度都堪称极致。这座古城曾经风光了一千多年,现在只留下一堆尘土和碎泥块。因为游客罕至,迄今它还不至于晚节不保——但倘若有一天"铁公鸡"摇身变成了先进的流线型客车,到时就连观光客都能轻而易举地发现这里——它就位于吐鲁番的东边,距离沙漠 25 英里(40 千米)。这个地方还有过六个不同的名称,包括哈喇和卓、火州、达基亚努斯(Dakianus,源自罗马皇帝德西乌斯[3]的名字)、阿普索(Apsus,衍生自地名以弗所"Ephesus")、亦都护[4]城和二堡(意为第二个驿站)。高昌是被普遍认可的名字,但这说明不了什么问题,因为故城的建筑早已所剩无几。然而不论是谁,却仍能从现存的遗址中看出它的确有过庞大的规模,它曾是一座气势恢宏的城市,而这正是为什么现在看来它会显得如此灰头土脸。像所有的大型遗迹一样,这里弥漫着一种空荡荡的忧伤。

大部分城墙和防御工事已经消失不见,但也有一些依然屹立不倒,让整个遗址看起来像一座引人瞩目的城堡。这里古时候曾是这片区域的都城,后来唐王朝和回纥先后将它收入辖下,最后蒙古人占领了它。回纥人不希望城市遭到破坏,于是未经任何斗争就屈服了,他

---

[1] 奥兹曼迪亚斯(Ozymandias),即拉美西斯二世(Ramesses II,前 1303—前 1213),古埃及第十九王朝法老,他在位时埃及国势到达顶峰,去世后国家即由盛转衰。
[2] 指那些因为经济、环境等因素而被弃住的城镇,在美国西部居多。
[3] 德西乌斯(Decius,201—251),于 249 年至 251 年间统治罗马帝国。
[4] 亦都护(Idikut),中国古代高昌回鹘等突厥语诸部首领的称号。

们让蒙古人接管这里,就像这些人统治中国其他地方一样。这事情发生在十三至十四世纪的元朝,中国历史上一段被蒙古人统治的时期。也就是在那时,西方人第一次进入中国,开始了广泛的游历——马可·波罗就是其中之一。

高昌当时已经是一座伊斯兰城市,此前它还曾是佛教城市。有段时间这里也一度成为基督教异教徒的活动中心——起先是摩尼教,后来是景教[①]。如果不承认这些所谓的异端邪说有几分道理,是无法对它们进行深究的。摩尼教徒是波斯先知摩尼的追随者,他们认为所有人都有善恶两面,生命就是在各种相互依存又对立的因素之间挣扎往复,譬如明与暗、灵与肉。景教徒因为否认耶稣的人神二性合为一位,被罗马基督教判定为异端。他们继续争辩说玛利亚要么是"天主之母",要么是"耶稣之母",而不可能两种身份兼备。[②] 正因如此,在以弗所会议[③]后景教徒便遭到排挤,最终他们在七世纪时来到了"丝绸之路"的最后一站,于是公元638年,在中国内陆深处的长安(现西安),出现了第一座景教教堂。

如今与之有关的一切——教堂、异教徒、书籍、图像、城市——都已荡然无存,但我却对它更加心驰神往。眼前只有阳光倾泻在泥砖和残壁之上,所有的宗教、贸易、战争、艺术、财富、政府和文明都已化成灰烬。然而,这样一片寂静而无垠的废墟又自有其壮丽。我不停地想象,这沙漠原是一片海洋,辽阔的海滩上满是光滑的岩石和细小的石子。高昌身处其中显得非常合拍,它就像一座沙堡,建筑的大

---

① 景教(Nestorianism),即基督教聂斯脱里派,也称为东方亚述教会,是从希腊正教(东正教)分裂出来的基督教教派,唐朝时传入中国。
② 编者注:此处为作者的个人理解。事实上,正是因为景教主张耶稣有"二性二位",所以他们认为玛利亚只生了耶稣的肉身,因此她只能为"耶稣之母",而不能为"天主之母"。
③ 以弗所会议(Council of Ephesus),公元431年在以弗所(位于现土耳其境内)举行的第三次全基督教会议,主要讨论聂斯脱利派(即景教)关于耶稣的神性与人性关系之争,并最终将"二性二位"说判定为异端。

部分已被海浪冲散。

山羊是这里仅有的活物。壁画和雕像都已被人盗走——然后不是被卖掉,就是进了博物馆。农民已经拆除了许多建筑,为的是使用它们的砖料。当地人要是发现了瓦罐、花瓶或者双耳瓶之类的东西(这些东西品质都非常好,因为高昌曾经受到古希腊和古罗马艺术的影响),他们会拿到自己的厨房使用,这样就不用买新的了。

我去了附近的一个维吾尔族村庄,问他们是否对高昌有所了解。他们回答说:"那是个古老的城市。"这些人面色黝黑,鹰钩鼻,头戴无边便帽,他们的村庄隐蔽得很,地图上根本找不见。村子里有许多毛驴,还有一座清真寺和一个小市场,村民不会说汉语或任何别的语言,只说维吾尔语。这个地方被称为"火焰山公社",但它并没有公社的样子。整座村庄沉静得仿佛已经入眠。妇女们透过黑色头巾的褶皱打量着我,我看到其中有个人长得几乎和我的意大利祖母一模一样。

尽管我的向导刘先生在离此处不远的地方生活了二十年,但他还是不会说维吾尔语。我们动身离开时,突然有东西砰地砸在了汽车的一侧,司机猛地踩下刹车,出来追那些顽皮的小孩。他做出煞有介事的样子,但也没人上前去帮他——甚至没人听他发牢骚。后来,他又被冒犯了。他在中途停车,打算问问怎么去一个古代坟场——也就是阿斯塔那古墓群[①],而当他把头伸出窗外时,有两个小孩把毛绒绒的芦苇插进他的耳朵来搔他的痒。然后他们跑开了,司机停下车,对着他们大发雷霆。

"这些小男孩太坏了。"刘先生说道。当他发现我在大笑时,狠狠地瞪了我一眼。

阿斯塔那地下墓穴里的尸体已经有600年了,但保存得非常完好,他们并肩躺在一块带有装饰的厚板材上,每一具都在咧嘴笑着。

---

① 阿斯塔那,西晋至唐代高昌城居民的公共墓地,总面积约10平方公里。

"要给这些死者拍照吗?"看守人问道。

"我没有相机。"

她并没有在意我的话,而是继续说道:"十块钱一张。"

此时刘先生说道:"我讨厌看尸体。"说完他便匆匆走上石阶,逃离了墓室。

他走了以后,看守人又问道:"Shansh marnie？"

我一点也不想离开吐鲁番,这是我在中国见过的第一座不像中国的城市,我很好奇为什么会这样。它也是我到过最炎热、地势最低和最新奇的地方,在苍茫的野外,有面色阴沉的老头,有贪得无厌的妇女,还有喜欢向人扔石头的顽童。我并没有觉得这些会给我带来什么危险——实际上我喜欢见到有人打破中国人惯有的沉闷,对一本正经、假仁假义的政客形象发出挑战。在这样的地方,民族自尊和民族文化得以完整保留是件不寻常的事,它的文化里有甜瓜、手鼓和伊斯兰跪拜礼。它是死气沉沉荒野中的一方绿色小岛:乘火车来到这里时会让人感到非常兴奋,如果乘坐的是气喘吁吁并且慢吞吞淌着蒸汽的老客车就更好了。

* * *

我又乘着"铁公鸡"离开了吐鲁番,方先生坐我旁边,列车穿过沙漠向西边的乌鲁木齐开去。从吐鲁番到乌鲁木齐只有大概100英里(160千米),但整个旅途却显得很漫长,因为我们要经过一段蜿蜒的路才能穿越天山山脉——天上的山。在沿途交错的山谷中,藏着一些中国最美的风景,有峭壁,有山涧,有大石散布的冲沟,也有幽深的峡谷。一路上共有十二段隧道,列车费劲地穿过每一段后,便闯入了一个这样的山谷,新疆的阳光格外炫目,白杨河湍急的水流声淹没了车头的喘息声。

在某个时刻,一只黑白羽毛、五英尺(1.5米)高的鹤紧了紧身子，从泛着泡沫的急流中飞身而出，它收起自己的双腿和脖颈，一次又一次轻轻地撞击着周围的悬崖峭壁。连续几个小时，窗外都是明媚的山谷和飘浮的云朵，然后我们进入直道，穿越褐色的沙漠，驶向乌鲁木齐那座烟雾弥漫的大城，它是这趟列车在中国境内的最后一站。从乌鲁木齐往西走，下一个大型城镇是阿拉木图，位于苏联哈萨克斯坦共和国境内。习惯了骑马和游牧的人，通常难以辨认国家间的边界。因此，乌鲁木齐市内有许多哈萨克族、塔塔尔族、乌兹别克族、塔吉克族和蒙古族。但这里三分之一以上的居民都是维吾尔族人，火车站也颇具维吾尔族特色，连站牌名都是用维吾尔文标示的。

几乎不可能有旅行者对乌鲁木齐说什么好话。这地方起初只是汉人在"丝绸之路"上建立的一处哨站，唐代时它发展成为一个贸易中心，后来又先后被匈奴人和蒙古人占领。它虽然是中国新疆维吾尔自治区首府，却带有浓厚的俄罗斯风情。对大多数早期旅行者而言，这里是进入中国的第一站，而且会让人感到有些失望（"从来没有人后悔离开这座城市"），因为它没有任何文化氛围。宝藏、墓穴、古城遗址——所有偷盗东西的好去处——都在更远的东边。乌鲁木齐仅仅是个政治中心。无论是在二十世纪初还是在俄国革命时情况都是如此，到今天也没什么变化。

这座城市共有150万人口，其中汉族人极少，它虽然丑陋不堪，却也不失一种特别的魅力。城市四周环抱着棕褐色的大山，城区内街道宽阔，有很多卖烤羊肉串的店。许多商店门外都挂着珍稀动物的皮毛或骸骨。这里白天非常热，在树下打桌球是一项很流行的消遣活动——乌鲁木齐的户外到处是台球桌。

我们到达旅馆后方先生不见了，但有位杨先生过来接替他，我询问了他一些关于苏联人的事，他告诉我这里有个大型苏联社区，其历史可以追溯到二十世纪三十年代。我刚好错过了他们复活节的庆祝活动——这是自解放以来，中国政府第一次允许他们庆祝这个节日。

他问我想在乌鲁木齐看点什么，看来我甩不掉他了。

"我想看点令人难忘的东西。"我回答。

我们开车去了南山景区,也就是南山牧场。虽然离乌鲁木齐市区只有二十分钟车程,但这个地方却有着乌干达西部的风光:在广袤的绿色平原上,"月亮山脉"拔地而起,有几座山峰上还覆盖着积雪。与中国其他地方不同的是,这里的山坡上种满了高挑的云杉,一片片墨绿色让人感到神清气爽。草地上不时可以看见牧羊人和他们的羊群——山羊和绵羊都有,还有以泥墙小屋和木头房子为家的哈萨克族人。也有人住圆顶帐篷,帐篷的主人就在附近活动:男人们头戴有护耳的皮帽,穿着长靴和马裤;妇女们则裹着头巾,穿着长裙和厚袜子。她们长鼻梁、圆腰身,同一般的中国妇女不大一样,看起来很像俄罗斯农妇。居民们照料着离自己小屋不远的菜地,身边围绕着温驯的毛驴、暴躁的小狗,还有淌着鼻涕、双颊被冻得通红的孩童。

我不想和杨先生说话,为了寻得片刻清净,我快步走上山坡,然后发现了一处瀑布。瀑布之下的溪流已经结冰——有泛黄的大冰壳,也有又厚又硬、冻在岩石间的冰架。此时在相距仅仅二十分钟车程的乌鲁木齐,市民们正汗流浃背地在树下打着台球,而这里却冻得人瑟瑟发抖。

后来我遇到一个叫作朱玛訇的维吾尔族人——"訇"是"先生"的意思,而"朱玛"则是穆斯林名字"Juma"(星期五,即安息日的意思)的汉译。他好像声称自己当过中国驻叙利亚大使,但也许他的意思是他曾经在那家使馆工作过。他的汉语水平和我一样有限,但土耳其语和阿拉伯语却说得和母语维吾尔语一样流利。

他说自己来自苏联哈萨克斯坦与新疆交界处的塔城,离乌鲁木齐大概500英里(800千米)。那几乎是中国境内最远的地方,它的居民仍然可以被视为中国人,但要是再远一点就不行了。这让我突发奇想。

"你不算中国人,对吧?"

"当然算!我是中国人!"

他人高马大,态度友好,脸肥肥的。我想他也许来自土耳其,可能是一名从士麦那[①]来的商人，或者大腹便便的帕夏[②]。他说他曾经去过麦加朝圣。

我们一起沿山路溜达着，途中经过一个公厕——中国人总喜欢在风景优美的地方建厕所——虽然我们在 40 英尺（12 米）开外，但仍然难以招架它发出的那股恶臭。我在中国见过的每一个公厕条件都很恶劣，根本无法使用。所有来过中国的老外都会提到它们；但中国人自己从来不提——并不是因为他们有洁癖，而是因为对此感到羞愧和漠然，宁愿默默地忍受。

"美国应该没有这么多公厕吧。"朱玛訇说道。

"对啊。"我回答。原本我以为他指的是砖砌的厕所，但我看见他指向一个圆顶帐篷，一个老牧民——可能是个塔吉克族人——正在那里费力地拖着一桶水。

"你们那有帐篷吗？"他问。

"没你们这么多。"我说。

中国人提起外带午餐，总是会想到干巴的松糕和走味的饼干之类的东西。在车里时杨先生给了我一盒，我上山爬了好一阵子后才发现里面装的是什么。我把那些东西都拿去喂牛了。

那天下午我一直饿着，后来我去了乌鲁木齐的市场，想找点东西吃。我最爱的街边小吃是一种塞了馅料的薄饼，中国人称为"饺子"或"煎饺"。然而，这里只有羊肉串和一种叫作"馕"的烤饼，也许"馕"和乌尔都语中的"nan"是一种东西吧，在印度餐馆吃过饭的人都应该对它很熟悉。

在乌鲁木齐基本见不到西方旅行者，一旦见到他们，当地的维吾尔族人就会变得激动万分。他们会盯着你看，会跟你没完没了地说话，还会给你递上水果干和新鲜葡萄串。有个男的试图吸引我来买他的药：

---

① 士麦那（Smyrna），土耳其港口城市伊兹密尔（Izmir）的旧称。
② 土耳其古代对大官的尊称。

全身铺展的干蜥蜴（可治疗高血压）、鹿角（可壮阳）、蛇、青蛙、鸟喙，还有一小捆很难看的细细的东西，他说是毛驴的脐带。

当我问起这些东西有什么作用，他含糊其辞地答道："对你很有好处的。"

市场里的商贩不是头戴无边便帽的大胡子男人，就是穿棕色长袍的胖女人，商品中既有乌鲁木齐本地织的地毯，也有用火车从外地运来的衣物。他们把货品高高举起，招呼我过去，可是每次走得近一点，他们都会贴上来，一把抓住我的手腕，送来一句维吾尔式的问候：

"Shansh marnie!"

在乌鲁木齐市场之外的其他地方，还能见到更多死动物。这说明四周的乡间仍有许多野生动物存在，可见乌鲁木齐处于多深的内陆之中。我在一家商店不仅看到了本地常见的蛇、干蜥蜴和脐带，还见到了狼皮、狐皮、六七张熊皮和一具雕的尸体——那是一只白肩雕（我的鸟类书籍上是这么说的），双翅张开可达六英尺（1.8 米）左右。这么漂亮的一只大鸟，块头远远超过了正在为它寻找买主的维吾尔族妇女。

"你要买吗？"她问。

"我能拿它来做什么？"

"你可以把羽毛拔下来在皮肤上擦，这是很好的药。"

"那这个呢？"我指向一个羚羊头盖骨，它有两只可爱的犄角。

"入药，碾成粉末，可以强身健体。"

有好些西方科学家都发声肯定了传统中药的效用，但这名妇女所说的话，还有市场上那个卖毛驴脐带的男人的话，应该全是无稽之谈吧。

我愿意相信中草药能够治疗高血压，并且针灸也能发挥实际作用，可是如果他们把一只死猫头鹰碾得粉碎，跟我说"妙啊，妙啊——这个对你眼睛有好处"，我会回敬他们一个词："Bullshit（屁话）！"我要是没这么做，唯一的原因就是我还不知道这个词用中文怎么说。

在中国生存着为数不多的老虎，有的在湖南，有的在遥远的东北。不用说，老虎是濒临灭绝的物种。它们能找到的食物太少了，极度饥饿时，这些老虎甚至会吃昆虫和青蛙。我在《今日中国》杂志上看到有人这样写：

> （中国）虎浑身是宝。虎皮可以做成名贵的大衣，老虎的骨头、肾脏、胃和阴茎都是非常名贵的药材。用虎骨制药，可以有效治疗风湿性关节炎。

捕杀现已所剩无几的动物原本已经够糟糕了，但他们这样做的理由更是愚蠢至极。有人说"美味可口"是写给灭绝物种的最好墓志铭，也许他们是对的。

我试图找让方先生教我"That is merely a superstitious belief with no scientific basis to support it（那只是迷信，完全没有科学依据来支持它）"这句话用中文怎么说，但我们都白忙活了一场。他问我为什么要学说这个，我说到中国人习惯把斑头鸺鹠这样可爱的小鸟拿来煮汤。他表示，这么做有两个理由：一是它们真的很美味，二是对视力有帮助。

他很困惑，像我这样理智的一个人，竟然会在乎鸟类或野兽的生命。我没有同他争辩。中国人自己都常住在逼仄而不舒适的环境里，所以几乎不能指望他们对于生活条件差不多的鸟类报以怜悯之心。事实上，中国人生老病死的方式，与他们的动物极为相似。

"焦先生想见您。"方先生的话又吓了我一跳。

"焦先生是谁？"

"中国铁路局乌鲁木齐分局局长。"

"他怎么知道我来了？"

"我告诉他的，"他像海狮一样哭丧着脸答道，"他想跟您吃饭。"

焦喜库（音译）是一个皮肤黝黑、外表强硬的人，他的家乡在中国东部的山东省，离这里很远。他脸宽、脖子短，夜色渐沉，随着越来越多新疆白葡萄酒下肚，他黝黑的脸胀得通红，他的眼睛眯得更小而且变红了，像两颗煮过的莓子。

他的助手揭先生后来加入了我们——因为是下属，所以他没有说太多话。客套寒暄（"您的大驾光临让我们感到万分荣幸"）过后，我发现这将是一顿丰盛的大餐。桌上已经摆了一些冷盘，但大家都没动——这意味着接下来还有十多道菜。

我问了焦先生一些关于铁路的事。铁路修建和养护时都会遇到哪些问题？他说最大的问题就是风，有时候刮沙尘暴，风力可以达到九级或十级。当冷热风在戈壁滩相遇，就会带来极端天气。所以后来他们修了天山隧道，花了好多年时间才修好。

"你看，全是我们自己干的，没人帮忙。"

"我以为苏联帮过你们。"我说道。

"他们设计了到乌鲁木齐的铁路，而且还做了测量——但只是航空测量，所有的困难他们都没有预见。当然，1960年的时候我们的友谊破裂了。"

"所以后来你们就一直靠自己了？"

"是的。当时事情变得相当困难，因为他们带走了所有的材料。轨道、设备、木材，统统都带走了。他们把东西装上车，运过了边境。连设计方案也带走了！他们把方案卷起来，带回家去了。根本没有人来帮我们！"

"但你们还是维持了原来的方案吗？"

"我们别无选择，所以保留了同样的路线，在1963年完成了修建。"

我说道："这条路线一直通往苏联边境。"

"就是这么想的，"焦先生说，"现在我们还在修。"

"你们是不是打算让它跟苏联境内的铁路接轨？"

"是的。在阿拉山口（准噶尔山口）。我们已经修到乌苏去了。关于铁路连接线由谁来修，目前还有一些争论，但我们希望到1990年能够完工。"

此时揭先生提高了声调:"以前我们还打出了一条标语:'今年到乌鲁木齐,明年到边境!'"

"那是什么时候?"

"1958年。"我们说话时,各种菜肴陆续上了桌,等大家品尝完,又会接着换别的菜。我们的菜有新疆椒麻鸡、羔羊肉、红辣椒炒黄瓜、蘑菇炒银耳,还有一道辣鸭,是我在中国吃过最好吃的菜。辣鸭的制作工序十分复杂,鸭子需要先用茉莉花茶熏制,再抹上米酒,等到风干后撒上葱花,先蒸熟,最后用油炸透。我记下了这道菜的名字:樟茶鸭。

"看来您很喜欢这个鸭子。"揭先生说道,他注意到了我的贪婪,又往我的盘子里添了一些。

我对他说:"我要是遇见哪个姑娘会做这道菜,我会娶她的。"

这两个男人盯着我,然后点了点头,既然我说出了这么糊涂的话,可能就活该获得这样的反馈。

为了转换话题,我问道:"汉族和维吾尔族能通婚吗?"

"很少。"

焦先生说自己在乌鲁木齐生活了28年——最初他是响了应毛主席的号召,志愿来这里拓荒的。我问他会不会说维吾尔语。

"只会一点点。"他表示。

"这是一门非常难的语言。"揭先生说道。他在这个地区待了31年——他老家在渤海湾旁的港口城市大连,也在新疆以东。

菜还没有上完,我们一直吃个不停。他们自豪地说,这些都是当地特色菜。就在最后一道菜上来时,我才意识到他们给了我最高的礼遇:今天既没有米饭,也没有面条或烤饼。那种一吃就饱的东西,通常都是在没什么菜时拿来充数的。但今晚这顿饭,全是美味佳肴。

"你退休以后会回老家吗?"

"不,我会待在这里,"焦先生说,"孩子们都在这,现在这里就是我的家,我要在这里终老。"

我们还讨论了中国有哪些好的铁路旅行路线。他们说喜欢从乌鲁木齐坐火车去西安,因为沿途都是中国最有趣的地方,再没有比这氛围更好的路线了。

"你们是说'丝绸之路'吧,"我说道,"古代的历史。"

焦生答道:"是的,近代历史不是很有意思。"

"毛主席来乌鲁木齐视察过吗?"

"没有,我想他太忙了,"他瞥了一眼揭先生,"不过周恩来有来过,到处走了个遍。"他像所有中国人一样,一提到周恩来就饱含深情:"最近邓小平也来视察过,他很高兴,对这里印象很深。"

现在所有人都喝得醉醺醺的,那么可以来聊聊战争和友谊了。我谈到了日本人,说我觉得他们企图通过主导全球经济来统治世界,因为他们虽然尝试过军事手段,但最终失败了。我问他们,二十世纪四十年代中国人曾把日本人从自己的国土上赶走,要是现在再次被他们占领,中国人会是什么感受?

"我们有句老话,"焦先生说,"害人之心不可有,防人之心不可无。"

桌上最后几盘菜也被撤下了。焦先生有点摇摇晃晃地站了起来,我们相互道谢。后来再也没人说客套话了,也没有人在一起闲聊,更没有人徘徊逗留。中国的宴席总是这样戛然而止,没有比这更唐突的了。

* * *

接下来几天,我发现新疆的这个地区正在开放石油开采。这里已经产出了巨量的石油,其中有一部分还出口到了美国。

中国大部分矿产都出自新疆,从遍布山头的雷达天线来看,这里应当是个战略上至关重要的区域。我去了一些当地的工厂参观,但是感到很沮丧,因为我看到妇女们在辛苦地织着一些纹样非常普通的丝绸地毯:一个月只能织一平方码,为了织出一块不是很漂亮的地毯,要花一整年时间。在乌鲁木齐,有些玉器雕刻师也在做类似的事,他们要花好几个礼拜才能雕出一尊笑嘻嘻的玉佛，但最后只能卖得50美元，或者要用半年时间来切割打磨，才能做出一个玉盘。在我印象中，这些东西甚至卖得不是特别好。然而，似乎大家对此毫不介意。乌鲁木齐仿佛处于一个小小的时间隧道中，所有的事都要慢半拍。早餐要到九点半才吃，晚饭则要等到夜里九点。每天晚上十点半，太阳依旧能够钻出云层，灿烂的阳光要到十一点以后才有所收敛。到了半夜，整个地方又忽然变得冷飕飕的。

我走进沙漠去看骆驼，然后又去了东北方向的博格达山，它的山峰很像岩石筑成的尖塔，后来我又去了天池——"天上的池塘"，这个位于半山腰的湖泊，海拔大约有2000英尺（600米）[①]。天池之上，博格达峰（海拔5445米）的最高处覆盖着白雪，将它与周围的其他山峰连起来看，很像一匹狼的下颌，又长又尖的颌骨上，嵌着黑色和白色的獠牙。路的尽头有几家面摊，我还见到了一些少先队员和中国游客，可是再往前走50英尺（15米）就一个人也没有了，只剩下一片松涛鸟鸣。我从未见过比这更美丽的风景，这样一处松树林立的野外一点也不像中国，但也不像欧洲：路边和树林里有人居住的地方，要么是一些蒙古帐篷和木屋，要么就是规模很小的村落，居民里有长着罗圈腿、穿着长靴的骑马人，也有裹着头巾的妇女和双颊通红的孩童，处处都是如此。我对一个人讲汉语，但他可能是哈萨克族人，只是对我笑了笑。

我在湖边遇到了一位姓程的中国先生。读过《汤姆·索亚历险记》后，他给自己取了个英文名字叫"汤姆"（Tom），看到他这样做，他办公室里的所有人也都决定效仿他。他在阿勒泰的农业银行上班，阿勒泰地处遥远的北疆，仅仅是中国境内的一个小角落，一面与俄罗斯接壤，另一面紧挨外蒙古。

"在我们单位，"汤姆·程说道，"还有迈克（Mike）、朱利安（Julian）、简（Jan）、韦恩（Wayne）和鲍勃（Bob）。"

---

① 编者注：天山天池湖面海拔约1900米，此处疑为作者笔误。

第八章 开往西安的104次列车

中国火车上的条件有时真是差得可以。在长达12个月的旅程中，我搭乘了近40趟列车，还从来没见过哪趟车上的厕所不脏的。车上的喇叭砰砰作响，一天要烦你18个小时——在宣传毛泽东语录的时代，这东西无处不在，至今仍没有销声匿迹。列车员的脾气可能很暴躁，而在餐车内总是要跟人抢饭吃，还不如不吃。但有时你也能得到些许宽慰，比如遇见好脾气的列车员，偶尔吃到可口的饭菜，睡到舒服的床铺，这都要看运气；而且即便这些都没有，还是经常会有一个胖乎乎的暖瓶在等着你，里面装满了供你泡茶的热水。

然而，不论我能想出什么样的理由来反对坐火车，相比在中国坐飞机所带来的恐惧，那些根本不算什么。在从乌鲁木齐去兰州的航班上，我感受到了一点点这样的恐惧——之所以选择飞行，是因为我觉得回去再坐一遍"铁公鸡"显得毫无意义。我被告知要提前三小时到机场——也就是早晨七点。然而飞机延误了五小时，直到下午三点才起飞。我坐的是一架老旧的苏联喷气式飞机，机身的金属包皮都已经开始发皱开裂，就像旧烟盒里的锡箔纸。飞机上的座位挤得很紧，不但抵得我膝盖疼，还导致我双脚的血液循环出现了障碍。每一个座位上都坐了人，每个人随身都带着许多沉重的行李——这些个大捆的东西要是从头顶的置物架上掉出来，能把你的脑袋砸开花。飞机还没起飞，就有弱不禁风的人开始轻轻地呕吐，他们低着头，双手交叉捂在嘴巴上，好像在虔诚祷告一样，这是中国人呕吐时的惯用姿势。两小时后，他们给我们每人都发了一个纸袋，里面装着三颗焦糖糖果、几个口香糖以及三粒已经化得黏兮兮的硬糖，还有一条用玻璃纸包的黑乎乎的牛肉干，这东西看起来像麻絮，吃起来像烂绳子。除此之外，他们还在里面放了根牙签（中国人真乐观，觉得只要一根就够了）。又过了两小时，有位穿着老邮差制服的女孩开始端着个托盘走来走去。我以为她那里会有好吃一点的食物，于是就伸手去抓了一小包——结果发现是个钥匙环。机舱内起先很热，后来又变得很冷，我甚至都能看见自己呼出的气。飞机嘎吱嘎吱地响，好像在海面航行的帆船。又过了两小时，我自言自语道：真是要发疯。此时传来一阵广播，乘务人员用含糊不清的口齿宣布，我们不久即将降落。这时候，除了呕吐者，所有人都站起身来开始拉拽置物架上的一捆捆行李，然后这些人就一直站着，推推搡搡，摇摇晃晃，咕咕哝哝地抱怨着——乘务员要求他们坐下并系好安全带，但他们充耳不闻。我们在颠簸了一阵后终于着陆，飞机在滑道上通过轮子完成减速，最后缓缓地停靠在兰州机场航站楼前。我再也不要坐中国的飞机了。

"What do you think of Chinese airplane？（您觉得中国的飞机怎么样？）"方先生难得冒出了句英文。

"Lamentable（太糟糕了）。"

"谢谢！"他竟然这样说道，"也许我们还可以坐飞机去西安？"

"你去坐飞机，我要坐火车。"

"明天出发吗？"他满怀期待地问道。

"今晚就走。"

方先生好像很疲惫。如果我把他折腾得累一点，也许他就会让我单独行动了。他并不会主动冒犯我，但我每次见他跟在身后心里就不舒服，他总是同我保持十步的距离，默默地看着我，手里还攥着他那本字典，现在他可能在查"lamentable"的意思吧。

兰州火车站出现了一个侏儒——是个超级矮小的侏儒，身高不足三英尺（0.9米）。起初我以为他是个小孩，但后来发现他满脸皱纹，双眉紧锁，神情有点焦虑，他的帽子和拖鞋都很袖珍。他走起路来铿锵有力，光凭这点就可以知道真相——孩子的步伐从来不会如此坚定。后来人们都开始盯着他看，我跟着他进了车站。

人们对他指指点点，有人惊声尖叫，有人大声叫唤。一个中国男人笨手笨脚地操作着相机，但动作不够迅速，没有拍到照片。有个小孩看见他以后，对着妈妈大喊起来。然后最离奇的是，他被一群聋哑人发现了。这些人大概有十五个，虽然不能说话，但他们却仍然表现得很兴奋，而且还做出了野蛮无礼的举动——对这个不苟言笑的袖珍男人指手画脚。他们用手比画出内心的激动之情，试图将他围住，既没有注意到自己在这场哑剧般的嘲弄中显得多么可笑，也没有意识到这个侏儒只是一个在归家途中的普通人。后来人群中传出一阵笑声，因为有人觉得这些聋哑人很滑稽，而那个侏儒也很喜感。侏儒匆匆逃离，于是人们只能盯着这些残疾人，他们在用手语相互交流，好像暹罗的舞者。中国人要是对什么东西感兴趣，似乎从来都不会遮遮掩掩。他们会大大方方地看你——我要是翻开钱包，他们会往里面瞟；我要是打开旅行包的拉链，会有一群人围过来看我有什么衣服。他们很少单独行动，经常挤在围观的人群中，而正因为如此，他们才敢放心大胆地看。奇奇怪怪和可怜巴巴的人最能引起他们的兴趣。

就在兰州火车站前的出站口，约有30名年轻人排成了一列长队。除了印有金色大字的红旗外，他们还带来了长布条、标语牌和各种小旗子。他们一言不发，耐心地站着，仿佛在送葬一样。我心想可能他们真的是来给谁送葬的，就等着灵柩从104次列车上下来。已经是夜里11点了，而且这里是兰州，阴冷潮湿得很。

"方先生，他们在干什么？"

"他们在欢迎代表们归来。"他没有丝毫迟疑地答道。

"什么代表？"

"会议代表。"

"哪个会议？"

"有好多会议。"他回答。

我觉得方先生随便找了个解释来搪塞我，于是我继续追问，给他施压。

"也许是个农业会议。"他说道。

"方先生，那些标语说的是什么？"

"没有眼镜，我看不清。"

"那么请戴上眼镜吧，"我说道，"我非常好奇。"

"哈哈哈！"他大声笑道，然后推了推眼镜，将身子探向前去，"哈哈哈！"

他的笑声低沉而勉强，这是在告诉你：我刚才犯傻了。

然后他摘下眼镜，神情变得很严肃。中国人的笑声总有醒神的效果，它不仅能解释状况，同时也能宣泄情感。

"他们在给旅馆做广告。"

"哪家旅馆？"

"很多家。"

"有多少家？"

"很多很多，"他沮丧地说道，"乘客出站后，一抬头就能看见那些牌子。这家东西好吃，那家房间条件好，另外一家位置又比较近。他们在相互竞争，那样做是为了招揽生意。"

偏远的甘肃竟然存在如此先进的商业意识，方先生觉得很惊讶。我心想，兰州有这么多餐厅、旅馆和酒店，对他来说也是闻所未闻吧。这不仅体现出了自由市场的氛围，也暗含着资本主义思想和竞争的本能。

我说道："他们在走资本主义道路！"

方先生冷冷地回复道："我们再也不用那个说法了。"

每当我向他炫耀地提及"阶级敌人"和"走狗"之类的说法，他总是表现得局促不安。

我们经过一帮吵吵嚷嚷的人群，他们大概有 200 来人，争先恐后地想挤进通往硬卧车厢的旋转入口，我们则敲响了软卧候车室的门。候车室接待员让我们进了房间，将我们领向又软又厚的座椅。我有一张清单专门记录中国产的老物件（比如搓衣板、羽毛笔、塑身内衣、痒痒挠、鱼胶、痰盂和蒸汽火车头），此时我默默地想，一定要把座椅盖布加上去。然后，我找方先生借来了字典。

我在"道路"的词条下发现了"资本主义道路"的说法，后来又查到了"走狗"这个词，字典里的释义是"马屁精、谄媚者、帮凶"。接着我又找了找"自由"，发现有很多条解释，而且每一条后面都提供了例句。我把字典里一些最有意思的抄在了本子上。

> 中国公民享有言论、通信、出版、集会、结社、示威、游行及罢工自由。
> 任凭资产阶级思想泛滥是不成的。
> 小资产阶级的自由散漫性。
> 革命的集体组织中的自由主义是十分有害的。
> 这件事我们不能自作主张，我们必须请示领导。

这是一本官方汉语词典，由国家出版社于 1985 年再版，这本字典显然已经过时了，和许多还在被人提起的东西一样，如今它已不能发挥任何作用。虽然这种情绪已经泯灭，但他们却不会真正销声匿迹。

列车在午夜时分驶进了站。车站外乱哄哄的，各家旅馆的推销人员和代理人都在竞相吸引人们的注意。我去了卧铺车厢，方先生消失了。我找到自己的铺位，发现要去西安的再没有别人。卧铺车厢空空如也，在中国的火车上此种情形极其罕见，应该好好享受一下。这样的环境几近奢侈，真是太惬意了。长颈台灯、塑料花、暖水瓶、枕头、毛毯和被子都是我一个人的。靠窗的小桌上铺着桌布，座椅靠背上铺着一块五英寸（12厘米）见方的钩织盖布。

唯一让人烦心的是车厢里还响着音乐。就算缠上橡皮筋我也无法扭动喇叭开关，于是我掏出瑞士军刀拧开固定它的螺丝，将它从天花板上卸下来，切断它的线路，然后又装了回去，我终于能安静地看书了。我正在读鲁迅的《阿Q正传》，因为有位中国女士跟我说过，这篇小说揭露了中国的国民性。可是，到目前为止我读到的都是阿Q如何傲慢、愚蠢、虚伪和怯懦，而且他跟普特尔先生[1]一样对周遭事物充满了误解，让人忍俊不禁。这些是重点吗？[2]

我继续往下读着。列车迈着沉重的步伐往前行进，汽笛发出阵阵哀鸣，这些都让我内心感到平静。

* * *

厕所间旁边有一桶死鳗鱼，我半夜的时候瞥见过一眼。这让人印象深刻——同时也是件好事，因为第二天早上我去餐车询问当天有什么菜色时，厨师回答道："鳗鱼！"

他说这趟列车是由青岛铁路局运营的，刚从海边过来。它在中国绕了一大圈，带来了很多山东特产——海鲜、牛皮糖以及中国最好的啤酒。

列车还在甘肃境内，正驶向东南方向的陕西（不是偏东北的山西），刚刚经过天水市。此处的风景和我在新疆看到的一点都不一样，甚至同甘肃的其他地方也不像。窗外又是精心营造的中国式风景：土山上嵌满层层梯田，田里疯长着一片片成熟的稻谷。只有在下方的山谷底部，才能见到一些平坦的土地。除此之外，其他地方都充满了人工的痕迹，整个郊外都是用双手打造而成的——山坡上用来固定梯田

---

[1] 查尔斯·普特尔（Charles Pooter），英国作家乔治·格罗史密斯（George Grossmith，1847—1912）作品《小人物日记》（Diary of a Nobody）中的主人公。
[2] 作者注："阿Q的突出特点是习惯于用自己安慰自己的方法，在任何情形下都自以为是胜利者，即'精神胜利者'。"（《毛泽东选集》第一卷）

的石墙，随处可见的小径和台阶，水闸、排水道，还有挖出来的犁沟。这里的小麦比水稻多，一捆捆地堆在一起，等着人来收去脱粒——也许要靠那头埋身泥洼、只露出鼻子的大黑水牛来负责搬运。

所有的景观都是出于实用目的而加工和塑造，看起来并不美观，但却匀称有序。在这里你没法跟谁说"快看那山坡"之类的话，因为山上全是梯田——泥巴围出的水沟和田地，泥巴修筑的房屋和道路。中国人能在微小的桃核上刻出复杂的纹样，又将同样的手法运用到这些庞大的蜜色山丘上。如果有岩石裸露在外，他们就会种上一块稻田来遮挡，台阶和梯田沿陡坡排列，宛如玛雅人的金字塔。这样的景致在中国西部并不常见。它规模庞大，就像昆虫用泥土建造的复杂王国，眼前所见的一切都出自人类之手，让人既印象深刻，又感到惊愕。你当然会说世界上的任何城市都是如此，但这并不是一座城市——它原本只是渭河之上的一片群山，如今看上去却像是人工建成的。

渭河本就浅而泥泞，水流平缓，每年这个时节还会形成许多沙洲。

正午时分，列车停在了处于铁路枢纽位置的宝鸡市。一位先生告诉我："渭河里没有鱼。"然后，他大声清了清喉咙，往站台上吐了一口痰，随即习惯性地出于礼貌，用鞋底把痰擦了擦。

每个人都会像这样清嗓子、吐痰，他们的痰有时会成滴快速落下，有时则会拉成细条缓缓下流，就像顺着痰盂边缘而下的烛蜡。一般他们都会吐在垃圾篓里或者树干旁边，但就算政府专门发起倡议，也无法阻止一部分人随地乱吐，我见过有人把痰吐在地毯上，并且还记得要礼貌地用鞋底去抹两下。

在宝鸡的站台上，我注意到有人在拖着脚走路，姿势有点像溜冰，双臂前摇后摆，窄窄的肩膀忽高忽低；也有人四肢猛然开动，像小狗一样往前冲去。他们时而惺惺作态地迈着碎步，时而拖着沉重的步伐缓慢前行，时而你推我搡，一直将手放在外面——因为要伸直双臂来护住自己的道路——头却始终低着。他们的样子粗俗无礼——想不到中国有人会是这样的。

他们讲话非常大声，就当别人是聋子一样，唠唠叨叨的，很是烦人，好像没人在听，必须吼出来才能让人听见似的。广播和电视的声音也极响，往往都调到了最高音量。为什么会这样呢？全国人民听力都不好吗？或者说这只是一个可悲的习惯而已？

他们常常不关门——全国人民都这样，而且他们还喜欢坐火车时不穿外套，脱得只剩下贴身衣裤。他们天生不喜欢约束，即便是最短的旅程，也能被他们变成一场睡衣派对。他们衣着干净整洁，行李收拾得井井有条，但却热衷于乱扔垃圾，把厕所弄得跟地狱一样。他们自己穿戴整齐地下车，身后的列车里却被搞得一片狼藉，这现象真让人匪夷所思。

他们随地吐痰、大喊大叫、喜欢盯着人看，而且还不穿外套。虽然有这么多问题，但他们却很少吵架。他们极其羞涩、谦卑甚至懦弱，并且非常天真。毛主席说过："虚心使人进步，骄傲使人落后。"在火车上，他们总是显得若有所思。

* * *

列车正在穿越渭河峡谷，过了宝鸡以后，地势豁然开朗，变得更加平坦了。周围到处是麦田，人们在田里用镰刀割着麦秆，将它们捆好拉走。天气已经变得非常炎热，眼前灰蒙蒙的一片。尽管空气也很潮湿，下午三点的田里还是挤满了人，因为收获的季节到了。他们站在齐胸高的麦秆中间，一旦拿着镰刀弯下身去，人就被挡得无影无踪。

附近的村子破落不堪，但即使是最简陋的房屋也装上了长长的电视天线。在有的农村地区，时常能看见丑陋的公寓和营房般的建筑，显得与周围的田园风光格格不入，这是中国的又一个不解之谜。列车停靠在了咸阳，中国第一位皇帝曾在这里活埋了他的460余位批评者，后来我们再次跨越渭河——此处的河水浅到连最小的船也无法承载——接着经过更多麦田，朝西安市驶去。

* * *

到了西安市区，首先映入眼帘的是四周高耸的围墙，它们始建于明代（十四世纪），最近才得到修复，很像欧洲中世纪的城墙。围墙顶部有锯齿状开口，并且设有哨岗和塔楼，塔楼的窗户（和长城上的差不多）都是按照弓箭的宽度设计的。就像长城一样，这些城墙的作用就是将一些人阻隔在外，同时又将另一些人保护在内。西安城墙高大宏伟，火车经过了北门，这座城门有着大红色的梁柱和巨大的拱顶，像一座庙宇。它的不远处是一条横幅，上面用两英尺（60厘米）见方的大字写着"遵纪守法"。

西安火车站很新，街道也很宽阔，整座城市井然有序，仿佛就是为了迎接游客而规划的。它曾经是有过短暂辉煌的大秦帝国的都城，也是"丝绸之路"的起点，常常被认为是一处必游之地。即使在8000年前，这里的生活也是相当舒适——如果你到市郊去看新石器时代的半坡遗址，就会发现许多证据。它大多数的辉煌历史都要归功于秦始皇，他统一中国，焚书坑儒，建造长城，规范了法制、货币、道路、文字、度量衡和车轴长度，并且下令建造了兵马俑。这已经是2000多年前的事了，但兵马俑仅仅在12年前才被发现。

"我年轻的时候，根本没人来西安旅游。"我们一起在市区闲逛时，夏先生这样告诉我。他今年三十岁，是一名当地导游。"来过一些东欧国家的游客和外籍专家，但从来没见过美国人。"

"他们从什么时候开始来的？"

"显然是兵马俑发现以后，那时候人们都很有兴趣，后来出土了越来越多的东西。1980年的时候，一些挖掘者发现了铜马车。大家都想来看看这些东西。"

这对中国人来说再好不过了。或许他们已经认识到，游客的好处就在于他的注意力集中而短暂。对政府而言，游客要是只把观光作为旅行目的就太完美了。他们来访，去各处景点参观，等到把所有地方都转了个遍，就会马上离开。不以观光为目的的人往往会驻足徘徊，他们不看博物馆的介绍，喜欢问尴尬的问题，不是让人感到心惊胆战，就是把人搞得垂头丧气，所以他们最好不要来。而且通常来说，这些人不是消费大户，而且行事毫无章法，让他们到处走动会非常危险。

我讨厌在中国观光。在我看来，中国人的本色早就隐匿在了他们重修的废墟之后，所以没人能近距离观察到他们的生活。而且，他们的重修做得很糟糕——不是修坏了就是漆得太马虎。这些地方常常拥挤喧闹得无法想象。中国人谈起恋爱来都很热烈，所以他们会不断地一起出游，为的是找地方躲起来亲热。在每一处圣山和名塔，都可以看见异常多的情侣，他们纹丝不动地抱在一起，有时还互相亲吻。具体说哪个地方难以忍受或者不值得去是毫无意义的，重要的是游览（外出）时大家都习惯在那里做什么。

西安是我心中为数不多的一个例外。这地方真的很有趣也很漂亮，并且相当庄严宏伟——这与大部分其他中国城市不同，那些城市往往乌烟瘴气、杂乱无章，充斥着工业气息。但西安深知自己的重要地位。为了迎接八方游客，各种旅馆被迅速兴建起来。这个城市地方观念极强，沉寂了数百年而鲜有人问津，但如今人们似乎已经认识到，它成为了一处新的旅游胜地，并且因此而声名远播。

西安的小贩们不停地在强买强卖。他们讨好你，恳求你，跟你讨价还价。他们卖兵马俑铸像，卖地垫，卖皮影，还卖小得可怕的杯垫，他们推销时恨不得把这些东西推到你脸上来，还要扯着嗓子对你喊："明朝的！"

游客和自由市场经济差不多是同时到来的，这意味着当第一批游客来到这里时，他们就遇上了这些贪婪的人一边挥舞着各种工艺品，一边跟他们讨价还价。

那些商品中只有一小部分还算不上垃圾，都是从阁楼和旧抽屉里搜罗出来的物件，有家传的珠宝、上了年头的小摆件、脏兮兮的小香炉、带裂痕的玉章、银箔做的烟草盒，也有丝绸布片、古老而美丽的丝质或刺绣衣物、帽子、玉酒杯、旧铜锁、木雕神像、银指甲和精致的发卡,还有香料罐、鼻烟壶、锡罐、好看的茶壶、缺了口的碗盘、象牙筷以及破损严重的花瓶。

中国人全凭一己之力,把自由市场变成了跳蚤市场。那些小玩意儿和宝贝都出自木工之手,而小贩或临时生意人则是自新中国成立以来第一次学会了缠着人讨价还价。

这让我回想起新疆的情况,维吾尔族人正在回归他们的本真——他们四海为家,游动放牧,坚定地信仰伊斯兰教,讨价还价,总是抓着你问要不要"shansh marnie"。现在其他方面也出现了类似的情况。过去学者们不得不伪装成政治上的附庸者,如今他们正在重新回到中国传统的士大夫阶层,做回精英知识分子;赌徒和酒鬼又再度出现,家庭农场主、修锅匠、帮佣和小商贩也是如此;除此之外,这些生活在大城市边缘地带的本地人也活跃起来——成为了市场上的小贩,而且他们尤其活跃。

"这可是老物件,很有年头的!"他们大声嚷嚷,"清朝的!明朝的!五十块!你想出多少?你说个价!"

我被深深地吸引了。在这里买东西没有固定的价格,没有固定的交易场所,也没有任何附加费用。某个眼神炽烈的人会突然抓住我的胳膊,拼命地推销一串旧珠子。

让所有这一切显得更有趣的是,从经过认证的宝贝到彻头彻尾的假货,他们无所不卖。我去了骊山,想看看那座人工山,据说那里可能是秦始皇的陵墓所在——这座墓很有可能在公元前206年就已遭到洗劫,而秦王朝也正是在这一年灭亡。

那座山附近也有个市场,一个潜伏已久的男人对着我嘘了几声,用手指了指他衬衣中鼓出来的地方,暗示我里面有好东西。

"你有什么东西要卖给我吗?"我问。

他又朝我嘘了一声,摆出一副担忧的表情,小心翼翼地向我展示他的宝贝:是个有盖的黄铜罐,大概有五英寸(12厘米)高,表面刻了些花纹。

"200块。"他说道。

我朝他笑了笑,但他毫不让步。"你瞧瞧,"他说道,"看它边上、顶上都有什么,仔细瞧瞧。"

铜罐上刻的都是男欢女爱的场景,有五种姿势,旁边配有细小的铭文,还刻了一些食品和装饰。而且,我能看出来这是个老物件——年代不是很久远,但也有些年头。它也许是清朝的东西,大概十九世纪左右,可能比1850年早一点。书上说,那是道光年间。

"50块。"

他反过来对着我笑,笑得比我刚才还厉害。

"这是什么东西?"

"用来装一种特殊药物的。"他说着,向我投来暧昧的眼神。

他说的是春药——这样的罐子还会用来装别的东西吗?

他先把价格降到了150元,然后减到100元。我给了他80元外汇兑换券,然后我们的非法交易就达成了。这东西也不是什么宝贝,但却非比寻常,比起那座老被放进旅行路线的土山,它要有意思得多。

假货并不难辨认,但人们却明知故犯地卖假货,这能在很大程度上帮助你理解中国商业中出现的这股新潮流。他们有时候卖小石像,也经常卖拙劣的青铜仿制品,但大多数假货都是用大理石或者石灰岩做的头像或雕刻,并且还会伪造成刚从寺庙墙壁上砍下来的样子。"很老的东西,"小贩们会对你说,"宋朝的!明朝的!清朝的!"他们会开出很高的价格,然后再往下降。有时候他们的商品明显来自同一家假货工厂,同样的东西也许会有超过50个人在同时售卖,但这并不能阻止他们大言不惭地说自己的东西是真古董。

兵马俑附近专门建了一个很大的交易市场,最近已经对外开放,里面卖的都是这种东西——有假货,有真品,也有跳蚤市场上那些小玩意儿。政府用这种方式认可了自由商贩在这里的存在。市场上一些摊位有顶篷遮盖,要收取少量租金,但其他地方都是露天的,还配备了许多桌子和长凳。

"有老外来的时候，生意就很好，"一位先生这样告诉我，他刚以60便士左右的价格卖给我一个漂亮的香水瓶，"但中国人自己不买这些，他们不喜欢古董。"

尽管如此，他们还是为兵马俑感到自豪（但他们并非不会偷盗：1987年6月，一些中国盗墓者被抓获，当时他们正在西安试图以81000美元的价格将一个俑头卖给某个外国商人，最后当然免不了死刑）。我去兵马俑时，那里有好几千人在参观，而且从国外来的人寥寥无几。大部分游客都是中国人，他们一般都是乘着自己工厂、合作社或工作队租用的大巴，晃晃悠悠地远道而来。这些人衣着寒酸，在夏日的酷暑中汗流浃背；他们成群结队，一路小跑，来去匆匆；为了拍照，他们咧嘴而笑，在存放兵马俑的飞机棚似的建筑前摆出各种姿势。外国游客把他们拍了下来，有的人则回敬了这样的好意——或者说侮辱——他们也把这些外国游客给拍了下来。

兵马俑不允许拍照，但它们并没有让我感到失望。它们简直太神奇了，会感到失望才怪。那些士兵和战马陶俑坚硬挺拔，都是原型大小，它们身披铠甲，做出前进的姿态，排满了整个足球场那么大的区域——兵马俑总共有上千具，但每具的长相和发式都不相同。据说，每一具兵马俑的原型都可以在遍布大秦帝国的真实军队中找到。另一种说法则认为，之所以每个兵马俑都不同，是因为要展示"东亚大陆居民的所有外貌特征"，以此来强调中国的统一。不论理由是什么，每个士兵陶俑的头部都是独一无二的，并且它们每个的脖子后面都印有名字——也许是士兵的名字，也许是雕刻者的名字。

所有的兵马俑都栩栩如生——并且数量庞大——这个地方因此显得十分神奇，甚至有点让人不安。你观察他们的时候，这些陶俑似乎在向前移动。对于穿着铠甲的士兵而言，要展现出他们身体的轮廓是很困难的，但即便绑着护腿、穿着长靴、拖着沉重的衣袖，这些人看起来也非常轻快敏捷，跪地的弓弩手们也是很警觉的样子，跟真人完全没什么两样。

秦始皇下令建造兵马俑来守卫他的陵墓，因此这个地下军队的出现在很大程度上是出于这位暴君的私心。然而，秦始皇向来喜欢搞大动作。直到他之前，中国一直处于四分五裂的战国时期，长城也只是零零碎碎地修建。公元前 246 年，年仅十三岁的他便以"太子政"的身份继承父亲的王位。他在四十岁之前就收服了整个中国，他称自己为皇帝。他建立了一套全新的标准制度，派他的一位将军带领许多罪犯和农民去修长城，废除了农奴制度（也就是说从那时开始，中国人人都可以拥有自己的姓氏），并且烧毁了一切没有直白地为他歌功颂德的书——他要用这种方式来确保自己成为历史的起点。他的宏伟计划不但使他失去民心，而且耗尽了他的国库。历史上曾有过三次刺杀秦始皇的行动。最后他在一次前往中国东部的途中丧了命，为了掩饰他死亡的真相，大臣们用烂鱼遮盖住他发臭的尸体，然后用马车将他运回来葬在了此地。后来秦朝的第二位皇帝以及他的继任者，都是在中国人口中的"历史上第一次农民起义"中遇害而亡。

让人惊异的不是这位古代君主取得了多少成就，而是他怎样在如此短暂的时间内成功做到了这些。后来甚至在更短的时间内，他所建立的王朝即被各种内乱所吞噬。两千年以来，中国的统治者们仍然有着和他极为相似的目标——征服、团结和统一。

兵马俑的品质出奇地好，同中国其他旅游景点里的东西都不同，它们保存得就像刚造出来的一样。公元前 206 年，这里曾被叛乱的农民大肆毁坏，那些人闯进墓地来偷盗陶俑手里的兵器，比如十字弓、长矛、箭头和枪柄（这些都是真东西）。从那以后它们就一直被深埋地下，直到 1974 年，一个男人挖井时铲到了一个士兵俑的头部，把它挖了出来。兵马俑就这样被发掘了。它们没有被重新上漆和伪造，也没有遭到进一步破坏，如此幸运的杰作在中国绝无仅有。

中国游客还会蜂拥到西安来看华清池，这是一处唐代的景点，1936 年时蒋介石曾经在这里被软禁过两周时间，史称"西安事变"。他们簇拥在一块牌子旁边，上面说这就是蒋介石当年跳出去的那扇窗，于是他们会问:"子弹孔在哪里呢?"他们还会去大雁塔、鼓楼、卧龙寺和新石器时代的半坡遗址。在半坡遗址,有块牌子上是这样写的:

> 在生产力低下的原始社会,人们不了解人体结构和生老病死的规律,也无法解释许多自然现象,所以他们开始有了最初的宗教信仰。

清真大寺也是他们经常去的地方,那里的很多人仍然有着虔诚的宗教信仰。这座清真寺始建于1200年前,之后经历了很多次扩建、毁坏、拆除和重建。我去参观时正赶上它在整修。我向那里的一位老先生询问西安有多少伊斯兰信徒,他回答说有好几百个,其中有几十个还去过麦加。当我离开时,他对我说道:"我们是逊尼派,不是什叶派,不追随霍梅尼[①]!"

在几扇大门和刻有阿拉伯铭文的门柱间徘徊时,我又遇到了一位老先生。

"Salaam Alaikum[②],"我向他招呼道,"祝您平安幸福。"

"Wa-alaikum Salaam[③],"他回敬了同样的祝福,"您是来自巴基斯坦吗?"

"不,美国。"

"美国有回民吗?"他用中文问的,我知道他说的是穆斯林。

"有的,但非常少,"我回答道,"为什么你觉得我是巴基斯坦来的?我长得像巴基斯坦人吗?"

"也许吧,"他说着耸了耸肩,"我不知道,我一个巴基斯坦人都没见过。"

---

① 霍梅尼(Khomeni,1902—1989),伊朗伊斯兰教什叶派领袖。
② Salaam Alaikum,阿拉伯语,伊斯兰教徒见面打招呼时常用,意思是"祝你平安"。
③ Wa-alaikum Salaam,阿拉伯语,伊斯兰教徒对招呼语"Salaam Alaikum"的回敬,意思也是"祝你平安"。

第九章　成都快线

方先生把头歪向一边，挤弄着一只眼睛，头顶上一撮头发像大钉子似的翘着，见他朝我露出一副憧憬的神情，我不禁难过起来。他竟然能如此沉默。他只是跟在我身后，或许还希望我能出点儿差错。当我请他帮忙时，他总是表现得那样感恩。现在我们坐进了西安火车站的软卧候车室，靠翻阅杂志来打发时间。他在看一本叫作"China Products Monthly"（《中国产品月刊》）的英文杂志，试图借助字典来搞懂其中的某一页，我因此感到更难过了。我手里拿着同样的杂志，那一页是给"江苏陶瓷厂"做的广告——都是些又小又丑的塑像，比如天使、圣诞老人、白雪覆盖的教堂、米老鼠和手握竖琴的少年歌者。在方先生正尝试阅读的宣传内容里，这些陶瓷产品被描述为："设计精巧！造型逼真！颜色鲜艳！乐趣无穷！"

他抬起头冲我笑了笑，这让我感到更加难过了，因为我怀疑他心情也不大好。可是，后来我发现他一点都不难过。他像许多其他的中国人一样——性格保守、相信宿命，明明感到难过却还要故作坚强。没错，万里长城是他们的杰作，唐朝也曾经灿烂辉煌过，他们还成功击退了日本人，毒气、厕纸和小数点都是他们发明的；但他们也经历过很长一段时间的动荡和混乱。他们忘记了自己曾发明过机械钟，但这也没什么大不了。让我们来看看过去一百年间都发生了什么：太平天国运动、欧洲和日本的侵略、义和团运动、1912年清朝灭亡、孙中山建立中华民国、抗日战争、国共内战，还有"大跃进"和所有其他在中华人民共和国成立后发生的政治运动。有谁会感到好过呢？毫无疑问，正是因为这些突如其来的痛苦，才没什么人显示出对未来的信心。还是不要去想这个比较好。而且，表现得难过是一件丢面子的事，这也是中国人从来不当着送礼者的面拆礼物的又一个原因（不论礼物大小，他们也不会当面评论），同时也可以解释为什么他们受到惊吓时总要做出大笑的反应。

方先生学的是俄语专业，曾经教授过关于普希金的课，在苏联人民和中国人民还是同志的时候，他曾去莫斯科和列宁格勒当过口译员，但在1960年代，他却因为教资产阶级外语而被人怒斥，并且被迫和一帮囚犯拴在一起搬运石头。现在，他整天跟着一个毫不领情的美国人，要走遍整个四川中部。他没有尖声冲我喊"接下来去哪儿"，而是抬起头，羞怯地朝我笑了笑。

他假装没看见我上火车，但我大声朝他喊道："成都见。"

傍晚时分的天色依旧很亮，列车在五点半左右发出，将一片片麦田和田里的收割者抛在身后。途中我们还经过了许多坟堆、陵寝和墓冢，也许它们全都被洗劫过（但没人把宝贝拿到政府的古董交易所去卖，因为他们在那里只能换得少量津贴）。我在旅馆听说刚刚在西安附近又发掘出了一个坑，里面的兵马俑数量更多。我询问了一些相关情况，但是没人了解，或者他们决定要保守秘密吧。

夕阳西下，蒸汽火车擦着侧轨："哐哧——哐哧——哐哧——哐哧——哧——"此时，有个满身大汗的黝黑男人一把摔开了列车隔间的门，拖着四个大包闯了进来。

"我是从九龙来的。"他说道。

这人看起来病恹恹的。他累得上气不接下气，笨手笨脚地摆弄着行李上的带子和拉链。他的腰间系了条厚皮带，皮带的链子上挂着一串钥匙，他一动起来，钥匙就叮当作响。他的田径鞋里散发出阵阵恶臭。他不停地用普通话和英文对我说着"对不起"。他的眼睛小得就像两道狭窄的伤口。

"昨晚喝太多酒了。"随后他猛地丢下包裹，跑出了隔间。回来时，他清了清嗓子说道："我刚去厕所吐了。"

后来隔间里又进来一个男人，这样的来来往往很平常。旅行者们在车内徘徊，看有没有空的床铺和座位。如果找到的话，他们会在票价之上再多付一点钱来获得那个位置。一个空的隔间并不会空很久，而且整夜都会有人出出进进。

这个新来的人颇为年轻，外表看来相当强硬，他脸上的肉很结实，肚子和脚都很大。

"我想睡在这里。"他说着拍了拍我坐的床铺。

"这是我的床，"我说道，"我要睡这里的。"

我的话让他不高兴了。他穿的有点像制服——下身一条军裤，上身一件卡其色外套，而且有着红卫兵那种爱出风头、爱欺负人的神气。我心里非常清楚，他是一名十足的恶棍。

我没有理他，继续写我的日记，西安给我留下了愉快的印象。这名"红卫兵"对着那个九龙男人嘟囔了半天。

"他说他必须睡在那里。"九龙男人对我说道。

"不好意思。"我答道。

因为是我先进来的隔间，而且这是我的床，桌子和这个角落里的座位都是归我用的。我知道他觊觎这个位置，此时九龙男人对我说："他要写报告。"

"我也要写报告。"我回答。

"他的报告非常重要。"

"我的也是。"

这两个人掏出香烟来抽，弄得整个隔间都是烟味。我叫他们把烟灭掉——中国铁路最近出了一项规定，乘客只有在他人允许的情况下才能抽烟。当时天色已晚，而且很热，这个小小的隔间几乎让人窒息。

"这是违反规定的。"我说。

他们把烟扔掉了，然后开始聊天——声音非常大，实际上就是在吼，因为这个九龙男人跟所有香港人一样说不好普通话，而"红卫兵"则来自新疆乌鲁木齐，普通话说得也相当糟糕。然而语言上的障碍不但没有阻止他们喋喋不休，反倒意味着在大部分时间里，他们都得相互打断，不停地让对方重复。因为太热，我打开了车窗。从引擎排出的烟被风吹了进来，又让我感到一阵窒息，而那"哧——哧——哧"的声音，让我不禁打起了牙颤。

"他说他得写报告。"

"得让我先写完才行。"我说道。

"他想抽烟。"

"除非大家都同意，否则车厢内是不允许抽烟的，"我说道，"我不同意。"

"他想知道为什么墙上会有一个烟灰盒。"九龙男人敲了敲墙上的烟灰缸说。

"为什么不去问服务员或者列车员？"我说道，因为列车员正从我们的门口走过。

"每个隔间都有烟灰盒，""红卫兵"用一种恐吓口气对我说，"它们是拿来做什么的？"

"为了熄灭烟头用的。"我说着，试着瞪了他一眼，想灭一灭他的威风。

"我们必须合作。"他说。他的意思是：别再招人烦了。

"为了我们的友谊。"他接着说。

最后说出这句话时，他几乎是咬牙切齿的。

"我在专心做我自己的事，你为什么不去做你自己的事呢？"我说道，"你这个死鱼脸。"

我又回去写日记，可是他们的喊叫声仍然不绝于耳，让我无法集中精力，于是我走去了餐车。中国人的晚饭时间通常在六点半或七点之前，当时已经过了晚上八点，对中国人来说已经很晚，但他们却照常向我报了菜单，于是我点了些吃的。然而食物却一直没有送来，我问他们为什么。

"车上有一些外宾要过来。"服务员说。

"我就是外宾。"

"但你是一个人，"他说，"我们等的是一个外宾团。"

列车停靠在了宝鸡，一周之前我们曾经过这个铁路枢纽站，但这次我们要转而向南开去四川。已经八点半了，还是没有食物送来。服务员对我说道："再等等那个外宾……团……"

我对他说我饿死了，叫他快点把吃的拿来。"饿死了"的中文发音有点像英文"Ursula"（厄休拉，女子名）。可是，等了半天还是什么吃的也没有。

最后那个外宾团终于出现了：十四个矮矮胖胖的瑞典人，他们的胳膊已被晒黑，头发是白色的。其中一个人有一台摄影机，当他把它取出来弄得呼呼作响时，其他人都把手撑在了餐车黏兮兮的桌子上。他们的导游把所有的啤酒都买了下来，所以我一点也没买到。食物终于上来了——先给他们上，最后才给我。这时候已经九点多了。这些瑞典人吃东西慢悠悠的，不停地尝试用筷子去夹那滑溜溜的面条。列车猛地停在了一个车站，盛面条的碗都滑到了这些瑞典人的膝盖上。

"我还是很饿，"我对服务员说，"还有什么吃的吗？"

"还有一些香肠。"

"猪肉做的？"

"不，马肉。"

我吃了四根香肠，味道还不赖。马肉黑黑硬硬的，有一股很浓的烟熏味。

我回到隔间，发现里面坐满了人——除了九龙男人和"红卫兵"

外，又进来了三个人。走廊里挤满了穿睡衣的男人，大喊大叫的孩子，还有一些打牌的人。风扇吱吱嗡嗡地响着，火车也是。

"他是新疆来的，"九龙男人说道，"他是个学生，想知道你叫什么名字。"

"我叫保罗，他坐在了我的床上，我想睡觉。"

我这样不配合的口气很快就把人都赶走了。我们关了灯，但隔间里其余的三个人——后来又新来了一个——却在黑暗中继续相互喊话。

窗外迷蒙一片，看不清黎明是什么模样。随着浓雾逐渐变淡变薄，我们早早地从陕西进入了幅员辽阔的四川省，枝干多节的小树和轮廓模糊的远山都变得清晰可见，眼前的风景仿佛一幅质朴的中国水墨画，而人们就像画中细小的黑色笔触。

雾气缭绕在山头，在阳光的照射下逐渐化开，显露出盎然的绿意，山下是郁郁葱葱的稻田。就像透过毛玻璃看到的景色一样，到处都是模模糊糊的，时不时能清楚地瞥见群山秀美的轮廓，看见田地和峡谷。线条最鲜明的是山坡上那条被人踏出的小径，狭窄的道路蜿蜒而上，看起来明亮而耀眼。在这样一个朦胧的世界里，有人锄地，有人骑车，有人赶着一群毛绒绒的猪去市集。

雾中的风景显得十分柔和，但当所有迷雾散去，原本质朴宜人的风光却露出了老态。在这样一个潮湿的夏日早晨，农民们正同往常一样辛勤地劳作。中国的耕作方式能把人的腰累断，但让人感到些许安慰的是，农民如今过上了富裕的生活——比教师和工人要富裕得多。自由市场帮助了他们，保证了他们的东西能够卖上好价钱，他们再也不用按固定价格把东西卖给国家。列车从陕西进入了四川，虽然只前进了几百英里，却从小麦种植区来到了水稻种植区。这里更具南方特色，更加温暖湿润。

这是在中国坐火车的又一个好处。沿途的变化可以让你形成直观的视觉印象，这样到了某个地方就不会突然感到满是震惊和困惑，其他任何一种旅行方式都会让这个国家显得令人费解。而且，即便是坐在火车上看，它有时也是难以理解的，但这样做总会对你有所帮助。乡村的外观并非一成不变：风景可以千变万化，作物有成百上千种。有时在短短一小时之内，一切都变了样。

现在外面全是玉米地，收割者们正把摘下的玉米穗扔进麻袋，水牛在吃草，一只橙嘴褐毛的鹅立在一洼水田中央，妇女们担着水桶；一个小男孩挥舞着绑着蓝色飘带的长棍，想要吓走周围的鸟雀，活脱脱像个稻草人；岸边有个男人在钓鱼，一手拿着一根鱼竿，这完全是中国式的钓法。

我听不懂"红卫兵"说的汉语，于是我问九龙男人愿不愿意把我的问题翻译给他听。

他说："我自己也对他很感兴趣！"

"他是做什么工作的？"

"红卫兵"此时正在床上生气。

"他在一所高校工作——农业学院。哦不，语言学院。在乌鲁木齐。"

"我去过乌鲁木齐。"

"他说，去乌鲁木齐的人很多。"

我问："他在学校教什么语言？"

"他不知道怎么回答你的问题。"

"他会说外语吗？"

"他说他在那工作……"

"红卫兵"在床上含糊不清地咕哝着。

"……他不是老师。"

"那他是做什么的？"

"当干部的。"

原来他是一名官员。为什么他们要用"干部"这个词？也许因为他们讨厌"官员"这个词吧——它有点封建主义和阶级制度的意味。

"他加入了中国共产党吗？"

"是的。"

"问问他什么时候入党的。"

"八岁的时候就入了。"

"不可能。"

又是一阵咕咕哝哝。

"他说是十六岁,他那个时候入的党。"

"再问问他有没有当过红卫兵。"

"是的,他当过红卫兵。"

我很高兴,因为我早就看出来了。可是为什么他到现在还是一副红卫兵的派头呢?

"问问他是不是'造反派'。"他把我的问题翻译过去,但"红卫兵"小声嘀咕了一句"问得够多了",说完他便溜下床铺,匆匆去了过道,塑料拖鞋在脚底下噼啪作响。

我们离成都越来越近了,九龙男人说这是他第一次来中国内地。他姓张,跟我同龄——他给我看了护照,所以我知道了他的名字,而且我们的生日是同一天。

"我们都生在蛇年。"我说。

他已经结婚,有三个孩子,在九龙当出租车司机。跟许多海外华人一样,他来中国内地也是出于情感上的原因。当然,他也有一些实际的考虑,比如打折、送东西、兄弟般的友好往来、作为海外同胞安排各项事务时的便利,还有统统可以归结为民族亲缘关系的各种理由。他在西安遇到了一些内地出租车司机,那些人买了很多啤酒给他喝,足以将他灌醉。

"十年以后,你就可以把出租车从九龙开到内地了。"

"是的,"他说,"但我并不想这样。"

"内地出租车司机很赚钱的——他们没有告诉你吗?"

因为中国百姓几乎没人能坐得起出租车,所以他们的顾客经常是老外。在我看来,中国的出租车司机作为一个群体,驾驶技术不是特别娴熟。

张先生说:"他们每天最少得赚 70 块钱,计价器上显示赚够了这些之后,多出来的部分才会按比例抽成。但他们每天只需要工作八小时,在香港我们要工作十二小时。生活非常艰难,吃得贵,住得贵,什么都很贵。"

"香港受英国的殖民统治,但奇怪的是,"我说道,"香港其实真正讲英文的人很少。"

"我们说广东话。"

"这就对了,它其实是广东省的一部分。英国文化并没有渗透进去,到处都是广东文化。"

张先生并不想同我争辩,他说道:"我不在乎,我要去美国了。"

"你的意思是,不回来了?"

"是的,我有个妹妹在旧金山。我马上就要从美国驻香港领事馆拿到签证了。"

"你在美国还会开出租车吗?"

"不,我会去餐馆找份工作。"

"中国餐馆吗?"

"当然了,唐人街有很多中国餐馆。"

"你去过美国吗?"我问。

"没有,"张先生回答,"但我跟我的朋友们聊过了,我每周可以挣 800 美元。"

"具体干什么?"

"也许做厨师吧。"

"'也许'是什么意思?你会做菜吗?"

"我是广东人,我觉得我可以做粤菜。"

"为什么不留在香港呢?"我问,"你是不是怕中国接管之后会有什么变化?"

他想了一下,然后说:"在香港工作太辛苦了,美国要好点,生活条件要好些。"

"为什么不去英国呢?"

"我不想去英国,那儿的生活不好。"

"你到过英国吗?"

"没有,但我的朋友们是这么说的。"

他正在收拾自己的装备。此时已经接近上午十一点了,窗外是一片氤氲的绿色,稻田不断在火车两侧闪过。我们很快就要到成都了。不管怎样,张先生厌倦了我的问题。但我却被他深深吸引了,他决定放弃香港的生活,移民去美国,那是一个很不错的新地方——一个名叫"唐人街"的小天堂,很多中国人在那里安定下来,挣着美国的薪水,却从来不用融入这样一个大型庇护所似的国家,也不用为此做出任何妥协。我还觉得有意思的是,英国竟然会被受自己殖民统治的人拒绝。

"英国首相是谁?"

"我不知道。"

"中国的领导人呢?"

"邓小平。"

"美国总统是谁?"

他犹疑了一会儿,但只是一小会儿。"总统是,"他开始若有所思,然后深吸了一口气,"尼克松。"

尼克松下台已经十一年了。

"你是说美国现在的总统还是尼克松?"

"嗯,我想是的。我挺喜欢他的,你喜欢他吗?"

"不是很喜欢。"

"你支持哪个党?自由党,还是另外那个?"

"自由党,"我说,"我们管它叫民主党。"

但张先生并没有听进去,他拎起自己的包,为到站做好了准备。我说:"顺便问一下,香港总督是谁?"

"某位先生。"说完他就匆匆下了车。

* * *

我们来到一家名叫"陈麻婆"的餐馆(麻婆豆腐的发源地),这里的环境像车库一样阴暗嘈杂。我朝一面镜子里看了看,发现方先生正盯着我的后脑勺。吃完一碗麻婆豆腐后,他们又给我端来了一盘辣饺子。我觉得挺好吃的,但我并没有点这个。菜单上并没有这道菜,他们是从一个小摊上买来的。

"是那位先生买给您吃的。"服务员指着房间后方说道。

然而,那时候方先生已经不见了。过去几周他一直在仔细地观察我:他知道我喜欢吃饺子,但他从来没提过。我被他的举动感动了,但后来我又变得怀疑起来。他还注意到了我别的什么事情呢?

麻婆豆腐用油、洋葱、猪肉末和拇指盖大小的红辣椒片调味制作而成,煎饺则是菠菜馅儿的。米饭湿得都结成了块——中国的米饭大多是在大锅里煮出来的,经常夹生到难以消化,所以现在这样已经不错了。这种餐馆算是中国的快餐店,人们会突然走进来,迅速吃完饭,然后匆匆离开。我附近坐了一个盲人和一个为他引路的小男孩,盲人紧紧地抓着男孩的手腕。而那些酒足饭饱的客人,要么在用手指擤鼻涕,要么就在"咳咳"地清嗓子,或者往地上吐痰。

看到有位男士正要往痰盂里吐痰,我赶紧把目光移开了——我觉得那种满溢的痰盂出现在餐馆里非常不合适,这样想是不是太不讲理,太过于大惊小怪了?——此时,我发现一位女士在注视着我。

"Are you an American?(你是美国人吗?)"她满怀期待地用英语问我。

这位女士姓季,她说很高兴遇见美国人,因为她最近才去了美国走亲戚,而且在那里玩得很开心。旅程中的大部分时间她都待在西雅图,不过也去了洛杉矶、旧金山甚至拉斯维加斯,她还在拉斯维加斯赌了一把，结果没赚也没赔。

我在上海的时候遇到过一位中国女士，她说波士顿的唐人街让她感到很失望。她觉得那个地方既愚昧又落后，有点像广州的贫民区。那里的人只知道像绵羊一样听话，难道不能搞点名堂出来吗？我问季女士，她是否感受到过类似的愤怒。

"我懂她的意思，"季女士说道，"我不喜欢美国食物，所以我经常去中国餐馆吃饭。那些馆子全都很糟糕，而且所谓的川菜馆根本一无是处。"

"但那里没有这么多人吐痰，"她说，"你看看这些痰盂……"

"我们吐痰太多了，"她说道，"政府正在尝试遏制这个现象。"

反对吐痰的海报贴得到处都是，但这项倡议实际上是在鼓励大家把痰吐在适当的地方，而不是禁止大家吐痰。关键信息在于：请使用痰盂。

我和季女士聊了一会儿，问及家庭情况时，她说自己离婚了。

"我前夫几年前遇到了一个更年轻的女的。"她说道，并且主动告诉我她已经四十八岁了。

"那时候离婚方便吗？"

"很方便。"

"中国有很多人离婚吗？"

"很多。"

她没有详细解释，不管怎样这毕竟是一个敏感话题。大家都很清楚中国社会面临多方面的压力：缺钱、住房拥挤、独生子女政策，还有夫妻因为工作原因不得不分居两地（这样的情况占了很大比例），比如在不同的工厂、不同的城市，有时甚至是不同的省份。"文革"期间许多知识分子同农民结合，这导致了如今大量离婚案件的发生。

也许我的问题让季女士难堪了，她不再那么坦率，而是变得非常拘谨，不久便匆匆走开——她是不是发现有人在看她？我付好午餐的钱，出门散步去了。

成都有很多佛寺和美丽的公园。过去二十年间，中国有许多城市都失去了城墙、城垛和漂亮的城门，成都就是其中之一。与此同时，现在也很少有城市的主干道上还耸立着毛主席的雕像，成都也是其中之一。随着时间的推移，这些雕像都或将被毁坏。成都的毛主席雕像是全国最大的之一[①]，而且它既没有遭到破坏也没有被推倒。毛泽东非常喜爱杜甫的诗歌，因此这位唐代诗人在成都某个公园内的小屋[②]如今成为了全国人民朝圣的地方。尽管这座城市的一些传统市集和商铺得到了保留，但为了建造工人宿舍和摩天大楼，还是有很多被拆掉了。

鼓励人们住进大城市和高楼大厦有利于更方便地掌控他们的生活。当然，中国的城市经常人头攒动，但国家的政策却让它们丧失了原本的趣味，变得更加平淡无奇。同时这些政策还提醒着人们，他们不过是庞大机器中各尽其用的螺丝钉而已。觉察到这一点时，我正在成都市内四处转悠，希望借此来放松肌肉，消解车旅劳顿。在中国的城市中，我总是感到自己的微不足道：它们不是闲逛的好地方。这些城市就像更大的迷宫中的某些角落，你不可能畅通无阻地走很远——不是到了路的尽头，就是遇到路障，或者碰上某道关卡，难怪大家都要抢着坐火车。而中国人到了西雅图或旧金山这样的地方之后就不想离开，也就不足为奇了。

有一天去成都市郊溜达时，我经过了四川省第一人民医院。那是个繁忙的地方，又或者我到那里时正值医院的探视时间。不管怎样，来来往往的人很多。医院对街摆起了很多蔬果摊，人们可以在那里买礼物给病人。但也有六七个卖药的人混在这些摊位中间，他们推销着各种药物，有一些完全骗人的东西，也有许多中国医院都愿意接受的

[①] 成都的毛泽东雕像位于天府广场，高达三十米。
[②] 杜甫草堂，又称浣花草堂、工部草堂、少陵草堂，位于成都市青羊区的浣花溪畔。

草药。这里对江湖郎中来说是个好地方，他们来到附近活动，假想着如果有人对这家国有医院的治疗方法不满意，还可以买些干蜥蜴或者鹿角粉作为药物的补充。

无论我走到哪儿，方先生都犹犹豫豫、畏畏缩缩地跟在我身后，当我注意到他在看我时，他会向我投来一个微笑，那永远是一种怯生生的微笑。

我路过成都市中心附近，在一块巨大的布告板上看到了一张计划生育海报。海报上画的是一位中国领导人在欢迎一个女婴的诞生（孩子的父母正把孩子递给他，希望获得表扬）。画面下方的标语写着：中国需要计划生育。

我转过身去和方先生说话，谁知这个可怜的家伙吓得尖叫了一声。等到情绪平复以后，他自己笑了起来。他的笑声是在对我说：我为刚才的尖叫道歉！

"这个人看上去很面熟，"我说，"是周恩来吧？"

"没错，是他。"

"为什么他会出现在计划生育海报上？"

"人民爱戴他，尊敬他。"

我问他，现在人们是更爱戴毛泽东还是周恩来。

"我自己更喜欢周总理，我觉得其他很多人也是这样，但我也不能代表他们。"

"方先生，为什么你更喜欢周总理呢？"

"他很真诚，是个好人。"

再次出发前，我对他说："方先生，你为什么不回旅馆去休息一下呢，没必要老跟着我。"

"这是中国人的待客之道。"他回答。

成都的公园吸引的都是稍微新潮些的中国年轻人。

六月的某个下午，我在成都郊外的人民公园观察到一对年轻情侣走了进来。首先引起我注意的是，那个小伙子和计划生育海报上的男人一点也不像。他嘴里叼着一根特大号香烟,手里拎着一只手提箱似的卡带收录机,刺耳的音乐从里头砰砰地传出(也许是一盒香港的歌带),声音大得淹没了人们的对话,吓跑了灰色的八哥。这家伙上身穿了一件写着"cowboy(牛仔)"的T恤,上面的图案是一个戴宽边牛仔帽的长鼻子男人,下身则穿着蓝色紧身牛仔裤和一双松糕鞋,鞋跟高得像女人穿的一样。他的头发是专门烫过的——烫发本是广州的潮流,后来席卷了上海,最近又来到了成都。他戴着墨镜,收录机在手里晃呀晃,嘴里吐着烟圈。

他的女友(如果是太太的话他不会这么卖力地表现)穿一条粉色长裙,裙子轻薄飘逸,可能是她自己做的,长裙下是一双年轻女孩都喜欢的尼龙长筒袜,脚上蹬着一对高跟鞋。她也戴墨镜,镜框上镶着人工钻石。

那天他们休息,所以来了公园。再过一会儿,他们就会躲去一棵树后面,用老套的方式亲热一番。公园里和大马路上全是这样的情侣,他们是新的一代,是这个国家的继承者,但他们却把"及时行乐"奉为座右铭。

我问方先生有没有看见这对男女,他说看见了,但他对于这种年轻人很不满意。

"都是'文化大革命'的错,"他说,"大家都觉得那就是场灾难,那段时间从头到尾都在搞破坏,根本没人听话。这就是为什么现在的年轻人不讲礼貌,不守纪律,也没有思想。"

"方先生,听起来你很愤怒。"

他没有回答我,而是笑了起来——他发出了一种尖锐的、断断续续的、爆炸式的笑声,这表示他非常愤怒。

他说过他不喜欢中国现代的小说,他的意思是自己并不能感同身受。《北京文学》《收获》和《文学月刊》上那些被宠坏的小鬼和败家子都是从哪儿来的?实际上他们就是你每天在公园里看到的这种年轻人,他们想装酷,于是就模仿西方人的装扮——墨镜、卷发、松糕鞋、长筒袜、喇叭裤、蓝色牛仔裤、半导体收音机和耳机,极少数幸运的人还有摩托车。女孩们甚至还想要穿花哨的胸罩,在中国这也许是最不必要的衣物了。

在徐乃建最近(1985年①)的小说《因为我是三十岁的姑娘》中,身为老姑娘的主人公被表妹这样教育道:"你用的什么胸罩,窝窝囊囊的,到新街口去,买那个广州产的,造型好……老古板……"②

每当中国人需要在东西方之间做出抉择,他们总会感到矛盾和困惑,中国旅行者梁启超在《欧游心影录》(1919年③)中曾经表达过这种心情,他写道:

> 国中那些老辈,故步自封,说什么西学都是中国所固有,诚然可笑;那沉醉西风的,把中国什么东西,都说得一钱不值,好像我们几千年来,就像土蛮部落,一无所有,岂不更可笑吗?④

方先生跟我一起溜达着(但稍落后我几步),我们路过一家小吃摊,听见有人在唱歌——那声音响亮而躁动,像是在尝试演绎一首激昂的中国歌曲。唱歌的是个男人,他背朝我们坐在桌子旁边。他身旁还有两个同伴,这两人是清醒的,脸上挂着怯生生的笑容。那个男人已经醉到不行:他面色通红,唱个不停,口水直往下淌。要是再来一瓶啤酒,他的眼睛肯定会肿到凸起,呼吸也会变得十分困难,用不了多久就会失去知觉。

---

① 该小说最初于1980年以中文在《文汇增刊》上发表,作者读的是1985年出版的英文版 *Because I am Thirty and Unmarried*。
② 刘锡诚等编:《当代女作家作品选(第三卷)》,广州:花城出版社,1982,第476页。
③ 《欧游心影录》主要写作于1919年,出版于1920年。
④ 《梁启超游记》(《欧游心影录》《新大陆游记》合辑),北京:东方出版社,2012,第48页。

"这也要怪'文化大革命',"方先生说,"他在乎什么呢?他已经毫无自律可言,连自尊都没了。这样的行为太恶劣了。"

那个男人站起了身,继续唱着歌,有点晃晃悠悠的。他转向了一边,并没有瞧见我,但我却认出了他——原来是张先生,那个从九龙来的出租车司机。

第十章　驻足峨眉山：开往昆明的 209 次列车

　　从成都出发，沿着通往昆明的铁路干线行驶三个小时，就可以到达一个叫作乐山的河畔小城，世界上最大的佛雕就坐落在这里。因为大佛的缘故，加上周围寺庙林立，乐山便成为了一处朝拜的圣地。大佛位于三条河流的交汇处，容纳他的壁龛有峡谷那么大。据说以前河流汇合之时总会掀起巨大的波澜，导致许多船夫溺水身亡，因此人们在 1200 年前造了这尊佛雕以求平安。即使是今天，我也能看见有人在舢板上奋力地挣扎，企图冲过湍急的水流。

　　然而，与其说这尊大佛是众人朝拜的对象，倒不如说它是中国人异想天开的例证——它又大又奇怪，他的耳朵有 12 英尺（3.6 米）长，中国游客经常在他的脚上嬉戏打闹，他大脚趾的趾甲上甚至可以停车。靠近一点看的话，你会觉得他像个巨人——虽然大，却没什么特点，比例也不怎么协调——他身上的裂缝中还有杂草钻出来。之前在河边的时候，我没想到过他看起来会如此怪异。那个星期河上正好在举行龙舟比赛，这个活动更是异想天开：他们让选手们把一群惊慌失措的鸭子扔进水里，再划着漆得五颜六色的龙舟去追赶它们。

　　我走进一家乐山的饭店，看见里面有几个龙舟选手。他们边唱歌边大口喝着啤酒，而且还相互比赛（输了的人要把晾衣服用的夹子夹在耳朵上，这样他看起来就像一头十足的蠢驴）。这真是个令人愉悦的小城，午饭我尝了一些青蛙腿和四季豆之类的当地特色，然后就去了峨眉圣山。和乐山一样，峨眉山也是朝拜的圣地。信徒登峨眉山被认为是非常虔诚的行为——这座圣山海拔有一万英尺（3千米），是到达最为神圣的西藏之前的最后一站。

在峨眉山，我遇到一群上了年纪的朝圣者。他们总共有八个人，都是七十多岁，肩上背着精巧的柳条篮，手里拿着拐杖和包好的食物。他们是那种典型的朝圣者，总是面带微笑，轻装上阵。

"你们从哪里来？"

"从广元过来。"

广元位于四川省东北部，离这里有300多英里（480千米）。

"你们来这做什么？"

"来拜佛。"

"我们现在要去成都的武侯祠，"其中一位老太太说道，"去那里拜一拜。"

老太太们头上戴的有点像尼姑帽——这种帽子是先用硬挺的白布小心地折出形状，再用别针固定而成。她们脚上穿着像护腿一样的厚袜子，而且和同行的老先生们一样，她们走路时也需要依赖登山杖。她们直率而勇敢，脾气也很好，其中几个人吸着烟斗，还有一个在大口抽着雪茄。老先生们都穿着大袖子的斗篷。这些人说他们已经登过峨眉山顶了。可是，他们脚上穿的不是凉鞋就是布鞋，根本没有人穿结实的鞋子。

中国共有五座圣山[①]，把它们都登个遍是所有中国佛教徒的愿望，也是许多外国徒步旅行者的愿望。然而问题在于，由于大家都要去朝圣，它们又地处中国，所以已经被践踏蹂躏了几千年。这些山都有台

[①] 中国佛教五大名山：山西五台山、四川峨眉山、安徽九华山、浙江普陀山、贵州梵净山。

阶从山脚一直通向山顶,路上不仅有很多面摊和卖明信片的小亭子,还能遇到卖珠串的僧侣、沿途叫卖的小贩、卖水果的商人以及每张照片要收一元钱的专业摄影师。除了辛苦往上爬的勇敢的老奶奶,还有穿中国T恤的美国人和穿美国T恤的中国人,背帆布包的德国人,以及手里攥着封面印有"Chine"①的导游书的法国人。所有这些都不会减少山的神圣感,但却让登山的过程不再那么有趣。

不知什么原因,峨眉山到处是猴子——而且是双眉紧锁的猕猴。这些猴子对朝圣者们纠缠不休,不但伸手去抢他们的食物,而且还懒洋洋地骑在食物主人的脖子上,两条腿吊在他们胸前,一边骑还一边剔着牙,看起来自信得很。在峨眉山附近的一条小道,我看见一个男人骑车时背上还驮了只猴子,活像一对父子。

我住进了传说中的"峨眉山铁道学院"——方先生是这样称呼它的,但这里实际上是西南交通大学峨眉校区,有三万名在校生。他们给我安排的是又新又"现代"的大学宾馆,这里有些奇奇怪怪的装饰,中国人一般在最贵的建筑里才舍得用。而当这些建筑不再受到中国传统建筑风格的制约,它们便会一股脑儿地吸收进许多新的东西,比如在阳台上放几把实实在在的大伞,在墙上装天鹅绒衬垫,在餐厅里安保险丝盒;再比如挂熊猫画像来装饰墙壁,把仙人掌放进浴室来暗示那里没有水;除此之外,还有墙壁表面凸出来的能吓死人的裸露的电线,印了水渍之后看起来跟讽刺漫画一样的天花板,以及明明体积最大却被硬塞进最小房间的巨型沙发。倒影池是这种地方的又一特色,这东西非常有趣,因为你从来不知道里面有什么:也许你能找到死鱼、鞋子、自行车轮、生锈的易拉罐和筷子,但永远也不会见到像水藻这样无聊的东西。峨眉山的这个池子水注得很满,里头有一面从墙上落下的大镜子,已经摔得粉身碎骨。

"您觉得大学宾馆怎么样?"方先生问我。

---

① 法语,意为"中国"。

"好极了,"我答道,"我都不舍得走啦。"然而,宾馆厨师在打量了我一番后,对我做出了一个厨师在中国乡下所能做出的最残忍的事:他给我做了西餐——他眼中的西餐。他给我端上来一堆半生不熟的土豆、带着血色的鸡肉和开水煮过的白菜,还有一样很奇怪的东西,我不得不问他那是什么。

他用英文答道:"Bean(豆子)……"

他的英文和厨艺一样,都模仿得怪怪的。但我最后终于搞清楚了他要说的是什么——原来是维也纳炸肉排[①]。

尽管如此,我还是过得很开心。这里给我的感受如同内蒙古、嘉峪关、吐鲁番和乌鲁木齐一样,它们都是中国境内较为原始和空旷的地方。我已经受够了中国的城市,但这个地方却让人感觉很愉快,你可以花很长时间来走遍郊外的角角落落,去观察人们锄地,去看猪在地上打滚,或者去远处的村庄,看茅草屋前的小朋友在练习簿上写家庭作业。

* * *

铁路峨眉站位于一条很长的泥土路的尽头,朝圣者们杵着拐杖在这里耐心地候车,车站附近有个市场,专门向这些人兜售水果和花生。不久就有火车的汽笛声传来,淹没了麻雀的叽叽喳喳和竹林的轻声低语。我喜欢这种乡下车站,周围都是处在四川山区之中的稻田,坐在这里欣赏风景简直太完美了。时间一到,大火车就气喘吁吁地进了站,随后它一路往南,将我带向云南省。从峨眉山到昆明要 24 小时,列车内空旷得有些反常:我独占了一个隔间,而且因为天气闷热,车里的软垫换成了凉席。

---

① 维也纳炸肉排(Wiener Schnitzel),奥地利名菜,做法是将小牛肉排裹上面包屑后炸酥。

"峨眉和昆明之间有200段隧道。"列车员检票的时候这样告诉我。他话音刚落,我们就站在了一片黑暗之中:列车驶进了第一条隧道。

四周都是高大的锥形山丘,山坡非常陡峭,因此梯田只能开垦到半山腰,再往上就没法种东西了。在对于土地经济近乎痴迷的中国,这是非同寻常的事。天空阴云密布,瀑布从较低的云层中飞溅而出,小径沿山坡蜿蜒而上,最终消失在一片迷雾之中。

这么多隧道意味着我们一整天都要穿行在山区之中——眼前不是山丘就是山谷,还有晃荡在峡谷之间的窄窄的吊桥。山上的沟壑陡峭而壮观,山与山之间挨得很紧,所以山谷都非常狭窄。所有这些壮丽的地貌都在无言地诉说着,当初修建这条铁路有多么不易。实际上,当时存在许多被认为是难以解决的工程问题,但经过士兵和服刑人员的共同努力,铁路最终还是在1970年代初完工了。

铁路无法直接通过大雪山山脉,因此需要绕道而行,穿过山的侧翼,爬到稍高一点的地方盘旋一圈,再沿原来的方向继续前行。此时低头往下看,会发现隧道入口已经在你脚下,你这才意识到列车并没有前进,只是上升了一些。接着,火车进入另一个山谷,再次朝下方的河流驶去。下面这条河名叫"大渡河",河面很宽阔,河水却比天上的乌云还要灰。在大部分河段,水中都布满了岩石,渔民们坐在岸边,手里要么握着鱼竿,要么拿着古老的捕鱼笼。

这里的山是我迄今为止见过最密集、最陡峭的,火车在隧道里的时间从来不会超过几分钟。所以,为了看书写字,我必须一直开着隔间里的灯。此刻列车可能驶入了一个敞亮的山谷,你可以看到两旁的大岩石上遍布着白色的纹理,靠近山谷底部有许多种植园,山坡上的菜地成45度角次第排开,但下一刻它就会呼啸着穿越一个黑漆漆的隧道,把挂在墙上的蝙蝠吓得四处飞窜。这条线上的乘客经常抱怨旅途太长,但这无疑是中国最美的火车旅行线路之一。我不明白为什么人们要从一个城市匆匆赶往另一个城市,明明是旅游观光,却搞得像急行军一样。真正的中国往往存在于某些不起眼的小地方,而这些地方只有通过火车才能到达。

"您中午想吃点儿什么?"厨师问道,此时我注意到餐车里也没什么人。

"这趟车是四川的,对吧?"

"是的。"

"那我要吃川菜。"

他给我端来了辣子鸡、麻婆豆腐、青椒肉片、小葱炒生姜以及汤和米饭,这顿午饭花了我四元钱,吃完我就回去午休了。在有的国家,坐火车旅行不过意味着要度过一段焦虑的时间,你会从头到尾都在等着到站;而在另一些国家,坐火车本身也算得上是一次旅行经历,你可以在车上吃饭、睡觉、运动,也可以跟人交谈,或是看看风景。我的这趟旅行显然属于后者。下午三点左右,我从睡梦中醒来,见到窗外的迷雾和乌云都已消散。长长的列车已经呼呼地从低矮陡峭的山区驶进了一片更高且更广阔的区域。

我坐在窗边,看世界从身旁经过。在山中的一条小路上,四只大小各异的黑猪排成一列,小步往前奔跑着。有的山上布满了侵蚀沟,有的山上覆盖着矮松——这是我在中国第一次看见松树。山谷显露出深红色,土地光秃秃的,山坡上的灌木郁郁葱葱。河水已经变得和黏土一样红。火车站附近有许多杜松,现在起风了,它们正弯着腰随风摇曳。远处有五重山峰,由于远近不同,阳光在它们身上投下的灰色阴影也是各具形态。在一个叫作沙马拉达①的漂亮的山谷小镇,除了坚固的房屋和铺满瓦片的屋顶,还能看见十个没穿衣服的小孩在泥滩上翻筋斗,翻着翻着就跳进了红色的河里。时间还不晚,但太阳已经溜到了山的背后,将道道阴冷狭长的影子投向山谷,仿佛给山坡罩上了一层又长又大的外衣。

就在夜幕降临之前,我从某个山谷的上方往外望去,发现铁轨之

---

① 沙马拉达乡,位于四川省凉山彝族自治州喜德县。

下有个平台——那是一块墓地。墓地的大门是石头做的，门的上方有一颗红色五角星。红色五角星往往与人民解放军有关。这块墓地里面共有 50 座坟墓，每一座都用石头砌得方方正正，旁边还放了花。

我询问了一些关于这片墓地的情况。

客车长何先生告诉我："那里葬的都是修铁路时殉职的工作人员，这条铁路修了十年，你知道吧。"

从 1960 年代初到 1970 年代初的十年，正好也是爱国主义高涨的时期。当时愿意自我牺牲的士兵和工人前所未有地多，这些人情绪激昂，工作辛苦卖力，这才有了如今的成昆铁路。

我睡着了，但是睡得并不安稳，因为每次列车驶进隧道前都要聒噪地咆哮一阵，而隔间里则充满了引擎排出的烟雾和蒸汽。第二天清晨，我们来到了一片更加立体和湿润的山区——云南的山谷全年都很凉爽，因为这个省的大部分地区的海拔都挺高。

早上七点，暴躁的列车员过来砰砰砰地敲门，但敲门仅仅是礼节而已。敲了几下之后，她就用自己的钥匙把门打开，找我们要床单被褥。"快点！快起床！床单给我！现在就起来！"我心想：这些人真是爱唠叨。

"为什么服务员们总是急着收拾床铺？"我问客车长何先生。

他说："因为这趟车不会在昆明停很久，只有几个小时，然后我们就掉头返回成都。"

这就是那些人唠唠叨叨的原因：他们工作过度了。

何先生是从基层被提拔上来的。他做过行李搬运工、售票员和厨师，这些工作的收入都差不多，每个月大概 100 元钱。他二十岁就进了铁路局，他说自己没有受过任何教育（原话是"六十年代机会不多"）。他选择在铁路上工作，是因为他父亲也是干这行的。现在，他成了这趟车的总管。

"我的升职是上面任命的，"他说道，"我并没有主动申请。有一天他们来找我，跟我说'我们想要你当客车长'，然后我就同意了。"

我问了他一些关于旅行者的问题，因为我发现中国现在有个特点，就是到全国各地旅行的人特别多。"是的，"他说，"尤其是最近三四年，旅行的人很多，什么样的都有。"

"他们会给你带来麻烦吗？"

"你的意思是？"

"他们会喝很多酒吗？会不会大喊、争吵或者闹事？"

"不会，他们很守秩序。我们没有这种问题。实际上，我们遇到的问题不是很多。我的工作很轻松，中国人总体而言都是守规矩的，这是我们的本性。"

"那外国人呢？"

"他们也会遵守规则，"何先生说道，"很少有人乱来。"

"何先生，你加入了什么工会吗？"

"当然了，铁路工会，每一名铁路工人都是其中的一员。"

"工会都做些什么事情？"

"大家会提出一些关于工作条件的意见，也会讨论一些问题。"

"会讨论钱吗？"

"不会。"他回答。

"如果工作条件很恶劣——比如不给你吃饭或休息的时间——或者工会的意见没有得到尊重，你们会考虑罢工吗？"

沉默良久之后，何先生答道："不会。"

"为什么？英国和美国的铁路工人动不动就罢工。中国人民也有罢工的权利，宪法里有规定的。"

他摸了摸下巴，变得非常严肃。

"我们不为资本主义者服务，"他说，"我们服务的是人民。如果罢工的话，人们就没法出行了，那样会损害他们的利益。"

"回答得很好，何先生。可是现在中国也有资本主义者了，不仅仅是那些从西方国家来的游客，中国人自己也在积累财富。"

"对我来说，他们都是乘客。"

"我想,我自己也是个资本主义者。"我说道。

"在我的车上你就是一名乘客,你是受到欢迎的。哈!"他这一声"哈",是在告诉我:别再问这种问题了!

"何先生,你提到你有个儿子,"他刚才说自己的孩子六岁了,在成都上学,"你希望他追随你和你的父亲,来铁路上工作吗?"

"坦白地说,我希望如此。但我做不了主,这取决于他自己。我不能安排他做什么,现在他想去部队当兵。"

过道上,乘客们都在把行李扔向窗外的月台。昆明站到了。

* * *

中国人蜂拥至昆明,为的是看一看多姿多彩的土著民族——这里总共生活着二十三个少数民族,人们身上穿着缝得很漂亮的百褶裙和小棉袄,脚上蹬着长靴,头上戴着美丽的头饰。他们从云南的偏远地区过来,就为了售卖那些好看的绣品和篮子。他们十分引人注目,带着点原始风情,毫不妥协地坚持着自己的民族装扮。在他们五彩缤纷的部落文化中,毛泽东时代那种灰不拉几的衣着只是一段小小的插曲。

这些少数民族自己怎样想呢?他们的规模很小:云南的壮族只有5000人,基诺族虽然只有12000人,却是普米族人数的两倍。维吾尔族和彝族则有好几百万人口。

大家来昆明的另一个目的是去参观石林(在那儿一定会有人问你"我们把这块岩石叫作'乌桕树',你们知道原因吗?")。除此之外,他们还要去看那个受到污染的大湖,以及湖边山上的寺庙。那些寺庙因为访客络绎不绝,实际上早已被一波又一波的脚步践踏得破落不堪;而有的寺庙即便有幸躲过此劫,却也到处堆满了雪糕棍、糖纸和没吃完的月饼。

我来昆明则是为了闲逛,甚至成功地躲开了方先生好几天。我去了周恩来逝世十周年纪念展,中国人民对于这位领导人的崇拜之情似乎日益高涨。

在展览地附近的一家旧货店，我发现了一个样子很好看的铜香炉——是水牛的造型。摆在它旁边的都是些廉价的首饰、坏了的怀表、齿尖歪歪扭扭的旧叉子，以及云南人用的烟袋。我询问了铜香炉的价格。

他的报价是 17000 美金。

后来在昆明的小巷子里逛市集的时候，我还忍不住一直在笑。正是在市集上，我找到了一个办法，既能让我吃到美味的中国饺子，又不用担心染上传染性肝炎、霍乱或者黑死病（这种催命的病曾在中世纪时席卷欧洲，也在中国的云南北部和青海爆发过）。几乎没什么东西比新鲜出炉的煎饺或蒸饺更好吃了，而露天市场更是能把它们的美味发挥到极致。可是，他们盛饺子的盘子经常是在脏水里洗过的，筷子也是随便擦一擦就重复使用。

出于卫生考虑，我决定用纸来包饺子——而且要用我自己带的纸。筷子在炉火上烤一烤就安全了，只要把它们在火焰里放上一小会儿，就可以杀灭细菌。但实际上，很多中国人出门时都会自己带筷子。

我在昆明最喜欢的地方是翠湖公园。这个公园不怎么起眼，里面有一条卡丁车赛道，一个儿童足球场，还有一个可怜巴巴的马戏团住在两个棕色的帐篷里（马戏团最受欢迎的明星是一只熊，它被关在一个很小的笼子里，看起来十分痛苦）。翠湖本身早就消失了，湖水已经干涸，如今湖里杂草丛生，一滴水都没有。

但是这片区域现在成了人们聚会的好地方，大家可以一起唱歌、表演话剧或戏曲，或是弹奏音乐，以此来打发时间。刚开始我觉得很奇怪，怎么会有这么多小团体——公园里起码散布着二三十个，他们凑在一起，不是在演话剧，就是在听某个人唱歌。其中有二人组合也有三人组合，还有许多人拉小提琴来伴奏。二人组合通常是一位老先生搭档一位老太太。

"他们在唱一首爱情歌曲。"一位旁观者这样告诉我。这位先生姓辛，他和我一样，认为这些人的表演非常感人。

他说："在那十年里，我们都在相互憎恨，所有人都疑心重重。我们从来不跟别人说话，太可怕了。那段历史对许多人来说就像做梦一样。年长一些的人几乎都无法相信它真的发生过，所以他们到这里来相互聊天，回忆往事。他们不想忘记那些老歌，这是他们缅怀过去的方式。"

这里尤其特别的地方，在于群众的热情奔放。中国人生性腼腆，自尊心又相当强，所以一旦有人把他们单独拉出来还盯着他们看，他们就会感到苦恼不已。实际上，独自表演就是考验他们的活力与自信的一种方式。如果你感到高兴的话，一个人站在那里歌唱要容易得多。

有的表演者在用对话的形式讲故事，还有的人在演唱传统歌曲。至少有一半的老年人团体都在唱云南的地方戏，也就是"滇戏"。

我见到最热闹的场面，是四五个人站在树下唱"花灯戏"[1]，讲的是一个发生在浙江的凄美的爱情故事。

"这个故事在中国很有名。"辛先生说完，接着给我讲了讲剧情梗概。

故事的主角是一个名叫梁山伯的年轻人和他的爱人祝英台，情节与《罗密欧与朱丽叶》差不多。这对爱人各自的家庭都非常反对他们来往，因此他们不得不编造理由出来相会。梁山伯想到一条妙计，他把自己乔装成了女的[2]（在公园饰演梁山伯的人用了一把扇子来表现这个情节），这样就可以接近心爱的祝小姐了。爱情的花朵绽放了，但双方的家庭却都不同意这桩婚姻。经历了一些复杂的情况后（辛先生说"情节很曲折"），他们意识到二人无法成婚，于是祝英台自杀了。梁山伯在祝英台坟前唱了一首悲伤的情歌，之后便随她而去。故事就这

---

[1] 花灯戏是贵州云南一带的传统戏剧，其特征是手不离扇帕，载歌载舞，唱做紧密结合。2006年，花灯戏经国务院批准列入第一批国家级非物质文化遗产名录。
[2] 编者注：在《梁山伯与祝英台》的故事中，是祝英台女扮男装，疑为作者记忆有误。

样结束了。

这个公园里有着各种各样的团体，但他们最喜欢的就是这出戏。很多人会在竹林间演唱它，戴着帽子、穿着褪色蓝夹克的老人们还会在一旁拉着小提琴伴奏。但即便是最瘦削的老先生和最年迈的老太太，他们的动作表情也都非常生动，而且他们都很爱开玩笑。我在中国见过的所有人当中，他们是最快乐的。

* * *

中国面临着人口泛滥的问题。然而，除了偶尔发生的地震和沙尘暴，我几乎见不到有例子可以表明人类在更具力量的大自然面前有多么微不足道。他们移过山，开过河，消灭过动物，铲平过旷野，他们征服自然。如果人足够多，把整块大陆都开垦出来种卷心菜也是很容易的事。他们造了一堵墙，据说是唯一能够在月球上看到的人造工程。他们所有的省份几乎都变成了菜园，山也没了山的样子，倒是成了垂直种植水稻的地方。有些破坏并不是有意为之，毕竟繁荣往往意味着破坏。

在到达云南之前，我一直是这样认为的。可是后来我在这里见到了比较熟悉的情景——而且是一个我认为更奇妙和激动人心的情景——人类在自然界里显得相形见绌，他们被丛林包围，为大自然的力量所限，困扰和受迫于天地万物的喜怒无常。

我在去越南的途中也见过类似的风景，而昆明距离越南边境只有200英里（320千米）。某天我在地图上发现了一条往南延伸的铁路，于是我找来了方先生安排这条铁路上的行程。难道他不是一直在跟着我，要向我展示中国人民的热情好客吗？难道他没有催促着我给他找点事干吗？我请他为我翻译的时候，他是多么地激动啊！当他被那些游手好闲的小孩捉弄，我同情地说出"真该怪他们的父母"时，他又是多么地感动啊！

然而，当我请求他帮我获得许可，好让我搭乘这条通往边境的窄轨铁路时，他突然变得脸色苍白。

"这是不允许的。"他说道。

"这条铁路最远可以开到宝秀①。"我说道。我已经查过了铁路时刻表，一天有两班车。

"但您是外国人。"

"方先生，你说过会帮我的，如果不帮我的话，你跟着我有什么意义呢？"

"我试试吧。"我知道他会去试一下，因为他看起来非常慌张：他要鼓起勇气去见一位更高级别的官员。

当天夜里方先生找到我，跟我说许可已经下来，我可以坐火车往南走了。但是通往越南的那段铁路在1979年就切断了，所以我只能经历这条铁路大概三分之一的路段，到了宜良②之后，就得直接返回。对此我应当感到满意了，所以我对他表示没问题。

"魏先生会陪您一起去。"

"魏先生是谁？"

"明天您就知道了。"

火车在第二天早晨七点开出。魏先生提前到了车站等我。他已经买好车票，我还没来得及说什么，他就开始为这趟车道歉了——他说这是一列小火车，车厢很小，还是蒸汽火车头，座位不太舒服，也没有餐车。魏先生三十来岁，身材矮小，看起来跟营养不良似的。但他并没有表面上那么沉闷，只是有些紧张而已。他说他讨厌这些小火车，还有这些丛林密布的地方。

我想告诉他，我喜欢这样的地方，因为可以感受到人类在更具力量的大自然面前有多么微不足道。但我并没有这样做。我在昆明的市

---

① 宝秀，云南省红河哈尼族彝族自治州石屏县下的一个镇。
② 宜良，昆明市下属的一个县，位于云南省中部偏东。

集上买了一磅花生，旅途刚开始的时候，我一直在吃花生，直到魏先生放松下来。

这条铁路是法国人修的。十九世纪末二十世纪初，法国强化了对于中南半岛的控制，于是他们决定开发中国内陆。他们不但想通过在中国西南各省售卖法国产品来赚钱，也想买中国的许多东西，比如丝绸、矿产、皮草、皮革制品和宝石。当时他们有个模糊的想法，希望将自己的影响力扩张至中国。铁路于1910年完工后，从上海运东西来昆明方便多了，不用再像以前那样穿越整个内陆，而是经河内周转便可到达，直到最近都是如此。

魏先生并不喜欢这趟列车，但对我而言它却无可挑剔——能够坐在懒洋洋的支线列车上嘎吱嘎吱地穿越郊野，实在是再好不过了。这种窄轨列车在欧美都已被淘汰，却还在中国的大地上闲庭信步。乘客们下着象棋，吸着又长又大、像排水管一样的竹烟枪。他们都是农民，所以不戴墨镜，也不穿松糕鞋，没有人穿广州产的胸罩，也没人放录音机。

列车开出十英里（16千米）后，魏先生放松了许多，他开始指着窗外的风景向我介绍：那边是跑马山，山上那一片建筑是火葬场。

"人们会把死者的尸体送去火葬场，"魏先生说，"那些人就会给尸体浇上汽油，然后烧掉。等到都烧成了灰，他们就把骨灰放进一个小盒子。人们会把盒子带回家，供奉在桌子上。"

"每个人都这样做吗？"

"大部分人是这样的，少数人会把骨灰带到山里去，放在佛寺里面。但我自己是带回去的，我家里供着我姨娘的骨灰盒。"

1970年代，一些美国企业家试图向中国出口棺材，但中国的这些丧葬习俗对于他们来说可不是好消息。本着同样的追逐财富的精神，十九世纪时谢菲尔德银器公司往中国运送了大量刀叉，企图吸引中国人，让他们放弃使用筷子。

铁路旁有一些蜂箱似的小屋，靠近一看才发现是坟墓。魏先生说三四十年前死者都是这样下葬的，但现在再也没有了。

我看见有人在浅黄色的林间穿行，赶集途中的农民在铁路附近停了下来，用沟里的死水洗着他们的蔬菜——那水真的很脏。某个阴凉处，有个男人在宰杀一头水牛，他正不紧不慢地撕开它的喉咙。水牛四脚朝天地躺在地上，被割开的脖子颜色鲜红，一团肉向下吊着，鲜血直流进铁轨旁的壕沟。

列车一路要经过许多小车站，在其中一站有位老太太上了车。和她同行的还有个小女孩，后来又来了一位年轻妇女，背上背着个婴儿。

我开始跟她们聊天，她们说的是乡土味浓重的云南方言，魏先生负责翻译给我听。好像这名年轻妇女之前生了个小女孩，但她和丈夫都很失望，于是他们采取了极端的做法，又要了一个孩子。她一怀孕就被罚款了一千块，但她心甘情愿地交了钱，希望这次能生个儿子。后来她的确生了个儿子。

这些人真是穷得难以想象，他们满脸皱纹，衣衫褴褛，手上的皮肤都已开裂，头上的帽子皱皱巴巴，脚上的拖鞋破烂不堪。而这名妇女为了生二胎所付出的钱，相当于大多数城市居民一年的工资。

"城里人不会超生，"魏先生说，"他们有一个孩子就很高兴了。但是乡下人觉得孩子越多越好，因为可以帮忙干农活儿，老了以后还可以照顾他们。"

中国自1976年开始实行"计划生育政策"[①]，效果看起来不错，但他们的人口却仍在继续以超乎意料的速度增长。目前让人担忧的是，中国到二十世纪末将出现大量老龄人口——这有点像蘑菇效应，而且独生子女家庭将会培养出一代被宠坏的小孩。如今他们已经开始大规模出现在中国：不少孩子既肥胖又自私，满嘴烂牙，总是坐在电视机前，哭闹着要再吃一个冰激凌。

列车正行驶在一个狭窄的槽道中，稍往上看就是俊秀的山峰。山

[①] 编者注：1982年12月，计划生育政策写入宪法。

上建了很多挡土墙来防止山体滑坡，但并没有起到作用。人类在这里是如此渺小，大自然让他们的生活举步维艰。但世界就是这样的，不是吗？在其他地方，中国人早就把动人的风景变成了卷心菜地。

魏先生说他设法在长沙的一所技术学校学习了几年。他在昆明的一家工厂修过货车。他说自己很讨厌那份工作，而且也不擅长。他总想上大学，所以那些年他虽然手握电焊枪，心里却在不停地骂骂咧咧。

我说我打算自己去长沙，而且很想去毛主席的出生地韶山看看，那儿离长沙不远。他去过吗？

"我十年前去过，1976年。"他做了个鬼脸。

"你觉得怎么样？"

"我不喜欢那里。"他说。

"但毛主席是在那里出生的呀。"

"我知道。"他的语气有点让人捉摸不透。

"你们最尊敬的中国领导人是哪位？"

"周恩来受到很多人的爱戴。"

"你喜欢他吗？"

"是的，很喜欢。"

"他出生在哪儿？"

"江苏淮安。"那地方离这里很远，在中国东部，上海的北边。

"你觉得周恩来的出生地怎么样？"

"打心底里喜欢，我想去那看看。"

"为什么有这么多人尊敬周总理？"

"因为他为中国人民鞠躬尽瘁。"

正午时分，太阳慢慢爬上了头顶。越往前走，路边的植物就越繁茂：片片竹林，声声鸟鸣，俨然一片热带风光。眼前出现了一些房屋，但那并不是中式风格的房屋，而是像越南法式小镇里的房子——抹满灰泥的墙面，绿色的百叶窗，巨大的凉台。无论是在顺化和岘港，还是在西贡①的小街道上,我都见过类似的房子,那都是法国政府为殖民地官员修建的。而在此处,房子的主人则变成了铁路工作人员。奇怪的是,在经历了快一个世纪之后,藏在云南深山之中的这一抹法式风情,竟然保存得完好如初,而且还有人居住。

那就是宜良了。火车站内有一块牌子上写着"人民铁路为人民"。

"我饿了。"我说。

"您不能在这吃东西。"魏先生说道。

他说什么?

我还没来得及抱怨,他就迅速把我拉出车厢,把我带到月台上。在踏上返回昆明的列车之前,我的双脚几乎没有机会接触地面——回程的火车已经开动,我却还在上气不接下气地喘着。宜良是什么样我基本没看清。我本想在法式小镇附近转转,看看那些房子里面的状况,还想和当地人聊聊天,去市集上逛逛。

魏先生说他只是在照命令行事。后来方先生对我解释了一通。我坚持要乘坐这趟火车,但这趟车是不准外国人上来的,因为中国不允许他们深入云南的南部——中越两国正在边境交战,这太危险了。但方先生向他们解释说,我感兴趣的只是火车本身,而不是沿途的城镇。铁路局这才表示,只要我不在任何城镇停留,不去乱逛或吃东西,就让我上车,但是到了旅程中的某个路段,我就得停下来,他们要负责让我掉头,直接将我送回昆明,不给我任何左顾右盼的机会。如此安排下,我既搭上了火车,又没有违反规定。这样的解决方法非常有中国特色。

---

① 西贡(Saigon),越南胡志明市旧称。顺化和岘港也是越南的城市。

第十一章　开往桂林的 80 次快车

一对青年男女牵手走进了车厢隔间,这在中国很不常见。然而,他们给出的解释却很有中国特色。

"我们今天早上结婚了,"男的说,"现在要去桂林玩几天。"

他们要去度蜜月!这男的二十多岁,非常瘦,贼头贼脑的,身穿一件皮夹克,脚蹬一双尖头皮鞋,很是时髦。女的穿一条长裙——长裙和牵手一样,也是火车上难得一见的风景。她的裙子用蓝色绸缎裁制而成,有一圈花边装饰,尽管与黄色短袜和红色鞋子搭配得有些奇怪,但是裙脚很高,我可以看到她的双腿。我感兴趣的并不是她的腿型有多好看,而是她敢于把它们露出来。中国的妇女穿衣极少露腿,如果有的话,可以说是十足的新鲜事。

"你们希望我换个隔间吗?"我问,"我很乐意的。"

"为什么?"男的反问道。

"这样你们就可以享受二人世界了。"

"你不会影响我们的。"男的说着,把他的包扔到了上铺,然后把新婚妻子推上了对面的铺位。列车从昆明开出后,他们坐了很久。夜色渐沉,已经是晚上九点左右了,这也许是他们第一次在一起过夜。显然,他们一个初为人夫,一个初为人妇。我真心愿意把隔间让给他们吗？当然不是。我只是在揣度这里的形势，但巨大的空间却干扰了我做出正确判断。在努力探求真相的时候，我总是需要些运气，所以我经常会在女人们翻开包时偷瞄几眼，看看里面有些什么。要是去别人家，我会开他们的抽屉，读他们的信件，还会在他们的橱柜里搜寻一番。如果有人掏出钱包，我会试着去数数他有多少钱。如果出租车司机把他和爱人的合影别在了仪表盘上，我会细细端详。如果看见有人在读什么书或杂志，我会记下名字。我还喜欢到处比价。我会抄下墙上的涂鸦和标语。我会找人翻译墙上的告示，尤其是那些讲述罪犯生平龌龊细节的布告（在罪犯被枪决前，这些细节都会被逐条列举和公布出来）。我会记住别人冰箱里放了什么，旅行者的行李箱里装了什么，我还记得他们衣服上的标签内容（"白象牌"工具、"三环牌"男士内裤和"标准牌"缝纫机之类的东西都深深地印在了我的脑海）。我翻遍了各种宣传册来挑语法错误，还收集不同旅店的"入住须知"（比如有的会写"不得在浴缸内小便"）。因为恨不得把所有东西都记录下来，我会不停地缠着别人问来问去。所以，我真的会愿意错过这个机会，不看看一对新婚夫妇如何度过这漫漫长夜吗？

他们抽了会儿烟，窃窃私语了一阵，又唰唰地翻起了杂志。我写道：

> 晚上十点十六分，这对新婚夫妇没有任何活动。他们安心惬意地呼吸着。我好像听到了鼾声。其中一个可能已经睡着。故事就这样草草结束了。

香烟的烟雾让我困扰不已，这趟列车由上海铁路局负责运营，到处都破破烂烂的，根本没有东西可以正常工作。风扇一直不转，门锁被扯掉了，座位扶手早已变形脱落，行李架是坏的，车窗也无法推动——最后这个问题最严重，因为隔间里又热又呛人。这对新婚夫妇要么是睡着了，要么就是当我不存在，这是件好事，因为我掏出瑞士军刀旋开了窗锁，拆下了窗户边框，把玻璃往上推了6英寸（15厘米），然后又把五金件安装回去，这样就不会有人怀疑我动过手脚了。随意破坏火车上的东西是要受到严厉惩罚的，就连打破了车上的茶杯都要罚款。

整个夜晚上铺都寂静无声，所以我没什么好写的，但这似乎让我更加深刻地感受到了中国人的沉着淡定。

第二天醒来时我发现自己已经身处岩石遍布的贵州省，到处都是金字塔形的石灰岩山丘和花岗岩峭壁。这里葱郁而多石的风景和爱尔兰很像，人们住的不是石头小屋就是带有粗糙横梁的木屋，也非常具有爱尔兰风格。这些是我在中国见过的最坚固的房屋，每栋房子四周都用干燥的石头砌出了匀称平整的漂亮围墙，清楚地标示着它们的地界。

在这些大斜板一样的山丘之间，可耕种的土地极少，能种东西的平地也不多。要开垦菜地，只能靠修建梯田和挡土墙，而且要利用大石块来建造一切其他有用的东西，比如石桥、水沟、道路和堤坝。村子里到处是别墅和两层楼的房屋（一层楼以上的房屋在乡下很不常见），所有的房子都是用石头砌的，屋顶则是拿石板做的。他们的坟墓同样坚固，也是用岩石盖成的：墓地就是村庄缩小以后的样子。

新婚夫妇从上铺爬下来去了餐车，那里早餐有米粥和面条供应，而我只是吃了些在昆明买的香蕉，又喝了点绿茶。我们经过安顺（"这里曾是鸦片贸易的中心"），在贵阳停了一会儿，然后我遇到了双先生。

双先生已年近七旬，面色红润，留有长须，头上戴着顶没有形状的帽子，手臂上套了个红袖章，这表示他是一名铁路工作者。但是他已经退休了，因为实在无聊，才回来做了月台监督员。

"我在家里待烦了，"他说，"这份工作已经做了半年，我挺喜欢的，但我不缺钱。"

他说自己每个月可以领130元。

"你都是怎么花的呢？"

"我没结婚，也没孩子，所以钱都用在音乐上了，"他笑着说，

"我喜欢音乐,我会吹口琴。"

"你买的是中国音乐还是西方音乐?"

"都有,不过我很喜欢西方音乐。"

"哪种类型的呢?"

他干脆利落地答道:"轻管弦乐。"

在中国的车站和列车上,如果他们不放中国歌曲,放的就是轻管弦乐,比如《溜冰者圆舞曲》和《马来亚之花》,或者《卡门》中的选段。

"来贵阳的旅客多吗?"

"可惜啊,来的人很少。贵州省自1982年起才开始对外国人开放。有些人会路过,但不会停留。可是,我们有很多地方可以去——有一些很漂亮的寺庙,有黄果树瀑布,还可以泡温泉。你一定要回贵阳来呀,我带你转转。"

在中国,似乎越是偏远乡下的地方,人们越是热情好客。在接下来的旅程中,这对新婚夫妇变换了装扮:男的换了一件夹克,戴上了一副太阳镜;女的则换了一条花呢短裙。他们时而抽烟,时而昏睡。他们如此疲惫,蜜月怕不是要提前结束了吧?

下午三点左右,我们进入了贵州省东南部,这里的山更加青葱翠绿,其间有许多耕种后留下的伤疤和毁坏的梯田。前往桂林的路十分迂回曲折,因为一路都是山区。这些山虽然阻碍了道路畅通,但它们本身却非常好看——青草绿树覆盖在山的表面,远望就如同天鹅绒一般柔软蓬松。现在天气变热了很多,车上大部分乘客都睡着了,到达都匀①时他们几乎没有动静。这地方看起来像墨西哥城,晴朗湛蓝的天空下,是黄色灰泥粉饰的大型车站和一棵棵高大的棕榈树。

再往南走,风景就有了明显变化:所见都是驼峰状的灰色山丘,大大的烟囱,还有垂直陡峭的舍利塔。它们是全世界形状最为奇特也是最具中国特色的山,因为每一幅中国画卷中都有这样的身影。眼前

---

① 都匀,贵州省南部布依族苗族自治州首府。

的风景近乎神圣，显然十分具有象征意义。所有的变化都是在瞬间发生：周围的山变得有点近似条状，看起来非常古老，我们仿佛置身于一座已经石化的古城。此时我们又来到了另一个省份——广西，这里距离桂林市至少还有200英里（320千米），沿途都是中国古典画中的风景。

这片区域的主要作物是水稻，但水源却不充沛。或许正因为如此，我才能在广西看到这么多新颖奇特的抽水和灌溉方法。我大概见到了十种抽水装置，还看到两个小孩在踩链泵。根据李约瑟教授的说法，这种链泵自公元一世纪被发明起，设计就一直没改变过。我见到的所有水泵都要靠人工操作——没有发动机，甚至连水管也没有。他们用的最大而且最奇怪的工具是一个木制巨勺，大约有十英尺（3米）长，我看见有妇女用它来把低处田里的水舀向高处，但她并不是简单地先举勺然后再慢慢倒水，而是飞快地舀水泼水，仿佛在辛苦地演奏。

在这些石灰岩块和山丘之间，坐落着一个小村庄，村里的房屋也都是石灰岩建的，像是火山喷发后留下的遗迹。但这些石屋附近并没有火车站，甚至连月台或铁路道口都没有。村子地势较低，泥泞的街道被一片阴影所笼罩。引人注目的是，这地方马的数量特别多。这些马被用来交易，供人们骑行，有人把它们拴在树上，也有人将它们套在车上。这天是赶集日，时间已临近黄昏，商贩们都在收拾东西。列车前进了一小会儿，我看见几匹矮种马正拉着车子往回走。在中国内地很少见人骑马，但我打听了一下，这才知道骑马的是苗族人。全中国苗族人口总共有500万，其中许多分布在广西。汉族人虽然非常尊重少数民族，但却难以理解他们的风俗习惯，与之相比，他们甚至更了解西方。他们凝视着那些人，深深地被吸引，但就是无法理解。

石灰岩山丘上有许多岩洞，这是广西一道奇特的风景。那些山本来就像高大的圆柱和宝塔，而岩洞则让它们看起来像是空的。后来我才知道，广西到处都是这样的岩洞。虽然有些水流滴落形成的溶洞位于地下，但这些地上的洞都被改造成了住宅——如果不是全部，至少也有许多是如此。最奇怪的那些洞，看上去都像张开的大口，里面不但满是孔洞，还有很多如獠牙一般的白色钟乳石。

在那些宝塔似的山丘之间，有一方浅浅的水池，池里有一只灰白相间的鹤。鹤在中国人眼中是吉祥鸟，代表长寿。由于受到火车的惊吓，那只鹤飞走了，它盘旋着冲向高空，而我们则在隆隆声中继续前进，去穿越一幅似乎永远也展不尽的中国山水画卷。

餐车的厨房内，有位年轻姑娘一边刷着锅，一边唱着歌。

> 我知道呀你爱我，
> 我在等着你，
> 你要让我去哪里？

她用的是一把硬刷子，而那口锅的块头和她本人差不多大。厨房真是一个原始的存在：到处都黑乎乎的，里头有一个黑煤炉和一个已经开裂的水槽。到了用餐时间，它简直变成了铁匠的锻铁炉。这趟车上的伙食非常糟糕。午餐供应的是坏鱼干、令人作呕的肥火腿、腐臭的大虾和嚼不动的米饭。但我吃的是自己的香蕉，而且在四川买的花生也还剩下一些。

我在车里闲荡着，厨房的姑娘还在唱歌，此时一名年轻男子过来向我介绍自己。他叫陈翔安（音译），来自上海，在餐车工作。他根本不会说英语，问我能不能帮他一个忙。

"非常乐意。"我回答。

"我想请您帮我取个名字——英文名字。"

这样的请求并非不寻常。英文名正在重新流行起来，现在人们有理由相信，他们再也不会因为叫自己"罗尼"（Ronny）和"南希"（Nancy）而遭到红卫兵攻击，被扣上"布尔乔亚""走资派"或"修正主义"的罪名。

"听上去一定要像我的中文名字。"他说道,就是在这个时候,他告诉我他叫陈翔安。

我忖度良久。在我看来,"翔安"的发音很像爱尔兰名字,比如"Sean"或者"Shaun"。但后来我还是建议他叫"Sam",因为这个要简单点,而且我觉得"Sam Chen"挺有上海的味道。

他向我表示了感谢,后来我见他在推一车食物,身上只穿了一件T恤和一条蓝衬裤,不过还系了条围裙,嘴里不停地重复着:"Sam Chen,Sam Chen,Sam Chen。"

厨房那位姑娘还在用鼻音哼着她的情歌。

> 我知道呀你爱我,
> 我在等着你……

我们来到了马尾[①],一个位于石灰岩堆和深绿松林之间的车站。此处并没有城镇,附近的村落也只是零散地分布着。乘客们匆匆下车冲向了站外,那里约有50个人摆了桌子在卖黄色或紫色的鲜李、落满灰尘的香蕉和滚圆滚圆的西瓜。这是我到过的停车时间最长的一个小站,我确信他们是故意的——就是为了让大家下去买水果。

那对新婚夫妇买了个西瓜。他们回来爬上了同一个铺位,用折叠刀把瓜切成两半后,开始用一个勺子轮流挖着吃,你一口我一口的,不停地发出吧嗒吧嗒的声响。那女的只有这一次没有在接二连三地抽她的"金牌"香烟,也只有这一次他俩是待在一起的,他们在凌乱的铺位上吃着西瓜,吃完以后也没有再分开。

厨房的姑娘还在唱着歌,歌声充满了力量和感情。

> 我知道呀你爱我,

[①] 马尾,位于广西壮族自治区柳州市三江侗族自治县。

我在等着你……

日落时分，我们来到了一个宽谷的上方，因为夕阳西下的缘故，整个山谷都没什么光亮，处于一片阴影之中。山谷的边缘都是浑圆的山峰，也在慢慢变暗，但它的两侧隔得很远，也许有30英里（48千米）宽。随着太阳慢慢躲去远山身后，天空下沉到了山谷之中；山谷很深，我遥望不到地面，看见的只有一片黑暗，显得它深不见底。列车还在往上爬，但在我们走完所有的上坡路前，傍晚时的橙色光线和火焰般的云朵就已消失不见。夜幕降临，我们开始在黑暗中前行。

车内的空气很闷热，我躺在凉席上读着《绑架》[①]，到晚上十一点左右，我停下来睡觉。当我再次醒来时，车上的灯还亮着，我用橡皮筋把摇晃不定的门固定住。后来灯灭了。我又听见上铺传来了下午那种吃西瓜的声音，那对新婚夫妇正睡在一起。但我知道他们并没有在吃瓜，因为几小时之前他们就吃完了。那声音听起来既丰富又透露着满足感，同时伴随着深深的呼吸，就如同一个好胃口的人吃东西时发出的声声感叹。黑暗中，他们正亲吻着对方。

凌晨四点，列车到达桂林。

* * *

"在中国，我们有个说法，"蒋乐松先生对我说，"除了飞机火车，样样都能吃。"他看起来很得意，继续补充道："还押韵！"

"我们管这个叫半韵，"我说道，"这句话是什么意思？和吃飞机有什么关系吗？"

"'We eat everything except planes and trains' in China."他用英

[①] 《绑架》（*Kidnapped*），苏格兰小说家罗伯特·路易斯·史蒂文森（Robert Lewis Stevenson，1850—1894）创作的历史冒险小说。

文解释了一遍。

"我明白了。除了桌椅,所有四条腿的东西你们都吃。"

"你这人真有趣!"蒋先生说道,"是的,树木、青草、叶子、动物、海藻、花朵,我们统统都吃。在桂林的话,吃的东西更多,比如鸟、蛇、甲鱼、青蛙,还有一些别的。"

"什么别的?"

"我甚至都叫不出名字。"

"狗?还是猫?"我密切地注视着他。我曾无意中听到过一名旅客抗议中国人吃小猫。"你们吃小猫吗?"

"不是猫狗。"

"Raccoons(浣熊)?"我用英文问道。导游手册告诉过我,浣熊在桂林也很常见。

"那是什么?"他随身携带的英汉字典中并没有"raccoon"这个词。

他开始变得神秘兮兮的,环视了一圈,把我拉到身边说道:"可能不是你说的那个什么lackey①,我从没听说过吃那个的。但是有许多别的东西,我们还吃——"他意味深长地吸了口气,"违禁的东西。"

那声音真是令人兴奋:我们吃违禁的东西。

"哪种违禁的东西?"

"不好意思,我只知道中文名。"

"我们在说的是什么呢?"我问,"蛇吗?"

"干蛇,蛇汤,这些都不违禁的。我说的是一种用鼻子吃蚂蚁的动物。"

"穿山甲,又叫鲮鲤。我可不想吃。现在吃这个的人太多了,"我说,"它们是濒危物种。"

"你想吃点违禁的东西吗?"

"我想吃点有意思的东西,"我模棱两可地说道,"麻雀怎么样?

---

① 此处是对"raccoon"发音的模仿。

鸽子？蛇？甲鱼呢？"

"那些太容易了，我可以安排。"

蒋先生挺年轻的，刚做这份工作不久，但他有点太活跃了。有些年纪大的外国人喜欢跟人戏谑，就像喜欢被人尊重一样，而蒋先生就有和这种人打交道的本领，他爱开玩笑，却不甚真诚。我觉得他这副谄媚的嘴脸是故意装出来的，目的是破坏我的计划。

我跟他说过不想去景点观光，可见面还不到一个小时，他就把我带到桂林城外去看岩洞，那里有好几百名拖拖拉拉的中国游客。

"我们来这做什么？"我质问道。

"实在对不起，"他说道，"我们马上就走，我觉得你应该想去看看我们这里著名的芦笛岩。"

看这些枯燥乏味的所谓奇观有什么意思？我刚在贵州和广西的土地上穿越了成百上千英里，已经看够了岩石，这辈子都不想再看了。之前喜欢它们，是因为觉得那些都是我自己发现的——没有人领我去，也没人不停地对我嘟囔："快看！"

"那我们走吧。"我说道。

芦笛岩的情况和中国许多景点（比如兵马俑和十三陵[①]）一样，也是有人在挖井时发现的。那人用铲子打开了一条通往巨大岩洞的路，洞里遍布着石室、穴道和壁龛。这事情发生在1959年。后来人们就在洞里安装了电灯和指示牌，修了露台和阶梯，让它变成了中国人习惯且易于接受的样子。

这岩洞样子很怪异，类似迪士尼的风格，有一种与生俱来的俗气——上帝这次的作品可不怎么有品味，就像用聚酯材料或者混凝纸浆做出来的。水流不停地下滴，发出咕嘟咕嘟的声音，大块的泥灰岩从洞顶垂下。在地下冒险者的眼中，这里就好比洛杉矶的日落大道或

[①] 编者注：明十三陵方位明确，且有地上建筑。1955年，在历史学家吴晗的组织下开始了明十三陵中定陵的挖掘工作。

者上海的外滩。人们成群结队地从洞中穿过,脚底在湿漉漉的地面上打滑,导游则不停地介绍着各种奇形怪状的石头。

"我们把这块叫作'莲花石',这块是海螺壳,这块是象脚石——各位知道为什么吗?这块是鲤鱼……"

我抛下了蒋先生和方先生,来到岩洞下方的漓江旁边看小船。有些自住船是可以出租的,于是我租了两位老太太的一条船。我们顺流而下,经过了一些多岩而秀美的石山以及几座寺庙。过了一阵子,她们表示不能再往前走了,否则将无法用竹篙把船撑回去。漓江的水蜿蜒向南,先汇入桂江和西江,再流向广州。我问她们有没有到过那么远。

"到过,但不是坐这样的小船。"她们有着含糊不清的广东口音,说起话来像鸭子似的嘎嘎直叫,而且她们的普通话跟我一样糟糕,"我们是坐大船去的。"

"为什么不坐这种小船?"

"坐小船去就回不来喽。"

她的意思是,你无法撑着竹篙从广州逆流而上到桂林。是的,这样的解释合情合理。

然而,有个想法开始萦绕在我心头:我想带一艘折叠式皮艇之类的小船来中国,再到桂林这样的地方把它装好,然后划过一条又一条河流,困了就睡在岸边的树下。这样的方式既可以让我从一个全新的角度观察这个国家,又可以避开方先生和蒋先生这样的人。要是厌倦了这个地方,我可以伴随着汩汩的水流声穿过某个泥泞的河口,径直奔向中国南海。

艰难地划行了一段时间后,这两位老太太把船停在了漓江南岸的一个渔村附近,打算休息休息。岸边的浅滩上有一些造型简单的像竹筏一样的小船,用六七根大竹子弯曲捆绑而成。除此之外,还有些舢板和自住的船。很多船上都有鸬鹚停栖,这两位老太太叫它们"乌鬼"或者"鱼鹰"。

在马可·波罗之后第一个来中国的西方旅行者名叫鄂多立克[1],是来自意大利弗留利[2]的一名传教士,他曾在书里描述过这种鸟。鄂多立克于1321年离开乌迪内[3]的方济会修道院,到东方旅行了三年,整个旅途中他都光着脚。他坚韧而虔诚,对待自己非常严苛,一路只穿一件粗糙的布衣。

他从沿海城市福州出发,旅行了三十六天之后,到了一家旅社寄宿,旅社的主人对他讲:"如果你要看美妙的捕鱼,随我来。"[4]

那已经是660年前的事了,但中国人至今仍未改变用鸬鹚捕鱼的方式;所以鄂多立克的叙述仍然有效:

> 于是他领我上桥,我看见他在那里有几艘船,船上的栖木上系着些水鸟。这些水禽,他现在用绳子圈住喉咙,让它们不能吞食捕到的鱼……再把水禽放出去。它们马上潜入水中,捕捉大量的鱼,一当捉住鱼时,就自行把鱼投入篮内,因此不多会儿工夫,三只篮子都满了。我的主人这时松开它们脖子上的绳,让它们再入水捕鱼供自己吞食。水禽吃饱后,返回栖所,如前一样给系起来。[5]

我们附近的一条船上停着十七只这种鸟。有个小男孩正在刷一个泥乎乎的桶,他跟我说这鸟要三四百块钱一只,但两位老太太告诉我真实的价格要接近一千块。不论是多少,一二百英镑已经是一大笔钱了,因此这些鸟必须要真的能够自谋生计。渔民在它们的脖子上套了

---

[1] 鄂多立克(Friar Odoric,1286—1331),又译为和德理,中世纪著名旅行家,著有《鄂多立克东游录》。
[2] 弗留利(Friuli),意大利东北部的一个自治区。
[3] 乌迪内(Udine),位于弗留利大区的一个城市。
[4] 何高济译:《海屯行纪;鄂多立克东游录;沙哈鲁遣使中国记》,北京:中华书局,1981,第66页。
[5] 同上,第66—67页。

个圆环，以阻止它们吞食捕到的鱼。

直到现在我都觉得，中国人对待动物的方式相当残忍，但他们也很注重实际。他们可以把猪塞进车里带去市场交易；也可以把水牛赶进货运车厢；还可以把几只鸡捆在一起，好让买主方便带回家；但必须对昂贵的鸬鹚悉心照料。我看见一只船上有个男人像抚摸猫咪一样抚摸着一只鸬鹚，而且还兴致勃勃地同它玩耍；另一个男人则在给一群鸬鹚喂食，边喂边轻抚它们的羽毛，用鼻子在它们身上蹭来蹭去。

所有这些鸟都如同流亡者一般。它们都属于普通鸬鹚，是如今唯一用于捕鱼的鸬鹚种类。人们在遥远的沿海省份山东抓到它们以后，会把它们装进篮子，再通过货运列车运来此地。

我们又乘着那条自住船继续上路了，我拿起一根竹篙在船的左侧撑了起来。然而，小船不知不觉陷入了一股急流，虽然我的块头比对面跟我搭档的老太太要大上一倍，但我根本无法应对，另一名老太太只好接过手来替我渡过难关。当我不再瞎捣乱，她们二人默契而敏捷地把船撑回了城里。

* * *

再次见到蒋先生是好几天之后的事了，我趁那几天到街上走了走，还去市场转了转（市场上到处是珍奇的鸟类和漂亮的甲鱼，不过都被关在笼子，显得无精打采的）。我搭游船从漓江顺流而下去了阳朔，沿途都是低矮起伏的石灰岩山丘——其实它们不是很有山的样子，倒是更像一个个松果和驼峰，碧绿的河水中有它们模糊的倒影，就好像这些山是直接从倒影中破水而出的一样。船上挤满了自以为是的游客，他们不停地叫嚷着：“要是在这里建所房子多好啊！”"应该把那个叫作'多莉·帕顿[①]山'！"然而，考虑到这里到处都是奇情妙景，

[①] 多莉·帕顿（Dolly Parton，1946— ），美国歌手，以创作和演唱乡村音乐而闻名。

其他什么都不重要了。在浑圆的山丘和一片片竹林间，有孩童在游泳，有男人在捕鱼，还有水牛仰着鼻子在河里淌着水，偶尔它们会没入水中，去扒一扒水底的野草。

即便下着雨，即便游客闹哄哄的，沿途60英里（96千米）的风景仍然是蔚为壮观。游船在阳朔放缓了速度，我的视线如慢镜头般平扫过河流低岸的小镇。岸边的石头栈桥有着古雅的桥顶，穿得五颜六色的中国人正等待着游船载我们上岸。游客们纷纷下了船，小镇立刻喧闹起来，我们被人团团围住——其中有小贩，有商人，也有挥着竹制痒痒挠的老太太。为了这艘船的到来，他们已经等了整整两天，时间对他们来说太重要了，因为没有游客会在阳朔久留。

满脸皱纹的中国男人身穿黑色长衣长裤，头戴灯罩一样的帽子，鸬鹚稳稳地停在他们肩膀上拉着屎，如果游客想给他们拍照，他们会索要一元钱一张的费用。他们卖的东西多种多样，比如风筝、茶托、围裙、餐巾、扇子和雕花沙拉碗。我被一副手工制造的眼镜吸引住了——就是那种戴起来很像中国学究的眼镜，于是我把它买了下来。除此之外，我还买了一个银盒和一个老旧的木偶头。这是典型的面向游客的市场，其中大部分商品都是废物，偶尔有一些可爱的手工艺品，以及几个从潮湿的阁楼里拿出来非法售卖的宝贝。中国人讨要起价钱来非常狠，游客们为此惊叹不已。这些人已经孤零零地过了几十年共产主义生活，他们根本没有权利知道自己摊位上那些东西的真正价值，照理说应该有点不了解行情才对吧？然而，就像在中国其他地方经常出现的情况一样，不了解行情的往往是游客。小贩们几乎不会在价格上让步，要是有游客对他们大声嚷嚷，他们会以牙还牙地吼回去。因此，就算这只是个泥泞河岸上的小镇，就算它地处漓江上遥远的弯道，便宜货也是不存在的。这就是中国普遍存在的事实，也许也正是他们得以生存的关键所在。我心想：中国人这么快就觉醒了。

那天夜里，蒋先生突然从我宾馆的一盆棕榈树后面冒了出来，把一个长得跟猴子似的男人介绍给我。

"这是我们的司机。"他说道。

"我姓齐。"那人说话时仿佛带着笑容。但他并不是在笑,只是在自报姓名而已。

"我已经照您的要求把一切都安排好了,"蒋先生说道,"司机会带我们去桃花——'桃园饭店'"。

司机迅速戴上了一副手套,猛地为我拉开了车门。蒋先生坐到了前排副驾驶的位置。调整了镜子角度之后,司机把手伸出窗外做了个手势——尽管我们身处停车场,目之所及没有任何别的汽车——然后驶向了空荡荡的马路。开了50码(45米)左右,他又停了下来。

"出什么毛病了吗?"我问。

蒋先生先是发出了一阵胖男人般的笑声:"吼!吼!吼!"然后又用一种无聊的口吻补充道:"我们到了。"

"我们根本没必要开车,不是吗?"

"您是尊贵的客人!绝对不能让您走路!"

我早就明白了,中国人几乎见谁都这么说话。每次有人用这样正式又略带谐谑的口吻跟我讲话,我就知道自己又被忽悠了。

进桃园饭店前,蒋先生把我拉到一旁说:"今天我们有蛇汤喝,还有鸽子吃。"

"棒极了。"

他摇摇头:"这些都没什么特别的,太常见了。"

"还有别的吗?"

"进去再告诉您。"

然而,进去之后他们在餐桌旁商量了半天,说了许多我听不懂的话,最后蒋先生跟我说:"这是特意为您准备的餐桌。现在我得走了,司机和我要去隔壁的小房间吃。请坐!不用管我们,您自便!"

同样,这也是个明显的暗示。

"为什么不和我一起吃?"我问。

"噢,不行!"蒋先生说道,"小房间是中国工人吃饭的地方,我在小餐桌上吃饭会感到很自在。"

我心想,有点太夸大其词了吧,但因为这顿饭我又有点过意不去,独自一个人吃好东西会让我觉得自己很自私。

我说:"这么大的桌子呢,一起吃吧。"

"好吧。"蒋先生故作敷衍地答应道,并示意司机跟他一起留下。

叫司机同桌吃饭是很平常的事——实际上,中国人在长途旅行中总喜欢把司机视作他们当中的一员。他们赴宴时会邀请司机一起,出游时会与司机同行,而且旅途中的每一顿饭都不会让司机缺席。我觉得应当鼓励这种文明有礼的行为,所以并没有提出异议,尽管这位司机只载着我走了 50 码。

"这顿饭是特别准备的,"蒋先生说道,"我们有鹤可以吃。可能还有一种叫鹌鹑的鸟吧。还有很多别的,连违禁的东西都有。"

"违禁"两个字并没有再让我感到兴奋,原因是这天夜里很热,同时我认为这个年轻人不大可信,而且自己也不是特别饿。

"我们喝两口吧,"蒋先生说着便倒了三杯酒,"这是桂花酒。'桂林'就是'桂花林之城'的意思。"

我们大口喝起了酒,这酒很像糖浆,还有点药味。

食物一波接一波地上桌——种类很多,但份量都很小。也许是觉得它们很快就会被吃光,司机开始不停地往自己的盘子里装菜。

"那个是甲鱼,"蒋先生说道,"漓江里的。"

"那个是违禁的,"他压低了声音说道,"娃娃鱼,非常稀有,非常美味。这种鱼很难抓到,而且是违法的。"

这道菜是用小块的白色鱼肉加上调味汁炖煮而成,味道鲜美至极。司机正忙着用筷子扒来扒去,寻找着最肥厚的鱼片。

蒋先生蹑手蹑脚地靠近我,用中文含含糊糊地说道:"这是麂子,山里抓来的,也是违禁的,里面放了洋葱。"

"麂子是什么?"我问。

"一种吃水果的兔子。"

全世界都知道麂子是一种小鹿，而且被认为是有害动物，在伦敦郊外的高尔夫球场经常可以见到。马可·波罗当年曾在西凉王国发现过一种叫瞪羚的动物，外表和鹿也很相似，他在游记里写道，"瞪羚的肉也颇为可口"，还将干瞪羚的头和脚带回了威尼斯。

我把鸽子、蛇汤、麂子、鹌鹑、鱼肉和甲鱼都尝了一遍。这些东西的味道都很好，但中国的野生动物是如此之少，因此这顿饭让我感到既恐怖又压抑。这些动物在这个国家都濒临灭亡。我总是很讨厌中国人吃珍稀动物，比如熊掌、鱼唇和鹿鼻。我读过一篇文章，说中国的老虎数量正越来越少，但中国人却仍在不停地屠杀它们，迷信地拿它们来治疗阳痿和风湿病，这简直让我作呕。此时此刻，我觉得自己的行为也很恶心。这种吃法只能拿来供骄纵的富人消遣。

"您觉得怎么样？"蒋先生问。

"我喜欢甲鱼烧竹笋，"他继续说道，"麂子肉有点咸。"

"你以前吃过这个？"

"噢，是的。"

"司机觉得如何呢？"我问道，并且试图在心里描述蛇肉、鹌鹑和鸽子的味道。我笑了，心想不论什么时候，人们只要吃到野味，总是会说它们的口感像"鸡肉"。

司机一声不吭，没完没了地往嘴里塞着食物，他猛地把筷子伸向装甲鱼的盘子，夹了一些放进自己的碗里，然后狼吞虎咽起来。吃娃娃鱼时他也是这副熊样。

"他喜欢吃这个鱼。"蒋先生说道。

司机头都没有抬一下。他吃东西的样子就像在荒野中捕食猎物——时不时异常机警地停顿一下，眨眨眼睛，然后就像动物用爪子那样，飞快地把筷子伸向食物，把它们夹起来，迅速放进嘴里。

这些违禁食物吃得我后来有点想吐，那感觉就像一个印度教徒刚吃完牛肉汉堡。我表示要步行回旅馆，但蒋先生试图把我拉进车里，然而我还是挣脱了。再后来，他一边用热情的大笑掩饰自己的羞怯，一边把账单递给了我：200元。

　　这真是一大笔钱：这个数目相当于这些年轻人四个月的收入，也足够老外买一张从桂林到北京的机票；中国最好的"飞鸽牌"豪华自行车，两辆加起来也不过这个价钱；长城喜来登酒店一晚上的房费都没这么贵。用这些钱可以买到一台好收音机，也足以支付上海一间小公寓两年的租金。在吐鲁番的巴扎内，这么多钱可以买到一个古董银碗。

　　我把钱给了蒋先生，想看看他会如何反应，但他什么反应都没有。他这是在敷衍了事。不论受到了怎样的热情款待，中国人总是无动于衷。然而，我坚持要一探究竟。

　　"司机对这顿饭印象很深吧？"

　　"根本没有，"蒋先生答道，"他吃过很多次了，哈哈！"

　　他的声音在我耳边回荡着——我在中国很少听见如此纯粹的笑声。它仿佛是在对我说：我们经常这样骗老外。

　　身为老外的我，肯定被他们当作了从某个穷乡僻壤来的浑身毛的大鼻子怪物。在中国人眼中，外国人都是乡巴佬。我们的国家都是挤在"中原王土"边缘的蹩脚小国；我们居住的地方微不足道却又千奇百怪。他们曾以为，为了不被老鹰抓走，我们会把自己跟别人捆在一起。我们有一些社会很奇怪，里面全是妇女，她们盯着自己的影子看就能怀孕。我们的鼻子长得像食蚁兽，体毛比猴子还多，体味闻起来跟死尸一样。我们当中有个奇怪的种族，那些人胸口上长了个洞，只要用杆子从洞里穿进去，一个人就能把另一个人扛着走。[①] 如今这样的观念大都已不复存在，但它们却造就了一些自欺欺人的谚语，其中有的似乎也无不道理。所以，我刚才听到的笑声应当是发自内心的。

---

① 编者注：指清代小说《镜花缘》中描述的靖人国、女儿国、毛民国、穿胸国。

第十二章　乘慢车去长沙和韶山：
　　　　　"红太阳升起的地方"

　　我在桂林火车站登上了去长沙的列车，车里相当冷清，跟要闹鬼似的。这是一趟老式火车，车厢很陈旧。它刚从广东沿海的湛江开过来——对我来说也是个陌生的地方，将要开往长江边上的武汉。太阳刚刚落山，但天气依然很热。我换了睡衣，开始读《绑架》，后来我睡着了，梦中仍在乘这趟车旅行。

　　我梦见列车在某个车站停下，四周一片幽暗，全是没有叶子的树。那是一栋大型木质建筑，和我以往见过的都不一样，有着高高的屋顶和露台。我明知那不是我的目的地，却还是下车走了进去。建筑的墙壁被刷得雪白，棕榈树盆栽摆得到处都是，大厅中间有铁轨穿过——售票窗口附近有两三个站台。这让我感到非常混乱。

　　因为想在日记里记上一笔，我问道："这是什么站？"

　　一个中国男人答道："你问问这里的人吧。"

　　我看见了几个工人，他们穿着满是油污的工装裤在铁轨上敲敲打打。我认为他们是黑人，或者是有一半黑人血统的中国人。

　　他们附近有个人说道："这个车站是英国人建的。"

　　那些黑人工人里根本没人会说英语。其中一个人用中文说道："你问这是什么地方？这里是孔夫子啊。"

我完全不懂他在说什么。我走近去观察他们，他们就像好莱坞电影里的那些黑人一样，肤色不是很深，苍白的眼睛，目光仿佛能洞穿一切。

此时我意识到自己在这里停留得太久，我的火车就要离开了。我开始惊慌失措，一些游客挡住了我的去路。一位矮胖的妇女出现在我面前。

"您是保罗·索鲁吗？"

"不是。"说完我便从她身旁溜走了。

然而，我走错方向来到了七号轨道，但我的车停的是五号轨道，于是我只能来回地跑。

有一名游客在嘲笑我，另一名则说道："英国人以孔夫子的名字命名了这座车站。"

我终于在最后一刻赶上了车。此时我从梦中惊醒，躺在摇摇晃晃的铺位上直冒冷汗。时间已经是半夜了。窗边的煤烟和叮当声跟我梦里的一模一样。列车在拂晓前抵达了长沙。这里的街道很宽阔，但现在却是既炎热又昏暗。方先生跟在我身后，一直在小声嘀咕着什么。

"方先生，怎么了？"

"火车！"他说着，然后大笑起来。大清早就听到这样的笑声，真叫人瘆得慌。然后他又发出了同样的声音，说道："火车！"

他变得越来越虚弱。

* * *

在所有中国人心目中，长沙总会与关于毛主席的记忆联系在一起。毛主席的出生地韶山就位于附近。他在这里上过学，教过书。他在长沙领导创建了共产党的早期组织，当时他四处演说，为共产党招贤纳士。长沙是他的城市，湖南是他的故乡。年复一年，只要中国人有机会出游，他们就会虔诚地来到这里缅怀毛主席，韶山往往是他们旅程的最后一站。

方先生不想再谈毛主席，也不想再谈政治，他只想继续干自己的工作——他在北京还有事情要做。他不会明目张胆地表示厌倦了跟着我，因为他没有这么粗鲁无礼，但我知道他已经忍无可忍。这几天我们每次上车，他都要叹息一番，而他在长沙火车站大喊"火车"的样子让我相信，他正处于崩溃的边缘。

他的沮丧反而让我的心情变得格外好。我很高兴来到这个地方，因为我一直都想来毛主席的出生地看看，顺便采访一下这里的"朝圣者"们。长沙人们又是怎么想的呢？

"他一生极少犯错误，就算犯错，也都是很小的错误。"叶先生边说边向我展示着位于中国共产党诞生地[①]的一尊毛泽东塑像。这尊塑像巨大无比——毛泽东身穿大衣，头戴帽子，正向大家挥手致意。

"你为他感到骄傲吗？"

"当然！"他的语气有些不屑，"他做的很多事情都让我们感到骄傲！"

邵先生说："大部分中国人都为他感到骄傲，但也有少数人不这么认为。"

"邓小平说他是伟人！"叶先生义愤填膺道。

我提议道："我们一起去毛泽东博物馆吧？"

"那里关掉了。"邵先生说。

"真的吗？为什么关？"

他们陷入了沉默，而这沉默则意味着：别问了。

"那么去看看毛泽东过去教书的中学好吗？"我问。

叶先生皱了皱眉头说道："那儿离市区有十公里，开车时可以顺道

---

① 编者注：1921年7月23日，中共一大在上海秘密召开，后突遇搜捕，转移到浙江嘉兴南湖。此处作者关于中共诞生地的说法有误。

经过,但我们不能进去,里面不是特别有意思。"

可是人们过去都是来这里朝圣的!

"我建议去湖南历史博物馆,"邵先生说道,"那里有一具两千年的女尸。"

那位夫人[①]一丝不挂地躺在一具灌满福尔马林溶液的透明树脂棺材中,因为腐烂和解剖的缘故,她的面部显得很难看。她身上的肉皱皱巴巴,有点泛白,嘴张得很大。她是汉朝人,死前不久才吃过甜瓜,柜台里还展示着从她的胃中取出的瓜籽。实际上,她整个胃都可以看到——所有的脏器都存放在一个罐子里。中国人蜂拥而至来这家博物馆参观的理由,和我童年上学时去哈佛的阿加西博物馆[②]差不多。在那里我曾见到一个用大罐子封存的大猩猩头颅,它果冻状的双眼已经松弛脱落,浮到了罐内液体的上方,这令我非常着迷。现在想来是多么可怕的趣味。

人们在长途旅行时往往容易低估大城市的规模,这是一个常见的误区。之所以会如此,并不是因为旅行者心怀敌意或行事草率,而是因为他渴求心安。面对着一张张毫无魅力可言的冷冰冰的中国城市面孔,我试图把它们想象得简单一些,并努力从中寻找乐趣。长沙就是一个很好的例子。我知道这里有好几所大学和一些技校、医院和医学专科学校——大多数中国城市都是如此配置的,这要归因于中国对于实现自给自足以及发展健康和教育事业的决心。此类项目和院校的建设对于中国人来说迫在眉睫,以至于他们无法理解为什么非洲及其他第三世界国家会沉迷于修建奢侈的机场或高速公路这样华而不实的事业。中国人对于面子工程非常不屑,认为拿别人的援助款做这些事非常可悲,是落后的表现。总体而言,中国人难以理解那些不愿意牺牲

---

① 辛追夫人(前 217 年—前 168 年),西汉长沙国丞相利苍的妻子,其保存完好的湿尸于 1972 年出土于长沙东郊马王堆 1 号墓。

② 阿加西博物馆(Aggasiz Museum),即哈佛比较动物学博物馆(The Museum of Comparative Zoology)。

的人。这的确让人钦佩，但不断地见到这些乐于奉献的中国人也让人觉得很疲惫。在走访了第二十家医院和第四十所大学后，我决定不再继续。

所以说，长沙有的不仅仅是关于毛泽东的记忆和腌在棺材里的两千年不腐女尸，只不过其他的东西不那么引人注目而已。在我看来，这里的旅馆和大学难以区分，而医院和监狱也没什么两样。中国的建筑向来有多种用途，这让人感到苦恼不已，所以几乎没有办法可以将这些地方加以区别。外国人在中国（除了三四个大城市外）最常遭遇的一种情况就是：在一个死气沉沉的房间醒来，看见满是水渍的天花板、破旧的窗帘、表面凹凸不平的暖水瓶和稀巴烂的地毯，根本搞不清自己是学生、客人、病人还是囚犯。

不过，这种情况正在发生改变。我在长沙见到了四个来自湖南省旅游局的人，其中一位叫孙兵的先生跟我说："我们是旅游局销售部的。"于是，我确信情况正在迅速发生变化。

"我们要让外国朋友知道，这是一个多棒的省份。"李先生说。

"因为毛主席的关系吗？"

"不仅仅如此，"张先生说道，"武陵源是我们的一大秘密武器。"

"这是另一位政治家的名字？"

"不是，它是一个地区，比桂林任何一个地方都要美。"

"也是石灰岩山区？"

"当然，但是形态更美，"孙先生回答道，"更有意思，而且规模更大。除此之外还有树林和小鸟。"

"还有少数民族。"陈先生说。

"多姿多彩的少数民族，"孙先生补充道，"综合看来是最具吸引力的。"

我心想，你们继续吹牛吧，我喜欢这样。四个新认识的中国人一起向我推销着他们本省的风景奇观，让我再次想到：中国人这么快就觉醒了。

"人们现在对这个地方还一无所知,"张先生说,"它还是个秘密之地,现在没人去那。"

"为什么呢?"

"因为附近没有旅馆,但已经有一个在建了。宾馆一旦建成,这个地区就会驰名世界的。"

李先生说道:"湖南是个美丽的地方,应该让人们更好地了解它。我们可以同其他省份一较高下,因为我们什么都不缺。到目前为止,人们来这都不是为了看风景,但马上他们就会注意到这个的。"

他边说边领我走到了一张桌子前,我们在那吃了很长时间的午饭。桌上都是湖南菜——我觉得这是中国最好吃的食物。桌上的菜有青蛙腿、甲鱼、鸭子、肚片、海黄瓜(其实就是海参)、汤和蔬菜,没有米饭和面条:那种食物是给味觉比较迟钝的人填肚子用的。我知道他们在竭尽全力获得我的认可,请"洋鬼子"吃饭的初衷竟然如此单纯,这让我感动不已。中国人有时候做起事情来极不灵活,为了请人帮忙,他们会安排出一桌满满当当的宴席,还是说这才是灵活的表现?无论如何,他们发现自己的办法是奏效了。就算他们不再请我吃一顿青蛙腿,我也很乐意赞美一番湖南的山景。

* * *

"到目前为止,人们来这都不是为了看风景。"李先生这话千真万确,人们来这里都是为了朝圣。他们以前要向西步行 75 英里(120 千米)才能到韶山,后来——在 1960 年代末铁路修好之后——也可以搭乘中国最奇特的列车过去。过去,人们用"太阳从东方升起"来暗喻毛主席出生在这里,这个说法至今仍深得人心。为了纪念毛主席,还有中国人曾给自己取名"韶山",我就遇到过不只一个"李韶山"。

在 1960 年代,每小时都有好几趟车去韶山,但现在每天只有一趟。列车早晨六点从长沙出发,三小时之后到达,傍晚再从韶山返回。

这是一列老旧的蒸汽火车，行驶的这条铁路支线早已被人遗忘——它的使命其实早已完成。

过去人们经常从长沙步行到韶山，即便定期往返的列车开通后也是如此。这不仅是因为红卫兵们和革命者们希望借此来证明自己的热情，也因为毛泽东把长途跋涉当作他政治计划的一部分，号召大家"练好一双铁脚板"。他认为中国人民都应该有坚硬的脚板，因为如果那支"无名的军队"试图入侵中国的话，大家也许有必要从城市撤离。他们被要求制造砖头，还要挖战壕、沙坑和防空洞。他们还被命令锻炼腿脚，在休息日要徒步20英里（32千米），以便练就一双"铁脚板"（小王告诉我："最后我得到的只有一脚水泡"）。为了达到这个目的，他们要花四天时间从长沙跋涉到韶山，边走边唱《东方红》和《韶山升起红太阳》之类的歌曲，夜晚就在农民家的小屋借宿。他们还会唱一些《毛选》的配乐片段，比如："全世界人民团结起来，打败美国侵略者及其一切走狗！"歌曲的结尾是一句振奋人心的"一切魔鬼通通都会被消灭"。《毛选》中我最喜欢的是一首节奏欢快的歌，我想它一定曾为通往韶山的漫长旅途增添不少活跃的气氛，歌词是这样写的：

> 革命不是请客吃饭，
> 不是做文章，
> 不是绘画绣花；
> 不能那样雅致，那样从容不迫，文质彬彬，那样温良恭俭让。[①]
> 革命是暴动，
> 是一个阶级推翻一个阶级的暴力的行动。

他们在火车上也唱这样的歌，并且还挥舞着旗帜。他们戴着印有

---

① 作者注：《毛泽东选集》原文中有注释"被儒家子弟视为典范的美德"，因此毛泽东也是在批判儒家缺少革命精神。

毛主席头像的纽扣饰品和徽章，胳膊上套着红袖章。1966年的某一天，一支12万人的队伍挤在韶山这个小村庄，人们高声唱着歌，手拿"红宝书"向毛主席请安。

二十年后，我乘火车来到韶山，车上空荡荡的，车站也是。月台出奇地长，一个人也没有，铁道两旁也是这样。目之所及，连一个鬼影都看不到。车站很整洁，但这只会让空旷的四周显得更加奇怪。这里到处都很干净，整体是忧郁明净的蓝色，像是刚上的漆，但它已彻底为人所遗忘。停车场没有一辆汽车，售票窗口空无一人。车站上方悬着一幅毛主席画像，宣传栏里用中文写着：毛泽东是伟大的马克思主义者，伟大的无产阶级革命家、战略家和理论家。

我在村子里四处闲逛，心想应该没什么地方比一辆车都没有的停车场更空旷了吧。然而，我一路却发现了很多这样的地方，都是为大巴车而准备的。这些地方面积巨大，上面却什么也没有停。我住进了宾馆，来到几乎空无一人的餐厅，在毛主席的肖像前坐下吃饭。

韶山的人潮已经退却，如今它已成为一个被时间遗忘的小镇——走到哪里都觉得魅影重重，回声阵阵，而正是这一点吸引了我。这里其实很漂亮，是郊外度假的好地方，身边到处是迷人的树木和碧绿的稻田，溪水从村中穿过，将一片片荷塘注满。要是在任何别的地方，这样空空荡荡的氛围也许会让人感到沮丧。但是人们不再热衷于此地，却表明了一种健康的心态——他们现在拒绝膜拜政治家，还有比这更健康的吗？再说，能见到的少数几个人也都是来野餐而不是朝圣的。

毛泽东故居位于村子远端的一片林间空地之中。房子面积很大，黄色灰泥墙和颇具湖南特色的设计使得它看起来像是一座大庄园——室内阴凉通风，有一个前厅，可以望见屋外美丽的田园风光。毛泽东于1893年12月出生于此。这里的每一个房间都有清楚的标示，比如父母的卧室、弟弟的卧室、厨房、猪圈，等等。看得出来，房子的主人家境殷实——毛泽东的父亲是一个"相对比较富裕的农民"，善于理财和经营田产。他家的房子空间很大，有一个大谷仓和一个宽敞的厨房。厨房内至今还保存着毛泽东母亲用过的火塘（上面放着"请勿触摸"的牌子），它旁边的标示牌上写着："1921年春，毛泽东在火塘边召开家庭会议，教育亲人投身中国人民的解放事业。"横屋的牌子上则写着："毛泽东1927年考察韶山农民运动时，在这里召开过小型会议。"

它既不是林肯的小木屋，也不是丘吉尔的布伦海姆宫，更不是保罗·列维尔[①]的家，其中一个原因就是屋子里没什么东西。附近的几个中国人对于这栋房子本身好像并不在意。他们坐在树下听着收音机里传出的轰响。女孩子们穿着漂亮的长裙，单从这些衣着就能看出她们的不在意。然而，这些人几乎可以忽略不计。过去众多的游客让韶山成为政治热情的象征，而如今空空如也的景象却又透露出人们的冷淡。在某种意义上，有些东西被忽略起来会比被摧毁显得更具戏剧性，因为它的存在即代表着对于过去的某种改观。

路边有个小摊在卖明信片，但明信片上只有一种风景，就是毛泽东的出生地（那所位于林间空地之中的房屋），同时在卖的还有一些毛主席像章。来中国这么久，我还是第一次见到这张脸出现在商品上，但即便如此，也只是小小的像章而已。除此之外，他们还卖印有"韶山"二字的毛巾和茶巾。

我走进了毛泽东纪念馆中的商店。

我说："我想买一枚毛主席像章。"

"没有了。"售货员说道。

"那毛主席画像呢？"

"没有。"

"'红宝书'有没有？或者别的毛主席的书？"

"没有。"

"那些东西都去哪儿了？"

---

① 保罗·列维尔（Paul Revere，1735—1818），美国银匠、实业家，独立战争时期著名爱国者。

"卖光了。"

"全卖光了？"

"是的。"

"你们还会进货吗？"

服务员答道："不知道。"

既然如此，那么毛泽东纪念馆的商店里都卖些什么呢？他们卖的东西有挂着香港女影星彩照的钥匙链、肥皂条、梳子、剃须刀片、面霜、硬糖果、花生糖、纽扣、针线、香烟和男士内裤。

纪念馆的确在试图展示毛泽东如何超越凡人，他的生平介绍占据了十八个展厅，在这些介绍中，他仿佛一个耶稣基督般的救世主，很早就开始布道（在他母亲的火塘边做出革命指示）并且赢得了追随者。柜台里展示着他的雕像、旗帜、徽章和个人用品，比如他的草帽、拖鞋和烟灰缸。走过一个个房间，看过一幅幅图片和说明，便知晓了他的一生：求学、工作、旅行、胞弟亡故、长征、战争、第一次婚姻……

韶山诉说着关于毛泽东的一切：他人生的起起落落，还有他如今的地位。我喜欢空荡荡的列车到达空荡荡的站台时的场景，还有比这更低调的画面吗？至于那所房子和那个村庄——它们就和中国的许多寺庙一样，再也没有人前来祷告，如今它们不过是一堆整整齐齐的石头，只能让人联想到遗弃、混乱和毁灭。中国到处是这样的地方，它们本就是为了纪念某个人或某件事而存在，但最近却变成了架设野餐桌和售卖纪念品的场所。

* * *

方先生坐在酒店大堂，头已经埋进双手之中。附近有个男人猛地大声咳了一下，朝地上吐了一口痰，然后用脚踩上去摩擦，但这并没有引起方先生的注意。

"我要走了，方先生。"

他抬起头，用肿胀的双眼看着我。

"您要去哪里？"

"先去广州待几天，然后去北京。"

他发出一阵叹息，问道："坐火车吗？"他的双唇很干燥。

"人民铁路为人民。"我想起了在云南省宜良县见过的这条标语。我的话让他皱起了眉头。他说："我已经56岁了，去过很多地方。我曾经是一名俄语口译员，到过列宁格勒和其他地方。但我从来没一次性坐过这么多火车，在很多火车上我都睡不着——是根本没睡着过。这些日子除了火车还是火车。"

"火车不仅仅是交通工具，"我说道，"火车是这个国家的一部分，它本身就是一个地方。"

但我的话他根本听不进去。他说道："我不要再坐火车了。"

"我要去广州。"

"我必须跟着您，"他说，"但我们可以坐飞机。"

"对不起，我不坐飞机。中国的飞机让我感到害怕。"

"可是火车……"

"你坐飞机，"我说，"我坐火车。"

"不行，我得陪着您。这是中国人的待客之道。"

他看上去痛苦不堪，但我不怎么同情他。他被派来像保姆一样照看我，对我寸步不离。他一直很小心谨慎，并没有妨碍我。可是谁要他来的呢？又不是我。

"你回北京去吧，"我说道，"我可以自己去广州。"

"去了广州之后呢，"他问道，"您还打算继续坐火车吗？"

"我不知道。"

"坐飞机更快。"

"我不着急，方先生。"

他没有再说什么。我很高兴，因为我不费吹灰之力就战胜了他，他已经黔驴技穷了。现在他很讨厌火车，失眠让他痛苦万分，因此迫不及待地想回家。

尽管如此,第二天夜里他还是跟着我上了去广州的快车。他在餐车里就坐在我身后,看起来身体不大舒服。更糟的是,餐车很快被一群情绪激昂的游客占领了,他们的飞机刚刚因故取消,只好来坐火车。

这群人是那种心地善良的美国人,在美国旅游业刚刚兴起之时他们就登上过派克峰①。如今,他们又来到了中国。他们会不停地买东西。大巴车把他们载到各种寺庙去参观,在那里他们也还是买东西。他们一直唠唠叨叨说个没完,但从来不谈中国文化。一个人说:"老乔去世了,她至少结过两次婚。她是个可怕的酒鬼。"另一个人说:"香蕉对你的身体有好处,它们主要靠碳水化合物供能。"有人在谈话中提到了广州,于是他们又说:"你可以去广州打保龄球!"

然而论及健谈程度,他们还是比不上餐车里的那些广东人,而且声音也没有他们大。他们懂得欣赏好东西,但同时态度又很谨慎。

服务员放下了一盘绿色蔬菜。

"谁会吃这个?"一位热心的女士问道。

"这是什么?"另一位女士问道。

"我儿子会吃这种东西。"第三位女士看着那盘菜说。

"这是菠菜吗?"

"这是某种菠菜。"一位先生说。

"别担心!"一位来自德克萨斯州的先生大声说道,"街上很安全!我的妻子是从德州西部来的,她真可怜,23岁之前都没见过城市是什么样子。但我现在可以放心地让她戴着价值一万美元的黄金首饰上街,根本不会出事的。因为这里是中国,不是德克萨斯。"②

---

① 派克峰(Pike's Peak),美国最著名山峰,位于科罗拉多州,属于落基山脉。
② 作者注:这话是不是被哪位喜欢报复的中国神仙听到了?也许吧。整整一年之后,也就是在1987年6月20日,一名来自德州的男子就在这列车上被两名中国男子杀害了。受害者名叫埃瓦尔德·契尔(Ewald Cheer),罪犯的杀人动机是抢劫(186美元)。他是40年来首位在中国遇害的美国人。罪犯很快就被定了罪并且执行了枪决。

"但是不要碰这里的水。"那位热心的女士说。

"喝起来像洛杉矶的水,"有人说,"我喝不习惯。"

"跟萨吉诺①的水味道差不多,"一位年轻女士说道,"因为水里有氯。我在那喝过一杯咖啡,太难喝了。当时我心想,'这咖啡怎么了?'但最后发现不是咖啡的问题,是水的问题。"

她的朋友——或许是丈夫——说道:"在萨吉诺郊外,比如赫姆洛克②这样的小镇,水的味道真的很棒。"

"伙计,幸好我没带尼龙外套!"那位热心的女士说道,"你觉得中国会一直这样热吗?"

"这里当然热,"那位从德州来的先生答道,"可是再往上走,到了北方就会很冷了。冰天雪地,真的是这样。"

"他又送吃的过来了。"有人说道。"天啊,你觉得那东西有名字吗?"一位女士郑重地说道:"我要去告诉所有那些正在为了来中国而节食的朋友——我指的是,那些对食物真正挑剔的人。他们会瘦得很快的!"

"但真正挑剔的人是不会来中国的。"那位年轻女士说。

离开餐车时,我听见有人焦虑地问道:"我的问题是,他们把那些剩饭剩菜都拿去做什么了?"

一个广东男人走进了我的隔间,他正气喘吁吁地翻着自己的背包。除了粤语,他什么语言都不会说。他爬去了上铺,把包弄得吱吱作响。我把灯关掉,但是他又打开了。他大口啜饮着罐头瓶里的茶水,还不停地哼哼唧唧。后来他又乒乒乓乓地走了出去,回来时已经换好了条纹睡衣。已经是半夜了,他还在不停地跳上跳下,有一次他那只像猿猴般善于抓握的脚踩在了车厢的茶桌上,差一点点就压到我的眼镜。后来我睡着了,凌晨三点时,我又醒了过来。这人正打着手电筒

---

① 萨吉诺(Saginaw),位于美国密歇根州的一个城市。
② 赫姆洛克(Hemlock),位于萨吉诺西南方向。

在读书,嘴里还在小声地念念有词。后来我几乎没怎么睡。

到了广州以后我感受到了和方先生一样的不快,于是决定停留一阵子,不再做后续安排。在心情不好的时候观察一个国家是错误的做法:你会因为自己的心情而对它横加指责,然后得出错误的结论。

广州现在有很多奢华的酒店,里面还配备了熟食店和迪斯科舞厅。中国人已经开始练举重了,他们如今也有健美杂志可以看。白天鹅宾馆里竟然有汉堡和沙拉吧。中国大酒店里面有一个带空调的保龄球馆。以前每每想到这些,我都会不禁笑出声来,但现在想到人们来中国购物、吃东西或者打保龄球,也不觉得有什么奇怪了。

方先生紧张兮兮地问我:"还要坐火车吗?"

"现在不坐。"

"也许你打算回家?"

"也许吧。"

他是在笑吗?

"我会送您去火车站的,"他说道,"这是中国人的习俗,跟您告别。"

"方先生,没必要这样。为什么不坐飞机回北京呢?"

"明天早晨就有一班飞机。"他说。此时,他已归心似箭。

"别担心我。"我说。

他看起来有点不情愿,但也没有多说。那天晚上我给他买了一本关于桂林的画册,在酒店大堂找到他以后便送给了他。他并没有拆开包装,而是顺手夹在了胳膊下面。然后,他像海狮一样忧伤地望着我,说了声"好的"之后,他握了握我的手。"Bye-bye(再见)。"他用英文说道,然后突然就转身离开了。我们可不是在比谁更念旧,我心想。他不停地朝前走着,连回头看一眼都没有。

后来我就去打保龄球了,因为这里是广州。

第十三章　北京快线：16次列车

在中国，你的想法很容易被否定。前不久我才觉得中国的改革日新月异，一切都欣欣向荣，人们获得了更多自由，外国投资也越来越多。的确，中国的某些方面从来没有改变过，比如农民依旧在弯腰种着水稻，锄草的人依旧站在板凳上劳作，小男孩依旧踩着两千年前就已出现的灌溉泵，人们依旧要牵着水牛耕地，依旧养着成群的鸭子。不过，在我离开广州继续探索中国之前的几个月里，人民币贬值了百分之三十——以前一美元可以换三元钱，现在差不多可以换到四元了，而黑市对于硬货币价格的反应也非常敏锐，走在路上最常听见的问候语就是："Shansh marnie?"

在一个闷热的冬日，我去了位于广州城南、坐落在珠江对岸的中山大学。桉树密布的校园格外静谧。学生们在骑自行车，打排球或是慢跑。他们洗衣服，谈恋爱，学习。有些人会盯着我看。

一位自称安德鲁（Andrew）的学生——这家伙是广东人，中文名字叫安拓——说道："你想知道的一切我都能告诉你。"

我喜欢他的态度，但并没有很多事情可以问。他告诉我，南方的学生都比较自满，而且很有经济头脑，不像北方的学生那样热衷于政治。

我询问了他自己的打算。

"我想从商，"他说，"做进出口生意。"

"你也许会赚到很多钱。"

"希望是吧。"

"那样你就成了走资派。"

"也许吧，"他说完偷偷地笑了，"我觉得，我们要学的东西还有很多。我们希望利用资本主义好的一面，而不是坏的一面。"

"那可能吗？"

"我们可以试试。"

这是新的思维——致富光荣，一个政治正确的口号。中国的年轻人、不断成长的学生，甚至许多农民秉持的正是这样的理念。它同时也是邓小平思想的本质。

安德鲁将自己视为一个个体，他有自己的愿望和需求。过去35年间，如果你问学生们有什么志向，人人都会回答："为人民服务。"但安德鲁没有这样说，他说的是"从商""赚钱"和"进出口"。他的思想相当开放，学习也刻苦。他喜欢他的同学们。他同七名室友住一间房，平常都在图书馆做功课。他最喜欢的作家是马克·吐温。他在学校的电影院（是由一位姓梁的富豪捐资修建的）看过《金色池塘》《超人》和《第一滴血》。

我告诉他，《第一滴血》的主人公兰博简直代表了我厌恶的一切。

"但是他很强大，"安德鲁说，"他的身体很有意思，还有他的外表和他做的事。"他关注的是电影中异想天开的内容，这倒也是一个角度。但我问道，"这部电影讲的是越南的事，你发现了吗？""发现了。""所以这难道不是一部反动的、资产阶级的、极具帝国主义色彩的电影吗？"

安德鲁耸耸肩说道："我们并没有太当回事。"

他今年二十一岁。他的父母都是老师。

那天晚上我一直在想，接下来在他身上会发生什么。不过，这当然是显而易见的。如果他去做生意赚钱，他就能实现小康并经营起一个独生子女家庭。他不会说"为人民服务"之类的话。他会把自己当作"知识分子",中国人常用这个词来形容那些不用干体力工作的人。要是他如自己所愿搞起了个体经营,或许他会辛勤地工作。放假时他会来酒店吃一顿——就像我现在住的酒店,他们还有"假日特供",比如圣诞酒会、新年聚餐("赠送免费的帽子、礼品和球拍")以及28元一位的"元旦香槟自助早午餐"。

* * *

懒惰的旅人和游客为中国的神秘感所吸引,但要了解中国人其实很容易。中国人在不得不听天由命的时候,总是一副面部扭曲、怒目斜视的样子。他们要是沉默起来,这世上无人能及。像往常一样,我到处问了些挑衅的问题,但是没什么收获。

在这潮湿的冬夜,我们在广州站等着北京快线的到来,据说这是中国最好的列车之一。这趟车按照以前"湖广铁路"[①]的路线运行,总共要开36小时——也就是要在火车上度过两个夜晚,它全程将行驶1500英里(2400千米),穿过五个省份,自下而上纵贯中国,在武汉跨越长江。

要是你告诉某些来中国的游客,你将花两天时间坐火车,他们会嘲笑你,然而他们自己却不得不在中国的某个机场等上五个小时,直到浓雾散开。这是每一个在中国坐飞机的人都有过悲惨的遭遇。

对于坐火车的人来说,唯一的糟糕经历就是在月台等待其他乘客上车。哪些人会跟你同住一个隔间呢?这事情要碰运气,可比相亲重要得多,因为那些人将会和你同吃同睡。我在火车上不但遇到过麻风病患者和讨厌的小孩,在去桂林的路上还遇到一个带了五只鹦鹉而且

---

① 清末时提出修建的湖北、湖南两省境内的粤汉铁路(广州至武昌)和湖北省境内的川汉铁路(汉口至成都)。

没有笼子的男人。

我看着那些正在上车的人。有个穿棉袄的老太太手里拿着个铁饭盒,里面的饭菜很难闻,有炖鸡爪和广东牛腱,还有和一堆海带混在一起的臭鸡蛋——在中国,臭鸡蛋可是备受推崇的食物;一个戴墨镜的小混混走路时还在听收音机;有个男人拎了三箱行李和一箱香蕉;推销员随时都带着样品盒——里面也许是橡皮塞;三个气急败坏、胡子拉碴的男人蹬着高跟鞋;还有一个三口小家庭——爸爸面容憔悴,妈妈烫了卷发,小孩见到所有会动的东西都要伸手去抓,真是被宠坏了;学生把头发梳得跟刺猬一样,脸上写满了不耐烦;肥头大耳的干部仍然穿着毛泽东时代流行的套装;偷偷喝酒的人双眼浮肿;漂亮女孩身边有长得如恶龙般的奶奶同行;胖乎乎的香港男孩带了崭新的眼镜;物理学教授正要去参加会议;大嗓门的美籍华人虽然只会说一点点粤语,但却逢人便说;一对来自日本的中年夫妇保养得很好,脸上没什么皱纹,可是神情却很焦虑;留学生拎着一堆免税礼品、几件西式服装和一个乐器盒;瘦削的人民解放军面带微笑,看起来十分可爱,但他们的制服比自己身体大了四个尺码而显得不够威严。

我同几个推销员住一个隔间。其中有个人简直是中国版的威利·罗曼[①],另一个人则很活泼,他笑得太多了,总是跟人说"我是卖机械工具的",那副模样跟美国的推销员如出一辙。第三个人实际上没什么存在感,这让我想到,中国人几乎已经把拥挤空间中的生存之道演绎到了极致。

卖工具的杨先生称赞了我的毛衣("款式漂亮,质量好,又很保暖。你在北京会需要它的。"),他的问题都很直接:"你是——什么?你大概三十五岁吧?有孩子吗?"

他送了我一包肉干作为见面礼,并同我分享了他的茶,我回赠给

---

① 威利·罗曼(Willy Loman)是美国作家亚瑟·米勒(Arthur Miller,1915—2005)名剧《推销员之死》(*Death of a Salesman*)中的主人公。

他一根巧克力棒，他也接受了。我觉得他很友好，但也许会把我弄得筋疲力尽，还好他旅途的大部分时间都是睡过去的，只不过鼾声震天。那个像威利·罗曼的人也睡了很久，可是凌晨四点醒来之后，他就开始在车厢里做操，摇头晃脑的同时不停地拍打着前臂。他推销的是饲料和谷物，行李架上塞满了他的行李——有盒子也有箱子。他神情很严肃，但看见我时，他突然笑出声来，送给我一个灿烂的笑容。他这一笑来得很迫切，似乎在对我说：求你不要问我任何问题！后来他转过脸去，眉头又皱了起来。这样的行为方式也非常具有中国特色。

火车上的第一夜，我的隔间里鼾声此起彼伏。这些声音呼呼啦啦的，甚至盖过了车轮的哐当声，时不时就会将我吵醒。但除此之外，其余时间我都睡得很沉，第二天直到早上九点才起床。

那天早晨火车上很冷，车窗上凝结起了一层水雾。我用凉水刮了胡子——但不论何时车上的水总是凉的——上午十点左右，我们到达了长沙。几个月之前我去拜访毛主席的出生地时，曾经来过这里。夏天时这里既潮湿又闷热，到了冬天，这里变得烟雾弥漫，到处都灰蒙蒙的，显得更加难看了。一提到"中国的城市"，我就会有一种奇怪的恐惧感，就如同想起"苏联的厕所""土耳其的监狱"或者"新闻记者的道德"之类的词一样。在冬日的寒雨中来到这些城市，能见到的除了一栋栋墙体开裂而且被熏得乌黑的公寓，就只剩下泥泞的街道、细弱的树木和深褐色的天空，这是它们最糟糕的时候。

然而，这个城市对于列车员来说却是生火的信号。等到车厢内暖和得差不多，乘客们便脱掉外套，开始穿着塑料拖鞋和皱巴巴的睡衣走来走去。他们站在车厢间的穿堂风中刷着牙，还有一些人在过道上练功夫。

到了午餐时间，餐车里到处都是人。尽管车上一个游客都没有，乘客们穿的都是旧衣服——他们不停地喊叫，吐痰，把烟圈吹到别人脸上——但大家还是拿钱不当数。我猜他们大都是广东人，坐这趟车是为了去做生意赚钱：广州是一个商品生产的集中地，而北京则是一个有利可图的销售市场。这些邋里邋遢的乘客都是生意人。我旁边的一位先生和他妻子一顿饭就花了近二十元,换算起来大概是三英镑,乍一看似乎不是很贵,但事实上中国老百姓一周的工资也只有这么多。这位先生头发花白,发型凌乱,吃饭的时候还要抽烟——一手拿筷子,一手拿香烟。但是,他年幼的儿子却一口饭都不吃:这个招人烦的小家伙先是把塑料盒中的牙签全部取出来扔在了地上,然后又打翻了一杯水,之后又开始拿着烟灰缸在桌子上敲敲打打,大喊大叫个不停。小男孩大概五六岁,面对他的任性吵闹,他的父亲竟然哈哈大笑——这样的态度非常不像中国人。但在这趟闹哄哄的列车上,并非只有这对父子的举动非同寻常,车上还坐满了酒鬼:不仅有喝啤酒的醉汉,还有喝完自己随身携带的米酒以后满脸胀得通红的老头子。

我读了会儿书,然后睡着了,醒来时火车已经开到了湖南北部的岳阳市。这是一座灰暗的城市,周围全是朦胧的大山。又过了几个小时,我们来到了武汉。1980年时我曾到过这里。它对我来说是噩梦一般的城市,到处是泥泞的街道和黑黑的工厂,充满泡沫的污水从工厂倾泻而出,直接流入长江。现在的武汉比我记忆中的大了些,也没有以前那么黑了。几十架高大的起重机正忙着盖新楼,其中包括一家医院。

武汉附近的长江水面大约有一英里(1.6千米)宽,沿江两岸建有栈桥和台阶,同印度恒河边上的石阶码头差不多。在汉口一侧也有许多新的建筑,而且在街上可以看见汽车——我记得上次来时还有老太太在拉四轮和二轮马车。崭新的建筑和拥堵的交通未必能代表进步,但它们的确体现出了某种不同。现代化并没有减少任何中国城市带给人的恐怖感。相反,各种各样建设计划让许多城市看起来比以往更加恐怖。

武汉很冷,人们需要连指手套和靴子来保暖。我隔间里的那几个推销员下车时就是这样的装扮,他们从窗外把行李箱拉了出去,动作相当笨拙。当看见一位女孩拎着条死鱼走在月台边上时,他们露出了困惑不解的表情。

我们离开武汉之前,卧铺车厢的列车员把我叫醒,对我说我得换个地方。

"你睡错床铺了。"她说道。

"没睡错。"我说。我知道她想让我换地方,但我觉得她没有理由说我做错了什么。我让她核对了一遍车票和床铺号,然后我装腔作势了一阵,因为听见她的道歉会让我很有成就感。

"搞错了。"她含糊不清地说。然后,她领我去了另一个隔间,里面有一男一女,还有一个婴儿。

"孩子多大了?"

"两周。"

孩子睡着了,正发出轻微的鼾声,但不一会儿他就开始哭。男人拿出奶瓶喂他,孩子的母亲则离开了隔间。

情况就是这样。孩子的一切都由这个男的照料,他给他裹了一层厚被子,搞得像育婴袋一样,正用手轻拍安抚着他。他不仅要喂奶、换尿布,还要逗他玩。那女的则在无所事事地四处瞎转,有好几次我都见她在旁边的硬座车厢睡着了。也许她是生病了吧,但我没有问。所有的活儿都是这个男的干。

"是个男孩。"他一边喂奶一边说。

我并没有问他这个。

他是一名医生,他妻子也是。他在北京工作,而他妻子在广州上班。为了迎接孩子出生,他特地去了广州。现在他们全家要到北京住几个月——因为妻子可以休产假。隔间里到处是奶瓶、爽身粉和罐装奶粉之类的东西。他们给孩子用的是一次性纸尿裤,换下来的那些就扔在我床铺下面的桶里。我并不介意,我喜欢婴儿身上的奶香味,而这个男人照顾孩子时流露出的父爱与关心也让我十分动容。

我在自己的铺位上看书,那个男人在给孩子拍奶嗝,他妻子就在一旁看着。我喝了点广东产的雪利酒。此时此刻,我仿佛同这个小家庭共处于一间林子里的小木屋。晚餐时我点了这列车的特色菜"铁板鸡块"——用一个热铁盘装的鸡块,油在盘子里咝咝作响。餐车的环境真是与这道菜相得益彰——锅炉上冒着蒸汽,人们大声说着话,啤酒的嘶嘶声夹杂其间,抽烟的人在吞云吐雾,服务员将装满菜的盘子重重地搁在桌上,又以迅雷不及掩耳之势将空盘夺走。

和我同桌的两个年轻小伙子已经喝得半醉。我喜欢这种穿行在夜色中的拥挤餐车,服务员一盘一盘地上菜,大家狼吞虎咽地进食。

"我们卖电灯泡和各种灯具,"其中一个小伙子说道,"已经在外面推销了一个礼拜,现在我们要回家。"

"你家在哪里?"我问。

"哈尔滨。"

"我正打算去那,"我说,"我想去看看冰雪节和大森林。"

"太冷了,什么也没法看,"另一个小伙子说道,"恐怕你到时候只想躲在房间里。"

"这很有挑战性,"我说,"不管怎样——到底有多冷?"

"零下22华氏度(零下30摄氏度)。"他说着给我倒了些他的啤酒,并同我碰了杯。

这个时候,我已经把中国人的热情好客视作理所当然了。他们的关注有时会让我感到无所适从,比如我在本子上涂涂写写时,他们会探身靠近我的肩头,想看看我写的是什么;又比如我看书时,他们那些迷茫的脸就会凑上来,深深地沉醉在其中的英文单词里。然而,他们的好奇与善意却是真实的,总体来说他们对陌生人非常友好,可以说是坦诚有度。

"你们经常到处跑吗?"我问。

"是的,全国各地都去,但是不出国,"第一个小伙子说,"我想出去,但是出不去。"

"你想去哪个国家?"

"日本。"

他的话让我大吃了一惊。我的心情肯定已经写在脸上了,因为这位中国推销员问我怎么看待他的选择。我说:"我觉得有时候日本人很令人恼火。"

"美国人还朝他们的土地上扔了一颗原子弹呢。"

"那是太坏了,不过同志,是他们先轰炸珍珠港来发动战争的,难道不是吗?"

"没错!"第二个小伙子说,"就在同一天,他们占领了上海。"

中国人认为说别的国家坏话是不礼貌的行为,当有外国人在场时更是如此,这就是为什么这两个人咯咯地笑了。贬低日本人的行为太不妥当了!不过真的太有趣了!我们坐在那里一直扯个不停,直到其他人都离开了餐车。后来列车停靠在了信阳。我们已经从湖北到了河南。车站到处是黑黑的冰块和泥泞的融雪,与几天前在广州时棕榈遍布、蜻蜓漫天飞舞的景象大相径庭。

在我的隔间,那个男人同他的小儿子依偎在一起,他的妻子在上铺躺着。他们都睡着了,我听到了婴儿特有的笑声和呼吸声。男人不时把腿伸出床去,然后起身用搪瓷杯和茶壶里的热水给孩子冲一些雀巢力多精。他很体贴:他没有打开隔间里的灯,而是借了过道上的光。孩子哭闹得越来越厉害,这位父亲把奶瓶塞进了他嘴里,于是一阵心满意足的呼吸声传了过来。他真的是位耐心的父亲。列车一路上停了又走,为了让一列开往南方的快车通过,我们在侧线上等了一段时间,所以有所延误,不过后来又同那些孤独的货运车一起热热闹闹地继续上路了。在一片黑暗之中,男人对着孩子柔声低语,还唱歌给他听。孩子困了,他就用被子把他包好,自己悄悄地蜷在他的身旁。

第二天早晨,我听到了窗外沉沉的风声,并感受到了阵阵寒流——与此同时,日光也显得有些诡异——这些都是降雪所导致的。列车正在艰难地同暴风雪抗争:这样的情景很美,就如同在汹涌的大海上乘风破浪一般。

车上的喇叭开始广播了。早操时间结束了,预先录制好笑声的喜剧节目也放完了，现在正在放外国音乐，先是《卡门》中的选段，接下来是《莱茵石牛仔》《家乡青青绿草地》《圣母颂》和《花儿都到哪里去了》。

我喝了绿茶，看着窗外的狂风暴雪。风雪逐渐减弱，但天气似乎更冷了。地上是浅褐色的冻土，掉光了叶子的树木矗立在一片白雪之中，显得纤弱无力。积雪覆盖之下的小镇和城市不再如梦魇般可怕。但除此之外，什么也没有改变，没有任何工作因暴风雪而中止。驴子依旧在拉着堆满干草的车，工人们依旧你拥我挤地去工厂上班，戴着毛线帽、背着书包的孩子们正穿过田间小路去上学，从积雪中开辟出来的道路上，有很多人在骑行。

天空的颜色如灰烬一般。太阳偶尔会出来几分钟，慢慢变成一个饱满的圆形，但是它的橙色非常黯淡，就像一个快要烧坏的旧灯泡。它先是悬在空中，然后开始微微颤抖，最终又回到云层后面。

车上还是很吵。有个男人在大声喊叫——他并没有生气，而是在跟人正常说话。我突然想到，很多监狱里的情形肯定也是这样：广播里传出的永远是权威者的声音，人们都挤在一起，没有半点隐私可言。因此，对于习惯了沉默和独处的人来说，在中国旅行是一次奇特的经历。

我们离北京越来越近，在积雪的覆盖下，结冰的田地和犁沟的轮廓显得更加清晰。铁路旁边的煤场内，人们正用铁镐和铁锹铲着煤堆。积雪并不深——只不过因为风很大，导致有几英尺的地方比较紧实。顺着那个方向，透过如烟似雾的空气向前望，可以看见在这座拔地而起的城市中有许多起重机和吊杆。

* * *

由于这是一座位于蒙古边缘的北方城市，并且地势平坦、空气干燥，所以北京有着美丽的天空。冬日的空气最为冰冷，却也是天空最蓝的时候。中国人自古以来就把自己的国家称作"天下"，意思是"天空之下的一切"——遇上好天气的时候，天空真是美到不行！它明净得如同一片海洋，却又完整得没有一丝缝隙和波纹，就连一片云也看不到。它无穷无尽、平平整整地铺展开来，变得一天比一天冰冷，可是到了冬日的黄昏，它又将化作一片灰烬。

我心想，再次造访长城的时候，那里应该空无一人吧。约翰逊博士[①]曾告诉过包斯威尔[②]他有多渴望来中国看长城，但鲍斯威尔本人却不确定自己是否能够成行，他家中还有孩子要照料，怎么去得了中国呢？

"先生，"约翰逊博士说道，"去中国这件事有着重大的意义，你会因此而把孩子教育得更加出众。你的精神与好奇心，将在他们身上投射出无限光辉，他们将永远以有一位曾经参观过中国万里长城的父亲为荣。我是认真的，先生。"

无论如何，这里并不如我想象中空旷，而是挤满了游客。长城上人头攒动，黑压压的一片。

这倒是给了我一些灵感。把长城比作"蛇"已经很接近了，但实际上它更像一条龙。龙是中国人最喜欢的动物（"在他们的等级划分中，龙是仅次于人的生灵"），而且直到最近——八十或一百年前——中国人还相信龙的存在。有很多人报告说他们见过活龙——当然一些龙骨化石也已经陆续出土。龙对他们来说是祥兆，是守护神。凶猛残暴的龙和屠龙者在中国是不存在的，龙是中国最友好亲切且最经久不衰的象征之一。而且，我发现长城和中国龙之间有着迷人的相似之处——长城的形态也很曲折，沿着高低起伏的蒙古山脉蜿蜒向前；它上面那些垛口就像龙脊一样，而筑墙的砖块就好似龙身上的鳞片；它弯弯绕绕，一副保家卫国的架势，从世界的这头不断地延伸，直到世

---

① 塞缪尔·约翰逊（Samuel Johnson，1709—1784），英国著名文评家、诗人、散文家和传记作家。
② 詹姆士·包斯威尔（James Boswell，1740—1795），英国作家，《约翰逊传》的作者。

界的那头。

从长城回来的路上,我顺道去北京大学逛逛。这所大学地处市郊,校园环境如同公园一般,有许多松树、一座人造小山和一个美丽的湖,但此时湖水已经结冰。瘦巴巴的学生们两颊通红,一边喘着粗气一边在冰面上滑行,偶尔有人跌倒,他们的耳罩也随着身体起伏摇晃。

这些年轻人穿着嘎吱作响的旧溜冰鞋,脸已经冻得通红,但是神情却很愉悦。为了融入他们,我借了一双溜冰鞋,看着我不断跌倒,出尽洋相,他们开始变得对我非常友好。他们问了我很多问题:你对中国怎么看?美国学生同中国学生相比如何?喜欢吃中国菜吗?会用筷子吗?最喜欢哪座中国城市?他们身上有些傻气,但很讨人喜欢,他们的牙齿都不怎么整齐,手也冻得惨白冰凉。当我问他们有没有女朋友时,他们会转过脸去咯咯地笑。

第十四章　开往哈尔滨的国际快线：17次列车

我想去看看哈尔滨最具个性的样子：在隆冬时节，一切都冻得硬邦邦的。哈尔滨地处一个遥远的东北省份——黑龙江，与它境内最大的河流同名。苏联人把黑龙江称作"阿穆尔河"，这也曾是两国在地界上的争端之一。

我乘坐的列车继续朝着边陲小城满洲里行进，之后它将与穿越西伯利亚的列车接驳。我之所以选择这趟车，不仅是因为这是到达哈尔滨最快的方式，也因为我还想看看到黑龙江之后再继续前往苏联的都是些什么人。结果我发现跨越边境的人少之又少，因为要去莫斯科的话，这是最迂回曲折的路线，而海参崴又没有人去。

我在一个寒冷的下午离开了北京，列车穿行在一片黑白景色当中——在白雪的映衬下，树木、灯杆和犁沟的轮廓更加突出了。整个郊外看上去就像一块钢版浮雕，而浮雕上的图案也变得越来越清晰生动，因为在中国乡间更加清澈明净的空气中，积雪的颜色显得更加洁白透亮，不再像北京那样满是尘埃。选择冬天往北方走是一件令人兴奋的事，而且我打算一路向北，去了哈尔滨之后，我还要去黑龙江北部的大森林。我听说那里是一片原野，有真正的树木和鸟类。

我的隔间来了三个皮肤黝黑的香港人，他们说觉得很冷。他们穿着厚厚的尼龙滑雪服,走路或者摆动手臂时会发出刺耳的声响,这种布料摩擦发出的声音让我感到牙齿发酸。这节卧铺车厢里全是穿这种滑雪服的香港人,他们是直接从九龙上的车。此前他们从未来过中国内地,也从来没有见过雪。他们的英语很糟糕——真看不出来是受英国殖民统治的居民,而且他们也不会说普通话。和我见过的大部分香港人一样,他们身上土气十足,而且虚荣做作得可笑。他们营养不错,但脑子却相当不清楚,对政治的看法也很天真。在某些方面,香港和英国本土有点相似:它们都是由一堆海岛所组成,都存在移民和语言隔阂的问题,并且都有着森严的阶级制度。

"你们是要去滑雪吗?"我问。

他们说不是——这些滑雪服是他们在铜锣湾的一家折扣店里淘到的。

他们都在盯着窗外一只毛绒绒的绵羊,那只羊发现了一株从雪地里钻出的残草,正小口小口地啃着。后来它抬起头,朝他们回望过来。

到目前为止,他们对中国内地的印象怎样呢?

"内地落后了三十年。"有个人说道。

"比什么落后了三十年?"我问道。

他耸了耸肩。也许那句话是他从别的地方看来的。

"你认为内地人和香港人有什么区别吗?"

"当然有!"好几个人立刻答道,他们难以相信我会问出如此无知的问题。然而,我依旧在步步紧逼。

"要是看见一个香港人,你能马上认出来吗?"

"这很容易。"

"内地人呢?"

"也可以,"他说,我让他具体说说,于是他继续道,"内地人的脸看上去比较粗糙。"

"香港人的脸呢?"

"比较细嫩。"

他说，完全可以从他们说话穿衣的方式来判断。这连我都知道。香港人不是体重超标，就是赶时髦似的瘦得皮包骨。他们经常大声喊叫，穿的是崭新的衣服，戴的是时尚的眼镜。他们总以为自己很潮，对自己的摩登程度深信不疑。他们经常用手肘推人，特别暴躁和苛刻。他们会因为一些鸡毛蒜皮的小事而相互指责，一点修养都没有。他们的很多特质都是受英国殖民统治的后果。

我并没有用这些想法去叨扰跟我同隔间的那几个人。我只是静静地坐着，好奇他们为什么不脱掉滑雪服。

其中有个人正全神贯注地研究着一本介绍手相的小册子。晚饭前，他看了看我的手相。

"这一条是你的星线，"他说道，"它中间没有断过，看到了吗？这说明你这个人很情绪化。那条是你的生命线，你可以活到八十或者八十五岁。"

"再讲讲。"

"讲不出来了，"他说，"我才看到第五章。"说完他又看书去了。

餐车很大，里面蒸汽腾腾的，用餐环境十分嘈杂。最开始的时候，这里挤满了香港人，但是他们不喜欢这里的食物，觉得难以下咽，于是就怒气冲冲地走了。这趟车上大概有四十名香港人，他们走路时将自己的衣服摩擦得嘶嘶作响，回到自己的隔间后便用巧克力饼干来充饥。

他们错在点了昂贵的二十元套餐，其实十元套餐要好些——里面既没有多刺的鱼，也没有肥腻的猪肉，更没有火腿罐头，只有一些汤和蔬菜。我喜欢周围这些暴躁的人，喋喋不休的服务员，掉得到处都是的饭菜，还有胡吃海塞的乘客。这样的场面看似混乱不堪，但实际上却有着严格的程序要遵守：上菜的顺序是不能被打乱的。车上的大多数服务员都是动作粗暴而态度友好。他们的心眼并不坏，只是因为工作太辛苦变得脾气有些不大好。他们不会对你低三下四，也不会想方设法找你要小费——在这里根本不用给小费。他们做事情专注而不拘小节，而不是真的粗暴。要是有人吼他们，他们会以牙还牙地吼回去。

夜里我们经停了沈阳和长春,由于天气寒冷,环境又嘈杂,我醒了过来。列车员已经给了我棉被和毛毯,但车厢还是四处漏风。雪被带进了过道,所有的窗户上都结了一层厚厚的霜。中国火车上的厕所都很简陋,就是在地板上简单地挖了个洞而已,我朝洞里小便时地上腾起了一阵白雾,就跟尿在了热炉子上似的。

那几个香港年轻人在隔间里瑟瑟发抖,像地牢里的囚犯一样。他们喝了些热水。我提出给他们一些茶叶(珠兰牌绿茶:千年贡茶,品味高贵),但是他们拒绝了。他们更喜欢喝热水,中国人把这个叫作"白开水"。

清晨五点半,列车员重重地把门敲开后便直接进来了,她放下一个热水瓶,然后喊道:"起床啦,该吃早饭啦。"

她离开以后,我又关灯缩进了被窝里。

过了几分钟,她又回来了。

"谁关的灯?"她一边质问一边又开灯。她站在门口,重重地呼吸着——白雾从她的鼻子和嘴巴里冒出来。"我要床单被套,快点拿给我!"

但是那几个香港年轻人太冷了,根本无法向她屈服,而且我也觉得她的要求毫无道理——我们还有四小时才到哈尔滨。说来说去还是那几句:他们想在我们到达之前早早就把所有东西折叠和清点好。

"They need the bedding.(她们想要寝具。)"其中一个年轻人说道。

"Maybe she wants to wash it.(可能她要拿去洗吧。)"另一个人说道。

"No.(不是的。)"第三个人说道。他们用英文在对话,这样做是为了照顾我吗?还是说,他们平常就用这样几乎让人听不懂的方式交谈("They need the bedding"在他们口中变成了"Dey nee da bay deen"之类)?他解释道:"有个内地人告诉我他们每四天才会洗一次,就算是四个不同的人用过也一样。"

后来我向别人询问了这件事,发现他所言不假。难怪他们要那么讲究,发给每名乘客一条干净枕巾,让他们盖在枕头上。

列车员又回来了几次,最后她用老办法夺走了我们的寝具。我突然想到，要是在英国寄宿学校的话，这些列车员——通常是女的——肯定可以成为出色的女舍监。她们不仅专横跋扈，唠唠叨叨，自谓无所不知，而且嗓门尖锐，一点幽默感也没有，除此之外，她们还行事刻板，在规则面前毫无灵活性。她们何止强硬——简直是坚不可摧。没了她们，列车便无法运转。

此时的黑龙江天还未亮，但黑暗中的人们却都行色匆匆地走在积满了雪的道路上。我大概见到了五十个黑影在雪中穿行，所有人都裹得很严实，矮矮胖胖的像不倒翁一样。他们的身影大的大，小的小，有的要去上班，有的要去上学。

太阳出来以后——火热的阳光穿透了冰霜——天空变得晴朗，积雪笼罩上了一层属于北方的淡蓝色。道路尚未清理，人们在冰雪间骑行。还有人驱赶着四轮马车，马身上的毛又粗又乱。在大片平坦的雪地上，到处都有残草往外钻。这是黑龙江与它的近邻西伯利亚最大的不同（黑龙江位于比海参崴还要北的地方）。这里全是耕地，而西伯利亚几乎都是森林和未开垦过的荒地。哈尔滨之行基本就是一次穿越耕地的旅行。积雪不够深，还盖不住地上的犁沟。

在一些村落和小镇，房屋的外观很像苏联的小屋。为了减少积雪，农舍的屋顶都盖得陡峭而倾斜，这一点最不像中国的房屋。其中有一些是巨大的砖房，屋顶连着胖胖的烟囱，很像美国旧时的农庄；另一些则类似于我在西伯利亚大铁路沿线见到的那些舒适的木头平房，火炉的烟囱从屋檐底下伸出来。烟囱里并没有冒出很多烟，原因很简单：即便是在这样的冰天雪地中，节俭的中国人也总是舍不得用燃料，他们乐意住在冰冷的屋子里。他们说，你真正需要的是再穿一套秋衣秋裤，为什么要浪费煤料呢？

* * *

在这片红色大地上，人们的两颊被风刮得通红，鼻涕不停地流，哈尔滨就像一座绝望之城。这座城市颇具苏联风情（随处可见洋葱式圆顶教堂、带塔楼和三角墙的别墅以及建有浮夸柱廊的办公大楼），同时又显得奇异而呆板，只有在极度寒冷的国家，城市才是这副模样——破旧萧条，如死亡般静寂，如化石般僵硬。它的俄式华美早已掩埋于煤灰和泥雪之下，现在不可能见到日式的屋顶、中国式的政府大楼或各种雕塑——大部分雕塑都很畸形，让这座城市显得更加怪异，因为除了比例失衡外，它们上面往往还挂着奇形怪状的长冰柱。我最喜欢早晨的哈尔滨，满地的霜雪在此时会闪闪发光——丑陋的面容上终于有了斑驳的亮色。

哈尔滨原是松花江边的一个渔村，城市历史不超过一百年。十九世纪八十年代时，俄罗斯沙皇强迫颓败的清王朝点头，修建了一条穿越满洲通往海参崴的捷径，哈尔滨因此成为铁路枢纽。此后这座城市不断发展，日俄战争（1904年）和俄国革命之后，各条铁路都开始经过此地。贪婪的日本人当时影响很大——他们打算占领整个亚洲，这里就是他们的第一个目标——但他们于1931年建立的伪满洲国到1945年便已走向穷途末路。最让哈尔滨骄傲的是，从巴黎坐火车来这里只要九天时间，因此它可以比上海提前很久就接触到最新的时尚、音乐和报纸杂志。由于西伯利亚大铁路可以与巴黎相连接，脱衣舞、查尔斯顿舞[①]和迪克西兰爵士乐[②]早在1920年代时就通过哈尔滨进入了中国。

然而时代已经改变，如今的哈尔滨只能和位于加拿大阿尔伯塔省的埃德蒙顿姐妹相称。当你凝视着这座城市时，多少都能猜出来一些这样的结局。它严肃的氛围、灰暗的色调和无聊的夜晚，都和那个遥远的加拿大城市有几分相似。

---

① 查尔斯顿舞（Charleston）是美国十九世纪二三十年代流行的一种摇摆舞，以南卡罗来纳州查尔斯顿城命名。
② 迪克西兰（Dixieland）爵士乐，也被称为芝加哥爵士乐，将新奥尔良爵士乐与经典爵士乐风格混合在一起。

可是在加拿大，人们会拿寒冷的天气开玩笑，或者对此津津乐道。而在哈尔滨，甚至在整个黑龙江，都不会有人谈到这个，但外地人却从未停止过讨论天气。我买了个温度计，这样就不用因为想知道温度而老去麻烦别人了，但这该死的东西上面的最低刻度只到冰点，也就是零摄氏度。我第一次把它放在室外的时候，玻璃管中的红色液体全都缩进了底部的玻璃泡中，凝成了一颗细小的水珠。所以，我还是得问别人才能知道温度。上午十点左右，窗外阳光灿烂，但气温却只有零下29摄氏度。到了夜间，温度还要下降10摄氏度——实在是太冷了，如果按华氏温度算，数字还会更大，我根本不愿去想它。

我戴了连指手套，穿了秋衣秋裤和保暖靴，还戴了一顶有耳罩的帽子，并且在皮夹克里面套了两件毛衣。有一天阴云密布，四肢都要冻僵了，我穿得比这还多：我把行李中所有的衣服都穿在了身上，变成了一个鼓鼓囊囊的傻大个，但就算如此我还是觉得很冷，所以得不时地在室内跑来跑去或者跳上跳下。中国人都包裹得很严实，有的人还戴了面罩，但他们脚上穿的不过是橡胶底的灯芯绒便鞋而已。难道他们走路时双脚不会冻得脱落吗？他们热衷于穿织得很厚的毛线裤，这让他们的腿粗得跟大象一样，同他们瘦得皮包骨而且已经冻坏了的脸相比，显得有些怪异。

他们在车上从不洗漱，理由有很多，但最主要的是车上既没有热水也没有浴室。可是这无关紧要，在冰天雪地的北国，异味通常不会很明显。他们根本不脱衣服，即便在室内也是如此——帽子和外套都不脱，吃东西时也是这样。这样做的理由很简单，因为暖气被调到了最小——他们恪守着毛泽东时代的节俭思想，把暖气和照明视作奢侈浪费，只有在影响到生铁或棉布等物资的生产时才不得不多用一些。他们不论在室内还是室外都穿着外套，戴着帽子，因此养成了一些很不好的习惯。其中最坏的习惯就是他们似乎从不关门，不论你走到哪里，门都是半敞着的，冷风就像尖刀一样从门外穿进来。

我住的地方也很冷，导致我老要穿三四层衣服。这家店名叫"天鹅宾馆"——我觉得是"冻鹅宾馆"才对。宾馆大堂内有假山庭院和观赏池,但由于太冷,池子里的鱼都死光了,植物也冻成了褐色,看起来硬邦邦的。满族人和汉族人都穿着厚外套,戴着皮帽,他们坐在大堂的沙发上,一边抽烟一边大声说话。有人告诉我哈尔滨有家"国际饭店"比较暖和,但对于在黑龙江的任何人来说,宾馆暖和与否似乎并不重要。各家宾馆拼命吹嘘的是自己的饭菜,他们竞相为顾客提供美味佳肴,比如烤熊掌、蘑菇炖鹿鼻、蒙古火锅、银耳汤、猴头菇和山鸡串。

我到达哈尔滨时是一月的第一个周末,那天正好是平安夜——俄罗斯东正教的平安夜。我去了一所教堂,看到一个抖抖索索的八字胡男人——也许是苏联人,他显然不是中国人——当时正在用松树枝装饰各种圣像和雕塑。教堂内部看起来很糟糕,而且非常冷。第二天这里举行了一场圣诞节祷告,有二十个人在一起诵经,唱歌,点蜡烛。他们都是苏联人,其中大部分是老太太。他们看起来偷偷摸摸的,跟早期基督教徒一样,但显然没有任何人迫害他们。祷告的氛围很沉郁,直到结束后也没人理我——那些人踩着地上的冰雪嘎吱嘎吱地离开了。

即便在一月,大部分活动也是在室外进行的。在零下 30 度的空气中,露天市场依然开放。大家都来这里购物,买买冷冻食品(西瓜、肉类、面包),或者舔舔冰激凌。冰激凌是哈尔滨最受欢迎的小吃——香草冰激凌,其次是将一把樱桃大小的山楂用木签串在一起,在外面裹上一层红色糖浆,他们管这叫作"冰糖葫芦"。市场上的小贩们都乐呵呵的,为了保暖,他们脸上蒙着旧布,手上戴着连指手套,头上顶着皮帽。不用说,他们一整天都得待在室外,而当看见我时,他们则破口而出:"嘿,老毛子!"

哈尔滨人管发色较浅的老外叫"老毛子",因为浅色头发总会让他们想起老人家。就此而言,他们还专门把苏联人叫作"二毛子",但这个称呼被认为有些不敬。

我来了几天之后,"哈尔滨冰雪节"开幕了。对于这个冰窖般的城市来说,冰雪节就是个用来吸引游客的伎俩,不过这个伎俩还不赖。

这个节日的大部分内容都是冰雕展。中国人把那些冰雕叫作"冰灯"，这样的说法更准确，字面意思就是"冰做的灯笼"，而这些冰雕内部往往还装有电灯。

哈尔滨全城都参与到了冰雪节之中。雕刻者们会把许多冰块堆在灯杆周围，然后一点点地凿刻打磨，直到雕出宝塔、火箭飞船或者人的形状。每个街角都有一尊冰雕，比如狮子、大象、飞机、杂技演员和桥梁，其中一些有三四十英尺（9—12米）高。但最具气势的都在人民公园里面，那里的冰雕占据了80英亩（32公顷）的地方：不仅有冰做的中国长城，而且有缩小版的泰姬陵、两层的中国亭子、巨型轿车、一个排的士兵、埃菲尔铁塔以及四十多件别的作品。所有这些都是用大冰块雕琢而成，里面放置了被冻起来的荧光灯管。因为装了灯管，所以只有在晚上才能欣赏这些冰雕；那时的气温接近零下40度，然而大家毫不在意。他们在冰雕间转来转去，偶尔脚下一滑就跌在了地上，他们吃着冰激凌，目瞪口呆地看着这些被深深冻住的俗气的艺术佳作。

"冰雕是苏联人带来的。"一个日本人告诉我，"中国古代没有这样的艺术，但是中国人喜欢它们，并且发展了创作技法。在里面放灯管是他们的主意。"说话的人是盛冈先生，他戴着一个头巾状的帽子，穿的竟然还是薄薄的纤维外衣。他并非第一次来哈尔滨，但是此行颇为激动。他说，必须要在冬天来哈尔滨，才能见到它真正的样子。遗憾的是，极少有外国人敢在冬天来这里。

我说，这也许和快要把人冻僵的天气有关。

"噢，是的！"他说，"二十世纪三十年代时我来过这里，当时我还是学生。这个地方很棒——到处是身无分文的俄罗斯贵族，其中有些人要变卖自己带来的珠宝首饰才能维持生计。有的人过得很体面，就住在你在城中见到的那些别墅里。但大部分苏联人都是因为贫穷而流亡至此，当时这里是属于日本人的城市。"

我们一起在这些冰雕间闲逛，穿过一条冰道，走上一个冰雕村庄的主干道，后来又经过了一对冰狮子。

盛冈先生说道："我们向往哈尔滨，就像你们向往巴黎一样。"

"我们向往的是在巴黎的艳遇与浪漫。"我说。

"你觉得我们以前在哈尔滨都有些什么呢？脱衣舞娘、夜总会、巴黎时装、各种最新的潮流——书籍、音乐，什么都有。对我们来说这里就像欧洲一样，这就是为什么我们的男孩子曾经那么憧憬哈尔滨的灯红酒绿。"

对于这样一个中国大冰窖来说，他的描述似乎极不寻常。当然，他说的是当年由日本兵占领和管辖的"满洲国"。

"脱衣舞娘都是苏联人，那正是吸引人的地方。其中有一些人出身很高贵，但是运气不太好，所以只能跑来当舞女，表演卡巴莱① 歌舞……"

他说话的时候，我仿佛看见了一屋子色眯眯的日本人，苏联女郎的胸部晃来晃去，把他们看得目瞪口呆。

"而且你知道的，苏联女人直到三十岁左右都非常好看，"盛冈先生说，"那些都是美女，可爱极了。我跟你说，其中有些女的还是贵族。我记得遇到过一个卡巴莱歌手，她跟我讲过在俄罗斯乡间别墅参加大型聚会和化装舞会的经历。"

尽管带着点剥削压迫的意味，但这不失为一个来自古老世界的有趣故事。他说那时候哈尔滨夜总会的客人中有八成都是日本人，剩下的则是中国富人。"几乎没有苏联人，"他说，"他们去不起那种地方。1930年代在上海的话，日本人和中国人各占一半。"

我还想同他再多聊一会儿，不过我的双脚实在太冷了，我真的很担心会生冻疮。于是我向他道歉，表示我必须离开公园，去个暖和点的地方。

---

① 卡巴莱（Cabaret）一种曾经盛行于欧洲的娱乐表演，融合了喜剧、歌曲、舞蹈等多种元素，表演场地主要为餐厅或夜总会。

"我也没有什么别的要说了,"他说道,"1945 年 8 月,日本在前线全面溃败,一切都结束了。"

岸边的斯大林公园内,冰雕和冰碑的数量更多,比如城墙、篱笆、狮子和炮塔,尤其多的是斜坡和滑道,人们可以乘雪橇沿着它们一直滑到松花江上。除此之外,还有许多底部带有滑板的帆船以及用马拉的雪橇。可是并没有很多人去乘坐,因为大家都没有钱。不过倒是有很多人在冰块旋梯上玩耍,把膝盖摔得又青又肿。

这让我想到,很多外国公司不久将在中国启动业务,但最不可能来的就是保险公司。我心想,谁要来给这些人提供保险服务?我看到有个男的在冰雕上滑行,后来他跌倒了,头也摔破了,于是他被拖到雪地里,然后就一动不动地待在那里。这个国家的墙上总能看见裸露的电线,地面上也随时可能遇到洼穴。众所周知,曾经有游客消失在升降机井道中,因受伤、行程缩水或疾病问题向中国国际旅行社索赔的案件不计其数。就算是普通的中国工厂也很危险,但中国人总是漫不经心地陪客人在里面乱逛,身边的机器随时可能缠住你的头发或者戳中你的眼睛,地面上有开口很大的裂缝,池子里满是毒物,火炉不停地发出噼噼啪啪的声音。在这里很少看到安全帽,而我见过的工人里几乎没人戴面罩。

我住的宾馆很冷,但是服务却很周到。工作人员的态度非常友好,好到竟然让我心生疑虑——比如有个人热情地和我握手,我却怀疑他想掏我的口袋。我的房间在十一楼,走廊的标语牌上写着:"欢迎来到本楼层!"这种情况极不寻常,有的标语上还写着"祝您身体健康",还有很多"生意兴隆"和"福寿安康"之类的话。

我问楼层里的服务员发生了什么事,他咧开嘴笑着对我说:"欢迎来到本楼层!"

"为什么你要欢迎我来到这个楼层?"

"希望您开心。"

"我在中国还没见过有谁会这样特意欢迎我到达某个楼层。"我说。

"这个楼层非常好。"

他坚持着自己的说法，声音又响又粗，但这只会让我感到焦虑，于是我深入了解了一下，发现去年这家宾馆发生了一起严重的火灾，有两人因此丧生。当时整个十一楼都被烧毁了，罪魁祸首是一名美国商人，据说是因为在床上抽烟。中国方面把他拘留了起来——我是这样听说的——他在一家宾馆里被关了很长时间，理由是他的公司拒绝偿付中方要求的七万美元损失。然而，火灾过后这里也没有采取任何安全措施：没有消防梯，没有烟雾报警器，也没有防火的装修。他们做的所有事情不过是印了几百张硬纸板警示牌放在各个房间里，牌子上写着："请勿在床上吸烟。"

在哈尔滨期间，有一天我遇到了一个加拿大人，他说很高兴来到这里，这让我大吃了一惊。此人名叫斯科蒂，他显然来自阿尔伯塔省的埃德蒙顿——哈尔滨的姐妹城。

"可是，这里只有我一个埃德蒙顿人。"他说。

他长得挺敦实，脾气很好，这是他第一次来中国。让他觉得难以置信的是，这个国家竟然让他成为了一名响当当的人物。他受到过省长的宴请，也见过黑龙江的许多共产党高级官员。他被派来管理一家钢铁厂，任期为两年，也许他就快要相信，自己对于中国工业的未来将发挥举足轻重的作用。"这很难描述，"他说，"我属于那种非官方的要员。"

我对他说道："希望你能继续干下去。"众所周知，对于他们不再需要的外国人，中国人会相当干脆地与之断绝往来。早在十九世纪，冯桂芬就明确了向外国人学习的原则。冯桂芬本人是一位政治家的幕僚，同时也是一名教育家以及改革的倡导者。他将所有的外国人都视作蛮夷，但也表示有必要通过他们学习各种机械技术（尤其是船舶和枪炮的制造方法）。他在《制洋器议》中提到要"聘夷人数名，招内地善运思者，从受其法，以授众将"，并表示"且用其器，非用其礼也，用之乃所以攘之也"。中国政府如今在很大程度上仍在秉持这样的理念，这也是为什么中国现在所谓的外国专家会如此之多。外国专家就是有技能可以传授的"夷人"，但千万不要误以为请他们来，是为了让他们在这里无限期地待下去。能来中国就是因为他们有用，一旦他们不再发挥作用，就会被送回家。

我问斯科蒂会不会想家，他说自己才来哈尔滨四个月——时间还不够长。

"我妻子十分怀念能去杂货店买东西的日子，她讨厌这里的厨房，"他说道，"我吗？我很想念家乡的牛肉，这里根本没有牛肉。"

我并没有注意到这个，但是吃中国菜的时候如果不问，你会经常不知道里面放的是哪些食材。即便是最常见的食材，中国人也能做得让你难以辨认。

"你的钢铁厂怎么样？"我问。

"是一家老式工厂，"斯科蒂答道，"所以我必须强硬一点。坦白地讲，我有些冷酷，但为了把质量搞上去，我必须这样。拿今天来说，你知道我做了什么吗？我刚拒绝了一单价值两万美元的生意。嘿，这让他们很担心！"

"为什么拒绝呢？"

斯科蒂突然展现出了对于工作的十足热情，他谈论炼钢的样子让我确信，他是最适合来中国的人——他就是一个有使命需要完成的技术人员。他似乎并不是那种甘愿被嘲弄的人，我笃定如果有人叫他"夷人"，他肯定会回敬给对方一个同样的词。

"每一块钢材上面都应该印有炉号，但是这批货没有。于是我就把它们退回去，告诉他们不行。"他淘气地笑了，又继续说道，"最终我还是会接受这批货的，只要他们把炉号印上去。但他们到现在还不知道这件事呢，这可是我的秘密。就让他们担惊受怕一会儿吧，要让他们反思一下这次因为疏忽大意而造成的麻烦。"

"这批钢材很重要吗？"

"当然！"他说，"要用来做一批管道法兰①！"

我们说了一会儿管道法兰。实际上，管道法兰并没有什么好说的，我们也没法由它联想到别的话题，但幸福的是我们正处于市区一家比较暖和的宾馆。在室外已经达到零下 30 摄氏度的天气里，能够在一个暖和的地方同一个胖胖的加拿大人谈论管道法兰，也可以算是一次愉快的经历了。

在哈尔滨时，我一直在尝试做些安排，希望接下来继续往北走，到黑龙江省内更加荒凉的地方去。此前我一直不知道，接下来的目的地——朗乡，是不对外国人开放的。然而，我还是想说服中国人。我跟他们说，我会注意自己的言行举止，而且不会待太久。他们表示会考虑我的请求。

在等待他们答复的时候，我转遍了大大小小的商店。我买了一双手套，但没有买皮帽。那些动物的皮毛（白貂皮、黑貂皮、狐狸皮和水貂皮）本来多好看啊，可是做成帽子和外套之后又是那么的丑陋不堪。把雄鹿杀死，用它高贵的鹿角来给阿姨的旧外套做纽扣，这是多可怕的事啊！我在哈尔滨古董商店发现了一件象牙制品。"这是古代的雕刻，"店员说道，"是一个地球。"

"不可能。"

我怎么知道中国古人不会雕出圆形的地球呢？这是常识问题。直到 1850 年左右，中国人还认为地球是平的。

那只是一个战前的苏联台球，但我还是把它买了下来。

---

① 法兰，英文"flange"的音译，一种用于连接不同管道的零件，也叫轮缘或凸缘。

第十五章　开往朗乡的慢车：295 次列车

"外面冷吗？"我问。

"很冷。"田先生回答。他的眼镜上起了一层白雾。

现在是哈尔滨的凌晨五点半，气温达到了零下 35 摄氏度，外面在下小雪——细小的雪粒像小珍珠一样在黑暗中筛落下来。雪一停，杀气腾腾的风就刮了起来，吹在我的脸上如同刀割一般。此刻，我们正赶往火车站。

"你坚持要跟我一起来吗？"我问。

"朗乡是不准外国人去的，"田先生说，"所以我必须跟您一起。"

"这是中国人的待客之道。"我说。

"正是如此。"他回应道。

周围还是一片黑暗，街上空荡荡的，人们缩作一团，成群结队地在等公车。在冬日哈尔滨的公车站，他们往往要等很久，这样消磨时间的方式似乎有点残酷。再者，公交车上并没有暖气。意大利记者帝奇亚诺·坦尚尼[①]曾经忿忿不平地记录过自己在中国的生活，提到黑

[①] 帝奇亚诺·坦尚尼（Tiziano Terzani，1938—2004），中文名邓天诺，意大利知名记者、作家，曾任德国《明镜周刊》（*Der Spiegel*）北京分社社长。

龙江时，他引用了一位法国旅行者的话："虽然我们不确定上帝把天堂设在了哪里，但可以确定，他选的肯定不是这个地方。"

风小了一些，但是依然很冷。它吹在我的额头上砰砰作响，我的手指和脚趾都冷得卷曲了起来，我的嘴唇已经发干发裂。我觉得自己跟山姆·麦基①一样。我走进火车站的候车室时，浑身哆嗦了一下，仿佛我的脸被人按在了一块冰冷的板子上。这里也没有暖气，我问田先生对此怎么看。

"暖气不好，"他说，"会让你想睡觉，反应也会变慢。"

"我喜欢暖气。"我说。

田先生说："我去过广州，觉得那里太热了，浑身无力。"

田先生二十七岁，是哈尔滨大学毕业的。他走路的样子有点滑稽，但他十分自信，从不大惊小怪。他很有耐心，也很坦诚，这些品质让我喜欢上了他。因此，虽然他能力不怎么样，但我也觉得无所谓了。到朗乡要坐一整天火车——我们得迎着风雪一路向北。他看起来是个很好相处的同伴，我不觉得他会妨碍我什么。

他一个包也没带，也许把牙刷揣在口袋里了吧。他的口袋里还塞着羊毛帽和一双破旧的手套，完全是轻装上阵，没有任何累赘。他是中国人简朴生活的典型代表，睡觉时还穿着秋衣秋裤，吃饭时也不脱外套。他几乎不洗漱。身为中国人，他也不怎么需要刮胡子。看上去他没有任何私人财物，像个生活在沙漠中的贝都因人②。这一点也深深吸引着我。

候车室的广播里传来一阵粗暴的声音，那个每天早上都要播新闻的北京老女人又在喋喋不休了。在中国，新闻好像一种特殊性形式的唠叨，让人不得安宁。

---

① 山姆·麦基（Sam McGee），加拿大英语作家罗伯特·W. 塞维斯（Robert W. Service，1874—1958）长诗《山姆·麦基的火葬》(*The Cremation of Sam McGee*)中的主人公，因为寒冷而被冻死。

② 贝都因人（Bedouin），在沙漠中过着游牧生活的阿拉伯人。

"你在听新闻?"田先生问。

"是的,但我听不懂。"

"We must absolutely not allow a handful of people to sabotage production.(我们必须坚决制止一小撮人破坏生产。)"田先生把广播里鸭子叫一般的声音翻译成英文给我听。

播音员正在读《工人日报》的一篇头版社论。候车室里还有其他人,但他们并没有听广播,而是在相互说着话。他们穿得很暖和,戴了皮帽和连指手套,脚上蹬着长靴。他们烟抽得很厉害,不时要起身去用一下痰盂——这可是火车候车室中最重要的东西。泼妇骂街般的声音仍然不断地从广播里传出来,田先生殷勤地给我翻译着。

"Bourgeois liberalism has been rampant for several years. It is a poison in some people's minds. Some people make trips abroad and say capitalism is good, and paint a dark picture of socialism.(资产阶级自由主义已经猖狂了多年,它是人们思想中的毒瘤。有的人去国外旅游,说资本主义好,还要抹黑社会主义。)"

我问:"田先生,还有别人在听这个吗?"

"没有,"他回答,此时他看见一个人滴了一口痰在地上,然后用毡靴擦掉了,"他们在忙别的事。"

有时我觉得他是故作幽默,有时我又觉得他高深莫测,但同时在某些事情上,他真的是毫无用处。"需要我做点什么吗?"他经常这样问,可每当我提出一个建议,比如去买张票、打个电话或者确认一下某件事情,他都会无一例外地办砸。尽管如此,他还是不停地表示要帮我干点什么。

太阳刚出来,列车就呼呼啦啦地冒着白烟进站了。这趟车从600英里(965千米)以外的大连开过来,途中每一站都停。正因为如此,车上的垃圾多到让人叹为观止——到处是花生壳、苹果核、啃过的鸡骨头、橘子皮和油兮兮的纸巾。车内又脏又冷,连人们吐在地上的痰都冻成了一坨坨奇怪的黄绿色的冰。车厢的连接处仿佛一条冰雪隧道,窗户上已经结了一英寸（2.5厘米）厚的霜，车上的门都没有锁，一旦有冷风穿过车厢，它们就被摔得砰砰作响。这就是在黑龙江的体验：我悄悄地从寒冷的室外逃进了室内，却发现更冷了。我找到一小块地方坐下，跟别人一样蜷成一团，连帽子和手套都没有脱。当时我正在读莱蒙托夫①的《当代英雄》，于是我在书的空白处写道：

> 在这些省份，每趟车都跟军用列车似的。我坐的这趟像是刚从前线回来，车上满是病号和伤员。

即使穿了三双袜子和保暖靴，我的双脚还是很冷，而且就算有了厚毛衣、羊皮背心和皮外套，我也没有觉得特别温暖。我戴着帽子和羊毛衬里的连指手套，像个傻子一样，但恼火的是我还是觉得很冷，或者说至少不暖和。此刻我多么地怀念南方夏日的火车和闷热的"铁公鸡"之旅啊，当时我还能穿着我的蓝色睡衣在车上到处乱转！

田先生问道："您来自美国哪个城市？"

"波士顿附近。"

"列克星敦就在波士顿附近。"他说。

"你怎么知道的？"

"我中学时学过美国历史，所有中国人都要学的。"

"所以，田先生，你了解我们的独立战争？"

"是的，有个人也叫保罗，他也是个重要人物。"

"保罗·列维尔②。"

"没错，"田先生说道，"就是他告诉农民们英国人要来的消息。"

"不光是农民，他告诉了所有人，包括农民、地主、走资派、臭

---

① 莱蒙托夫（Mikhail Lermontov，1814—1841），俄国著名诗人、作家。
② 在1775年列克星敦战役和康科德战役之前，保罗·列维尔在午夜骑马向殖民地民兵发出警告，提醒他们英军即将逼近。

老九、少数民族和奴隶。"

"我觉得你在开玩笑,竟然还有奴隶。"

"没有开玩笑。有些奴隶是为英方战斗的,英国人向他们承诺,只要获胜就给他们自由。英军投降后,这些黑奴被送去了加拿大。"

"我在书上没读到过这些。"田先生说。此时,门被风吹开了。

"我很冷。"我说。

"我太热了。"田先生说。

我冷得睡着了。后来田先生把我叫醒,问我要不要吃早餐。我心想吃点东西可能会觉得暖和点,于是就答应了。

餐车的窗户上都是霜,地上都是冰,我桌上有一瓶结了冰的水,瓶子已经胀裂。我的指头太冷,根本拿不动筷子。我把手插进袖子里,缩成一团。

"他们有什么菜?"我问。

"不知道。"

"你想吃面条吗?"我又问。

"除了面条,什么都行。"他说。

服务员给我们拿来了冰冷的面条,冰冷的腌洋葱,造型像沙滩玩具的午餐肉丁,以及冷冰冰但很好吃的黑木耳——这是黑龙江的特产。田先生还是吃了面条。在中国就是这样,即便有些东西不合你的口味,但当菜单上除了它什么都没有时,你还是得吃。

"这是什么音乐?"我问。广播里正在放一首歌曲,我在别的车上也听到过。

"这首歌的名字叫作《十五的月亮》。"田先生回答。

我请他解释了一些我听不懂的词。这首歌的主人公是一名战斗在越南边境的士兵——我在云南坐的那趟车,再往南走一点就是越南了。这名士兵已经结婚,但妻子并不在身旁。他深深地思念着妻子,意识到自己是为她而战——最后他们胜利了,他成了英雄,这一切都出自她的鼓励。这样的叙事代表了中国的一种转变:几年前,他应该还在为毛主席而战，但为另一半奋斗其实要更有意义一些。由此看来，这首歌和《要让炉火燃着》①很像。

"我喜欢这首歌，但我不喜欢中国音乐。"田先生说。

"那你喜欢什么呢？"我问他。这时我扔掉了筷子，开始用手把黑木耳抓起来吃。

"贝多芬的《第九交响曲》，还有这个——"接着田先生张开了口，发出了一阵乌鸦般哀怨的声音：

> Ah goon Scamba Fey!
> Party say roomee tie!
> Renmanbee da warn hoo-day...②

> （您正要去斯卡布罗集市吗？
> 欧芹、鼠尾草、迷迭香和百里香！
> 代我向那儿的一位姑娘问好……）

"曲调很熟悉，"我说道，但我想不起歌词了。他盯着我，要求我再回忆回忆。我说："我放弃了。"

过了一阵子，他告诉我他唱的是《斯卡布罗集市》，这首歌的演唱者西蒙和加芬克尔是他最喜欢的歌手。他们在哈尔滨大学很受欢迎，《恶水之桥》是大家梦寐以求的专辑。

穿越了几小时雪地之后，列车进入了一个山区。山里的村落都很小——短短的三四排平房，有些房子是砖砌的，有些则是泥土和木材搭建的。这些都是最简单的斜顶小屋，样子跟一年级小朋友画出来的

---

① 《要让炉火燃着》(*Keep The Home Fires Burning*)，第一次世界大战时著名的英国爱国歌曲。
② 原歌词为"Are you going to Scarborough Fair？ Parsley, sage, rosemary and thyme. Remember me to one who lives there..."

差不多：窄窄的门，一扇窗户，粗粗的烟囱里冒出一缕炊烟。

车上的厕所也像是孩子设计的：只是在地板上挖出了一个直径两英尺（60厘米）左右的洞而已。当然，我以前也见过蹲便式厕所，可是这一个还在以每小时50英里（80千米）的速度穿越中国北方的冰雪。厕所里没有管道也没有挡板，低头可以看见车底的冰迅速从眼前划过，寒冷的气流会从洞口钻上来。要是有谁傻到来用这样的厕所，那么他身上那个几乎从来不会受冻的要害部位肯定会被冻坏。它简直就是个拿来冻屁股的冰柜，但尽管如此，乘客们还是一个个地往里钻。而从里面走出来时，他们总是眯缝着双眼，紧咬着牙关，仿佛刚才被什么东西狠狠地夹了一下。

中午时我们到达了桃山镇，田先生告诉我："大家会来这里滑雪。"有的乘客下车了，但那些人看起来更像伐木工人而不是滑雪者。然而西北方向的确有许多雪山，最具西伯利亚气息的则是一片白桦林。

车里越来越冷了。如果总是要停站和开门，那么供暖又有什么意义呢？这就是中国人的理由。对于厕所他们也是这样解释的：要是冷空气可以从地上的洞口钻进房间，那么就没有必要给厕所供暖了。如果不能有效地让房间暖和起来，那么根本就没有必要提供暖气。正因为如此，这个地区的人才从来不脱秋衣秋裤，而且吃饭的时候还要戴皮帽。

我在座位上冻僵了，戴着手套捧着《当代英雄》，用鼻子翻着书。一旁的中国人也许在想：这就是他们鼻子那么长的原因吧！虽然这本书很薄，但我一直没看完，有好多次我都是从头开始读的。但它的主人公毕巧林[①]是一个浪漫的朋克，他老想着去死，所以他叙述故事的方式也是断断续续的。我们沿着铁轨一路向前，我读到了毕巧林最具个性的一段观点：

---

① 毕巧林是莱蒙托夫的社会心理长篇小说《当代英雄》的主人公。

> 老实说，凡是瞎眼的、独眼的、聋子、哑巴、缺腿的、少胳膊的、驼背的以及诸如此类的人，我对他们都有一种执拗的成见。我发现人的外表同内心之间有一种奇怪的联系：一个人五官四肢一有缺陷，他的内心就会丧失某种感情。①

这简直是胡说八道。在我看来，与之相反的观点似乎更能成立：凡是少胳膊的、瞎眼的、聋子或者诸如此类的人，内心会生出一种新的感情。在 H.G. 威尔斯的小说《盲人国》中，真正有缺陷的其实是视力正常的人。我之所以对书里的这段话印象颇深，是因为在车上看到了跛脚的人。后来我在朗乡又遇到了一个驼背，他亲手搭建和布置了自己的房子，为的是方便自己同时从事收音机修理和影棚摄影的工作，这让我再次想起了上面这段话。

列车仍在稳步前行，途中频繁地靠站。车门开开关关，冷空气如同冰箱里的冷气一般从外面跑进来，每次都会在车厢内形成一股凛冽的风。我讨厌起身，因为再次坐下时座位又会冻得冰凉。

让我惊讶的是，竟然有孩子站在屋外看火车经过。他们只穿了薄薄的外套，没戴帽子和手套，其中许多人的双颊都被冻得通红。他们的头发很久没洗，一缕缕的像大钉子一样在头上翘着，脚上穿的是布拖鞋。他们看起来非常耐寒，我们经过那些满是冰雪的村庄时，他们会朝火车大声喊叫。

远处的群山是小兴安岭最南部的一片山峰，山的前面全是森林。这个地区大部分的人类聚居地都只是由伐木场发展壮大而成，而朗乡则是中国伐木业的一个中心。但我之所以过来，是因为这里有一条窄轨铁路可以通向森林深处，人们要从那里把木材运回镇里加工。

这里几乎算不上一个城镇。它只是一个由一堆平房组成的村落，除了中央巨大的贮木场外，还有一条主干道，脸上裹着围巾的人们整

---

① 草婴译：《当代英雄》，上海：上海译文出版社，1978，第 61 页。

天站在那里售卖肉类和蔬菜。有一天我在朗乡见到一个男人,他面前摆了一块方布,布上放着六只冻得僵硬的死老鼠和一堆老鼠尾巴。朗乡的条件真的糟到连老鼠和老鼠尾巴都有人吃了吗?

"你们吃这些东西吗?"我问。

"不不,"一阵模糊的声音从覆盖着冰霜的围巾后面传过来,"我在卖药。"

"老鼠也可以当药?"

"不是,不是!"在寒冷干燥的空气中,这个男人的皮肤已经冻成了紫黑色。然后他又开始讲话,但说的是方言,我听不懂。他说话时,围巾上的冰晶慢慢融化了。

田先生解释道:"他卖的不是老鼠,是老鼠药。把这些死老鼠摆出来,是为了证明药效。"

我们到达朗乡时是下午三点左右,那时候天已经开始变黑了。北纬地区的冬季就是这样,夜晚来得很早。我迈出了寒冷的车厢,踏上了冰冷的月台,然后我们去了宾馆,那里也很冷——但我发现室内的湿冷比室外的严寒更加难以忍受。在紧闭的门帘和幽暗的灯光中,这宾馆就像个地下墓穴。

"这里面很冷。"我对宾馆经理丛先生说道。

"会暖和起来的。"

"什么时候?"

"还有三四个月。"

"我是说,宾馆里面很冷。"我说。

"对呀,宾馆也会的,整个朗乡都会暖和起来的。"

为了维持血液循环,我一直不停地蹦蹦跳跳,而田先生只是耐心地站在一旁。

"这里的房间怎么样?"我问。他用很快的语速对丛先生说了一番话。"您是要干净一点的房间,还是普通的?"田先生问。

"我想换换口味,那么就来间干净点的吧。"

对于我的讽刺挖苦，他并没有理会，而是说道："啊，干净的。"然后他摇了摇头，好像这个要求很无理似的："那你得等等。"

冷风穿过宾馆大堂，把门帘吹得鼓鼓的，让它看起来像一面扬起的风帆。

"我们可以吃晚饭了。"丛先生说。

"现在连五点都不到。"我说。

"五点就是晚饭时间，哈哈！"这一声"哈哈"是在告诉我：惯例就是如此，又不是我规定的，所以你不要这么难讲话。

朗乡宾馆的餐厅是目前为止我在黑龙江省内到过的最冷的房间。我拉紧了帽子，用手垫着屁股，坐在那里哆嗦个不停。我把自己的温度计放在桌上，上面显示的是华氏 36 度（摄氏 2 度）。

丛先生表示他已经习惯了这样的寒冷。他连帽子都没戴！他来自遥远的北方，1950 年代他曾到那里拓荒，在一个生产玉米和其他谷物的公社劳动。虽然他年纪不是很大，但却有点像中国人说的老古董。作为来自中国最偏远地区的一名公社工人，新的改革让他感到困惑。他有四个孩子，如今这是个可耻的数字。"因为超过了两个，我们受了罚，"他说，"作为惩罚，你可能会失去工作，或者被调去别的岗位。"

田先生的脸上显露出了无尽的厌倦——但那是一种心平气和的厌倦——我从中可以看出，丛先生和田先生毫无共同之处。在中国，代沟有着特别的意义，并且不容忽视。

我问丛先生，他所在的公社后来怎么样了。

"它被取缔了，"他说道，"解散了。"

"农民们都走了吗？"

"没有，每个人都分了一块地，给他们自己种。"

"你觉得那样是不是更好？"

"当然，"他说，但我无法分辨他的态度，"生产规模大了许多，产量也提高了。"

我的问题似乎解决了，任何提高产量的政策都是好东西。我心想,如果出现经济衰退的话,愿上帝保佑中国。

整个小镇一片漆黑。宾馆很冷,我的房间也很冷。尽管才傍晚六点半,但我已经爬上床了——总之,我穿了最多的衣服钻进被窝,缩在毛毯里听我的短波收音机。在朗乡的夜晚,我都是这样度过的。

第二天,我乘坐窄轨列车沿着伐木的路线进入了森林深处,最后却感到很失望。我原以为可以见到一片荒野,但那里却满是砍树推土的伐木工人。

"我们会找一天去原始森林的。"田先生说。

"今天就去吧。"

"不行,太远了,改日再去吧。"

我们去了机车棚,在那里见到了地陪金女士。机车棚里弥漫着烟雾和蒸汽,光线也很暗,但同时也很暖和,因为有人正在给锅炉生火,熔炉内也是火光闪耀。我正信步走着,不料金女士却猛地将自己砸向我,直接把我推到了墙上,接着她歇斯底里地笑了,笑得颤颤巍巍的——这是中国人最可怕的笑声之一。后来我才明白,原来她救了我,不然我就踏进了地上那个深洞,那样我的后背肯定会摔坏。

我被弄得惊慌失措,必须去外面深呼吸几下才行。整个小镇的积雪都被碾压得硬硬的,所有街道和人行道上的冰都没人清理。人们习以为常地在冰上骑车,步行时也有自己的方式——稍稍拖着脚走——这样可以防止摔倒。

"这个镇子是不对外国人开放的,"田先生夸耀道,"你能到这里来真是非常幸运。"

"朗乡有少数民族吗?"我问,当时我心里想的是布里亚特人、蒙古族人、满族人和西伯利亚土著人。

"有回族,"金女士回答,"还有朝鲜族。"

在小镇全都暗下来、人们又重新开始等待天亮之前,我们去了一家朝鲜餐厅。那是一栋简单的木制结构小屋,地板是石头铺的,开放式火炉里的火正烧着,不仅可以取暖,还要用来做饭。四个朝鲜妇女围着火炉在吃饭——她们都是餐厅主人的亲戚，而餐厅的主人则是一位更年轻的女子。这些人都戴着皮帽，围着漂亮的围巾。她们身材矮小，脸型四四方方的，肤色相当暗沉，牙齿大而整齐。

"我分不清朝鲜族人和汉族人。"田先生对我说。

这个小镇上只有几百名朝鲜族人，但全中国有二百万。

"人们来这家餐馆时会说朝鲜语。"一位妇女说道。

这几名妇女都是在中国出生，然后嫁给了朝鲜族人，但她们的父母都出生在朝鲜。其中年纪最长的一位大约四十岁，最年轻的那位可能不超过二十岁。我想问问她们是不是经常戴这么漂亮的围巾和帽子——甚至她们的外套都很时髦——但我不想让自己听起来高人一等，于是我难得矜持礼貌了一回，什么也没问。

"我想去朝鲜看看，"一名妇女说道，"但我不知道去哪里。我们不知道自己的父母出生在什么地方。"

"你们会和汉族通婚吗？"

"有时会，但我们都没这样做。"

她们一边吃饭一边柔声细语地说笑着，她们也问了我一些问题——我从哪里来？结婚了没有？有孩子吗？我多大了？她们总是面带微笑，不像汉族人那么严肃和冷漠。她们说，尽管她们的文化在中国只剩下了美食和语言，但她们仍然为身为朝鲜族人而感到自豪。她们的丈夫不是伐木工人就是仓库管理员。

在朗乡的日子，我的手脚自始至终都是冻僵的——像针刺一样地疼。我的眼睛也很痛，肌肉已经硬到动弹不得。连我脑子里的抱怨声都冻得冰冷。田先生问我想不想去滑雪场看看，我答应了，于是我们驱车来到了镇外四英里（6千米）的地方，此时太阳刚刚滑落到远山背后，随着夜幕的降临，天气变得更冷了。

黑白相间的山体上共有十条滑道——其实就是被切割出了坡度的冰槽。人们把一些跟棺材盒似的小箱子拉上山，然后坐进去从槽道上砰砰砰地往下滑，箱子碰撞时发出噼里啪啦的声音，人们也跟着一起尖叫。我在严寒中上蹿下跳，向田先生表示我对此不感兴趣。

田先生带着一个容易开裂的"棺材盒"艰难地爬上了坡，滑下来的时候笑得露出了满嘴大牙。他又来了一次。也许他爱上了这项运动。

"您不喜欢滑雪吗？"他问。

"田先生，这不是滑雪。"

他惊讶地问道："这不是吗？"

然而，他还是一直滑个不停。

我沿着小路朝山下走去，途中发现了一处小棚屋，有点像看守人待的地方。屋子里有个火炉，生动地展示着大家在朗乡是如何取暖的：炉子里的火极其微弱，导致棚屋的墙上还留有半英尺厚的霜，所有的墙（木墙和泥砖墙）全是白色的。

我一直在记录温度，主干道上是零下34摄氏度，宾馆大堂是零度，餐厅刚刚超过零度。食物被砰地放下之后一分钟就会变凉，于是菜里的油脂便会凝固。他们提供的菜有肥腻腻的肉、油乎乎的土豆、大米粥以及大块的生青椒。这是中国菜吗？有一天我吃到了包有肉和米饭的卷心菜，上面还浇了肉汁。在苏联和波兰时我也吃过这种东西，他们管它叫"golomki（卷心菜卷）"。

持续的低温让人感到非常疲惫。我开始享受早早上床的生活了。我会先躲在毛毯下面听BBC和VOA，几小时之后再脱掉毛衣和一层袜子，到第二天早晨被窝里就会变得很暖和，有时会让我忘了自己在哪里。后来见窗户上的霜已经厚到无法望见窗外，我才会想起自己还在朗乡。

这里没人谈论寒冷的天气。不过也是，为什么要谈这个？他们自己乐在其中——真的是这样，在冰上舞蹈，在冰上滑行。有一天傍晚，我在黑暗中见到一些孩子在一个冰架上相互推搡，直到对方跌落到结冰的河面上（有些人在河面的冰上凿洞取水。）这些在寒冷的黑夜中玩耍的孩童，让我想起在南极洲的漫漫长夜中嬉戏于浮冰之上的企鹅。

*　*　*

旅行时我会做很多梦，也许这也是我旅行的主要原因之一。做梦和很多因素有关，比如陌生的房间、奇怪的声音和味道、摇摇晃晃的感觉、五花八门的食物、对于旅行的焦虑——尤其是对死亡的恐惧，当然还有气温。

在朗乡的话，过低的温度总让我做一些又长又累人的梦。寒冷的天气让我无法进入深度睡眠，所以我一直处于刚失去意识的浅睡眠状态，就像一条漂游的鱼。我在朗乡做过一个梦，梦见自己被困在了旧金山的一所房子里。我戴着耳机用机关枪扫射了一通，从前门跑了出去。我逃上了一辆路过的缆车——当时里根总统正拉着车上的吊环站着。我问他，是不是正在经历上任以来相当艰难的一段日子。他回答说："太糟糕了。"后来我们一直说个不停，直到我被冻醒。

不过那还没完，后来我又迷迷糊糊地睡着了。这回我梦见自己在一所时髦的大房子里参加圣诞派对，南希·里根也在。她的头发上缠着粗粗的白色卷发棒，胳膊很纤细，眼睛有点凸出。她对我说："你很幸运，能有这样的家乡。"她说这话时，我才意识到我们正身处科德角，可能刚好就在我家里，只不过梦里的家要更完美一些。她伤感地说道："我小时候很穷。"我对她说："我刚才梦见了里根总统。"——然后我就在梦里跟她讲之前做过的那个梦。

在事情变得更加离谱之前，田先生过来敲门把我叫醒了。

"我们今天去原始森林。"他说。

我们驾驶了近30英里（48千米），后来金女士也加入了。开车送我们的司机姓应。道路不仅结了冰，而且颠簸起伏，非常狭窄，但一路上除了偶尔见到几辆军用卡车外，几乎没有别的车辆。我们到了一个叫"清泉"的地方，那里有个小木屋，然后我们便开始徒步穿越森林。林子里到处是积雪，但并不是很深，大概只有一英尺（30厘米）。树木都很高大，离得也很近——肥壮的树干一个挨着一个。我们沿着一条窄路往前走着。

我问了金女士一些她的个人情况。她非常坦诚自然，挺讨人喜欢的。她今年32岁，有个女儿，丈夫是政府部门的职员。他们一家三口同其他六位亲人共同生活在朗乡的一套小公寓里——三个房间一共住了九个人，婆婆在家负责做饭。在这样拥有大片空地的省份，人们却不得不住在密集街区的拥挤空间里，这似乎有点残忍。然而这样的情况很常见，而且住在同一屋檐下的都是一家人。我老觉得，中国的秩序是靠传统的儒家家庭来维护的。在邓小平改革之后，家族企业和家庭农场应运而生。

我踢着脚走在树林里。

"你读《毛泽东语录》吗？"我问金女士。

"有时会读，"她说，"毛主席为中国做了很多伟大的事。现在大家都批判他，却忘了他也说过很多有智慧的话。"

"你最喜欢他的什么思想？你觉得能体现他智慧的？"

"'为人民服务'，"金女士答道，"我没法全部背给你听，那太长了，但真的很有智慧。"

"那么'革命不是请客吃饭'呢？——你会唱吗？"

"噢，会呀。"她答道，然后真的在我们穿越丛林的路上唱了起来。这首歌的曲调并不朗朗上口，但却充满了抑扬顿挫的音符，很适合我们轻快的步伐：

革命不是请客吃饭……

我边走边观察着林子里的鸟类。中国很少有地方的树上全是鸟，这里是其中之一。那些鸟小小的，飞起来很快，一般都栖在很高的枝头。我遇到的问题在于，为了方便调节焦距，我只能光手拿着我的双筒望远镜。气温已经达到了零下30度，这意味着再过几分钟我的手将会冻到无法操作。尽管严寒刺骨，但仍可以听见鸟叫，整个森林都充斥着啄木鸟用嘴轻轻敲打树干的声音。

"田先生,你能唱点什么吗?"我问。

"我不会唱《毛主席语录》。"

"那就唱点别的吧。"

他突然一把取下了毡帽,尖声唱了起来:

> Oh, Carol!
> I am but a foooool!
> Don't ever leave me—
> Treat me mean and croool...

> (哦,卡罗尔!
> 我真是个傻瓜!
> 请别抛下我——
> 请别残忍对待我……)

他的歌声充满了力量与激情,这是尼尔·萨达卡[①]的一首摇滚老歌,唱完以后他告诉我们:"这是我们以前在哈尔滨大学老唱的歌,当时我还是学生!"

林子里没有风,只听见鸟叫的声音——叽喳声、呢喃声,还有用嘴啄树干的声音。田先生和金女士看见一座不远的小山丘上冒着烟,于是决定前去一探究竟。我继续拖着沉重的步伐往前走,边走边观察附近的鸟类。我见到了一些沼泽山雀和三种啄木鸟,而我想找的是一种跟鸡一般大小的黑啄木鸟。我看见一对旋木雀在一根树干上移动,它们将自己的羽毛抖得松松的。看到这些娇小的鸟类丝毫没有受到寒冷天气的影响,我感到很高兴。

然后,我清楚地听到了一声枪响。我转过身,看见司机应先生跑

[①] 尼尔·萨达卡(Neil Sedaka,1939—),美国著名流行歌手。

进一个灌木丛，捡回来一只死鸟。他带了枪！我拖沓着脚步顺着原路往回走，他正把那只死鸟塞进自己的口袋。

"你在做什么？"

"你看，一只鸟！"他得意扬扬地说道。他拿的是一支直接取自射击场的单发0.22小口径步枪。

"你打算把那只鸟怎么样？"他打死的是一只朱雀，此刻我正把他捧在手心。它的身体很柔软，个头非常袖珍。在这样一个寒冷阴郁的地区，这只死去的鸟身上竟然还有温度。我捧着它，像捧着一道奢侈的餐前小菜。

应先生也许听出了我的敌意，他没有回答我。

"你要把这只鸟吃掉吗？"

他低下头，用脚踢着雪，像一个被责骂过的小孩。

这只鸟根本没什么可吃的，我确信他打鸟只是为了好玩。

"你为什么要开枪打鸟，应先生？"

他没有抬头看我，他在赌气，觉得失了面子。

"我不喜欢杀鸟，"我说，"这是一只美丽的鸟，它多好看啊，但现在它成了一只死鸟。"

我也对自己很生气，因为我不知道身后跟着一名持枪歹徒，而他要在这里大开杀戒。我原本真的以为自己处在一片荒无人烟的地带。然而，也许是我的话太多了，应先生看起来一副想拿枪射击我的样子。我把朱雀交到他手中，然后走开了。回头望时，我看见他也踏上了这条小径，正往大路走去。我找不到田先生和金女士，但我看见了他们一直要找的东西——山坡上有棵树烧着了，看起来挺刺激的，但那火也成不了什么气候。

我独自走到了森林更深处，见到了更多鸟类——一群群硕大的啄木鸟正扑闪着翅膀。在麻省的桑威奇，平日里就能看见这么多鸟，但这里是世界上人口最多、动物圈养程度最高的国家：要是看见野生鸟类，中国人一定会先舔舔嘴巴。

在中国，这里是个与众不同的地方。美丽的小鸟在高大茂密的林间歌唱和飞翔，除了我之外见不到别的人。

在这里继续前行根本没有危险。因为在雪地上留下了脚印，我也不可能迷路。我又走了大概一个小时，然后看见了一缕烟。即便走到附近，我也辨认不出是什么。那好像是一团地下的火，我站在它上方，见它从地底的一个深洞里飘出来。洞底有三个中国女孩正在火边取暖。我同她们打了声招呼，她们抬起头，看见了我这个长鼻子"夷人"——这人还戴着傻乎乎的帽子和手套，外套被好几层毛衣撑得鼓鼓的。看来她们真的被吓到了，仿佛把我当作了在边境徘徊的西伯利亚人，毕竟此地离边境只有80英里（128千米）。她们"哎呀"了一声，中国人在表示惊讶时总是会说这两个字。

"你们在干什么？"

"我们在午休！"

她们爬出洞来看我。她们穿了棉袄和毡靴，头和脸都用围巾包住了。

她们说自己就在这里工作，还带我去防风林后面看了她们种植树苗的地方。伐木工人来来往往，一片片山坡都被砍光了。现在的想法是，再过300年左右，这片土地上又会长出一片森林，可供再次砍伐。但是，从中国历年的酸雨记录来看，这样的预期似乎不可能实现。但这里的防风林经过了精心的设计，好像在山坡上平行排列了许多树篱一样，整体看来，它就像等高图上的一条线。

在转身回去之前，我跳进洞里烤了会儿火取暖，这三名中国女孩就跪在洞口边缘看着我。直到我出去之后，她们才回到洞中。

此时我发现田先生正踏着重重的步伐向我走来，他问："你喜欢这里，对吧？"

"这里棒极了。"

"原始森林，"他说，"没人动过的森林。"

"你想不想建一所房子，和妻子单独来这里生活？"

"想啊，"他说，"在这里安个家，写点东西，比如诗歌和小说。"

"再生四个孩子。"

"这不允许,"他说道,然后他笑了,"可是这地方天高皇帝远的,他们不会知道,不会有事的。对,我要生四个孩子。"

我们走到了伐木工人劳作的地方,他们当中很少有人戴手套或帽子。他们穿着相当薄的外套和亮晃晃的白球鞋。我很惊讶,他们穿得这样少,却能经受这样的寒冷。他们正在将一捆捆刚砍下来的木材拖到一起,以便装上卡车。一些年轻的工人停下来盯着我看——也许是因为我穿得太暖和了吧。但工头却因此对着他们咆哮,于是这些衣衫褴褛的伐木者只好回去工作。这片稠密的森林也许是中国最后一片草木丛生的荒野吧,人类的声音和拖拉机发出的嘎嘎声在其中都显得很怪异,让人听了不大舒服。

金女士已经在往回朝大路走了,我们追上她时天色已经开始变黑。我们一边往停车的地方走,一边讨论着关于死刑的问题。田先生赞成死刑——他觉得要把罪犯都杀掉,这是唯一的办法。但金女士表示不赞同,她说贪污犯和皮条客不至于判死刑,但杀人犯得偿命。

虽然天气很冷,但我的心情不错。我觉得自己来到了一个中国很难到达的地方,但所有困难都是值得的。它代表的不是一种成就感,而是某种充满希望的感觉,因为这是一个我乐意回来的地方:这里有些东西是值得期待的。

我五点钟就吃了晚饭,然后上床去躲在毯子底下听收音机——我在朗乡的夜晚都是这么度过的。第二天黎明时分,田先生和我就坐火车离开了这座小镇。天实在是太冷了,我觉得要是途中撞上什么东西,我身体的某些部位可能会直接脱落。这又是一个寒风刺骨的早晨。天空是灰色的,这里从来都是阴云密布。有一些云的背后透出了微弱的光,那是太阳,但那模糊的光圈只是粗略地显示出了太阳的轮廓,如果真有这东西的话。

我读书,睡觉,在寒冷中打着牙颤。这趟列车是开放式的,每节车厢都塞满了木头座椅。沿途所有车站它都要停靠,而且每次停站时所有的门都会打开，过不了几分钟，寒风就会穿过整个列车，把车里吹得凉飕飕的。列车启动时门会被关上，但每当车厢里的温度刚开始变得可以忍受，下一站又到了，于是车门又被打开，凉风又钻了进来。

车上的午餐只花了我十二便士，但用来配米饭吃的只有一道菜。那是一种长在黑龙江北部的蔬菜，叫作"黄花菜"，吃起来像一堆剁碎的百合花梗。

我想到了那名司机，以及自己大声责备他射杀小鸟的情形，于是我问了田先生一些关于"失去面子"的事。中文里有个更加准确的词来表达这个意思：丢脸。

在上海时小王对我说过："外国人不要面子的。"我向田先生转述了这句话。

"但我们是要面子的，"田先生说，"在中国就是这样。"

"怎样才能不丢脸呢？"

"有一个说法，叫作'脸皮厚'——就把脸皮放厚些，但这不是好事，这代表你麻木不仁。害羞的人容易觉得丢脸。"

这个办法挺好，或者至少是可以接受的，因为这就是人的本性。

田先生说："如果有人批评你，而你不感到丢脸的话，说明你不是个好人。"

后来，餐车服务员过来陪我们坐了一会儿。他说我应该穿两条秋裤，一条不够，而且应该穿中国那种厚裤子（我当时已经穿上了滑雪时才穿的长裤）。他来自佳木斯，他说那天佳木斯天气不错，只有零下34度，那里通常有零下38度。他笑着拍了拍我的肩膀，然后回去工作了。

田先生什么话也没说。他一直在沉思，并且不停地点头。

"你的主意不错，"他说，"在森林里建一所房子，生几个孩子，写点东西。"他穿着破旧的外套坐在寒冷的车厢内，一边说话一边拧着他的毡帽。他还在不停地点头，头发像大钉子一样翘着，袖子上沾了酱油："我真的想那么干。"

第十六章　开往大连的火车：92次列车

哈尔滨城里城外都是一样地冷——无时无刻不冷，角角落落都冷。为了让自己暖和起来，唯一能做的就是往南走，离开这座城市，离开黑龙江。从《中国日报》上的报道来看，在700英里之外的渤海湾有座叫大连的港口城市，那里天气应该不错。田先生又跟我说了一遍，温暖的天气会让他感到不适。

我们正在进行一场热烈的对话，田先生和我。他在向我描述"红卫兵"不同派系之间如何在哈尔滨的大街上斗殴——学校跟学校斗，工厂跟工厂斗，每一派都声称自己是最纯粹的毛泽东主义者。到车站后，田先生又跟我讲墙上是怎样被涂满各种标语。"那完全是糟蹋东西。"他说道。中国人的坦率总能触动我，让我心怀感恩。列车伴随着响亮的汽笛声慢慢靠近，我脱下了自己的羊皮手套、围巾和冬帽，这些都是我为了在此处御寒而特意添置的。我把它们递给了田先生。

"在大连我不再需要这些东西了。"我说。

田先生耸耸肩，和我握了握手，一个字也没说便走开了。这就是中国人的告别方式：不会徘徊逗留，不会交换地址，不会依依不舍，不会有任何的多愁善感。他们只是在离别时背过身去，因为从此你将不再重要，因为他们还有那么多其他的事情要操心。就像中国人聚餐之后的分别一样，大幕砰然落下，然后大家都消失不见。虽然这样的分别方式有些敷衍，但我并不在意——这显然让他们远离了虚伪。田先生渐行渐远，很快便消失在一片穿蓝衣的人群之中。

但我后悔把自己的手套和围巾留给他了，因为这又是一趟没有暖气的列车。他们就没有东西需要加热吗？隔间里的温度只有华氏40度出头，餐车里甚至更冷。地面上全是冰，窗户上全是霜。因为冷到无法安静地坐着，我只好在列车的两端之间来来回回地走。

可我有什么好抱怨的呢？车窗外的雪地上，有人在挖洞修篱笆，有人在走路上班，有人在小屋外头晾衣服。不停撞击车窗的大风同时也在侵袭着这些人。穿上冬衣之后的他们看起来鼓鼓的，像极了塞满棉花的布偶，从很远的地方就能看见他们冻得通红的脸颊。我想象着他们在过怎样的生活，然后决定不再抱怨午饭时的鱼干和软骨。

午后不久我们便到了长春，车站放眼望去都是冒着蒸汽的火车头，而寒冷的天气让蒸汽更加明显。来此处转轨的列车共有十四趟，一阵阵白雾从它们的引擎中翻腾而出。黑色的车轮上挂着冰柱，烟囱里冒出滚滚浓烟，蒸汽冲出活塞时发出刺耳的声响。列车又快又稳地行驶在满是积雪的轨道上，无论是冰与火的交织，还是黑与白的色调变化，都让人久久不能忘怀。

中国有一个重要的电影制片厂就坐落在长春，当时电影厂正在跟人合拍一部电影，讲述的是中国末代皇帝的一生[①]。如果只涉及他在位的时间，那么这部电影将非常简短。这位皇帝于1908年登基时只有三岁，但仅仅过了三年多他便退位了。他的名字叫溥仪，长大后他又取了个英文名字叫亨利（Henry）。后来日本人成立伪满洲国，选中了亨利作为傀儡皇帝来执政，一直在长春控制着他。这个莫名其妙的政

[①] 意大利著名导演贝纳尔多·贝托鲁奇（Bernardo Bertolucci，1941—2018）执导的《末代皇帝》，由尊龙、陈冲等主演，1986年在北京、大连、长春等地拍摄，1987年上映。

权崩溃瓦解后，亨利被苏联人作为战犯逮捕。和出生时一样，在他的弥留之际外界也是一片动荡：当时他身患癌症，"文化大革命"刚刚开始，红卫兵们的咆哮声不绝于耳。溥仪代表了毛泽东坚决反对的一切：他来自腐朽的满清王朝，是当时的统治阶级，拥有财富和特权，他投靠日本人，为中国写下了一段屈辱的历史。

我挣扎着是否要在长春停留，不过很容易就做出了决定。长春太冷了，所以我决定继续往前走。火车内壁上的冰越来越厚，时间慢慢流逝着。我一件件地把所有衣服都穿上了，到下午三点左右，我把双手缩进袖子坐在那里读《论语》，用鼻子翻着书页。

透过车窗上亮晶晶的白霜向外望去，穿得鼓鼓囊囊的行人正在慢慢地穿越雪地。此外，骑自行车的人、赶牛车的车夫和背书包的孩童也都是如此。我看见马匹们绝望地在一丛丛干硬的残草间搜寻着食物。有时眼前会出现白茫茫的一片，其中能辨认出的只有一排电线杆——就是中国常见的那种，连着好几英里都排满了这种丧气的十字架。现在我们到了吉林省境内，一层冰冷的雾气飘荡在满是积雪的大地上。

车里几乎没什么人往窗外看。有人用锡杯吃着面，有人大口啜着茶，有人高声说着话，有人睡着了。最近火车上的规定有所放松，允许乘客在车内玩牌类游戏，很多人正利用了这一点。实际上，他们是在硬座车厢里赌博，还有一些人聚在一起打麻将。

我不停地在各个车厢间穿梭，同车上的人打招呼，交流了几句之后，我总会说声："好冷啊。"

他们只是笑笑，或者耸耸肩。对于厕所里的冰锥、地面上结的冰、餐车中呼啸而过的风以及在车厢连接处形成的冰窟，他们都无动于衷。我真羡慕这种毫不在乎的态度。虽然我在中国见过很多胆小鬼，但坚忍不拔却是中国人最大的特点。

一个男人朝我挥舞起了双臂，虽然并非有意，但他的动作着实有些危险，因此附近的人都闪开了。然后他开始尖叫："美国！基辛格！尼克松！"

他继续念叨着这些名字,并且开始跟着我走。

有人说:"他喝醉了。"

"他一直在喝酒。"另一个人说。

但他并不是喝醉了,而是疯了。如果一个中国人老是独来独往而且总表现出攻击性,那么他一定是精神错乱了。

他一直跟着我,于是我吼了回去。"我听见你说话了,同志,但我听不懂!"

众人因此笑了起来,因为这是一套现成的说辞,目的就是为了装糊涂,阻止别人喋喋不休地说下去。后来他在吉林与辽宁边界处的四平下了车,下车时仍在胡言乱语。

初冬的傍晚,所有的村庄都烟雾缭绕的,因为到了吃饭时间——所有的炉灶都被点燃了。那些小小的屋子像简单的积木一样排列在山坡上,宛如雪地中的玩具小镇,一缕缕炊烟正均匀地从它们的屋里冒出来。

我在车上闲逛时遇到一个法国人,此人名叫尼古拉,正要返回北京。他是一名来自尼斯的木匠,完全不知道现在自己身处何地。他不会说中文,正在尝试自学英文。他说自己在中国待得一点也不开心。他说,这里的食物令人作呕,宾馆也脏乱不堪。他问我有没有去过哈尔滨。

他吃力地用英文告诉我:"I am in Harbin. I am very cold. I go into a cinema to get warm. It is not a cinema! It is a big room. With chairs. Chinese people in the chairs. And they are all watching a small television. I sat there all day. It was not warm but it was better than the street.(我在哈尔滨。我很冷。我去了一家电影院取暖。那根本不是电影院!只是一个大房间。里面有椅子,中国人都坐在椅子上。他们都在看一台小电视。我在那坐了一整天。那里并不暖和,但比街上好点。)"

我们相互倾诉着各自在东北地区低温天气中的经历。

他在看一本名为"*Easy Steps to English*(《轻松学英文》)"的教

材，不过才看到第三章。

"这个词怎么念？"他用戴着手套的手指向词汇表。

"比例——五（Believe）。"我教他发音。

"不——理——我——"他模仿道。

"要我教你英文吗？"我问，因为这样我便可以借机问他一些个人问题了。他高兴地答应了。

我向他解释了"believe（相信）"作为动词的用法，然后说我们来实际运用一下。

"Nicolas, do you believe in God?（尼古拉，你信上帝吗？）"

"Non. I do not booleeve een Gott.（不，我不兴三弟。）"

"Do you believe that Klaus Barbie is guilty of Nazi war crimes?（你相信克劳斯·巴赫比犯有纳粹战争罪吗？）"

"Maybe.（也许吧。）"

"You have to repeat the whole sentence.（你应该重复整个句子。）"

"Maybe I booleeve—（也许我上兴——）"

我问了他对中国人、法国人和美国人的看法，还问了他的旅行经历、他的理想和他的家庭情况。但他的回答不怎么有趣，最后我放弃了努力，建议他学中文。

车上的灯光很黯淡，地板上的雪还没有融化。我已经冻僵了。尼古拉说希望现在就已回到了尼斯。我试着想了想自己愿意待在哪里。我考虑了很多种可能性，最后得出的结论是，我还是愿意待在这里做现在的事——向南行驶，前往中国的海滨城市大连。在回家乡还是去他乡之间，也许很容易做出选择。显然这次我选择了去"他乡"，不是吗？

列车从哈尔滨开出13个小时后，我们到达了沈阳。我已经受够了这趟车，于是决定明天换一趟车来继续我的旅途。同时，我还可以在沈阳逛一逛。

这又是一座典型的中国城市，因此也如同噩梦一般，沈阳今夜的温度是零下30摄氏度——所有东西的表面都结满了细小的冰针和冰花。大街上几乎空无一人,在如此黑暗的夜晚,沈阳看起来像是一座黑白老照片中的城市。它安静得无可挑剔,闪烁的灯光寥寥无几,黑与白便是它的色调。我的问题在于,每当呼气的时候,眼镜片上都会泛起一层白霜。

根据中国官方统计的数字,所有的火车乘客中有三分之一都是要去远方的城市参加会议。对于任何工作来说,这都是一份不错的福利。虽然他们的工资可能很低,但那些会议一般都在旅游景点召开,所以说起来是出差,但其实是在度假。美国的公司在举行销售会议时也是这样,比如他们会选择阿卡普尔科[①]或者巴哈马[②]这样的地点。

出远门的中国人实在太多了,即便在气温低于冰点的冬天也是如此,所以你永远都不能确定是否能找到一家宾馆入住。然而,在沈阳我没有遇到任何问题。除了我之外,拥有 500 间客房的凤凰饭店里只有六名客人。时间才晚上七点半,餐厅就已大门紧闭。我求他们开门放我进去,他们说我可以在里面吃饭,但不能要任何过于花哨的菜式。凤凰饭店的特色菜有熊掌(350 元一份)、鹿鼻和"猪里脊肉片"。我吃了脆皮鸡和卷心菜,味道一点儿也不好,但没有关系。重要的是,几周以来我第一次有了温暖的感觉,因为这家饭店有暖气。我的房间里满是照明灯具,墙上挂着仿制的动物皮,虽然厕所无法使用,但却有一台电视。

我需要有人帮我搞到去大连的车票,因为去大连的火车总是满员(我之前怎么知道这个?),短时间内根本不可能买到车票。我就是这样认识孙先生的。

孙先生是个自学成才的人。在本该上学的日子,他去了农场劳动。但他仍然秉持"自力更生"和"为人民服务"的信条,秩序与服从的思想在他的脑海中根深蒂固。在他帮我弄火车票的过程中,我们

---

① 阿卡普尔科(Acapulco),墨西哥重要港口城市。
② 巴哈马(Bahamas),位于大西洋西侧的岛国。

进行过几次很有启发性的对话。他是个直言不讳的强硬分子，这让我很高兴，因为有时我觉得自己遇到的每个人都对过去深恶痛绝。

孙先生带我看了沈阳的一尊巨型毛泽东树脂雕像。作为开国元勋的毛泽东被当作神一样崇拜，他周围还有58个代表中国革命不同阶段的人物。就算没人说我也知道这尊雕像是"文化大革命"期间立起来的。跟成都的毛泽东雕像一样，它也刻画出了这位老人挥手赐福无产阶级的光辉形象。这样的塑像都造价不菲。

"你觉不觉得应该像对待其他的毛主席雕像一样，把这尊雕像推倒并毁掉？"

"没必要仅仅因为它是在'文化大革命'期间建的就推倒它，"孙先生说，"毛主席是一位伟人，我们不能忘记他的功绩。"

孙先生是一名口译员，但他干得不是很好——为了让对方听明白，我们说话时中英文都用上了。然而，他告诉我不久他将要去位于波斯湾的科威特给一个中国工作队做口译，这让我大吃一惊。

"难道你在科威特不要说阿拉伯语吗？"

"不用，其他工人都来自德国、韩国、巴基斯坦和美国，大家都会说英语，这就是他们需要我的原因。"

我问他会不会对新工作感到焦虑。

"我有个朋友刚从那边回来，他说那边的天气很糟糕。"

"跟沈阳差别很大……"顺便说一下，沈阳今天有零下28度，"那里的人怎么样呢？"

"不友好。"

"住宿条件呢？"

"大家都睡在一间房里。"

"吃的怎样？"

"他只有罐头吃。"

"梅林牌牛腱肉、白莲牌猪脚冻、向日葵牌午餐肉和中国食品公司的辣汁无骨鸡块——都是这种东西？"

"是的，还有面条，我觉得是这样。"

我想象着，在这些工作队所住宿舍里，用来装方便食品的木条箱和纸箱可能已经堆到了天花板那么高。

"要在科威特过那样的生活，还要沙尘暴中吃罐装食品，这样做有什么好处吗？"

"我们可以赚了钱在那买东西。"

"你的朋友买了什么？"

"一台电冰箱、三台电视机——其中还有个是带遥控的，一台收音机、一台录像机，还给厨房添了一个炉子——微波炉，一台录音机，还有一辆本田摩托车，全是日本货。"

他说得那家伙像是赢了某个游戏节目的头奖似的。

"他肯定花了很多钱。"我说。

"他每个月能挣107美元。"

还有每天都要以梅林牌枇杷罐头和双喜牌面条为食，这样的日子过了整整两年，他一定老对同伴说："阿卜杜勒，请把福鹰牌开罐器递给我。"

"他要那么多电视做什么？"

"一个给他妈妈，一个给他兄弟，一个留给自己。"

"那么你打算在科威特买点什么？"

"一台日本电冰箱。"

"你要它做什么呢？"我问，因为孙先生跟我说过他同父母一起生活。

"我会需要的，在科威特工作两年之后，我也到了结婚的年龄。"

他告诉我，中国北方的法定婚龄是男性26岁、女性24岁；而在南方的话男女要各小一岁。但几周之后我买了一本中国婚姻法的小册子，里面的规定好像和孙先生说的不一样[①]。

[①] 编者注：中国大陆法定结婚年龄为男性22周岁，女性20周岁。

"那就是你要的全部吗——一台电冰箱？"

"我还想要一台摄像机。我想把科威特和中国的许多地方都拍下来，这样我就可以把那些照片给我妈妈看了，她从来没有离开过沈阳。"

那天的沈阳烟雾弥漫——天空阴沉沉的，道路上结满了冰。这里和哈尔滨一样冷。

孙先生说："你应该在这待久一点。"

"太冷了，"我说，"我要到南方去。"

"你来自美国哪里？"

"离新罕布什尔州的朴次茅斯不远。"

他看起来有些茫然，根本搞不清楚状况。为什么很多中国人对于黄帝和唐朝之类的古代历史了如指掌，但却对比较近的中国历史一无所知呢？

我问他："你知道《朴次茅斯和约》①吗？"

《朴次茅斯和约》是日俄战争结束时签订的一项和约，正是它把沈阳（当时叫奉天）的控制权交给了日本人。这件事就发生在80年前，大概是孙先生祖母生活的时代。泰迪·罗斯福②提议并在小镇朴次茅斯签署了这个和约——具体的签署地点是在朴次茅斯海军基地，这个地方刚过新罕布什尔州的边界，位于缅因州的基特里，但我觉得这只会让孙先生感到更加混乱。

他完全不知道这回事。他想让我看看沈阳一些比较著名的东

---

① 1905年9月5日，在美国新罕布什尔州朴次茅斯海军基地，日俄双方代表签订《朴次茅斯和约》，宣告了日俄战争的结束。

② 西奥多·罗斯福（Theodore Roosevelt，1858—1919），昵称泰迪（Teddy），美国第26任总统，人称老罗斯福（以区别于第32任总统富兰克林·罗斯福）。因成功调停日俄战争，1906年成为首位获得诺贝尔和平奖的美国人。1908年签署法案，将半数庚子赔款退还中国，作为资助留美学生之用。因其影响力，位列拉什莫尔（Rushmore）"总统山"四头像之一。著名的玩具"泰迪熊"也是以他的昵称命名。

西——除了东北"三宝"(人参、貂皮、鹿茸),还有这里的工厂和汽车装配厂。中国人不仅还在生产蒸汽引擎、痰盂和羽毛笔,他们也在制造全新的老爷车——他们的红旗牌轿车,很像1948年产的帕卡德[①]汽车略微发胀以后的样子。我拒绝了去抚顺的提议,那里有中国最大的露天矿藏——总宽度超过四英里(6.4千米),深度达到了1000英尺(304米)。在这样一个雾蒙蒙的霜冻天气里,根本不可能看到矿藏底部,更不用说瞥见矿山对面的风景了。我想要离开这座黑乎乎的大城市。

孙先生还在坚持自己的提议。我知道辽宁省旅游局推出了不少特别的旅游项目吗?游客有很多选择,比如"单车游""本地美食游""康复游"或"疗养游"——"使用传统中医理疗方法,治疗和康复效果更好"。然而沈阳远远算不上疗养之地,在我看来,即便是最健康的人来到这里,最后也会患上支气管炎。

这些旅游项目的推出,是各省旅游局相互竞争的结果。孙先生还提到有个项目叫作"律师游"。"任何对中国法律和我们的法律制度感兴趣的外国朋友都可以参加这个项目,他们可以旁听庭审和参观监狱,"他说,"这给了他们一个了解中国另一面的机会。"

这个项目我倒是愿意去,但短时间内却无法成行。我们聊起了法律制度,然后又谈到了死刑——在同中国人聊天时,我总是会提到死刑。他极力支持死刑,但却声称死刑犯的致命一枪是从头前部打进去的,可我坚持说子弹对准的是后脑勺。

我问了他对于中国死刑的看法,过去三年中,总共有一万人被执行了死刑(将来人数会更多)。

"中国的死刑,"他说着顿了顿,"一击毙命。"

天气非常冷,我看到骑车穿行在雪地上的人们脸上挂满了冰霜,凛冽的寒风一阵接一阵地刮着,过低的温度让我感到自己快要被冻伤。最后,我向这一切屈服了。

---

① 帕卡德(Packard),美国老牌豪华汽车生产商。

孙先生帮我搞到了一张离开沈阳的车票，但当我们坐汽车去火车站时，他挤眉弄眼地说道："这个司机很晦气的，上次我坐他的车，他把车给撞了。"

这是一个霜冻的早晨，时间是七点半，古老的奉天城乌压压的一片。我们有半小时的时间去车站，但刚出发就遇上了堵车（无轨电车的集电杆与电线脱离，阻塞了交通）。滞留十五分钟后，我们重新出发，汽车猛地侧转了一下，后轮轰地响了一声：爆胎了。

"我跟你说过的，这个司机很晦气。"

"我该怎么去车站呢？"

"你可以走过去，"他说，"但是得先付钱给司机。"

"我为什么要付钱给他？他又没有把我送到车站，而且搞不好我还要误车！"

"那么你给十块钱就行了，不用十五块。这样便宜些，你还省了钱！"

我把钱扔向那个晦气的司机，然后急匆匆地用双脚在冰面上朝车站滑去。开车前最后一分钟，我终于赶到了——又是一趟冰冷的列车，但至少它是往南开的。

我在这趟车上遇到了理查德·乌，他在美国联合碳化物公司工作，两年来一直在沈阳和周边地区活动。我问他，做这份工作需要具备哪些素质。

"我来自加拿大的萨斯喀彻温省[①]。"啊，这就解释了一切。他还通晓所有的行话。"我们把整套设计卖给他们……还会针对工厂提出一些意见。"然而，联合碳化物公司并不会参与工厂的修建，他对中国工人有些看法。

"他们的工作态度不同于欧洲或美国的工人。他们动作很慢，工

[①] 萨斯喀彻温省（Saskatchewan），加拿大产粮大省，冬季极为寒冷，平均气温达零下25摄氏度。

资很低。不是中国工人不好，而是制度太糟糕。如果给他们一些激励的话，他们的表现会更好。"

我本不打算问他们公司在沈阳生产什么产品，因为我觉得他说了我也听不懂，但我实在太无聊，所以还是问了。

"防冻剂。"乌先生说。

列车继续在平坦的雪地中穿行，薄薄的积雪之下都是犁沟、田埂和残草。路旁还有工厂——在冰霜的装点和烟囱蒸汽的笼罩之下，它们的轮廓显得朦胧而柔和，宛若隔了一层银色的白纱，好看极了。

车上也许有卧铺床位，但即便如此，我到现在也一个都没见到。我很担心一起身自己的座位就会被人抢走，这种事不是没发生过。现在我们距大连还有近300英里（480千米），我可不想连着站上六小时。事实上，车厢内已经拥挤不堪，乘客们比肩接踵——有人抽烟，有人吃面，有人吐痰，有人气管炎犯了，有人在剥橘子。

这趟车上没有餐车。一名妇女头上戴了个类似睡帽的东西，正推着一辆车走来走去，车里有鱼干和大块的鸡蛋糕——这是中国人外出时最喜欢吃的零食。我选择了鱼干。它的口感很硬，吃起来像一张旧鞋垫（看起来也像）——而且是中国的鞋垫，少数民族穿的那种。它的包装上写着"少数民族风味鱼干"。

天气依旧很冷，简直让人匪夷所思。我讨厌寒冷，就像讨厌无所事事的状态和讨厌污浊的空气一样。那是一种浑身疼痛的感觉——也许对于死亡的恐惧左右了我的情绪，我才会感到严寒是如此恐怖。在我看来，零度就意味着死亡。我觉得这样的天气容易抹杀人性，我深深同情着那些不得不在内蒙古、黑龙江、吉林和辽宁生活和工作的人们。然而众所周知，这些省份的人都特别乐观——中国内陆地区的人民总是以情绪高昂而著称，他们把自己视作拓荒者。

然而，我却被寒冷的天气困扰着。寒冷这种东西很难描述，也不大可能给人留下清晰的印象，这倒是一件好事。我当然对低温天气没有任何记忆，所以后来对于自己所经历的这一个月天寒地冻，我并没有什么难忘的感受——只是有些视觉上的印象：人们脸上落满了冰霜，围巾上粘着被冻住的唾沫，腿脚裹得肥肥的，戴着连指手套，脸颊总是红彤彤的；中国人乌黑的头发上，总能看见小小的冰晶，雪地也被他们踩得硬硬的；稍大些的城市经常罩着一层雾气，即便是最阴冷的城市也变得奇幻起来；白霜在日光下闪闪发光——只有在零下 30 度时才能见到那种特别的钻石般的微光。

列车行驶了几百英里后，积雪终于越来越薄，最后到达瓦房店时，它们突然诡异地全部消失了。因为看惯了窗外被积雪覆盖的样子，此时的风景显得有些破败萧条。此后再也见不到雪了，这样的变化似乎有些太快。

千山脚下整齐地分布着许多果林，林子里的树木纤细而多枝，枝条上并没有叶子，远望是一片棕褐色。在离大连不远的地方，还可以看见很多小石屋。这一切让窗外的风景有了苏格兰山区和农场废墟的模样。

* * *

我踏上大连火车站的月台，有位年轻的中国女士正冲我微笑。我看得出来她非常时髦：满头动感十足的卷发，戴一副太阳镜，绿色外套上有一圈毛领——是兔毛。她说自己姓谭，是奉命来接我的。

"可是，请叫我 Cherry（樱桃）。"

"好的，Cherry。"

"或者叫我 Cherry Blossom（樱花）。"

这样的名字还真挺难叫出口，但我还是努力试了一下："Cherry Blossom，到烟台的车票多少钱？"她的回答总是很迅速，通常都是些"这会让你搭上一条胳膊和一条腿"之类的话。她喜欢使用生动形象的语言。

她把我带到外面，我们就在大连火车站外的阶梯上站着，她问我："你觉得大连怎么样？"

"我来这里才七分钟。"我说道。

"要是玩得开心的话,时间一眨眼就飞走啦!"Cherry Blossom 说。

"不过既然你问了,我就说说吧,"我继续道,"我对大连印象非常深刻,这里的人们乐观勤劳,经济欣欣向荣,生活质量很高。我能感受到大家的情绪都很高涨,这肯定得益于新鲜的空气和繁荣的经济。港口很热闹,我想各种市场里的商品一定琳琅满目。我目前见到的这些,只会让我想去看更多。"

"那就好。"Cherry Blossom 说。

"还有,"我说道,"大连看起来像波士顿南部,波士顿在美国的马萨诸塞州。"事实的确如此。这是一个日渐老去的港口城市,建筑大都用砖块砌成,它有着宽阔的街道、鹅卵石铺的小路、电车轨道以及一个海港应具备的所有设施,比如货栈、干船坞和起重机。我仿佛觉得,一直往前走的话,最终我可能会遇到"三叶草酒吧烧烤屋"[1]。这里的天气也和波士顿很像——气温很低,云朵在天上飘荡,偶尔透出些许阳光;除此之外,两地的建筑也都差不多。大连有许多砖砌的教堂,它们也许曾用过"圣帕特""圣约瑟"和"圣雷米"之类的名字,但现在已经变成了幼儿园和托儿所,其中有一个成为了现今的大连市图书馆。然而改革开放后,这里也有了"热面包西饼店"和"红星剪烫"之类的商店。

"连男人们都会迫不及待地去红星烫头发,"Cherry Blossom 告诉我,"嗖嗖地,他们就进去了。"

这里的大街小巷让我想起波士顿。大连的主干道叫作"斯大林路",但这不打紧,它看起来还是很像"大西洋大道"[2]。

俄国人以前把大连叫作"达里尼"[3],十九世纪末二十世纪初时,

---

[1] 三叶草酒吧烧烤屋(Shamrock Bar and Grill),应为波士顿的一家酒吧烧烤屋。
[2] 大西洋大道(Atlantic Avenue),波士顿的一条主干道。
[3] 达里尼(Dalny),在俄语中的意思是"遥远的地方"。

他们曾计划把大连建成一个大型港口,用来停泊沙皇的舰船。从对抗日本的角度来看,这个地方极具价值,因为它不同于海参崴,冬天不会结冰。日俄战争后,日本人在大连放风筝,每只风筝上都写着"俄国人投降了!"从此,这座港口城市被交到了日本人手中。他们后来完成了俄国人的计划,把原来的小渔村变成了大型港口。直到第二次世界大战时,这个地方都很繁荣。后来日本战败,苏联人根据《雅尔塔协定》中的相关条款,夺回了这座城市的控制权。苏联人在这里一直待到了中国解放,解放后这座城市才更名为"大连"("伟大的连接")[①]。这里的空气咸咸的,经常有海鸥出没,我喜欢这里。

"你来大连要完成什么心愿呢?" Cherry Blossom 问。

我告诉她,我是来这里取暖的,之前在东北实在太冷了。我表示需要一张船票,从大连坐船穿越渤海湾去烟台。她能帮我搞定吗?"请交叉着手指为我祈祷吧!"她说。

说完这话她便消失了。我找到了一家旧宾馆——一栋日本人在战前修建的宏伟建筑,但却被拒绝入内。一家单调乏味的中国宾馆收留了我,这家宾馆是新建的,有点像华美达旅馆[②],大堂内的鱼池里都是死水。一整天我都在找古董店,但唯一找到的那个还很令人失望。一名男子试图向我兜售一座奖杯,它是日本一所高中在 1933 年举行的男子标枪比赛中奖励给获胜者的。"纯银的,"他低声说道,"清朝的。"

第二天我见到了 Cherry Blossom,她没有带来任何关于船票的消息。"您得保留着希望!"

我们约好稍后再见,而再次相见时,我看到她在笑。"交到好运了吗?"我问。"没有!"她笑着回答。她告诉我这个坏消息的时候,

[①] 编者注:大连旧称"青泥洼",1898 年被沙俄强行租借,命名为"达里尼"。日俄战争后被日本占领,1905 年改称为大连市。1945 年日本投降,苏联红军进驻。1950 年改名旅大市,取旅顺、大连各一字而得名。1955 年苏联撤离。1981 年复称大连市。

[②] 华美达(Ramada),美国知名酒店连锁品牌。

我注意到她的脸长得圆乎乎的，上面稍微有些疙瘩。她系了一条砷绿色的羊毛围巾，用来搭配头上的羊毛帽，那顶帽子是她自己在单位的女工宿舍里（她有四个室友）织的。

"我彻底失败了！"

那她为什么还在笑？天啊，我讨厌她那顶愚蠢的帽子。

"但是，"她说着动了动自己的手指，"等等！"她的嗓音很尖锐，搞得每句话都跟在惊叫一样。她把手伸进了自己的塑料手提包。

"票在这里！这其实是一次彻底的胜利！"现在她正冲着我摇头晃脑，一头浓密的卷发动起来跟弹簧似的。

我问："Cherry Blossom，你刚才是在耍我吗？"

"是的！"

我真想打她。

"中国人就是这样恶作剧的吗？"

"噢，是的。"她咯咯地笑了。

可是，所有的恶作剧难道不都带有施虐的意味吗？

我去了一个 1979 年就已开放的自由贸易市场，各式鱼类、贝类和海草都能在里面找到——一磅大虾才卖三英镑，却已经是最贵的东西了。除此之外，他们还卖鱿鱼、鲍鱼、生蚝、海螺、海参和大堆的蛤蜊、比目鱼。卖鱼的看上去不像典型的中国人，他们有着蒙古人般扁平的脸，也许是满族人，在这个半岛和中国北部，总共居住着五六百万满族人。逛完市场之后我食欲大增，当天夜里我便吃了蒜蓉酱炒鲍鱼，美味极了。

Cherry Blossom 说夏天时大连会有外国游艇停留，游客们会在这里待上半天。

"半天时间在大连能看什么？"

她说，那些人都是坐大巴去参观贝壳雕刻厂、玻璃厂、示范小学（那里的孩子会唱《音乐之声》里的歌），然后回到船上，继续前往烟台或青岛。

"我想去斯大林广场看看。"我说。

然后我们就去了那里,广场中央有一尊苏联战士雕塑。第二次世界大战后,这个地方曾为苏军占领。

"Cherry Blossom,苏联自己都没有斯大林广场,你知道吗?"

她说不知道,她觉得很惊讶,于是向我问及原因。

"因为有人认为他犯过一些错误。"我说。

"Cherry Blossom,大连有毛泽东广场吗?"

"没有,"她说,"因为他犯过错误,但不要为打翻的牛奶哭泣!"①

我告诉她,我在书里读到过,林彪曾生活在大连,但她表示并非如此。她从小就生活在大连,没人跟她说过林彪和此地有关系。

然而,年纪稍长的司机却表示,林彪的确在大连住过。

Cherry Blossom 用中文对司机说:"我不知道林彪在大连住过。"然后她用英文对我说:"天太黑了,他的故居不好找,不如我们去海边吧。"

我们开始朝大连市南部出发,要去一个叫作"付家庄海滨浴场"的地方。由于道路两侧都是悬崖峭壁,路面又曲折不平,所以司机开得很慢。Cherry Blossom 说道:"这车开得就像一月的冷蜂蜜流下时一样慢。"

"Cherry,你的表达总那么生动。"

"是呀,我就是像鱼儿一样古灵精怪。"她又捂着嘴咯咯地笑了。

"你一定快乐得跟蛤蜊一样吧。"我说。

"我太喜欢这个说法了!感觉比捡到一百万美元还开心。"

这样你一句我一句地瞎扯本来挺累人的,但一个中国人能表现得如此风趣却是件新奇的事,所以我很享受同她的对话。我喜欢这位姑娘,因为她并没有装得一本正经。她知道自己有点磨人。

这时我们开始下坡,付家庄越来越近了——眼前是巨大的岩石峭壁,铺满黄沙的海岸空空荡荡,一月的风从海上吹过,海浪随风拍打

---

① 作者注:她的说法不对。真正的原因是,毛泽东曾发起过一项决议,禁止各省、市、城镇或广场以他本人或其他在世领导人的名字命名(《毛泽东选集》第四卷)。

着沙滩。离海岸不远的海湾上，漂浮着五座隐隐绰绰的小岛。一对男女正在沙滩上亲热——中国人亲热时喜欢站在风吹不到的地方，他们通常会选择岩石或者建筑物的后方，而且总是和对方紧紧地抱在一起。他们一直在亲来亲去，但看见我们时便走开了。一个醉酒的渔夫正摇摇晃晃地走向他的大木船，那船仿佛是从中国古画中搬出来的：船底是利落的圆弧形，船身非常笨拙，总体呈现出一只木鞋的形状，也许这样的设计很适合在海上航行。

我问 Cherry Blossom 会不会带游客来这里，她说那些人并没有时间过来。

"有些人的脸长得很好笑。"她说。

"Cherry，你见过最好笑的脸长什么样？"

她尖声说道："就是你的脸！"然后，她用手捂住眼睛，大笑起来。

"Cherry Blossom，你又开了个莽撞的玩笑！"

我们去了一家又大又空的餐厅喝茶。除了我们，这里没有别的客人。这家餐厅位于付家庄的一个悬崖上头，周围的风景尽收眼底。

"你想去看看'龙洞'吗？"

我答应了她，于是她把我带到楼上，那里还有一家装饰成岩洞的餐厅。餐厅的墙是用纤维玻璃做的，里面摆着鼓鼓的棕色塑料假山，闪烁的灯光从塑料钟乳石内透出来，每张桌子都被固定在一条墨绿色的裂缝中，桌子周围铺有仿造的苔藓和石子。这家餐厅背后的创意也许并不糟糕，但它却再次生动地告诉了我们一个事实：中国人做起事来永远不知道适可而止。这样的装修不但庸俗不堪，而且毫无造型和艺术可言，十分怪诞可笑。它就是一个复杂的灾祸现场，到处皱皱巴巴、臭气熏天，像个已经开始熔化和发臭的巨型塑料玩具。你就坐在那堆皱皱的岩石上吃着鱼脸肉配鲜姜，一不小心额头就会磕上钟乳石。

Cherry Blossom 问我："你觉得浪漫吗？"

"也许有人会觉得浪漫吧，"我说着指向了窗外，"我觉得那才浪漫呢。"

夕阳已经沉入渤海湾,将大连的小岛、悬崖和空无一人的长滩都染成了橘色。

Cherry Blossom 对我说:"让你的想象力飞起来吧!"

我们离开了"龙洞"(我心想:加利福尼亚肯定有个类似的餐厅)。我说:"我知道有一种康复游,大家都到你们省来体验中医疗法。"

"是的,类似于减肥中心。"

"Cherry Blossom,你是从哪儿知道这个的?"

"我们学院有美国外教,他们教了我很多东西!"她很热爱在大连外国语学院度过的学习时光。如今她已经二十二岁了,但她坚持要继续学习和工作。她不打算结婚,在向我解释原因时,她一改之前的幽默作风,变得沮丧起来。她不结婚的决定是在一次访问北京之后做出的。当时她带领了一群来访的医生去参观一所中国医院——看那里的人如何工作,如何对待病人,如何做外科手术,等等。那些医生表示有兴趣观摩产妇分娩。Cherry Blossom 当时在场见证了整个过程,她说婴儿出生的那一刻她差点晕过去:小孩子的头被挤得扁扁的,脸上都是血,产妇的羊水哗啦啦地流,满屋子都是母亲和孩子的嚎叫声。

但从各个方面来看,这都是一次完全正常的分娩。

"真是一团糟,"她边说边厌恶地摸了摸她那圆嘟嘟的脸蛋,"我很害怕,我讨厌这样。我绝对不生孩子——绝不。我不要结婚。"

我说:"也不是结了婚就一定要生孩子的。"

她一直在摇头,认为这样的想法荒谬得很——她无法接受。如今,结婚的全部意义就在于生孩子。虽然现在强调,最理想的婚姻应当同工作联系起来,夫妻双方最好来自同一单位,来自同一个忙碌的小分队,但 Cherry Blossom 无法忘记在北京首都医院[①]的产房里见到的一切,她无法克服那种恐惧。她说,她想一直待在单位的女工宿舍,继续自己织东西。

---

① 现北京协和医院。

我打算坐船去烟台,但当我们穿越整个大连来到港口时,已经是深夜了。途中我们经过了以前属于资产阶级的郊区,那里的房子都是日本人和苏联人建的。在这些街区倾斜的道路上,分布着一些破旧的半独立式洋房和灰泥平房,房子上方都是些光秃秃的树。我在中国还从未见过类似的房屋。郊外的街道、尖桩的栅栏和砖砌的围墙都与这些房屋相得益彰。后来我还在它们的前院里看见了晾晒的衣物,在窗户旁边看见了中国人。

我经常像这样走在街边,边走边观察那些带有山墙、飞檐和竖窗的阴森森的大别墅,但这样的场景往往是在噩梦里出现。那些房屋初看上去跟我梦里的很像,但后来我在窗边看见邪恶的面孔时,我便意识到自己不再安全了。在噩梦中,我有多少次被追逐在这样的街道上啊!

"你就要走了,我很难过。"到达游轮时,Cherry Blossom 这样对我说道。

在我的中国之行中,她是唯一这样跟我说话的人。虽然言行举止都很老套,但她人真的很好。我祝她一切顺利,并同她握了手。我要告诉她,我很感谢她的照顾,可是刚开口就被她打断了。

"保罗,祝你一路顺风。"她说完又咯咯地笑了,对于自己的爽朗,她感到很得意。

第十七章　开往烟台的"天湖号"游轮

"天湖号"游轮会在夜间穿越渤海湾,开往位于山东沿海的烟台。船上的乘客有一千多人,大部分都住在统舱内,还有一些住在六人间的小客舱。现在从船上回望大连,只能看见一片黑漆漆的山和一湾黑漆漆的海港,而一百多海里之外的烟台,此刻正沐浴在月光之下。

这艘船上全是爱吐痰的人——这和海上的空气有点关系,还有就是也许大家都想好好清清喉咙。我原本都已决定忽略吐痰的人,但上船后我才意识到为什么自己会因为中国人吐痰而困扰不已。原因其实很简单,他们并不擅长吐痰。

然而,他们又无时无刻不在吐痰。1900 年义和团运动时有一首打油诗是这样写的:

> 八旗子弟固然多,外国士兵也不少;
> 我等人人啐一口,旗人大毛都完了。①

---

① 作者读到的是"Surely government banner men are many; Certainly foreign soldiers a horde; But if each of our people spits once. They will drown banner men and invaders together.",选自 1962 年于北京出版的英文诗集《起义诗选》(*Poems of Revolt*),此处中文为译者据英文回译。

他们清嗓子的声音很响，几乎淹没了大家的谈话——听起来就像乐通公司①的工人在通水管，或者有人在清扫泄洪沟，又或是极可意②浴缸在排出最后一加仑的水。他们仅靠双颊发力就能吸上来一口痰：呵——咳！然后他们会咧嘴露出牙齿，再俯身低下头去。你原本以为他们会把痰吐飞到五码之外，就像拉勒米③的仓库管理员经常把痰吐过栅栏一样。然而并没有，他们从不用力，痰很少落到几英寸以外的地方。他们不是往外吐，而是往下吐：这是中美之间一个重要的文化差异，我来中国花了差不多一年时间才看明白。痰不是"啪"地一声就利索地进了痰盂，而是成滴成滴地慢慢流下，并且经常落在那个恶心容器的外壁，再一股股地接着往下流。中国人吐痰时会弯腰，双膝略弯、背部拱起是他们做准备时的标准姿势。这样的动作没什么爆发力，几乎不会发出任何声响。他们只是让痰流下去，再继续往前走。唉，这是一个拥挤的国家，你可没办法自顾自地背过身去吐痰而不撞到任何人。但折腾一番后，痰液很快就会顺着自己的通道"啪"地一声落定不动——中国人吐痰的过程经常有点虎头蛇尾，随意得很。

我才适应躺在床铺上航行的感觉并开始做梦，便响起了一阵铃声和雾号声。烟台到了，时间是凌晨四点半。码头上笼罩着一层冰冷的雾气，龙门架上结了冰，我虽能听见海水拍打栈桥的声音，却看不清它们——因为雾气和海水连成了一片。尽管能见度很低，但乘客们并没有停止或放慢他们的脚步。一千多名乘客一股脑儿全都投入到了海上的迷雾之中，他们迈着双腿跨过码头——要去哪里呢？这个时间，既没有公交也没有出租车，而他们当中很少有人是这座小城的居民。他们得等待早晨的到来，等着又大又破的公交车过来接他们。

中国的交通工具上总是人满为患——很少有空座位，从来没有空

---

① 乐通公司（Roto-Rooter），北美最大的管道修理和疏通服务供应商。
② 极可意（Jacuzzi），意大利老牌水流按摩浴缸生产商。
③ 拉勒米（Laramie），美国怀俄明州城镇。

车厢，这着实让人郁闷。不论日期、时间和季节，火车、公交和轮船上都是如此。有意思的是，在一个旅游淡季的工作日夜晚，"天湖号"上也载满了人。去大连的火车上全是人，去沈阳的也是。你从来无法确定自己能否在车上找到座位，这种情况下，即便你挤上车时抢到了位置，也可能随时失去它。在中国搭交通工具往往会很挤，而且总是不舒服，每一次都像一场斗争。这样的经历几乎不会给你带来什么乐趣，但是它的过程却是紧张而难忘的。我猜想，在中国旅行后，我会不断地渴望独处。

鉴于已经马不停蹄地往南走了好几天，我决定在烟台停留一天。这地方冷得不合时宜，夹杂着雨雪的风从海上吹来，让整个城市披上了一层薄雪。眼前的风景荒凉破败，碎石堆起低矮的山丘，海滩上巨砾遍布。废弃的砖房随处可见，砖墙上还残留着毛泽东时代的标语。我几乎坐了一整天，一边听海风呼啸一边喝着茶，偶尔写写东西或是在城里逛逛，很快就到了晚饭时间（晚上吃的是蛋白蒸扇贝，上面还撒了腐臭的菠菜——冬天的蔬菜太可怕了）。然后，我想出了一个计划。

几个月以来，我一直想找个公社看看。我很好奇，1980年时我在广州郊外造访的那个公社现在到底怎么样了。山东是一个以农业公社闻名的省份——至少过去是这样。中国人以前总是吹嘘自己的公社，那么现在既然改革了，这些公社会变成什么样呢？

我在烟台的导游胡先生试图劝阻我去参观公社。他说，去锁厂和刺绣厂看看不是更开心么，或者去制造老爷钟的地方看看也行。我想说的是："你们还在生产蒸汽引擎、帽架、夜壶、羽毛笔和小桌布之类的东西，到底是谁做的市场调查？"

"我真正想去的地方是公社。"我说。

"1979年就废除公社了，现在一个也不剩。所以你根本没得看。"

"那么以前搞过公社的村庄或合作社呢？我相信它们并没有被烧成平地，胡先生。"

"我替您找找。"

他没有食言。第二天我们开车去了以前的"西关公社",现在叫"明珠合作社"。这个新名字源自报纸上的一篇文章,文中称赞它是"山东的明珠"。合作社共由 500 户家庭组成,大概有 1500 人。它距烟台市区约二十英里(32 千米),看起来像一座小乡镇,不怎么吸引人。但我一到,合作社的党委书记就告诉我这个合作社现在极其富裕。1971 年这里的人均年收入为 100 元,而 1986 年这一数字达到了 9000 元。人们现在赚的钱除了满足基本需求外还绰绰有余,所以每人每年只领 1000 元,剩下的都用于村里的投资。

如此迅速的财富增长,他们是如何实现的?党委书记马卫红给了我一长串解释,但归根结底他是想说,自从政府放松了干预,一切都改变了。

"'文化大革命'期间,这个合作社还是一家公社,当时只有小麦一种经济作物。除此之外,我们一无所有。我们本可以做更多事,但那时候不行,因为党不允许。1979 年以后,生产开始多样化,我们有了新的作物、新的苗圃,还新建了各种工厂、交通设施、商场和宾馆。这些项目都能赚钱。"

"你们的钱变多了,但购买力提升了吗?"说完我向他解释了"购买力"的意思。

马先生说:"物价确实比以前高了,但除了抵消上涨的那部分,我们还是有富余。"

"只有一种作物的时候,如果你们再勤快一些,可以获得这么高的收入吗?"

"我们以前干得已经很卖力了,"他说,"但单一作物的政策是不对的。"

"那时候你们知道自己在执行错误的政策吗?"

"知道,但那时候在搞'文化大革命',我们对此无能为力,"马先生表示,"不过现在一切都不同了,我们和自由市场有了更多联系,我们现在富裕了。"

听到"富裕"这个词从中国人口中说出来，总觉得怪怪的。

我问："'富裕'起来是好事吗？"

"是的，好极了。"他交叉着双臂坐在那里，眼睛都没有眨一下。这神情是在对我说：下一个问题。

"这不是资本主义的态度吗？"

"不是，但我们殊途同归。"

"归向何处？"

"更多的财富和更丰富的物质生活，"马先生回答，接着他又说了一些更离经叛道的话，"告诉你，过去我们有一句口号，叫作'富要一起富，穷要一起穷'。"

"你还信这个吗？"

"不完全信。我觉得如果能通过自己的方式富起来，就应该去那样做。"

"那么你会被当成资产阶级的。"

"绝对不会有那样的危险。"他的语气如此坚定，我想不出更多问题了。他年纪稍长，二十年前就来到此地，当时这里还是一个贫穷的公社。对于这个地方现在的成功，他表现出一点沾沾自喜又有什么好怪罪的呢？我喜欢这个人，因为他很少单独使用"我"这个字。每次回答问题时，他几乎用的都是"我们"——这个"我们"，指的是社会主义中的人民大众，而非旧社会里的权贵阶级。

"如果条件继续改善，最后你有了一大笔钱，你会做什么呢？"

"我们会把它捐给一个贫穷的村子，或者作为税收上交给政府。"

我们是在一个四处漏风的大会议室见面的，他还给了我一些苹果吃，苹果都是合作社自己种的，果肉脆而多汁——这是他们较新的项目之一。马先生说这些苹果会销往全国各地。我们一起出门走了走——胡先生跟在我们身后——他带我去参观了一些别的赚钱项目。这家公社还种植和销售蘑菇。这样的生意虽然看起来不起眼，但后来我得知他们有大量蘑菇销往美国：必胜客用的大部分蘑菇都来自中国。

我问道:"'文化大革命'期间,会有知识分子被下放到这个公社来劳动吗?"

他摇摇头:"没有。即便是这样的地方,条件对他们来说也都太好了。大部分知识分子都被送去了农村——去了农场和山里。他们去的是最落后的省份,比如青海、宁夏和甘肃。对了,还有内蒙古——很多知识分子最后都去了那里。他们得吃苦,当时我们是这样说的。"

"你觉得吃苦对他们有好处吗。"

马先生答道:"政策又错了。"

然而,这又是一件如此自然的事。我想起了自己身边所有自命不凡的人和自认为无所不知的人,以及那些讨厌的教师、评论家和书评家,我希望他们都被赶上去内蒙古的火车,到那里去铲猪粪,住牲口棚。不过,我当然也会在其中。在中国,不干体力活的人通常都被称作知识分子。这群人太招人烦了,作为惩罚,我们都要在那里挖洞。这样的命运真是悲惨,但很容易就能想到相关政策是怎么来的。每个人在他的一生中,或多或少都希望过自己讨厌的人被车拉到别的地方去铲粪——尤其是那种四体不勤又心高气傲的人。

马先生带我去了他们的宾馆。这栋楼是两年前盖的,当时的指导思想是尽量建得坚固一些,因为烟台只有两家宾馆。这家"明珠合作社宾馆"有40间客房,墙面漆成了黄色和绿色,按照中国的标准来看,这里可谓物美价廉。客房会漏风,但是很干净,而且也不贵。我表示自己不介意搬来这里,但马先生说他们目前还不接待外国人。

宾馆大厅有一个黏乎乎的池子,瀑布的水断断续续地从上流下,瀑布上方则装饰了一幅长城壁画和一只乌龟摆件。在较新的中国旅馆,内部装修大都是这个样子,不同的只是水池的规模、乌龟的大小、水藻的深度以及长城是画上去还是绣出来的。这里的长城是画上去的,而且画中的城墙上出现了一个电灯插座。

"胡耀邦去年来视察过,"马先生说,"他在这里开过一次简报会。"

我们走进了会议室,这里没有胡耀邦留下的纪念照,但是有一些别的摆设：一个小的龙形象牙雕、一具中国诗人塑像、十六尊袖珍佛像、许多烟灰缸和一棵棕榈树；除此之外，还有一只带玻璃罩的企鹅摆件，罩子的铭牌上写着：中国南极科考队赠。

"合作社里每个人挣的钱一样多吗？"我问。

"不一样。我们的收入取决于我们家庭的人口数量，以及我们的生产率。"

"如何追踪生产率呢？"

"这解释起来太费时间啦。"

接着，我们去了社长的家。社长是由委员会指派任命的领导，手中没什么实权。他本人不在家，但我被允许在家里四处转转。我注意到两件事：一是他的书很多，包括各种各样的小说、故事集和诗集，但就是没有政治宣传册；二是他家有很多老式中国家具，比如黑木椅、红木桌、一张雕花长靠椅以及好几个精美的柜子。这些东西都是古董，但在他家却被当作了普通家具使用。

马先生说他们还自己办了医院，合作社特别为此骄傲。除了他们，中国还没有哪家合作社能自己集资建医院并为它配备工作人员。这个项目共花费了 40 万元（不到 65000 英镑），它不仅仅是一家针灸诊所，而且配备了现代医疗设备以及具有资质的医生。他们有好几台心电图仪、一台 X 射线机、一间手术室和一个计划生育咨询室。医护人员中有一名针灸师和一名全职药剂师（他管理着整个部门，负责配备和分装库存的 300 来种草药）。医院很干净，没有难闻的气味，收费也很低。实际上，之所以建这家医院，就是因为合作社的人不喜欢去烟台的市医院看病，他们觉得那里的医疗费太贵了。在市医院生一个孩子要 20 元，而在这里只需要一半费用——不到 2 英镑。

"我们一直谨记，要'为人民服务'。"马先生说。

这个毛泽东时代的口号，从他口中说出来，倒像是热情友好的超市标语了。

* * *

烟台是个看起来十分荒凉的小城,它灰头土脸的,就像阿尔斯特[①]沿岸某个被风刮过的地方。这里曾经有一个大型外国社区,所以除了风吹日晒,我们还有许多建筑可看:高大的独栋洋房,威严肃穆的医院,花岗岩和红砖砌成的别墅,以及各种低矮的小石屋。它们都是十九世纪末二十世纪初时修建的,但保存得相当完好。当年为单户家庭修建的房屋现在都变得跟蜂窝似的——每栋楼有十二间,每间住一户家庭。这里风景像极了爱尔兰:黑暗而多石的海岸,纠缠在一起的海草,底朝天的木船,成卷的渔网,还有拎着一篮篮贻贝的渔民。唯一不像爱尔兰的地方是一幅宣传画,画中有两个中国人正在向大家宣传晚婚晚育的好处。为了切中要点,他们把图中那位女性(刚生完孩子)的头发画成了花白色。中国人通常在六十岁之前不会长白发,因此这次生产有着非凡的意义。

烟台人总是抱怨天气,但我喜欢他们这样做。原本的小雨微风突然变成了剧烈的暴风雪——突如其来的冰雹把街上的泥土都冻硬了,建筑物的边缘也都结了冰。在沈阳和哈尔滨,人们最大的特点就是对寒冷无动于衷,这着实让人费解,但烟台人不会这样。他们会眯缝着眼睛,冲着冰雹破口大骂,不停地抱怨:"到底怎么回事?"他们会在大街上用脚踢地上的冰,还发明了一种怒气冲冲的走路方式:愠气十足地拖着脚步慢慢走,这样便不会摔倒。他们几乎从不会停止谈论天气,而且会因为这样的天气向我致歉。然而,他们所有的举动都让我感到温暖。

但实话实说,有了这一点雪,烟台反倒更好看了。这不是个美丽的地方,它看上去多灾多难、凌乱不堪而且开发过度,跟爱尔兰差不多。在积雪的覆盖下,原本干巴巴的大山竟有了柔美的轮廓。山东的山在很多年前就失去了表层泥土,山上寸草不生。它们只是一堆泥土

[①] 阿尔斯特(Ulster),爱尔兰古代省份,位于爱尔兰岛东北部。

和松动的石头，跟碎石堆和矿渣堆没什么两样。这样的风景虽然不丑，却看得人心力交瘁。

我提过中国人还在生产羽毛笔、夜壶和老爷钟，但烟台人又在我的清单上加了一个挂毯。中国人既然能开着十九世纪的工厂并在里面造着十八世纪的产品，那么他们要回到更久远的年代，复活一门中世纪手艺也没什么好奇怪的。但凡有一点在中国的旅行经历，你都能明显察觉到，中国人有时费了很大精力，做出来的东西却不怎么样。烟台绒绣挂毯厂就是这方面的极端例子，这就跟业余爱好者用胶水和牙签做西班牙无敌舰队模型，或者用酒瓶盖装饰建筑物表面差不多（我在新罕布什尔见过一次）。

我问经理他们能否为我绣一张巴约挂毯[①]，我描述了一番后，他毫不犹豫地答应了。女工们正在绣《蒙娜丽莎》、维米尔的《弹琵琶的女人》以及至少一幅伦勃朗的作品。她们也绣普通的花鸟以及中国那些庸俗的工艺品上必不可少的图案，比如那只毛茸茸的白猫，它不是在同毛线球玩耍，就是在吓唬一条金鱼。在中国旅行的话，几乎不可能不见到这只白猫，而且如果你是备受重视的外国友人或同胞，他们会送你一幅用玻璃装裱好的白猫绒绣作礼物。夏伟[②]在他后期的书中一改以往对中国人的狂热态度，他提到这只白猫，说它格调低俗，是中国文化衰落的标志。但毫无疑问，这只猫只能说明中国人有一些无伤大雅的趣味，并且将艺术技巧用错了地方。我们美国人也在疯狂地制造具有中国风格的东西，比如小小的宝塔模型和留着可笑辫子的黄脸满清官吏，在中国人看来，应该没有比那些更庸俗的工艺品了。我并不反感这只猫（烟台的绒绣工人制作了大量它的绣像），但仍会默默感激没人把它送给我当礼物。

[①] 巴约挂毯（Bayeux Tapestry），也称作贝叶挂毯或玛蒂尔德女王（la reine Mathilde）挂毯，创作于11世纪，原长70米，宽半米，现存62米，上面绣制了黑斯廷战役的全过程，现藏于法国诺曼底大区巴约市博物馆。
[②] 夏伟（Orville Schell, 1940— ），美国作家、学者，以写中国的书而闻名。

目前客户订得比较多的是人物绣像，比如他们最喜欢的叔叔阿姨，或者谁家的胖娃娃。挂毯厂的女工们正在绣框旁绣着各种各样的肖像：在澳大利亚悉尼郊区站在自家钢琴前的罗杰和贝蒂·兰德勒姆；对着一盆花愁眉苦脸的邱林福夫妇；两个玩跷跷板的满脸骄纵的日本小孩；还有烟台的姐妹城市——新西兰提马鲁市的市长。令人惊讶的是，她们不但绣得很像，而且用色也很准确。花上250英镑，就能让她们把你去年夏天拍的那张迪克叔叔站在门廊挥手的照片绣出来。但我不能理解的是，为什么有人会花那么多钱，把一张模糊的小照做成一幅巨型挂毯或墙帷。

最终我对烟台的渔业和制造业都失去了兴趣，觉得还不如了解一下胡先生的个人经历。几天后他向我透露，他结婚才两周时间。这个消息让我兴奋得如同猫见了猫薄荷一般，于是我开始不停地向他发问。然而，他一点也不介意。他是个活泼的人，瘦瘦的，思想中有截然不同的两面。他对自己也很是满意，总是美滋滋的，而且话很多。听他说话的口气，仿佛见过大世面一样。他很自豪，因为他离开烟台去过外地——最远到过青岛和曲阜（孔子的出生地）。而且，根据他的描述，他的婚礼办得很隆重。

两年前，他在烟台一所铺满石子路的旧公园里遇到一位姑娘，当时她正同朋友一道散步。胡先生被这位姑娘迷住了。他开始约她一起散步，给她买面条，到她父母家陪她一起看电视。就这样过了一年，他决定切入正题。

他问她："小穆，你怎么想的——我们去登记好吗？"

小穆非常激动，激动到几乎说不出话来。"我们去登记好吗？"这样的话明摆着是在求婚，因为登记只能带来这一种结果。《中华人民共和国婚姻法》（1986年）第七条规定："要求结婚的男女双方必须亲自到婚姻登记机关进行结婚登记。"

胡先生今年26岁，穆小姐25岁。《婚姻法》第五条规定："结婚年龄，男不得早于22周岁，女不得早于20周岁。"

在核实他们的年龄、婚姻状况、工作和住址之后，婚姻登记机关就会给他们发结婚证。《婚姻法》的其他条款还解释称，近亲不能结婚，麻风病患者也不能。胡先生希望单位能为他解决住房问题——也就是在烟台给他分一间房。他提交过好几次申请，但都石沉大海。

小穆告诉他没关系。如果要一直等房子住，那么他们可能永远都结不成婚。她劝他考虑先对付过去，结了婚再说。她说，要不先跟他父母一起住吧？胡先生答应了，说那就这么办吧。但是，又来了一个问题。在中国古老的传统中，一月就在农历春节之前，是个不吉利的月份，因此双方父母都恳求他们不要在这个月结婚。

我问："那你真的觉得一月份不吉利吗？"

"并没有，"胡先生回答，但他显得有些犹疑，"可是为了他们，我们改了日子。"

"你迷信吗？"

他颤颤巍巍地笑了，笑起来时脸显得非常瘦。那笑声在告诉我：你刚才问了我一个不得体的问题，但我还是会回答你。他说："我不这么认为。"

"你信上帝吗？"我接着问。

"有时候信。"他回答，但这次没有笑。

他托词说这样做是为了让老人家满意，这才让自己镇定下来。最后他决定圣诞节一过就结婚。学英文的中国人都会把圣诞节当作一件大事——他们会在一起吃吃喝喝，互赠卡片和礼物，但这些其实都和基督教本身没什么关系。

胡先生买了几盆菜，还有几箱红酒和啤酒。他的校友小华负责做饭。大日子那天，他包了一辆出租车——以前他从未自己这样干过——然后就被载去了小穆家里。他穿了一套西装，还打了领带。接完小穆之后，他们便一起前往他父母的家中。车一到鞭炮就响了起来，当时是上午 11 点。到了中午，客人们都来了，大家一起吃吃喝喝，直到晚上 10 点才结束。

后来胡先生和小穆就上楼去了。他们休了两天假，没有出门。但在家里他们也只是偶尔才能享受二人世界，而且现在的住处也不能称作爱巢，因为这套三居室公寓总共住了七口人，而电视机就放在胡先生和小穆的房间。家里的人时不时就要进来看他们喜欢的电视节目。

《婚姻法》第九条规定："夫妻在家中地位平等。"然而，在胡先生父母的家中，大家的关系却有些微妙：因为小穆不会做饭，他的母亲包办了所有的伙食，而"家"对他们来说，也只是一个有电视和折叠床的房间而已。

中国婚姻法对计划生育的规定毫不含糊，这是它的一大特点。《婚姻法》第12条指出："夫妻双方都有实行计划生育的义务。"

虽然好奇得很，但我并没有问胡先生他们在这方面是如何努力的。我只是问他，婚后过得怎么样。

"到目前为止都很好。"他回答。

他说自己不介意妻子保留自己的姓氏。中国法律规定，子女可以随父姓，也可以随母姓。法律还规定父母应当善待子女并为自己的言行负责。具体的条款是这样写的："禁止溺婴和其他残害婴儿的行为。"

如果胡先生认为婚姻无法继续，而小穆也持同样的观点，那么他们很快就可以离婚。离婚也有一些限制条件，其中最有意思的是《婚姻法》第27条："女方在怀孕期间和分娩后一年内，男方不得提出离婚。"但即便小穆怀孕，她也是可以提出并被准许离婚的。对待离婚，这似乎是一种比较开明和周到的做法。总体而言，《婚姻法》直截了当得就跟驾驶手册一样。

* * *

雪还没有停，烟台的冰雪越积越厚。冷风从西伯利亚吹来，让这个地方更显阴沉。

在一个下雪天，宾馆来了一大群朝圣者，这些人的脸上挂着微笑，一看便知他们早已对基督教义烂熟于心。他们都是美国人，来自得克萨斯州。之所以来烟台，是为了寻访一位女传教士的踪迹：她名叫慕拉第[①]，100年前曾到过这里。这群人找到了慕拉第旧居的遗址，位于约40英里（64千米）以外一个叫作蓬莱的海滨村落。他们跟我说，他们把这位女士视作圣人，所以他们打算自己出资重修她的故居和教堂，中国政府就快要应允了。在毛泽东时代，这是无法想象的事。

仅仅在六年前，我见到过一张南京某天主教堂的照片，并且抄录了它下面的说明文字。那段话的语气非常激烈，有一部分内容是这样的：

> 美帝国主义把传教作为幌子。他们在全国各地建了很多这样的教堂，在里面开展破坏活动……美国传教士同清军联手镇压了"小刀会"，而教堂就是他们的大本营。

我问胡先生如何看待官方态度的这种反差。

"如果人们认识慕拉第和烟台的一些别的传教士，他们就会来这里参观，并且会感到很愉快。"

他口中的"人们"，指的是外国游客。他的态度代表了中国人的普遍看法：如果能吸引游客，又不有伤风化，那么就要鼓励，不管是传教士旧居、重修的教堂还是参观资产阶级以前在山东住过的郊区。但旅游业显然也会带来危险。花柳病本来已经被完全消灭（一位来自纽约州布法罗市的医生单打独斗了50年才获得成功，这人名叫乔治·海德姆，是一名理想主义者，后来他加入了中国籍，改名为"马海德"），但在1987年又卷土重来，于是各家性病诊所纷纷重新开业。然而，使用抗生素并非唯一的治疗措施。

[①] 慕拉第（Lottie Moon，1840—1912），美南浸信会传教士，在华传教近40年。

第十八章　开往青岛的慢车：508次列车

在短短一天的旅程中，中国人总能把火车变成垃圾的海洋。车上几乎每个人都在扔垃圾，连一寸空间都不放过。我坐着看书时一直注意着对面的人，才过了几个小时他们就把桌子堆满了，我在书页的空白处匆匆记下：鸭骨头、鱼刺、花生壳、饼干袋、葵花籽壳、三个茶杯、两个玻璃水杯、一个热水瓶、一个酒瓶、两个罐头瓶、口水、食物残渣、橘子皮、虾壳和两张用过的尿片。

中国人有时很爱干净，但有时候堆些垃圾，弄得邋遢点，反倒让他们觉得舒服，仿佛这就是物质繁荣的象征。车厢里不但烟雾缭绕，而且拥挤到我在过道上走路都费劲。此外，还到处都充斥着尖叫声和难闻的气味。广播里在放一首中文版的《马来亚之花》（"玫瑰玫瑰我爱你，心的誓约……"），有些人正聚在一起大玩纸牌，有的乘客在看《烟台工人日报》，有的在读爱情小说（讲的是一名人民解放军士兵同他在武汉老家的女友的故事），还有的在读一本我以前从未见过的中文杂志，名字叫作《世界电影》，封面是罗杰·摩尔[①]饰演詹姆斯·邦德

[①] 罗杰·摩尔（Roger Moore，1927—2017），英格兰著名演员，在007系列电影中成功塑造过詹姆斯·邦德（James Bond）的形象。

时的一张剧照。

这条铁路的历史并不悠久。1950年时，美国已经逐渐淘汰蒸汽火车并关闭相关线路，但中国人却还在修这条从烟台到青岛的铁路。几年之后，一列崭新的老式蒸汽火车便开始气喘吁吁地沿着这条铁路运行，锅炉上红旗飘飘。铁路本该早就修好了，但它的修建并不符合当时侵占山东的德国人或日本人的利益。不论如何，殖民主义者的远见和利他行为当时在中国表现得并不明显。与非洲和印度不同，来到中国的帝国主义者们把中国人视作竞争对手，这是毛泽东痛恨他们的又一个原因。他们干的并非全都是敲诈勒索的勾当，但却都是通过瓜分中国实现了自身的繁荣。

这趟车还保留着1950年代的感觉，有点阴森恐怖。大部分乘客都是在烟台上的车，他们已经开始吃饭了。他们吃的东西有面条、桶装米饭、海带、坚果、水果和很多别的食物，而且一直吃个不停，直到傍晚到达青岛时才停嘴。与一般的中国列车不同，这趟车上有很多人喝酒——而且很多人都喝醉了：他们随地吐痰、喘着粗气，脸涨得通红。

来餐车吃饭的只有六七个人，他们正小口吃着中国菠菜和另一种看上去很恶心的蔬菜。

"您要吃什么？"餐车负责人问我。

"来点那个怎么样？"我指着另一个人的盘子说道。

"别吃那个啦，"他说，"我们有很多菜可以选，价格都不一样。两块的、四块的、五块的、八块的、十块的，您要哪种？"

"哪种最好？"

"十块的，"他说，"包您不后悔。"

他指的是十元套餐，这相当于一名工人一周的工资。菜不停地上来，味道都不错，这个套餐里的菜太丰富了，我不得不做个统计。这是我在中国火车上吃过最丰盛的一顿，大概也是最好吃的一顿。但它居然出现在这个不起眼的小地方的一趟慢车上，真奇怪啊！先上来的是一盘白海藻凉拌肉片，然后是笋片和胡萝卜片炒猪肉丝，接着是大白菜炒虾仁、芹菜炒鸡丁、烧干鱼、虎皮鸡蛋和中国菠菜，最后还有一碗西红柿蛋花汤和一大盆米饭。我吃了一部分，然后目瞪口呆地盯着剩下的食物——这顿饭才花了我1.7英镑。

我的火车票才一英镑多一点，这里所有东西都很便宜，但因此也要付出别的代价。这趟车行驶150英里（240千米）要花七小时，所以平均时速只有20英里（32千米）左右。毫不夸张地说，我们每隔五分钟就要停一个站。蒸汽火车在停车和发车时总会发出一阵急促不连贯的叮当声——有点犹豫不决的意味。冬日的太阳越来越红，列车缓缓地跳着康茄舞①，从早到晚地穿行在平坦的山东大地上，烟囱里冒出的团团烟雾不断从窗前飘过。白天的所有时间，我们都在缓慢前行，就像一列支线列车正在穿越英格兰乡下某个落后的郡，车上全是乡巴佬，大家都在聊天，吃东西，享受得很，而且我们几乎每站必停。

我们跨越了山东半岛——它的形状就像一只乌龟的头，青岛位于半岛南岸，也就是乌龟下喙的位置。他们说这是一年中最寒冷的夜晚。炫目的灯光将空气中的冰晶照得闪闪发亮。在火车头排出的滚滚气流中，我看见了这座德国人建的车站和它的塔楼，车站的时钟已经不走了，这一切让我感到如噩梦一般，就好像极端天气时置身于一堆欧洲建筑之间的心情。毕竟，噩梦中的世界总是被搅得天翻地覆，而几千个中国人在寒冷的夜晚蜂拥而入一个德式车站的场景，便是很好的例子。熟悉与荒诞的感觉交织在一起，就营造出了恐怖的氛围。而且，车站周围一片漆黑。

在黑暗的尽头，冒着严寒的男男女女手拿小旗和扩音器，透过话筒高喊着："来我们旅馆住吧！""我们宾馆欢迎你！""我们这里的饭很好吃，还有热水！"本着相互竞争和自由经营的精神，他们竞相招徕着刚刚抵达的乘客，声音一个赛一个地大。

---

① 康茄舞（Conga），一种古巴舞蹈，身体随着强劲的音乐节奏摇摆。

第二天太阳出来时,青岛这种如梦境般的荒诞氛围也没有消失。它白天的样子几乎和晚上一样奇怪,但没有那么恐怖了。在一些深受欧洲建筑影响的外国城市,我并不会感到轻松自在。思乡情切的帝国主义者们会在异乡修建花岗岩大厦、浸信会教堂、尖顶的天主教堂和带有整洁前院的半独立式洋房,但我觉得这些东西都有点吓人。它们与周围的环境格格不入,弄得我头晕眼花。尽管如此,我还是会想,中国人都在这个地方做了些什么?或者,那些面摊附近竟然有座肃穆的路德教堂,这又是搞什么?我陷入了这种关于建筑的迷思(比如哥特式的尖顶出现在一堆宝塔中间,又比如在英式小平房的窗边看见中国人的面孔),但这些都太像我噩梦中的情景了,所以与梦里相比我的紧张程度并没有丝毫缓解。

不论与当地环境是否相称,帝国主义者们总喜欢仿照故乡的风格修建庞大的纪念性建筑,以此来获得强烈的安全感。1890年代时,德国人曾经假借一个毫无道理的托词来威胁中国人,最终强迫他们交出了许多重要地带的管辖权。1898年,德国人把一个小渔村改造成了德国城镇的样貌。中国最奇怪的建筑之一就位于青岛,那是前德国总督的旧居,是仿照德国君主的宫殿而建。我走进去到处看了看,不过后来被看门人赶出来了。这栋房屋外观宏伟壮丽,四周有围墙防护,阳台用花岗岩和灰泥砌成,横梁为都铎式风格,屋顶用琉璃瓦覆盖,阶梯呈螺旋状,入口处设有门廊,室内有长廊(位于高高的拱顶下方)和一间暖房。它始建于1906年,至今仍保存得相当完好,仿佛将永远屹立不倒。毛泽东1958年到访青岛时曾在这里住过。正因为如此,红卫兵们当时虽然在青岛大肆破坏所谓受到邪恶的外国势力影响的建筑,却唯独把总督府留了下来。这里至今无人居住,不发挥任何实用功能。

1898年,中国人被迫应允了德国人一个长达99年的租约,但过了不到二十年——也就是1914年第一次世界大战爆发后——日本人占领了青岛。令人惊讶的是,德国人在如此短的时间内竟然完成了这么多工程。事实上，他们当年建造的房屋依然屹立不倒，他们修的铁路依然通向济南，而他们留下的啤酒厂也仍在酿造中国最好的啤酒——青岛啤酒，而这个品牌的英文名"Tsingtao"，采用的仍是旧式拼音。

有一本中文的青岛旅行指南开头这样写道："青岛是座比较年轻的城市，只有80年的历史。它曾经是个小村庄，1949年以后发展迅速。"帝国主义的野心、外国势力的侵占和两次世界大战，就这样被一笔带过了。当时甚至连美国海军陆战队和第七舰队都曾在青岛驻扎过一段时间。人们当然没有忘记这些屈辱的历史，只不过指南里只字未提。实际上，这座城市现在到处是日本商人。我在宾馆里见到一些德国人，问他们怎么看这里的德式建筑，他们说："房子太老了，供暖很困难。"1986年，第七舰队受邀回访此地，虽然40年前他们在中国解放战争中支持了错误的一方（他们支持的是蒋介石），但仍受到了热烈的欢迎。

书里介绍了中国历史上各个时期的青岛，但关于德占时期的叙述却很模糊。我问一位姓凌的大学生对此了解多少——当时的德占区有多大，人口多少，他们是如何建成这些大型建筑，又是怎样开发郊区的？

"没有数据。"凌先生说。

"肯定有。"我说。

"是的，但有关部门不会公布。如果我们知道当时占领这座小城的德国人极少，也许会感到很丢脸。这段历史太糟糕了——我们就是这样想的。"

"你真的认为这是一段糟糕的历史吗？"

"不是的，"他说，"我对真相很感兴趣，但是找不到相关书籍。"

这是中国特有的现象。在书中可以找到遥远的过去——那些辉煌而有趣的历史，也可以读到最近的事——大部分都发生在毛泽东时代。然而，这二者之间相隔的一千年中国历史，却都是模糊不清的。或许这段历史在政治上有问题，或许它让国家蒙羞，或许它充满了矛盾。

从这个角度来看，青岛的古迹和建筑让它显得如同新疆荒漠之中的高昌故城一样诡异。沙漠之中那些泥墙筑起的寺庙和摇摇欲坠的清真寺，遥远地呼应着青岛市区内大大小小的教堂。其中最大的是天主教堂，它建于1930年代初期，当时管辖这座城市的南京政府正日渐衰落，城里到处都是传教士。

这是座规模宏大的教堂，四周没有东西遮挡，墙面刷了灰泥，有两座尖顶塔楼。如今它已经完全被修葺一新——油漆是新刷的，塑像和十字架都重新镀了金，耶稣受难像也经过了修补上色，教堂中殿则被装点得金碧辉煌。一切都亮堂堂的，充满了对神的敬意，祭坛上还摆着好几篮鲜花。教堂内部可以容纳600人——据说周日时这里全是人——但我来的时候只看见三个人在祈祷。那是某个工作日的下午三点左右，跪在地上默念祈祷词的都是老人。在高高的祭坛上方，墙面上写着一行字："Venite adoremus dominum.（奉主名而来的，当受赞美。）"在青岛做弥撒，用的是拉丁文。

青岛本是德意志帝国位于中国沿海的前哨站，它在不同时期都受过围困，先后被日本人、美国人和中国国民党所占领，但最后它却成为了一座适合养老的海滨城市，是所有前殖民地中最为古雅别致的一处。如果将这里的房屋搬到英格兰的养老胜地滨海贝克斯希尔①，也必将不会辱没那里的街道。青岛甚至还有一条微风吹拂的步行道，经常可以看见徐徐漫步的老人。这里也有码头和卖冰激凌的小贩，却没有丝毫浮躁和脏乱的气息。如果只有一天时间，来青岛看看是个不错的选择。同贝克斯希尔一样，低矮的平房在这里随处可见。

共产党的干部们都渴望在青岛有一间房子或一套公寓，在呼呼作响的微咸的海风中安度晚年。这个愿望也许带着点资产阶级的意味，但谁又能责备他们呢？与其说青岛是座城市，倒不如说它更像个小镇。这里没有浓重的工业化气息，一年中大部分时间气候都很宜人——夏

---

① 滨海贝克斯希尔（Bexhill on Sea），英格兰东南部一座历史悠久的海滨城市。

季舒适，冬季凉爽。虽然偶有台风，但显然它能够经受得住。况且，这里也没有拥挤的交通。中国的城镇很少有统一的建筑风格，青岛几乎是个特例——它充满德国风情，缺乏中国特色，但这又有什么关系呢？正是因为年轻，它才会如此幸运，而实际上整个城市规划和建设工作当年在很短时间内就完成了。这里不同于寻常的中国城市，既没有历经了数个世纪的丰碑、宝塔、废墟、工厂和楼房，也没有任何面子工程和糟糕的设计。它不仅外观漂亮——让人感到既熟悉又荒诞是它最大的特点——而且无处不显露出繁荣，是烟台远远比不上的。这里的生活看起来丰饶富足，食物的品质颇高——海产品和山东蔬菜都很新鲜。此外，它的海滩也很干净。珩科鸟在海边昂首阔步地行走，老人们则在岩石周围和沙地里挖挖凿凿，将搜寻到的海胆和黑色海藻装进自己的袋子，你原以为他们是清扫大军中的一员，但实际上他们却是市场上的商贩，要拿这些东西当食材售卖。然而，在他们的一番搜寻和挖掘过后，青岛的海滩却意外地变得明亮而整洁。难怪中国人都想来这里养老。

我四处走动着，希望能停留更长时间。一般来说，这种感受我在中国并不常有。通常我去一个地方，会从各方面去了解它，待上三四天之后便会离开，然后继续前行。中国人自己总会告诉我该去这里或那里，叫我去看这个庭院或者那个楼阁。青岛人告诉我"你应该去泰山"——它是位于这座半岛东部的圣山。但是，能在美丽的青岛吹着微风已经让我很开心了，而天黑之后它呈现出的些许噩梦般的氛围，也别有一番风味。

它在海边的地理位置堪称完美，充分利用了悬崖的优势：面朝大海，背靠苹果园，重工业的痕迹隐而不现，规划十分得体。当地还有许多大专院校、几所技术学校和一家海洋研究所。所以，除了来度假的游客和退休的老人，这里还能见到众多的学生。

青岛是步行环境最宜人的中国城市之一——我猜想，他们当初在制定宜居城市建设计划时，应当考虑到了这一点。我在散步时遇到了一些学生，碰到什么问题我都要向他们询问一番。而我问个不停的理由，则源自对孔子行为的效仿，因为《论语》中说"子入大庙，每事问"[①]。

一位女孩今年二十一岁，即将成为一名实习教师。她跟我说这件事时还耸了耸肩，似乎并不情愿的样子。

"当老师有什么不好吗？"我问。

"没什么不好，是一份好工作。但是，你知道的，工厂的工人比教师赚钱多，因为他们的奖金更高。"

另一位女孩说："我觉得自己老了。"——她才二十二岁。她解释道："好像我人生的一切都已经决定和安排好了，什么意外也不会发生。我会毕业，会拿到研究生学位。政府会说，我必须当老师。我一生都要那样度过。"

"如果可以自己选择，你会干什么？"

"我会去旅行——不一定要去外国，"她说，"我想在中国四处走走，就是闲逛而已。这里没人闲逛，你注意到了吗？大家的心态都不够开放，做事情从来不会没有方向。每个人都有一个目标。但我想到处转转，跟人说说话，而且要去偏远一些的地方，比如甘肃和新疆。"

我搭讪的男学生远不如女生有冒险精神，他们要传统得多。虽然女生们经常咯咯地傻笑，但那仅仅是害羞的表现。她们有时也非常直接。

"你是在什么时候第一次觉得自己老了的？"一名女生问我。我坦言相告："是在六七岁的时候，当时还在上一年级。后来高中毕业时，还有三十岁时，也有过这种感觉。但从那以后，直到你刚刚问我这个问题之前，我都觉得自己很年轻。"

他们中的多数人都出生在"文化大革命"刚开始的那几年，所以对它完全没有印象。他们眼中的"文革"，就如同我眼中的美国大萧条或者第二次世界大战。那些似乎都是过去发生的事——虽然不是很遥远，但重要的是它们已经结束了。大萧条时期过去了，二战也是。父

---

① 作者注：闻之，曰："是礼也。"（3.15）

亲给我讲过许多大萧条时期的故事，"大学毕业生在街上卖苹果"就是其中之一。我还听说过，在二战时期，"社区的防空队员会大喊'把灯关掉！'"这些年轻的中国人也听过类似具有代表性的"文革"故事。他们和丙先生不一样，连给红卫兵当跟班的经历都没有。他们听到的故事，通常讲的都是某个人突然不见了，或者邻居和亲戚们被送去了乡下劳动。

他们印象最深的事，是毛主席的逝世、"四人帮"的剿灭以及邓小平和他的改革，但尽管如此，他们心中的焦躁却多过了希望。

"如果你亲身经历了这些变化，就会觉得它们来得很慢，"一个年轻人说道，"只是因为你是外国人，从局外人的角度看，才会觉得我们发生了剧变。对我们自己来说，这些变化都太慢了。"

我想起在以前，是不允许外国人随便同中国人说话的（虽然这条古老的规定很少执行，但它毕竟是一项众人皆知的规定），所以对于自己现在能同他们这样开诚布公地谈话，我很是感激。中国最为健康的迹象，莫过于如此直截了当的对话。

他们没有成长在毛泽东时代，所以对于这位老人的态度也是模棱两可。实际上，我有时同年轻人谈话，会发现他们还不如我对毛泽东狂热。我钦佩他的军事才能、他的敏锐头脑、他的智慧和领袖气质，还有他的韧性和创造力。他带领红军完成了"长征"的壮举，他凭借不屈不挠的精神打败了日本人，他留下了丰富的著作，他统一了这个巨大的国家，有谁会不为这些拍手称赞呢？当然，儒家思想也有助于中国人保持团结的精神和深厚的家庭观念，但对我而言，向来喜欢矛盾的毛泽东（他甚至就这个话题写过一篇长文）却是中国历史上最具吸引力也最难以盖棺论定的人物。

在这些学生眼里，他就是个谜一般的存在。的确，他在历史中投下了一道长长的身影，而他们如今仍生活在他的身影之下，并且不太喜欢这道身影。

"他是个奇怪的人。"青岛的一个学生告诉我。

我问他觉得毛泽东像谁,因为中国人的生活中处处都是榜样模范,比如英雄战士雷锋,干劲十足的"铁人王进喜",还有那个移山的愚公。

"他不像任何其他中国人,"那个学生说,"我觉得他读书太多,所以想在中国历史上占据一席之地。"

听了他的话,我本想用"你说的没错,但是……"之类的话来应对,可我为什么要费劲去劝他们认同毛泽东呢?他们的余生都要在这里度过,我却可以想走就走。最终是他们要决定如何对待关于毛泽东的记忆,不是我。

"毛主席去世的时候,我知道我得哭,"一位学生说,"我们被要求爱戴他。我当时还只是学校里的一个小朋友。我其实什么感受也没有,但老师们都在看着,我必须强迫自己哭出来。"

* * *

海湾里结满了冰,毕竟这是一月。好在白天时阳光明媚,差不多可以用温暖来形容。青岛各个海角的岩石上也都嵌着冰,有的边缘还裹着一圈光亮透明的冰壳。我开始问自己,这个地方之所以如此让人愉悦,是否就是因为它的天气并未跟随时令的脚步。有一天,我在第二海水浴场看到一个人在游泳。他在岸边走着走着就跳进了水里,据说在寒冷的哈尔滨,人们也会冬泳——他们会把河面上的冰砸破,再跳下去游一游。但那根本不是游泳,而是在意志力驱使下做出的一次相当无意义的行为,就像把手指头放在一根点燃的火柴上一样(那个因"水门事件"而被定罪的串谋曾经倡导过这种疯子般的消遣方式。顺便说一下,那人名叫G. 哥顿·利迪①)。要是旁边没有人看,或者事后没

---

① G. 哥顿·利迪(G. Gordon Liddy,1930—),前联邦调查局特工、律师、脱口秀主持人及演员,因参与"水门事件"被判犯有串谋、入室盗窃和非法窃听罪。

有机会向别人吹嘘，这些人还会这么干吗？

我到达青岛时是一个寒冷的夜晚，当时我感到自己踏进了一个噩梦，梦里全是德国老电影和冬季暴风雪中的场景——蒸汽火车、浓雾、黑漆漆的车站、没有指针的钟面。不过，我离开时却是一个明媚如春的日子，此刻在阳光下能把车站看得清清楚楚：它其实是一处历史遗迹，锥形顶上有一颗象征中国的五角星。耳边传来了响亮的汽笛声，没过多久，列车就驶过这些岛屿、灯塔和微风习习的街道，奔向了空旷的野外——山东的郊野地势平坦，看上去很像一片冲积平原。

第十九章　开往上海的山东快线：234次列车

　　窗外是平淡无奇的褐色农田：一道道壕沟，一根根电线杆，一间间瓦房，看起来就跟比利时的风景一样沉闷无聊。对农民来说，这是一年中最糟糕的时节：泥泞的田埂，车轮碾过的地面，脏兮兮的水塘，寒冷的天气，还有一月的毛毛细雨。田里现在什么粮食都没种，有人骑在自行车上艰难地前行，有人用鞭子抽打着水牛，有人在推小车，车上的大木轮摇摇晃晃，根本不听使唤。

　　我住的隔间里有一个比利时人。跟他混熟以后，我终于鼓起勇气问了他一个先前反复在心中默念的问题：

　　"你觉得山东的这个地区看起来像不像比利时？"

　　我们一起望着窗外的壕沟、耕地、水塘和电线杆。

　　"是的，很像。"

　　所以我并不是在凭空想象。冬季在中国旅行时常让人感到疲倦，有时我怀疑这种疲倦会让我的感官变得迟钝，或者搞得我头晕眼花，充满幻觉，而且眼前这些大片的褐色耕地也让人感到沮丧。在这个人口过剩的地区，到处都是这样的景象。这里和比利时一样，让我的双眼感到疲惫。

　　阿兰来自安特卫普，他的同伴是一名姓李的中国人，他们要去合肥。

他们对政治毫无兴趣。他们是电话工程师，来自一家中比合资公司，公司主营电话系统升级业务。阿兰说道："我觉得我们来得正是时候。"

众所周知，中国的电话简直是不可救药。你无法直接拨号连通任何外地城市，就算打本地电话也很困难。好不容易接通之后，你还经常能听到五个或者更多人在同时说话。中国的电话同中国的生活一样：无处没有他人的存在，大家挨得紧紧的，做着和你一模一样的事。不仅如此，电话线路还经常出故障，你要等上八个小时才能重新连通。有时整个城市的线路都会中断，可能一连好几天都无法从上海打电话出去。在山西的省会太原，除了本地电话之外的任何电话都打不通——这座城市几乎与世隔绝，只有摩斯电报密码才能从外面到达这里。老式中国电话是笨重的黑色硬塑料材质，一撞就会破碎或开裂；新式电话则是用轻塑料做的，跟玩具一样，往往颜色还不讨喜，比如火烈鸟粉或浅灰蓝色。从中国人对着话筒吼叫的样子来看，不难想象他们打电话时是怎样的心情。他们的电话中充满了喊叫声，在中国没人在电话里平心静气地聊天。

我把这些都告诉了阿兰，但他说情况他都了解。他意识到，自己的工作将具有里程碑式的意义。幸好他还有点幽默感，或者说至少有些傻气，才让这样的生活不至于难以忍受。他的英文中总是夹杂着法文，比如"Will you traduce her for me？（你可以把她的话翻译给我听吗？）""I feel happy as a roy（我感觉像国王一样高兴）"或者"The Chinese has good formation but bad motivation（中国人的职业素养不错，但做事缺乏动力）"。[1]

他是个不折不扣的"外国专家"。他不会说中文，对政治也不感兴趣。中国艺术对他来说就是友谊商店里卖的那些珐琅烟灰缸和竹制痒痒挠。除了青岛、合肥和上海，他没有到过别的地方。尽管如此，

---

[1] 此句中"traduce"和"roy"分别为法文"traduire（翻译）"和"roi（国王）"的谐音，而"formation"则是英法同形不同音，意为"职业培训""教育"等。

他对比利时却非常熟悉。他的弗拉芒语和法语都说得很流利。他试图教我说一个弗拉芒语词语"schild（盾牌）"，但发音实在太难了，我只能尽力去模仿，听起来就像在吞一只圆蛤。

为了打发时间，我们玩起了说各国首都的游戏。阿兰知道的不多，甚至匈牙利、印度和秘鲁的首都也说不上来；而李先生知道的更少，但至少他说出了匈牙利首都在哪里。阿兰不怎么看书，他平常喜欢玩自己那台摄像机，那是他花了750英镑在免税店买的。他会把自己拍的录影带寄回家——里面记录的都是跟比利时一样无趣的山东风光。

李先生也差不多。

"随便想一个国家吧。"我说。

他满脸困惑："我想不出来。"

"什么国家都行，"我说，"比如巴西、赞比亚或者瑞典。"

他做了个鬼脸，什么也说不出来。他一点地理知识也没有。他不仅认为地球是宇宙的中心，在其他方面也无知得很。

他们都是电话领域的专门人才，平日里接触的都是电线、系统、卫星、交换机、连接器和计算机之类的东西。他们的专业知识涉及的面非常窄，但是非常深入，那就是他们所关心的全部。他们可以神采奕奕地和你谈计算机电话系统，但其他什么也谈不了。要是跟他们说起广州的雨或者哈尔滨的雪，他们会一脸茫然，更别提看书了。

作为这个世界的新兴人口，他们极富进取心，是唯一适合雇佣的人：他们拥有专业技能，可以解决实际问题，而且愿意出差。在所有其他方面他们都表现得很愚蠢，但这没有关系。我发现他们非常友好，因为他们对工作充满了热情。

"我老板今天对我不满意，"阿兰说，"但是错在那些工人，中国工人喜欢打瞌睡。"

李先生也表示同意。

我们一起看了阿兰的照片——里面记录了许多比利时国内惬意的

生活，有衣着鲜艳的胖子，也有在小客厅里进食或闲坐的人。

"这个是我的奶奶，这个是我的妹妹，还有我的母亲，我的父亲……"

我们前后把照片看了两遍。我开始注意到阿兰奶奶家的壁炉台上摆了几个陶瓷小人，她家还有一块特别的垫子，以及他的父亲穿了一件蓝毛衣。阿兰很喜欢看家人的照片，他说自己很想家。

"你最怀念的是什么？"

"牛肉。"他答道。哈尔滨那位先生也是这样跟我说的，为什么大家都会想念家乡的牛肉呢？阿兰接着说："不过我在这也能吃到。"

他拿出一个鼓鼓的背包，里面有一堆罐装食品，阿兰管这叫应急包。这些东西都是他在安特卫普买的，有胡萝卜、鲭鱼和沙丁鱼。此外，还有一种"TV Meat（电视肉肠）"品牌的小香肠，专供人们看电视的时候慢慢咀嚼。而阿兰自己也有一台 12 英寸（30 厘米）的电视，可以用来播放录影带。他的行李比我在车上见过的所有人都要多。"我在安特卫普的房东跟我说，我不能留任何东西在自己租的房子里，所以我就全带来中国了。"他还有很多罐带汁的牛肉块，好几包叫"Bifi"的看起来跟牛肉干一样的东西，一罐"Choco"牌的用来涂面包的巧克力酱，以及一打巧克力棒。

徐州位于江苏省一个偏僻的角落，我本打算在那里下车，然后去位于它东南方向 100 英里（160 千米）左右的小镇淮安。淮安地处京杭大运河沿岸，1898 年周恩来就出生在这个地方。我想去看看他的故居。很多人私底下都说周恩来是中国解放的幕后英雄。诚然，他很少写东西，也绝不是理论家，但他温文尔雅，富有同情心。他是一名君子，就是孔子描述和称赞过的那种：性格温和、待人友善、心胸宽广，优点不一而足。

然而，徐州比较麻烦的一点在于，列车要在凌晨三点才到站。那时整个中国都睡着了。我将在一个冬夜，一个让人匪夷所思的时刻，从火车上走下来，而且要在打发掉六个小时后，才会知道能否找到一辆公交或汽车带我去周恩来的旧居。

于是我决定继续留在床上。

阿兰和李先生凌晨五点时在蚌埠下了车,要从那里转车去合肥。前一天晚上入睡前,他们把自己的盒子和行李箱都堆在了外边的走廊上。列车长对阿兰的大箱子怨声载道,但李先生解释说那都是"外国专家"从比利时带来的财物。

"按规定,按规定,"列车长说道,"这些东西必须登记。"

他们并没有理会列车长。夜里也有别的人来敲门抱怨那个大箱子,但他们五点起床时我还在沉睡。后来其中一个人坐在了我的脚上,我醒了过来,但那时他们已经走了。在火车上就是这样,人们来来往往,如做梦一般。早上八点,我发现阿兰的铺位上新来了一个人,是一位年轻的女士,她正在看一本漫画书,为了隔离灰尘,她在脸上紧紧裹了一层面罩。

"长江。"她说道。我决定往长江里撒尿,所以我去了厕所。厕所门口有一行长长的中文,总共七个字:"停车时请勿使用。"但当时并没有停车,列车正在穿越横跨在长江之上的铁路桥。我走进厕所,往地上的洞里看了看,然后便开始发射。

在到过新疆、东北和辽阔的内蒙古之后,我如今已经知道,眼前是华东地区最典型的风光,应当也是最无趣的。窗外尽是些褐色工厂,黑乎乎的河水在平坦的白菜地间穿流。几千年来,人们一直在这片土地上翻耙、施肥和栽种,所以如今任何植物都可以在此生长也不足为奇。而这背后的秘密你每天早上都能发现,因为那时人们会用长柄勺把深色木桶中的大粪舀出来肥田。这里是中国地势最平坦、风景最难看、人口最稠密的地区,但大粪却不断赋予它生产能力。上海居民每天排出的粪便总量达到了 7500 吨[①],而且全都派上了用场。农田的产量虽高,但它也是当地人苦闷生活的缩影。这里的每个人都因农事而筋疲力尽,而且每一寸土地都已被开发利用。既然可以种菠菜,为什么

---

① 作者注:引自《中国日报》1987 年 7 月 7 日的一篇报道。

要种花呢？既然阳光可以照耀庄稼生长，为什么要种树将它挡住呢？至于那些无法耕种的土地，则是建工厂的好地方。大家都对无锡的太湖赞叹不已，但那不过是一潭死水。无锡本身看起来也很糟糕，尽管它与外滩相距 75 英里（120 千米）之远，但也只能算作上海地界的延伸。

* * *

对于任何一种旅行而言，都有充分的理由回过头去验证一番你此前的印象。或许你对那个地方的判断有点草率呢？又或许你去的时候正值一个不错的月份呢？或许是天气因素让你的回忆更加美好了？无论如何，旅行往往就是要抓住某个瞬间，而且它是一种个人体验。即使你我一同上路，我们的所见、所闻、所感也不尽相同。我们对于旅行经历的描述会不一样。你也许会注意到我如何用问题对别人狂轰滥炸，我如何在市场上闲荡，还有我对于中国的水恐惧到几乎要患上恐水症。我可能会提到你有多么焦躁，你喜欢吃饺子，或者高温中的你如何无精打采。你可能会记下各种各样的中国食物，而我可能会写一写他们狼吞虎咽的吃相。

第二次上海之行让我感到非常震惊：因为拥挤的人群和交通——人们与车辆争夺着先行权；因为恐怖和美丽的强烈反差；也因为它神经质般的活力，这是一种上海所独有的狂乱。上海人对于这座城市有种归属感，就像纽约人强烈认同着自己的城市。那既不是沙文主义，也不是什么市民自豪感。那是一种共同的体验，是相同的烦恼和抱怨，是一种"它很糟，但我还是爱它"的态度。那也是一种为当地所占有的感觉，深陷于它的怀抱，内心却又矛盾重重。从外地人的角度来说，我觉得上海和纽约都很可怕，光是听到那些噪音就会觉得它们不适合居住。我在波士顿这样的大城市长大，但当人们谈起纽约（或上海）如何有活力时，我的脑海里只会出现一堆疯狂的行人。我总觉得那些喜欢歌颂城市的作家很可笑，因为每一个城市居民为了不丧失理智并在其中生存下去，都会设想出一幅自己的城市图景。你的纽约并不是我的纽约。但换句话说，我的上海或许正是你的上海。它简单而拥挤，不断朝周围扩张，很少有引人注目的地标。纽约则一直在建高楼大厦，它注重室内空间——并且充满了秘密。上海最重要的地方是街道，它的室内空间不足以容纳这么多人，所以大家都在街头工作、聊天、做饭、玩耍和做生意。这座城市人口过剩，但找不到其他方法应对。它的问题在所有城市中最普遍也最明显，但对于称赞它的人来说，也许这正是魅力所在：随便一个在街上闲逛的人，都能明显感受到这里的工作和生活方式。上海的市井生活带有强烈的旧中国气息，而这些画面似乎又让这座城市更具"氛围"。然而，我宁愿换个地方生活，因为我不想随时跟人相撞，不想无时无刻都在躲避车流，我希望听见自己思考的声音。

一位姓洪的年轻人问我，"你知道'詹与狄恩'①演唱会的事吗？"

"詹与狄恩"？就是那个唱《儿语》《冲浪城市》和《狂野冲浪骑士》②的？就是那个曾在1960年代初流行于南加州，酷到不行的二人组合？是那个"詹与狄恩"吗？在我的印象中，1966年时詹开车撞到了一棵树上，导致瘫痪和脑损伤，自那以后这个团体就不再活动了。

然而，我错了。这个从"海滩男孩"音乐风格中衍生出来的美国组合（这两个团体有时会合作），已经再度活跃起来并一路高歌猛进，在第一张唱片发行29年之后，竟然来到了上海演唱《冲浪城市》。也许我不应该感到惊讶，毕竟仅仅一个月前，谭先生还在朗乡的荒野中给我唱过一首尼尔·萨达卡的歌。

小洪说，"我们很喜欢'詹与狄恩'，同学们都很兴奋。詹和迪恩

---

① 詹与狄恩（Jan and Dean），由威廉·詹·贝里（William Jan Berry，1941—2004）和狄恩·托伦斯（Dean Ormsby Torrence，1940—　）两名成员组成的美国著名摇滚音乐团体。

② 这三首歌的英文名称分别是"Baby Talk"，"Surf City"和"Ride the Wild Surf"。

还邀请了一些学生去台上跳舞。他们一起跳舞，开心极了。"

我去拜访了美国总领事布鲁克斯先生，几个月前他给我留下的印象非常深刻，因为他告诉我，他一点也不知道中国接下来会发生什么。

"中国人会继续做生意的，"他说，"只有斯大林主义复辟才会令外国投资者担忧。"

有许多人的表现都称得上是资本家或小资产阶级商人。他们经营家族企业。他们自己开店做生意。我还乘坐了一辆私营出租车。"这辆车是我自己的，"司机对我说。那车虽然破旧，但完全归他所有。人们开始不停地换工作，他们可以做女装，也能自己卖东西，又或者推着自家的手推车去卖菜。如果有人管这叫资本主义，那么他就大错特错了，你必须说这是"中国人自己的道路"。同样，把这和"新自由主义"扯上关系也不对。有时候，虚伪一下也必要的。政府不喜欢以软弱形象示人。

这是中国人不喜欢闲聊的又一个例子。他们如清教徒一般厌恶着懒散和愚蠢的行为。中国人的态度向来是"埋头苦干，不说废话，不问东问西"。是否靠卖自家白菜赚了大钱，是否将西方戏剧搬上舞台，又或者是否认为使用刀叉会更加卫生，都不会有很大关系。但要是对这些事品头论足，就是在犯错误，因为这样做会导致矛盾。还记得在北京的时候，我向一位朋友抱怨方先生像个保姆似的跟着我，这位见多识广的朋友先是看着我，然后闭上眼睛摇了摇头，他在用这个动作告诉我：一个字也不要多说了。

与此同时，只要你不表现出扬扬自得的样子，你就可以尽情去做喜欢的事。这些日子再也没人从背后偷窥我了。他们已经忘了我还在中国四处游荡。有天在上海，我遇到了一群天津南开大学的学生，大概有二十人——正要去美国访问。他们是一个剧团，要去明尼阿波利斯、圣路易斯和其他十来个城市演出一部由小说改编成的话剧《骆驼祥子》。这些学生友好而热情，他们对此次海外之行感到非常兴奋。这出戏改编自老舍的同名小说，讲的是 1930 年代北京一个人力车夫的故事。

* * *

我又在上海待了一阵子,不仅在古董店买到了一个旧金鱼缸,还看了一场特别糟糕的中国电影:里面全是暴力和庸俗不堪的市井小民。天下起了雨。雨水开始渗进我的心灵。我穿行在教堂附近那些迷宫般的小巷中,在绵绵细雨里瞥见一幅又一幅古代中国的画面。那些夜晚是我最开心的时候,我独自跋涉在雨中,扫视着各家的窗户,看人们熨衣服、做面条、贴大红春联,看他们在蒸汽腾腾的廉价馆子里喝酒狂欢,看厨子们杀鸡。在上海黑暗的夜色中,这种默默无闻的感觉很是美妙,没人能看清我的脸,但我却能清楚地听见一位母亲在斥责自己的孩子:"你到哪里去了?"

第二十章　开往厦门的夜车：375 次列车

从上海出发，我又踏上了这条熟悉的路。铁路干线穿过遍地卷心菜的浙江，经过花枝招展的杭州，路边的游客熙来攘往，其中不乏娇小可爱的日本人。好不容易等到了群山出现，但太阳却一溜烟地躲到了它们身后，夜幕随之降临。我拉起毯子蒙住头开始呼呼大睡，当时隔间里有三个中国人，但我第二天早晨醒来时，就只剩下了一个。这位先生姓倪，他解释说其他两人都在鹰潭下了车，火车在那之后就转向了左边的支线行驶，这条铁路将穿过一个与台湾隔海相望的省份——福建。倪先生也要去厦门，为了我着想，他说话时使用的甚至还是这座城市的英文旧称"Amoy"。

他即将参与一项海上疏浚作业。他解释说自己是一名测量员，他不喜欢中国南方。他觉得被派来此地工作两年是非常悲惨的遭遇。他是土生土长的上海人，身上有着那座城市典型的傲气——耿直、随意、蛮横且口齿伶俐。他自认为很有教养，而南方人都是乡巴佬，并且贪婪无比。这就是为什么他们当中那么多人都离开了中国。（勤劳勇敢的福建人遍布世界各地，这也是事实。）我们路过了漳州，橘子的故乡。

"我们上海人都求知若渴，"倪先生说，"但厦门人只对赚钱有兴趣，这是他们最大的特点。他们不喜欢读书，不喜欢受教育，只知道做生意。"

过了一会儿，他问我要不要换钱——用我的外汇券换他的人民币。又问我在厦门需不需要翻译，并表示他可以一路相陪。他是自学的英语，想找机会练习。然后，他又问了一遍——要不要换钱？

对我来说，那天与倪先生的相遇弥足珍贵，因为他跟我讲了《人民日报》上一些报道。第一则报道就很有意思——"党对知识分子充满信心。"

中国的知识分子是指受过高中教育、干白领工作的人，而不是那些戴眼镜的呆子，他们整天只知道一边坐着品茶一边大谈孔孟之道。中国社会其实更容易从反面定义，因此可以说知识分子既不是工人也不是农民，而是会读书写字，工作时不用弄脏双手的人。

倪先生带我一字一句地读着报纸上的文章，后来我问他，觉得接下来会发生什么？

"我不知道。"说着他举起双手做出了投降的姿势：中国人想到未来时总是这般恐惧。过去发生的种种冲击和倒退已经让中国人震惊不已。

那么中国人喜欢赌博又是怎么回事呢？那不也是一种预测和投机行为吗？我认为的确如此，但用中国人的话说，赌博是不理智的行为。它并不能对可能的结果做出明智的判断。它只是一时的兴起，是鲁莽之举，带着点歇斯底里的意味。你可以在两只斗殴的蟋蟀身上投注（过去在中国很流行），也可以把钱押在掷骰子的结果上，因为成功与否完全取决于运气的好坏——这都是精神层面的东西。

倪先生有些谨慎，但后来加入我们的邓女士则非常健谈。她也要到海边去。她今年30岁，有一个孩子，丈夫正在学习工程学，自己则供职于一家政府机构。她顶着一头时尚的卷发，上身穿一件织有罂粟花图案的亮黄色毛衣，下身搭配一条短裙。"但是那里很冷！"她边说边拍打着自己的膝盖，"我应该把裤子穿上。"

我在去厦门的车上还遇到一个人,他向我提出了一个熟悉的请求。我能帮他取个英文名字吗?他名叫李国庆,因为出生在10月1日国庆节这样的好日子。我老觉得中国人给自己取英文名这件事怪怪的,比如叫"罗尼"(Ronny)或"朱利安"(Julian)之类,但国庆坚持要一个英文名字,于是我说道:"乔治(George)怎么样?"

他笑了起来,然后小声念了念。

我问他从上海到厦门的火车票花了多少钱,他回答说40元。可是,我买票却花了148元(大概26英镑)。如果坐飞机的话,他买机票要花83元(14.5英镑),而我则要出173元(30英镑)。外国人在中国买东西总是要花更多的钱,政策就是如此。当然他们也能享受到更好的待遇,总体而言是这样——但在火车上却是例外。我听说过,为了给外国人腾地方,会有中国人被赶出软卧车厢,但我从没亲眼见过。

"外国人更有钱,"国庆说道,"为什么就不能多付点呢?"

"如果来美国的话,你觉得因为自己是中国人,就应该少付钱吗?"我问。

但他根本没听见我说话。"请叫我乔治。"他说。

* * *

厦门位于山石遍布的海边,一直以中国最富裕的城市著称,这里有最漂亮的房子,也有最幸福的居民。此外,厦门拥有海外关系的家庭比例也是全国最高。据说在厦门的大街上随便拦住一个人,他都会告诉你自己有个叔叔在马尼拉,或者有个堂兄在新加坡,又或者他的大家族中有一整个支系已经在加利福尼亚定居。而且,他们同这些海外亲戚都还有联系。一般来说,当人们想离开中国去外面寻找一番新天地的时候,他们就会从贫穷的福建出发(十九世纪时这里还很穷),其中大多数会从厦门启航。这里是中国最大的港口之一,而那些都是以航海为生的人。当时从这里离开的人有成百上千万之多。

然而，他们并没有忘记祖国。他们会回来成家，也会往家里寄钱。很多人会回来盖大房子，在这里安享晚年。毫无疑问，厦门有最豪华的住宅、最庄严的别墅、最精美的围墙和花园，以及最具善心的企业。这些都得益于那些成功的侨民，他们在海外致富以后，又出于对家乡的浓情厚意而把钱都送了回来。

参与"波士顿倾茶事件"①的船只就是从这里出发的。茶的英文名称"tea"其实源自厦门方言。厦门风格的建筑在广州、新加坡老城区和马来西亚的乡村也都能见到——就是那种高高的带骑楼的商住楼房，第二层之下临街的空间被用作了过道。它通常会让人联想到海峡华人②——那些在东南亚开店经商的人。这种建筑在中国别的地方不常见到，它既实用又美观，而且我无法想象它空荡荡的样子，因为总有男子穿着松垮睡衣晃荡其间，有妇女从麻袋中舀着米，还有年轻的中国姑娘从楼上的百叶窗边深情地向外凝望。

这里的别墅宏伟而坚固——屋顶盖得很高，四周都有阳台，同新加坡和马来西亚的老房子很像。但为了腾出地方来建银行和酒店，那些地方的老房子都被拆除了。厦门的这些之所以能够保留，是因为没人有钱拆除它们或者建造新楼。现在因为审美和历史方面的价值，政府对它们下达了文物保护令。厦门的新楼都建在了海堤以外的郊区，可谓适得其所。

我发现几乎不大可能挑出厦门的毛病。由于地处南方，这里的水果质优价廉，各种品类应有尽有：山楂、橙子、橘子、苹果、梨、柿子、葡萄。又因为在海边，这里也有许多五花八门的鱼类，比如各种

---

① 1773 年在波士顿发生的一起著名政治事件，目的是反对英国政府对殖民地的控制以及英国东印度公司对于北美茶叶进口贸易的垄断，殖民地的民间反抗组织"自由之子"先是发起抗议，在抗议无效后其成员在夜间登上东印度公司的茶船，将全数茶叶倾入海水。此次事件被视为美国独立战争的导火索。
② 出生在英国海峡殖民地（新加坡、马六甲及槟城）的华人及其后裔。

各样的鳗鱼、巨大的石斑和大虾。其中质量最好也最贵的是和美国大龙虾一般大小的淡水龙虾，它们都被养在餐馆的水缸里——这是中国南方的习惯，由于缺少冷藏设备，他们会让食材活到最后一刻。其他水缸里不仅有鳗鱼和其他鱼类，还有青蛙和鸭子——甚至还有雏鸭。你会被请到水缸跟前挑选想要的菜，选好之后他们便会一刀割向那动物的喉咙。

我走进厦门的一条小巷，在一家脏兮兮的小餐馆里看见两个笼子：一个装了只小猫头鹰，另一个则关了只愁眉不展的老鹰。它们当中任何一只的肉拿来包饺子都不够。因为受限于狭小的空间，它们在笼内都无法稳稳当当地站立，焦虑得瑟瑟发抖。我停下脚步观察它们时，身边围过来一群人。我问餐馆老板要把它们做成菜得花多少钱。他说猫头鹰20元，老鹰15元。

"为什么不放它们走？"

"因为我是花钱买来的。"他说。

"可是它们不开心。"

他笑了，意思是：你这个傻瓜。

他说："它们很好吃的。"

"可是它们那么小，"我说，"一口就可以吃掉。"

"这种鸟的肉吃了对眼睛好。"他说。

"那不是真的，"我说，"只有野蛮人才会信。"

他觉得受到了冒犯，显出很愤怒的样子，嘴巴都气歪了，一句话也说不出。

我对他说："这是迷信，是旧思想，就跟你们认为吃犀牛角可以壮阳一样。听着……"但他此时正在转身离开，"这种鸟会吃老鼠，是益鸟，你应该把它放掉。"

这人开始嘘我，看样子是准备报复我。我没有钱，于是回到住处从房间里取了35元，但当我走回这家餐馆时，笼子里已经空空如也。我想象过举行一个小型放生仪式，这样我便可以把那两只鸟放出笼子了。

可事到如今，一切都为时过晚。猫头鹰和老鹰都进了别人的肚子。

为了寻求安慰，我去厦门市场花1.25英镑买了两只哀伤的鸽子，把它们给放了。它们拍打着翅膀翱翔在海湾上空，经过鸣声阵阵的渔船，朝鼓浪屿附近飞去。我以为这是一种暗示，所以第二天便跟随它们去了那座小岛。

* * *

鼓浪屿岛上有一片风景优美的住宅区，里面不允许使用任何带轮子的车辆——汽车、自行车、手推车都不行。它离厦门码头只有五分钟轮渡的路程，从岛上最高处的日光岩往下看，风景很像佛罗伦萨或某个西班牙城市：高低起伏的红色陶瓦屋顶，碧绿的树木，还有教堂里高耸的尖塔。住宅区的中心地带有三所基督教教堂：这座小岛上曾经只有外国人居住，包括荷兰人、葡萄牙人、英国人和德国人。它后来为日军所占领，直至"二战"结束。国民党同共产党在这里进行了几场艰苦的战争，最后国民党占领了金门——从这里向东北望去，可以清楚地看到这个地方。

然而，我喜欢中国古老的海边风光。这里有当年贸易者和侵占者留下的痕迹，而且因为常有人从这里出海，它充满了开放的氛围。大亨们虽然在海外赚了成百上千万资产，却不改忠厚虔诚的本性，他们恪守着儒家传统思想，在家乡大力发展慈善事业。岛上虽然矗立着带有大公教会标志的罗马风格教堂和据传由约瑟夫·康拉德①设计的德国旧领事馆，但他们回乡修建的房屋和学校在其中却显得非常和谐。慈善家们还在岛上"观海园"一带盖了别墅，与外国买办、茶商和领事馆的小官员为邻，每栋别墅都有带有独立柱廊，掩映在丛丛

---

① 约瑟夫·康拉德（Joseph Conrad, 1857—1924），英国作家，被誉为现代主义的先驱。

棕榈树间。

鼓浪屿上的建筑规定在中国可谓独树一帜。按规定，这里的建筑不能超过三层，材料必须使用红砖或雕花石，所有设计方案都要经过建筑委员会批准。这里的房屋颇具古韵，即便像菜市场和博物馆这样最新的建筑也是如此，都是精心修建的。当地正在修缮那些别墅，希望在保留原有特色的同时将它们改造成酒店和宾馆。中国人一向务实又节俭，如今为了让某样东西看起来妥帖一些，他们竟然不惜花费时间和金钱，这倒是件奇事。北京的周围曾经环绕着一圈宏伟的城墙，墙上共有四十四座敌台和十六扇大门，但都被夷为了平地，他们一边铲一边高唱着："破四旧！立四新！新思想！新风俗！新习惯！新……"本着同样的精神，1970 到 1974 年间，古北口的一个部队推倒了一段两英里（3.2 千米）的长城，把古城墙的石砖都拿去建营房了。

然而，中国近年来的这种破坏之风并没有蔓延到鼓浪屿，这里只是受到了一些小的影响，比如墙面被涂上了大字（有栋别墅的墙上还清楚地留着用两英寸（5 厘米）见方的汉字写下的标语"毛泽东思想万岁！"）。

我问魏先生，为何要如此精心地修复鼓浪屿。"因为政府想把这里打造成一座旅游岛。"他说。他还说，政府在别处拆了许多建筑，但却决定保留这片区域，这让他松了口气。

我们正朝日光岩走去，途中在一条小道上遇到了一个收废品的人。那是个胖胖的男孩子，肩上用扁担挑着许多废纸。我拦下了他，但因为听不懂他的方言，只好让魏先生代我提问。

男孩说如果废纸品质不错，比如干净整齐的旧报纸，他会出五毛钱一公斤的价格回收——大概是四便士每磅。我觉得这样的价格非常合理。但如果是其他废纸，每磅的收购价格还不到一便士。

他的生意怎么样呢？

"不好，"他说，"工作很辛苦，赚钱却很少。"

他离开了，扁担随着一捆捆废纸的重量上下弹动着。

"您为何对'文化大革命'如此感兴趣？"魏先生问我。

"因为它那时影响到了我——20年前在非洲的时候，"我说，"我觉得自己是一名革命者。"

魏先生笑了。他今年21岁，他父亲与我同岁。

我问："你父亲'文化大革命'的时候都做了些什么？"

"他就待在家里。"

"待了多久？"

"六七年吧。"

我们登上了日光岩的最高处。1982年时，78岁的邓小平先生也曾成功登顶。当时他身后的随从还带了个氧气瓶，但他根本用不上。

我朝海湾对岸的厦门市区望去，可以看出轻工业和银行区域向西扩张的轨迹。据说厦门是中国最繁忙的新兴城市之一。曾几何时，这里生产的是用于出口的纸伞、爆竹和筷子，但如今他们制造的却是自行车、玩具、"骆驼牌"香烟和微芯片。而且，柯达公司正花巨资在此地建造一家胶片工厂。

港口停满了货船和渔船。稍远一些的大街小巷里有许多摊位，卖着炒面、水果、甜品、蔬菜、鱼汤和各种吃的东西。对于中国的南方人来说，最开心的消遣方式就是下馆子——去那些油乎乎的馆子或灯笼下的小摊吃东西。我无法原谅他们把珍奇的鸟类往嘴里塞，但其实他们当中极少人有钱享受这样的美味。他们经常吃面条，而且因为此地气候宜人，他们喜欢在城里四处乱转，心情好的时候就吃点东西，这种习惯还被他们带到了马来西亚、新加坡和印尼。

我到过中国许多地方，但只有在厦门才会不停地被漂亮女孩搭讪。她们总是悄悄地跟着我，突然一把抓住我的胳膊，问道："Shanshmarnie？"这时她们会高兴地捏我一下，然后继续拉着我不松手。她们想要的就是这些吗？

厦门人脾气都很好，但总是一副焦虑不安的样子。中国人住的是层层叠加的楼房，因此不可避免地要发生口角。让人惊讶的是，那样的争执竟然没有发生得更加频繁。他们很少拳脚相向，一旦有人动手，被揍的往往是小孩，而且揍得很凶。冲突发生时，最常听见的就是无法控制的喊叫——两个人面对着面，朝对方尖叫。他们吵得很响，而且会持续很久，往往能吸引一大群人过来围观。为了顾全面子，这样的争吵只能由第三方出面调停，而直到中间人开始介入，双方依然会喊叫个不停。

有一天我在厦门目睹了吵架的盛况。中国的旅游地区都有所谓的"景点"，中国人旅游时一定会去那些地方，否则就觉得自己白走了一趟。这可以说是一项仪式般的安排，大家都会严格遵守。在厦门，不但有"大八景"和"小八景"，还有"外八景"。通常人们都会在景点拍照留念，但由于中国没什么人能买得起相机，所以这些景点周围都会站着许多专业摄影师，以一元一张的价格提供拍照服务。这场争吵就发生在其中一个摄影师以及对他不满的顾客之间。

魏先生给我翻译了他们叫骂的内容。起初都是因为钱——一对夫妇声称之前已经和摄影师讲好了一个比较便宜的价格，但他随后又坐地起价。然而，为了面子，他们争吵的内容越来越宽泛，情绪也越来越激动。这并不能算是普普通通的争论，而是肆意的咆哮，随即每个人都加入进来——先是这对夫妇和摄影师，然后是围观的众人。争吵原本发生在景点内，后来沿着小径一直蔓延至岩石后方，最后竟然吵到了一间小屋里。大家的声音都极其洪亮，而且中途没有片刻停顿，连珠炮似的辱骂和惊叫声真是让人叹为观止。

"一开始他跟我们说一块钱一张，后来这个贼又变卦了，说要两块！"

"领导来之前我不跟任何人说话，我从来没受到过这样的侮辱……"

"快去把单位领导找来！"

"不可理喻！所有人都是骗子！"

"我们被骗了！"

"贼……"

魏先生说，他几乎可以肯定，这对夫妇是外地游客。他能辨认出他们的北方口音，他觉得他们来自山西。他低声向我通报着情况："那女的说他们是贼，男的说他们是骗子。屋里还有个小孩。摄影师正用拳头敲着桌子……"

接着出现了一阵更大的骚动，屋里的孩子开始惊声尖叫。有人在对着孩子咆哮，跟着每个人都开始咆哮了。

"发生什么了，魏先生？"

"那个孩子骂了摄影师。"

"怎么骂的？"

"他骂他是王八，也就是乌龟。"魏先生有点不情愿地说道。

"这很恶劣吗？"

"是的，非常恶劣。如果一个男人的老婆跟别的男人睡了，人家就会叫他王八。"

"全中国的人都是这样说的吗？"

"不是，主要是北方人这样说。北方人非常强悍。他们生活在长江以北，说话时嗓门很大，肌肉也很发达。可我们南方人却又瘦又小，柔声细气的。我们不会那样说话，不会因为别人多收了你的钱就骂他'王八'。"

这场争吵已经持续了十五分钟，却仍在如火如荼地进行着。我感到有些无聊，于是就走开了。魏先生说，他很反感把那些粗话翻译给我听，但我告诉他，我只有知道了这些才能更了解中国。我还向他解释说，英文中的"王八"是"cuckold"，它源自"cuckoo（傻子）"一词，显得更有逻辑。我跟他说，母王八可不是好的交配对象。只要交配一次，它们就能下好几年的蛋！

"您不但对吵架感兴趣，对生物也挺感兴趣。"

"我对什么都感兴趣，魏先生。"

"在中国，我们会专攻某个领域的知识，比如有人学农，有人学工。"

他顺着这个话题说了下去，但不一会儿，我们便看到一个小院里有位母亲在打孩子。我的目光被吸引了过去。那孩子大概七岁，因为被打得太狠了，所以情绪有些失控，根本无法平静。他走来走去，不停地打他母亲，边哭边叫。很快魏先生和其他旁观者就开始把这个饱受折磨的孩子当作了取乐的对象。

* * *

我在厦门做了许多逼真的梦，但梦里并没有出现厦门或者游荡在此处的幽灵，比如马可·波罗、外国商人、摩尼教徒、传教士、海盗或者旧时厦门的买办。我梦到了自己的家乡，梦见了塔吉克人（塔吉克族是中国唯一的印欧人种民族，是不是很巧？），还再次见到了罗纳德·里根（他是一个了不起的人）。又过了几夜，我梦见了那个星期在福建看到的山，自己则在山上的峡谷中行走。几个蒙古族长相的人将我捉住，领头的是一个凶悍的小个子女人。他们身上都佩有弯刀，还不停地拿刀戳我，好像迫不及待要把我杀死。

"把你包里的东西都交出来！"那女人尖声吼道。

那时我才意识到自己带了包，里面装了几尊在某个中国市场上买的古董小像。

"证明文件拿出来！"

"给。"我说着在包里找到了一张纸。那文件有问题，但我心想：廓尔喀人[①]会救我的。

那女的洞悉了我的想法，答道："我们就是廓尔喀人！"这个梦是在警示我非法购买小玩意儿的后果，而不是说走在中国宽敞的道路上遇见陌生人会有多危险——据我在中国走南闯北的经历来看，没有比这更安全的事了。

---

① 廓尔喀人（Gurkha）是居住在喜马拉雅山南麓尼泊尔、印度大吉岭等地区的民族，以骁勇善战著称。

厦门市场上的东西极好，骑楼下还开着许多布料店，这一切都让我想到，在各种纪念品商店或友谊商店绝对买不到中国顶好的商品，玉器、木雕、象牙拆信刀、熊猫玩偶、绿松石首饰、景泰蓝瓷器、黄铜制品、塑料筷子、漆器、骨制手串或那些实在无聊得很的卷轴画复制品都不能算顶好。若是要我推荐一些便宜又特别的中国物件——要质量好、要独一无二、还要值得带回去——我会介绍这些东西给你：套筒扳手、螺丝刀、水彩颜料和画笔、铅笔、书法、牛皮纸信封、挂锁、管道工的工具、柳条篮、草鞋、T恤、羊绒衫、盆栽、真丝地毯和真丝靠垫套、桌布、陶罐、热水瓶、图文并茂的艺术书籍、药草、香辛料以及按磅计价的茶叶。竹编鸟笼也很讨人喜欢，但把鸟关在里面的想法太令人沮丧。中国也许还是世界上唯一可以买到蟋蟀笼的国家——有的是用劈开的竹筒做的，有的则是陶瓷材质的。

这些东西中有许多都是在厦门本地的湖里工业区制造的。在改革更为激进的年代，这片区域曾是一个土地开垦计划的改造对象。"红卫兵"们和各工作队决定修筑一座堤坝来连接厦门市区和海湾的西部，然后再把堤坝后方的地填起来种水稻。但是那片土地非常贫瘠，含盐量又高，水稻无法生长。时光飞逝，如今这里已经成为营利企业的大本营，除了银行、轻工业和工厂，新的市政大楼也坐落于此。

这里曾经有过一个公社，那时候厦门到处都是农业公社。我在别处见过一些公社，而且对此感兴趣，很想知道它们最后怎样变成了合作社和家庭农场，于是为了一探究竟，我去了厦门西北方向的郊外，也就是以前"蔡塘公社"的所在地。

我穿行在蔡塘的乡野间，路上遇到了一座古墓，墓穴入口摆了一男一女两尊八英尺高的卫士俑。这个地方位于山后的一块胡萝卜地旁边，附近有只像霸鹟①的鸟在飞来飞去。此外，还有一些深埋地下、

---

① 霸鹟（flycatcher）：雀形目霸鹟科（Tyrannidae）的鸟类，主要生活在北美洲及南美洲的热带地区。

只剩头部裸露在外的动物石雕,包括一匹马、一只公羊、几头狮子和一些已被破坏的兽像。这里还有个祭坛,坛前放着一张雕花桌子。这座古墓不曾引起过任何人的注意,也没有遭到严重破坏。要是在以前,外国旅行者肯定会把这些东西拿走,装箱,然后运到哈佛大学的佛格博物馆。魏先生告诉我,墓碑上说这是清代一个胡姓家族的墓地,因为位置实在太偏僻,所以无人前来打扰。

离我们不远的地方,一对农民夫妇正在劳动。他们在胡萝卜地里忙前忙后,每人身上都挑着一根扁担,扁担两头各稳稳当当地挂着一只水桶。田地远端的广播里正在放中国戏曲。

"这里以前属于'蔡塘公社',"男人说,"那时候我们种的是水稻,因为不让种别的。"

我得跟着他在胡萝卜地里走来走去,因为他不会为了跟我说话而停止浇水,但他表示不介意我提问题。

"这是我家的地。我从来都不喜欢搞人民公社,我宁愿在自己家的地里劳动。"

"你想要喜欢干什么就干什么?"

"是的,"他说,"想种什么就种什么。以前会命令你'种水稻',不管这个主意是好是坏。知道以前的问题在哪儿吗?命令太多了。"

他咯吱咯吱地穿过泥地,走到储水管跟前,先是把自己的水桶灌满,接着又把他妻子的灌满,然后再次开始在羽毛状的胡萝卜叶子间穿梭。

"你们的胡萝卜长得真好。"我说。

"这些是拿来喂猪的,"他说,"现在市场上胡萝卜很便宜,与其赚那几分钱,还不如拿去给我的猪吃。这样反倒更有意义。我可以把十头猪养得肥肥的,等它们长到100公斤就拿去卖,每头能卖100元。胡萝卜价格上涨的时候,我再把它们拿到市场去卖。"

他还在地里浇水,累得上气不接下气。

"这样的安排好多了!"他回头朝我大声说道。

我从那出发去了厦门的东部,也就是所谓的"前线",因为属于台湾省的金门就在对岸。由于两岸间的摩擦时有发生,东海岸的道路已经关闭了35年,直到最近才重新开放。这里虽然遍布着战壕、碉堡和各种防御工事,海边的风光却很美,白色沙滩上种了许多棕榈树,海浪一波接一波地朝岸边涌来——而且一个人影都见不到。

我大步跳过一个散兵坑,信步穿行在一排排棕榈树下。

"保罗先生,别这样!您会中弹的!"

魏先生在路的一端颤抖着,他叫我回去。

"谁会开枪打我?"

"部队的人!"

"哪边的部队?"

"可能是我们的——也可能是他们的。"

他试图宽慰我,说可能有一天中国会同它最东部的台湾省和解,到时候我就能在这游泳了。由于环境危险且不对外开放,这个海滩保存得非常完好,景色秀丽宜人。

* * *

工人文化宫是厦门最大的建筑之一。中国别的城市也有这样的社区活动中心,都是1950年代在苏联的影响下修建的,但我从来没进去过。我想去里面看看,可魏先生表示很不解,还说我们可能很难获得许可。鉴于已经对此种情况有了充分了解,我意识到,参观文化宫最迅速的方式就是直接走进去,完全不必为了获得许可而费心。中国有的行政部门办起事来既拖沓又爱推卸责任,所以特殊请求几乎无一例外地会被他们拒绝,而明目张胆地闯进去却很少遭到阻拦。

曾几何时,这个工人文化宫里全是叫人讨厌的电影和政治说教会,如今电影剧场正在播放一部关于敦煌石窟的纪录片,阅览室挤满了看报纸杂志(其中有电影杂志,也有健身月刊)的人,排练厅里还开了一个健美操班,一堂舞蹈课刚刚结束。

我问一位跳健美操的女士,为什么决定来报名。

"为了健康和美丽,"她回答,"我有头痛的毛病。"

就是在这栋楼的图书馆里,我找到了董乐山先生翻译的《一九八四》,这本书是1985年在广州出版的。董先生以前跟我说这本书是"内参",只在沉稳可靠的知识分子间传阅。但他显然错了,厦门的任何人都可以从图书馆借走这本书——我还特意向图书管理员求证了这件事。

"这本书很好看吗?"她问。

"特别好看,你会喜欢的。"

"那我今晚就带回去!"

另一个房间里并排放着许多电子游戏机,我怀疑到底有没有人用过它们。魏先生告诉我的确有人玩过,但是没人有闲钱浪费在这些东西上。此时我见到七八个孩子在附近转悠,于是我问他们知不知道这些机器怎么用,他们给了我肯定回答。我又问他们能不能教我,他们也答应了。随后,我往几个装有"太空侵略者"游戏的机器里投了一些硬币,孩子们立马行动起来,手指尽情地在机器上飞舞。他们同所有的美国人一样精通游戏,将青春浪费在了电子游戏上。

我搭讪了一位年轻女士,当时她刚上完舞蹈课,正要回家。她叫万丽,是经济部的一名干部。她从前在大连外国语学院上学(可惜她并没有在那里见过 Cherry Blossom),但从小在福建中部的三明市长大。在中国人眼中,那座小城有点乌托邦的意味,它是"文化大革命"爆发之前全国各地的人们一起开发建设起来的。万小姐声称,关于三明的一切传说都是真的:那里没有困难,没有污染,大家相处融洽,是一座模范城市。

"三明市的人民都非常文明有礼,大家都来自不同的地方,像美国一样!"

她大约25岁,虽然笑容略显紧张,态度却十分坦诚。她说自己每天都会来文化宫,因为她爱结交这里的朋友——她喜欢同陌生人说话。

魏先生只是在一旁瞧着我们,但我能看出来,这位年轻女士的大胆让他感到很惊讶。

我问她:"你加入了中国共产党吗?"

"你是厦门第二个这样问的美国人!"她说,"我们单位有300人,其中只有20个党员。"

"怎么会这样少?"

"因为入党很难,不是自愿就可以的,要组织批准才行。你首先必须表现好,给大家留下好印象,你得勤奋工作——要加班,要学习。"

"要向模范战士雷锋学习。"我说。出于对毛主席的热爱,雷锋会用整个晚上的时间来擦地板。

万小姐给了我一个中国式的回复:"不是学雷锋,你需要被注意到。"

雷锋是在1962年车祸去世之后才被人注意到的,那时候人们找到他的日记,发现里面全是感叹句,比如:"我又擦了一层地板,又洗了许多盘子!对毛主席的爱,照耀着我的心房!"

万小姐说:"你得被选中才能入党。党要的是最优秀的人,不是任何人想入就能入的。如果党的工作做得好,国家也会跟着好。党需要高素质的人才。"

"我能肯定,你就是个高素质人才。"

"我不知道。"

"你拥有健全的马列主义思想吗?"

"我在努力,"她说完就笑了起来,"我也很喜欢跳舞!"

她离开后,魏先生对我说:"她给我留了张名片,您看见了吗?"

"你高兴吗?"

"高兴呀,我希望还能见到她,在中国认识个姑娘太难了。"

他说自己可能五年之内都不会结婚,但26岁是个不错的结婚年龄。

我使出了自己能想到的最机智的办法，旁敲侧击地问他有没有和女人睡过觉。他骄傲地表示，从来没有。

"这在中国似乎是个问题，年轻人都没有性生活。"

"的确是个问题。即便你要跟哪个姑娘约会，也找不到地方带她去，但我并不在意这个。"

"你是说，你不接受婚前性行为吗？"

他有点厌恶地说道："那是违法的，而且也不符合我们的传统。"

魏先生似乎无视了中国文化中与性相关的典故：轩辕黄帝曾经夜御千女而羽化登仙；即便是像玉这样的普通物件也与性不无关联——传说它是神龙的精液石化而成；龙是阳物的象征，而莲花则是阴户的某种化身，这样的故事太多了。

"如果跟女人上床被发现了，是不是会被抓起来？"

"可能会被抓，会被批评，会被告发。"

"但是如果你有对象的话，完全可以小心行事。"

"还是有人会知道的，"魏先生说，"而且就算你没有被抓，别人也会看不起你。"

问题似乎就这样解决了，但当我问及万小姐，魏先生却开始闪烁其词。

"我会留着她的名片。"他说这话时，呼吸有些急促。

自那以后我再也没有见过魏先生，不过我在厦门照顾自己完全没有问题。而且，春节就要到了，这是中国最喜庆的节日，因此大家心情都很好，他们会买各种贺卡和书画，还有写满了新年祝福的红色对联。

就在离开厦门之前，我遇到了一个名叫吉姆·科克的美国人，他是柯达公司的员工，负责监督镀膜机的安装。镀膜机听起来似乎是台相当无关紧要的机器，但却花了中国人7000万美元，而整个项目的开销则达到了三亿美元。有了这台机器以后，他们就可以自己生产相机胶卷，再也不用依赖日本人的摄影产品了。

吉姆·科克最近才和妻子吉尔结婚，他一直期盼着这份工作。但来厦门三个月后，他承认自己开始感到疑虑重重。他并不悲观，但显然变得谨慎起来。最让他惊讶的是中国人的愚笨。

"他们习惯了手工操作，"他说，"这没有问题。他们光靠一段电线和一根棍子就能进行装配，但他们从来没接触过复杂机器或高科技。我每个细节都要向他们演示一百遍。"

"可是，中国年轻人学习能力一定不错。"

"稍微年长的工人最好，就是那些五十多岁的。那些三四十岁的总喜欢怨天尤人，好像他们天生就应该干更好的工作似的。"

"他们经历过'文化大革命'，所以他们可能觉得受到了欺骗。"

"也许吧。我本来以为这是很简单的项目，可能八个月就能完成。中国人说要一年。但实际上，需要更多时间。"

"最大的问题是什么？"我问。

"清洁问题，"吉米回答，"他们认为地面看起来干净就算清洁到位了。他们把细枝和稻草捆起来用作扫地的工具。然而，这是不够的。这种设备需要绝对无尘的环境，要是有灰尘颗粒进入胶片，它就报废了。所以我们现在需要封闭工厂，安装空调系统。"

"你后悔来中国吗？"

"不后悔，但这里同我以前想的不一样。你知道的，大家都认为中国人很聪明。但厦门的许多此类项目都出了问题，这就是为什么现在这里那么多厂子都是空的。"他放低了声音，继续说道，"得长期作战才行。"

然而，我并不认为厦门的工厂没有全力运作就是个悲剧。这座城市养育的儿女中许多都在国外获得了成功，他们会源源不断地把钱送回来。而厦门之所以如此美丽，正是因为它没有发展重工业，而且由于面临来自浪漫主义者和退休者的压力，这里的老建筑和精致的庭院都没有遭到破坏。

*　*　*

中国的农历新年到了。全国上下都忙碌起来,街上有人放鞭炮。每年这个时候,车上都挤满了赶着回家的乘客,在这种情况下出行几乎不大可能。由于买不到火车票,我只好在这里待到了春节结束,之后我又重新上路,向西出发了。

第二十一章　开往青海西宁的慢车：275 次列车

为了搭乘开往青海西宁的慢车，我需要先坐车去西安，途中我遇到了登山家克里斯·波宁顿[①]。他说自己来中国是为了攀登乔格茹峰，这座山峰位于珠穆朗玛峰附近，海拔几乎和它一样高。

"我们还期待遇见'雪人'[②]。"他说。

他身体强健、勇气十足，扭头扫视周遭时如老虎般神气，一副青春焕发的模样。他脸上总是洋溢着纯真而坚毅的笑容，他是个快乐的人，把一生都奉献给了登山探险事业。他对待喜马拉雅山雪人的态度是认真的。在以前的一次珠峰探险中，有人拍到过'雪人'在眠龙冰河上留下的脚印。

"你要抓一个关进笼子吗？"

他笑了。他的眼里是不是闪过了一道光？他答道："不，我们只想拍照。"

[①] 克里斯·波宁顿（Chris Bonington, 1934—　），英国著名登山运动员，曾十九次出征喜马拉雅山，四次登顶珠穆朗玛峰。
[②] 雪人（Yeti），直译作"夜帝"，英文中又叫 Meti 或 Abominable Snowman，即喜马拉雅雪人，据说是一种介于人和猿之间的神秘生物，但关于它是否真的存在，目前尚无定论。

想来那一定很值钱。攀登 23000 英尺（7 千米）的高峰可是一分钱都赚不到，而且还有生命危险。但如果能弄到一张喜马拉雅山大毛怪的照片，就可以成为新闻的焦点，还会有可观的收入。经费是登山者们经常面临的问题。波宁顿的登山队规模很小，只有四五个人，但却携带了四十箱物资，因此需要雇佣许多夏尔巴人①和牦牛来搬运。

同新疆的猎熊和辽宁的游钓一样，为登山探险配备物资也是中国旅游产业中的一项。

波宁顿说中国百分之九十的山都没有被征服过，其中有许多海拔都超过了 20000 英尺（约合 6 千米），但他说在中国登山要花很多钱。

"比如，租一头牦牛要 30 元一天，"他告诉我，"但我很好奇，牦牛的主人能分到多少钱？"

我表示到了青海会找人问问，那里有很多养牦牛的人。

* * *

西安笼罩在一片冬日的迷雾之中，到处都是光秃秃、灰蒙蒙的。阳光下的城市朴素而单调，虽然城里的建筑平淡无奇，但它四周的城墙却雄浑古雅，城门上还矗立着气势恢宏的塔楼。事实上，西安的城墙似乎真的可以抵御入侵的军队。我又来到了兵马俑。跟上次一样，这里仍然透露出诡异的艺术氛围，陶俑的表情动作栩栩如生，宛若真人一般，真叫人匪夷所思，好像一支庞大的军队凝固在了时间里。卖古董的小贩们无聊得快疯了，因为现在是淡季，冬天很少有外国游客来这里参观。至于中国本地游客，看起来则更像衣衫褴褛的朝圣者。他们不会在这里花钱，因为根本没钱可花。他们的单位租了些破旧的巴

---

① 夏尔巴人（Sherpa），藏语意为"来自东方的人"，居住在喜马拉雅山两侧，主要在尼泊尔，少数散居于中国（属未识别民族之一）、印度和不丹，为攀登珠穆朗玛峰的各国登山队充当向导或背夫而闻名。

士，把员工们一股脑儿都塞了进去，然后便拉着他们行驶几百公里，来到这里参观宝塔或陶俑。他们甚至认为外国游客住的酒店也值得多看一会儿。于是，他们就站在60英镑一晚的西安金花大酒店门口，看着老外们进进出出。天真的中国人至今仍以为，看老外也算是一种观光。

同中国许多其他城市一样，西安并不干净，但街上却空无一物。中国人不爱冲洗街道，但却会不知疲倦地扫地。扫地并不能让一座城市容光焕发，它只会带来一片光秃秃的景象，让人看了心里不安，就像这个地方被人踩躏洗劫过似的。

我走进城里的一些小巷，身边的院落里都是摇摇欲坠的房屋，潮湿而多尘的环境中飘来阵阵恶臭，同时夹杂着做饭的香味。我徘徊在亮着灯光的窗边，看孩子们做功课，看主妇们在灶台边忙碌。途中我遇到一家又小又脏的餐馆，里面的人围桌而坐，桌上摆着蒸锅和水壶。我很想进去，但是一个空位也找不到。早晨散步时，我给自己买了油条，这是一种经过油炸的面团，有点像长条形的约克郡布丁①，中国的行人常把它作为冬日的早餐。油锅一般都在户外，人们会在去工厂的路上买几根，然后边走边吃。

第二次来西安，我见到的是一个没有游客的繁华都市。它有着自己的生命，发展着同其他内陆省会一样的经济，主要经营工业和农业产品。兵马俑的发现让当地旅游贸易得到了迅速发展，但现有经济却也与旅游经济并行不悖。对待游客，中国奉行的是速战速决的策略——把他们运过来，陪着转一圈，再赶紧把他们运走。至于那种流连徘徊，不但要找便宜房间，而且只愿意四处乱逛、偷窥别人窗户的人，他们是不喜欢的。他们真的一点也不想我待在那里。但他们能做什么呢？再也没有保姆跟着我了。他们可不可一路追踪旅行者。到了中国之后，你或多或少都能在他们眼前消失一阵子。现在我成功做到

---

① 约克郡布丁（Yorkshire pudding），英国的一种食品，以蛋、面粉加牛奶或水调和后经油炸制成，样子很像面包，味道略咸，易于吸收肉汁，常与烤肉一起食用。

了这点,而且一路上都有和我一样的老外,他们总是出现在当地邮局附近。我见到过不少身材高大、鼻梁高挺的老外,个个都是风尘仆仆的。除了交换眼神,我们之间没有更多交流,但我能感觉到他们和我有着同样的灵魂。他们也在写关于中国的书吗?也许吧。似乎每个人都在做这件事,而这么做的唯一理由在于,旅行者在书中自我表达的成分,往往要多过他对于所到国家的介绍。

三月的空气潮湿阴冷,即便是在周四的深夜,火车总站里也是人头攒动——那情形绝不是"拥挤"二字就可以形容的。我几乎无法从车站的一边走到另一边。这里的人已经密集到了我无法理解的程度:有人在长椅上睡觉,有人在角落里泡面,有人在四处乱转,有人坐在自己的行李上,还有人在给孩子喂奶。这是一个巨大的车站,但我仍然无处可坐——一点空间都没有。未来几小时,有八趟列车将要发车,而且都是长途客车,但这也不能解释此地的人潮拥挤。那么多人一起赶车的场面真让人震惊,但这对我也是有好处的,因为这样我便可以跟着大家走,而不用担心迷失方向。

在车上跟谁住一个隔间全凭运气,而我被分配给了三名军人。即便里面穿了厚厚的秋衣秋裤,他们的制服仍然显得很大。这几个人挺年轻,只有二十来岁,而且人人都有一张招人喜欢的脸。他们开始泡茶,同时彬彬有礼地说了些"很幸运和美国朋友同行"之类的话。

我说:"我想知道,你们是管自己叫'兵'还是'战士'?"

过去提到中国人民解放军时,毛泽东主义者们往往要对这两个词加以区分——有人告诉我"战士"是为大家所接受的称呼。他们对此表示同意,告诉我"战士"是经常使用的词,而且如今再也没人关心这两个词的区别了。顺便说一下,"同志"这个词已经不常使用了。

战士们缩进了自己的床铺,掏出爱情小说来读,读着读着就打起了瞌睡。

"这茶很好。"过了一会儿,一位战士边说边拿起了我的龙井茶。

"我喜欢喝绿茶。"我说。

"我们爱喝红茶,"他说道,"我曾经生活在一个种茶的公社。当时我太小,没法采茶,但我的父母亲会采。"

"他们是'文化大革命'时被送去的吗?"

"确实是'文革'期间的事,但他们是自愿过去的。"他说。

就在这节卧铺车厢内,离我们稍远的地方,有一名男子在吸雪茄。那雪茄和丘吉尔的一般大,但吸烟者本人却很矮小,而我把他吸烟的行为视作一种冒犯。整个车厢都弥漫着烟味,虽然吸烟的确有害健康,却没人前去阻止。

"我讨厌这种烟味,"我对这名战士说道,"我想叫那人别吸了。"

听了我的话,战士变得不安起来。

"最好别去。"他说,接着他笑了笑——这是在告诉我:让我们假装吸烟的人不存在吧。

我正在读桑晔和张辛欣[①]合著的访谈集《北京人》。刚来中国时我在北京见过桑晔。这书读起来很愉快,它的内容很简单,却揭示了许多道理。通常大家都以为中国人高深莫测,但我觉得他们有时也很坦诚,对什么都直言不讳,完全不知道拐弯抹角,这本书则证实了我的想法。这就是它如此具有新鲜感的原因。

整夜都有人不停地进进出出,隔间的门也跟着开开关关。有个人连着打了好几小时呼噜,上铺还有个人一直没关灯。房门不时发出砰砰的声响,车厢过道上总有人聊天。站台上的夜灯偶尔将一条条黄色的光斑投进隔间,但不久我们又会重新陷入黑暗之中。早晨起床时,我看到下铺有个男人在小口喝茶。

"你要去哪儿?"他问。

"先到西宁,再去西藏。"

"你在西藏会喘不过气来的,因为那边海拔很高,呼吸非常困难。"

[①] 张辛欣(1953—),女作家、导演,代表作品有小说《在同一地平线上》《我们这个年纪的梦》等。

"我会尽力而为。"

我们进入了甘肃的峡谷区,眼前尽是黄色碎石堆成的土山,这是全中国最粗糙的地貌之一,如今我算是领略到了。这里没有树,除了浑浊的黄河之外,几乎见不到水。在去往兰州的路上,有一段铁路就是沿着黄河修建的。地上的土壤又干又脆,颜色和质地都很像放了很久的车打干酪[①]——就是在捕鼠器上放了整个冬天而且没人碰过的那种。

我饿醒了,于是决定去"登记"吃早餐。我花大概十二便士买了一张早餐券,他们告诉我七点半去报到,我便老老实实地照做了。时间刚到七点半,餐车里就坐满了不耐烦的客人。一个戴着头罩、身系围裙的女孩端着托盘在车厢里来回穿梭,一次又一次重重地把碗搁在桌上。车厢里突然一阵缄默,大家都不出声了,随即又响起一片狼吞虎咽的声音。他们像在织毛衣一样迅速地夹着筷子,过了一分钟左右,大家就起身把座椅推了回去,然后纷纷离开。早餐就这样结束了。

上午十点左右,黄河河道在干酪般的峡谷中变得宽阔起来,列车到达了兰州。由于以前来过这里,我并不想在此停留。趁火车锅炉添水的工夫,我买了一些花生在月台上边走边吃。我注意到大部分人都在兰州下了车,但上车的人极少。兰州刚下过小雨。中国的雨水总会让一座城市看起来比以前更脏,有时甚至会带来许多灰尘。兰州的雨便是如此,细雨过后的城市不但极其阴沉,而且相当干燥。等到蒸汽机重新启动,我们便再次出发了,火车开得很慢,一路上还有许多站要停靠。

大约50英里(80千米)过后,我们进入了青海省。有中国人告诉过我:"青海什么也没有。"这反倒引起了我的兴趣。不久我们的周围就只剩下了又大又滑的泥土堆——放眼望去,哪里都是成堆的硬

[①] 车打干酪(Cheddar cheese)是英美常见的干酪,原产自英国西南部的车打(Cheddar)村。

土。窗外像一座没有边际的垃圾场，这是我在中国见过最贫瘠的地方——比内蒙古还不适合植物生长，甚至比吐鲁番盆地和甘肃的峡谷还要干燥。经过此地的是"湟水"，它几乎与"黄河"同音，但只是后者的一条支流，河水看起来有毒，无法充当生命之源，这也是此地寸草不生的另一个原因。

然而，当地人却找到了生存之道。他们用竹子搭框架，盖上一层塑料膜，做成了简易的温室。他们在温室里种蔬菜，青海仅有的作物都生长在这样的环境中。夜间的温度会达到零度以下，所以要在大棚上加盖草席。白天时，阳光会透过塑料薄膜给它们提供温暖。但即便在正午时分，我也能在壕沟里见到冰。

他们太穷了，穷得连驴子和水牛都养不起。犁地时，通常是一个人在前面拉犁头，两个人在后面推，虽然弄得尘土飞扬，但又不得不继续往前走。这是我生平第一次见到有人亲自拉犁头耕地。青海人还会自己拉推车和货车，完全用人力代替了动物。我感觉他们把地耕完之后，就会在犁沟上立起一片塑料大棚。

随着列车的行进，路边堆积如山的泥土越来越红，先是呈现出棕褐色，然后又变成灰色，直到上面爬满沟壑。再往前走，岩石代替了泥土，石头越来越多。然而，它们贫瘠的程度却丝毫没有减少。因此，无论是见到人们整理土地，还是看到这里有生命存活，都会让人觉得怪怪的：为了种庄稼，人们在田间劳动着——用铲子挖，用犁头拉，用耙子耙；红旗下的操场上，有学生在嬉戏打闹；不上学的孩子则用桶挑着水，或是在碎石间捡着煤渣。我还看见有个男人信步走在茫茫荒野之中，不但满脸笑容，手里还用皮带牵着一只蹦蹦跳跳的猴子。

住宅区由一片片低矮的平房构成，每栋房子都带有土墙围起的院落。建围墙似乎是这一带约定俗成的规矩。除了房屋，还能看到一些灌溉设施以及暴露在外任凭风吹雨打的菜园。然而刚到青海的这段时间，我最深刻的印象却是这里每一座村庄看起来都像一个劳改场。实际上，很多人正是通过劳改的方式开始了在当地的生活——他们最初是被送来青海受罚的。用当时的话说，他们要在这里接受劳动改造。然而，最后犯人却变成了开拓者。

车站标牌上有三种文字：中文、蒙文和藏文。我看不懂，所以全然不知列车已经走了多远，但它依旧在慢慢地开着。青海的面积比整个欧洲都大，但却空旷得很。树上的叶子落光了，没有一丝生气，一棵棵跟简笔符号似的，仿佛出自哪个小孩的画笔。地面上寸草不生，房屋和山峦是褐色的，河水是灰色的，岸边结的冰也是脏脏的。我们经过的这个峡谷有 20 英里（32 千米）宽。由于见识过新疆的状况，如今我也有理由猜想：眼前的这些田地或许并不像看起来这般干燥，到夏季时它们可能也会变得绿意盎然。然而，身处这样一个棕褐色的、死气沉沉的世界总觉得怪怪的，目之所及竟然没有一样能吃的东西。它就像一颗死亡星球。眼前的风景可以吓坏来中国的游客，而中国人自己也会心生恐惧。在中国人眼中，它并不属于这个世界：它处于世界的边缘，什么也算不上。

同其他旅客交谈后，我确定北边的山脉就是达坂山，山的那边就是甘肃。有的山坡上凿有住人的窑洞，其中一些还修得挺精致，有门窗和简单的排水管道。我见到有人在窑洞的上层搭了阳台，阳台向外突出，代表着建筑的正面。

列车嘎吱嘎吱地行驶着，越往前走地势越高。我们现在爬到了海拔 7000 英尺（2 千米）的地方，窗外严寒刺骨、空气稀薄，风力非常强劲。铁轨上方的悬崖间有许多窑洞，人们在窑洞的每一面墙上都凿了开口，将搁板和摇摇晃晃的梯子嵌入岩石之中。窑洞的居民中有的在坐着晒太阳，有的在晾衣服，有的在犁地——那些槽形的菜地，看起来就像是因为磁性而被吸附在山坡上的。除此之外，他们也做饭。与其说这是一座山，倒不如把它当作住宅楼来的容易些，不是吗？这根本不是悬崖峭壁，而是一栋大楼的西侧，最高的地方则是阁楼。青海就是穴居人的世界。

* * *

　　西宁令人窒息的唯有海拔。从其他方面看，它就是一座普普通通的边陲小城：笔直的街道两侧排列着方正的棕色房屋，城市四周环绕着棕色的大山。溪流里的水都已结冰。这是一个难看但友好的地方，当地人喜欢说笑，他们的双颊大都冻得又干又红，像是擦伤的桃子。恶劣的天气为这个地方增添了一丝戏剧色彩。这里的雨水又脏又凉。但一般不会有长时间的降雨，多数时候此地仍是以干旱著称——由于土壤太干燥，作物根本无法在塑料大棚外生长。这里也下雪，会有又大又湿的雪花啪嗒啪嗒地从空中落下。平日的风已将地表的土壤撕扯得支离破碎。我在西宁待了一周时间，把种种天气状况都经历了一通——雨水、沙尘暴、刺眼的阳光以及降雪。我要是楼梯爬得太快，就不得不停下来喘口气。于是我发明了一种缓慢而沉重的步伐，好让自己不间断地前行。城里随处可见穆斯林，他们脸上留着连鬓胡须，头上顶着类似于厨师的帽子；此外还能见到一些随地吐痰的汉族人，以及爱戴牛仔帽和穿长袍的藏民。

　　"这是什么音乐？"我问司机。我们正行驶在从车站去宾馆的路上。

　　司机一言不发，但他的同伴告诉我："贝多芬。"

　　"贝多芬，"司机紧接着说道，"我喜欢贝多芬。"

　　司机先生姓付，他说可以开车送我去西藏。到拉萨大概要五天时间，先穿过青海的沙漠，再进入大山，路上可以借宿在军营。这安排如何？

　　我表示非常感兴趣。

　　此时，他的同伴李先生说道："我觉得这是第二号交响曲。"

　　"不是第六号交响曲'田园'吗？"

　　李先生笑了，露出满嘴黄牙。他的笑声如犬吠一般，像是在告诉我：你错了！他对我说道："'田园'是'嘟—嘟—滴—滴—嘟'这样的调子。不，这不是第二号。第二、第五、第六、第七和第九我都很熟。这不是交响曲，是序曲。"

付先生在仪表储物箱里搜寻了一番,把卡带盒拿给我们看,上面写着"科里奥兰序曲"。他说这是自己特别喜欢的一首贝多芬作品。

"这是西宁最好的宾馆。"付先生向我介绍。

李先生笑了,他一本正经地纠正道:"这是西宁唯一的宾馆。"

这家宾馆让我想起了很久以前见过的一栋建筑,但我已记不清它具体位于何处。宾馆是苏联人修建的,仍保留着五十年代的风貌。它充满了腐臭的气息,到处都霉迹斑斑。为什么中国的地毯都是又烂又臭的?我讨厌宾馆的时间安排,六点钟要准时吃晚饭,晚上八点才开始供应热水。女服务员有每个房间的钥匙。至于厕所,不倒光两桶水根本冲不干净——而且用来装水的是垃圾桶。

后来我记起了老旧的北安普顿医院,学生时代我曾在那里工作过,于是我心想:就是它!西宁宾馆整个就像一所疯人院。宾馆的房间逼仄狭小,食物、消毒剂和污水的气味混在一起,紧闭的房间会突然传出粗厉的抱怨声,电视根本没人看,伤痕累累的墙壁显然受到过暴力袭击,窗户上钉着木条,阴暗的走廊上总有人拖地,有客人蹲在座位上一言不发,安静得如同一只鸡在栖息。所有这些场景,都仿佛是我所熟知的那家老式医院生活的重现。即便是那些女孩子也不像平常有求必应的中国服务员,而更像是沉默寡言又无所畏惧的疯人院看护人。在这家精神病院般的宾馆里,我分不清自己到底是病人还是客人,但有时我会把自己想象成那种被抓来供人观察的可怜生物,后来不知怎么就被人遗忘了,二十年后有人在上了螺栓的门后找到我,而那时我已被这个地方逼疯。

这些焦虑让我不得不开始准备西藏之行。我告诉付先生,我想跟他讨论这件事。

"我父亲去过西藏。"李先生说道。

我又问了他几个问题,这才发现他父亲是二十年前骑马去的,为的是支教。

"那时候没有公路。"李先生说。"现在的公路修得很好了,"付先生说道,"我开车去过拉萨好几次。"

我问了付先生一些问题,但他只作了些模棱两可的回答,因此我无法判断他是否真的开车去过。

"从这里开车去格尔木的话,沿途的风景也很美。"付先生说。

"我可以坐火车去格尔木。"

我原本就想坐火车去。那是中国境内开得最远的一趟列车,当年人们从西宁把铁路修到小城格尔木后,发现根本无法深入青藏高原,于是他们便停了下来,让铁路终结在一片茫茫荒野之中。无论如何,我都不愿错过这条路线。

"那趟车太糟糕了,"付先生说道,"它用的还是蒸汽机车,途中要穿越沙漠。开得非常慢。"

于我而言,他这番话简直如音符般美妙。

"那么你开车去格尔木吧,"我说,"我们在那里会合,然后一起去西藏。路上我们可以走走停停,我带些吃的去,还可以一起听贝多芬。"

付先生算了一下,随后给我列了一张单子,上面的人民币换算下来大概是 375 英镑,包括他那辆日本小轿车的租金、他作为司机的酬劳以及全部的油费。一路上的饭钱都归我付。

"成交。"我说,然后我们握了握手。

这将是一趟艰难的旅程,我们要在西藏最荒芜的地带穿越 1200 英里(1900 千米),但他的座驾看上去却相当不堪一击。那车叫"戈蓝",我讨厌这个名字。它破得就像从垃圾堆里捡来的一样。只要有风穿过西宁,付先生的"戈蓝"就会随风摇摆。这辆车并不适合开去西藏。车身的另一块金属牌上印着"三菱"字样,它真的很像一台"碰碰车"。

"你觉得这辆车能行吗?"

"这是辆好车。"付先生说。

"那么记得带两个备用轮胎。"我叮嘱道。

他信誓旦旦地表示自己一定不会忘记,但他越是热情地保证,我越是觉得他在撒谎。

之后,我决定在西宁为接下来的旅程做准备。我买了一些挂面和罐装食品、水果和汤羹,还买了几个存储容器、水壶和热水瓶。此外,我又给自己买了顶帽子。我找到了一个卖鹌鹑蛋罐头的地方,于是便买了一箱。这里的食物真便宜,我根本懒得记账——总共也就花了几美元而已。在城里闲逛时,我发现西宁有一种特别的馅饼,是用塞满了大葱的面团在油锅中炸制而成的,人们一般会趁刚出锅的时候吃,热乎乎、油滋滋的,正适合青海的雪天。

西宁是那种既质朴又破落的中国城市,但我已开始喜欢上这里。它没有美丽的外表,但这没有关系。这里的食物虽然其貌不扬,但味道却很好。这里的天气变幻莫测,总能让你大吃一惊。当地人会主动向我问好,他们彼此间也相处得很融洽。我喜欢西宁,就像喜欢黑龙江的朗乡一样:因为它们都位于真正的乡野之间。渐渐地,我意识到自己是这个地方唯一的"夷人"。三月中旬是旅游淡季,一般没什么人来,这也是他们愿意搭理我的另一个原因。此时此地,能在家乡看见一个远道而来的"夷人"也不失为一件新鲜事。

西宁有几家百货公司——勉强算是吧,至少有两个电影院,还有一座巨大的清真寺。全城大概只有二十辆汽车,而付先生的就是其中之一;此外,这里的主要街道都有四条车道那么宽,让你几乎体会不到人流车流的存在。破烂的公交车上锈迹斑斑,就是在中国农村地区随处可见的那种车。

西宁有人跟我说格尔木那个地方既原始又恐怖,我不禁为此担忧起来。他们让我准备好保暖的衣服、食物、水和茶叶,叮嘱我把一切需要的东西都带上。我所在的这个地方已经够糟糕了,却被告知将要去的另一个地方还要糟糕得多,没什么比这更奇葩的事了。然而,他们的提醒又让我深感好奇。

当地人在这里种植土豆,他们经常吃炸土豆条——那东西又细又脆,油乎乎的,看起来一点也不好吃,跟麦当劳里面卖的差不多:简直一模一样。

我遇上了一位姓荀的年轻小伙子,他刚刚皈依佛教,而且正在学习英语。我跟他说,我实在太喜欢这里的馅饼了,但他一副不以为然的样子。每当你跟中国人说起饺子、莲藕、炒面或馒头这样的农家食品时,他们总会有这样的反应。他们喜欢的是肉。

荀先生说:"羊筋、牦牛筋、蒙古火锅、冬虫夏草、炒骆驼蹄,这些才是我爱吃的。"

西宁的山里长着各种美味的黑苔,他们管那叫"发菜"。"发菜"经常被用来做汤,样子跟海带差不多。但事实上,在西宁西部乃至整个青海和西藏,只生长着大麦一种作物,而牦牛肉则是唯一的肉类。也许正是因为只有两种食材,这些地区的人们才学会了许多不同的烹饪方法。但这也只是做做样子而已,因为无论怎么做,最后的味道都没什么差别——吃来吃去都是牦牛的味道。

* * *

皈依佛教的荀先生和我一同去了位于西宁西南约 15 英里(24 千米)的塔尔寺。格鲁派是藏传佛教中一支,它的创立者宗喀巴约 500 年前就出生在这个地方。宗喀巴曾经去过拉萨,并在甘丹寺讲经布道,黄教正是由他所创。他离开几年之后,他的母亲写信叫他回家。但他拒绝了,他对母亲说:"如果您想做些有用的事,就为我修一座寺庙吧。"老太太还没来得及行动,宗喀巴当年出生的地点就长出来一棵菩提树——和当年佛祖得道之处的菩提树一样。于是,宗喀巴的母亲在树旁修了一座佛塔,还建了一座庙。再后来到 1588 年,整座寺院全部修建完成。1903 年,九世班禅额尔德尼的白马将主人背到这里之后,不久便倒地而亡。这匹马后来被做成了标本,放在某座寺庙供人朝拜。荀先生是这样告诉我的。

但荀先生没有说的是,那座中国人最近才重新开放的寺庙,早就把标本扔了出去。早在1958年，毛泽东就颁布了宗教改革的法令。不过时至今日，30年过去了，"贡本噶丹贤巴林"（塔尔寺的藏语名称）又重新兴盛起来。过去几年时间，有500名僧侣来这里安顿，此外还来了一些小沙弥，都是些爱笑的男孩子，脸颊红彤彤的，他们四处奔忙，兴高采烈地干着勤杂活。

如今寺庙虽然经历了改革，却依然有着浓厚的佛教氛围。寺院的建筑包括大大小小的神殿、佛塔、院落、印经院、医务处、医学院（用于教授中草药疗法）和起居处（里面住着十三位活佛和他们的母亲），这些建筑散布在山谷中一片低矮的褐色山坡上。寺庙的另一端已经发展成了一座小镇，沿路便可以走到。

因为有荀先生相助，加上时值一个寒冷的冬日，所以我有幸在这里见到转经筒转动。于是，我们跟在了一队戴着翻沿黑帽、穿着棉袄和长靴的当地人身后。

朝圣者们将身子伏在地上，一路跪拜着进入了小金瓦寺。小金瓦寺的庭院中挂着一些以羊毛填充的"堆绣"。荀先生告诉我这样做是为了祈祷丰收，但我的导游书上却不是这样写的。书上说这是一种向待宰的动物赐福的方式（"类似地，牛羊可能会被领着按顺时针方向绕寺庙行走，以此作为它们在这世上最后的活动"）。大殿里，孩子们正伸手去抓木桶一样的转经筒。一间上了锁的屋子内，有一名嗓音尖厉的男人正一边诵经一边敲鼓；香炉里塞满了柏木叶，正散发出缕缕浓烟，炉子的外壁已被朝圣者们贴满了中国硬币（旁边就摆了一罐鱼胶）。二楼左右两侧的露台上陈列着一些动物标本，包括两只蒙着纱布的大牦牛、两头山羊和一只棕熊，它们将头伸出栏杆，像审判者一样俯视着下方的朝圣者。这些标本的皮囊被填充物塞得鼓鼓的，眼珠子换成了玻璃的，每一只都仿佛在咧嘴而笑，看起来野性十足。对不信佛的人来说，这种圣地只会让人感到匪夷所思；不仅如此，这里不时还会飘来阵阵酥油的味道。

从内蒙古到西藏，所有的寺院都散发着这样的气味。酥油味道很像仲夏时节美国人家的冰箱断电很久后闷出的气味。牛奶一旦存放时间过长,就会有这种臭味。然而,酥油并非只能用作宗教仪式上的燃料。它不仅可以用来烧饭、点灯和雕刻,还能对车轴起到很好的润滑作用。不论是在精神还是工业层面,酥油都可以充当西藏人的润滑剂。朝圣者用酥油润滑完车轮后,还会带一罐去庙里祭拜,将一块块黄色油脂放入祭坛附近的大缸。

荀先生说这里出现过许多神迹——不仅有在宗喀巴降生处长出的菩提树,还有花寺里的大片树木。荀先生一口咬定它们都是神迹,带来过神的启示。

"那我必须去看看。"我表示。

看到我如此兴致勃勃,荀先生也很高兴。他将我介绍给了花寺里的僧人。

僧人说道:"去看看这些树的树干吧,仔细看看。"我仔细瞧了瞧,发现片状的树皮上有许多小抓痕,像是蠕虫爬过后留下的。

"那些是藏文。"僧人说。

"请念给我听听吧。"我说。

"我不会念。"

"上面说了什么?"

"我们不知道,但我可以告诉你,这些文字不是人工刻上去的。"他并不是说那些字是蠕虫爬出来的,而是源自某种超自然的力量。

此时,他见到一些内地游客在抽烟。

"不要抽烟!"他用西藏口音的普通话说道,"这里都是树,要是着火了谁负责?这座大殿已经七百年了,"——实际上根本没有七百年,我觉得他就是不想让那些人好过——"但你们也注意一点!这些酥油很容易起火的!"

内地游客走了以后,僧人对我说道:"他们根本不在乎,总是吸烟,烟头扔得到处都是,连圣树下面也敢扔。"

很明显,西藏的僧人并不喜欢内地游客,但他们只能耸耸肩抱怨几句。印经院仍保留着中世纪的印刷方式：僧人先将油墨涂在印经板上，然后压上一层长条状糙面纸，再把纸张揭开晾干，一页经文就印好了。我看到有张纸上的文字形状很像一条丝带。

"把这个贴在门上，可以防小偷。"

"上面写的是什么？"

"这是印度的文字，是梵文，我们不懂。"

他又在一块印经板上涂了油墨，印出了一张新的经文。

"如果在门上贴这个，你的客人会永远幸福快乐。"

但和上一张一样，他并不懂上面写了什么。

我去了大经堂，而且几乎克服了酥油的味道。后来我还进了厨房，那地方看起来跟皮革厂一样，到处都是直径7英尺（2米）左右的大缸。

"这厨房上次使用还是在1958年，"荀先生说道，"那些大锅一次性可以煮十三头牦牛。这里煮出的食物可以喂饱全寺的人。"

寺院里的建筑一点也不美，甚至都算不上顺眼，但它们却带有一种质朴的大山的魅力，有些雕花柱子看起来既神圣又诡异。这个地方的魅力完全源自它的生活气息：朝圣者和僧侣们往来不绝；小沙弥们要么在打水，要么在吃冰棍；忏悔者们有的正给雕像献上白色和黄色的哈达，有的在烧酥油，有的在转动经筒，还有的正怀着对宗教的满腔热情俯身跪拜，令人印象非常深刻——他们一年要磕十万个长头才算虔诚。他们做的并不算是严格的叩头动作，倒像是充满力量的体操训练，为了防止受伤，他们还戴着手套和护膝。

荀先生和我一起在路边走着，沿途经过了一些卖纪念品的货摊和小商店。我们走进一家餐馆吃午饭，店里除了我们，没有别的客人。我们点了烤牦牛肉、甜瓜、南瓜、肥猪肉、包子、海带汤和炸薯条。牦牛肉包子是我选出的当日最佳，我把它记在了本子上，在它的前面还写着饺子、樟茶鸭和其他所有我爱吃的菜。

我们坐在了一个富兰克林炉旁边，炉子自带一根十英尺高的锡制烟囱。荀先生说自己前一年刚到过美国，为的是给一个贸易代表团当翻译。要获得那份工作，他必须通过一个竞争激烈的英文考试。他表示已经把美国走遍了。

"我去了旧金山。"他笑着说，还告诉我他有多讨厌唐人街。他不但认为"唐人街"这个词本身就很侮辱人，而且觉得那地方陈旧、荒唐且令人尴尬。"那里的饭菜太难吃了。"他这样说道。

"你对纽约的第一印象怎样？"

"没有温哥华漂亮。"

接着，我问他在美国都买了些什么带回来。

"一支钢笔、一本故事书，还有一本相册。"

他那时没有钱。但如果有钱的话，他会买些什么呢？冰箱、摩托车、电视和电动面条机！

毫无征兆地，荀先生突然说道："'有钱的单身汉总要娶位太太，这是一条举世公认的真理……'①"

"荀先生，你读简·奥斯汀？"

"我最喜欢的书就是《傲慢与偏见》。"

当你想起这本书的时候，会觉得它的名字非常有中国特色。荀先生说自己还喜欢狄更斯和萨克雷。在这样一个中亚地区的高原上，显然有许多时间来读这样一本人物众多、情节复杂的英国小说。他说自己也读一些宗教典籍。中学毕业后，他决定皈依佛教。"我希望自己一生好运。"他说。现在他已经是一名虔诚的佛教徒了。

在回寺院的路上，我们遇到一名朝圣者，他说自己靠养牦牛为生。他大概养了30头牦牛，一头可以卖60英镑左右（但克里斯·波宁顿租一头牦牛都要5英镑每天），为了带妻子和两个孩子来塔尔寺朝圣，他不得不卖掉了其中两头。汉语中"牦牛"的发音和"毛牛"相同，这是一种可爱的动物，浑身长着长毛，仿佛母牛经过了盛装打扮，

---

① 孙致礼译：《傲慢与偏见》，南京：译林出版社，2000，第3页。

要去歌剧院参加表演。

塔尔寺的"酥油花"很有名，由于使用酥油作为雕刻材料，所以这些艺术品都带有刺鼻的气味。在一间长 40 码的大殿内，陈列着五彩缤纷的雕像和饰带，它们的造型多种多样，花朵、天使、树木、庙宇、小动物和各路仙人应有尽有。观音像是其中最大的雕像之一，她是慈悲之神。但黄教认为，这位神仙有三十六种化身，而这尊雕像展现的是一个小胡子男人的形象。

塔尔寺外的市场生意有些惨淡。因为是冬天，这里一个外国游客也没有，连内地游客都很少。商店里卖的东西有佛珠、铜器、狼皮、拐杖、佛像、饰品，以及藏族的披肩、帽子和角制品。此外，还有一家店在卖桶装食用油。罐子的标签上写着：

> 挪威 Sandarit 牌食用油 5 磅装
> 世界粮食计划署供应
> 挪威赠送
> 挪威桑讷菲尤尔 Jahres Fabrikker A/S 公司制造

"这个怎么卖？"我问。
"十五元一桶。"
"你有多少桶？"
"有很多。"

店里堆了许多箱子。它们是怎么到这里来的？也许是从印度或阿富汗过来的吧。不管怎样，这些承载着挪威人民善意的赠品，如今正在遥远的青海为一家生意兴隆的小店创造收入。

同一市场内，有的藏族人在为灰色水獭皮讨价还价，有的在买佛珠，有的则在用银子交换大块的琥珀。漂亮的饰品特别受欢迎，有人在试戴内地制造的牛仔帽，这些在藏族人当中很流行。

此时我想起了付先生那台小车里的录音机，加之我们即将开车前往拉萨,于是去一家音乐商店买了几盒卡带。回到西宁市区以后,我继续采购录音带,但音乐商店和百货公司的商品琳琅满目,我只好鼓起勇气请店员帮我找找其中哪些收录了红歌。

"哪种歌曲?"售货员小姐问,"您知道歌名吗?"

"《东方红》,"我回答,"还有一首的开头是'我爱北京天安门',另外还有《浏阳河》和《白毛女》。"

这些都是毛泽东时代的革命歌曲,在过去二三十年间曾被广为传唱。

"我们不卖那些。"荀先生说,"我们已经听腻了那些歌。"

不过,店里倒是有许多别的音乐,不仅有流行歌曲和香港摇滚乐,还有音乐剧《俄克拉荷马》的录音带。此外,还可以找到施特劳斯、门德尔松、巴赫以及全套的贝多芬交响乐,于是我买了一套贝多芬,准备在去西藏的路上听。

几天后的一个中午,我正在西宁的大街上瞎转,天突然就阴了下来。然后雪花开始飘落,先是轻轻地、柔柔地,后来变得狂暴而激烈,但大家似乎都毫不在意。当然,路上也没什么行人和车辆。覆盖了几英寸的积雪之后,这个地方倒是好看了些。一位盲人男孩被困在风雪中,他不停地用拐杖敲着地面,如果没有听到任何声响或回音,他就会大声叫唤——但没过几分钟他便迷了路,因为风雪已经湮没了他的拐杖声。他扬起头,让雪花打在脸上,伸出舌头舔了舔。此时一队身穿黑袍的穆斯林从旁经过,将他救了出来。那些人中有满脸胡须、目光严肃的长者,也有相互嬉闹的淘气的小男孩。我跟随他们去了清真寺,那是我在中国见过最大的一座,但它也同我见过的其他所有宗教建筑一样,一看就是重新修葺的。

我在西宁待的时间比原计划要久,因为我不但喜欢上了这里的馅饼和漫天飞雪,也喜欢上了那些双颊通红的汉族人,还有那些在街上边走边笑的藏族人。我把附近的山都爬了个遍——我还去了北山的土楼观,那里的僧侣都住窑洞,大小殿堂也都建在悬崖之上,整个道观看来就像一架大型木制消防梯。在不同的山顶都可以俯瞰西宁全貌,我发现这座城市比我想象中要大——但除了这些山头,西宁就只剩下一堆鞋盒般的棕色建筑,就算爬上去也没有任何风景可看。积雪融化后,凛冽的风从山间吹来,卷起阵阵沙尘。这城市真的不大好看,但当地人却很友好。我喜欢在这里做一个绝无仅有的野蛮"洋鬼子"。

第二十二章　开往西藏的列车

在中国较偏远的地区，人们一般都不大遵守秩序，因此有关部门特地针对上火车制定了具体的做法。西宁的做法则是我见过最严苛的之一。硬座车厢的乘客必须排队进站——大概有一千人在站外排成一列，冒着严寒焦躁地缓缓向前挪动。然而这列队伍却没有方向，不知会将大家带向何处。队伍最先形成于火车站前一片大风呼啸的广场，前方有一尊难看的雕塑，展示的是各少数民族你追我赶的画面。这相当应景，因为排队坐车的人也都来自这些少数民族，他们即将为了车上的座位而展开争夺。

发车前十分钟，随着铁路警卫的一声哨响，这些人便抓起大包小包的行李开始奔跑。他们先跟跟跄跄地狂奔200码（180米）穿过广场，又气喘吁吁地绕着车站走了100码（90米），最后呼哧呼哧地上了月台，冲向那冒着蒸汽的列车。虽然已经通过赛跑分出先后，但为了抢到座位，他们仍是毫不懈怠，妇女和儿童被甩在了最后。

车上的条件非常恶劣，但这并不是坏事。最差的火车往往会带你穿越最神奇的地方，这几乎是一条不言自明的真理。我有种强烈的感觉——途中我将穿越一片中国最美丽的风景，而后来的事实证明我的感觉没错。这趟车不但又脏又破，而且特别拥挤。开车前有乘客起了冲突，因为五名身负重物的藏民进错了车厢。他们并没有拳脚相向，只是相互推搡，不时咆哮几句。那几个藏民还手时脸上还带着微笑。说车上条件差，最直接的证据就是我们才出发一小时就断水了。在中国，断水的情况要比一般的困难严重得多，那简直是一场灾难——别说洗漱，连泡茶的水都没有。但并没有人生气，甚至都没人抱怨。他们只是咕咕哝哝地打听了一番便接受了事实，再也没有继续叨叨。这给我留下了深刻印象，但同时我也很恼火。漫长的旅途没有热水供应——我们大概要走30个小时——实在叫人难以忍受。我们正驶向青海沙漠深处的格尔木，列车到站后，我将和付先生自行驾车前往拉萨。

除了没水，车上也没有食物。我用最后几口热水在杯子里泡了面。餐车里聚了很多人，但没有任何食物供应。有人在大喊大叫，甚至有许多人都已破口大骂，但蒸汽机不停地发出咔哒咔哒和叮叮当当的响声，湮没了他们的声音。此外，车里也没有灯。我起先觉得很愤怒，后来感到浑身不自在，最后简直百无聊赖。我不能吃东西，也不能看书。车上的乘客虽然友好，但他们说起话来像鹅叫一样，加上不时传出的叫喊声，还有吵吵嚷嚷个不停的小孩子，都让我觉得讨厌。我掏出了一些食物来吃，心想应该多带点来的。地板上全是大家吐的葵花籽壳。

我的隔间住了一名年轻小伙和一个老头子，小伙爱抽烟，老头爱吐痰。但除此之外，他们还是很有礼貌的。这两个人也要去格尔木。我们一起随着列车摇摇晃晃地前行，途中我突然想到，我们与多数人眼中那个丰饶多产的中国已经相距甚远。我们来到了这个国家的边缘地带，要从这里去文明世界以及那些讨厌的大城市，至少需要四天的车程。

沿途的风景很美。火车已经爬上山坡，曲曲折折地穿行在西宁西部的大小山口间，但随后又往下进入了寒冷的山谷。河水已经结冰，呈现出令人惊叹的白垩色，即便在暮光之中也能看得清清楚楚，像一条覆盖着积雪的路蜿蜒在棕色的山谷间。

"要去西藏吗?"老头儿问我。

他觉得没人会在格尔木停留,当然他的判断没有错。这就是为什么这章的标题要叫作"开往西藏的列车"。

车上的乘客还包括身穿绣花外套、头顶小碗状硬毡帽、棕色皮肤的小个子撒拉族人,脚蹬长靴、身披山羊皮外衣的哈萨克人,戴着无边便帽的回族人,以及背着破旧布包、胡须刮得干干净净、身穿长袍的大个子藏族人。这些人大部分都来自乡下——他们以牧羊和养牦牛为生,以帐篷为家——要么刚刚结束在塔尔寺的朝拜,要么刚在西宁的市场上"扫荡"一番,正打算回家。此外,车上还有很多军人。乘客中有人吵闹,有人吐痰,有人上厕所,还有穿着秋衣秋裤的怪人在车厢过道扬起头,把鼻涕擤在窗帘上。

附近的山峰明亮而锐利,山坡给人感觉暖洋洋的,但在山峦之下,阴影覆盖的山谷都已结冰,布满方方正正泥墙小屋的村庄看起来就像新石器时代遗留下来的居所。这些房子都是拓荒者在1950年代修建的,那些汉族人离开了自己世代而居的故乡来到西部,为的是建设西藏。夜幕很快降临,天空中布满了黑色和蓝色的云,天空之下,结了冰的河面在闪闪发光。

我躺在床上,一面因为在如此寒冷的列车上喝不到热茶而忿忿不平,一面读着阿瑟·莫里森[①]的《墙上的洞》。这是一本年代久远的小说,写的是曾经盗贼猖獗的伦敦东区的事。火车离开西宁时,我问隔间里那个小伙子路边的采石场里都有什么。他回答说:"石灰。"而在这本小说里,石灰则扮演了可怕的角色。瞎眼乔治在受到媚眼丹攻击后,偷偷溜到丹的房间进行报复,他用石灰塞进丹的眼睛,把他给弄瞎了("他的拇指还在丹的眼睛上乱揉,乱糟糟的石灰冒起了烟,顺着丹的脸一滴滴地往下流……瞎眼乔治气喘吁吁地说道:'现在你跟我一样瞎了,来打我啊!'")。

---

① 阿瑟·莫里森(Arthur Morrison,1863—1945),英国作家、记者。

这害我做起了噩梦，而梦中的我之所以感到恐怖，就是因为分不清积雪和石灰——它们看上去的确没什么差别——我滑倒在一片白色之中，变得面目全非。然而，我睡得并不安稳。车里越来越冷，我被冻醒了好几次。早晨的时候，山脉出现在了北方，我们进入了一片荒漠。这是我在中国见过最粗砺的土地，不仅荒凉而且多石，今日的天空阴云密布，临近中午时，沙漠覆上了一层薄雪——那雪看起来凹凸不平，像是被倒上去的一样——而远方的山脊中，也同样覆盖着片片白雪。狂风猛烈地吹向大地，尽管此处地势平坦，但黄沙之下的岩石却仍然全都露了出来。这里没有植被，也没人生活，就连火车站的存在也显得毫无意义，因为没有人会在这里上车下车。只有站长一人拿着他的绿旗子专心致志地站着——除他之外，没有一个旁人。

车上还是没有来水。让我惊讶的是，竟然没有一个人抱怨。我明明看见厨房有个男人在往茶壶里倒水。他一声不吭地走来对我笑了笑，然后在我面前砰地关上了门。

一名穿工作服的小伙正在餐车里出售票券。我问他那是用来做什么的，他说是面条券。于是我买了几张，在一个通向厨房的窗口前排起了队。我等了十分钟，但是身边毫无动静，于是我问他们："面条呢？"

"没有了！"售票小伙说。他正冲着我笑，但那笑容叫人捉摸不透。

我抱怨道："我付了钱的……"

"过一小时再来。"

"我要吃面，不然就退钱。"

"晚点再来。"

这个地方简直跟监狱、军营或者旧时的疯人院没什么两样。

我没好气地说道："你们很不友好。这趟车上没有吃的，没有暖气，连水都没有。条件太差了。"

售票小伙仍然满脸堆笑。我很好奇，如果我打他一顿的话会怎样。他们也许把这当作非常严重的违法乱纪行为，然后把我送到一个偏远的地方去接受再教育吧。事实上，他们可能就会把我留在青海。

所以我没什么好怕的，因为我已经身处放逐区了。

"对啊，条件很差。"那小伙说道，此时他已经发现我生气了。

"起码给我点水泡茶吧。"

"没有水。"

"厨房里明明有水，我都看到了。"

他的表情似乎在告诉我：算你赢。随后他取来一瓶热水，我拿回去同隔间里的人分享了，大家都很高兴。

窗外的风景变得更加原始了，这完全出乎我的意料。天气越来越冷，风越来越大，地上的碎石越来越多，山也越来越黑。相比之下，连荒凉惨淡的新疆都可以称得上葱郁繁茂了。一阵冷风咆哮着穿过岩石遍布的大地，让人既惊悚又难忘。我心想，中国的这些角角落落是如此奇怪、荒凉和神秘，难怪中国人自己都相信它们就是所谓一马平川的"中央王国"的尽头。

睡在我上铺的年轻人姓赵。他说自己来自辽宁，并表示从来没见过环境这么恶劣的地方。他在一家工厂当监督员，从事的是与镁有关的行业，要去格尔木出差几周。

"我宁愿到别的地方去。"他说。

然而，我却很高兴能置身于这样一片原野之中。我坐在安全的列车里，望着窗外荒芜的大地，感到越来越兴奋。在新疆的罗布泊沙漠、哈密和吐鲁番，人们都会告诉我"马可·波罗来过此地"或者"丝绸之路经过这里"，但青海根本没有值得一提的地方。谁也不曾到过这里。要试图穿越这里，只有死路一条，从来没有人成功过。它永远是一副空空如也的模样。

小赵是和父亲一起来的，他父亲住别的车厢，这会儿看他来了。老人家坐在那里，直勾勾地盯着我。我试图跟他说话，但他耳朵听不见。他有着失聪者特有的灿烂微笑。每次只要我写点什么，他就会放下茶杯，把鼻子凑到我的本子上来，好奇地盯着我写的字看。

火车开到最后，大大小小的山都不见了，取而代之的是一片浅褐色沙漠。我凑近车窗一看，发现地上全是覆盖着细沙的低矮雪堆。当天再晚些时候，雪堆换成了砾石。又过了一阵子，地上的颜色变深了，眼前碎石遍布——但那仍然是沙漠。

沿途每隔二十英里就有一座车站，但是它们都小到只有三栋方方正正的小房子，房子的外观也是褐色的，就跟沙漠一个颜色。它们就那样矗立在风中，周围空荡荡的，云朵像疯了似的在它们上方飘过。

"这不是个好地方。"小赵说道。显然，他很想念充满现代气息的辽宁，想念那里的车水马龙和绵绵细雨。

"我喜欢这里。"我说。

他突然爆发出了一阵短促的笑声，唾沫星子溅得到处都是。在中国，这就仿佛是在对你说：你一定是发疯了。

"我就是希望能有口水喝。"我说。

我问列车长——他看起来很年轻——为什么没有水供应。

"Because this is the desert.（因为这里是沙漠。）"

他的英文稍稍带点美音。

"可是你们有锅炉。"我说。

"锅炉里的水是给发动机用的。"

"有人抱怨没水吗？"

"您就在抱怨啊，"他好声好气地说道，"别人也抱怨。但我向大家承认这的确是个问题，他们也都理解了。"

"我不理解。"

"因为您是外国朋友。"他说。

"外国朋友"是中国人对于我这种"火星人"的礼貌称呼。

他说自己 22 岁，我问他叫什么名字。

"我的名字叫 Gold Country。"他说的是英文。

"金国？"我问。

"是的，我父亲给我取这个名字，是因为他希望中国富裕繁荣。"

他要负责全车的大小事务，但他似乎不大能胜任这样一份重要工作。不过，他挺讨人喜欢。他说自己没有接受过多少正规教育，实际上，他的英语是通过 VOA（"美国之音"电台）自学的。

下午快结束时，更加多岩的地貌代替了满地碎石的沙漠，有山峦出现在了西南方向。那两座山的轮廓清晰而美丽，山上的积雪呈现出明亮的蓝色。由于山坡面朝北方，没有阳光照射，所以完全被积雪覆盖了。从地图上看，这两座山分别是雅拉达泽山和喀拉沙音山，二者的海拔都接近两万英尺（6 千米）。它们在一片平坦而广阔的雪域中拔地而起，前景则是粗糙的沙漠和咔嚓咔嚓行驶着的火车。

"最近才下过雪，"金国说，"这倒不是新鲜事。三月份时这里常下大雪，山口一年到头都有雪。外国朋友喜欢雪！"

仿佛是为了欢迎我们，列车前方出现了八只灰色的鹤，这些鹤先是聚在一起，然后又倏地散开了，它们越冲越高，但翅膀始终没有张开，就像被狂风吹得展不开的大型自动伞。

格尔木几乎算不上一座城镇。这里只是零星地分布着十来栋低矮的楼房，还有一些无线电天线和一座水塔。付先生的"戈蓝"是城中为数不多的汽车之一。街上有几辆公交车，但它们是我在中国见过最遭罪的车辆——这也不足为奇，毕竟它们常年颠簸在青藏高原上。

"雪。"付先生张口便说道。

我没想到会下雪，而从他沮丧的语气来看，显然他也没有料到。城里的积雪很薄，但它后面的山脉附近却积得很深，洁白的雪在大山的阴影中熠熠生辉，仿佛戏剧中的场景。

我们仍逗留在格尔木火车站。付先生一路从西宁开过来，我们已经会合。然而，车里的他看起来非常闷闷不乐。

我问他怎么了，他并没有直接回答。他说："我们明天不能去拉萨了。可能后天才能出发，也可能大后天，或者……"

我问他为什么。

"因为在下雪，到处都在下，而且下得很大。"他这样答道，甚至都没看我一眼。他开着车快速行驶在格尔木布满车辙的街道上——开得太快了,但我在西宁见过他开车,知道这是常态。情况最好的时候,他也比一般司机疯狂得多。"积雪把公路都堵住了。"

"你确定吗?"

"是的。"

"你亲眼见到了吗?"

他笑了:哈哈!你这个傻瓜!

"快看那边!"

他指向了窗外。但我并没有看雪,而是注意到他戴了一双优雅的驾驶手套。他开车时总是戴手套,那东西就像鞋套或靴罩一样古老。

"有人告诉你公路被积雪堵住了吗?"

他没有回答,这就是说没人告诉过他。我们继续争执着。下雪的确是个坏消息——积雪总是在那里闪闪发光,好像永远不会消失一样。可是一定有人知道路况吧?

"格尔木有汽车站吗?"

他点点头。他讨厌我问来问去。他打算全权安排我们的行程,可是如果我什么都要问,他还怎么安排?而且,他也给不出什么答案。

"大家都说路况很糟糕,看看这雪!"

"我们去汽车站问问吧。汽车司机应该知道。"

"我们得先去旅馆。"他说道。他在试图指挥我。

旅馆又是一个监狱般的地方:楼道里凄凄冷冷,不时传来粗厉的声音,作息安排也奇怪得很。我的房间里有三棵仙人掌、一本日历和两张扶手椅。然而,窗户上却没有窗帘,屋里也没有热水。"晚些会有的。"他们说。旅馆大堂又脏又湿,地上都是大家从外面带进来的泥巴。旅馆后面有一个观赏水池,里面的冰都泛着绿色,通往餐厅的路上,积雪则达到了一英尺(30厘米)。我问有没有吃的。"晚些会有的。"他们说。有的房间里摆着上下铺,有六张的,也有八张的。为了抵御寒冷,房间里的人都穿厚外套,戴皮帽。为什么我的仙人掌还没冻死呢?旅馆双人间的价格是每晚5.5英镑,餐费是1.25英镑。

"现在我们可以去汽车站了。"我说。

付先生一言不发。

"我们得找人问问积雪的情况。"

有人跟我说汽车仍在正常往返于格尔木和拉萨之间,尤其是现在已经没有飞机了——通往西藏的航线暂时中断了。肯定有汽车司机能告诉我们最新路况。

我们开车去了汽车站。一路我都能感觉到,格尔木的确是中国偏远的边城,它基本与军营无异,商店、集市和宽阔的街道都屈指可数。除此之外,建筑物也少得可怜,但由于当地的楼房都不高,所以也算不得破坏市容。这个地方是拓荒者的家园——和西宁一样,1950年代曾有大量志愿者来到这里。他们深受毛泽东的鼓舞,志愿到中国贫穷荒芜的地方参与开发建设。他们要设立安置点,开辟道路,铺设电报线,修建营房。首先到来的是勘探人员和工程师,后来是铁路工作者和军人,最后教师和贸易者也来了。

"付先生,你觉得格尔木怎么样?"

"太小了。"他说完就笑了,意思是这地方根本无足轻重。

到了汽车站,我们被告知路况并不是很糟糕。早上刚有辆车从西藏开过来——当然它误点了,但他们解释说所有的车都会误点,即便不下雪也是如此。

付先生并没有妥协。他指着南方说道:"雪!"

他显然很不安,但我确信我们可以出发了。

我对他说:"明天再出发吧,但是得早点走。我们开到中午再看看,如果积雪情况很糟就回来,改天再试。如果情况还不错,就继续往前开。"

他丝毫没有拒绝的理由,而且这个办法也顾全了大家的面子。

当天晚上我们吃了顿饭庆祝,我们点了木耳、面条、牦牛肉片和一种叫作"馒头"的蒸面团。付先生说自己没有馒头就活不下去,所以他又点了一份,准备在去西藏的路上吃。同桌还有一位年轻女士在分食我们的饭菜,在付先生开始介绍之前,她一直没有说话。

"这位是孙小姐。"

"她要和我们一起走吗?"

"是的,她会说英语。"

付先生一句英文也不会讲,但他深信孙小姐能说一口流利的英文。然而在接下来的四五天里,我根本想不到办法从孙小姐口中听到任何英文。她嘴里时不时会蹦出一个中文单词,然后问我用英文怎么说。

"'旅行'用英文怎么说?"

"Travel。"

她的双唇动了动,结结巴巴地学了一声:"Trow。"

然后,很快她连这个不标准的发音也忘记了。

晚饭时我问付先生:"明天什么时候出发?"

"吃完早饭就走。"他回答。

中国人对于吃饭时间的执着真是近乎疯狂。

"应该早些出发,因为下雪,得开慢些。"

"我们可以九点走。"

"六点半或七点太阳就出来了,那时候就走吧。"

"总得吃早饭吧。"付先生笑着说。

我们都知道,早餐八点才供应。付先生是在为自己争取一小时的时间。我想从《毛泽东语录》中找点什么话来告诉他应当灵活行事,要敢于面对困难并用意志力克服它们。但我一句也想不出来。不管怎样,毛主席的话也许对付先生并不起作用,他年纪轻轻、骨瘦如柴,做起事来疯狂得很,他不但听贝多芬、戴驾驶手套,还有个白吃白喝的女朋友。他是中国新生代中的一员。他甚至还有一副太阳镜。

"我们可以买些东西在路上吃。"为了能早点出发,我最后一次不顾一切地请求道。

"我必须吃热馒头。"付先生说。

这惹恼了我,更恼火的是,第二天早晨九点半时我还在等他,因为他在等人开住宿费的发票。最后我们大概十点才上路,我坐在车子后排,心想这要是在火车上该多好,而且想到一路都要盯着孙小姐的后脑勺,我觉得很心烦。

拉萨离我们有 1000 英里(1600 千米)。我朝西藏方向望去,瞥见一辆冒着蒸汽的黑色火车。唐古拉山脉的蓝色山峰和山脊之下,是一片白得耀眼的雪地,那火车正吃力地在雪地中前行。这是我在中国见过最迷人的画面之一:列车吭哧吭哧地行驶在白雪皑皑的沙漠之中,它身后的山脉晶莹剔透,头顶的天空万里无云。西藏犹如一颗巨大的钻石,眼前的一切都如珠宝一般,冒着轻烟,闪着灵光。

再往前走约 20 英里(32 千米)就到了铁路的尽头,我们遇到了这片山脉的第一个山口。中国境内的铁路最远就修到了这里——只有军人才可以乘火车来这么远的地方——过了山口,就只剩下狭窄的道路了,付先生此刻正开着他的"戈蓝"缓缓滑行在这样的路上。

我看得出来,付先生很怕下雪。他从未亲自在雪路中行车,只是听说过一些可怕的故事。而他之所以希望在格尔木再待一周,就是想等雪化了再上路。他觉得没有办法穿越雪地,可是路上的积雪状况还不是太糟。路面相当畅通无阻——不论如何,来往的卡车已经在雪地上压出了两道明显的车辙。但同时这也导致冰雪都堆在道路中央,形成了一道硬硬的突起,底盘较低的小汽车经过时,会不停地颠簸摇摆。

我们起初经过的山口都很狭窄,几乎见不到光,而且路上结满了冰。付先生只好慢慢地开。他真不是个好司机——跟他一道行驶的头五分钟我就发现了——冰雪让他放慢了速度,变得小心翼翼的。结冰的路面看上去挺危险,但我们一点点地向前移动,并且试着不去想掉进路边山脊中的可能性,最终成功通过了那段路。之后又有好几英里湿滑的雪地,但付先生也成功开过去了。我们就这样开了两小时。这天是个令人愉快的晴天,阳光照射在积雪上,有的雪已经开始融化。然而我们正逆风而上,越往上走越冷,即便有太阳也无法改变这样的事实。

因为恐惧，付先生这几个小时没说一句话，但他的呼吸声——他用鼻子出气的同时还在不停地喘息——仿佛一场独白。

我们越过了第一片崇山峻岭，接下来的环境虽然冷，但积雪已经没有格尔木那一侧多了。付先生开始加速。每当见到一段干燥的路，他就会把油门踩到底往前加速，只有遇见冰雪时才会慢下来。有两次他都撞到了因为冰冻而胀起的路面，我不但被甩出了座位，还碰到了脑袋。

"不好意思！"付先生对我说，但他仍然越开越快。

由于大部分弯道都很急，付先生不得不慢慢开。这时我会从保温杯中啜几口茶，然后把录音带递给孙小姐，让她塞进录音机。走了100英里（160千米），我们已经把勃拉姆斯听完了。听门德尔松的时候，我就会考虑接下来要不要把贝多芬的交响乐递给她。我喝着绿茶，看着窗外洒满阳光的道路和白雪皑皑的山峰，听着美妙的音乐，不禁得意起来：能够如此前往拉萨，实在惬意得很。

车子又撞上了一处隆起。

"不好意思！"

然而，他并没有减缓速度。道路越来越直，他开得也越来越快——时速大概达到了80，这对于这样一辆行驶在狭窄路面上的小汽车而言，似乎有点荒唐。路上除了卡车之外，也见不到别的车辆——锈迹斑斑的大卡车满载着货物，用来遮盖货物的防水油布随风飘扬。卡车司机都是藏族人，付先生总是按着喇叭就不经意地超越了他们，似乎从来都不注意前面有没有弯道。

他真是个糟糕的司机，应该没什么驾驶经验。也许他上过某所国营驾校并拿到了驾驶证，然后被分配到西宁的一家单位。他开车时戴手套完全是装模作样。汽车点火启动后，他不是加档太多，就是握不稳方向盘，要么就是开得太快，而且他下坡时经常关火并且挂空档，以为这样可以省油——这无疑是司机身上最坏的习惯，但在中国却非常普遍。

我并非不善言辞，但还是什么也没说。开车的才是老大，作为乘客一般都应该闭嘴。虽然我总有说点什么的冲动，但我心想：剩下的路还很长，不必一开始就跟他争执，破坏气氛。再说，我也想见识一下付先生的驾驶技术还可以糟糕到什么程度。

很快，我就找到了答案。

他转弯的时候开得太急了，以至于我发现自己为了不被甩出座位，竟然一直牢牢抓着门把手。如果此时喝茶的话，没法不洒出来。他正在以 90 的时速前进——我分不清刻度盘上写的是公里还是英里，但这有关系吗？要是你对他说"开慢点"的话，他会没面子的，他的自尊心会受伤，况且不正是他带我们穿越了那段雪地吗？现在已临近中午，前方的路面比较干燥。按照目前的速度，我们可以在傍晚前到达第一个目的地——安多县。

"孙小姐，放这个吧。"

孙小姐接过中国制造的贝多芬《第九交响曲》卡带，把它塞进录音机，前几节的音乐便响了起来。阳光从窗外透进来，天空晴朗蔚蓝，灰色山丘之下的大地上铺满碎石。我们两侧都是白雪皑皑的山峰，刚好越过那些小山丘的顶端。汽车正驶向一处弯道，我有点担忧，不过想到这条通往拉萨的路是世界海拔最高的公路，我还是感到很开心的。这真是个美丽的日子。

我之所以将这一切都记得清清楚楚，是因为两秒钟后就出事了。

弯道上有条阴沟，而且路面上明显有块很高的凸起。但付先生仍然保持着 90 的时速，他碰到了那块凸起的地面，于是我们全都飞了起来——汽车跃向空中，我感到一阵飘然，后来它又晃晃悠悠地往下落，冲向了道路右侧一根笔直的石柱。付先生当时紧紧抓着方向盘，车轮一滑，汽车转而冲向了道路左侧。我从头到尾都能听见风打在车身上的声音，就像是一股急流。那声音越来越大，车身也摇晃得更加厉害，因为它又飞向空中，被卷入了一阵夹杂着灰尘和碎石的大风。我们已经完全离开了路面，正全速奔向一旁的沙漠。付先生还在与方向盘纠缠，汽车则在摇晃个不停。我印象最深的是，那可怖的风一直撞击着颠簸的车身，飞扬的尘土遮住了窗外的光线，我们悬浮在空中。那一刻我心想，我们就要粉身碎骨了。

我紧紧地握着门把手，脑袋死死地顶着前排座椅。我担心自己一旦有所放松，就会被甩向另一侧车门。我好像听见了孙小姐的尖叫声，但汽车和风的声音要大得多。

这一状况大概持续了七秒钟。在这样一辆打滑的车中，这几秒钟显得既痛苦又漫长，恐惧无时无刻不在侵蚀着你。我从未感到过如此无助和绝望。

因此，当汽车最后停下时，我大吃了一惊。整辆车已经侧翻过去，只是因为地上的石砂太厚才没有完全翻个底朝天。我不得不用肩膀顶开车门。外面仍是尘土飞扬，我这一侧的后胎已经脱落，我能听见它发出的嘶嘶声。

我跟跟跄跄地走开，希望离车越远越好，此时我看见付先生和方小姐正喘着粗气，还不停地咳嗽。孙小姐在发抖。付先生则显得不知所措又悲痛万分，因为他看到自己的车被毁了：镀铬层剥落了，散热器护栅碎了，轮缘变形了，车门也坏了。我们现在距离公路有50码（45米），深陷于遍地砾石的沙漠中。阳光依旧灿烂，看起来真不可思议。

付先生笑了。他的笑源自一种盲目的恐惧，意思是：天啊，现在怎么办！

谁都没有说话。我们都因劫后余生而激动得无以言表。付先生拖着沉重的脚步朝我走来，拍了拍我的肩膀。他的指头上有血。我虽然从车里逃了出来，但并不知道自己有没有受伤——我想应该有吧。然而，我还是自我检查了一番。我的眼镜碎了，玻璃扎进了脸颊，但伤势并不严重——不论如何，伤口不深。我的前额肿起了一个包，脖子有点痛，手腕也破皮了。不过这都没事。

让我感到愤怒的是，事故竟然发生在晴空下一段干燥的路面上，而且还来得这么早。如今我们进退两难，都怪付先生没用，他之前开得太快了。但我也有错，我不该什么都不说。

付先生取出一把铲子，在汽车周围挖了起来。那样做有什么用呢？它只剩下三个轮子了，哪儿也不能去。看来我们没什么指望了。我犹豫过要不要抓起背包开始搭顺风车，可该朝哪个方向走呢？付先生把自己弄得一团糟，但他应该也能自己解决问题。我无法想象怎么把这辆车拖到公路上去。我环顾四周，心想：这是世界上最空旷的地方之一。

我们轮流挖了一阵子，但就算把车挖出来也不过是些表面功夫而已。而且，车身暴露得越多，它看起来就越畸形。

大约二十分钟过后，我们都筋疲力尽了。散热器护栅被撞碎了，塑料片散落了一地，孙小姐把它们捡起来堆成小堆。她想要保留它们，好像收集这些东西能体现出她深深的关切一样。

几辆棕色卡车在公路上缓慢而费力地行驶着。几小时前，我们刚刚超过它们。

"去拦住他们吧。"我说。

"不用。"付先生说道。

这就是内地人的自尊。他摇摇头，挥手让我走开。他知道卡车司机都是藏族人。要是让那些家伙见到自己因为愚蠢的驾驶行为而弄得如此狼狈，该多丢脸啊！这就是他拒绝我的唯一理由。

"回来，"付先生说，"来帮我挖。"

但我并没有转身回去，而是对正在靠近的几辆卡车招了招手，看到他们放缓了速度，我感到很高兴。这是一支有三辆车的载重车队，那些藏民停好车后，便左摇右晃地慢慢穿过沙漠走了过来。此时我们的车还翻倒在砂石中，付先生仍然在双膝跪地不停地挖，孙小姐像疯子一样蹲在地上守着她那堆破塑料片，看到这一切，他们愉快地笑了。总共来了七个藏民，他们身穿破旧的外衣，看起来非常油腻。然而，听到他们的笑声，看到他们头上戴的扁帽子和脚上穿的破鞋，我便放下心来：外表越是普通，就越像救苦救难的英雄。

我掏出自己的《实用藏文短语》查询起来，然后对他们说道："Tashi deleg!（你们好，祝你们好运！）"

他们回敬了同样的话，然后又笑了一阵子。

我指着汽车说："Yappo mindoo.（那个不太好。）"

他们点了点头，用英文回答道："True.（果真如此。）"意思是，简直太不好了。

"Nga Amayriga nay ray.（我是美国人。）"我说。

他们回应道："Amayriga, Amayriga!"

我又看了一眼我的短语书，用手指着一个短语说道："Nga Lhasa la drogiyin.（我要去拉萨。）"

这时，他们当中有个人已经接过了付先生的铲子，另一个人则在用手刨着地面。还有一个人清空后备箱——先拿出各种盒子，再取出备用轮胎。其他几个人来碰了碰我脸上的伤口，"啧啧"地向我表示同情。

"我知道你们想帮忙。现在我们先要把轮轴顶起来，再把车胎装上，然后把这辆该死的汽车推回路上。得去找些绳子来——套住它，"——他们不停地笑着点头——"把我们推到那边去，因为 Nga Lhasa la drogi yin，如果你们不干的话，我会很生气的。你们怎么说？"

他们都表示："Ya, ya!（好的，好的！）"然后，大家都开始干活儿了。

过了不到半小时，轮胎就修好了，车也被挖了出来。我们八个人负责推车，付先生负责加大引擎油门，终于跌跌撞撞地把车推回到公路上。车轮开始转动时，每个人都沾了一身灰，我心想：我可真喜欢这些人。

付先生用汉语向他们表达了谢意，这意味着他不得不放下了自尊。然而，那些人却毫不在意。他们又嘲笑了他一番，然后跟他挥手作别。

时间已经到了午后。刚才真是惊心动魄，不过我却因此受到了鼓舞，因为我们刚刚死里逃生。现在大家居然都还活着，这似乎有些不可思议。但付先生什么也没说。我们又重新上路了，他看起来既茫然又慌乱。他的眼镜在车祸中摔坏了,我能看见他愤怒的眼神。此外,他身上也很脏。孙小姐在吸着鼻子轻轻地抽泣。

车身已经变形到惨不忍睹,我感到一阵凄凉。令我惊讶的是,它竟然还能重新启动,而且四个轮子仍能照常运转。我们出发几分钟后,后车轴发出了一阵响亮而刺耳的声音,让我觉得这车就要散架了。但于我看来,这才是合乎逻辑的事。

我们停车后顶起车身,卸下一个后轮近距离观察了一番。刹车盘已经变形,一些金属件插进了轮辋,导致轮子低速转动时发出轰隆隆的声音,转快一点的话,声音就变得响亮而刺耳。这种情况没有办法修理。我们只好把后轮装回去,付先生拧紧螺母的时候,我四下观望着。我一生从未见过这样的光亮——此时的天空就像一片光芒四射的海洋,在死气沉沉的沙漠中,长着硬如皮革的植物,而沙漠的边缘,则尽是些奇怪的灰色山丘和白雪皑皑的山峰。我们已经在高原上了。这是个我从未见过的世界——空荡荡的原野,被风侵蚀的岩石,还有密集的阳光。我心想,如果非得把我困在某个地方,那么这个地方就不错。我想象着自己被遗弃在这里,从此永远留在青藏高原的尽头,内心充满了喜悦。

"我觉得它越来越热了。"付先生沿着道路开了一百码(90米)之后说道。

他用鼻子粗声粗气地呼吸着。然后他猛地按下刹车,跑出去朝后轮的轮辋上吐了几口唾沫。他这么做并不是因为恼火,而是想看看它到底有多热。

后来他一直勾着头跪在后轮旁边。

"你还好吗,付先生?"

他站起身摇摇晃晃地走过来,朝我露出了恐怖的笑容,看上去很暴躁。他大喊道他很好,但从他说话的方式来看,他并不好。

"这地方海拔很高!"他吼道。他脸上沾了灰,头发都竖了起来。他的脸色也变了,没有一点血色。

从那以后，我们就一直走走停停。轮胎发出的声音吓人得很，但这还不是最糟的情况。付先生改变了开车的方式。原本他总是开得很快——后来我明确地告诉他应该开慢些。(再没有人可以让我坐的车高速行驶了，我心想：我会抗议的。)然而，付先生后来开得过于小心，这和他之前鲁莽的驾驶方式一样，几乎让我心力交瘁。

这样的情况并没有持续多久。我们来到了一个连接唐古拉山和昆仑山脉的山口。中国人认为有一股细流从这附近的某个山谷流出，之后它变得越来越汹涌湍急，一路直奔上海。这便是长江的源头——只有老外才管它叫"扬子江"。能让中国人真正感到神秘的地理现象并不多，而这条河便是其中之一。但这也没什么好奇怪的，大部分人都会对大江大河着迷。

这个山口的海拔差不多有17000英尺（5千米）。付先生把车停下，我走下车去看一块石碑，石碑上注明了海拔高度以及附近的山脉名称。外面空气很稀薄，我有点喘不过气来，而附近的风景也看得人头晕目眩——高原的轮廓温软柔和，长长的雪地层层叠叠，仿佛整个乡村都披着美丽的长袍，又像把印度人晾晒衣服的画面放大了无数倍。我被这个地方的壮丽风景迷住了，高海拔所带来的不适早已被抛诸脑后。

"付先生，快看看那些山。"

"我觉得不舒服，"他并没有抬头，"是高原反应。"

他揉了揉眼睛。孙小姐还在抽泣。不知一分钟之内她会不会尖叫起来呢？

我回到车里，付先生往前开了50码（45米）。他的车开得越来越糟。他挂错了档位，变速箱正在咯咯地响。与此同时，后轮那可怕的声音也越来越大。

毫无征兆地，他停在了道路中间，气喘吁吁地说道："我不能再开了！"

他没在开玩笑。他看起来像是病了，不停地揉着眼睛。

"我看不见了！我不能呼吸了！"

孙小姐哭了出来。

我心想：真他妈见鬼。

"你想怎么办？"我问。

他摇摇头。他太虚弱了，根本没力气思考这个问题。

我不想伤害他的自尊，尤其是在海拔这么高的地方，所以我小心翼翼地对他说："我会开车。"

"你会开？"他眨了眨眼睛。他很瘦，像一只饿极了的仓鼠。

"是的，是的。"我答道。

于是，他高高兴兴地回到车里。现在我坐到了孙小姐旁边，但她几乎没有注意到我。我握起方向盘，带领大家出发了。在过去几小时中，这辆令人匪夷所思的日本小轿车已经退化成为一辆老爷车。如今它遍体鳞伤，不但走在路上劈啪作响，还会排出滚滚浓烟。但最能显出它老态的，是它会向一侧倾斜——不知道是因为弹簧坏了还是轮轴裂了。它刚刚经历了致命一击，但仍然一瘸一拐地在路上颠簸。我必须紧紧握住方向盘才行。这辆浑身毛病的车总试图把自己开进道路右侧的壕沟。

付先生睡着了。这样一种疯狂和疲劳交替往复的状态我以前在中国也见过。这似乎就是中国的一种生活方式：先是全神贯注或马不停蹄地拼命劳动，然后突然就停下来睡着了。在火车里经常碰到这样的情况，两个正手舞足蹈侃侃而谈的人会突然停下，开始像牛蛙一样打起呼噜来。

我从后视镜中可以看到付先生的脸色发生了变化：之前的恐惧和不适让他面如纸色，现在他已变得满脸蜡黄。睡梦中的他显得平静了一些，他的呼噜声很大。孙小姐也睡着了。我把贝多芬《第六交响曲》的卡带塞进录音机，继续向拉萨前进。我喜欢这样。我喜欢听音乐，也喜欢车里其他乘客都睡着时的自在状态。我热爱西藏风光。在刚才那段路上我险些丧命。但我却活了下来。不但活着，而且还能开车，这种感觉太美妙了。

道路笔直得出奇——几乎没几个弯道，一个坡道也没有，连我之前预想的盘山公路和急转弯也没遇上。我必须强迫自己一直盯着路看，因为我不停地想要欣赏周围的风景。我正行驶在白雪斑斑的沙漠之上，地面既干燥又平坦，像一张巨大的桌子，而沙漠边缘的雪峰则酷似身形巨大的德鲁伊人在桌边露出的头颅和肩膀。远处是伟岸的群山，只见得黑漆漆一片，加上陡峭的悬崖和坚硬的山坡，样子相当吓人。然而，前方的道路依然平坦，看起来毫无危险。路上没有别的车辆。我突发奇想，要沿着这段西藏公路骑行应当是件容易的事，于是我便开始计划一场可以骑行的西藏之旅。

我四周空无一人，但有的山坡上有牦牛在吃草——或许它们的主人正是那些以游牧为生、以帐篷为居的藏族人，据说他们就游荡在西藏的这片区域。牦牛大都是黑色和棕色的，有的身上长有白斑。它们的长毛上绑了丝带作为装饰，尾巴也很可爱，如同马尾一般浓密。在有的地方，还能看见成群的藏羚羊在路边吃草。

付先生还在睡，但孙小姐醒了，我还没来得及换卡带，她便塞进了一盘她自己的带子。那是一部印度电影的原声带，说的是印度语；但主题曲是用英文唱的。

I am a disco dancer!（我是迪斯科舞者！）
I am a disco dancer!（我是迪斯科舞者！）

伴随着电吉他的和弦声，这句弱智的歌词没完没了地重复着。
"那是首印度歌曲，"我说，"你喜欢它吗？"
"我喜欢。"孙小姐答道。
"你听得懂歌词吗？"
"听不懂，"她说，"但是很好听。"
可我却觉得它很难听。我一直往前开着，但并不知我们现在位于何方。不过这也没什么关系，因为只有一条路可走。自打出了车祸，我就决定谨慎行事，所以把平均时速控制在了 50 英里（90 千米）左右。况且，汽车一直在发出不吉利的声响，让我觉得一旦加速，它就会散架。此时付先生醒了，但他一点也没有表现出要开车的意思。我对此感到十分高兴，因为现在的感觉太美妙了：窗外阳光灿烂，在大山的怀抱中，我们沿着这条西藏公路颠簸而下，路边是成群的牦牛和羚羊。

四点左右，我们的油几乎耗尽了。付先生说后备箱有大罐的备用汽油，但当我注意到汽油表的刻度时，我们正好开到了一个小型住区附近。

"在这停下吧。"付先生说。

他指引我开向了一个小棚屋，后来我发现那是个加油站——用的还是接着长软管的老式喷嘴。它跟西藏的所有加油站一样，都是由人民解放军负责运营的。

"我们应该把轮胎也修修。"

付先生说："不，他们不修轮胎。"

在西宁的时候我就跟他说要带两个备用轮胎，但他只带了一个，而且路上已经用掉了。所以，我们现在一个备用轮胎也没有。

"我们要去哪里修轮胎？"

他茫然地沿着道路指向了拉萨的方向。这说明他一点概念也没有。

我走向了正在帮我们加油的士兵。

"这是哪里？"

"五道梁。"

地图上的名称总是印得很大，但这个地方在地图上几乎找不到。这里只有一个加油站、几处营房和一张带刺的铁丝网，难道也值得为它命名？而听到"五道梁"这个名字也意味着坏消息，这表示我们离目的地安多还有大半程的路要走。

仿佛是为了给此刻渲染些戏剧氛围，天气忽然变了。一阵风刮了起来，云层遮住了太阳，四周变得阴沉而寒冷。我的地图被吹得啪啪作响，不停地拍打着车顶。夜幕很快就要降临了。

"我们什么时候才能到安多，付先生？"

"六点左右。"

这当然是不可能的。付先生的估计非常不准。我已经不相信他以前走过这条路了。或许地图也在误导我们——它上面有一些路实际根本不存在，而且有的住区也只是刮着风沙的废墟。

付先生没有地图。他只有一张纸，上面潦草地写着从格尔木到拉萨途中七座城镇的名称。由于他反复查看，那张纸已经变脏了。此时，他又把它拿了出来。

"下一站是雁石坪。"

我们重新出发了。我负责开车，付先生又开始打盹了。

孙小姐还在放着"I am a disco dancer"。

过了一小时，我们经过了一个棚屋、几头牦牛和一条凶巴巴的狗。

"雁石坪到了？"

"没有。"

在逐渐暗淡的光线和寒冷刺骨的空气中，这片高原似乎失去了原有的浪漫色彩。一位法国旅行者曾写道："与这片土地相比，连戈壁都显得丰饶起来。"事实的确如此。"月球表面"是最常用来形容这种地方的词，但这里却比月球表面更甚——它完全是另一个星球。

前面还有更多的住区，这些住区规模都很小，外观也一样：污迹斑斑的白色小屋、方正的墙壁、平坦的屋顶、红蓝绿相间的三角旗，突起的灌木枝上，写满祷文的经幡在迎风招展。在经幡随风摆动的同时，上面的祷文也跟着在空中舞动，充满了优雅的气息。我们见到了更多的牦牛和恶狗。

"雁石坪到了？"

"没有。"

我们到达时天几乎全黑了。雁石坪位于沿途的一段弯道上，二十来栋房子全都建在泥地里。这里有孩子,有狗,也有牦牛和山羊。其中有几条狗是我这辈子见过最大最凶狠的,它们是藏獒——在藏文中,藏獒的意思是"看家狗"。这几条狗懒散地四处闲荡着,边走边流着哈喇子,发出的叫声可怕极了。

"这里没地方住。"付先生抢在我开口之前说道——当时我正在减速。

"下一站是哪里?"

他拿出了他那张脏脏的纸。

"安多,安多有一家酒店。"

"还有多远到安多?"他沉默了。他不知道还要多久。过了一会儿,他说:"几小时吧。"

"酒店"倒是个漂亮词,但在中国的种种经历都告诉我,这个词不可信。中国人更常用的说法是"宾馆",就是那种我从来无法准确界定的地方。它可以是医院,是疯人院,是住宅,是学校或监狱,但几乎不可能是酒店。然而不论如何,我渴望去那里。现在已经七点半了,我们已经在路上开了十个小时。

我们在黑暗中继续往前开着。这是一条曲折的路,有的地方结了冰,而且积雪更多了,海拔更高了,天气也更冷了。我们又遇到一个山口——由于此地的海拔也达到了17000英尺(5千米),所以山口结了许多冰,一年四季都化不开。

付先生醒了,他看到了积雪。

"路!小心看路!"他喊道,"路!路!路——"

由于海拔太高,他一直在打瞌睡,但每次醒过来都会变成一个讨厌的唠叨鬼。他一直在叫我小心路况,因为他很害怕。我很想对他说"老兄,今天差点没把我们弄死的人可是你",但为了他的面子,我没有说出口。

这条路比较狭窄,我总是把远处卡车的车灯误当作安多的灯光。在这样的海拔之上,没有植被生长,空气既寒冷又清澈。在一片黑暗中,我看见了星星点点的灯光。

"那是安多吗?"

"看路!"付先生的声音从后排传来,我咬紧了牙关,路!路!

因为紧张,他一直叨叨个不停。现在他是乘客,我是司机,他俩现在都坐在后排——她还在抽泣,而他在唠叨。"你要一直看路,"他说道,"看路。安多还没到——那是辆卡车!"

时不时地,他会拍拍我的肩膀,喊道:"厕所!"

这已经是最委婉的说法了。经常需要小便的人是孙小姐。我总看见她一摇一摆地走到路边,悄悄蹲进一条壕沟,恰好那里没有风——天太黑了,连牦牛都看不到她——然后就地解决。

就这样,三小时又过去了。我在想,是不是直接把车停在路边,就在车里睡觉会更舒服一些。午夜的青藏高原,四周漆黑一片,路面结了冰,窗外还刮着风,并不是开车的好时间。但问题是路太窄了,我们没地方停靠。况且道路两侧都有壕沟,如果停下的话,可能会撞上沿途开过的军用卡车。

我很高兴我们还能继续行驶。后轮为什么没掉下来呢?轮轴为什么还在发出刺耳的声响?车胎为什么没有走气呢?毕竟,我们没有备用轮胎可用,但什么坏事也没发生。月亮从云层中钻了出来,照亮了白雪覆盖的山坡和路边漆黑的山谷。

我朝窗外望去,但几乎同时,付先生又冲我喊了起来。

临近午夜,我终于看见了写有"安多"的路标。黑暗中的安多,看起来既阴森又危险。当时我还不知道它白天的样子要可怕得多。

"我们要借宿在军营里。"付先生说。

为了顾全面子,付先生和我交换了位置,驶过了到达哨所前的最后二十英尺(6米)。然后,他下车去跟哨兵理论了一番。

回来时,他气得浑身发抖。

"他们满员了。"他说。

"现在怎么办?"

"去住宾馆。"

孙小姐又在默默地呜咽。车子开过一片石头地,前面没有路了。我们来到一座用木板围起的小屋,但还没来得及下车,一只藏獒就闯入了车灯照亮的区域。这狗的头颅四四方方,舌头厚而多肉,一边淌着哈喇子一边狂吠。它的体格有小马驹那么大,有点像巴斯克维尔猎犬①,但是凶恶多了。

"你要下车吗?"

"不要。"付先生吓得声音都哑了。

这只大狗在发疯似的蹦来蹦去,它身后有几头牦牛站着睡着了。付先生在这个岩石遍布的山坡上继续行驶着,假装自己是在正常的路上。他已经在后排座位上喊叫了一天,现在是想要证明些什么吗?

前面的狗越来越多。我又能吃到牦牛肉了;我能理解为什么藏民不洗澡;我觉得这里的寒冷程度和高海拔还能忍受;我还可以穿越这里的山路。然而,我却受不了那些恶狗。我并没有生气或不耐烦,只是极度害怕。

"那边有家宾馆。"付先生说道,看到前面微弱的灯光,他笑了起来。

那是一栋脏兮兮的两层楼建筑,窗户上装有栅栏。我猜想这是一所监狱,不过这也没关系。我们先是环顾四周看了看有没有狗,然后就进去了,但孙小姐还留在车旁呕吐。有个藏民坐在地上一块破烂的棉被上,正咬着一根牦牛骨上的生肉。他穿一身沾满了污垢的黑衣服,头发凌乱不堪,虽然天气寒冷,但脚上什么也没穿。

"我们要一间房。"付先生用汉语说道。

藏民笑了笑,他说没有房间了。他张嘴嚼着肉,牙齿都露了出来,然后把牦牛骨头推到我面前,让我咬一口,热情得有些吓人。

我掏出了自己的《实用藏文短语》。

---

① 巴斯克维尔猎犬(*Hound of the Baskervilles*),柯南·道尔的一篇侦探小说标题,故事围绕一只恶犬所制造的恐怖命案而展开。

"你好，我不饿，"我用藏文对他说，"我叫保罗，你叫什么名字？我来自美国，你呢？"

"Bod。"他说的是"西藏"的藏文叫法。他正对着我的手套咧嘴而笑。我觉得很冷——屋里的温度比零度要低得多。他做了个手势，请我同他一起坐在被子上，又用同样的手势示意付先生离开。

他推开了付先生的身份证，但却对我的护照产生了极大兴趣。于是他放下那根多汁的骨头开始翻我的护照，在上面留下斑斑血迹。看到我的证件照时，他笑了起来。他把照片同我现在这张冻得发灰的脸比了比，又看了看我眼睛下方的伤口，然后又笑了。

"我知道，照片和我本人并不是很像。"

听到我说英语，他开始变得非常机敏，像一条狗在听车道上传来的脚步声。

"有房间吗？"我问他。

他嘟嘟囔囔地回了句什么。他的头发都剃光了，下颌骨又宽又大，看起来像只猿猴。我用汉语又问了一遍，因为我听不懂他刚才说了什么。

"六块钱一个人。"他说。

"噢，谢谢，谢谢。"付先生毕恭毕敬地说道。

"喝茶，喝茶。"这名"食人族"说着递给了我一个锡壶。

我喝了几口酥油茶，就在我喝茶的时候，一辆卡车停在了外面。十二个藏民走了进来，都是妇女和儿童，他们走向过道，把被子铺在地上，倒头就栽了下去。

我付钱之后从车里取了包，在楼上找到一间空房。在楼梯间的灯光下，我看清了这是个什么样的地方。楼梯平台上有人吐过，呕吐物已经冻住了。越往前走，墙边的情况越糟。因为所有东西都结冰了，所以并没有难闻的气味。房间很脏，四壁全是光秃秃的水泥，比我见过的任何监狱都要阴森可怕。但真正像监狱的地方在于，房里所有灯都亮着——虽然数量不多，但全都是裸露的灯泡，而且找不到开关。

时不时会听见有人在别的房间嚎哭或低语。这里既没有水，也没有浴室。此外一个厕所也没有，有需要只能在楼梯间解决。

就在不远处，我听见孙小姐在用她那病恹恹的声音斥责付先生，她似乎很是恼火，一直抱怨个没完。我关上了门。门上没有锁，我用一张铁床将它抵住了。这间房里有三张铁床和几床散发着臭气的被子。

我意识到自己在发抖。我感到又冷又饿，于是吃了半瓶"马玲牌"桔子罐头和一根香蕉，还用我自带的那壶热水泡了茶。因为海拔的关系，我感到头晕气短，而楼道里那些冻住的呕吐物也让我觉得反胃。我才吃完东西，所有的灯就都灭了：时间已是午夜时分。

我戴上手套和帽子，添了毛衣和外套，再穿上第三双袜子和保暖鞋便上床去了。我这一生虽然在不断地经历寒冷，但戴着有耳罩的帽子睡觉还是头一回。我在身下垫了一床被子，又盖了一床。但即便如此，还是暖和不起来。我不明白这究竟是为什么。我的心脏怦怦直跳，脚趾冷得发麻。我试着想象如果自己是克里斯·波宁顿的话，会经历些什么。过了一会儿，我又能看见月光透过窗上厚厚的冰霜照进来了。

半夜里，我起床小便。我找到个搪瓷盆，猜想那就是尿盆，于是就尿在了里面。到了第二天早晨，尿盆里的小便冻住了，而我吃剩的橘子罐头和鹌鹑蛋也是：我所拥有的一切能结冰的东西都冻住了。

虽然我前夜没怎么睡着，但一见到阳光就高兴起来。我找到了一些花生，把它们吃掉了，然后又吃了冻香蕉。接着我去拜访了那位藏民，同他一起喝了我自带的茶。他不想喝中国茶，于是做了个鬼脸，好像在说："这东西真恶心！你怎么喝得下去？"

早晨的阳光送来了一丝温暖，但也唤醒了楼梯和过道上的臭气，让这个地方显得更糟了。整栋楼上下都是发黑的团状或条状大便。在这样一个天堂般的地方，我们住的地方却跟厕所一样。

付先生起来了，他一直在发牢骚。他说孙小姐感到很不适，而他自己也觉得不舒服。

"那我们走吧。"我说。

"先吃早饭吧。"

"噢,天啊!"

但他坚持要这么做。付先生和孙小姐去了一间炊烟缭绕的小屋吃早餐,他们吃的是酥油炒鸡蛋。小屋门口躺了一条死狗,其他的狗则蜷在地上乱叫。马路上有一只被压扁的死羊,犹如一张又硬又破的炉前地毯。池塘已经结冰,对面就是军营。在一片废弃的住宅区中,零星地散布着几栋房屋。戴深红色头巾的藏民看着我走在小路上。我一直往前走,直到那些狗开始叫才停下脚步,然后转身回到大路上。路上到处是被压扁了的死动物,尸体硬邦邦的——像一张张令人毛骨悚然的小垫子。

这天我们又弄到很晚才出发。不过,这次我在地图上做了些计算,通过预估各城镇之间的距离得出了一个平均速度,感觉好多了。但我又想起了车胎的事。

"备用车胎修好了吗,付先生?"

他说过今天早饭前要送去修的。虽然安多跟垃圾场没什么分别,但修汽车的地方还是有的,而且不论规模大小,几英里之内也只有这里能修。

"没有,去那曲要好一点。"

那个地方在 100 英里(160 千米)之外。

付先生拿起了方向盘。沿着道路开了几英里后,他停下车,开始抓脸。

"我开不下去了!"他尖叫道。他说的是汉语,听起来像一个可怜的投降者。

他又心神不定了。对于这种情况,我只好欣然接受。在付先生钻进后排座位时,我安慰了他。我把勃拉姆斯的卡带塞进录音机,在晴朗的天空下往南驶去。

然而,我自己也是心有余悸。我在车祸中撞到过头,弄疼了脖子,脸上还留下一道深深的伤口。我的右手腕还在疼,也许是因为之前全速前进时一直紧握车把手而扭伤了。我也有高原反应——我觉得头晕恶心，在安多才走了一小段路就心慌不止。但这些与付先生的苦恼相比都不算什么。他的脸已经失去血色，嘴唇也开裂了，没过一会儿，他干脆晕了过去。孙小姐也睡着了。他俩一起摊在座位上，像一对服毒殉情的恋人。

去那曲的路上不会再有住区了，等待我们的只有狂风劲扫的高原，天气很冷，连野生牦牛都眯缝起了眼睛，一群群野驴动也不动，只是抬起头盯着我们这辆破损严重的三菱牌"戈蓝"轿车。几小时之后，公路走完了，前方只剩下一地松散的砾石，野驴也多了起来。鹅卵石摩擦着汽车底盘，同时也在车胎上磕磕碰碰。我们已经没有备用轮胎了。对于此次西藏之行，我们准备得极不充分，这实在荒唐，但我并不是非常介意。我觉得，既然已经从那场车祸中幸存下来，那么旅途中最艰难的时刻就算是过去了。死里逃生总能让人的生命力变得更加顽强。而且我知道，只要是我自己开车，就会安全得多。付先生的驾驶技术真不怎么样，作为一个紧张兮兮的新手司机，他在西藏毫无用武之地。

有的山坡上，可以看见飘扬着彩色经幡的小屋。我的心情好极了：经幡的颜色五彩斑斓，小屋的墙壁被粉刷得雪白，烟囱中升起袅袅炊烟，人们头戴狐皮帽，腰间别着银扣，身上披着羊皮外套，脚上套了暖和的大靴子。在一个偏僻的地方，我见到一对戴帽子的母女正在攀爬在悬崖旁边的小路，裙子被风吹得鼓鼓的。还有一个帅气的牧民坐在一群牦牛中间，头上的红帽子连着一双大耳罩，很是漂亮。

付先生很恼火，因为那曲没有吃东西的地方。高海拔环境让他变得既苛刻又暴躁，他不愿在那曲停留，但我不停地纠缠他，让他去找个人来修轮胎。修理工作是在一个小棚屋里进行的，用到了火和凿子。在他们使用如此原始的方法对车胎进行硫化时，我到城中转了转，我的眼前尽是牦牛。

天上下起了又大又湿的雪花，像肥皂片一样。气温才零下10摄氏度，但狂风暴雪给人的感觉却比这冷得多。我走进一家内地人开的商店避雪，在那里吃掉了我的"金星牌"鹌鹑蛋罐头。我注意到一位藏族妇女正在买一个橘色的塑料包，一名藏族中年男子则在摆弄一只金发洋娃娃。娃娃的臀缝里插了把跟灌肠剂一样的金属钥匙。男子拧紧发条，它的手脚都动了起来。于是，他笑着把娃娃买走了。

在那曲的一条小街上，有几个想换钱的藏民一直跟着我。他们也卖些小玩意儿，比如铜制烟罐、银币和藏印。藏印上刻有姓名或其他文字，用来加盖在文件上。我买了一枚银制藏印，上面刻了一句藏族箴言：拜天求悟。

那曲位于拉萨以北，这里有西藏唯一名副其实的酒店，但即便如此我心里还是想着：下次我要自己带帐篷和睡袋过来。付先生开车带我们离开了这里——他这样做也许就是为了面子，因为从出发一英里（1.6千米）后，他又把车停下来揉眼睛。

"我开不下去了！"

随后，他便倒向了后排座位。

自从骑上"铁公鸡"开始此次中国之旅，这是我最高兴的时候。我开着车，不仅可以安排一切，还能自己掌握时间。而且，整个西藏空空如也。窗外的天气极具戏剧氛围——山上覆盖着积雪，风呼呼地刮，前方山脉的顶端聚集着许多乌云。我又在想：还好昨天没死。

今天，在洁白庄严的念青唐古拉山下，牧民们赶着成群的牦牛，公路笔直地穿过黄色的平原。这条路顺畅无比，我因此感到更加幸福了——在这样偏远的地方还能感到如此安全，真是不错的体验。付先生和孙小姐在后排睡着了。路上见不到别的车。我以一个合理的速度向拉萨驶去，顺道观察着路上的鸟：有老鹰，有鸲鸟，还有乌鸦。路上的羚羊也越来越多，有一次我还见到一只浅黄色的狐狸在蹦蹦跳跳地过马路。

突然下起了暴风雪。我刚从一个充满阳光的干燥山谷出来，转了个弯，便进入了一个阴暗而泥泞的山谷，棉花似的大雪打在两侧的车窗上啪啪作响。谢天谢地，怕雪的付先生没有醒过来。雪渐渐小了，进入下一个山谷时，空中只剩下些干干的小雪花在飘落，随后太阳又出来了。藏族人管自己的这片土地叫作"雪域"，但实际上这里不常下雪，而且从不下雨。虽然会刮大风，但很快就会过去。藏民们从来不会为此烦忧。刚才突降大雪的时候，我还看见孩子们在外面玩耍。

起初我是想快些到达拉萨的，但现在就算晚一点我也不介意。如果能在这条路上多待几夜我也会感到很高兴，但前提是不要再遇到像安多那样的垃圾场。

当雄这地方看起来挺有希望的。它位于一段弯道上，附近有一处军营和五六家只有一个房间的小餐馆。我们停下车，点了四道菜，其中有木耳和牦牛肉。看来付先生恢复得差不多了，他竟然有精力埋怨那个女服务员多收了他的钱——准确地说应该是我的钱，因为买单的人是我。

厨房里有六名军人在取暖，我试图跟他们说话，但他们立刻溜走了。来中国旅行过的人有时会跟我说，军人和官员都要把他们烦死了。但我从来没有过这样的经历，每当我要接近他们，他们都会转身离开。

我发现付先生又在往车胎上吐口水，看它是否过热。他跪在地上，不停地吐着，抹着，观察着。

"我认为应该在这里过夜。"我说。

有个小男孩在看我们。我盯住他看时，他跑走了。

"我们不能待在这。孙小姐生病了。现在离拉萨只有105英里（168千米）。"

"你身体怎么样，可以开车吗？"

"我很好！"

可是他看起来糟透了。他面如土灰，刚才吃得也不多。他告诉过我，他不但心口疼，眼睛也疼。

"车胎不热，"他说，"很好。"

他累得上气不接下气，最终在一个叫白仓村的地方放弃了，说自己没办法再开下去。我接过方向盘，开到了一个名叫羊八井的美丽的河畔小镇，在那里驶入了一条狭窄而多岩的山谷。从格尔木出发时，我就一直盼望见到这种山谷。我一直没注意的是，西藏的这片区域是一片空旷的原野，道路平坦而笔直，远方有白雪皑皑的山峰。然而，这个山谷既陡峭又寒冷，而且很深，有一半地方都见不到光。一条河流从中穿过，水流得很快，鸟儿在潮湿的巨砾间飞窜。我在鸟类书籍中见过这些鸟，知道它们属于鸫科，而此地最多的品种则是白翅红尾鸲。

从山谷出来，地势更高了，四周都是陡峭的山坡，山峰上的积雪更多了，颜色也更蓝了。我们在傍晚的阳光中沿河岸向前行驶着。再往南去，这条小河终将汇入气势磅礴的雅鲁藏布江。山谷变得更加开阔，阳光变得更加充足，空气也变得非常干燥。两旁的山上虽然光秃秃的，但碎石却不停闪着亮光，煞是美丽，再远一些的大山上，覆盖着软绵绵的积雪。

前方是一座小城。我以为又是个边防城镇，但事实上它就是拉萨。远远望去，一群红白相间的建筑依坡而建——那就是布达拉宫，它的外观很漂亮，有点像一座大山，又有点像一个带有纯金上盖的音乐盒。

我从未在进入哪个城镇时感到如此高兴过。我决定同付先生结清报酬，跟他分道扬镳。我把热水瓶还有剩下的食物都留给了他。他显得有些尴尬。磨蹭了一会儿后，他伸出手指碰了碰我脸上那道在车祸中留下的伤口。伤口已经结痂，血都已经干了，虽然看起来挺吓人，但一点也不疼。

"真抱歉。"付先生说完就笑了，他的道歉显得谦恭而卑微。那笑声仿佛是在对我说：原谅我吧！

* * *

显而易见，拉萨并不能算真正意义上的城市。它只是个面目友好的高原城镇，四周由更高的群山所环绕。城里的人和车辆都很少，路上也不设人行道。街上的人走起路来都慢悠悠的，没有人跑步，毕竟这些街道的海拔达到了 12000 英尺（3.6 千米）。我可以听见孩子们叫喊，听见狗吠，听见铃铛响，却反而因此觉得这是一处静谧之地。这里卫生情况很差，而且日光很烈。城中大部分建筑都是用泥砖砌的，而有些很精美的神殿也是如此——泥砖虽然易碎，但更换起来成本低廉。因为有的佛像每隔几年就要重塑一次，而酥油花也可能腐臭或融化，需要塑造新的来替代。由于通晓佛教教义，藏族人民对于毁灭与重生的循环往复早就习以为常，"生死轮回"正是佛教大力宣扬的教义所在。

拉萨是一处圣地，所以有许多朝圣者，这个地方也因此而变得多姿多彩。而且，由于这些人本身也来自外地，所以他们并不反感外国游客——事实上他们很欢迎外国人，并且总试图向他们兜售串珠和饰品。但拉萨的人口不多，而且因为地势平坦，所以大家都骑车出行。于我而言，这完全在意料之外。我原本以为这会是一座灰暗的山区城市，它会有陡峭的坡道和防御工事，内地人会在这里泛滥成灾，标语会挂得到处都是。然而出现在我眼前的却是一个明快的小镇，随处可见快乐的僧侣和友善的朝圣者。布达拉宫是这里最重要的建筑，它的外观设计精巧，看得人心旷神怡。

拉萨有一半人口都来自内地，但除了士兵之外的人都不喜欢出门，即便是人民解放军的士兵也都保持低调。

我的内地朋友们觉得很困惑，因为藏民们仍保留着过去的习俗，穿着传统的服装，藏传佛教是那么令人费解，比如神秘的宗教仪式，还有被西藏人视为保护神的长着獠牙、怒目圆睁的大金刚。即便有内地人颁布法令，修建学校，实施公共建设，拉萨仍保持着旧时的风貌，就像中世纪的欧洲，到处是笑盈盈的僧人和脏兮兮的农民，户外经常有节庆活动，街头也总可以遇上变戏法的或是翻筋斗的。它虽是座圣城，却也是一处贸易集散地，手推车随处可见，车上满载着成堆的蔬菜和脏脏的牦牛肉，牦牛肉都经过了风干处理，可以保存一年（西藏气候干燥，谷物可以放存五十年）。而和中世纪最像的一点是，在西藏几乎见不到水管装置。

拉萨到处是盘腿而坐或叩首跪拜的朝圣者,他们按顺时针方向绕行祭拜着每一座佛殿。在大昭寺外以及布达拉宫四处的楼梯平台上,都有他们五体投地的身影。他们在路上磕长头,在河边磕长头,在山坡上磕长头。由于笃信藏传佛教,他们的心态都很平和。来自西藏各地的他们让拉萨的生活变得丰富多彩,市场也跟着热闹起来。他们祷告,伏在地上磕头,在佛殿里散发一毛钱纸币和麦粒,往供灯里倒进一团团酥油。他们到布达拉宫瞻仰各种宝座。朝圣者们也会敬拜黄教始祖宗喀巴和如来佛画像。这些朝圣者让拉萨成为了一个充满外来者的小镇,但他们又并非完完全全的陌生人,所以即便是货真价实的老外在这里也会找到归属感。这里的环境又脏又乱,铃铛声不绝于耳,却反倒让人觉得它热情友好。

拉萨就是我迫不及待想要走进的中国城市,它让我流连忘返。我几乎爱上了这里的一切:它地方不大,却热情而友好,它没有拥堵的交通,道路平坦而顺畅——而且在每条街上都能远望到巍峨的西藏山脉。这里空气清新,阳光充足,市场繁荣,稀缺古董交易非常活跃。西藏是公费旅游者的天堂:这里有两家相当不错的酒店,还有形形色色的仪式活动,内地人喜欢拿公费旅游和出公差当作奖励——这些通常可以代替奖金——而西藏就是他们能到达最远的地方。但他们来这里也就是观光而已。西藏自身无法创收,全靠内地的经济援助。这些内地人来到拉萨以后,总是表现出身体不适的样子——因为适应不了这里的海拔、饮食和气候。

拉萨乃至整个西藏的另一面在于,它跟云南一样,已经成为了嬉皮士们的庇护所。他们并不像我多年前在阿富汗和印度见到的那些辍学者,大部分都是富有的中产阶级,来中国的机票都是由父母负担的。其中有的人是从尼泊尔坐汽车来的。在我看来,他们似乎不会制造麻烦,比那些来拉萨旅游的有钱人要好多了。为了满足那些有钱人的需求,拉萨不停地修建奢华的酒店,从外地运来让人匪夷所思的珍馐佳肴——而且还会提供崭新的日本大巴，供旅行团一大早出发去拍摄天葬之类的仪式（西藏人一般会将死者的尸体置于野外让秃鹫吞食）。西藏地处偏远、幅员辽阔，又有诸多奇风异俗，对谁来说都充满魅力。这地方对我来说精彩极了，仿佛人间最后一片净土；它就像一块极地冰盖，却更加空旷。

* * *

我花了一阵子才从驾驶的疲劳中恢复。在车祸中撞到的头还在痛，脖子已经扭伤了。我的左眼下方还有一道引人注目的伤口。过高的海拔让我夜不能寐，我躺在酒店冰冷的房间里，心脏怦怦直跳，脉搏也更快了。在外面时，我偶尔会忘了身处何地，然后便开始奔跑，把自己弄得上气不接下气。

我遇见了一位藏族小伙，对于当地的寺院，他可以说是无所不知。此人名叫拉尔帕，他不懂汉语。如果有人对他说汉语，他的反应会很好笑。他会用英文笑着对那人说："No, no, no, no."他甚至都不会用汉语告诉人家："我听见你说话了，但是听不懂。"由于中国内地人不说藏语，也极少说英文，所以回到西藏的这一年，拉尔帕从来没跟内地人说过话。我问他是否会因此感到困扰，他说不会。

我们一起去了哲蚌寺。以前哲蚌寺居住着12000名僧人，据说是全世界最大的寺院。它建于拉萨郊外的一片山坡上，占地面积很大，建筑都刷得雪白，高高地耸立在峡谷之中。它还有个别称叫"堆米寺"。如今寺中人口已经大幅减少，只剩下500名僧侣，但他们也是最近才来修行的。

拉尔帕指向了山坡上一群白色建筑："那是乃琼寺。"

他带我去看了神像，是一个放在架子上的小娃娃，双目圆瞪、双臂伸展，嘴巴长得很大，像是在尖叫。我有一种毛骨悚然的感觉，而且我想知道，是不是只有我才觉得这种娃娃大都令人看了心生痛苦。

哲蚌寺的朝圣者们从几百英里之外过来——有的人甚至要走一千多英里——坐在破旧的卡车后面颠簸三四天才能到。他们拖家带口，把仅有的一点钱带了过来，被子和粮食也都带来了，此外还拿了肉和蔬菜来拉萨的市场卖。让我感动的是，这些人虽然贫困不堪，却仍然会相互分享食物，会在佛殿中慷慨解囊，还会施舍钱财给乞者。寺院里总是游荡着成群的野狗，浑身脏兮兮的，乱叫个不停，而他们甚至也会给这些狗喂食。

我们四处走了走，拉尔帕能通过帽子、长袍、耳饰或者编辫子的方式来分辨不同的朝圣者。

在一间佛殿，他对我说道："你看到墙上的多罗菩萨像了吗？它是自己出现的，不是人工刻出来的。一天早上，僧侣们往石墙上一看，就发现了它。"

我凝视着那幅画像。

"你不相信吧。"拉尔帕说。

"我不知道。"我答道。这看起来并没摩门教关于金页片和莫罗尼天使的传说荒谬，也比法蒂玛圣母或者那些一到耶稣受难日就开始流血的意大利牧师的故事要真实得多。

在西藏最神圣的地方——大昭寺，还有更多被视为神迹的壁画以及一些自然出现的雕像：文殊菩萨从墙上伸出头来，多罗菩萨的轮廓自己显现在了架子上，佛殿的一角出现了水牛形状的小石雕。

藏历新年以虔诚和热闹著称，总共要庆祝十五天，我到达的时候正值它的尾声。这就是为什么拉萨现在有这么多朝拜者。至少有一千名僧侣聚集在大昭寺念诵祷文。领头的是一位被称作"甘丹赤巴"的光头老人，他是西藏最神圣的僧人，是所有寺院的精神领袖。他身穿金色僧袍，盘腿而坐，背朝一众僧侣。僧侣们或坐或立，有说有笑。有的人在念经，有的人却只是在糊弄和傻笑。这些人中什么年纪的都有——有的不过十来岁，有的还是女性，但她们都把头发剃光了，又穿着和男人一样的长袍，所以几乎无法辨别。我在一个较高的露台上观看了全程，而我身边的西藏人则纷纷向下面的僧侣投掷写有祷文的纸条，而僧侣们则会将这些纸条收集起来。

在拉尔帕的帮助下，我向一位僧人询问，藏传佛教的信徒是不是真的喜欢就神学中的细微之处进行辩论。

僧人用力地点了点头，说道："是的，是的！"

"可以给我举个例子吗？"

"可以。比如上师发问：'兔子有角吗？'一名僧人就会站起来说：'没有，兔子不长角。'然后上师就用手杖敲他，其他的僧人则会哄然大笑。另一名僧人也许会回答：'是的，兔子有角。它要在地上打洞，用的是什么呢？不是爪子，而是爪子上的指甲。那就是它的角。'"

"问题就那样解决了吗？"

"关于那到底算不算角的问题，可能还要再辩论一会儿。"

这段时间，拉萨所有地方的转经筒都开动了。大部分朝圣者都拿着手摇转经筒，有点像竖起来的削铅笔器。朝圣者们一边转动经筒，一边拖着沉重的步伐按顺时针方向行走——他们常常转得很快，因为通过转经筒（里面放有一张潦草的经文）念诵的经文并不如用口念诵的有效力。这些转经筒通常是用青铜或黄铜制成，有时上面会有镀金或镀银浮雕。转经筒固定在寺院的围墙之内，有的和油桶一样大，转动起来很困难，有的还不如装钉子的小木桶大。它们转动的时候，能听见里面有经文摇晃的声音。转经筒都有手柄，筒身被沾满酥油的手摸得滑溜溜的，表面还刻有藏文和梵文刻的六字真言"唵嘛呢叭咪吽"——"唵"是这句真言中最有力也最神秘的一个字，包含了三个梵文发音，表明了宇宙的三一属性。这些咒语非常庄严神圣，就算是只把它们写在或者刻在石头上（经常有人把神圣的"唵"字刻在悬崖壁上），也会被视作比修建雕像的行为虔诚得多。

西藏的朝圣者们涌入大昭寺，他们喃喃念经，行跪拜大礼，凝视着寺中的僧侣。这些远道而来的人，被这个藏传佛教的梵蒂冈弄得目眩神迷，身处形态各异的金身塑像、华丽的壁画（描绘的是天堂和地狱中的生活），绵绵不尽的香火（烧的是檀香木和柏树叶）以及咚咚作响的沉闷鼓声中，那份属于朝圣者的虔诚似乎都要消失殆尽。他们的眼睛在昏暗的回廊上闪闪发亮，或斜视，或凝视，显露出一种游客般的好奇，仿佛嗡嗡诵经的僧侣、寺院中的香气和垂落的唐卡都让他们惊叹不已，于是便忘记了祷告。

由于人口太少，内地的"独生子女政策"在西藏有所放宽——实际上，在这样偏远的地区，这项政策也不大可能强制执行。这个地方如此空旷，只要有人聚在一起就是件新鲜事。这就是拉萨的市场如此热闹的原因：很多人都只是在一旁围观而已，他们为了新年朝圣而来到拉萨，忍不住要去看看新鲜的橘子和香蕉，或是去围观那些打扮得花枝招展的康巴汉子交易珠串和项链。

拉萨市场是我在中国见过最有意思的市场，因为内地人根本无法对它进行管制。因此，只要是能弄到的东西，商贩们都会拿来这里卖，价格也是随便要。这里的古董交易非常活跃——银器、锡具、半宝石、刀、剑、马鞍、黄铜马饰、鞭子、地毯、毛毯，还有多得数不清的佛教用品。其中有的是复制品，很多都是假货，但也有一些真品。有人给了我一个银制珠宝盒——上面缀满了珠子，可以佩戴在腰间，和苏格兰人系在身上的毛皮袋有点像。西藏人的珠宝首饰都很重，而且往往都很漂亮。由于来西藏的游客足够多，所以即便是这些乡下人也可以管他们的珊瑚串和绿松石串要上几百美元的价钱。我从一个年轻人那里买了个银碗，他觉得我是个正经买家，于是掀开自己的长袍，给我看了一尊年代久远的多罗菩萨金像。这里每个人的斗篷和袖子里都塞满了稀世古董。

我从拉萨城的一端走到了另一端，距离并不是很远——只有几英里——但因为海拔太高，走起来还是有些慢。我去了地毯厂、皮革厂和鞋靴厂。自由市场里充满了巴扎的氛围，看起来要比工厂忙碌得多。当地工厂基本都是在不紧不慢地运行，工人们有充分的时间喝茶吃点心，个个都笑容满面，干一会儿就歇一会儿——与广州和上海的工厂截然不同。

拉萨没有郊区,只要走上十五分钟,你就能看见大山或者河流。一艘牦牛皮艇——外形有点像那种不太牢的小圆舟——可以载人过河。河对岸有沙洲,有碎石遍地的平原,还有更多的山。

很久以前,有一名欧洲探险家来到西藏,他在看见一座美丽的雪山时流下了激动的热泪。而当我亲眼目睹西藏的风景时,我便明白了他当时的反应并不奇怪。这样的景致用"触动人心"还不足以形容——那光,那空气,那四下无人的旷野,那平原和山峰,仿佛都充满了魔力。拉萨周围尽是灰扑扑的峭壁和陡坡,有几天早晨我出去看时,上面都积满了前夜落下的小雪。西藏没有阿尔卑斯山脉那样崎岖的山路和黑漆漆的峭壁,也不像落基山脉那样危险和难以穿越。这里虽然偏远,却让人感到安心自在,它有着最美丽的草地和群山环抱的旷野。可以说这是一片山间风景,但却没什么山谷——蓝白相间的高原上,有牦牛身上的铃铛响,有明亮的冰川,有星星点点的小野花。此情此景,有谁不会流泪呢?

我已经习惯了酥油的味道,也不再因为西藏人不洗澡而感到困扰。

"这里的水太冷了。"拉尔帕说道。

"当然。"我说。

对我来说,难以理解得多的是哈尔滨那些在松花江冰面上打洞往下跳的人,不知他们为什么对户外活动如此痴狂。

"要是洗澡的话,他们会生病的。"拉尔帕说。

"当然。"他们身上很脏,但寒冷的天气抑制了气味的散发,并且因为多风,所以不存在气味难闻的情况。而且西藏人身上都穿戴着华丽的珠宝、皮草和头饰,所以不会让人觉得邋遢。到头来,唯一让我反感的就是那些凶猛狂躁的恶狗,尤其是那些在藏语中被称作"dhoki(看门狗)"的藏獒。我脑海中不停地浮现出这样的画面:我正骑行在这些美丽的道路上,享受着在西藏的漫漫旅程,但一条藏獒从岩石后面窜出来扑向我,恶狠狠地将我大卸八块。

藏民们总是笑容可掬，他们穿着自己做的羊毛外套，袖子有四英尺长，帽子和靴子的形状都很古怪，辫子里常编着红绸，随身携带银首饰包和匕首，耳朵上垂着宝石耳环，衣服上别着象牙色纽扣，他们会朝自己的狗喊叫，会大口地撕扯骨头上的肉，会用丝带捆绑他们的牦牛。全亚洲的妇女都不如藏族妇女强悍和自由。西藏仍在实行"一妻多夫"制——有的妇女有三四个丈夫（他们一般都是兄弟）。

西藏人生来就不会任人摆布。作为游牧民和游牧民的后裔，他们居无定所地生活在世上最空旷的地区，他们不依靠任何人。他们几乎无时无刻不在微笑，或许是因为要去某个地方拜佛，又或许是刚刚拜佛归来——拜佛总能让西藏人心情愉悦。他们极少有无精打采的样子。他们轻快而不匆忙，从不在路上奔跑。他们不像其他省份的人，从来不会骂骂咧咧。因为他们，拉萨城里满是快乐的行人。他们漫步在冬季清爽的空气中，穿过一棵棵掉光了叶子的细柳，路上经常会停下来欣赏山景。拉萨周围的山上积满了新下的雪，在我看来就好像一片片上过浆后又被压破了的床单，整座山脉中仿佛铺满了这种结冰的织物。更远一些的地方，由于积雪更厚，山显得更高、更蓝而且更柔美了。雪在西藏人眼中代表神圣与纯洁，在精神日渐枯竭的情况下，他们需要这样一个无瑕的象征来证明自己内心依旧自由：这些雪山便是神灵存在的证据。

* * *

西藏近年来发展最快的是旅游业，因为内地人发现了这里可以成为一处旅游胜地。游客们想参观各种寺院，想到庙里去听锣鼓声，他们还喜欢看僧侣。所以，内地人让西藏回归了精神上的宁静，至少表面如此。他们把西藏的物价抬高了一倍。他们欢迎假日酒店集团来当地经营最好的宾馆，并且承诺重建曾经被毁的甘丹寺。如今这里已经有了一些客流，但中国官方称希望每年的游客量达到十万人。如果那样的话，拉萨城必然会被毁掉。

不过，要到这里来却很困难。从西安走陆路要六天，如果从成都坐飞机的话，要经过一段漫长而恐怖的旅程才能到达。拉萨机场又小又危险，而且离市区很远，如果要在那里赶早班飞机，必须提前一晚上过去。路途艰难正是西藏得以保留原始风光的部分原因。而且由于这里海拔很高，即便是身强体壮的人也可能感到不适——大部分时候你都处在海拔两三英里的高地之上。西藏开放程度很低，它是如此古旧，又是如此令人愉悦，这在很大程度上要归因于铁路尚未到达这个好地方。昆仑山脉的存在，确保了铁路不会修到拉萨来[①]。这也许是件好事。我心想，在来西藏之前我是热爱铁路的，但后来我才意识到，原始风光要让我青睐得多。

相当偶然地，我在离开拉萨前遇到了付先生。他迫不及待地向我表示，他已经克服了对雪的恐惧，也摆脱了高原反应。他摇身一变，成为了一名活雷锋。

"有什么想看的吗？"

"我们开车去兜兜风吧。"我说。

他匆匆戴上驾驶手套后，我俩一起出发了。孙小姐留在了自己的房间听音乐，跟着"I am a disco dancer"的节奏摇头晃脑。

"天气不错。"我说。窗外天朗气清，就是有点冷。

不过，我心里有一个想去的地方——是一条据说已经被摧毁的关口。我读到过关于它的非常清楚的描述，但在任何地图上都找不到这个地方。付先生在开车。我们经过了地毯厂，往东走时还路过了一所荒废的寺院，后来又经过了几处营房，经过了一些难看的中国式房屋，经过了带刺的铁丝围栏。路上有被压扁的死狗——军用卡车的轮胎已经将它们的尸体碾压成一片血迹模糊的毛发。我们见到的红旗也不再是随风飘扬的经幡，而是军队的三角旗。

[①] 编者注：2006年7月1日，青藏铁路格尔木至拉萨段建成。

付先生迷路了。陷入混乱状态的他又开始鲁莽行事,他开得太快了。前方出现了一些残破的寺院,上面还留有各种标语。付先生开始急躁地喘气。

"我觉得,我们走得太远了。"他说。

"You sure have.(肯定是这样。)"我用英文说道。

听见我说英语,他表现得很惊讶,向我投来恶狠狠的目光,好像我的声音很讨厌一样。他已经忘了自己之前说过什么了。看见我皱眉时,他惶恐地笑了。

这趟中国之旅是如此漫长,我为此耗费了许多精力。于我而言,它不再是一场旅行。它已经融入我的生命。旅行结束时,我感到自己即将踏上的不是归途,而是一条离别之路,真舍不得离开。

几天之后离开西藏时,我抬头望山,双手合十,我发明了一句笨拙的咒语:请让我再回来。

译后记

  热爱旅行文学的读者，大概没有人不知道保罗·索鲁，而熟知保罗·索鲁的人，应该都知道本书。1983 年，作者出版了《船行中国》(*Sailing through China*) 一书，记述自己乘船沿长江游中国的经历，在那本薄薄的小册子中，他形象地描绘了中国社会在历经浩劫之后求新求变的氛围，引发了许多思考。1986 年，他背起行囊乘火车从欧洲出发，取道西伯利亚大铁路和蒙古纵贯铁路来到北京，再次开启了中国之旅。这一次，他沿着铁路走过二十余个大小城市，目睹了改革开放之后中国的巨变，对中国社会有了更为深入的观察。本书正是根据此次经历完成的作品，该书于 1988 年出版，次年便获得托马斯·库克旅行文学奖，全书视角独特、语言辛辣，许多观点至今仍发人深省。

  保罗·索鲁从来不是温文尔雅的样子，他是出了名的毒舌作家，不但善于讽刺，还会时不时地说几个笑话。他在旅途中隐瞒身份，看不惯旁人，却又要缠着他们问各种各样的奇怪问题。正如梁文道先生所说的那样，"他笔下太过出言不逊，他对什么地方的人都非常不客气，他总是冷眼旁观，挑人家的毛病"。不过，保罗·索鲁实在是一个高明的写手，很多时候只要寥寥数笔，便能生动地告诉你他在经历什么样的人和事。他熟谙中国的历史风物，几乎每到一处，相关掌故和文学作品都能信手拈来，比如到了内蒙古，他脑中闪过柯勒律治的诗歌；途经杭州，他要讲一讲马可·波罗；而到了戈壁滩，他又拿出女传教士盖群英的游记。他的足迹遍布大江南北，却对众人趋之若鹜的景点毫无兴趣，他喜欢写人，喜欢观察他们的外表和神态，喜欢同他们交谈，窥探他们的思想。也正是这一次次看似随意的交谈，让他对中国社会和人民有了鞭辟入里的见解。

本书原作成书于1980年代，书中所述为三十年前之事，如今读来难免有时空交错之感，加上作者语言风格鲜明，学识渊博，文中诸多旁征博引，因此在翻译之时颇为不易。为了最大程度地再现原作，译者只好化身演员，先跟随原文"穿越"回去，在深度体验了一把作者当时的所见、所闻、所思、所感后，再回到现实空间，扮成作者本人，将此段经历呈现出来。原文中与史实相关之处，也已——查询考证，以求尽可能准确地还原当时的社会历史风貌。

此外，为帮助读者理解，本书还选择性地添加了部分注释，书中凡未注明"作者注"字样的，均为译者所添；但又为避免"百科全书"式的注解影响读者的阅读趣味，相关解释一律从简；又全书以当今读者为对象，因此所有注释均从当今视角出发，其中所涉年月或内容若超出作者写作年代，望读者勿怪。

翻译此书的过程并非一帆风顺，因为总想尽善尽美，交稿日期便一拖再拖，从动笔到完稿，前后历经了好几年时间。每每想到此，我的内心都感到十分愧疚，好在后浪出版公司各位编辑予以充分的理解和支持，让我倍感温暖。如今本书得以付梓，离不开张茜女士、黄杏莹女士、赵波先生和欧阳潇女士等人的辛勤努力，在此谨表谢忱。同时需要指出的是，翻译永远是遗憾工程，受译者学识及视野所限，本书难免存在不足或偏颇之处，恳请各位读者不吝赐教！

陈媛媛
2019年7月